[法]安德列·莫洛亚◎著　陈伉◎译

伟大的叛逆者
雨 果

内蒙古出版集团
远方出版社

图书在版编目（CIP）数据

伟大的叛逆者——雨果/（法）莫洛亚著；陈伉译. -- 呼和浩特：远方出版社，2014.1

ISBN 978-7-5555-0079-7

Ⅰ.①伟… Ⅱ.①莫…②陈… Ⅲ.①雨果，V.（1802~1885）—传记 Ⅳ.①K835.655.6

中国版本图书馆CIP数据核字（2013）第294971号

伟大的叛逆者——雨果

作　　者	[法]安德列·莫洛亚
翻　　译	陈　伉
责任编辑	孟繁龙
封面设计	阿　荣
版式设计	王改英
出版发行	内蒙古出版集团　远方出版社
社　　址	呼和浩特市乌兰察布东路666号
	（电话 0471—2236466　邮编 010010）
经　　销	新华书店
印　　刷	内蒙古爱信达教育印务有限责任公司
开　　本	710×1000　1/16
字　　数	513千
印　　张	33
版　　次	2014年2月 第1版
印　　次	2014年2月 第1次印刷
印　　数	1—5 000册
标准书号	ISBN 978-7-5555-0079-7
定　　价	46.00元

如发现印装质量问题，请与出版社联系调换

雨果像

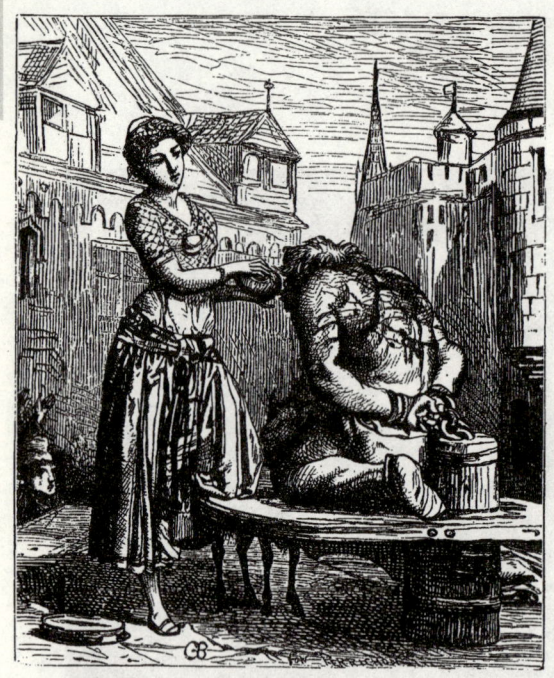
《巴黎圣母院》插图

拉·爱斯梅拉达

《巴黎圣母院》插图

《悲惨世界》插图

《悲惨世界》插图

雨果自绘的《历代传说》封面

巴黎雨果纪念馆

《海上劳工》插图

《海上劳工》插图

雨果的剧作《爱尔那尼》1830年在法兰西剧院上演时的情景

俄文版序：雨果的一生——诗与真

　　当人们问安德列·莫洛亚"你最喜欢做什么"时，他总是毫不犹豫地回答："写作。"他常常忘我地工作着，一部手稿要修改5—6次。他把写作最顺利的时光称作真正的假日。在整整半个世纪里（从1917年写完第一部长篇小说《布朗勃上校的沉默》到1967年的文学回忆录），他共创作了近200部作品，几千篇论文。伟人传记、心理小说、随感、游记、历史著作、文艺写真、艺术论著、回忆录、诗歌、戏剧、格言集——这就是安德列·莫洛亚（1885—1967）笔耕的园地。占中心地位的无疑是传记。《奥林匹斯山神——维克多·雨果的一生》（本传记原书名，本文作者在以下行文中时而将此书名简称为《奥林匹斯山神》，中译文相应简称为《雨果传》。——译者）便是其中之一。

　　在20世纪20—30年代，法国出现了无数传记作品。源源不断的传记诸如《安基罗传和维庸传》，《肖邦传》和《乌特里罗传》，《卡米拉·丹姆林传》和《福煦元帅传》，《雷丽亚——乔治·桑传》和《巴尔扎克传》等等相继问世。但是这些传记难得有文学价值，要有，也只是为了引人入胜，为了迎合市民们的庸俗趣味。至于安德列·莫洛亚，由于他是一个广有阅历（他是两次世界大战的参加者）、学识渊博、艺术鉴赏力不同凡响的人，所以他自然为文学传记这类体裁树立了经典的样板。

在这里，莫洛亚创作中的人道主义倾向表现得最明显。"莫洛亚的现实主义哲学观，是他对历史精神和时代精神的理解，是以对人、对创造性的个性的强大作用和强大力量的信念为基础的。这种观点和对人类的热爱，赋予了莫洛亚的传记作品以生命力。这段话是法国20世纪的著名作家、小说家、历史学家、文艺理论家和政论家、抵抗运动的英雄让·普列沃说的。

安德列·莫洛亚在综述他的思想时这样说："写传记意味着按事物的本质证实自己对人性的信念……对于我来说，传记是历史形式之一，因为我认为人不仅是受历史法则支配的客体，还是创造历史的主体。"

莫洛亚喜爱的主人公是那些与周围世界发生不可避免的冲突的大作家、大思想家。因此，必然要产生富有人道主义的主人公与反人道主义的资产阶级社会的冲突。力量悬殊的搏斗也总是使这些主人公惨遭失败。莫洛亚无可奈何地谈到了"社会的强大"和"个人的无力"。但是作者的全部同情是在他的主人公一边。因此我们要首先来谈谈莫洛亚作品的反资产阶级倾向。

安德列·莫洛亚对资产阶级的反对很少用赤裸裸的批判表示。我们说，那个死在装满美元的皮箱上的资本家巴拉卡的故事（短篇小说《金元的诅咒》）就是这样。在他的大多数短篇小说和长篇小说（《爱情的波折》，1928年；《家庭圈子》，1932年；《乐土》，1945年；《九月的玫瑰》，1956年）中，提到首位的是心理问题。这些作品的中心人物照例是妇女。莫洛亚用莫泊桑的风格把他的理想的女主人公们描绘成敏感的、无私的人，与她们斤斤计较的丈夫和情人全然不同。她们仿佛超然地生活在金钱关系的世界之外。

如果说莫洛亚心理小说写的是20世纪，那么他的传记人物通常是取自过去。作家的主人公是雪莱和拜伦，雨果和巴尔扎克，乔治·桑和大仲马。他们都是天赋很高、忘我笔耕的人，他们否定了他们所处的那个社会的"神圣制度"。但是莫洛亚创作中的反资产阶级特征一开始与其说在于批判，不如说在于对事业、伟大的思想和崇高的情感的肯定。和罗曼·罗兰、马丁·杜·加尔、圣埃克苏佩里一样，莫洛亚刻意创造的是伟大的个性。

莫洛亚爱的是19世纪初的浪漫主义、暴乱和背叛庸俗的小市民生活的那个时代。作家终生向往着一个天地，其名曰浪漫主义。走上通往这个天地的道路显然不是轻松愉快的。

还在年轻的时候，当莫洛亚负责经营属于他的家族的纺织厂时，他就明显地感觉到了自己对现实的书本知识与不近情理的资产者的单调乏味生活之间的脱节。这种脱节成了他对浪漫主义热情的出发点。诚然，座标不是一下子就找到的。20年代初，莫洛亚还相信现代资本主义社会不排斥浪漫主义的激情。从1914年到1918年的世界大战战场上归来的这位军官，表现出一种要在当时法国提倡奋发有为、积极行动的热忱。写殖民地冒险的浪漫主义作家列蒂亚德·吉卜林成了莫洛亚所喜爱的作家之一。这在莫洛亚的著作《指挥对话录》（1924年）和《里昂特元帅传》（1931年）中打上了烙印。

作家逐渐相信浪漫主义理想和企业活动之势不两立。他走上昔日的浪漫主义之路与他对这一真理的认识是分不开的。莫洛亚的思想转向了19世纪前期的英国。他在两次世界大战之间创作了传记三部曲：《雪莱传》（1923年），《狄斯雷利①传》（1927年），《拜伦传》（1930年）。

通过本杰明·狄斯雷利的生平，他了解了假浪漫主义的余波。书中讲到奸诈的政治家之令人目眩的飞黄腾达：狄斯雷利晚年成了比肯斯菲尔德伯爵，托利党的领袖，首相。书中表现出莫洛亚对主人公、对其智慧和不屈不挠的毅力之神往。同时作家描绘了狄斯雷利的极端个人主义和十足的无原则性，主要的是在书的结尾描写了他的内心的崩溃，徒劳挣扎的自白和以往生活的空虚。

今天的读者对莫洛亚的第一部传记——雪莱的故事全然不能满意。雪莱绝不是不食人间烟火的天王卫星，就像法国作者所以为的那样。但是莫洛亚毕竟成功地写出了这个贵族叛逆者的鲜明形象——他向整个社会发出挑战，把笔献给了自由事业。

当时人们就公正地指责了莫洛亚在描写英国浪漫主义者们的著作中很少谈到他们作品的社会内容。因他过于详细地描写了自己主人公们的私生活而受到人们的指责。无可争辩，作家的生活并不全是开启他的创作的钥匙。但是有的作家，他的个性在他所创造的一切东西上都要打上不可磨灭的烙印。拜伦就是这样。

《拜伦传》无疑是三部曲之最。今天读最后一章《英雄和士兵》时，我们都不能不被感动。反叛的诗人在希腊高举自由大旗，找到了悲剧式的幸福。莫洛亚用令人神往的笔触叙述了拜伦戎装奔赴希腊前线。他买好了武器、军装，准备率部远征伦巴底。他把一切都献给了希腊：天才、财产，直至生命。

---

①狄斯雷利：1804—1888年，英国著名政治家、小说家。——编者

30年代，在法西斯成了有目共睹的威胁后，保卫伟大的世界文化财富这一主题，在莫洛亚的笔下有着特殊的意义。战后他又回到自己心爱的体裁上。世界发生了很大变化，莫洛亚的创作也一样。作家的视野扩大了，一些成见消失了。我们记着他的话："我不知道我的松树将属于谁，当它们成长起来的时候，是属于按秩序上台的执政者还是属于人民大众。但法兰西万古长青。让我们还是栽培森林吧。"新的题材出现了，意想不到的主题产生了。莫洛亚的创作第一次转向从事科学的人们。"在我们这个世纪，"他说，"当科学无论从好的还是坏的方面都如此深刻地改变着人类的生存时，对科学家的生活、思想方法及其科研实质发生兴趣是理所当然的。"莫洛亚写了发明青霉素的亚历山大·弗莱明的传（1959年）。老作家倾向于客观地评价自己的战前著作，看出其弱点在于这些创作缺乏时代气息。现在他对进步的民族传统开始注意了。如果说莫洛亚在1938年发表的《夏多布里昂传》是为了过去而否定了现在，那么如今他讲到了作家的进步的追求。这就形成了莫洛亚的第二套传记三部曲——三位法国浪漫主义作家传记的基调。这三部传记是《雷丽亚——乔治·桑传》（1952年），《奥林匹斯山神——维克多·雨果的一生》（1954年），《仲马一家三代》（1957年）。

《雷丽亚——乔治·桑传》一书的最美章节之一是《共和国的缪斯》。莫洛亚津津乐道地讲到女作家的社会活动，1848年革命时她主编《共和国公报》。对于乔治·桑来说，推翻了资产者的国王路易·菲力普的巴黎人民是"世界上第一流的人民"。

对任何一个作家编造的谣言都没有对乔治·桑的多。莫洛亚摒弃了一切诬陷不实之词，很有分寸地叙述了她的生活，叙述了她与尤利·桑多、缪塞、肖邦的关系是怎样形成的。作者既不指控，也不袒护，只是力求理解和解释。所以把乔治·桑比喻为他所爱的女英雄雷丽亚——"一个渴望着爱并值得去爱的女人"，是合乎情理的。

莫洛亚大概是怀着像对大仲马的作品一样的兴致写《仲马一家三代》的。在大仲马的一生中，"奇遇不比他长篇小说中的奇遇少"。大仲马比乔治·桑更加远离他所处的那个时代的革命风暴，同时《三个火枪手》的作者本质上具有人民的乐观精神。他的乐天性格，他的道德观念，是显而易见的，有点直线式的，但是是健康的。大仲马作为一个英勇的、高尚的和对虚伪疾恶如仇的人，引起了读者的无限赞赏。

由于法国这三个浪漫主义者的传记中出现的历史人物,形成了这套三部曲的统一结构:巴尔扎克和圣佩韦,缪塞和拉马丁,仿佛是从一本书到另一本书的过渡。《仲马一家三代》的读者认识了乔治·桑(小仲马的"情人和安慰者")和维克多·雨果——他穿着国民自卫军的制服和大仲马一起出现在凡尔赛路易·菲力普的豪华酒宴上。三部曲的压轴之作是《雨果传》。

方形广场是巴黎最古老的广场之一。在路易十三的青铜骑马雕像的对面是6号住宅,从1832年到1848年,维克多·雨果就住在这里。现在这里已经成了展览馆。一张华盖覆顶的大床——雨果就是在这张床上去世的;一张桌子,《历代传说》就是在这张桌子上写成的;另一张桌子也很值得注意,那是留居格恩济岛的时候,雨果夫人为慈善事业募捐而定做的,找不到买主,雨果就把它买下了。桌上放着雨果、乔治·桑、大仲马和拉马丁的墨水瓶。玻璃橱窗里保存着国民大会代表的三色绶带,镶金绣银的法兰西贵族和学院院士的礼服。而与这些华贵的服装形成鲜明对照的是一套深灰色的粗布制服,一顶普通的黑色便帽。1851年12月11日,雨果穿着这套服装,拿着署名排字工兰文的护照离开了巴黎。伟大的雨果因反对小拿破仑被流放了。这是他一生的高峰。人生的道路漫长而修远……

从童年时代的爱弥儿·赫尔卓,到后来的安德列·莫洛亚,一直爱着维克多·雨果。在他还不会读书的时候,母亲就给孩子朗读过诗篇《贫苦的人们》中响亮动听的章节。但是作家着手写关于雨果的著作是在晚年,那时他已是古稀之年。可这正是莫洛亚创作的繁荣期,是他的第二次青春。

开始写《雨果传》的时候,正好是雨果诞辰150周年,那是一个全法国、整个苏维埃国家、全世界都隆重纪念的日子。这自然要让人想到雨果创作之于我们现代的意义。莫洛亚认为他是"法兰西最伟大的诗人",他开创了现代诗的道路。雨果描绘的"那个世纪的沉郁的回声"响彻了整个时代。"从大地上抹去山峦丘陵的时间老人却爱惜高山,"莫洛亚说,"在吞没了19世纪无数创作的健忘海洋上,雨果的创作却像群岛一般依然高傲地峰峦耸峙,鲜明的形象屹立在巅峰之上。"

这一观点在法国有许多支持者,也有不少反对者。当时罗曼·罗兰就悲哀地写道:进法兰西学院的最可靠的道路"只有踏着维克多·雨果的烂泥前进"。安德列·莫洛亚用自己的这一著作破除了对《惩罚集》和《悲惨世界》的作者的不少臆造。

根据作者自述,他是怀着极大的兴趣写这本书的。他好像觉得驾着时间之车游历了19世纪。莫洛亚说:"我希望读者分享我的感情,我还希望为他们再现那个已经消逝了的世界,那个世界就是浪漫主义。"让我们也试着用想象游历那个对我们既遥远又亲近的世界吧。

莫洛亚宏伟壮观地再现了时代的气氛——那是1830年革命的前夜,"保皇主义者和自由主义者,浪漫主义者和古典主义者当时还不是在街垒中而是在剧院里厮杀";那是普鲁士围攻巴黎的悲惨岁月,当时《惩罚集》和"维克多·雨果"就是诗人进攻的炮弹。读者仿佛看到了那些著名作家——圣佩韦(他既是雨果的朋友,又是雨果的敌人),大仲马、维尼、拉马丁,以及那些今天已被遗忘的文学家和另一些与诗人在其生活道路上邂逅的作家。我们与其中的一些人物现在还有感情上的联系,而另一些刚刚出现就立即从我们的眼前消失了,但是他们都被现实主义艺术家的笔忠实地描绘出来了。

作者在这五光十色的历史背景中勾划出了一个伟人、诗人、政论家的鲜明形象。

打开莫洛亚的这本书,不要忘记摆在我们面前的不是一本普通的传记,而是一本文献性的艺术创作,作者有不可剥夺的权利对自己的主人公及其生活中的那些重大事件做出自己的解释。

叙述一个作家时,莫洛亚从不忽视他的个性,从不忘记他是一个现实地生活、创造、恋爱、痛苦着的人。传记作者把再现雨果的内心世界、性格作为他的主要任务之一。

在莫洛亚的书中,维克多·雨果的形象是复杂、矛盾、高大、明朗的。

正像雨果的作品一样,雨果的一生充满对立冲突。他的天性是矛盾的:在作家的生活中,浪漫与现实,个人主义与牺牲精神,沽名钓誉与大公无私,热衷于奇迹与迷恋于小节,骑士般的爱情与庸俗的猎奇,奇妙地交织在一起。伟大的诗人与务实的资产者和睦相处。莫洛亚的一句话足以表达这种畸形的结合,当年轻的雨果得知债主包围了他的情人尤丽叶·德鲁埃时,"这个勤俭的资产者大发雷霆,于是浪漫主义的英雄宣布:她的全部债务由他来承担!"不过传记的作者没有为生活琐事而忽略主要的东西。雨果首先是一个天才的艺术家,在他的一生中,不管自觉与否,一切都服从于创作的使命。莫洛亚在说明雨果与他的亲朋好友们的来往中表现出来的自私自利时指出:"这是创造者的自私,对于这个创造者来说,他本人的世界比现实的关系更重要。"

《雨果传》的作者十分精确地描述了两个在雨果的整个人生道路上都伴随着他

的女人——安黛儿·傅仙和尤丽叶·德鲁埃。

莫洛亚把维克多·雨果的妻子描绘成一个温柔体贴的"贤妻良母",然而这个与众不同的灵魂上深刻的小市民烙印却使她的形象更加鲜明了。安黛儿在维克多·雨果的戏剧般浪漫的私生活中只适于扮演毫不费力的角色。

被爱情改造过来的交际花形象,从曼侬·列斯戈到艾斯代尔·高布赛克,随着时间的推移,成了法国文学的公式之一。维克多·雨果,玛丽蓉·德·洛尔墨形象的塑造者,在现实生活中注定要遇上这样一个女人。在昔日的交际花、普通的女演员尤丽叶·德鲁埃身上,诗人发现了一个真正的伴侣,忠诚的助手,他的诗作的精到的评价者,一个在任何时候、任何事情上他都能信赖的人所具有的特征。在尤丽叶的形象中,首先被强调的是她刚毅刻苦的精神,而在生活的关键时刻,这正是她的英雄本色。莫洛亚援引了诗人的一句话,说在那国家政变的日子里,当她搭救他的生命时,表现了"英雄豪迈的气概"。

对雨果私生活和他的风流艳遇的注意也许失之过多。有时,尤其在结尾,给人的印象是莫洛亚丧失了他素有的分寸感。传记作者并不总是对创作的源泉给予足够的关注,他有时利用了按其性质来说不宜于公开的内部材料。莫洛亚在这些方面和其他方面犯的错误是明显的,但是同样无可争辩的是传记作者没有忘记矛盾的法则。他塑造的是一个人、一个作家的完整形象。

传记作者认为,雨果在生活中的主导原则是爱自由的思想。这一思想使他战胜了资产阶级的庸俗习气。

年幼的维克多从反叛的拉戈利将军口中听到的那句"孩子,自由高于一切"终生铭刻在他的心中。西班牙是第一个高举反拿破仑大旗的国家,西班牙之行给他的印象,加强了他从童年时代就开始孕育的这一热爱自由的思想。雨果在他漫长的一生中一直矢忠于自由。

在"七月王朝"时期,雨果的仿佛顺遂如意的命运是怎样形成的呢?这一故事充满了内在的紧张情节。在这里,作者富有预见地讲述了那些无形的危险怎样窥伺着深受国王宠幸的诗人,这个殷实的资产者、子爵、法兰西贵族、学院院士。"为了冲出这生活的浊流,要么得有刚毅的决心,要么发生革命"。革命到来了。

这本著作的核心,最好的章节也许就是《决定性的时刻》,它描写了雨果与路易·波拿巴这个冒险家的势力悬殊的决战。莫洛亚逐日描绘了国家政变的紧张事件和试图组织反抗力量的失败。诗人参加的左派代表小组把自己叫做抗暴委员会(雨果坚持要用这一名称)。

赫尔岑写道：1855年12月2日，雨果"挺身而起。他眼望刀光剑影，号召人民起义，冒着枪林弹雨反对政变，然后当他在法国无所作为时才离开法国"(《赫尔岑全集》)。

他失去了一切；他得到了一切。他离开了祖国，但找到了接近自己人民心灵的道路。在雨果50岁的时候，生活发生了转折。新的历史远景展开，《共产党宣言》问世的时候，正当作家中年和19世纪中期。虽然雨果距离科学社会主义还很远，但在流亡期间，他总是坚定地站在民主主义立场上。传记作者的无可争议的功绩在于他把雨果的流亡看作一个诗人、一个人和一个公民的得救，对他的拯救和对法兰西荣誉的拯救。"这是一声响彻旷野的呼喊，唤醒了法兰西对自由的尊重……"莫洛亚说，"唤醒了对伟大思想和伟大形象的热爱。法兰西人民懂得这一点。当时维克多·雨果正在《历代传说》①中坚守在自己的岗位上。"

维克多·雨果与帝国不间断地进行了19年斗争。在国家政变后他立即写了愤怒的抨击性小册子《小拿破仑》(1852年)，对篡位者用控诉和谴责的狂涛给予猛烈的批判。诚然，这一政论性著作对所发生的事件没有给予正确的历史分析。因此马克思指出这本书"值得注意"②并非偶然，他写道："维克多·雨果只是对政变的负责发动人作了一些尖刻的和俏皮的攻击。事变本身在他笔下却被描绘成了晴天的霹雳。他认为这个事变只是一个人的暴力行为。他没有觉察到，当他说这个人表现了世界历史上空前强大的个人主动作用时，他就不是把这个人写成小人而是写成伟人了。"(《马克思恩格斯选集》)

在《惩罚集》(1853年)中，雨果接近了历史的真理。这本诗集和抨击性的小册子一样，充满"尖刻有力的愤怒"。在《惩罚集》雷霆般的笔墨中，诗人成功地表达了人民的悲愤。这是雨果的政治抒情诗的高峰。正像娜·康·克鲁普斯卡娅所回忆的："在二次侨居巴黎时，伊里奇爱读维克多·雨果描写1848年革命的《惩罚集》。当时雨果在流亡中写下的这些诗篇，被秘密送回法国。在这些诗中有不少幼

---

①《历代传说》是雨果的一部诗集。原文此句意指当时雨果正在创作的《历代传说》足以表明那时雨果坚守正义的立场和岗位。有关情况详见本书第八篇第六章。——编者

②马克思在所著《路易·波拿巴的雾月十八日》一书的第二版序言中指出："在与我这部著作差不多同时出现的，论述同一问题的著作中，值得注意的只有两部：维克多·雨果著的《小拿破仑》和蒲鲁东著的《政变》。(《马克思恩格斯选集》)。——编者

稚的夸张，但仍能感觉到其中的革命气息。"这种"革命气息"也洋溢在雨果其他优秀创作中。

老人从格恩济岛的峭壁上发出了对暴君的诅咒，这位老人的身姿是一个巨人的形象。在19世纪法国的文坛上，他和巴尔扎克双峰映照：浪漫主义高峰和现实主义高峰。这是两个否定现代社会的巨人泰坦。《普罗米修斯——巴尔扎克传》（1965年）是莫洛亚最后一部传记的书名。维克多·雨果也被罗曼·罗兰描写为具有"偷盗宙斯闪电"的普罗米修斯气质的巨人。

安德列·莫洛亚则把雨果称作"奥林匹斯山神"。奥林匹斯山神，这是维克多·雨果的一个富有诗意、有着双重含义的形象。与这个形象有关系的首先是由于妻子的失节、朋友的背叛所引起的痛苦经历。《心声集》（1837年）一书中《致奥林匹斯山神》一诗谈到了诗人的痛苦，他从前受人尊敬，如今却被人嘲笑、折磨。但是雨果想用奥林匹斯山神这个形象说明某种更重要的东西。奥林匹斯山神——莫洛亚说——"这个被打倒的泰坦，永远不忘他那高贵的出身"，这使他比普通人看得更远。

最后，奥林匹斯山神，照雨果本人的说法，就是诗仙。奥林匹斯山神的一生也就是诗人的一生，他本人的生平事迹对他的创作有着不可低估的意义。虽然莫洛亚喜欢夸大个人因素在创作中的作用，但我们不能不同意他的这种思想，即30年代中期的爱情生活在雨果的抒情诗上打上了烙印："激情，就这个词的完整而又惨痛的意义来讲，正好成就了这个诗人。"

《心声集》感人的抒情性不如《惩罚集》，史诗般的《历代传说》之后是矛盾重重、悲壮紧张、惊心动魄的《凶年集》。于是，雨果成了一个"扑朔迷离的诗人"，同时也是一个"贫民的诗人"。

莫洛亚考察了雨果不断变化和革新的抒情诗后，粉碎了在资产阶级文艺理论中广泛传播的无稽之谈——维克多·雨果的诗已经无可挽回地过时了的说法。雨果的诗从内容到形式，都具有永久的意义。莫洛亚看到一条通向波特莱尔和魏仑、马拉美和瓦莱里的线索，他说："雨果就是法国20世纪大诗人们的直系鼻祖。"

《雨果传》的读者会对雨果的戏剧得到一个简略而明晰的概念。莫洛亚从标志着浪漫主义胜利的《爱尔那尼》（1830年）初演的战斗到浪漫主义戏剧的失败，即《滑铁卢会战》——《卫戍官》的上演（1843年），考察了雨果的剧作史。传记作者出色地传达了产生和形成雨果戏剧的时代气氛，可是对其社会意义总是阐述得不够。不应该忘记雨果在《爱尔那尼》序言中的那句话："文学的自由是政治自由的女儿。"就在今天，人们也常常只注意雨果剧作的动人情节。在这些剧作中充满着对"下层"人民深切同情的爆炸性的反抗力量，但在思想和精神气质上却是值得称道的"上流"式的。

莫洛亚注意到了雨果才能的史诗性，但对他的散文作品很少注意。其实这更值得注意。

列宁所说的"革命气息"明显地反映在雨果的长篇小说中。革命是作家创作的主旨。他证明"革命不是偶然的，而是必然的……它之所以产生，就因为它是应该产生的"。雨果从《巴黎圣母院》暴动的场面，走向歌颂《悲惨世界》中的共和国起义，进而赞扬长篇小说《九三年》中的革命人民。

在《巴黎圣母院》（1831年）中写了人民走上前台之后，马上就有了长篇小说《苦难的人们》[①]的构思设想，用莫洛亚的话说，雨果在这部小说中"想提出社会问题"，"想成为不幸者们的保护者"。但是要想写出《悲惨世界》（1862年），还需要30年的时间，需要流放和革命的经验。

传记的作者详细地叙述了这部小说的创作过程，然而实质上没有对它进行分析。《悲惨世界》的反资产阶级主题带有特殊的力量。雨果把资本家（"下水道有多脏，他们的内心就有多脏，连任何一个用手抹鼻涕的女养牛工都对他们避之唯恐不及"）的渺小和卑污与1832年巷战英雄们的伟大和纯洁加以对照。安若拉斯和他的朋友们的浪漫形象，卡弗罗什的传奇式形象，都深刻地反映了法国人民热爱自由的精神。尽管雨果内心充满矛盾，但当他认真考虑过革命的道路后，仍然站在这些人一边。这本著作在法国和俄国享有特殊的声誉。列夫·托尔斯泰和陀思妥耶夫斯基把《悲惨世界》列入最优秀的长篇小说之林。

莫洛亚对《九三年》（1874年）分析得简要而有说服力。如果说作品人物的舌战带有戏剧性，那么革命本身更显出戏剧性的效果。"它的主人公们保持着高尚的姿态并将它一直坚持到死"。的确，"资产阶级革命，例如18世纪的革命，总是突飞猛进，接连不断地取得胜利的，革命的戏剧效果一个胜似一个，人和事物好像是被五彩缤纷的火光所照耀，每天都充满极乐狂欢……"（《马克思恩格斯全集中文版》）。但是莫洛亚的看法不完全正确，他认定作者对两个营垒——蓝军和

[①]《悲惨世界》原名《苦难的人们》。——编者

白军的同情是平等的。保皇党的首领朗德纳克侯爵的智慧、勇敢和冷酷只是更加显出他的惨无人道。朗德纳克就是历史上一笔勾销的已成过去的法国。"雨果想说明的是,"卢那察尔斯基说,"革命对待资产阶级、旧世界、君主政体的态度是正确的,没有流血斗争乃至恐怖,砸碎旧枷锁,实现新社会的解放事业是不可能的。"最终取得胜利的是站在共和国一边的不朽的英雄人民。

在小说中,与主要的敌对冲突(共和政体与君主政体)并列的是伦理道德的冲突。这里指的是郭文所代表的"宽容的共和国"与西穆尔登所代表的"恐怖的共和国"之间的争执。对于这一争执的性质和雨果的同情,人们已发表了不少的议论。我们看到一个最正确的观点,根据这一观点,"真理的两极"——西穆尔登和郭文,即恐怖(这在今天是必要的)和宽容(这在明天才是可能的)。在小说的最后,雨果不急于下结论,他在18世纪法国革命的伟大历史的大门口停下来深思熟虑……伟大的浪漫主义者以颂扬革命而结束了自己的创作道路。

莫洛亚把"勇敢地探索真理"当作自己的首要任务,这真理就是人的全部复杂性。这个总的原则("做一个诚实的人是义不容辞的责任。"——莫洛亚在另一处说)在作家对传记体裁的选择上被相应地具体化了。

传记作者在其工作中所依靠的是文献资料。作家对收集到的材料常常要加以严格筛选。时间的久暂向作者预示着什么是重要的,什么是次要的。这样一来,作者就得分析研究那些"具有典型意义"的材料,以便使他能创造出典型性格。材料是形成情节的基点。作家是在利用现实生活的速写进行创作。但是一旦变成艺术作品的内容,原来的事实就显出新的相互作用。莫洛亚是这样说明历史的事实和艺术构思的关系的:"我总是力求把真理与艺术统一起来,这不是诗或真,而是诗和真。"(引自安德列·莫洛亚于1966年7月21日给本文作者的信)这就是作家的美学信条。

莫洛亚在他最好的创作中是以一个法国古典主义散文的继承者的身份出现的,文笔灵活而准确,朴实而典雅,流畅而简洁。《雨果传》作者给风格下的定义是:"给自然事物的本质打上作家气质的烙印。"莫洛亚的烙印是书信、格言风格。

莫洛亚(我们知道,他是《艺术对话录·札记与格言》一书的作者)善于用豪放的笔墨进行准确雄辩的描述。在《雨果传》中,格言有着多种多样的艺术功能,起着多种多样的作用。首先应该提到的是关于人、关于人在当代社会中的行为、个人主义、虚荣心的格言。莫洛亚用拉罗什富科的风格写道:"当今世界的大人物喜欢庇护那些不修边幅的怪物,因为他们仿佛总觉得这些人需要偏袒似的";"每个人都好希求那些他所得不到的荣誉,每个人都好诅咒那些轻易到手的东西";"宽容的根源在于冷漠";"谁粉碎过别人的心,谁就要为此付出代价"。

雨果本人就十分酷爱格言。在这部传记中,作者也引述过雨果的格言:"政府各部一个劲儿地宣传,只要你们的所作所为使他们满意,你们也就会满意。"莫洛亚在让自己的主人公说话时,总是引用那些最接近他的话,但从不与自己的相混。传记作者手中有力的工具是讽刺。在讲到青年雨果的诗作《路易十八颂》并引用了诗人的原话"可以从这首诗中看出政治风云的影响"之后,莫洛亚嘲讽地补充道:"当然啦,那还用说吗!"

最后,格言起着结构作用。他通常用格言作为一段、一节、一章的结语,以突出他作了仔细斟酌和准确加以安排的结构。

《雨果传》的成功与这一著作明显的艺术美有关。但作者对艺术美的兴趣只能用对描写对象的正确选择来说明。

莫洛亚说:"从巴黎圣母院的钟楼到残废军人院的圆穹,处处有旌旗迎风招展,处处有他的气息散香流芳;从凯旋门到旺多姆圆柱,整个巴黎展现在我们面前,仿佛是献给维克多·雨果的一首颂歌,一首用巨石谱写的史诗,它的每一节都是我们历史上的一个高峰。"传记作者讲述了巴黎人民是怎样庆祝雨果诞辰150周年的。谈到雨果不朽的一生时,莫洛亚引述了罗曼·罗兰的论文《老俄耳甫斯[①]》(1935年)。我们还想提一下为纪念雨果逝世50周年发表的另一篇作品,即共产主义者、作家波尔·瓦扬·古久里的标题醒目的论文:《是的,雨果和我们在一起》。

很容易想到法国在被占领期间,人们是怎样高声朗诵着雨果的《惩罚集》中的这几行诗的:

你们没带战斗的武器吗?好吧,
那就请你们拿起斧头和铁棒!
把铺路的石板一块块打破,
把石墙一堵堵拆开,
带着愤怒的呼喊、希望的呼喊,

[①]在希腊神话中,俄耳甫斯是色雷斯的诗人和歌手,他的琴声可使猛兽俯首,顽石点头。——编著

万众一心，为法兰西而战，
为我们的巴黎而战！
在最后的疯狂激战中，
雪洗被人蔑视的记忆，
你定将建立起自己的秩序！

——《致沉睡的人》

1943年的地下刊物《法兰西文学》（第8期）转载了《告巴黎人民书》（1870年10月2日）中的一段话："今天要求我们的是什么？厮杀！明天要求我们的是什么？胜利！每天要求我们的是什么？准备牺牲。"冉娜·拉菲达的文献性中篇小说《活着的人在战斗》用作题词的雨果那句话："谁战斗，谁才真正活着"，完全可以做为一切抗战文学的题词。

雨果受到人们的欢迎，他的传记也受到人们的欢迎。

20世纪50—60年代，法国恢复了对传记作品的兴趣。苏联重新出版了高尔基倡议的《名人传》丛书。在对国务活动、科学、文学、艺术方面的杰出人物的传记史料表现出强烈兴趣的情况下，法国作家的传记受到人们的欢迎是很自然的。

莫洛亚出生于维克多·雨果逝世的那一年。1970年正好是雨果逝世和莫洛亚诞生85周年。这两个人的名字的联系不单在于这个日期的巧合，更重要的是安德列·莫洛亚的《雨果传》把他俩联系在一起了。

作家有一次指出，他的晚年著作使苏联人民兴趣最大的只能是《雨果传》和《雷丽亚——乔治·桑传》。现在，紧跟着《雷丽亚——乔治·桑传》，我们的读者又看到了《奥林匹斯山神——维克多·雨果的一生》。

Ф·南奇利埃

作者前言

为什么要写雨果？我不想找人来为我辩解。虽然马歇尔·普鲁斯特[①]和阿兰[②]使我对乔治·桑产生了兴趣，但我不记得什么时候维克多·雨果不叫我衷心赞美。在我还是一个无知蒙童的时候，我就曾怀着激动的心情听母亲给我们朗读《贫苦的人们》；15岁时，当我读了《悲惨世界》后，我被深深感动了。一生中，我总是不断地在发现着这位天才的新奇之处。我和许多读者一样，对他那哲理诗之宏达优美是逐渐领略到的。当然，我也读过而且喜爱这位年迈诗仙[③]之晚作，也在他的诗集《百弦齐奏》、《伤心惨目之年》和《诗歌拾零》中，发现了从前没有认识的华章。

为什么要写雨果？就因为他是法国最伟大的诗人，要想理解这位天才艺术家矛盾的天性，就必须了解他的一生。比如，这个谨慎俭约的人为什么同时又那么慷

[①] 普鲁斯特：1871—1922年，法国作家，意识流的先驱之一。——译者
[②] 阿兰：1868—1951，法国作家，哲学家。——译者
[③] 诗仙：原文为俄耳甫斯（Opфeй），或译奥菲士。希腊神话中色雷斯的诗人和歌手，善弹竖琴，琴声使猛兽俯首，顽石点头。——译者

慨大度？这个纯洁的青年，模范的家长，为什么在暮年变成了一个老牧神①？为什么这个王朝复辟主义者会变成波拿巴主义者，后来又变成共和国的爱国主义者？为什么这个和平主义者要对瓦格拉姆②战旗大唱颂歌？为什么这个资产者在其他资产者眼里是一个大逆不道的人？——所有这一切，每一个维克多·雨果的传记作者都应当予以阐明。近几年来，雨果生平中的许多问题得到了澄清，还公布了大量笔记和书信，我只想把这些分散的资料加以综合，并试图用它们来勾画出一个"人"的形象。

在我的这本书中有许多尚未出版的文献资料，比如雨果写给比阿尔夫人、他的儿媳阿丽莎、他的孙子们和萨凡基伯爵、夏拉上校等人的书信；安黛儿·雨果致奥菲尔·戈第埃的信和奥古斯特·瓦凯利给她的信；圣佩韦笔记摘抄；艾米尔·丹桑致维克多·雨果、列奥波蒂娜·雨果致父亲、詹姆士·普拉蒂埃致朱丽叶·德鲁埃的信等等。然而援引这些新材料并不是我的主要目的。我没有在书中大量引证那些自己感兴趣但于本质问题无关紧要的材料。必须警惕把自己的主人公淹没在一大堆资料之中。我也不想因对雨果的诗学、宗教信仰和他的创作渊源的穷根究底而使传记变得枝蔓冗长。所有这些课题别人都已研究过了，而且研究得很好。简而言之，我所描写的只是维克多·雨果的生平事迹，不增添也不减少。我也永远不忘记，在诗人的一生中，创作活动和外部事件占有同等地位。

我在许多方面要感激现在十分了解维克多·雨果的那些人，他们的研究和诠释使我获益匪浅，这些人有莱蒙·埃索耶、安利·海曼、德尼·苏拉。当我在"维克多·雨果之家"收集资料的时候，管理员让·森让和他的女助理玛德林·杜芭对我在他们浩瀚的收藏中的搜求给予了指导。通过他们的展品目录，我得到了许多很有用的新材料。在国立图书馆工作的我的朋友们——茹里英·肯、让·波塞、雅克·休费尔、马赛尔·朵玛、让·普里奈——把维克多·雨果的手稿、笔记和文件供给我随意使用。让·波米埃热情地允许我发表收集在施佩贝尔·德·洛文荣文集中的圣佩韦的遗文片断，而马赛尔·布迪隆允许我利用了《巴尔扎克致外国女人书信集》第5卷（尚未出版）中的材料。

---

①在希腊罗马神话中，牧神是大自然、动物生育繁殖之神。——编者
②瓦格拉姆：1809年7月6日，拿破仑在多瑙河的瓦格拉姆打败了查理大公统帅的奥地利军。这一战役的胜利，粉碎了欧洲反动势力的第五次反法同盟。——译者

安德列·海沃夫人（娘家姓列费夫·瓦凯利）、刘西娜·德尔芬夫人和乔治·勃列佐、阿列弗莱·杜邦、让·蒙达瑞、菲力普·艾里亚、弗兰茨·昂布里埃、哈布里尔·福尔几位先生慷慨地为我提供了文献资料。比埃尔·德·拉克列代——他母亲是阿丽莎·洛克鲁亚的女友——向我愉快地讲述了他所了解的维克多·雨果晚年生活圈子里的那些人。最后，我的妻子以她素有的热忱为我收集了极为珍贵的往来书信。没有她，我是不能胜利完成我所设想的这部著作的，这是截至目前我所从事的所有著作中最庞大、最艰巨的一部著作。至于我为此所付出的全部心血，目的只在于：既无负于我虔诚景仰的这位伟大诗人，又不违反真理，把根据目前的研究所能知道的他的一生合情合理地讲述出来。

安德列·莫洛亚

目录

俄文版序：雨果的一生——诗与真
作者前言

第一篇　神奇的喷泉

3　　第一章　按血统他是洛林和布列塔尼的后裔……
16　　第二章　我做梦都是战争……
30　　第三章　童年的结束

第二篇　黎明的曙光

41　　第一章　笼中岛
54　　第二章　最初的叹息
63　　第三章　《文学保守者》
69　　第四章　婚约
80　　第五章　想就能

第三篇　胜利的时刻

91　　第一章　新婚之后
98　　第二章　《法兰西缪斯》
108　　第三章　布卢瓦、兰斯、沙蒙尼克斯
116　　第四章　艺术技巧
127　　第五章　沃吉拉尔峡谷的《东方吟》

第四篇 早秋

- 141 第一章 忠实的阿夏特
- 144 第二章 给戏剧以地位
- 149 第三章 不要使我们也卷入……
- 162 第四章 颂歌应该一首接一首
- 169 第五章 命运
- 178 第六章 秋叶

第五篇 奥林匹斯山神的爱情和悲伤

- 187 第一章 王政广场
- 193 第二章 涅格罗尼公爵夫人
- 204 第三章 1834年
- 213 第四章 奥林匹斯山神

第六篇 愿望的实现

- 227 第一章 光和影
- 241 第二章 尤丽叶在学院的圆屋顶下
- 256 第三章 莱茵河
- 260 第四章 《论文学中的角斗士们》
- 264 第五章 在维尔基野
- 275 第六章 轻薄放荡和水彩壁画
- 285 第七章 伟大与不幸

第七篇 决定性的时刻

- 295 第一章 要么是财富,要么是良心
- 307 第二章 错觉与决裂
- 315 第三章 政治斗争与感情纠葛(1850—1851)
- 326 第四章 英雄的人们

第八篇　流亡，思索，写作

- 335　第一章　从大广场到"海滨阳台"
- 347　第二章　"海滨阳台"
- 355　第三章　亡灵出现，桌子能言
- 360　第四章　啊，黑暗的王国
- 364　第五章　《静观集》
- 375　第六章　《历代传说》

第九篇　流亡的果实

- 385　第一章　"假如只剩下一个人……"
- 394　第二章　《悲惨世界》
- 401　第三章　火山
- 405　第四章　《街头与林间之歌》
- 410　第五章　《海上劳工》
- 417　第六章　捍卫《爱尔那尼》的最后一战
- 426　第七章　流亡结束

第十篇　死亡与显灵

- 435　第一章　《凶年集》
- 445　第二章　谁之罪
- 457　第三章　晚年艳遇
- 467　第四章　克利希街21号
- 475　第五章　《做祖父的艺术》
- 479　第六章　恶魔及其嗜好
- 487　第七章　啊，黑暗……
- 490　第八章　"日落常似庄严闭幕"

第一篇　神奇的喷泉

> 啊，记忆！你是黑暗中的微光！旧日思想中飘渺的远方！依稀可闻的逝去的喧嚣！沉埋地下的岁月的宝藏！
>
> ——维克多·雨果

第一章　按血统他是洛林和布列塔尼的后裔……

大约在1770年，南锡住着一个叫约瑟夫·雨果的细木工匠。他用专利权为自己的生意买下一座可以顺摩塞尔河浮运的森林。除木工作坊外，他在城里还有几间不大的房舍。他是一个严峻的人，秉性耿直。他的父亲在波德里库务农，"那个地方与贞德和克劳特·若利的故乡洛林牧场接壤"。年轻的时候，约瑟夫在轻骑兵中是个司务长，军衔是骑兵少尉。他先是弃农从戎，继而又为了刨子而抛下了马刀。起源于德意志的雨果这个姓氏，在洛林一带相当常见。16世纪有一个叫乔治·雨果的是近卫军上尉，曾得到过贵族封号；有一个叫路易·雨果的是艾斯基瓦尔的修道院院长，后来成了普托列梅的主教。细木工匠雨果与这个主教是否同宗？谁也不知道。但木匠的子女们倒很乐意相信这一点，他们说：德·格拉菲妮娅女伯爵弗兰苏查·雨果在给他们父亲的信中称他为"我的兄弟"。约瑟夫·雨果和第一个妻子（娘家姓德埃东娜·贝莎）有7个女儿，和第二个妻子让·马加丽·迷骚有5个儿子。他们都自愿参加了革命军，2个在维森堡城下阵亡，3个幸免于难，当了军官。帝国倒台后，军界的晋升成了从一个阶级转到另一个阶级的新途径，而雨果家的人对戎马生涯仿佛有一种本能的嗜好。

三儿子约瑟夫-列奥波特-西吉斯伯·雨果1773年11月15日生于南锡。蓬松的浓发，低低的额头，鼓出的眼球，富于性感的厚嘴唇，过分鲜明的肤色——这一切，都使他的外貌粗俗不堪；然而他那和善的表情，灵光闪闪的眼神和异常温柔的微笑却使他变得很迷人。他受教于南锡牧师会的神父门下，但辍学很早，因为他15岁就以志愿军的身份参了军。他懂拉丁文、数学，不仅会用当时的语体撰写相当漂亮的军事报告，还能写情歌、歌谣、卢梭体书信。后来他还写过几部离奇的长篇小说，充满种种恐怖、惊险的情节。他是一个快活的人，令人愉快的交谈者，但是只要他那抑郁的情绪一上来，当下就想象出有仇敌在迫害他。1792年，他是莱茵方面军中的上尉，结识了当时的营指挥官克列贝尔、中尉德扎克斯和亚历山大·博格尔耐将军——未来的皇后约瑟芬的前夫。士兵们喜欢雨果上尉，他们发现他是一个可爱的好人，虽说脾气暴躁，但很豪爽。这个骨子里很温和的人凭着他那慓悍的体魄，在厮杀中委实是豪勇非凡。

一点不错，他勇敢过人。在战斗中他胯下的两匹战马都被打死，他自己也多次受伤。1793年他被派遣去镇压旺代叛乱，被任命为他的好友、营指挥官缪斯卡尔的参谋长。雨果当时只有20岁，而缪斯卡尔已经34岁。缪斯卡尔是从士兵中提拔起来的正规军官，巴斯卡族人。1791年他在御林军中已经当了17年兵，军衔只是上士。革命和战争给了他崛起的机会。他有在战乱时期成为高级将官的必备素质：身材魁梧，嗓门宏亮，能说会道，性格爽快，当然还得英勇非凡。作战6个月他就连升3级。1793年下莱茵军的第8营便选拔他为指挥官。

缪斯卡尔和雨果仿佛生来就是彼此的知己。两人都坚信1789年的原则，生活乐观而放荡，都有狂热而正直的特点。国民公会命令他们到旺代去进行的战争是残酷的，这在任何内战中都是常有的现象。他们得到的是什么样的指令啊？焚烧单门独户的房屋，特别是城堡；夷平每一个村镇的面包房和磨坊；把叛乱地区变成荒野。敌人十分顽强，无法捕捉，他们时而躲在林间树丛，时而藏在密林之中，时而隐身深沟大壑，不断骚扰共和军，使之惊恐不安。蓝军和白军①双方都枪杀俘虏。列奥波特·雨果既然把自己的一切都归功于革命，他就与革命同甘共苦。他甚至在签署文件时都以"桑久洛·布鲁图②·雨果"落款。但他的心却是富于人性的，所以"夏莱特的匪徒们"③很快就风闻这个蓝军还未丧尽天良。也许正是由于他宽宏大量的好名声，所以当共和国的军官列奥波特·雨果请求让他疲惫不堪的士兵们暂驻片刻时，才会受到普济-奥维纳县莱诺德埃城堡旧养畜场的布列塔尼姑娘索菲·特列宾莎相当友好的接待。

年轻的布列塔尼姑娘身姿婀娜，长着一双棕褐色的大眼睛，娇小的面庞热情洋溢而又盛气凌人，鼻梁挺直，活似一尊古希腊的雕像。"她的体格堪称健美，容

---

① 蓝军、白军：白色是波旁王朝的颜色，故白军指保王党军队；蓝色是革命军制服的颜色，故蓝军指革命军。——译者

② 桑久洛：无套裤的汉音译，法国贫民无套裤，故上流社会蔑称参加革命的群众为"无套裤汉"。布鲁图（约公元前85—前42年）：罗马共和党领袖，刺杀恺撒，建立共和国。——译者

③ 夏莱特的匪徒们：夏莱特是旺代反革命叛乱的首领之一，所率部队称"沼泽军"，1795年战败被处死。——译者

光艳艳，咄咄逼人的顾盼招人喜欢。在她那轻盈的步态、从容的举止中，蕴藏着一种和谐。优雅而又富于田园气息的神韵……"她的父亲还有两个女儿，他是南特商船船长，做过贩卖黑人的生意。她的外祖父列诺曼·杜·皮逊先生是南特司法界民事法庭和刑事法庭的检察官。特列宾莎家族和列诺曼家族在君主专制时代"和所有的人"一样，都是君主主义者。革命风暴使他们发生了分化。索菲·特列宾莎家的一些人成了白党，另一些人成了蓝党。列诺曼·杜·皮逊按其地位来说是法官，按其职业来说是诉讼，他同意成为南特革命法庭的成员，但这没有使他受到外孙女的尊敬，因为她对恐怖时期的过火行为十分愤慨。

特列宾莎自幼父母双亡，教育她的是公证人的遗孀、姑母罗宾太太。这是一个秉性刚毅的人，保皇派分子，伏尔泰信徒，而且她把自己的思想灌输给了这个少女。1784年罗宾太太受托教育侄女的时候，已经60多岁了。1789年她对法国大革命时不定期召开的国民议会颇有好感，但是在1793年，她被南特风行一时的暴行和她所尊重的一些人被处死吓坏了，决定同侄女隐居在沙托勃里安小镇，那里有她们的本家。在这个小镇的附近，被叛军包围着的中心，有一处200年来一直属于特列宾莎家的领地——莱诺德埃。

正像所有自幼丧母的姑娘一样，索菲·特列宾莎秉性刚毅，独立不羁，而且她不信上帝，宽宏大度；她敢在沙托勃里安四郊的崎岖山道上跃马疾驰。无疑是由于列诺曼老人的作用，令人胆寒的南特总督、雅各宾党人卡里埃才给特列宾莎姑娘签发了信任证书，使她受到了保护；而她就利用这一护身符来营救那些不向宪法宣誓的神父，或者安排朱安党人①潜逃。

要知道，她也是一个"对国民公会的专横暴虐深感恐惧的狂热的旺代分子"。说实话，这两个隐居在沙托勃里安的女人只不过是在两种恐怖——雅各宾士兵的恐怖和"暴徒"朱安党人的恐怖——之间选择罢了。要么是赤色恐怖，要么是白色恐怖。因此，索菲觉得她的莱诺德埃养畜场的陋室还是比为仇恨所分裂的小城好。她爱穿着木屐走路，爱在花园里工作。普济-奥维纳的"庄稼汉们"像旧时一样，仍然称她为"我们的小姐"。这个独立不羁的女骑士，很为自己与地方小贵族有着宗族关系而骄傲，这个坚忍刚毅的女子，酷爱鲜花，耽于幻想，在骚动不安的憧憬中把自己当作某一位英雄的意中人，对她栖身的这个隐秘天地日渐恋恋不舍。

---

①朱安党人是法国大革命时期的反革命暴动分子。——编者

蓝军的小股部队饥饿、疲劳，他们被仇恨包围，陷入了绝境。为了报复，他们劫掠，屠杀叛乱分子。威风凛凛的缪斯卡尔是一个好人，嗜血成性绝不是他的特点，他曾慨叹道："指挥一支使自己的长官蒙受耻辱的军队真叫丢人。"然而，他还是破口大骂那些与朱安兵保持联系并帮助他们伏击爱国者的人"统统是复仇女神，是奸诈的恶棍，是墨该拉①"。索菲·特列宾莎就是这样一个旺代复仇女神，尤其是当蓝军有一次恣意"奸淫血洗"了莱诺德埃后，她更加赞同凶残的旺代人了。

尽管这样，在1796年一个美好的夏日里，当她骑马散步返回沙托勃里安的时候，在途中碰上了快乐的上尉，其时雨果正在为搜捕"朱安匪徒"清洗一片树林。她有充分理由对他表示亲近。一来，这个青年军官对那次屠杀没有责任；二来，她听说他对缪斯卡尔很有影响，主要的是当时有一个农民正走到她面前通知"他的小姐"："蓝军突然出现，我们的神父就在附近，您要应付一下这帮混蛋。"她开始非常成功地卖弄风骚，当即表示欢迎雨果上尉和他的士兵，并把队伍带到了莱诺德埃。

水果和清凉饮料端上来了。谈话开始了。年轻的上尉给人的印象不坏。他还有些教养，能引述基特·李维和塔西陀的著作，朗诵伏尔泰的诗章和帕尔尼的哀歌。他本人还会用"漂亮的姑娘们喜欢的那种文体"编写情歌和藏头诗②。此外，他虽然粗俗得出奇，但他那乐天精神却很有感染力。他随时准备一边唱歌，一边厮杀。缪斯卡尔为他还写过一首打油诗式的墓志铭：

　　这儿埋葬着营队的美和骄傲，
　　他笑着死去，死了还在笑。
　　冥河里的普路托都被他逗乐，
　　因此如今死者都认为有权大笑。

与这个体魄极其强壮的军官建立友好关系，对特列宾莎是合算的，因此她又与他相会了一次。她好奇地观察着这个嘴巴富于性感、眼光十分柔和的23岁的上尉。他虽然在行军中效法上司也为自己搞到一个"乳房高耸、智力低下"、自称是"雨果妻子"的轻佻女郎路易莎·布恩；他虽然十分粗俗地吹嘘自己恋爱的成功，

---

①墨该拉：复仇三女神之一，愤怒与嫉妒的化身。——译者
②藏头诗：将所言之事分藏于诗句之首。——译者

但还是被这个具有男子智慧和男子气概的布列塔尼少女迷住了。她玩了一个巧妙的政治手腕——邀请雨果和缪斯卡尔去拜访姑母罗宾。沙托勃里安多数人家对共和国的军官们向来门户森严，而如今却是殷勤的邀请，自然更打动了他们。加之特列宾莎小姐聪颖出众，新鲜迷人，使得两位军官很快就不拘礼节地简称她"索菲"，称罗宾太太为"姑妈"了。具有西班牙少女气质的索菲开始对年轻的上尉产生了兴趣。他搭救过妇女、人质和儿童。骑着马与他一起在崎岖的布卡扎大道上溜达，使她感到快意。在闲聊时，她大胆地向他证明，反对朱安党的战争是非正义的。雨果热烈地为共和国辩护，但又十分欣赏迷人的姑娘的这种刚毅性格。他引以自豪的是没有对她的贞洁起歹心，而她骄傲的却是自己能这样勇敢地和一个敌人谈话。

这种奇特的田园生活没有持续多久。缪斯卡尔跟他的将军吵了一架，被督政府从下莱茵军8营召回巴黎。与布列塔尼少女分别，使桑久洛·布鲁图·雨果闷闷不乐。姑妈罗宾也对这次离别感到惋惜。但她有足够的哲学家般的胸怀接受新事物，所以她不反对侄女与共和国军官结婚。她费尽心思刺探索菲的心事，可是索菲声明：她对这一婚姻一点也不感兴趣。她跑到莱诺德埃侍弄她的花园去了。但是雨果即使在巴黎也没有忘记"沙托勃里安的小索菲"，他不断地给她写信，虽然他为暂时姘居仍旧把乳房高耸的路易莎·布恩女郎紧紧抱住不放。雨果写信给缪斯卡尔说："我常常把她紧紧贴在胸前，透过那两个妙不可言的半球，我觉得掀动世界的狂涛汹涌上涨……我们拉上了窗帘……"

这真是怪事——每当碰到什么不顺心的事情，这个纵情放荡的军官就会被一种奇特的受迫害的幻想所左右。当营指挥官缪斯卡尔另有任命时，雨果不停地控诉自己的新任长官，使参谋部不堪其烦。他说新长官"是个恶棍，不仅应该给他带上镣铐，而且应该把他处死"，说"他是个卑鄙的东西"，"是一条莱茵河都不欢迎的鳄鱼"。为了摆脱他这个牢骚满腹的人，任命他为军委会的检察员。他的这一职务使他有权得到克列福广场市政厅的一套住宅，但他无权把自己的情妇安置在这所军官府邸。路易莎·布恩很快消失了，她显得十分谦逊，突然又变得满不在乎——这在那时是平常而又平常的；而上尉也有了闲暇思念索菲·特列宾莎了。她以"极其矜持的态度"和"贞洁的感情"给他写了回信，全然没有上尉信中所特有的那种"寻开心的漂亮话和不正经的腔调"。然而也许正是这种矜持的气度征服了他。不管怎样，索菲·特列宾莎的建议他都照办了。

她是父母双亡的孤儿，比未婚夫大1岁，需要有个依靠。不过看来她对这一婚事并不十分动心。为了得到她的同意,以致需要她在南特的所有朋友们极力鼓动。在弟弟的陪同下,她到了巴黎;雨果"狂热的爱情使她惊讶不已"。1797年11月15日,在忠忱街的九区区管理局按世俗仪式给他们办了结婚手续。从婚约上可以看出,上尉雨果除了薪水以外没有多少不动产和进款,新娘也没有什么陪嫁——莱诺德埃领地并非属她私有。但是这个心胸豁达的大兵同意缔结财产共有的婚约。虽然在督政府时期生活十分艰苦,但他从不抱怨。他说:"金钱是战争的神经,而且仅仅是战争的神经。我所有的已经足够日常生活了;我不欠债务也就无所忧虑了。"

夫妻俩在巴黎住了两年。雨果狂热地爱着自己聪明的布列塔尼娇妻,可她对丈夫夸夸其谈的喧闹和为所欲为的玩笑有点厌烦。这个长着公牛脖子的壮汉过分强烈的情欲使她大为懊恼。但她忍受着这一切,因为她是一个深沉、顽强、矜持的女子。"在古老的市政厅度过的那些阴暗岁月"给她留下了极坏的印象。"在大革命期间,那些装饰墙壁的图画,就连墙壁本身看了都叫人难受"。年轻夫妇既没有衣服,又没有餐具。索菲想念莱诺德埃,想念她的花园,想念故乡布列塔尼的海天。法庭秘书比埃尔·傅仙成了他们的至交,他是南特鞋匠的儿子,特列宾莎家的老熟人,与雨果同岁,但两人气质全然不同。这是一个庄重、纯洁、深居简出的人。傅仙是在本家叔叔,一个天主教神父手下受的教育,这种教育对于一个圣乐派教徒①比对一个大兵更适宜。这两位好友之间的唯一区别在于政治。军务检察员是共和主义者,法庭秘书是君主主义者,但是在争论时两人彼此都不带敌对情绪。

雨果成婚后没几天,法庭秘书与安娜-维克都亚·安西林结婚,请雨果上尉在区管理局当证婚人。在婚宴上列奥波特·雨果斟满他的酒杯大声嚷道:"祝你们生个姑娘,我生个儿子,咱们结成亲家。为未来家庭的康乐干杯!"

巴黎督政府时期,无论是衣着打扮还是开玩笑,都很不检点。雨果夫妻参观了各种娱乐场所。索菲穿着透明的服装,正像她丈夫用当时淫秽的语言所说的,这种服装"叫人眼巴巴地瞅着美女们那些最隐秘的美妙之处"。在"伊达公司",亦即到处画着裸体画譬如"马尔斯和维纳斯在透明云幕后的交欢"的沙依奥大街和爱丽舍大街拐角处,他们遇见了索菲·特列宾莎童年时代的朋友拉戈利上校。维克

---

① 圣乐派教徒:一种宗教团体的成员,这种教派不要求遵守修道士的仪式,由此产生出一系列神学理论。——原注(俄文版原有的脚注,下同)

多·冯·拉戈利是马延省人。投身于大革命后，他仍然保持着在保皇派耶稣会教徒任教的大路易中学学到的那种贵族风度。他穿着漂亮的蓝色燕尾服和没有边饰的蓝短裤，戴着"缀有小小帽徽的黑色三角帽"和雪白的手套。简而言之，他衣冠楚楚，雍容典雅。与他相遇显然使索菲十分快乐，拉戈利高贵持重的风度无疑与雨果少校玩世不恭的劲头形成了鲜明的对照。在那伤风败俗的时代，目光炯炯如宝石的青年上校没有情人，过着独身生活。这个斯多噶信徒、理想主义者，好读古罗马诗人们的拉丁文诗，也喜欢法兰西诗歌。"他超群出众，学识渊博，而且他善于把这一点表现出来"。这是一个严正、高傲、值得爱的人。拉戈利上校对雨果夫妻依依不舍，他们同样以友好相报：丈夫为自己找到了靠山而高兴，因为他是被督政府派遣到意大利方面军负有重要使命的莫罗将军的密友；妻子为自己有了心腹人而感到满意，因为他和她一样，是城府很深的人，善于保守托付给他的任何秘密。

1798年，雨果夫妻的儿子阿贝尔出生。第二年少校回到军中，因为他受命参加的第20团必须并入过去曾以多瑙河命名而自豪的莱茵军。他把妻子送回南锡。她的地址当时是：南锡旧城马尔沙街，寄居婆母家的女公民雨果。凄凉的街道，郁闷的房舍，浅黄色的阴暗的门面，幽深的庭院。习惯了自由空气的布列塔尼女子在这里感到憋气。她与婆母特别是小姑子玛卡莱（她的小名叫戈顿，从夫名叫马丁-绍平）合不来。这个女人竟然想指挥新娘。索菲想亲自给孩子喂奶，洗澡，带他散步，可是雨果家的人认为给孩子喂奶最好是用奶瓶子，用湿毛巾揩擦代替洗澡。和许多英雄人物一样，列奥波特·雨果为婆媳间的争吵深感苦恼，他尽力承认她们都对，两面讨好。

在"伊达公园"邂逅的美男子拉戈利上校也被调到了南锡。他没有忘记索菲——这个严肃的、使他动情的女子。找她聊天成了他的习惯。有的是两人都感兴趣的话题：对恐怖的严厉谴责；对和平与真正自由的神往；赞美莫罗将军——拉戈利对他很有感情；童年时代伤感的回忆；对布列塔尼和诺曼底的怀念。相会酿成了秘密爱情的萌发，起初这是无意识的，纯真无邪的。1799年12月，莫罗被任命为莱茵军的总指挥。拉戈利当了总参谋长，按所有军队从远古时代就形成的传统习惯，少校雨果由于年轻将官喜欢他的妻子，所以得到了他所希望的一切，他本人也投到了莫罗麾下。

他一开始把妻子留在南锡。她从来没有像现在这样害怕过丈夫的那种贪婪的肉欲，因为索菲又有了身孕，同时秘密爱着拉戈利。她乞求丈夫让她暂时回避床笫生活休息休息，请求允许她回布列塔尼生孩子，可是少校在他用圣·普乐①体写的信中认为这是冷酷的。雨果少校致雨果夫人："离开南锡重见亲人，使你觉得快乐，这我不奇怪；但是你把自己的快乐说得如此强烈，我的心都缩紧了……"索菲想把小阿贝尔带到莱诺德埃，她写信说："把他留在一个我将与之永别的地方使我十分难过……回到故乡我就哪儿也不去了；只要你愿意来和我们一起生活，你随时都可以在那里自由地见到我和孩子……"

这种敌对的态度使年轻的丈夫陷于绝望："索菲，这些使人伤心的话真是你写的吗？"他甚至提到自杀，不过那是一种艺术夸张："我已经准备好了……可又作罢……倒不是因为害怕……"他不让妻子走，他从奥格斯堡写信给她说，他很快就要去南锡看望她："我已经想象到了自己在一个膝盖上怎样抱着你，另一个膝盖上抱着阿贝尔，我怎样甜蜜地把你亲吻，因为你正怀着我们新的希望……"这幅全然是肉欲幸福的合家欢的画面一点儿也不能打动索菲。少校徒然地描绘着当他出现在她身边，紧紧地把她抱在怀中的幸福的一刹那，可这恰恰是她所害怕的。但是生过孩子后（1800年9月16日，她在南锡生下了次子欧仁），她不得不迁到柳涅维尔她丈夫那儿去——他已被任命为那里的总督。在柳涅维尔她又见到了拉戈利。他在宫廷深受宠信，正受约瑟夫·波拿巴②的委托进行和平谈判，拉戈利在这件事上显示了自己精明的外交才干，他以其优雅的仪表和犀利的谈吐使他在周围芸芸众生中显得出类拔萃。塞古尔说"他有君主主义者的风度"。至于总督雨果，他为自己定购漂亮的制服，为妻子的成功洋洋自得——因为约瑟夫·波拿巴亲口夸奖她脑瓜子聪明。雨果写信给他的老同事，新任奥斯坦省总督缪斯卡尔，欣喜若狂地描述"他迷人的索菲"如何"值得拉戈利百般敬重"。这太富有古典戏剧性了！

雨果成了莱茵方面军司令部莫罗将军的亲信之一。亲近就是祸患。因为1800年莫罗扮演了波拿巴的敌对者的角色，致使所有忠实于莫罗的人都引起了新执政者③

---

①圣·普乐：卢梭的书信体小说《新爱洛绮丝》中的男主人公，他给情人朱丽的信情调热烈而伤感。——译者

②约瑟夫·波拿巴是拿破仑·波拿巴之兄，曾先后被拿破仑封为那不勒斯国王、西班牙国王。——编者

③新执政者：1799年，拿破仑发动"雾月政变"，推翻督政府，成为独揽大权的第一执政。——译者

的怀疑。尽管约瑟夫·波拿巴热心推荐，雨果在柳涅维尔还是没有得到晋升。关心他的前程的朋友们为他能被任命为第20团的营长费了不少劲。"可是这一任命成了我的新灾难和讨嫌的祸根……"他说。因为第20团的团长是一个他曾与之闹过意见的军官。

1801年，在从柳涅维尔到贝尚松的途中，由于在山上游玩，雨果夫妻播下了第三个孩子的种子（有一次父亲就是这样对他说的）——这说明就是在孚日山脉的最高峰道弄山的云海之中，少校情欲的烈火依旧像狂风暴雨一般强劲猛烈。这个儿子于1802年2月26日诞生在贝尚松的一个17世纪的古老住宅里。双亲邀请维克多·拉戈利将军做教父，陆军准将、贝尚松要塞司令雅克·丹列尔的夫人玛丽·丹佐莱做教母，所以孩子起名叫维克多·玛丽。实际上这算不上是洗礼，正规的洗礼必须由教父在出生证上以证人身份签名才算数；可是在此之前拉戈利已经回到了巴黎，所以丹列尔将军做了他的代理人。

这个孩子非常羸弱，产科医生不指望他能活下来，只是由于母亲的耐心护理才救了他一条命。

雨果致缪斯卡尔：

> 亲爱的缪斯卡尔，我已经有3个孩子——3个儿子了。我的事业也应该是孩子们的事业。让他们踏着父亲的足迹前进吧！我一定会满意的，让他们所成就的比我更多吧！我祝福他们的生辰，正如我祝福把他们赐给我的爱妻一样……我的弟弟来过这里。他是一个身高5.6英尺的美男子。在整个战争期间他一直是桑布尔和默兹军队中的掷弹兵。我好不容易才把他提拔为少尉。我还有一个弟弟……安置他使我非常作难，其实他也是一个极好的人。他受过相当不错的教育，甚至还写了一本不无价值的悲剧……他已决定报名参加志愿军。

雨果的这两个弟弟都是有声誉的人，都是战士兼诗人。然而列奥波特的"丘八"脾气却使他大倒其霉。他按照自己的惯例，在第20团跟他的顶头上司寇斯达尔上校发生了势力悬殊的斗争。寇斯达尔账目混乱，雨果毫不客气提出指责，因此他被指控为教唆军官哗变。事情不妙！莫罗将军的这位朋友难以指望在上层得到任何支持。寇斯达尔上校控告这个在莱茵军中穿着"斯巴达人"的蓝燕尾服的胖少校是一个逞凶斗狠的人。雨果写信给缪斯卡尔说："他竟敢说我没有参加过战斗。这个强盗以己度人……"内阁给列奥波特·雨果下的结论是阴谋家。第一执政恨的就是叛乱分子。三儿子出生后的一个半月,"胖少校"接到去马赛的指令,让他到那里指挥一个准备调到圣多明各的营。

列奥波特·雨果深信人们都在迫害他,大难就要临头,因而完全丧失了理智。他打发自己年轻的妻子去巴黎,托她央求约瑟夫·波拿巴、克拉尔克将军和拉戈利,让他们变更任命,同时把他从敌人手里解救出来。与3个幼子离别虽使索菲难过,但她还是同意了,她向来喜欢困难的任务。但是让她去找拉戈利显然是失算的,其后果是很容易料到的。

拉戈利将军现在蓄着华美的颊须,梳着提图斯①式的发型。他向自己的朋友索菲·雨果讲述了事态发展,描绘了一幅非常令人失望的画面。拉戈利长期以来是自己的靠山、优柔寡断的莫罗将军和第一执政的调停人;第一执政不信任莱茵方面军的前任指挥,不过还能宽容他。波拿巴只要任命拉戈利为某国大使,就可以把他拉过去。但他没有这样做。拉戈利虽然知道莫罗是个软弱的人,但他还是转身投靠了莫罗。第一执政拒绝任命拉戈利为师长。这意味着在37岁时就被黜退——无疑是失宠了。拉戈利痛苦得面色憔悴,两眼深陷。天性好斗的索菲坚决要求他与第一执政进行斗争。当时卡都达尔②和德·阿图瓦伯爵③的密使正围着莫罗大肆游说。这个旺代女叛逆者建议利用这一联盟——哪怕是能把波拿巴排挤掉也好。这个劝告是不谨慎的,但索菲向来是一个秉性刚毅、情感热烈的女子。

与此同时,留在马赛的小维克多在断奶之前被托付给了父亲的勤务兵的妻子克洛蒂娜。雨果少校提升了奶妈的丈夫。他照料自己的3个儿子,尽其所能地教育他们,同时一个劲儿地要索菲相信自己的伉俪之情:"我叫他们吻你的信,以亲爱的妈妈的名义给他们糖果……虽然我还年轻,城里又到处是诱惑,但是请你不必担心……你看,我还值得你纯洁的一吻吧……"轻信的丈夫为久别所折磨,总要竭力自我安慰。"没有一个女人比你更爱丈夫,如果这话不错,那我就是最幸福的人了……"这种腔调本身就证明他对这一点有几分怀疑。1803年1月1日,他给索菲写信谈到孩子们时说:

今天阿贝尔走到我面前问好,胖子欧仁站在他后面,重复着他的话。

---

①提图斯:罗马皇帝奥古斯都的长子,继位两年便于公元81年病死。——译者
②卡都达尔:法国大革命时旺代叛乱农民领袖之一,拿破仑上台后逃亡英国。——译者
③阿图瓦伯爵:1757—1836年,路易十六之子,路易十八之弟,法国大革命后逃亡国外一直进行复辟活动,后为查理十世。——译者

这两个小家伙好玩极了……你要是估计自己的努力徒劳无益，就请缩短我的鳏居时间吧！快回来给我安慰吧！既然不能避免灾难，那么，只要我能占有你，我还不失为一个幸福的人……

1803年6月，刚满16个月的维克多——用少校的话说——嚷着要"妈——姆——妈"。实际上他也真不知道什么是"妈妈"。雨果夫人当时正在韦农附近的圣茹斯特城堡和失宠的拉戈利在一起。"莫罗俱乐部"提议公开声讨波拿巴，波拿巴惩治了这伙狂妄之徒。尽管索菲向约瑟夫·波拿巴陈情，雨果少校还是被打发到了科西嘉。他带着3个幼子乘船航行到巴斯底亚——一座房舍高耸的阴森的古城。"快来吧，我亲爱的索菲，回到你忠实的雨果的怀抱吧……"他给妻子写道，"我的忠诚将使你得到安慰。此外，在这里向妇女献殷勤有危险，因为不但可能会染上一种病毒，而且必须提防三棱匕首的偷袭。在我的心中，对你的忆念永远不会熄灭，你美好的形象也永远不会暗淡，我也再不会让你受委屈了，因为我明白，威胁我的惩罚会成为我致命的痛苦……"但是惩罚在他犯错误之前就已发生了。雨果夫人很勉强地给他回了一封信，而孤立无援的丈夫却得照料正在长牙的婴孩。圣勃夫说："他使人想到神话中的战神，想到把3个面目像小天使般的胖小子装在自己钢盔里的巨人；他毫不费力地带着他们在征途中辗转奔波，像母亲一样照料着他们。"

阿贝尔上了小学，胖子欧仁面颊红润，一头淡黄色的卷发，他是所有女宾的宠儿；维克多依然是那么羸弱，他是一个郁郁寡欢的孩子。他的脑袋很大，与他瘦小的身体相比，显然大得出奇，因此看上去他像是一个畸形的矮子。"他常常畏缩在角落里，默默地流眼泪，谁也不知道为什么……"父亲把他托付给一个女人，让她领他散步，头几天孩子就讨厌她。他为她不会讲法语而生气，说她是一个"cattiva"——恶人。可以想象到，在这个被母亲抛下的瘦弱孩子的心灵里，一定有些什么与他的两个壮实的哥哥全然不同的东西在活动。一种阴郁的气质就这样形成了，透过维克多·雨果的异乎寻常的生命力，这种气质不时表现出来。

1803年营队调到厄尔巴岛，只是在这里——在弗拉佐港，雨果夫人才与全家团圆。丈夫在固执地召唤她："人们都奇怪你为什么不来，为什么把孩子都丢给我？大家都议论纷纷……"索菲很清楚她自己是为什么来的——她要把3个爱子带到巴黎，好在那里与拉戈利欢聚。她指望取得少校的同意。她很清楚，在他欲火如焚的情况下，大概早已拈花惹草了，现在正渴望自由行事呢。委实如此，雨果夫人刚到，好心的人们就向她透露，少校在岛上跟一个叫卡特林·朵玛的女郎打得火热。女郎的父亲曾是医院的总管，因盗用公款被开除了。虽然索菲自己也有对不起丈夫的地方，但她却大为恼怒，拒绝了雨果的同床之好，于1803年11月飘然离去。她在弗拉佐港住了不到4个月。

后来她宣称，丈夫根本没有劝她留下，他为和情妇同居而希望得到自由。雨果少校在肉体诱惑面前无疑是软弱的。可是如果她能耐着性子共同生活，他毕竟还是觉得妻子比姘头好。夫妻间的冲突根源在于气质的不同。1804年3月8日雨果少校致妻子：

> 别了，索菲。请不要忘记渴望占有你的痛苦使我心中如焚，不要忘记在我血气方刚的年纪上狂热是应有之事。虽然我怨恨你，但我还是觉得渴望把你紧紧抱在我的怀中……

如果妻子回来的早，少校确信自己永远不会背叛她：

> 是的，我愿意只属于你一个人，但为了忠于你一个人，你就得永远不要让我领教你那冷若冰霜的神情，你就得永远不要拒绝我，否则我们最好分居……

这还不是彻底决裂，列奥波特·雨果爱自己的儿子，他承认自己有过，但要妻子负责：

> 要知道，在我这个年龄上，不幸我的情欲又是如此强烈，有时忘乎所以是完全可以理解的。但在这方面，过错总是在你身上……让我过独身生活，我还太年轻，让我不迷恋女人，我又太健壮。我喜欢我的妻子，说得彻底些，我仍然宠爱我的妻子，只要我的妻子愿意承认我应该得到她的爱情、她的爱抚，我就能成为一个只亲近自己妻子的聪明人。总之，亲爱的索菲，对我来说，要是我们能够再生一个孩子，这比为了别的女人而抛下你好得多。而且看来，我的孩子们将要在远离父爱注视的地方成长。我觉得自己有足够的精神力量促成那个幸福，即希望不带成见地对我做出评价。就身体方面来说（我只秘密地告诉你一个人），我从来没有像现在这样感到自己如此健康；就教训方面来说，在失去你的这段时间内，我懂得了许多……

这种无法反驳的坦白要是能打动索菲就好了，但她另有所爱。返回巴黎的路途虽然漫长而艰难，可她喜气洋洋，因为她很快就可以让拉戈利看到自己的3个儿子——胖子阿贝尔，淡黄头发的欧仁，多愁善感的维克多了。当马车停在维克托圣母街邮车办事处的时候，她奇怪为什么没看见拉戈利，她把自己归来的时间通知过他呀！她向将军的府邸跑去。大门上贴着两张告示，告示上写着：保皇派暴徒阴谋刺杀第一执政，巴黎人民要求检举并协助逮捕他们的同谋犯。下面还有一张嫌疑犯的名单。索菲看到其中就有维克多-克劳特-亚历山大·冯·拉戈利。

她打了个寒战，但她并不觉得意外。莫罗参与反波拿巴的密谋，他把与罗马教廷签订的教务专约称作"宗教迷信"，并拒绝接受荣誉团勋章。他把许多外国人、侨民和保皇主义思想家纠集在自己周围，岳母和妻子都明目张胆地协助他——所有这一切，索菲在离开巴黎时就知道。拉戈利怂恿莫罗反对第一执政，虽然他自认为是共和主义者，但他在索菲的影响下准备劝莫罗与保皇派结成临时联盟——对此她也同样一清二楚。从前是雅各宾分子，现在仍然保持着雅各宾党人精神的莫罗，长期以来坐山观虎斗。再说，他现在是克罗布瓦城堡的太上皇，大腹便便，淫荡好色。他本是属于统帅阶层的人物，可以把自己的军队带过鲁比考河①，但是他没有这样做，而是在那里大排华筵，寻欢作乐。

拉戈利在他那个圈子里是唯一精力充沛的人。因此第一执政的警务部决定立即逮捕他，并且认为此举关系重大。已向各省长官通报了他的相貌特征："身高5.2英尺；头发黑色，梳向前额；眉毛黑色；眼睛黑色，相当大，眼窝深陷；下眼皮呈淡黄色，麻脸，笑声尖锐……"还有一个特征——因骑马，腿有点儿罗圈。警务部到处搜查他——马延省，圣茹斯特城堡，以及巴黎他的朋友家，克利希街19号，哪儿也找不到他。实际上他就躲在克利希街对面24号雨果夫人的家里——她前不久才与孩子们迁居到这里。不过，他不愿意连累自己的女友，在她家只住了4天，就又开始了流亡者的逃窜生活。拿破仑·波拿巴仿佛是出于天性的仁慈和现实的考虑，表示希望年轻的将军到美国侨居，并尽力想把他忘记。但拉戈利还是留在了巴黎，而且不时地化装到克利希街去，因为他在那里永远会受到热情的接待。

---

①鲁比考河：公元前49年，恺撒非法地带领他的军队渡过意大利北部的鲁比考河，因而触发内战，使他最终成为最高统治者。这句成语一般比喻采取决定性的不能后退的行动。——译者

第二章 我做梦都是战争……

维克多·雨果最早的回忆是与克利希街的住宅联系在一起的。他记得"在这所住宅里有一个庭院，庭院里有一口水井，水井旁是石水槽，上面有一棵枝叶舒展的柳树。他记得妈妈把他送到勃朗峰街的小学去上学，他受到比两个哥哥更多的关照。每天早晨他被带进小学老师的女儿罗莎小姐的房间，罗莎小姐还没起床，她叫他坐在自己身旁。当她起床时，他看着她怎样穿长袜……"最初的春心萌动在一个儿童的心上刻下的痕迹会叫他终生难忘。不管怎样，我们在雨果的诗中常常可以看到一幅幅"不穿鞋"的田园生活画面——不是穿着白色长袜就是穿着黑色长袜的女人的纤脚，或者干脆是娇小的赤足。

列奥波特·雨果被派遣到了意大利。约瑟夫·波拿巴，这个软弱的文人，违心地秉承他那有名的弟弟（指拿破仑——译者）的意志做了统帅，受命去征服那不勒斯王国。他了解在柳涅维尔时他手下供职的雨果少校，也很赏识他。在巴黎，内阁总是反对提拔任何因与莫罗和拉戈利友好而败坏了名声的军官。索菲·雨果也只有在向丈夫要钱的时候才想起远在他乡而且差不多已和她离婚了的丈夫。他满肚子不高兴地寄一半薪水给她；而当他不能按时领到津贴时，还有一些秘密储蓄的拉戈利就承担了关照这个家庭的责任。

列奥波特·雨果大显身手的机会终于到了。占领那不勒斯激起了卡拉布里山中的bravi——半是爱国者半是强盗的起义。其中最勇敢的头领叫米海尔·奈察，绰号魔王法师。他与其说是一个土匪，不如说是一个流寇。他与占领军交上了火，经过一场短兵相接的血战，他被少校活捉了。这使列奥波特·雨果"声誉大振"。因而约瑟夫·波拿巴有理由委任他为亚维利诺省的总督，并将他晋升为上校。

而在这时候（1807年），拉戈利的处境却恶化了。他的钱财耗费殆尽。受迫害感使他神色惊恐，颚骨"像破伤风病人"似的总是神经质地抽搐着。他经常处在寒热病般的激动不安中。他怀念自由战士欢欣鼓舞地开进巴伐利亚城和提罗尔城的那些日子①，同时破口大骂"暴君"——可现在的暴君已经不是路易十六，而是拿破仑皇帝。当索菲·雨果看到自己的朋友已经不能在巴黎——在这里，富歇②暗中盯着他——露面的时候，当她看到很快就要无钱养活孩子们的时候，她就写信给丈夫说，她准备听从他的规劝，回到他那里去。然而他却无意于此了。"我根本不愿意叫你回来……我丧失了和你一起生活的愿望，这都是你的过错。再说我没有稳固的地位……"贫穷按其规律行事。索菲顾不得这一声明，于1807年10月，没有通知丈夫，就出发到意大利找他去了。

小维克多当时只有5岁，但他是一个非常敏感善察的孩子。他终生记得怎样坐着四轮马车越过整个法兰西；记得塞纳山；记得碎冰怎样在雪橇下劈啪作响，人们怎样用枪打老鹰，为吃干粮怎样停下车来小憩片刻。他记得最清楚的是那些挂在树上鲜血淋漓的肢体——兄弟三人从马车的小窗口望着那些残碎的尸体，百无聊赖地用麦秸编成十字架贴在车窗上。死刑、审讯和绞架，断头台和十字架的对照——这些思想一直到死都萦绕在他的心头，而早在童年时代就开始在他心里扎下了根。孩提时得到的强烈印象成了他一生的精神食粮。

喜欢布列塔尼花园胜似喜欢绚丽多彩的南国风光的雨果夫人关心的只是寻找栖身之所，但是孩子们却被"阳光下使他们缀着蓝流苏的白衣衫闪闪发光的"那不勒斯陶醉了。而在旅途终点，当他们看见迎接他们的父亲身穿华美的上校制服时，是多么自豪啊！他们觉得自己是总督的儿子，是胜利者营垒里的人了：

在被征服的臣民中我无须护卫，

奇怪的诚惶诚恐的照料叫人诧异——

莫非孩子们也叫他们敬畏……

我说出一个法国人的名字，

周围的这些异国人登时面如死灰。③

说真的，雨果上校正同朵玛姑娘在总督府过着姘居生活，妻子的不期而至使他大为惊骇。但他是个好人，他爱自己的儿子。他把家安置在那不勒斯，而且有好几天他为她敞开了亚维利诺住所的大门——卡特林·朵玛事先早从那里被送走了。

---

①1805年10月，拿破仑率领大军击败第三次反法同盟，占领巴伐利亚和提罗尔。——译者
②富歇：拿破仑帝国时警务大臣，后被黜，由萨瓦里继任。富歇后来积极参与推翻拿破仑的活动。——译者
③选自维克多·雨果的《我的童年》（《颂歌与民谣集》）。——原注

每一个儿童都生活在神奇的童话世界里,维克多·雨果童年的童话更神奇。兄弟仨住在意大利一所古老的府第里,大理石墙壁布满裂纹;附近是一条深沟,沟中榛树成荫。不用去上学——充分的自由,暑假的美景(其美妙是雨果终生喜爱的),全能的父亲——孩子们难得见上他。但是当他有时收刀入鞘,准备骑马出去带儿子们玩耍的时候,他就会到来。而这时,那些头戴闪闪发光的盔帽的骑兵们总是在院子里毕恭毕敬地等着他。受到皇帝的哥哥宠幸的父亲是那不勒斯的征服者,他命令把小维克多列入自己团队的名单,从那一天起,这个孩子就认为自己是一名战士了。孩子们兴高采烈地把手插入父亲金色肩章浓密的流苏里。上校在书信中充满爱恋地谈起他的儿子们:

> 最小的维克多对学习表现出极大的才能。他有如老大那样奋发有为,而且非常内向。他很少说话,可总是说得很得体。他的判断力不只一次使我大为惊骇。他的小脸蛋那么温柔。3个都是好孩子,他们彼此很友好,2个大的特别爱小弟弟。真可惜,他们不能和我在一起了。在这里不可能使他们受教育,必须把他们3个都送回巴黎。

真实的原因不在这里。上校和妻子不能和解。在他俩看来,朵玛姑娘和维克多·拉戈利都是天底下再好不过的人。情妇要求把妻子赶走,妻子反对情妇插身其间。孩子们猜测到家里正在进行着一场隐密的斗争,但他们不明白为什么。他们为爸爸感到骄傲,可又意识到他在什么事情上欺负了亲爱的妈妈。兄弟3人难过地离开了这所大理石府邸。在意大利的时候,他们又与父亲的朋友比埃尔·傅仙的两个孩子会面了。法庭秘书为自己谋得了意大利军需食品供应检察官的临时职务。在巴黎,前不久诉讼程序简化,法院经费压缩,所以比埃尔·傅仙想谋个军需职务,当时不少人借此发了财。小维克多·傅仙那时刚满5岁,他妹妹安黛儿4岁。这是一个心不在焉、耽于幻想的小女孩,"她的前额像是镀着一层金色的阳光,双肩黝黑"。雨果的3个孩子让她加入他们一伙,和她一起玩橙子球。傅仙太太对那不勒斯的明媚风光无动于衷,她只怀念巴黎的雪尔什-米蒂大街和土鲁兹公寓那绿树葱笼的花园。傅仙一家几乎是和雨果夫人母子4人同时离开意大利的。孩子们反正不可能老留在那不勒斯,因为列奥波特·雨果在他们走后就很快被正高坐在"西班牙和西印度国王"宝座上的约瑟夫·波拿巴召到了马德里。皇帝调动各国的君王就好像摆棋子一般。列奥波特·雨果虽然拒绝让他妻子回到他身边的任何企图,但他割不断对孩子们的牵挂:

你的良心是平静的，我也没有什么可自责的。但是为了证明我们之中有一个是正确的，就得把全部罪过推到另一个人身上，让时间去消除对这些命中注定的既成事实的记忆吧，你要培养孩子们对我们俩应有的尊重，给他们相宜的教养，要尽力使他们能在将来成为有用的人。让我们把全部温情都献给他们吧，因为我们双方都已确信很难生活在一起了……

在这封信中，有一种高尚的情感和某种善良的情操。这个身佩马刀的剑客原本是一个重感情的人啊！

巴黎，1809年2月。雨果夫人现在可以从丈夫那儿得到3000（很快就能达到4000）法郎的生活费，她在费扬提诺街12号一楼租了一处宽敞的公寓。这里原先是路易十三王后，奥地利安娜公主创办的一所古老的女修道院。客厅富丽堂皇，有如宫廷内室，"阳光充足，鸟儿欢唱"。在围墙上空高耸着瓦尔·德·格拉斯的雕像，它那优雅的头颅"仿佛是一顶用红宝石嵌成的皇冠"。院子里还有一个大花园，"花坛，树木，草地……两旁长满老栗树的林荫道，在这里可以架设秋千。干涸了的蓄水池非常适于战争游戏。百花盛开……这里是儿童们理想的乐园"。在这里，孩子们每走一步都有新的发现。"你知道我发现了什么？你什么也没看见吗？就在那儿，就在那儿呀！"每当星期天阿贝尔放学回家，两个小兄弟把这个天堂指给他看时，他总是快乐非常。"当我和两个哥哥在绿荫如盖的花园长长的林荫道上游戏，奔跑，大笑的时候，我把自己想象成是一个笑得双颊绯红的顽皮学生。我的童年就是在那里——一处女修道院的古老园林里度过的，瓦尔·德·格拉斯雕像的铅灰色头顶高耸于修道院的上空……"[①]

在头发蓬松的童年时代，我记得，
我有3个老师：母亲、神父和一座幽静的花园。

古老的绿树成荫的花园哟！
你神秘宁静地隐藏在石墙后，密林间，
在那里一束束光柱使我眼花缭乱，
在那里无数甲虫在石上盘旋。
花园哟，林涛回荡的花园……

[①]选自雨果的《死囚末日记》。——原注

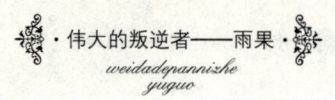

青青的草地,荒废的田园,
你仿佛是一座森林,绵延无边!
年老的神父迷恋着古希腊,
普里阿摩斯神圣的古城①和塔西陀……
而母亲……唔,不过就是妈妈!②

  这个"老神父"就是拉利维埃老爹(确切的名字叫德·拉·利维埃),他是一个还俗的修道士,在大革命时期娶了他的女仆,因为他认为"背弃独身生活的誓言总比与自己的脑袋分家好"。他与妻子在圣雅克街开办了一所小学。当他想让维克多·雨果坐下来读识字课本时,他发现小家伙无师自通,早已学会了阅读。拉·利维埃老爹的全部知识都是来自塔西陀和荷马的著作,他可以向自己的学生讲授拉丁文和希腊语。维克多翻译了拉丁文的《Epitome》、《Deviris》③,这是科威特·库尔齐④和维吉尔的著作。引起了他对拉丁文法的尊敬,他不由地爱上了这种简洁而有力的语言。

  然而他真正的老师是花园。正是在这里,维克多·雨果学会了观察奇妙而严酷的大自然。在这里,他爱上了菊花、金球花和长春花;在这里,他看到了走兽怎样吞噬飞禽,飞禽怎样吞噬昆虫,昆虫又怎样互相吞噬。他自己也同样沉溺于残忍的游戏——捕捉葵花里的花蜂,"冷不防把花瓣攥在掌心里"……这个孩子的思想成熟得很早,他注视着这种到处皆然的大屠杀,陷入了沉思。弟兄三人生性都是求知欲强,不好安静,喜怒哀乐毫不掩饰。"最美妙的是他们在花园里将无当有,自以为发现了什么……"他们都秉承了父亲的丰富的,常常是不能遏止的想象力。在干涸的蓄水池旁,他们暗中窥伺着那个"格鲁洪"——他们凭空想出来的一个漆黑、多毛、浑身粘液和水泡的巨怪⑤。他们从未见过这个格鲁洪,也知道永远不会看到它,但他们喜欢彼此恐吓。维克多对欧仁说:"走,咱们找格鲁洪去!"

  一切惊心动魄、神秘莫测的事物都叫他们入迷。"黑森林"这个名称在小维克多的心中唤起一个"与这个名字完全吻合的形象,仿佛儿童的天性就是这样……我

---

①普里阿摩斯:特洛伊国王,他重建特洛伊城,特洛伊战争时,城陷被杀。——译者
②选自雨果的《1813年在费梁提诺街的花园里》(《光和影集》)。——原注
③《Epitome》:《古代简编》,波姆比·特罗格著;《Deviris》:《名人传》,洛蒙著。——原注
④科威特·库尔齐:公元1世纪罗马历史学家。——译者
⑤格鲁洪:原文rпyxoй是聋哑、荒凉的意思,《悲惨世界》中有关于这方面的描写。——译者

想象到一座魔术般的、无边无际的古老森林,高大林木间一片昏暗,山谷深沟中烟雾弥漫……"在他的床上挂着一张黑白分明的版画,上面勾勒出急流河岸边古老、破败的钟楼——阴森森的,充满废墟般的恐怖。这幅画深深地印入孩子的脑海,无疑启迪了他对强烈的对比、光和影的交替的喜爱。实际上钟楼不外乎就是灰鼠楼[①],而急流河就是莱茵河。

在费扬提诺庭园里,"在石砌围墙上,青苔斑斑的花墙石条间,还残存着可以活动的祭坛和壁龛的遗迹,壁龛里偶有圣母像和基督受难像的断臂残肢。有些地方题有'民族遗产'的字样……"在花园深处有一座倒塌的破旧小教堂。这里是野花和飞鸟统治的地方。有一个时期,雨果夫人禁止孩子们走近教堂。她把拉戈利——被帝国警务部到处追捕的莫罗阴谋集团的同党——窝藏在那里。为他提供避难所意味着掉脑袋,但是这个在阴谋倾轧中长大的无畏的布列塔尼女子根本不把这种危险放在眼里。有一次孩子们在教堂里发现了德·古良德先生(这是他们编造出来的名字),于是他干脆到家里和大家一块儿吃饭。孩子们从前在克利希街的时候见过他,但是现在他已经不再是原先那个样子了,现在站在他们面前的是一个中等身材、两眼发光、面容消瘦、微有麻斑、须发皆黑的人。这个令人肃然起敬的人,立刻引起了他们的尊重。在祭坛后的小教堂里为他安置了一张行军床,墙角放着他的手枪和一卷打开的塔西陀的著作——那是他要他的干儿子翻译的第八章中的某一页。有一次,他把维克多放在膝盖上,打开这本用羊皮纸装订的书,大声读道:"君王们一开始就统治了罗马各城邦。"[②]突然他停住朗读说:"如果罗马不推翻它的统治者,罗马就不成其为罗马。"然后他温情地看着孩子,补充道:"孩子,自由高于一切。"在饱尝了暴君的压迫后,他现在崇拜起了自由,这甚至成了他的宗教。孩子们对"古良德先生"十分依恋,因为他给母亲带来了快乐。他们隐隐约约地知道皇帝在迫害他,于是一起站在受害者一边来反对执政者。

每逢星期日,除阿贝尔,到费扬提诺修道院来玩的还有两个同伴——维克多·傅仙和安黛儿·傅仙。男孩子们正在瞧不起"女孩子"的年龄上。维克多·雨果在栗子树上架起秋千,恩赐般地让小姑娘安黛儿"荡悠"。她傲慢地坐在秋千上,

---

[①]灰鼠楼:原文为德语Mäuseturm,中世纪的许多传说都与这座钟楼有关。——原注
[②]"君王们一开始就统治了罗马各城邦"一句原为拉丁文:Urbem Roman principio reges habuere。——译者

但是止不住心头突突地跳，因此她请求不要把她"送得那么高，像上次似的"。有时男孩子们建议安黛儿坐在旧独轮手推车上，把她两眼蒙住，然后推着她顺林荫道奔跑，安黛儿必须猜出她在什么地方。她要是不老实，他们就会把手帕勒得"结结实实，直到勒出青斑来"，而且厉声问她："你到了什么地方，快说！"男孩子们一旦和她玩腻了，就拖出篱笆内的豌豆架当作长矛厮杀一场。最小的维克多总是想拼命打败所有的人。

拉戈利在费扬提诺街待了主一年半，没人看见他、说起他，也没人知道他。他的脸色重又变得宁静了。他渴望着仁慈与自由的到来。他心想，皇帝在与奥地利公主路易莎举行婚礼的前夕，定会感到自己已经十分强大，强大到可以忘掉他是第一执政时所受的侮辱。因此，在一个美好的日子里，当拉戈利老夫人——他的母亲——派人来通知他说，马延省选举团主席德法蒙先生与皇帝谈到了他，皇帝问"拉戈利如今在哪儿，他为何不露面"的时候，他一点儿也不奇怪。拉戈利将军对这种囚禁生活早已厌倦了。现在他产生了种种不切实际的幻想，时而希望皇帝会想起他的功劳；时而希望现在人们开始感到天才人物也有缺点，因此决定起用他。1810年6月，萨瓦里代替富歇被任命为警务部大臣，他是拉戈利的老同事，彼此向来以"你"相称。那么，亡命者为什么不可以去找这个新任大臣呢？为什么不能充分信赖地向他公开自己呢？索菲·雨果坚决反对他走这步棋。难道能相信这些人吗？然而拉戈利瞒着她，于12月29日拜访了萨瓦里。

他回来了，喜气洋洋。大臣紧握着他的手说："后会有期。"雨果夫人激动得颤抖起来。第二天早晨，一家人正准备吃早饭——古良德先生穿着睡衣，雨果夫人穿着暖和的棉坎肩，戴着睡帽——传来了门铃声。女仆克劳蒂娜报告说，来了"两个人"，请古良德先生。他出去了。棉絮般的雪花密匝匝地落在地上。传来了沉闷的车轮声。克劳蒂娜跑进来叫道："啊呀，太太，他们带走了他！"拉戈利被投进了文新城堡的钟楼。大脑门儿的小维克多是这幕悲剧的见证人，他永远忘不了当时所有在场者的那种激动神情。他知不知道拉戈利和他母亲是什么关系呢？孩子们不了解这种事情，他们只是模模糊糊地感觉到了这一点。后来当儿子们什么都明白了以后，由于他们对母亲的爱是那样高尚，所以凡是涉及她私生活的事，他们总是守口如瓶。

拉戈利在文新城堡被单独囚禁在一间密室里，索菲不能去探望他。后来，在1811年6月，她被批准同他见面了，然而其时她已经到了西班牙。这是因为——

列奥波特-西吉斯伯·雨果成了约瑟夫王军队中的将军，宫廷里的重臣和西库恩萨（西班牙爵位封号）伯爵。国王给了他许多荣誉和奖章。路易·雨果——将军的弟弟，一个愉快、健谈而风流倜傥的人——来到费扬提诺街，劝说嫂子与丈夫和解。他那锃亮的马刀，西班牙的故事，军人的荣光，对侄子们的影响是那么深，在他们眼里，他"仿佛就是大天使米迦勒"。他所讲述的一切都奇妙得叫人眼花缭乱，同时又恐怖得叫人惊心动魄。在西班牙，崇高的地位等候着雨果将军、三省总督的妻子。她将是伯爵夫人，阔太太。约瑟夫国王赏赐了将军100万西班牙金币，以此要他在西班牙重振家业，购买庄园。这样一来，未来就有了保障。同时路易叔叔也讲到了枪杀、焚烧修道院、匪徒的伏击，所以雨果将军的妻子和孩子们只有在武装卫队的保护下才能动身。

路易·雨果没能劝动嫂子，但是巴黎第尔诺银行通知雨果夫人，丈夫给她汇来了钱，共51000法郎，让她为自己在巴黎买一处住宅。事情严重了。假如雨果将军真的登上了荣誉的高峰，难道她有权让儿子们在生活上失去已经到手的利益吗？她通过国王约瑟夫的特使，将自己的决定通知了他。国王很了解索菲。还是在柳涅维尔的时候，他就十分赏识她的聪明才智和优雅风度。雨果将军，他宫廷里的一位显赫的大臣，因与朵玛女郎——一个女冒险家（现在她的名字叫德·桑格诺伯爵夫人）姘居而使自己在整个西班牙面前丢人，这使国王大为懊恼。他希望合法的妻子前来要求自己在家中的合法地位。

约瑟夫·波拿巴向雨果夫人热情备至地做了种种保证。她让步了。第二天她送给欧仁和维克多一本西班牙辞典和一本西班牙文法作为礼物。"这两个天资聪颖的孩子过了一个半月就已经完全能够理解这种语言了"。1811年春，雨果夫人得到通知：车队已经组成，她应当去巴荣纳与车队会合。她向第尔诺银行提取了12000法郎作为旅费，以特列宾莎·德·拉·莱诺德埃氏、雨果夫人的名字办理了护照，租了一套马车，踏上了从巴黎到巴荣纳的旅程。她憎恶这次旅行。但是对儿子们来说，旅行是一番令人心醉的探胜。他们喜欢这舒适的大马车和沿途的城市。维克多有着敏锐的观察力和很强的记忆力，20年后，他还能准确无误地描绘出昂古列姆大教堂的那两座在他眼前一晃而过的美丽的钟楼。他一生中都没有忘记巴荣纳——因等候车队他们不得不在那里滞留了一个月；没有忘记剧院——他们坐在红布覆面的包厢里，一连看了7场传奇剧《巴比伦的废墟》；没有忘记那几个晚上，兄弟三人为了涂染拉戈利赠给他们的《天方夜谭》中的插图，把抽屉里的碗碟弄满了乱七八糟的颜色。尤其使维克多不能忘怀的是那个14岁的小姑娘,她脸蛋儿像天使,通身洋溢着圣洁的光彩,简直像维吉尔笔下的处子一样。她坐在花园的长凳上给他朗读,他站在她身后,但是一个字也没听见,整个身心沉浸在对她的静观默察之中,她那细腻如玉的颈项使他惊呆了。风吹拂起她肩头的围巾,他带着一种奇特而可笑的又羞赧又迷醉的心情,凝视着她那圆润白皙的乳房怎样在飘忽而又温馨的余晖夕照下一起一伏。

"她不时猛地抬起湛蓝的大眼睛瞟我一眼,对我说:"维克多,你干吗不听着?"我恐慌,脸红,颤抖……我永远不敢主动去吻她,可她有时却招呼我:"喂,你倒是吻我呀!"在离去的那天,我体验到两种巨大的悲哀:一是与她的离别,一是放走了我的一只鸟儿……

巴荣纳在我的记忆中留下了亲切、美好、欢乐的印象。我心灵中最早的回忆都起源于她。噢,天真无邪的岁月,春情萌发的岁月哟!正是在巴荣纳,我发现在我心灵的一个隐秘的角落里,闪现出第一道难以言传的曙光——爱情的神圣的霞光……

雨果将军的夫人德·西库恩萨伯爵夫人,在旅途中到处受到礼遇。豪华的洛可可式①的大轿车——套着6匹高头大马或骡子,整个旅途的租费是2400法郎——无论走到哪里,其威严气派都胜过其他所有旅客,就连西班牙公爵夫人都得给它让路。因此,3位少公子怎能不傲然不可一世呢?维克多一下子就爱上了西班牙,爱上了那对比鲜明的大地:风景时而赏心悦目,时而阴暗抑郁,芬达拉比河透迤曲折,在远处闪烁着宝石般的光芒;他们在西班牙看见的第一个城市叫欧那尼,这个男孩子被它那高贵、骄傲而严肃的市容惊呆了;他看到卡斯提利亚的牧羊人手里的牧杖仿佛是权杖。边境城市伊鲁纳街道狭窄,房舍乌黑,形形色色的露台都是木制的,大门还是农奴制时代的样式。这一切都使这个在帝国式②的硬木家具中成长起来的法兰西孩子惊异不止。

"看惯了缀满繁星的轻纱卧床,围椅优雅的鹅颈扶手和装饰壁炉底座的青铜镀金人面兽身像,现在望着那床帐的沉重华盖,雕刻着弯曲突起的图案花纹的大银餐

---

①洛可可式:产生于路易十五时期的法国,盛行于18世纪前半叶的欧洲的一种艺术风格,外形堂皇,装饰奇巧,以复杂的曲线著称。——译者

②帝国式:拿破仑一世时代的艺术风格,追求形式的宏伟性、严正性和序列性。——译者

具和嵌在铅框里的小玻璃窗,他感到有点害怕。然而也恰是这种奇异非凡才合他的口味。甚至西班牙货车吱吱哑哑的响声,像哭泣,像尖叫,都使他感到快活。维克多永远忘不了声调严峻、铿锵有力的西班牙语言,无怪乎每一个听到这种语言的人都要"在心间不自觉地,甚至可以说是本能地产生一些雄伟的形象,这种形象总是充满暴风雨般的激情,绚丽多彩的光泽和热烈的情欲……"

在西班牙教堂里,他看到的是稀奇古怪的圣徒雕像,有的鲜血淋漓,有的身披金色锦缎。教堂正门上的挂钟框架上雕着滑稽可笑、光怪陆离的人物。西班牙的日常生活中有种种畸形人。在街头可以见到活像是从哥雅①的油画中走出来的乞丐和委拉斯开兹②笔下的侏儒。这个怪人国里的居民好奇地聚集在车队的周围。"一幅幅五彩斑斓的画面"使维克多难以忘记。悬崖上巡逻兵威严的剪影,枪毙在大道尽头的匪徒死尸——多么骇人的景象啊!护送人员讲的故事加强了这些画面给人的印象。他们说,雨果将军下令把西班牙逃兵从窗口扔出去,他们跌在地上登时丧命。他的士兵把一所修道院里所有的出家人都枪杀了。他们还说,起义者严刑拷打妇女和儿童,然后掏出他们的肠子,把他们活活烧死。游击队在峡谷里组织伏击,窥伺着来往的商队。战争和死亡的幽灵一直压在这几个法兰西男孩子的心上。

走过荒芜不毛的卡斯提利亚高原后,楼红树绿的马德里使他们欣喜非常,可惜他们在那里没有见到父亲。关于约瑟夫国王叫索菲·雨果来西班牙一事,将军一无所知,当时他与朵玛女郎正在他的府邸——她是被他从那不勒斯女扮男装带来的。人们把将军夫人尊敬地安置在富丽堂皇的马塞拉诺宫:红色的花缎,提花地毯,波希米亚精制玻璃器皿,中国花瓶,威尼斯枝形吊灯,拉斐尔和朱里奥·罗马诺③的素描。小维克多被带进一间黄锦缎贴墙面的华丽卧室,他躺在床上,发现一尊悲哀欲绝的圣母像,身披绣金服装,她的心上插着7把剑。管家称雨果夫人为"大人",可孩子们却觉得这个人实际上从心底燃烧着反抗的怒火。马塞拉诺宫有一间遗像陈列室。人们常常发现维克多一个人默默地坐在遗像室的角落里,端详着那些颐指气使的西班牙显贵。他隐约猜测到这定然是一个古老的家族,而且整个家族都渗透着高傲的气质。他可以作为一个胜利者的儿子在这豪华的内室里走来走

---

① 哥雅:1746—1828年,西班牙画家。——译者
② 委拉斯开兹:1599—1660年,西班牙画家。——译者
③ 朱理奥·罗马诺:1493—1546年,意大利画家。——译者

去，可以观看这哥特式后期风格的祭坛，也可以观赏这些穿着波浪式硬领的先生们的肖像，但是不管怎样，他总觉得自己是一个突然闯到这儿来的外人。他听说西班牙人按他们的习惯给拿破仑起了个外号，叫"拿破偷儿"。

这个男孩子对皇上的态度开始带上了两重性：作为一个法国儿童，他为拿破仑感到自豪，认为他是英雄，但同时又与母亲和拉戈利一样，把他当作暴君而恨他。他对父亲的态度也具有两重性：维克多一方面因自己是一位将军、雨果伯爵、三省总督的儿子而感到骄傲，因为由于父亲的名声他才能住在这华美的宫殿里；可同时又从内心越来越怨恨父亲，因为他使妈妈变得如此不幸。一想到将军在这里迫害西班牙人，就像他在意大利迫害爱国者那样，也把他们称作土匪，维克多就隐隐地为此感到难堪。每当他静静地坐在"先人遗像室"的时候，他就想象出种种传奇式的故事，好把自己虚构成一个被追缉的流亡者，现在正以凯旋将军的身份踏上荣归敌国的征程。

正是马德里燃起了把他与西班牙牢牢地联系在一起的最初的好感。在天花板和墙壁上画满壁画的马塞拉诺宫的宽敞内室里，他遇见了二八佳人蓓比达——蒙代·欧莫索伯爵的女儿，约瑟夫王的情妇之一：

想不到西班牙竟有这样的可人！
那是在春日里的一个早晨，
我看见了美丽的蓓比达——
那时我才是一个8岁的顽童。

她彬彬有礼地微笑着说：
"我叫蓓芭！"并向我鞠躬，
可在这里，在这被征服的国度里，
我得像一个须眉丈夫一样堂堂正正。

她的发髻上罩着薄薄的发网，
一串金币叮叮咚咚，
火红的卷发金光流逸，
这个女郎可真够风情。

天鹅绒短衫在阳光下
闪耀着蔚蓝色的光泽；
波纹褶裙和压着花边的披肩
变换出绚丽多彩的颜色。

她还是个孩子，但又是个女人……
我不能不被蓓芭征服。
就连她那穿丝绒衫的小胳膊，
都像给我的心儿上了枷锁。

她酥胸前的琥珀项链，
围成一个菱形的玫瑰花环。
在她面前我颤抖、痴呆，
就像可怜的小鸟在老鹰面前一般。

在窘迫的慌乱中，我自己也不知道
向她嘟哝了些什么傻话……
她低声严肃地说："小声点儿！"
然而这只能使我的激情烧得更旺。

可是就在此刻，在宫院的大厅里，
从影影绰绰的花玻璃上，
可以看到士兵们正在赌博，
同时狂饮着陈年佳酿。[1]

到了1811年6月，约瑟夫国王由于为罗马王[2]洗礼一事滞留巴黎。谁去把家眷到来的消息告诉雨果将军呢？雨果夫人再次求助于她的风度翩翩的小叔子路易。可是这消息竟使将军勃然大怒——瓜达拉哈拉省的总督差点没气昏。怎么？这个否认是

---

[1] 选自雨果的《爷爷童年时代的歌；蓓比达》(《做祖父的艺术》)。——原注
[2] 即拿破仑与奥地利公主玛丽·路易丝的儿子，被封为罗马王，称拿破仑二世。——译者

他妻子的女人想追到西班牙来折磨他吗？鉴于他作为丈夫所蒙受的奇耻大辱，他立即命令撰写离婚呈文，而在法庭作出判决之前，他要求孩子全都归他。他宣布，该是永远一刀两断的时候了。他让阿贝尔做约瑟夫王的宫廷侍从，给他穿上缀着银色肩章的漂亮蓝制服，让欧仁和维克多进贵族中学（圣安东尼·阿巴茨基修道院），父亲在西班牙得到的伯爵封号使他们有权进入这所学校。校舍是阴森的，尤其阴森的是教师。关照这两个法国孩子的是削瘦苍白、郁郁寡欢的修道士唐·巴兹里奥。单独留在内院，他俩就嚎啕大哭。夜间照料在集体宿舍睡觉的150名学生的那个人是一个驼背的人，他穿着红色短上衣、蓝短裤、黄长袜——一个真正的宫廷小丑。西班牙人叫他Gorcoreta①。

学生们应当轮流干教堂下级杂役的差事。索菲·雨果是伏尔泰的信徒、无神论者，她告诉巴兹里奥，她的儿子不是天主教徒，而是新教徒。然而还得尊重他们，因为惹了他们的父亲是危险的，更何况使修道士们吃惊的是他们都通晓丁文。该把他们安排到哪个班级呢？要知道翻译《古史简编》和《名人传》对他们俩来说已经形同儿戏了！就是维吉尔和卢克莱修他们也能应付自如了啊！

"你们到底在8岁时翻译过些什么？"修道士惊讶地问。"塔西陀。"小维克多回答道。西班牙学生公开表示希望拿破仑失败，因此，欧仁和青年伯爵德·别尔维龙，维克多与一个姓埃列斯布的红头发丑小子，打了一架。对他们来说，中学简直成了地狱。

他们双亲之间的关系也愈加恶化了。约瑟夫国王回到了马德里，听了雨果伯爵夫人的满腹牢骚，而且看过了她的申诉书。他把她召来，听过诉苦后当即命令总督将军到马德里来。将军急驰而至，当国王向他下了最后通牒时，他退让了：他答应到马德里来任职；住在马塞拉诺宫；把儿子从中学接回；立即给妻子3000法郎——她已经囊空如洗了。雨果将军致雨果伯爵夫人："今晚陪陛下用过饭后，我就去看你。送去一箱蜡烛。再见，亲爱的，请相信我对你的眷恋。"

和解是暂时的。有一个奸诈的朋友提起了拉戈利的事，说把阴谋家的情妇当妻子是危险的。雨果将军又一次怒气冲天，这一次约瑟夫国王也不好反对。列奥波特-西吉斯伯离开了马塞拉诺宫，把他的情妇搬进马德里的一间华美的小屋，强迫欧仁、维克多同他和"德·桑格诺伯爵夫人"一起乘车去普拉多。但是被所有人抛弃的、形单影孤的索菲很快就又东山再起。她对约瑟夫国王施加影响，而且很巧妙

---

① 西班牙文"驼背"的意思。——原注

地使他相信了她与拉戈利的关系是无可非议的,因为她的丈夫——她说——多亏"这位可敬的人物"才在军界得到提升。拉戈利给过他那么多帮助,她难道能不给她丈夫的这个靠山提供一个避难所?约瑟夫国王再次抛出了霹雳和闪电,他向将军宣布:"我不想隐瞒我对你的不满,与自己妻子的纠纷把你的脸都丢尽了……"最后,找不到更好的办法,只好允许索菲带着两个小儿子回法国,让阿贝尔留在侍卫团。按给宫廷大臣规定的薪金,将军的12000法郎每年必须预先直接寄给将军夫人。再不能提离婚的事。对于索菲来说,这是一个胜利。

与有保镖的商队同行的归途是漫长的,而且充满了沉重的印象。孩子们看到一幕幕骇人的景象:断头台,被绞死的人,钉着鲜血淋漓的肢体的十字架——被处死的人已被撕成了碎块。一路上是阴森森的。但是维克多离开西班牙的时候,还得到了一些别的印象,看到了一些别的画面。他觉得这是一些高尚、美丽的画面。他模模糊糊地意识到这个民族正在受着法兰西侵略者的统治。"孩子,自由高于一切。"拉戈利曾经这样对他说过。至于他在马塞拉诺宫的家族肖像上和中学同学身上发现的那种把卑鄙丑恶与高贵显赫而又有几分装腔作势的妄自尊大结合在一起的特点,这一切他都喜欢。

西班牙向来使法国人神往,因为在这个国度里,人的热情还保持着原始的力量,而在我们现代社会的桎梏下,这种热情已经衰微了。高乃依借用西班牙人的题材写成了他的《熙德》[①],才刺激了一下路易十三时代的法国人。西班牙之行以后,还要有许多无名的幽灵将追踪年少的维克多·雨果,嗣后这些幽灵将要化作欧那尼、吕意·哥梅茨·德·西尔瓦、唐·萨留斯特和吕意·布拉斯的形象[②]。追踪他的还有那鲜血涌流、金币叮当的图画和"大眼睛、长发辫,肤色健美、面颊绯红的14岁的安达卢西亚[③]女郎蓓芭"[④]的影子。由于他和西班牙的虽然短暂但很密切的接触,使他爱上了那种响亮的语言和奔放的激情。"是的,可以说由于西班牙对维克多·雨果的最初的深刻影响,他的精神也西班牙化了……"但应附带说明的是,德国浪漫主义的潜在作用将很快就要与他的西班牙精神分庭抗礼了。

---

①《熙德》:法国古典主义初期作家高乃依的代表作,取材于西班牙的英雄史诗,话剧演出后受到巴黎观众的热烈欢迎,同时受到了上层社会的指责。——译者
②以上人物都是雨果作品中的形象。——译者
③安达卢西亚:西班牙的一个省。——译者
④选自雨果的《死囚末日记》。——原注

第三章 童年的结束

回到费扬提诺街是多么快乐啊！由于拉利维埃太太忠于职守，花园小路打扫得干干净净，转炉里的烧肉烤得喷香，床上被褥整洁。拉利维埃老爹马上恢复了拉丁文课，但是花园才是诗的课堂。维克多和欧仁再不去上学了，他们自己就是自己的老师。拿破仑中学的校长想让他们俩做他的学生，但是受到了雨果夫人的冷遇。儿子们住校学习尝受过的那种恐惧感，她也有所领教。她现在把全部心思都放在了儿子们和监禁中受煎熬的那个朋友身上。她过着孤独的日子，向书店订书，打发孩子们出去为她选购书籍。一个孩子8岁，另一个10岁。图书馆的老板是一个有点古怪的小老头，全身装扮得仍然像在路易十六时代那样：短裤，花长袜。他允许两个孩子乱翻书，放他俩到阁楼上去——那里存有思想过分大胆的哲学著作和许多色情小说。在那里，欧仁和维克多趴在地板上读了卢梭、伏尔泰、狄德罗和布列多纳的著作，读了《封布拉斯》和《库柯船长漫游记》。莱奥尔老头指出，让孩子们看淫秽的小说是危险的。母亲回答道："书籍永远不会带来罪恶。"她错了，她的小儿子由于这类读物，本能的情欲来得更强烈了。但是就其好处来说，他对非凡罕见作品的更加健康的鉴赏力也得到了发展，这些作品后来向他提供了一些小说和戏剧的写作题材。

兄弟三人——阿贝尔、欧仁和维克多——都在写诗。维克多的好几个笔记本都写满了诗。他在诗歌方面的趣味自然倾向于古典主义。"不用说，他的诗不像是诗——不押韵，音节不合辙。这个孩子独立自主地摸索着通向韵律学的道路。他朗读写下的东西，发现不对劲儿就划掉，翻来覆去地重写，直至改到乱七八糟无法辨认的地步。他摸索着前进，独立地掌握了什么是诗格、顿挫、韵脚，什么是阳性韵脚和阴性韵脚的交替……"

雨果夫人毫不费力地主宰着她的儿子们的思想。她要求而且得到了他们对她的尊重和孝顺。"严肃庄重的爱抚，不容违抗的恒常的家规，没有那么多亲昵，不要什么神秘玄虚，谈话总是内容充实、富有教益，与孩子们交谈比平时更严肃——这就是她那深沉、无私而警觉的母爱的基本特点……"雨果夫人素以威严的须眉气概而称著。在与拉戈利的浪漫史中，她比他更富于政治热情。1812年，她百折不回地把他变成了阴谋家。从西班牙回来后，她在文新监狱的接待室里与他相会了。他佝偻、消瘦、憔悴，颌骨神经质地抽搐着。现在对待他比原先好多了。他的衣衫给修补好了，主要的是允许他看自己心爱的书籍——维吉尔、贺拉斯、萨卢斯提乌斯①和许多数学、化学及军事方面的著作了。在和索菲相会之前，他本来好像已经与命运妥协了，而且萨瓦里说，只要把他驱逐出法国——被流放，这就是暴君的仁慈了。但是这个性格刚强的女人一插手，一切又都起了变化。

1812年4月，她和天主教修道院长里封拉上了关系，此人决心把君主主义者和共和主义者联合成一个反对皇帝的广大阴谋集团。索菲千方百计（通过警务大臣、拉戈利在大路易中学的同学）把拉戈利转到了拉法尔监狱，那里的制度非常宽容，允许囚犯接见探监的人，甚至可以给安排便宴。然后她又和"浅薄的共和主义者"马莱将军接上了头，马莱以布鲁图和列奥尼德②的名义指天发誓仇恨帝制，但又同意协助建立国王的"善良正义"的政权。拿破仑正在俄国，散布他已经死亡的谣言，建立临时政府，这不是易如反掌的事情吗？

拉戈利不信任马莱，认为他太狂妄。"这事需要一个精明的人，"他说，"然而给我们的却是一个吹牛的人。"失望的囚徒阅读萨卢斯提乌斯的著作，赞美卡提林那③的刚毅，他转而又想："多么疯狂的举动啊！万一人们识破这消息是假的，就全完了。"生性激烈的索菲却一厢情愿，只看到她所希望的结果：卑鄙的萨瓦里束手被擒；暴君被打倒了，自由终于恢复了。1812年4月23日晨，马莱身穿制服出现在监狱，向典狱长通知了皇帝已死的消息，典狱长相信了，释放了拉戈利。马莱带着一队士兵开进警务部，逮捕了被封为德·拉维戈公爵的萨瓦里。索菲跑去找她的朋友比埃尔·傅仙，他当时是国防部的官员。他通过自己的内弟、知悉军界情报的军委会秘书安西林先生使索菲很快就打听清了皇帝死亡的谣言已被揭穿，全部密谋分子都被逮捕，并准备交付法庭审判。雨果夫人回到费扬提诺街，儿子们正等着

---

①萨卢斯提乌斯：公元前86—公元前34年，罗马历史学家，他的《卡提林那的阴谋》对其阴谋叛乱经过有详细记载。——译者

②列奥尼德：？—公元前488年，古斯巴达国王。——译者

③卡提林那：公元前108—公元前62年，罗马政客，屡次发动政变而未成功。——译者

她，母亲久久不归使他们惊恐万分，同时国家要发生革命的传闻使他感到恐怖。"没什么，"她对他们说，"永远不要惊慌，更不要哭泣。"

为了刺探审判的进展情况，这个百折不挠的女人前往傅仙公寓——他仍旧住在雪尔什-米蒂街军委会占据的大楼里。索菲等候消息的那个房间和军委会的会议大厅只隔一条走廊。军官们随时都可以把消息传过来。当法庭主席要求马莱说出谁是他的同谋时，据说他是这样回答的："整个法兰西，先生，假如我成功了，你们也是……"当人们把这话告诉索菲后，她热切地重复道："噢，是的！整个法兰西！"夜间2点钟，"洁身自好、胆小如鼠"的比埃尔·傅仙带回了消息：12个人被判处死刑。索菲问道："今天就执行吗？""是的，4点钟，在格莱涅尔峡谷。"她从傅仙那儿得知运送尸体的大车将要经过哪条街道后，就到哨卡附近等着，并且把她一生中唯一爱着的那个人一直送到公墓。

1813年，约瑟夫·波拿巴失败后，雨果将军也只好返回法国。9月，他带着阿贝尔和那个被雨果夫人时而称作"朵玛女郎"、时而称作"假伯爵夫人桑格诺"的女子去波河。

1813年9月24日，雨果夫人给她的儿子阿贝尔写信说：

> 我认为你父亲不会突然想到禁止你和我通信，只要你不认为自己有义务屈从这一禁令，那么他要是这样做，正像他的其他行为一样，是不能叫人原谅的。同样，假若我不顾天理伦常，禁止你弟弟和他们的父亲通信，他们也不应该屈从我。如果这个禁令一旦规定，那么你就不经他同意给我写信，以免由于你父亲鬼迷心窍的那种淫欲而在你们之间引起种种不愉快和争吵。我看到，我可怜的朋友，为了那个女人，你必然要吃尽苦头。我常常为你的命运，甚至为你可怜的父亲的命运而哭泣，因为如果说他使我们受了许多罪，那么他自己受的罪更多。阿贝尔，让我们一起期待那美好时光的到来吧！主要的是我们和他的共同的不幸应该使你引以为戒。你要看到，不能克制的情欲和丧失原则将会招致什么后果……

列奥波特-西吉斯伯·雨果在西班牙是将军，但在法兰西却还和从前一样，只是一个营长。答应给妻子的抚恤金，她拿不到手，拉戈利再也不能援助自己的女朋友了，因为他已经不在人间了。"昔日的豪华烟消云散"。巴黎市政府为扩建乌尔姆街收回了费扬提诺花园。索菲·雨果搬到了维伊-推伊里街2号，与傅仙家毗邻，为的是利用他们私邸的花园。傅仙一家仍然是她忠实的朋友。还住在费扬提诺街的时候，维克多·雨果就已同安黛儿重逢，他们已经不是孩子了。这个想入非非、热情洋溢的少年把安黛儿当成从马德里来的蓓比达——正像他所感觉的——同样的西班牙公主般容貌，同样湛蓝的大眼睛和健美黝黑的皮肤。人家让他俩出去玩儿，可他俩却到花园里去散步闲聊。他们缓缓而行，低声细语，双方的手一接触，全身就不由地一哆嗦。小姑娘已经变成少女了。

她的脑子里突然产生了天真的幻想。蓓芭变成了蓓比达。她对我说："咱们赛跑吧！"说完就在前面飞跑起来。我看着她那杨柳细腰，纤纤小脚在裙子下一闪一闪。我赶上她，她又跑远了。飞跑中，风时时撩起她黑色的披肩，露出黝黑细嫩的脊背。

我如痴如醉，在那眼残破的古井旁我抓住了她。按胜利者的权利，我把她拦腰抱住，让她坐在草墩上。她没有反抗，气喘吁吁地笑着。我顾不得笑，盯着她的眼睛。她的双眸在浓密的长睫毛下是那样大，那样黑。

"挨住我坐下，"她说，"天还早呢，咱们一起读书吧。你带书没有？"

我正好带着斯巴兰察尼的《旅行记》第2卷。我随便翻到一个地方，递给她。她的肩膀靠着我的肩膀，我们一块读起来，但是两人各读各的。在翻下一页前，她不得不等着我，她比我读得快。"你读完了吗？"在我刚刚开始的时候，她就问道。

我们耳鬓厮磨，呼吸相闻，猛然间，嘴巴凑在了一起……当我们想再往下读的时候，天上已经繁星点点了。

"啊，妈妈，好妈妈，"她回到家里后说，"你要是知道我们是怎么跑的该多好！"

我可是什么话也说不出来。

"你干吗不作声？"妈妈问我，"你今天好像有什么心事吧！"

可我甜美得像上了天堂。这个晚上我终生难忘。

是的，终生难忘……①

他们正在青梅竹马的年纪上，感情非常纯真。安黛儿·傅仙是一个信教的、安

---

①选自雨果的《死囚末日记》。——原注

分守己的姑娘。母亲走到哪儿都抱着她的还在襁褓中的婴儿（男孩子保尔），安黛儿和她形影不离。每天晚上，母亲都要给她的姑娘梳好黑色的秀发，同时要"没完没了地吻她"。傅仙夫人是一位出色的家庭主妇，她努力教会安黛儿做各种家务活儿。这个少女在6岁时就已经能够用碎布片缝缀衣裳了，连邻居德龙太太都要把自家儿子的衣衫做上记号拿给她缝。傅仙夫妇有点儿怕这个爱说长道短的女人。当父亲把每月的薪水带回家时，为了不让德龙太太听见5法郎硬币的响声，都得把门锁上。尽管人世历尽沧桑，傅仙一家依旧过着法国小资产阶级——那些深藏不露、平平庸庸、循规蹈矩、恪守家训的人们——所过的生活。

根据雨果将军自己的申请，他被重新编入法兰西军队。1814年1月9日，他受命为第昂维尔要塞司令。在同盟军进攻期间，他英勇地捍卫了这个城市，只是在听到拿破仑退位的消息后他才投降。

阿贝尔回到了巴黎母亲身边。她为自己的儿子——这个宽肩膀的英俊少年——而自豪，尽管她一分钱也没有，但还是为他购置了一套出门穿的服装：绿色的鲁维埃尔呢燕尾服，浅灰色混纺细呢裤子，花点轻软厚呢长礼服。不久，俄国人和普鲁士人占领了首都。一部分法国人把他们当作解放者，称他们为"盟友"而不是"敌人"。雨果夫人对波旁王朝的复辟万分高兴。她的保皇思想带有间歇性。当她的丈夫需要波拿巴的时候，她克制着不让自己的感情流露出来；况且拉戈利与其说是个君主主义者，不如说是个共和主义者。但是在她的朋友被判死刑后，她对那个篡位者（指拿破仑一世——译者）的仇恨强烈起来。她不认为他有什么天才，她不忘自己是旺代的女儿，不放过任何一个波旁王朝的群众性节日。每逢这种节日，她都要穿上白色的细棉衣裳，绿色的皮鞋，"为的是每一步都能把拿破仑帝国的国色①践踏一下"。深深地敬重母亲的儿子们完全赞同她的思想。他们向塔西陀学会了对独裁专政的仇恨。维克多·雨果现在学着母亲和她的朋友傅仙的样子，总是把拿破仑叫做布奥拿巴。他傲然地前往巴黎圣母院去做弥撒，尤其是在与安黛儿手拉手一起走的时候更是这样。

雨果将军在第昂维尔城一直坚持到1814年5月。在致国王的信中他叫国王相信他的忠诚，他说：不论国家的政府是什么样的，"军人都应该效忠于自己的祖国"（这真是一个高尚而实用的原则）。他的妻子为了要抚养费，在阿贝尔的陪同下，

---

①拿破仑帝国崇尚绿色，故有此说。——译者

前往第昂维尔。当母亲不在的时候，欧仁和维克多全部空闲时间都是在傅仙家度过的。①

1814年5月23日，第昂维尔，雨果伯爵夫人收：

> 亲爱的妈妈，你不在，我们大家都很寂寞。遵照你的嘱咐，我们常去傅仙先生家。他建议我们同他的儿子们一起向他们的老师学习功课，为此我们很感激他。每天早晨我们钻研拉丁文和数学……傅仙先生是个讨人喜欢的人，他带我们参观了博物馆。快回来吧，没有你，我们都不知该说什么、做什么，惘然不知所以。每时每刻都在想你。妈妈，好妈妈，你的孝顺的儿子维克多。

在要塞司令的府邸，雨果伯爵夫人碰上了朵玛女郎，她现在是这里的全权主人，假名安娜克拉·达尔梅特（或曰达尔梅）夫人，一个上校的寡妇。索菲·雨果——丈夫只把她叫做"特列宾莎太太"——被安置在穿堂里，虽然达尔梅夫人和将军的卧室总是上着锁。合法的妻子向法庭递了呈文，要求恢复她做妻子的权利和固定的抚养费。将军以情妇的名义租下了第昂维尔城郊的戈斯城堡，并且以向法院声明离婚作为对妻子的回答。温和谨慎的比埃尔·傅仙怕他的朋友因满城风雨的诉讼蒙受损失，因为在诉讼中拉戈利血污的影子肯定要出现。他给将军发出两封信，恳切劝告做父亲的要避免这场会使他的孩子们受玷污的丑闻。

1814年7月14日，雨果将军写信给他的姐姐马丁-绍平太太：

> 特列宾莎太太于6月4日向法院告我，要求得到3000法郎的抚养费；我于11日递上与她离婚的呈文。过了两天，6月月13日，她神不知鬼不觉地失踪了。她在向我要3000法郎的时候，以为我不知道不久前已经向安逊先生取走4000法郎。这个女人真不要脸，老要叫人给她钱。你提到财产公有一事，仿佛这个变着法子胡闹、一不如意就吵闹的特列宾莎太太能像别的女人那样举止得体似的。傅仙以这个恶魔的名义给我写了信，我回信说我同

---

① 这章所述雨果家史与当时法国一系列重大历史事件有着密切关系，因此有必要简述一下当时的历史背景：1799年，拿破仑发动"雾月政变"，推翻督政府，成立执政府，为第一执政。1804年加冕称帝，是为法兰西第一帝国。1809年占领马德里，立其兄约瑟夫为西班牙国王。1812年侵俄战争失败，马莱发动政变即在他远在俄国之时。次年，约瑟夫在西班牙失败。同年10月，第六次反法同盟在莱比锡大败拿破仑。1814年3月，联军攻进巴黎，拿破仑被迫退位，囚厄尔巴岛，波旁王朝复辟。1815年3月，拿破仑重返巴黎，再登帝位，同年6月，滑铁卢之战决定了他的彻底垮台，是为"百日政变"。——译者

意用分居和析产的呈文取代离婚的呈文，但是要以我向她提出的条件为前提。至于劝我和她一起生活，你很清楚，这次不可能！她还从来没有像现在这样使我反感过……

在情妇的影响下，由于回想起旧日的屈辱，夫妇俩原有的性格上的不融洽变成了丈夫对妻子的仇恨。雨果将军想从可恨的妻子手里把3个儿子夺过来，他已经命令姐姐把他们从傅仙夫妇那里带走。1814年9月，他去巴黎利用做父亲的权利把两个小儿子送到科第埃和德科特的寄宿中学。这所学校坐落在"黑暗阴森的圣玛格丽达大街的僻静小巷，紧夹在修道院监狱和德拉古市场的高墙之间"。1815年3月，当他重又受命到第昂维尔第二次保卫敌军袭击下的这座要塞时，他把自己对孩子们的权利不是转让给母亲，而是转让给了他那唠叨不休的姐姐——马丁-绍平的寡妻："我托付你照料我的两个在科第埃先生寄宿中学上学的小儿子，我要求，不论有什么理由，都不要把他俩送回或交给她照管……"

两个孩子立刻向马丁-绍平太太发起了公开的反叛。他们不愿意称她"姑妈"，而叫她"太太"。他们以一种十足的卡斯提利亚式的优越感抱怨她对他们的行为是"有失体面的粗野"、"卑劣的凌辱"、"令人厌恶的争斗。"两个儿子仍旧忠于母亲，纵然人家把他们已经拆散。

  我的神圣的母亲哟，

  你是我们纯洁的榜样，

  可是，我们天各一方，

  你再不能回到我的身旁……

  敏感的心灵啊，

  只有你理解我彻骨的悲伤！

兄弟俩以一种恭敬的严厉态度指责父亲，责备他和情妇同居，而他把他俩斥之为"逆子"。1815年10月16日，雨果将军致姐姐马丁-绍平太太，"看来，这二位少爷耻于叫你姑妈并在信中对你表示依恋和尊敬，这完全是受他们那贱骨头母亲的影响……"

  ……父亲让我受的是什么样的罪！

  童年突然结束了……我召唤过去，

  回答我的只是一片静寂。

  为了摆脱我的痛苦我无路可走，

只有梦想，跑进森林和相信奇迹……①

寄宿中学委实像座监狱，而父亲就是典狱长——童年的结束竟是这样！尽管万物面目全非，尽管家严家慈已经离异——这一切都像黑沉沉的乌云，使维克多·雨果的童年时代黯然失色——但是童年依然是富有诗意的、美好的。费扬提诺的葱茏茂密、神奇莫测的花园，意大利亚维利诺省绿荫如盖的沟壑；宿营地的篝火；马塞拉诺宫巴洛克式②的金碧辉煌的走廊；巴荣纳的无名女郎、安黛儿和蓓比达的迷人倩影——衬托着这一幅幅图画的鲜明背景就是法兰西的胜利，盔甲的闪光和隆隆的战鼓声。多么引人幻想的绝妙舞台布景啊！

而且为了幻想，有那么多闲暇时间。然而这些梦幻在当时还完全是一片乱麻似的回忆！对于一个只有13岁的天真无邪的孩童来说，他那幼弱的智力还不懂得回忆的法则所需要的那些方法和程式，还不会把这一切有机地联系在一起。频繁的辗转奔波使雨果将军的孩子们不能上学，不能像平常那样按部就班地提高学历；思念着遥远的故乡的母亲生性孤僻，她对上流社会避之唯恐不及；与拉戈利高尚而危险的秘密友情在她周围筑起一道与世隔绝的缄默的高墙；可是这个"外表严峻、内心对儿子们却向来很是宽容体谅的"小资产阶级妇女，对书籍和诗歌出奇地尊敬，这一切都有利于孩子们天资的发展。正像这个英雄时代的每一个儿童一样，维克多·雨果在"不安的心灵"深处幻想着戎马生涯的荣誉。后来父母的决裂、帝国的垮台，使他的理想转到了别的方面。但是无论追求的是什么，他总是渴望着伟大。"在我还是个小孩子的时候，我就只注视眼前的伟大事物"。作为自己生父和拿破仑的不自觉的敌对者，他违心地赞美过他们。他也幻想着左右人们的想象力，然而怎么做呢？他暂时还不知道，他才刚刚"踏进这个幻想的国度"：

漫长的漂泊后突然归来，

我像一束红光在浓雾中闪现。

我幻想发现了一股神奇的喷泉，

泉水喷涌不止，潺潺细语，

人们很快就都迷醉，仿佛受到了催眠。

---

①选自雨果的《父子关系》（《历代传说》）。——原注
②巴洛克式：16世纪末到18世纪中在西欧艺术中盛行的艺术风格，特点是过分夸张的激情、富丽堂皇、气度高昂、情调感人、对比鲜明。——译者

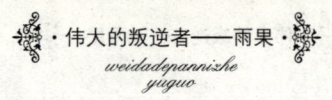

在燃烧的心中往事重又涌现，
我的唇边缭绕着轻柔的欢歌，
我来了，母爱还没有失去，
母亲噙着眼泪，微笑着说：
"这是仙女在和他交谈！"①

　　天性如此矛盾的人实为罕见。在他的心中，父亲的富于性感的气质，热情洋溢的想象，对一切非凡事物的喜好同母亲的严酷冷峻、刚毅坚忍的性格你争我夺；对古典主义的倾倒，对荣誉的渴望和对暴君统治的仇恨彼此抵触；迷恋崇高的、永远带点疯狂的诗才与尊敬他本能所珍重的资产阶级道德（因为他痛心地感觉到他的亲人们正在糟踏这种道德）互相斗争。这是一个以强烈的对比为经纬的灵魂。如果说命运之神曾经在什么时候仿佛特意从童年时代起就塑造了一个作家，为的是让他在自己的创作中表现出美妙新奇的对比法则，那么这个作家就是他——维克多·雨果。我们想把握的是：如果一个人的个性还处在萌芽期的童年时代，那么他的精神本源来自何方？"这颗明珠不是产生在大放光华的宫廷，而是孕育在深厚的海藻群体的最底层、无边大海的万丈深渊……"我和你们一起沉入这位伟大诗人童年时代的神奇源泉的深水之中，我们在光线朦胧的深渊里，看到了那幽暗的断层碎岩，看到了那梦魇般的绿幽幽的骇人触须，也看到了那些女首鸟身的雪白海怪——正是它们把许多教堂和美丽的古城安达卢西亚宫殿沉入了海底"天才之树最美的花朵要由记忆来孕育"。恰恰是由于这些回忆，才在我们的眼睛里构造出一颗由细碎的物质凝成的明珠，看见了这些明珠的光华灿烂、奇美无比、变幻不定的闪烁。一个人的天赋才华也是这样。

---

①选自雨果的《我的童年》（《颂歌与民谣集》）。——原注

第二篇　黎明的曙光

青春之光不如初到的荣誉之光更明媚。
　　　　　　　　　　　——沃维那尔

第一章 笼中鸟

领略过费扬提诺的仙境和栗树四合的图卢兹公寓的美景后,令人沮丧的、毫无生气的德科特和科第埃的寄宿中学在索菲·雨果的两个儿子看来,简直是一座阴森的炼狱。被免去教职头衔的教徒科第埃是一个病态的、暴躁的老头,他出于对卢梭的崇拜,穿一件宽大的斗篷,戴一顶高高的软帽,活像是一个亚美尼亚人。他老是用他的金属烟斗打学生的脑袋。简称为德科特的艾马纽艾尔·德·科特变着法处罚学生,并且常常用万能钥匙开学生们的床头柜。欧仁和维克多,这两个反叛的天使是不甘忍受侮辱的。1817年8月7日,雨果将军写信给他姐姐马丁-绍平说:"我认为,如果仍旧处在那个哭丧妇母亲的影响下,他们会被毁了的。他们对你的态度毕竟还未越轨,可是对德·科特先生却恣意妄为、粗暴之至。你想想,他们几乎动手打了校长!"

兄弟俩一下子就在同学中树立起了威望,因为父亲要求给他俩单独安排一间宿舍。寄宿生分成两个营垒:维克多统率一帮,欧仁统率另一帮。每天晚上两个营垒的头领在他们的房间里一碰头,就开始谈判。他俩使人想起当时瓜分欧罗巴的波拿巴两兄弟,大概他俩自己也是这么想的。这两个孩子,几乎是在母亲的乳汁中就吸取了对古罗马豪迈气概的崇拜,又都是在拿破仑胜利的庇荫下成长起来的,因此他俩都对荣誉表现出强烈的渴望。在科第埃寄宿中学,两兄弟曾组织上演过一出戏。维克多编写剧本并扮演了拿破仑,周围是一大群元帅,金箔做的勋章闪闪发光。但这只是在舞台上,而在现实生活中,他们的政治情绪依然如故:仇恨大革命,畏惧波拿巴,热爱波旁王朝。维克多幻想,波旁王朝将会用大宪章给法兰西带来自由。

母亲使他们对此坚信不移,因为她仍旧是他们的偶像。但是对马丁-绍平太太,甚至对父亲,他们始终抱着极端固执、高傲的敌对情绪。王朝复辟后,雨果将军被免职,退休金只给一半。他带上达尔梅太太,即"德·桑格诺伯爵夫人"或曰朵玛女郎——她现在是他的"太上皇"——躲到了布卢亚。"可恶的马丁-绍平寡妇"遵照父亲的吩咐给侄子的零花钱少得可怜。将军想让儿子们进综合技术学校，要求他们准备考试，加紧学习数学和制图。这两个孩子彬彬有礼地坚决要求他能为他俩完成这一任务创造条件。

1816年6月22日维克多·雨果致父亲：

马丁太太整整一个月没有客客气气地问过我们需要些什么，整整两个月没有给我和欧仁应许下的每天2个苏了。甚至只是在6月1日，才把这一决定很有远见似地通知我们。当我们和颜悦色地向她报告，为了我们的必要开支——支付教堂板凳费、磨铅笔刀、装订书，购买绘图工具等费用——我们希望把这笔钱当作借款时，她回答说她不想听我们的话，并用威严的腔调命令我们滚出去。亲爱的爸爸，这她永远办不到。让我们放弃星期日的休假，这很好，但首先必须和她断绝一切关系。你要是想让我们还清债务，不因一文不名而坐立不安，就请你把钱通过另一个人——最好是阿贝尔——交给我们……

而在1816年几月12日他们写道：

我们通盘考虑过你的建议，请允许我们跟你说话这样坦率，有如我们从前谈话一样，同时请你在计算过我们的生活费之后再给我们回信。我们能估量东西的价钱，你愿意每年只给我25法郎的生活费，我们同意，只是必须把这些钱交到我们本人手里。我们自信靠我们已有的经验——主要是靠妈妈的帮助和她的劝告（不论怎么说，她是一个善于持家的人），这笔可怜的钱够我们的生活费了。这将使我们过得比现在更体面些，虽然在这之前，你所付出的肯定比这多。但是假如通过外人的手把钱给我们，我们就很难这样自信，因为我们不能如数得到给我们的资金。那时我们就很难效仿你的榜样：量入为出，自给自足，而且养成有秩序和会节省的习惯……

来信的结尾使我们很伤心。我们不能向你隐瞒，因为你把妈妈说得一钱不值使我们十分痛苦，更何况这是一封明信——信交给我们的时候，已经被人拆阅过了……我们看过你和妈妈的通信。在你刚认识她的时候，那时你是怎样做的？当你在她身上得到了幸福的时候，你又是怎样对待那些敢于用这种语言议论她的人们的？她现在依然如故，而且永远如故，我们也将永远这样看待她，有如你从前看待她那样。这就是你的信使我们产生的感想。请你好好考虑一下我们的这封信,你将会相信你的恭顺的儿子们对你是衷心热爱的。

欧·雨果　维·雨果

在这封信中,表现出写信者理智、成熟的风格和潜力。章法毫不拖沓,感染力一贯到底。谁是这封联名信的发起者呢?从笔迹上看,它是由欧仁起草的,但这无关紧要。兄弟俩受的是同样的教育,都是母亲的学生,都接受了古典作家的影响致力于诗歌创作。他们把演算数学的时间用来写诗,翻译维吉尔和卢克莱修的作品、哀歌、碑铭、歌谣和悲剧——这就是他们所从事的全部事业。

说实在的,当时整个法兰西都热衷于诗歌创作,甚至寄宿学校的许多孩子都成了诗人,就连阴沉的德科特也要写几首歪诗,而且很快就嫉妒上了他的学生中出现的这两个少年天才。年轻的班主任费里克斯·比斯卡拉是个聪明人,虽然满脸麻子,但是面色乐观而开朗。他喜欢欧仁和维克多,不过他更喜欢寄宿学校的女裁缝罗扎丽小姐。他写了许多颂歌赞美她。有一次比斯卡拉领着他的得意门生即雨果哥儿俩攀登巴黎圣母院的钟楼,维克多上台阶时走在罗扎丽小姐的后面,他的眼睛紧紧地盯着她的双脚。

这没有什么好奇怪的:这个秉承了父亲好色气质的少年,正处在"所有的轻薄子弟满街徘徊,想方设法要朝澡堂的小窗口瞥上一眼"的那个年纪上,又读了不少贺拉斯和马尔提阿利斯①的色情诗,想到女人的身体,自然要叫他心猿意马。观赏女人们无意中裸露的肩膀、胸脯和秀足,成了维克多永不停歇的一件赏心乐事。他好似牧神或林仙,将来还要在林中窥视溪边河滨洗澡的美丽、羞涩的少女和洗衣女郎。作为一个清苦贫寒的学生,他常常从自己的阁楼里透过邻家的窗户或顶楼的缝隙偷看正在解衣上床的女仆。

17岁时赫柏②常常进入我的梦——
她是天上一个美丽轻佻的女郎。
是在奥林匹斯山,还是在阁楼顶上——

---

①马尔提阿利斯:约40—104年,古罗马诗人。——译者
②赫柏:希腊神话中的青春女神,宙斯和赫拉的女儿。——译者

反正都一样：她宽衣解带，露出了肩膀。①

这将是他一生中许多诗歌的主旋律。青春岁月过于纯洁了，造就的往往是不知悔悟的偷食禁果者。

还是在马德里的时候，雨果两兄弟就认识了伯爵柳科特将军夫人。"她是一个可爱的女人，在上流社会取得了极大的成功，有很多崇拜者"。在巴黎，他们和她又住在了同一所住宅里。维克多给她写了不少充满敬意的献诗：

我听着……这七弦琴

总会在美好的一天铿然鸣响，

大胆地把你对我的爱歌唱。

请不要忙着指摘，先读读这篇华章！

爱情使心儿突突，

为了你，它燃烧成这般模样！

然而洋溢在心中的风情，

凡间的琴弦却不能弹唱！

结尾是够风骚的。整个诗写得非常巧妙，有一种真正的伏尔泰式的典雅风格。但是在德科特和科第埃的寄宿学校，无论哪一个人——校长本人还是班主任，欧仁还是维克多——出自他们笔下的成千行诗都十分平庸。那时，原来的诗歌流派江河日下。戴利勒②和帕尔尼仍旧被当作大诗人。法兰西学士院把他们的弟子都当作"不朽的诗人"。语言被分成崇高的和粗俗的两类而编排好，雕琢过的词语被固定在一个堂而皇之的格式里。他们把所有的车辆统称之为"车辇"，面颊为"香腮"，风为"阿克维龙"③，河水为"波涛的絮语"，马为"神驹"，国王为"陛下"，佩刀为"宝剑"，诗人为"九姊妹的温顺情人"……大量普通名词被排斥。"船夫"一词禁止使用，可怜的作家只能在"舵手"与"艄工"两词之间选择。这种幼稚而陈腐的审美趣味要求诗歌充满冷冰冰的不近情理，伪善的说教或庸俗的多情。雨果兄弟也像当时所有蹩脚的诗人一样，还只是停留在模仿陈腐样板的水平上。

---

①选自雨果的《海洋集》。——原注

②戴利勒：1738—1813年，法国诗人。——译者

③阿克维龙：古罗马神话中的狂风之神。——译者

但是维克多就在那时也已表现出了对诗歌音乐性、诗节灵活性的本能追求和对风格的先天领悟，因此他能体会到贺拉斯和维吉尔作品之优美，而这种美在戴利勒的任何一个代用词中却会消失。比斯卡拉检查了他所宠爱的这个学生的译作后，惊讶地说："这些诗的色彩是多么鲜明啊！我还没有在哪个诗人身上发现这样鲜明的色彩。"他夸奖了"激战正酣、鲜血飞溅"这句诗，"贪婪的长牙把他们的骸骨嚼得咯咯直响"也受到了他的赞赏。

可怜的狄多，你是丈夫的牺牲品。

西赛依死了——你出奔，埃涅阿斯

走了——你自尽。①

这首双行诗出色地表达了阿乌佐尼②的原意。而他第一次翻译的《牧歌》的结尾保持了原作的优美：

房顶上飘逸的一缕轻烟缓缓散开，

峡谷里长长的阴影从群峰上投了下来。

维吉尔满足了这个少年的两个要求——对神秘朦胧的意境之酷爱和对清晰明快的语言之迷恋。比斯卡拉读过他描写史前大洪水的500行长诗后，认为其中有32行不错，15行很好，5行一般。维克多本人对自己要求更严格，他每年都要把自己用细绳钉起来的简陋的笔记本（他每天只有2个苏的开销，买东西不得不精打细算）烧掉，那上面全是他的诗歌习作。他童年时代的诗作从第11本才开始保存下来。他是一个谦虚而勤奋的作者，能无情地作自我批评。相反，自负的欧仁好吹嘘自己的才能。两人都把自己的诗奉送给亲爱的母亲——父亲不准儿子们跟她，她就亲自到寄宿学校看望他俩。兄弟俩面对着他们的全部创作和成绩，"想到的只有一件事——怎样使妈妈满意"。14岁的维克多写了一部诗体悲剧《伊尔达梅》献给她：

妈妈，你看见这些笨拙的诗句了吗？

你太严峻，对它们不屑一瞥。

---

①狄多：传说是柏洛的女儿，皮格马利翁的姐妹。她曾嫁给自己的叔父西赛依，丈夫被皮格马利翁杀害，她逃到非洲建立迦太基国。特洛伊城陷落后，埃涅阿斯逃到迦太基，与她相爱，当众神命埃涅阿斯返回时，她因失望而自杀。——译者

②阿乌佐尼：约310—395年，拉丁诗人。——译者

可我是你的儿子，它们是我的子女，
请你赏之以微微的笑意吧！
这些诗句不是拉辛的玫瑰，
人们不会给它不朽的荣誉。
但它们像天真烂漫的山花，
这些花朵只为妈妈你绽开花蕾。

经常被重复的"妈妈"这种纯洁无邪的稚童的呢喃，表明了少年诗人的心是完全属于母亲的。《伊尔达梅》是一部模仿拉辛或者更确切地说是模仿伏尔泰的作品，但其诗句的挥洒自如和灵活多变令人惊叹。这出悲剧的题材不外乎是合法的君王战胜篡位者。"因为我们恨暴君，所以我们应该爱国王"，作者在剧本的结尾大声宣告说。换言之，仇恨波拿巴的人应该爱路易十八。在以《杂诗》（1816—1817）为题的练习本中有一则注明1817年9月写的札记："我已满15岁了，写得不好，但我能写好。"而在另一页上写道："在我的这个生日之前所写的东西都很愚蠢。"诚然，这些诗不能称为杰作，但是公正地说，它们出自一个能如此顽强、毫不示弱的少年之手，而且取得了这样出色的成绩，应该说他是大有希望的。

保存下来的练习本中的诗有数千行，其中有一出完整的滑稽歌剧，一出传奇剧，用散文体写的《伊涅莎·德·卡斯特罗》，诗体五幕悲剧《阿坦利亚，或曰斯堪的那维亚人》的草稿，叙事诗《大洪水》。每一篇作品的边页上都有素描插图，而且有些插图其光和影之对比的大胆使人想到伦勃朗的画。应该补充的是，也就在这个时候，维克多准备了综合技术学校的入学考试，他的数学成绩很好。从1816年底开始，他和比他大两岁的欧仁一起在大路易中学学习——每天早8点到晚5点。他写诗只能在从睡梦中醒来的时候和夜间灯光下做完功课以后，而他的顶楼的斗室在炎热的盛夏像一个炽热的火炉，在严冬就成了冰窖。从斗室的窗口可以望见当时在圣修皮斯教堂钟楼上架设的光学电报仪器。有一次维克多伤了膝盖，不得不卧床几星期，这可以使他更起劲地埋头于自己心爱的事情了。好心的费里克斯·比斯卡拉不安起来："看到你的健康日益恶化，我很难过。我也和你一样，认为其原因就在于你开夜车。为了最神圣的事业，为了我们的友情，请你多多保重……"然而，"愿意挑的担子不嫌重"，高兴做的事情不累人啊！

1817年，"法国军队按照奥地利的式样，一律换成白军装……拿破仑被流放到圣赫勒拿岛。因为英国人不允许他穿绿制服，他就吩咐翻新自己的旧衣服……海军部开始稽查'美杜莎'号巡洋舰事件……大报变成了小报……离婚被禁止。帝国中学现在又改名为中学堂……夏多布里昂每天早晨起床后，身穿绑腿裤，脚穿拖鞋，花白的头上扎着花花绿绿的丝带，站在圣多明各街27号住宅卧室的窗前，瞅着镜子，把装满牙医器械的首饰匣打开摆在面前，一边观赏着自己好看的牙齿，一边琢磨着《按宪章①建立的君主政体》的各种写法，然后向他的秘书比洛尔先生口授……"②法兰西学士院公布了诗歌有奖征文赛，题目是《读书乐》。维克多自言自语道："试试何妨？"他这个人，设想就意味着行动。他撰写了334行诗：

　　维吉尔的阴灵领我在密林中独自徘徊，
　　头顶上的繁枝和静谧使我满心欢喜，
　　我爱在这里游荡，捕捉阴影的嬉戏，
　　突然想起狄多，我为她感到悲戚……

　　这新奇吗？一点也不。诗人为投合院士们陈腐的古典主义，牺牲了自身的美学趣味。话说回来，雨果夫人对这种古典主义也很崇敬。这些编排规格、结构精致的诗句表现出这个年轻人在真诚地钻研着西塞罗，或者说在钻研着狄摩西尼③的作品。他始而渴望追随他们，继而发现他的英雄们都是在失意时结束了自己的生命。

　　英雄们，你们消逝了，只剩下我孑然一人，
　　那么好吧……让我独自来承受这一切吧——
　　形影相吊，埋头于这些心爱的书籍之中……

　　诗写好了，还得送交学士院秘书处。科第埃寄宿中学的学生们仍旧过着囚徒般的生活。有一次费里克斯·比斯卡拉领着他们散步，维克多坦白地把实情告诉他。这个善良的小伙子把学生们列队带到马扎里尼宫前。当学生们观赏圆屋顶和石狮像时，班主任和他的被监护人奔到学士院秘书处，把诗交给一个带圆帽的看门人。走到街上，他们碰见了老大阿贝尔——他是父亲的爱子，在他那个年龄上，正享受着充分的自由。弟弟只好把一切都告诉他，而后追上同学们，赶回学校去做数学作业。

　　几星期后，维克多正在校院里玩粘人游戏，阿贝尔突然来了。"到这儿来，小

---

①宪章：指1814年路易十五签署的宪法，宣布法国为两院制的君主立宪制国家。——原注
②选自雨果的《悲惨世界》。——原注
③狄摩西尼：前384—前322年，古希腊雅典演说家。——译者

傻瓜!"他喊弟弟。现在阿贝尔已经是军官,所以对待两个弟弟就像对待小孩,跟他俩说话时口气亲昵而又带一种保护人的腔调。维克多走上前去。"喂,你写了些什么鬼东西,你才几岁?"阿贝尔说,"学士院认定你想愚弄他们。不然,你就拿到奖金了。咳,你这头蠢驴!现在你只能得到荣誉奖状。"但是阿贝尔的说法不全对,维克多的奖金被漏掉原因不在这里。他的创作被列为征文第9名。学士院常任秘书、悲剧《神殿骑士》的作者列努亚在他的报告上写道:"假如他的年龄属实,学士院应该奖励这个青年诗人。"在评议会上朗读了长诗的几个片断,受到了女宾们的喝彩;列努亚——维克多把自己的出生证寄给了他——还写信邀请他到学士院去,可是他在这封信中犯了不能原谅的正字法错误。然而人们说列努亚是诗人、历史学家、语言学家,对语言很精通——只不过不是法语,而是罗曼语罢了。

科第埃老头看到他的学校现在如此光彩,突然甜言蜜语起来。他允许维克多去学士院。一开始接待他的是列努亚,他学识渊博,可为人粗鲁,对这个孩子举止放肆,因此"维克多挖苦说,这个院士对礼貌规矩的知识不见得比对正字法的知识高明"。但是其他院士对他很热情,特别是年纪最大的法兰苏亚·德·奈夫沙托。此人13岁时,在路易十五时代,就得过征文奖。当时伏尔泰把作诗的秘诀告诉了他,对他说:"少不得要有人接我的衣钵,我满意地把你当作我的学生。"现在奈夫沙托洋洋自得地把自己当作当年的伏尔泰。这个殷勤好客的老头,和其他许多人一样,依次做过君主主义者、雅各宾党人、督政府的大臣、拿破仑帝国的伯爵。1804年,他对罗马教皇说:"至圣的教皇阁下,恭喜您,选择您为拿破仑加冕,这是天意。"1816年,他为路易十八没有封他为法兰西贵族而天真地感到惊讶。利瓦罗给他的作品下的定义是:"混杂着诗句的散文。"在年轻的雨果认识奈夫沙托的那个时期,他否认生活中和诗歌中有什么史诗般的东西。他很明智地在自家的菜园里种植马铃薯,并且试图恢复它从前的名称——巴莫蒂埃①果。见到这个大名鼎鼎的老人,使小学生维克多深为惊讶。奈夫沙托谈到了"雾月政变",但是在这个题目下他只讲他自己。在当时,文学家们这种妄自尊大,维克多还是首次领教。

这个神童引起了名家报纸的注意。在寄宿中学,他的臣民由于拉走了欧仁的一批崇拜者而增加了,这引起了欧仁的妒忌。当别人超过你,尤其是幸运的对手一旦

---

①巴莫蒂埃:1737—1813年,法国农学家,是法国第一个提倡种马铃薯的人,因此起初马铃薯在法国被称作巴莫蒂埃果。——译者

比你年轻的时候，这很不是滋味。可是，胜利者举止谦逊，他把自己首次出版的作品献给了启蒙老师拉利维埃先生：

亲爱的老师，我诚惶诚恐地

请您收下这些稚嫩的诗。

是您第一个把我领进艺术的殿堂，

使我稀疏的羽毛日渐丰满，

在诗的王国里展开奋飞的翅膀，

所以，我把它向您恭敬地献上。

他在费里克斯·比斯卡拉——他虽然不是奖金获得者，但也是诗人——面前惴惴不安，他写道：

当阿波罗把桂冠赐给你的时候，

我默默地消失了，消失在悲伤沉静的梦里，

只有吟诵的时候，你才会把我想起……

但是他的这种谦虚只是出于礼貌，在日记中他说得就比较坦白。1816年7月14日，他写道："我渴望成为夏多布里昂，此外别无他求。"为什么是夏多布里昂？这很容易理解。从1789年以来，醉心于古罗马雄辩术的法兰西一心向往着伟大。在维尼奥、德木兰①和罗伯斯庇尔之后，主宰青年思想的领袖是波拿巴。他失败后，出现了精神空虚的现象，因此必须寻找另一种精神食粮以满足人们对荣誉的渴望。衰老的国王除了因痛风病而浮肿的两条腿外，在他身上就再也找不到什么特别鼓舞人心的东西了；伏尔泰的遗老遗少们对上帝的信仰绝对不是那么热切。年轻的列非特②们虽然把令人感动的眼泪洒落在路易十八的防寒护膝上，但那没有丝毫真诚的意思。他们是在"皇帝创造了奇迹的一片喧嚣声中"成长起来、"由皇帝的胜利公报喂养大的"。他们不能忘怀法国称霸欧洲的那个时代。但是在新的时期他们需要找到一个值得去爱的对象，因此夏多布里昂成了他们唯一富有诗意的、把当今与昔日联系起来的形象。他伟大吗？可是又有谁能比这个天才更伟大呢！他风度高贵而倨傲。他是一个这样的作家：一向善于通过描写与海洋的风暴和命运的打击相搏斗

---

①维尼奥：1753—1793年，吉伦特党的领袖之一，演说家。德木兰：1760—1794年，山岳党人，丹东的秘书，演说家。——译者

②列非特：古犹太人的教士。——译者

而活灵活现地表现自己，运用种种艺术的魅力美化基督教，借用一切忠诚的威望粉饰君主制。拿破仑之后，年轻人都在怀念往日那种楚楚动人的风姿，而夏多布里昂目空一切的孤傲正好给人以深刻的影响。

就在这时候，维克多·雨果和母亲第一次发生了分歧。他赞赏《阿达拉》，可索菲是18世纪的人，愚妄地讽刺这部长篇小说的戏作《啊呀呀》①使她觉得好玩儿。夏多布里昂未必能知道维克多的那些习作。他很少去学士院，他毕竟比较喜欢读古罗马和古希腊作家的作品，在这点上他当然是对的。但是年轻的雨果两兄弟从知名人士评论维克多的长诗那天起，就处在一种急躁狂热、兴奋不安的情绪中。法兰苏亚·德·奈夫沙托在自己家设宴招待维克多，然后托他到国立皇家图书馆查找有关《吉尔·布拉斯》中的一些材料。维克多邀阿贝尔参加了这一工作，因为阿贝尔比他更精通西班牙文。在科第埃的寄宿学校，看门人得到命令：可以让这个不同凡响的学生自由出入。他在科第埃的学校寄宿到大路易中学上课，那里的哲学教授莫格拉是一个谈吐锋利的自由主义者——虽然在当时白天打灯笼也找不到自由主义者——他在1817年鼓动维克多参加大学悬赏考试时说："我正在考虑你。如果一个人经得起学士院的评议，那他至少有希望获得大学的奖赏。"但是在必须证明上帝存在的哲学考试中，维克多没有得到任何奖品；然而在物理考试时，就居维叶②提出的"白粉病论"一题的书面作业，他得了一张奖状。在博物学和数学方面，他也表现得才华横溢。"我的整个童年时代都是在悠长的梦幻中度过时，其中掺和着我对精密科学的爱好……不过话说回来，在科学和诗学之间，没有任何抵牾。数字在艺术中和在科学中起着同样的作用……"

1817年暑假"是维克多真正的节日"，所有的朋友都祝贺他在文学上的成功。阿贝尔看到军事上荣升的大门对他已经关闭，便脱下军服搞起了商业，同时继续写作。他钱不多，可他组织了一个文学月会，所有被邀请到的青年都必须在晚会上轮流朗读自己的新作。这样的晚会维克多从不错过。而以脾气古怪、反复无常出名的欧仁（兄弟俩的朋友比斯卡拉称他为"跟上鬼的人"）在多数情况下拒绝接受邀请，把自己锁在寄宿学校的屋子里闭门不出。为一次朗诵，维克多用3个星期的时

---

①《阿达拉》是夏多布里昂的小说，当时有人取谐音戏拟讽刺小说《啊呀呀》，其中用极长的篇幅描写马铃薯田以嘲笑夏多布里昂对密西西比河和原始森林的描写。——译者
②居维叶：1769—1832年，法国动物学家。——译者

间草拟了描写圣多明各起义的中篇小说《布格-雅加尔》。这篇小说就其故事脉络之清晰，就其善于用简略的手法达到强烈的效果来说，令人惊讶，而且在许多地方不比梅里美的优秀短篇逊色。正是在这些方面，当时就已经显示出他是一个掌握了相当技巧的天才作家。雨果三兄弟都幻想着共同创办一份文学周刊——《布列塔尼学人》，可是他们之中有两个还在上学，再说为这份杂志还找不到出版人。

整个1817年，欧仁和维克多仍旧在跟他们的姑妈马丁-绍平太太公开进行着斗争。这个凶恶的菲亚①甚至不让他们到母亲那儿过新年。兄弟俩给她写了一封尖刻的信。

下面就是她于1817年5月21日收到的这封信：

太太，请允许我们提醒您，我们从1号起已经一文不名了。因为我们的需要没有减少，所以不得不欠债。故此请您寄6法郎来，这正好等于应该付给我们的那个数目：5月1日前的3法郎和5月15日前的3法郎，同时请派一名理发师来，并与德热利埃夫人商谈一下我们的鞋帽事宜。太太，请接受您理应得到的我们对您的尊敬和感激。

维克多·雨果　欧仁·雨果

在这件事之前，一直受父亲宠爱的阿贝尔勇敢地干预了这次冲突，挺身保护了两个弟弟。

阿贝尔·雨果致雨果将军，1817年8月26日：

换任何一个人，都会为这样的孩子而自豪，可你却把他们看作是歹徒、坏蛋，辱没了你以光荣的战功建树的名声……不，爸爸，我了解你——你写了这样一封可恶的信，但指使你这样写的并非你的本心——你还是爱自己的孩子们的。你应该承认，在你的不幸中是有一个凶神恶煞，但不是值得我们敬重的妈妈，她迷住了你的心窍，使你在应该看到爱的地方却看到了恨。你要是有决心接近那些一往情深地爱着你的心灵就好了……总有一天，你会借助真理之光发现我所说的那个恶魔般的女人。我们复仇的时刻也一定会到来，我们将重新得到自己的父亲……

卡特林·朵玛，或者如雨果将军在他的信中所称呼的"夫人"，对阿贝尔的

---

① 菲亚：西欧神话中的仙女，有时给人带来幸福，有时带来祸害。——译者

信大发雷霆。她千方百计不让她的情夫写回信。把父亲和3个儿子分开的鸿沟日益加深了。1818年2月3日，最严重的事发生了：法院判决雨果夫妻正式离婚。孩子归"特列宾莎夫人"，而且她可以从丈夫手里得到总数为3000法郎的生活费。欧仁和维克多在寄宿学校住到8月。后来他俩给父亲写了一封十分恭敬的信，信中请求他允许他们进法律系学习，因为法律系是一条求取功名利禄的捷径。1818年7月20日，维克多写信说：

> 亲爱的爸爸，你当然明白我们不能继续留在德科特先生那儿，因为我们的学业已经结束。请你供给我们每人800法郎作为我们的开销。本想少要些，可你要知道，这对我们来说不可能，因为你现在给我们每个人300法郎，就是再加上500，克勤克俭地花，我们所要求的这笔钱也仅够我们维持饮食、购买书籍、为学习法律交付学费等项开支。

假如考虑到雨果将军自己的境况也十分狼狈，那就应该说，他表现得颇为慷慨："我全然看不出你们的要求有什么过分……你们就进法律系吧，我吩咐按月给你们每人寄800法郎就是了……"

8月，兄弟俩欢天喜地离开德科特和科第埃的寄宿学校，搬到普济-奥古斯丁街18号母亲那里。他们的住房在四楼，没有原先在雪尔什-米蒂街的住所大。退休将军从他只能得到半数的年金中支付给他们的生活费，不容许他们租赁带花园的住宅。雨果兄弟从他们房间的窗口可以望见法兰西王室陵墓累累的博物馆大院。这些王陵是被大革命从皇家大陵迁至圣-德尼修道院的。两个青年诗人面对面地坐在一张小桌子上，整天整天地写诗。16岁的维克多·雨果写下了《我与童年告别》：

> 从今以后世事变幻谁知道？
>
> 确切些说，我将如何？难以预料。
>
> 我像一个狂人，身心疲劳，
>
> 徒然地在把我的理智寻找……①

他叹息人生短促，为安慰自己而将荣誉呼唤——这才是他所渴求的真正目标：

> 噢，荣誉，你这全能的神祇，
>
> 你要宠幸你未来的歌手，
>
> 你要给他应有的地位；

---

①选自雨果的《颂歌与民谣集》。——原注

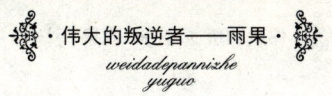

所有的心愿和目标都向着你,

你必须用尽种种方法,

使我的诗能得到你——荣誉!①

世界上只有一个人毫不怀疑荣誉定将降临在诗人头上,坚信自己的儿子前程远大,这个人就是——母亲。

---

① 选自雨果的《渴望荣誉》(《海洋集》)。——原注

第二章 最初的叹息

人世间最美好的莫过于慈母对自己子女的天才满怀信心了。雨果夫人不希望她的儿子们钻研法律。须知研究法律只不过是欺哄他们父亲的一个幌子。实际上，欧仁和维克多在法律系消磨了两年多的时间，虽然也为"法律学"付了学费，但是一次课也没去听，一次考试也没参加。已经预先为儿子们未来的辉煌成就而自豪的母亲，不希望他们求取律师或官场的功名，不，索菲·雨果渴望他们成为伟大的作家。正是这样！日复一日，她让他们安静地坐在那间斗室里——从窗口可以望见陵园里横躺竖卧地堆着国王塑像的宫院——写作。午饭后母子三人出去散步，这幅动人的画面可以想象出来："索菲·雨果神色庄严，步履安详，俨然是格拉古①兄弟的高堂。她身穿讲究的淡红色服装，肩披绣着棕榈叶花纹的开司米披巾。母亲的身旁是两位美少年，她的孝顺的爱子。每天晚上他们都要徒步到雪尔什-米蒂大街土鲁兹公寓。比埃尔·傅仙仍旧住在那里，他现在是国防部的一个处长。"

接待客人的是虔诚、温顺而嫩面的傅仙夫人和她的女儿安黛儿。安黛儿美如西班牙少女，是雨果三兄弟童年游戏时的伴侣。

三男一女②。现在他们都不敢相信10年前曾经用独轮手车把这个迷人的姑娘推着在费扬提诺街的花园小路上奔跑过，曾经把她放在秋千上荡过。雨果夫人与傅仙夫人和安黛儿，从手提包里拿出针线活做起来。傅仙先生瘦得像个禁欲主义者，头戴小圆帽，穿着光滑的毛织套袖，坐在灯下翻阅着一大堆文件。被母亲严格训练出来的欧仁和维克多只要没人和他们说话，就习惯地沉默着。但是在那些个默然枯坐的晚上，每当听到壁炉里燃烧的劈柴"噼啪"作响，他们就一点也不觉得寂寞——他们不停地望着低头做活的安黛儿，"那柳叶黑眉，鲜红的樱唇，淡雅的明眸"，

---

①格拉古：兄弟俩都是古罗马政治家，保民官。——译者
②原为西班牙文：Tres para una.——译者

使他们总是看不够。是啊，要知道他俩都正在热恋着她呢！

她也偶尔偷偷地向他们中间的一个瞥上一眼——不用说，是向维克多：这个金发披肩的青年，额头高高的，目光深沉、纯净，他那种对自己的力量满怀信心的劲头给人以深刻的印象，而且在他们那个小天地里，他已经是个大名人了。忠诚的朋友费里克斯·比斯卡拉从巴黎迁到了南特，他几乎是毕恭毕敬地写信给自己的学生说："总有一天，你将与当代最优秀的诗人并驾齐驱。我仿佛听到了拉辛的声音。"在另一封信里，他说："你总是写得那么好，而这次你写得更出色……"然而年轻的诗人知道，获取真正的荣誉是艰苦的。在这个年纪上他已经可以写出好诗了。翻译古罗马诗人的诗对他是一个很好的训练，这使他学会了诗歌章法的灵活性。他有足够的勤奋，同时对语言有一种先天的敏感。他已经掌握了诗歌这一形式，并能做得非常漂亮。但是从内容上讲，还显得不够充实。"雨果夫人的这个儿子和王朝复辟"在1819年还没有发生炽热的融合，然而只有这种融合才能将他的才华注入他所准备好的模型。取得了学士院悬赏征文的最初成功后，危险的诱惑就已经在暗中等着他了，这就是沿着一条轻松的、会把他变成时尚奴隶的道路滑下去。在当时，法国诗歌的语言是僵死的语言。要想说"爱情的欢乐比战斗的荣誉更美"，必须这样去写：

基弗尔①的腰带不见得

比帕拉斯②的盾牌更坏！

"最高典范应该是高贵的形容词和高贵的名词的传统结合"，比如甜美的和平、纯贞的爱情、神圣而纯洁的友谊，等等。至于题材，在反动势力席卷全国的时期，要求青年诗人必须站稳政治立场。既然维克多·雨果是一个真诚的人，他能说什么呢？无可怀疑，在他的创作中，反映出了童年时代在他心灵上留下的悲惨的印象，过早地看到的恐怖画面，和一个在想入非非时很淫荡而实际上很纯洁的青年人富于性感的梦想。在德科特和科第埃的寄宿中学时，他纯粹是为心理上的满足曾经写过一首歌颂享乐生活的诗：

梦啊，你是恋人们的安慰，

纵然他们睁开眼时你已离去。

---

① 基弗尔：古罗马名媛。——译者
② 帕拉斯：即希腊神话中的战神雅典娜。——译者

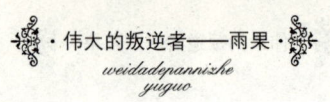

男人们为报复呼唤着你,
然而你却使他们昏昏入睡。

梦潜入家家户户的大门,
到巴黎人的家里去客居。
真的,光顾恋人们它就走象牙门,
光顾爱吃醋的男人就从角门溜进去。

我梦见我怀中抱着赫洛亚①,
千般风情真叫人心醉,
假如这妙不可言的梦成了事实,
说实在的,我还怎能入睡。②

　　这使人想起贝尔丁③和帕尔尼,完全可以和他们平分秋色。至于学士院,他们要的是用呼语和比拟所修饰的富丽堂皇的颂歌,从头到尾感情要丰满、崇高,或者说要写成夏多布里昂的创作所鼓动起来的那种让人朦胧地意识到充满异国情调的田园诗(这纯属学士院凭空划定的标准)。《将婴儿的摇篮挂在棕榈树上的加拿大的印第安女人》和《塔伊提的女儿》就是雨果用这种风格写的习作,亦即长篇小说《阿达拉》的诗歌改写。

　　他与图卢兹文学院很快建立了联系,这种联系与缅怀南方行吟诗人和克列蒙·伊佐尔④有关。人们一向给这位女子加上一道古色古香的灵光圈——她曾给竞赛中获胜的诗人们加冕,在长笛的乐声中为奖励他们的创作授予他们金质和银质的紫罗兰、金盏花或鸡冠花。欧仁寄出一篇应征诗作《昂齐安公爵逝世颂》,并且得到了文学基金会的金盏花奖。两个青年诗人感觉到在图卢兹的神殿里比在马扎里尼宫受到的接待更热情。维克多·雨果也呈上一篇《凡尔登的童贞女颂》,她们是在

---

①赫洛亚:古希腊小说《达弗尼斯和赫洛亚》中的女主人公。——译者
②选自雨果的《在梦中》(《颂歌与民谣集》)。——译者
③贝尔丁:1776—1841年,法国诗人,出版商。——译者
④克列蒙·伊佐尔:据说土鲁兹文学院的文艺奖基金是本地妇女伊佐尔所赠。——译者

大革命时期因参加为普鲁士人举办的舞会而被处死刑的[①]。此外，他还参加了拟题诗歌《亨利四世雕像重塑颂》有奖征文赛。因为伺候患肺炎的母亲，到限期的最后一天他都不能拿起笔来。病人因儿子失去大显身手的机会而十分沮丧，于是他在一夜之间就挥笔写成了这首颂歌：

你有巴亚尔和杜盖克林[②]般的英雄气概，
不屈服于淫威的人间俘虏啊，
我们全民族都把你衷心爱戴。

把我们和你联结起来的是一条坚韧的纽带，
我们法国人为这位孤寡的保卫者，
忍受了这一打击，但心中满怀着爱。

这是中学生式的作文练习，但是在混合运用亚历山大体和八音步体上，在意蕴与诗节的韵律之匀称上，表现出多么明显的技巧啊！因此它使诗人获得了金质百合花奖——这次征文的头等奖。他战胜了无数竞争者，其中包括比他大10岁的拉马丁。图卢兹文学院院士亚历山大·苏梅给维克多·雨果写了一封信，对他的"非凡天才"大加赞誉，甚至说到他对法国文学开始感到有了"美好的希望"："如果学院赞同我的这种预感，那么就怕克列蒙·伊佐尔没有足够的桂冠赠给你们兄弟俩了。在图卢兹，只有你一个人有崇拜者，可是他们都难以相信甚至怀疑你只有17岁。对我们来说，你是一个谜，这谜底只有缪斯知道……"这就是出自一个不仅在图卢兹，而且在巴黎都很知名的作家之口（人们甚至称呼他为"我们伟大的亚历山大"）的装腔作势的恭维。苏梅很殷勤地接见了这两名初出茅庐的诗人。"他全身都散发着诗的气息。仿佛他的心对人类满怀着仁爱"。1811年，也就是说，当他25岁的时候，他因为《罗马王诞辰颂》一诗荣获最高金质鸡冠花奖。随着政治制度的变化，题材也在变化着。法国国王回国后，亚历山大·苏梅认为到图卢兹待一段时间大有好处，在这里他写下了颂歌《路易十六礼赞》。他说："可以从这首诗中看出政治风云的影响。"当然，这还用说吗！

[①]1793年，普鲁士入侵法国，凡尔登数十名贵族妇女举办舞会欢迎普军。侵略军被击退后，她们被革命法庭判处死刑。复辟之后，诗人称这些妇女为童贞女，表明了雨果当时的立场。——译者

[②]巴亚尔：1475—1524年，法国骑士，被同时代人誉为"大无畏而又无可指责的骑士"；杜盖克林：中世纪最有名的骑士。——译者

刚刚适应了当时波旁王朝君主政体的苏梅很少去巴黎，可他在那儿有不少朋友，他向他们介绍了维克多·雨果。他把维克多带到皇家地产管理部大臣雅克·丹桑·德·圣阿芒——一个可爱的、有教养的老人——的府邸。这位老人的两个儿子——诗人艾米尔·丹桑和安东尼·丹桑也住在他的府里。他们周围聚集了一批30岁左右的作家，这些人都是资产者、天主教徒和君主主义者。这是一个普普通通的小集团，但在这个圈子里人们谈论的是歌德、拜伦、席勒和夏多布里昂。他们认为，在文学领域里，德国和英国已经遥遥领先，因为法国从1789年到1805年都忙于战争。丹桑沙龙幻想着新的诗歌，这里的每一个人都为安里·德·拉杜什出版发行的安德列·谢尼耶的遗作所鼓舞。鉴赏家们对这些作品交口称赞，从中发现了全新的韵律和纯朴的音响，真正独特的古典风骨。文学上卓有成就的人们对金发青年维克多·雨果——正如他所看到的——很器重，他们称他为"亲爱的同人"。这并不使他奇怪，因为他对自己满怀信心，这使他意识到了自己的威力。1819年9月，夏多布里昂在他的《保守者报》上发表了关于旺代的论文，因母亲而成了一个旺代分子的青年雨果步其后尘，写下一首颂歌《旺代的命运》，大胆地献给了夏多布里昂。豁达的阿贝尔有一个朋友是印刷工人，诗被排印了，销路不好。然而在巴黎，人们都在议论它。

有一个黑眼睛的姑娘在激动不安地注视着她的朋友的迅速飞升。这个姑娘就是安黛儿·傅仙。有一次，当他们两个人单独坐在高大的栗子树下时，她对他说："你大概有一些秘密吧，其中想必有一个最重大的吧？"他承认确实是这样。"我也是，"安黛儿说，"唔，听我说，把你那个最重大的秘密告诉我，我也把我的告诉你。""我最大的秘密，"维克多说，"那就是——我爱你。""我最大的秘密也是——我爱你。"她重复道。这次谈话发生在1819年4月26日。两个恋人都是羞怯、理智的人！他热烈而严肃，她笃信宗教的戒律。他们的爱情是天真无邪的，因此这爱也就更牢固。"听了你的回答后，我的安黛儿，我勇敢得不亚于一头雄狮。"

傅仙一家在巴黎的近郊伊西避暑，维克多和母亲有时也去那里，其余的时间他就用来思念安黛儿。"倾心相爱变成了不可遏止的烈火"。1819—1820年冬，他们开始通信。维克多阅读《维特》和《勒内》、提布尔和卡杜尔的作品，翻译贺拉斯的情诗，心中的欲火熊熊燃烧。17岁的资产阶级少女安黛儿受的是严格的教育，为自己的爱情感到害臊，仿佛这就是"原罪"。她一方面为这个已经站在荣誉门口的青年钟情于她而骄傲，另一方面又羞于和他见面和秘密通信——可怜的少女害怕父母和接受忏悔的牧师。1819年12月，当维克多把为她写的长诗《最初的叹息》带给她并要求换她20个吻的时候，她起初答应了，可是随即又讨价还价，只吻了他4下。

  我等待赏赐都等得精疲力尽！

  可你羞怯的畏惧与你的爱在抗争，

  把支付的期限一拖再拖。①

在母亲的影响下成长起来的维克多对生活的态度是严肃的，在那些日子里，他已经开始想到结婚，他不愿意损害自己未婚妻的名声。"我的爱人，你将成为夫人，一定要保住自己的纯真"。他完全拜倒在了这个姑娘面前：

  难道这是真的？你爱我，安黛儿？莫非我真应该相信这一奇迹？你赐给我的是怎样的幸福啊！再见了，再见了，今天夜里我会睡得十分香甜——我要在梦中看到你。好好睡吧，可要记住：你答应过要吻你的丈夫12次……

安黛儿在信中有时也像一个热恋中的女子一样回答他，但更多的是像一个被母亲责骂的温顺的少女。傅仙夫人声称她"很不满意"，因为她的女儿竟敢对一个青年表示好感。

安黛儿致维克多：

  做女儿的竟希望母亲离开她到什么地方去，这多不好，维克多……我简直要绝望了，于是我想祈祷，可祈祷的只是我的嘴巴，我的整个心却早已飞到你那儿去了。自然，这是令人悲哀的……我亲爱的妈妈一转身，我就骗她——拿起笔来……

因此她哀求维克多小心谨慎；他虽然十分委屈，但还是答应了她。

维克多·雨果致安黛儿·傅仙，1820年2月19日：

  我想我们现在的确应该在人们面前彼此尽最大努力稳住自己。只有经过长时间的内心斗争，我才决定劝你对我要装出一副冷冰冰的样子——只对我，对你的未婚夫，你的维克多，他为了使你避免哪怕是最微小的不愉快，准备牺牲人间的一切，我还要强迫自己不再坐到你的身边。这样一来，

---

①选自雨果的《年轻的流亡者》（《颂歌与民谣集》）。——原注

我亲爱的朋友，我就委屈地让自己加入了不幸的嫉妒者的行列。你一定要像避开我一样避开别的男人，人们再不会看到我和你在一起了，因此给我哪怕是一丁点儿安慰吧：不要让其他人得到我为你的利益不得不拒绝的那种幸福。你一定要和自己的妈妈在一起，和其他女人们在一起，我亲爱的安黛儿，你要是知道我多么爱你就好了！我不能看见别人接近你，即使只是接近，因为要是那样，我就会因为受不了嫉妒的折磨而颤抖，我就得为了自持而鼓起全部勇气，警惕自己不要做出什么蠢事……

12月28日，他俩取得父母的同意，在安黛儿的小弟弟保尔·傅仙的陪伴下，一起去法兰西剧院看戏。那天晚上演的是《哈姆莱特》。

告诉我，亲爱的，你还记得那个美好的晚上吗？你记得我们在剧院的邻街上怎样久久地等候你的弟弟以及你当时怎样对我说："女人爱得比男人更狂热"吗？你可记得，整个晚上，在演出期间你的手臂靠着我的手臂？我向你说到威胁着人们的难以逃避的不幸——不幸委实会很快落到我们头上……

有一次安黛儿把信藏在衣裙的腰带里，当她弯腰穿鞋时，信掉了出来。傅仙夫人问道："这是什么？快告诉我，我要求你。"姑娘告诉妈妈，维克多怎样热烈地爱着她，并且承认了他们决定结婚。母亲和丈夫分析了这一情况，得出结论，出路只有两条：或者订婚，或者拆散他们。比埃尔·傅仙不反对把女儿嫁给维克多。和拿破仑帝国的将军结亲，虽说他只领一半养老金，但毕竟是一门体面的亲事。此外，傅仙相信这个青年将来定会有所成就，并知道许多聪明人对他有着怎样的评价。但是应该把事情弄清楚，其实周围的人们对这件事已经有了闲话。安黛儿写信对维克多说：

我们住所里所有的长舌妇都在嘲笑我，虽然她们的诽谤不会把我毁灭，但她们毕竟大大伤害了我。再说——无论我怎样不去自责——我这样对待妈妈也不好，要知道我爱她，为了她，我准备去做一切……唉，亲爱的维克多，我真对不起她啊！倘若你看到我的这种行为，开始看不起我，我也不会感到惊奇的……

他离看不起她还远着呢，他只是执意想左右她，而且甚至已经向她制定好了家规："现在你已经是雨果将军的儿媳了，你不能做任何与你的身份不相称的事。举止要端庄，不要叫人小看了，母亲在这方面可是一丝不苟……"他本人更吹毛求疵。"头巾上少别一枚别针,他就生气,"安黛儿说,"言语间最轻微的放肆使他讨厌。可以想到,在我们异常纯洁的家庭气氛中,这种'放肆'是指什么。妈妈对已婚女人还有情人一点儿也不理解,她不信有这等事!可维克多觉得到处都对我有危险,把许多我并不以为有什么不好的日常琐事都当成罪过。他的猜忌太过分了,我又不能什么都预料到……"

维克多·雨果致安黛儿·傅仙,1822年3月4日:

我亲爱的、迷人的安黛儿。我有一件事必须对你说,虽然我很难为情,但又不能不说。然而从何说起呢?我不知道……安黛儿,我希望你在街上走的时候,不要那么担心把衣裙弄脏。就在昨天,我十分难过地注意到,你怕弄脏衣裙而预先把它提了起来……我觉得廉耻比衣服更重要。亲爱的朋友,我说不出昨天在圣比尔街时我体会到的那种痛苦对我是怎样的一种折磨,当时我发现有那么多男人用无耻的目光盯着你——我圣洁无瑕的处子。我想提醒你,可我不敢,当时在惶恐之中我没找到合适的词儿。如果你不想让我万不得已时对第一个胆敢把眼睛在你身上溜来溜去的无赖扇一个耳光的话,就请你记住我现在说的话……

这些以"热恋的乖孩子似的真诚"和"合乎美德的华丽辞藻"写给未婚妻的满篇"陈腐的道德说教"的信是十分有趣的。信的语言是"王朝复辟时期的那种老生常谈"……但是怎么能要求这个青年超越自己的时代和环境呢?他又怎么敢把萦绕在他脑海里的那些邪念告诉这个虔诚、纯洁的姑娘呢?一接近安黛儿,渴望和他深深敬重着的未婚妻结合的念头就苦恼着他,可他不知道如何克服那种恼人的羞涩。她觉察到了他的拘谨,可是对此作了十分笨拙的解释:"在我和你相处的那些短暂的时刻,我不仅为自己的伤感和苦闷而痛苦,"不幸的安黛儿诉苦说,"而且我好像觉得你讨厌我……""在你的面容上,在你的每一句话中都流露出寂寞无聊的样子……"多么令人疲惫的折磨啊!他甚至产生了维特式的念头:他是否可以和安黛儿结合,只做她一夜的丈夫,一到天亮就结束自己的生命呢?"谁也不会责备你。你是我的遗孀……为了一天的幸福,值得付出这不幸之至的生命……"安黛儿不愿意追随他走这条颇为崇高的痛苦之路。她要他想一想邻居们会对他们怎样造谣诽谤。母亲对她说:"安黛儿,你要是不收敛、不制止关于你的谣言,我就只好和维克多,或者和他母亲谈判了。我的孩子,你正在成为我同我所爱并且非常尊重的那个人争吵的导火线……"

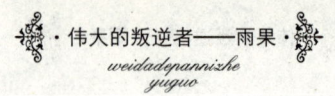

维克多恐惧得不得了！1820年4月26日早晨，亦即他们相互表白爱情的1周年，傅仙夫妻郑重其事地拜访了雨果夫人，请求给他们时间以便严肃地和她谈谈。索菲·雨果是一位多情的母亲，她既羡慕自己的儿子，又为他感到骄傲。她知道，她一点儿也不怀疑，辉煌的荣誉在等着维克多。再说他是雨果伯爵、雨果将军的儿子，他怎么能因为与18岁的安黛儿·傅仙结婚而毁掉自己的一生呢？不；"只要我做母亲的还活着，就绝不能缔结这门亲事"。

不言而喻，这种侮辱人的、敌对的态度令人心寒，"几乎都要吵起来"是其必然的结果。他们把维克多叫到客厅里，告诉他必须断绝关系。由于当着傅仙老头的面，他才强忍住了痛苦，然而他不放弃自己的爱情。夫妻俩走了。"母亲见我脸色苍白，一言不发，开始异常温存地安慰我。我冲出房门。当只剩下我一个人的时候，我痛苦地哭了好久……"他没有想到要动摇母亲的决定。他知道她是一个"百折不挠的女人"，"她的憎恨犹如她那热烈的爱一样执拗……"至于可怜的安黛儿，父母回家后明确告诉她，永远不准她再见雨果伯爵夫人和维克多。他还爱她吗？她不知道。父母亲声称，他拒绝再到他们家。

就这样，在两个恋人之间，落下了一道沉默的帷幕。

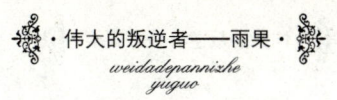

第三章 《文学保守者》

> 正像一个真正的诗人那样,雨果是第一流的批评家。
>
> ——保尔·瓦莱里

爱情不顺利,他就在工作中寻安慰。阿贝尔决定兄弟三人出一份自己的杂志。夏多布里昂,他们的导师,把自己的杂志叫做《保守者》,而他们将把自己的杂志命名为《文学保守者》。这份杂志于1819年12月创刊,到1821年3月停刊,主要撰稿人是维克多。阿贝尔写过几篇论文,气量狭小的欧仁袖手旁观,作用甚微——他只拿出几首诗。比斯卡拉从南特写信给维克多,恳求他千万给自己的一个兄弟安排工作:"不然的话,他就完了……"全仗小弟弟饱满旺盛的精力,杂志才得以生存。维克多·雨果用11个笔名16个月内就在上面发表了12篇论文和22首诗歌。

翻阅《文学保守者》的目录,你会不由得对这个男孩子的智慧和教养感到惊讶。在文学评论、剧评和外国文学方面,他表现了相当渊博的学识。他无疑具有真正的文化修养,特别是对古希腊、古罗马的历史和文化十分精通。他的哲学观是高尚的。对于他当时钦佩的伏尔泰,他不无责难地说:"这是一个出色的天才,他为把刻毒的嘲讽抛给人类,描写了各种人的历史……然而他在整部世界史中看到的只是灾祸和罪行,这毕竟是不公正的……"①可是雨果在自己对过去的评价上同样表现了那个时代背景所孕育的尖刻的犬儒主义②:"罗马元老院宣布它不准备为被俘虏的人付赎金。这证明什么?证明元老院没钱。元老院出城迎接从战场上逃跑回来的瓦罗③,而且感谢他对共和国没有丧失希望,这又证明什么?证明强迫任命瓦罗为统帅的那个集团还有足够的力量制止对他的惩罚……"这种思想,这种鲜明的风

---

① 选自维·雨果的《一个年轻的雅各宾分子的1819年的日记》。——原注
② 犬儒主义:古希腊玩世不恭的哲学思想。——译者
③ 瓦罗:前116—前27年,古罗马作家和学者,曾任大法官,追随庞培。任罗马统帅时,不顾客观条件在康奈作战,招致罗马全军覆没。——译者

格和广阔的视野,都预示出这个年轻人会成为一个大作家。但在政治上他仍旧是一个保皇党人:

> 人们说我是一个可怕的怪物——
> 好为人师,傲慢无礼,幽怨满腹……
> 啊,不!我只是一个16岁的学生,
> 虚心地向书本学习着深奥的玄论:
> 我读孟德斯鸠①,我爱伏尔泰,
> 而"宪章",这是严刑峻法的典范……
> 我是保守分子吗?不,我反对的只是叛乱……②

在文学上,雨果兄弟表现出躲躲闪闪的折中主义:"我们不理解古典派和浪漫派的区别是什么。对于我们来说,莎士比亚和席勒的戏剧与高乃依和拉辛的戏剧之不同只在于他们的缺点更多……"只有维克多·雨果还敢说应该向戴利勒学习——但这是一个危险的导师。雨果看出学士院的色情诗已经病入膏肓。"爱,才是艺术家形象鲜明、思想新颖的无尽源泉。描写淫欲是根本做不到这一点的,因为这全是物质性的。在你选用雪花石般的、白玫瑰般的、百合花般的诸如此类的形容词时,就证明你已经再也说不出什么好东西了……"他要求诗人要有"高度的智慧、纯洁的心灵和善良、高尚的精神"。他有一种精确的批判性的敏感:"在我们这个世纪,当文学和社会运动处在同一水平上,同历史事件一样伟大的诗人们不断涌现的时候,什么样的诗人才会受到重视呢?"青年诗人认为,在这样的时代,庸俗作风是不可饶恕的,"因为已经没有拿破仑了,再没有人会把有才能的人吸引到自己身边并把他们变成将军了"。

在文学中,维克多·雨果推崇的只有那些真正当之无愧的人:高乃依,他在这个人的笔端,尤其是在他的喜剧中发现了大胆的幻想;谢尼耶,拉杜什刚一发现他,古典主义的捍卫者们就在评论中对他的亡灵肆意攻击;华尔特·司各特,雨果首先预料到了他对后世的影响;拉马丁,他的《沉思集》于1820年出版,雨果说:

---

①孟德斯鸠:1689—1755年,法国资产阶级启蒙思想家和法学家。——译者
②选自雨果的《答乌里先生的致国王书》(《颂歌与民谣集》)。——原注

"这是真正诗人的真正史诗之最，是充满真正诗意的诗歌之最……"雨果对拉马丁的朴素惊讶不已。"这些诗始则使我吃惊，继则使我入迷。它们真正摆脱了当代风行一时的雕琢和矫揉造作的典雅……"在比较研究了谢尼耶和拉马丁后，雨果说过一句精辟的话："要而言之。假如我准确地把握住了他们之间的差别的话——其实差别根本不大——那么我要说：谢尼耶是古典主义者中的浪漫主义者，而拉马丁是浪漫主义者中的古典主义者。"

　　1820年，维克多·雨果经常在口袋里带着一本记录他的随感的笔记簿："在生活中跋涉如同在泥泞中一样艰难。夏多布里昂翻译塔西陀准确得就像是塔西陀自己在翻译一样。政府各部一个劲儿地宣传，只要你们的所作所为使他们满意，你们也就会满意……"草草写下这些短语的年轻人当时只有18岁。在他的笔记簿中还有这么几行："德·维尼说，当苏梅兴奋的时候，他就站在小窗口使他的心灵享一阵清福……"苏梅和他的土鲁兹的朋友们——热情澎湃的亚历山大·基罗、茹尔·德·莱西凯伯爵——对《文学保守者》起了十分重要的作用。苏梅是一个面貌上的每一个最微小的特征——长长的黑睫毛，天使般的面容——都很迷人的诗人，就连他那蓬松翘起的额发，他都善于使它带上一种灵感。只要让他立即经受考验，他就能做出伟大的自我牺牲。"但是要盯住他，什么事也不要拖到明天。"维若尼亚·安西罗说。基罗"机敏得让人想到松鼠，他也总是就像一只松鼠踏转轮似地忙个不停……"维克多·雨果把自己当作他们的同行，因为他的作诗技巧在那次征文比赛中已经得到了土鲁兹文学院的承认。杂志的另一些有价值的同人是丹桑兄弟，他们的家尊常常在自己华丽的府邸接待这批青年人；安东尼有点古怪，艾米尔是个温顺可爱的儿子，丑妻子的忠实丈夫，他"迷人之极，都有点迷人的过头了"。他谈到茹尔·莱西凯时说："这个诗人是明星吗？不，是蜡烛。"别人也拿这句话对他反唇相讥。

　　1820年，艾米尔·丹桑向维克多·雨果介绍了他童年时代的朋友阿尔弗雷·德·维尼，御林军少尉，美男子，未来的诗人。一开始他们的关系客客气气，新相识彼此间称呼"德·维尼先生"、"雨果先生"。维尼在古贝渥警备队服役，雨果邀请他到家作客："我希望您来看看我们。和我们在一起您也许会感到无聊，但是您定会给我们带来快乐。"这是什么意思？是装饰门面的谦逊吗？当然啦，一个青年人，在自己家里接待一个比自己大5岁，因出身贵胄而目空一切的仪表堂堂的近卫军军官，是有些惶恐。其实这种惶恐没必要，维尼早就厌倦了金肩章和长马刀。他不仅成了维克多的朋友，而且成了阿贝尔和"英勇无畏的克罗德[①]"（他这样称呼欧仁）的朋友。"你们看，我想念你们兄弟仨都快想疯了，"他给他们写信说，"来吧，咱们要好好谈一谈，在这样的长谈中，时间将不知不觉地流逝。"

通过丹桑的介绍，雨果还结识了索菲·盖和她的可爱的女儿德菲娜——她在少年时期就写诗了，看样子只是由于她的美貌，这些诗才受到了赞赏。通过维尼，雨果跟他的同团的军官、好友加斯巴尔·德·邦斯和泰洛也认识了。邦斯是诗人，而泰洛仅仅是个文学爱好者。不用说，雨果最想结识的是夏多布里昂。"以其音乐性和鲜明性使他陶醉的《基督教真谛》"一书让他看到了天主教的另一个诗情画意般的、"把古教堂的建筑艺术与辉煌的圣徒形象完美地结合起来的"世界。雨果很快就从来自母亲方面的坚定的伏尔泰君主主义转到了夏多布里昂的基督教君主主义，他希望这样一来，他能与全家人都是虔诚的天主教徒的傅仙一家多少接近些。当贝里公爵[②]被杀后，维克多·雨果为他的死写了一首给人深刻印象的颂歌，其中的一节把年迈的路易十八都感动得热泪盈眶：

　　鬓发斑白的君主啊，时间紧迫，你快去吧：
　　波旁王室年轻的儿子就要到另一个世界了。
　　他就是你的一切——希望，安慰，
　　只有你才能使他死而瞑目。[③]

借死人之口乞灵于父王，这是一种陈腐的伎俩，但在当时，王朝已经无计可施。诗中也确实有一种能打动国王的感染力量，他命令赏赐诗人500法郎。议员、保皇党人阿日埃在《白旗报》上发表了论这首诗的文章，援引了夏多布里昂评价雨果的两个字：神童。夏多布里昂果真说过这话吗？没有证据。每当人们向他提起这

[①] 克罗德：公元前10—公元54年，罗马皇帝。——译者
[②] 贝里公爵：1778—1820年，1815年巴黎卫戍司令。1820年被人暗杀。——译者
[③] 选自维·雨果的《贝里公爵之死》（《颂歌与民谣集》）。——原注

事，夏多布里昂子爵总是双眉紧皱。1841年的一天晚上，在莱卡梅夫人的沙龙里，萨尔万迪①伯爵谈到他将很快发表一篇接受雨果进法兰西学士院的演说时，对夏多布里昂说："我只不过是用一些代名词重复阁下的那句绝妙的话——'神童'而已。""可我从来没说过这样的蠢话呀！"夏多布里昂急不可耐地大声说。

不管怎样，阿日埃把维克多·雨果带到了圣多明各街27号。接待方式也只能是这样：尖鼻子的夏多布里昂太太坐在单人沙发上，凝然不动，一言不发，夏多布里昂身穿常礼服，瘦削干巴，驼背弯腰，紧贴壁炉站着，尽力挺直腰身。这位衰老的夏多布里昂不吝惜美言嘉许，"然而他那架式、腔调和给作家排坐次的派头，表现出一种威严高傲的神情，以致维克多·雨果与其说感到兴奋，不如说感到屈辱。他窘迫地嘟哝了一句不知所云的话，恨不得马上离开……"由于母亲的一直督促，后来他又去拜访了几次夏多布里昂，但没有一次使他高兴。只有一次例外，那真是一次大开眼界的拜谒！当他得到许可谒见很晚才起身的子爵后，他看见一个怪有趣的场面，这使他大为惊骇。夏多布里昂当着他的面淋浴，然后一丝不挂地让仆人擦身。这个老怪物会用一种可怕的停顿使交谈沉默下来，同时带着彬彬有礼而又冷冰冰的神色表示他厌倦了……"他引起人们的敬畏多于好感，人们觉得站在他们面前的是一个天才，而不是一个普通人……"

文学，常常是作家表达他自己所热爱的而又不吐不快的那些事物的一种方式。雨果每月都把《文学保守者》寄给傅仙先生，上面刊载着一些无关紧要的政府行文汇编，仿佛它们是政府的什么重大设施似的。其实他是希望杂志能被安黛儿看到，因为上面有他的哀歌《青年流亡者》，诗中描写了彼特拉克的学生莱蒙·阿斯科里，因钟情于一个少女，被父亲逐出家门，于是他说到要结束自己的生命：

　　我敢向你说出一切，可是啊，
　　这千言万语怎么说？
　　薄薄的一张纸能告诉你些什么？
　　你可知道，我的柔情是多么圣洁，

---

①萨尔万迪：1795—1856年，法国作家，国务活动家，曾任教育大臣。——译者

得我们在相会的时候如此羞怯，

结果两人都说不出一句话……①

这些诗拉·封丹也不会觉得不好。安黛儿读过这些诗吗？雨果在散文中也想表现他的爱情，于是他写了疯狂的《冰岛魔王》，假借奥尔丹宁的名字和爱蒂儿的形象来影射他和安黛儿。"我的灵魂里充满爱怜、悲伤和青春的活力，我不敢把这些秘密告诉任何一个活人，因此我挑选了这不会泄露私情的哑巴朋友——纸张……"

没有写完的《冰岛魔王》未能在《文学保守者》上发表，因为杂志于1821年停刊，或者更确切些说，与《文学艺术年鉴》合刊了。对于一份杂志来说，合刊是最体面的自杀。《文学保守者》为"神童"积累了宝贵的经验。圣佩韦说："办杂志的那几年（1819—1820年）是他一生中有决定性意义的时期：爱情、政治、独立精神、骑士感情、宗教、苦难、荣誉、知识、用钢铁般的意志全力反抗命运的搏斗——这一切都起到了它们的作用，全部禀赋一下子都涌现、成熟了，而且达到了一个天才所应有的高度。一切都经过了燃烧和熔炼，在渴望生活的青春的骄阳下，在激情的火山烈焰中，锻铸出了一个深邃的灵魂。坚硬如钢的地壳下，隐秘的熔岩、沸腾的岩浆就是这样形成的……"在这个年轻人的身上，有一种比报刊大手笔的才情更伟大的才华，他拥有无比珍贵的天赋，而且把它终生献给了艺术——使平凡的、日常的生活充满紧张的戏剧性的艺术。

---

①选自雨果的《青年流亡者》（《颂歌与民谣集》）。——原注

第四章　婚约

> 我的母亲是一个性格倔强的女人，她教育我做人要经得住各种各样的考验。
>
> ——维克多·雨果

1821年2月。两个恋人已经有10个月没见面了。雨果夫人总想让她的儿子忘记安黛儿："她千方百计想让我对上流社会的娱乐发生兴趣……可怜的妈妈！难道不正是你自己使我从心底产生了对上流社会及其妄自尊大的蔑视吗！"他从不向她提起自己的爱情，但是母亲从他的眼睛里看出他除了安黛儿谁也不想。没有任何机会与"未婚妻"取得直接联系。不过维克多知道，她正在向她的女友茹丽·杜维达尔·德·蒙弗莲学绘画，而且她总是独自一人去她家。

一天早晨，他在那所住宅的附近等上了他的"未婚妻"，和她谈了起来。开头她好像很高兴，可是末了她恐慌起来。要是人家知道了他和一个小伙子约会，又要闹得满城风雨！她有点生维克多的气了，因为是他这个孝子亲口答应了再不和她见面的呀。他发誓说他只是想去雪尔什-米蒂街——如果这没有什么"不可以、不妥当"的话。这句话刺激了安黛儿，"真正的爱是不会提出如此条件的，"她想。"你怎么能无视我的请求就来找我呢……"

当恋人们必须顾及他们双亲的面子时，他们的处境是可悲的。维克多痛苦地大声说道："为了你，我已被抛进了深渊，可你却用冰冷的双手把我放在……"安黛儿委屈极了："我真想让妈妈碰上我们，看到我在跟你谈话，那样她就会把我送进修道院，那样我就会成为一个完全幸福的人了……"两个恋人都像莫里哀笔下的情人似地争吵着，在懊恼的时刻他们把话说得尖酸刻薄，可又都提防着别真的决裂。"永别了，"维克多吓唬着说，"我再不给你写信，不跟你说话，也再不来看你了。这你满意了吧……"可是过了两天，他就告诉她："如果你有什么意外之事想通知我，你可以照下面的地址写信给我：巴黎邮政总局，留局待领，维克多·雨果先生收，寄自图卢兹文学院……"不用说，她写了回信——于是重又成了被宠幸的安黛儿。维克多在1820—1821年冬的笔记本里写满隐晦的记录：幽会，"在德拉古街，厄索坦街，维·柯洛姆贝街，卢森堡公园（P）……房间——微笑（X）……

手——告别（卢森堡）……"

1821年4月26日。这是一个双重性的周年纪念日——幸福的和绝望的。维克多致安黛儿：

  不幸的第二年就是从今天开始的。我能活到明年吗……可是此刻我要和你告别了，我的安黛儿——已经很晚了，你睡了，而且忘了你给我的那绺头发了吧？可你的丈夫在每天晚上临睡前都要虔诚地吻它……

安黛儿致维克多：

  这是我给你的最后一封信。我是在匆忙中给你写这一短笺的，因为杜维达尔全家都盯着我。总之，我再不能见到你了，因为这不可能了，也再不能得到你的消息了。我不能再骗妈妈啦，可她会不会满意呢？我不知道。

然而结局来得意外而突然。雨果夫人身患重病。她住在四楼，院子里又没花园，这对她十分不利，因此于1821年1月她搬到了阿贝尔在美季埃街10号一楼租赁的公寓里。因为母亲没钱收拾新居，在她的教育下习惯了手工劳动（这也是祖传的爱好）的儿子们操起了木匠、油工、糊裱工和染色工的活儿。她和3个儿子一起耕耘园地，栽培、嫁接、清理小路。有一天她累坏了，发高烧加上着了凉，发展成了肺炎。儿子们为伺奉她度过了许多不眠之夜。1821年6月27日凌晨3点，她在孩子们的怀抱里去世了。

人们把阿贝尔叫回来，帮助两个弟弟料理丧事。兄弟们和几个朋友，其中有年轻的神父德·罗汉公爵、雨果早期诗作的崇拜者，把遗体送到沃吉拉尔公墓。晚上维克多无比悲伤地在城里踟蹰蹒跚。他是多么孤单啊！妈妈对于他来说就是一切，如今她一去不复返了！父亲住在布卢瓦，两人的关系不说敌对起码也很冷淡，未婚妻不理他，欧仁因为两件事——安黛儿和他的文学成就受了委屈而不原谅他。当他们在费扬提诺花园里荡秋千的那些日子里，兄弟俩就已经为得到"未来的美人"的青睐干过仗。自从维克多获胜后，欧仁对弟弟就越加怀恨在心，而且他没有努力克制自己的这种情绪。维克多有点可怜欧仁，然而觉得自己高人一头毕竟使他感到舒畅——这本是小弟弟的一种自我陶醉的虚荣。但是他们的关系对于他很快就成了一种苦难。欧仁早就因其久埋心底的忧郁症大发作而吓坏了他的亲人们，母亲死后他都快发疯了。

维克多为了寻找希望和安慰，冒着大雨，跟跟跄跄向图卢兹公寓走去。

在那个悲痛的晚上，当他发现傅仙家灯火辉煌时，他是多么惊骇啊！他隐藏在树荫里，听到从屋里传出音乐声和欢笑声。他顺着熟路，拐弯抹角，悄悄溜到窗前，看见安黛儿身穿雪白的衣裙，头上插着鲜花，翩翩起舞，面带微笑。他终生不能忘记这一打击。这些记忆后来帮助他深切地理解了穷苦百姓的不幸——他们靠在富人的窗前，痛苦地窥视着那种豪华场面，可自己对此却永远可望而不可及。第二天早晨，当安黛儿在花园里散步的时候，维克多跑来了，年轻人的突然到来和他那苍白的面色，说明一定发生了什么不测之事。安黛儿向他："出了什么事？""妈妈死了。昨天我们埋葬了她。""可昨晚我还在跳舞呢！"两个人抱头痛哭，这交流的眼泪竟成了他们的婚约。

傅仙先生前往美季埃街以示同情，他热切地劝告维克多离开巴黎。首都生活昂贵，小伙子又很贫困。维克多写信给父亲把这一惨祸通知了他。

1821年6月28日，雨果将军收到了一封信：

> 我们的损失是巨大的，无法弥补的。但是我们还有你，爸爸，我们对你的爱和尊敬只会增加……你该清楚，她有一颗怎样的心，她说起你从不恼怒。我们不应当也从来没有议论过使你们分手的那些不幸的纠纷，但是现在当只剩下对她的纯洁、光明的怀念时，难道还不能把一切多余的东西一笔抹掉吗？除了一些能勾起我们珍贵的回忆的衣服，我们可怜的妈妈什么也没有给我们留下。我们无力承担给她看病和安葬的那些费用。保存下来的一些有价值的东西——银质餐具、钟表等——已经都用在这些必要的开支上了，难道这些东西还会有更好的用场吗？我们还必须支付欠下大夫和一些朋友们的债务。如果你不能把这副担子担起来，我们只好在今后尽力用自己的劳动挣钱还债。家里的摆设值不了几个钱，再说那都是阿贝尔的，妈妈和我们住的是他的房子，因为她自己无力支付房钱。亲爱的爸爸，我们现在的主要目标是尽早不成为你的负担……

兄弟三人都希望父亲来巴黎料理他们的事务，他们惊慌失措，被这场后果可怕的灾难弄得不能自拔。将军的经济状况不见改善。鳏居后，他匆匆忙忙和"玛丽·卡特林·朵玛夫人——莎克都安、地主安那克列·达尔梅先生的37岁的寡妇"结了婚，这一串名字都是写在公民出生证上的。其实在有关雨果将军婚礼的信件中写的是"达尔梅先生的寡妇，德·桑格诺伯爵夫人"。她是将军18年的情人，这样的一对"老夫妻"足以让"市政厅说一声'行啊'"了。他们没有大张旗鼓地操办婚礼。住在都尔城的上校路易·雨果在给姐姐戈顿的信中愤怒地说："将军都不把妻子亡故的消息通知自己的兄弟！这种满不在乎的态度证明他对我们没有多少感情……"第二次婚礼是在1821年7月20日于沙布里（恩德尔省）举行的，路易·雨果在1822年1月才听到这件事，他立即告知他的姐姐马丁-绍平寡妇："假如这是真的，他就只好提心吊胆地任那凄惨的命运摆布了……"儿子们有几个月装作不知道父亲已经续弦。他们能阻止得了吗？他们现在得完全依靠父亲了——母亲给他们留下的只是债务，除了阿贝尔，他们还不能独立谋生啊！

傅仙夫妻感到他们既然得像往年那样到巴黎近郊租一处房舍避暑，就不免要和维克多·雨果见面，因此他们决定去德赖。从巴黎到这座小镇必须坐驿车，1个座位要付25法郎的车费，维克多·雨果是拿不起的。但他们忘了他有比金钱更可贵的钢铁般的意志和冒险的嗜好。傅仙夫妻带着女儿乘坐驿车于7月15日出发，维克多在16日就紧跟着去追赶他们了。

维克多·雨果致阿尔弗雷·德·维尼，1821年7月20日：

全部路程我都是步行。烈日当空，路上哪儿也找不到一片儿阴影。我疲惫不堪，可我自豪，因为我"用自己的两条腿"跑了20法里①的路。我抱着惋惜的心情看着那些乘车赶路的人。你要是此刻也和我在一起，定会看到我是一个多么蛮勇的两脚动物……阿尔弗雷，这趟旅行使我受益匪浅，它那么使我入迷，而在我们凄凄惨惨的家里我受尽了折磨……

他在凡尔赛巴斯巴尔·德·邦斯家住了一天，然后到雪利兹峡谷休息，在那里他用拉马丁的风格写了一首哀歌，诉说了高尚、纯洁的心灵之痛苦：

……宛若森森的柏树笼罩着峡谷，

没有欢乐，伶仃孤独，

他的一生充满凄凉悲苦：

唉，翠绿的葡萄藤不把他缠绕，

鲜花也不向他投以微笑。②

真诚的哀怨，做作的腔调。实际上，这次旅行使他心花怒放。他为自己血气方刚、朝气蓬勃而快乐，为白桦林下的河水浴，为优美如画的风景和触目皆是的古城废墟而陶醉。7月19日，他到了德赖，攀上耸立在陡峭山岗上的古老钟楼，欣赏着

---

①1法里约等于4.5公里。——译者

②选自雨果的《雪利兹峡谷》（《颂歌与民谣集》）。——原注

"埋葬奥尔良公爵家族的小教堂……这座没有建成的白色教堂与倒塌的黑色城堡交相辉映,大公墓高居于残破的宫院之上……"诗人的审美感已经定型:"过去和未来之间富于象征性的冲突、对比,残败的废墟和翠绿的草地,黑和白……"

他决心完成这次漫游,不见到安黛儿和她父亲决不罢休。德赖城并不大,盼望中的会见到来了。安黛儿写信给维克多(用铅笔写的):

我的朋友,你来这儿干什么?我简直不敢相信自己的眼睛。我无论如何不能和你谈话。我偷偷写信,以便提醒你,一定要小心谨慎,并记住:我仍旧是你的妻……

维克多·雨果致比埃尔·傅仙,1821年7月20日:

先生,今天我有幸在这里,在德赖见到了您,我想这不是做梦吧?我认为我没有引起您的注意,可我为避免出现这种情况采取了种种预防措施,不过既然在近日里您总会接见我,既然对我来这里总会有种种议论,那么,我认为事先向您说明是合乎礼貌的、光明正大的……我们只对那一切意外之事中最奇怪的事情表示惊讶……我的全部期望是纯洁的。我应该坦白地说,突然看到您的女儿,对我说来,是最大的快乐……

这种虚构既天真又明显,然而这却使比埃尔·傅仙这样的好人深受感动。因为他原以为维克多不过是个"瘦骨嶙峋、仿佛根本没希望活下去"的毛孩子,没想到现在站在他面前的却是一个年富力强、镇定自若的青年小伙子——他满怀信心、不容反驳地表白了自己的爱情。傅仙先生觉得不应当拒绝接待自己老朋友的儿子,尤其是在他遭到悲惨损失的时候,他当着女儿和妻子的面接见了维克多,问他的期望是什么。维克多渴望的只有一件事:与他心爱的姑娘结婚。他说他坚信自己的未来,他已经开始用华尔特·司各特的笔法写长篇小说《冰岛的汉》了,这本书肯定将被一抢而空,国王的政府必定会履行自己对保皇派诗人的职责——给他抚恤金。他也会得到雨果将军对他的婚事的赞同。虽然这一切令人怀疑,但安黛儿和维克多相爱却是事实。比埃尔·傅仙决定暂不宣布订婚一事,大门暂时还不向贤婿敞开,但允许未婚妻与他通信。

维克多·雨果满怀喜悦,出发去蒙法-拉玛利。8月上旬他都是在自己的朋友、与丹桑那个小集团所有的人都很要好的诗人圣瓦尔利家度过的,大仲马在提起这个讨人喜欢的大个子时说:"当他的脚受凉后,第二年他才会伤风感冒。"圣瓦尔利赏识维克多,在自己家盛情款待了他。维克多从蒙法-拉玛利、后来又从拉洛古荣（在这里他客居罗汉公爵家）几次写信给他未来的岳父。

维克多·雨果致比埃尔·傅仙，1821年8月3日：

　　总之，无论前途怎样，无论发生了什么事，我们都不要丧失信心。希望是一种精神力量。我们所做的一切都是为了通过高尚的道路获取幸福。假如我们失败了，我们只能归咎于天命。请不要害怕我的这些狂妄的思想。请您记住，我必须历尽艰难，而现在我的整个前程——正如我看到的——都还打着问号，但我决不气馁。也许您的女儿把自己的柔情献给一个会随机应变、看风使舵、乖巧地伸手乞求命运之神恩赐的人更好一些……然而，这种人难道会把她当之无愧的爱情献给她吗？在一个没有激情的人的身上，能领略到真正暖人心怀的温存吗？我打着寒颤向安黛儿提出这些疑问，因为我知道，我除了想使她成为一个幸福的人的无法表达的愿望外，我不能为她提供别的幸福保证……

比埃尔·傅仙回信说："看风使舵的人在诚实之家是不受欢迎的客人。"看来，他想激励维克多。

伴随雨果夫人直到她安息之地的德·罗汉公爵当时30多岁，他自认为是布列塔尼的土皇帝，约斯林和邦提维两地就处在他的势力范围内。1815年1月，是他一生中可怕的悲剧性转折点。他年轻的妻子为参加一个舞会正在穿衣服时，靠近火光熊熊的壁炉，花边衣裙着了火。她死于烧伤，临终时她都保持着英雄般的安详。公爵当时就进了圣修皮斯宗教学校。在那里，严酷的教规对于一个身体不佳、柔弱如女子的人来说，无异于是一副枷锁。天主教神父德·罗汉对美和善具有先天的领悟能力。拉马丁最初的一些诗发表后，他请求向诗人致意：要是能做他的朋友，他就会是一个幸福的人。神父为雨果所吸引，同样是由于对他的诗作的赞赏。安葬了母亲后，维克多·雨果去回谢德·罗汉，受到罗汉纯朴、热情的款待。罗汉说他唯一的奢望就是做一个云游四方的僧侣，到故乡偏远的农村去宣教。这使诗人很感兴趣。罗汉在他身上看出一种合乎宗教的天性，虽然青年人对宗教几乎一无所知，他还是决定为他找一个忏悔牧师。"你需要一个宗教老师，让我来给你找一个吧。"于是他领雨果去见佛来修神父。这个僧侣是上流社会中人，衣着入时，很受宫廷宠幸，他当即向来找他的这个青年口若悬河地高谈什么他的职责就是获得成功，而且借助成功来为宗教信仰服务。新入教者不喜欢如此方便的宗教，于是离开了这位导师。他对罗汉说，佛来修神父永远不会成为他的灵魂指导者。罗汉又把他的被保护人介绍给了拉摩耐①。他那褴褛的长袍，蓝色的粗布袜和乡下人的鞋，使雨果产生了深刻的印象。拉摩耐不仅成了他的忏悔牧师，而且成了他的朋友。他喜欢这个人的唠唠叨叨的爽快性格。诗人和拉摩耐结识的时候，正是这个思想家对人满怀友善和温情的时候，但是不久，政治迫害就把他变成了一个"神经质的、暴躁的"人，不过这是19世纪30年代的事了。

拉洛古荣位于塞纳河畔。这是一座文艺复兴时代的城堡，墙壁上是辉煌的雕刻护板，护板下是奇妙的壁毯。主人像"敬奉神明"似地殷勤。他兼有无可怀疑的善良心肠和令人惊讶的风流魅力，但是在他身上残存着一种王公贵族式的怪癖。当这个神父照镜子时，抚弄着他那浓密的美发，时时禁不住要秋波流盼、卖弄风骚一番。一位真正司汤达笔下的主教！人们把维克多带到城堡的一间富丽堂皇的卧室，一队浩浩荡荡的仆人卑躬屈膝地伺候着他。这与他在巴黎的住所形成了多么鲜明的对照啊！旅行归来后，他从美季埃街公寓搬到了德拉古街30号的阁楼上，和他那从南特来的亲戚阿道夫·特列宾莎住在一起。被父亲遗弃的雨果三兄弟试图接近母系方面的亲戚。阿贝尔、欧仁和维克多联名写信给舅舅特列宾莎先生：

  亲爱的舅舅，请允许您巴黎的外甥把我们和您南特的亲人们所表示的最美好的祝愿加在一起，让您所有的孩子祝贺您的生日……我们从阿道夫那里知道了您的情况，所以我们在欢乐的时刻，真切地感到无力使您也快乐是多么遗憾……阿道夫是一个非常出色、快活、可爱的青年。做老人的能像您这样为自己品质善良的子女而骄傲，是多么幸福啊！

维克多·雨果和他的表兄弟"合伙租了有两居室的阁楼，一间是他们的客厅，它的全部奢侈就是那大理石壁炉，挂在壁炉上方墙上的金百合花——图卢兹征文比赛时得的奖；另一间不过是一道幽暗的窄空当子，好不容易在里面安了两个吊床充作卧室……两人合用一个衣柜——这对维克多已经绰绰有余了，因为他只有3件衬衫。"

后来雨果用马吕斯这个名字描写了他本人在德拉古街的生活境况：

  高高的智慧的前额，线条分明的张大的鼻孔，真诚、宁静的容貌……面部表情中有一种高傲、沉思而又天真无邪的神色……待人接物稳重、冷静、和气而孤僻……贫穷用它那利爪抓着他。在马吕斯的生活中，有个时

---

①拉摩耐：1782—1854年，法国神父，政论家，基督教社会主义思想家。——译者

期，他亲自打扫自家门前的楼梯平台，到蔬菜店用一个苏买布利乳酪……亲自煮的一块排骨他要吃三天：头天吃肉，次日吃油，第三天啃骨头……①

然而在贫穷的岁月里，雨果坚守着严正的尊严，他尊重自己也赢得了别人对他的尊重。他虽然是一个保皇主义者，但他毫不犹豫地为自己的青年朋友、被警务部追捕的共和主义者德郎提供了避难所。亡母教育他：要保护被迫害的人。

既然在爱情上是幸福的，那就什么都好将就。但是在他和未婚妻之间开始了恋人们常有的小摩擦。安黛儿因一些日常琐事抱怨，觉得他"看不起"她；而维克多一听到碰了他的醋坛子的话就妒火中烧。他突然向茹丽·杜维达尔·德·蒙弗莲、安黛儿的女友，教她学画的很有天才的艺术家发起了攻击。他的暴怒的抨击表现了母亲传授给他的那种偏见。维克多·雨果致安黛儿·傅仙，1822年2月3日：

这个年轻女人当艺术家是一大不幸，这足以使她身败名裂。受群众某种要求的支配，群众就要认为她是一个尽人可属的女人。而且怎么能设想一个妙龄女郎在学习了要求必须首先放弃廉耻的绘画之后，还能先是在想象中进而在道德上保持贞洁呢？……此外，让一个女子堕落到献身艺术，在那里把自己放在演员和舞女的地位上，这是应该的吗？

这种清规戒律使可怜的安黛儿十分苦恼。"请对我温柔些吧，"她写道，"请平和、安静地爱我吧——像爱自己的妻子时应该做的那样！"她还写道："情欲是一种多余的情感，它不是永恒的，至少我听人们这样说……"这些意见是怪好玩儿的，可维克多没有丝毫开玩笑的心绪，这个青年太严肃、太庄重了。他回信给未婚妻大讲其情欲在爱情中的作用。

维克多·雨果致安黛儿·傅仙，1821年10月20日：

按世人的理解，爱情就是肉欲的渴望或糊涂的迷恋。一旦占有了，这种意向就会熄灭。离别就是爱情的消失。在人们对"情欲不是永恒的"这句话作如此奇特的解释时，你当然会听到人们的这种说法。唉，安黛儿，你知道吗？"情欲"就是痛苦！你难道真的相信男子平时在外表上那么狂热、实际上非常软弱的恋爱中会有多少痛苦吗？不，精神上的爱才是永恒的，因为感受着这爱的实体是不朽的。爱是两个灵魂而不是肉体的互相吸引。请记住，这里不可能达到什么极限。我不是说在最主要的情感交流中肉体关系

---

① 选自雨果的《悲惨世界》。——原注

没有任何意义，要不然为什么会有性别的区别呢？否则，两个男子之间不也可能要动情了吗？

安黛儿实质上对未婚夫的宠幸是满意的，但使她忧虑的是将来。她将来能承担起他给她预定下的这样一个被万般钟爱的角色吗？"维克多，我应该告诉你，你认为我好像比别的女人高明是没用的……"实际上，热恋中的男子都好陡然地把他们爱着的女人拔高到她所达不到的高度，在这种情况下，她很可能要头脑发昏跌落下来。至于未婚妻的父母，有时也害怕女婿的这种狂风暴雨般的感情。有一次在安黛儿的央求下，维克多被邀请参加了雪尔什-米蒂街的晚会。当谈到通奸时，雨果言语间流露出一种真正的凶残。他坚决认为，被骗的夫丈应该杀死情夫或自杀。安黛儿愤怒了："何其偏激！你自己要是成了刽子手，要是我找不到他……什么样的命运在等着我啊？我真不知道……我不瞒你：我们全家都觉得害怕……有时我在你面前禁不住发抖……"他为自己的观点辩解道："我问自己，我不仅不谴责我多疑的嫉妒，而且认定童贞、排他、纯洁的爱情之本质尽在于此，我对你的爱就是这样，我担心不能使你报我以同样的爱，我这样做难道不对吗……请相信我吧，每见一个女人就爱的人对谁都不会嫉妒的……"

此外，他们之间还有别的分歧。除了爱情，对雨果有意义的只有他的创作，他试图把她也吸引到他所热爱的这一事业中来。可她坦率地说，她对诗歌一窍不通："我承认你有智慧、有才华，可惜我不会估价它，它对我也不会有任何影响……"这些话引得他微微一笑："安黛儿，你说，我有时发现你知识贫乏，这使我感到空虚……有一次，你带着那样一种妩媚的天真对我说，你对诗一点儿也不理解……安黛儿，什么是诗歌呢？我的定义只有两句话：诗是美德的一面镜子，美的心灵和美的才华几乎是永远不可分割的。是的，你应当这样来理解诗：它发自内心，既可以表现为美的行为，也可以表现为美的诗句……"还是让妄自菲薄的安黛儿不要因他为保护自己的未婚妻而丧失了她的本性吧。安黛儿写道："你要我相信我懂得诗歌，可我永远写不出一句诗。然而，诗句难道不就是诗歌吗？"对此他耐心地回答说："我说你的心灵理解诗歌，我只是让你看到自己有一种天赋的诗才。'诗句难道不就是诗歌吗？'你问。诗句就其本身来说还不是诗歌。诗歌存在于思想之中，而思想来自心灵，诗句只是装饰健美的身体的漂亮衣裳。诗歌也可以用散文来表现。诗歌只是由于诗句的美妙和壮丽才变得更加完美……"这只是高深教案的序言，在将来共同生活以后的晚间，这样的课程还要多次讲授呢。

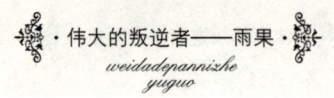

为了自己的爱情,他忍受了极大的牺牲:他不得不和父亲靠近。要知道这在他看来,就是对慈母怀念的背叛。"我胆怯而又骄傲,可是不得不软下来;我想抬高文学的地位,可我得为钱而写作;我是一个孝顺的儿子,深深怀念我的母亲,可我为了给父亲写信就得忘记妈妈……"但是一旦深入了解他后,父亲原来比受辱的"特列宾莎夫人"所形容的好得多。雨果将军是一个要面子的人。他对诗歌也很喜欢,自己还写过几个短篇小说,他极其谦虚地认为它们不值得发表。他理解儿子们违背自己的意愿不去钻研法律,宽容地同意他们选择清苦的文学生涯。

雨果将军致维克多,1821年11月19日:

我很清楚你和欧仁为什么没心思去听课,可我一直在等着你们说明不感兴趣的原因。我不能把一切都归咎于你们振振有词地辩解的那个理由,我认为答案应该在你们对文学的先天爱好,在你——维克多,对诗歌的迷恋中去寻找。为了这种嗜好,我骂过你们的叔父茹斯特,因为它使他放弃了军人的职责;这种嗜好也常常左右着我。但是实践证明你倒也能搞出真正第一流的诗作。孕育你的地方不是在平德高原,而是在从柳涅维尔到贝尚松途中孚日山的最高峰上。你本人都仿佛觉得自己出生在那高远的清空——在我俯瞰宇宙万物的那个地方,你的缪斯将永远君临其上……

维克多·雨果养成了把他的诗寄给家父的习惯。将军夸奖这些诗,但是他对诗的意见幼稚而迂腐。在金钱方面他表现得很慷慨,虽然他为自己损失在西班牙城堡上的资金而难过,但他毕竟有可能尽量援助儿子们。他说,这样的可能性是很大的——只要政府增加他有权得到的养老金数额。而且,维克多是当时神通广大的夏多布里昂的朋友,他应当在这件事上帮父亲一把。总之,维克多成了父亲的靠山,他们的关系很快变得十分亲密。将军邀请他去布鲁亚工作,他在那里和妻子一起买下城外一处宽敞的住宅——圣拉扎尔修道院从前的领地。但是为了享受这一盛情,就得承认雨果将军的续弦是自己的亲属,但前妻的孩子们不同意这样做。

和父亲一样,维克多·雨果很为欧仁的健康忧虑。阿贝尔这个小伙子有多么安静正派,欧仁的暴怒就有多么猛烈。在这兄弟三人的天性中无疑都有一种狂暴的气质,带着一种病态的想象力把周围的一切都看得阴森可怖。特别是欧仁,在母亲死后,这种危险的性格特征发展到了令人极为不安的地步。他怀着凶残的嫉恨批评弟弟的诗,以致费里克斯·比斯卡拉对此深为反感。他整天躲在什么地方,对兄弟们不再有丝毫留恋,给父亲写着无耻的信,而维克多却总是表示谅解他:"让未来去判决吧，亲爱的爸爸。欧仁有一颗善良的心，他会认错的……"

然而真情却使欧仁因为吃醋丧失了理智。为了寻求解脱，他就听任疯狂的发作。一想到他弟弟很快就要和安黛儿结婚，他就受不了，甚至到了向维克多说安黛儿坏话的地步。

维克多·雨果致安黛儿·傅仙，1821年11月30日：

在这可诅咒的人间，有一个人竟然让我看到他有这样一种品质——这个人，昨天我还矢忠于他；这个人，我为了他的前途在某种程度上牺牲了我自己的前途；这个人，我把自己的许多劳动成果和不眠之夜献给了他——这些东西本来是属于你的，到现在，我一直原谅他，可是在他卑劣的嫉妒中，在他恶毒下流的行为中，我看见的只是可悲天性中叫人讨厌的怪癖……主啊，假如我告诉你他的名字——可他配这个名字吗？不，我不告诉你，我不愿意亲口说出这个名字……你不理解我，我的安黛儿，你奇怪你的维克多为什么要暴跳如雷，为什么如此固执地不谅解他哥哥的行为。安黛儿，你不知道他对我做了些什么！我过去一直是原谅他的，往后也会原谅他，什么都原谅，但唯有这一点我永远不原谅他。他真不如在睡梦中把我杀死。哪怕世界上只剩下一个人，但是如果他对你有半点侮辱，即使是侮辱性的念头，我都不能原谅他——当然我不是说我自己，这个混蛋，怎么敢触犯我最亲爱的、最神圣的人呢？他干吗突然想到要剥夺属于我的财产、我的生命、我的唯一的宝贝呢？啊，假如他是外人就好了！

然而他还是原谅了他。正义感不允许他认为二哥应该对其行为负全部责任，因为欧仁有时似乎自己也不知道自己在说些什么。

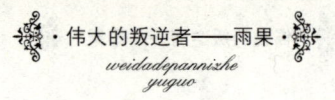

第五章 想就能

> 该是驰骋幻想、发挥威力、创造美的时候了……
> 要纯洁,要坚强,要高尚,还要相信人类的纯洁……
> ——维克多·雨果

自从德赖订婚后,6个月的光阴过去了,傅仙家周围的人们又开始说他的坏话。安黛儿的舅舅、不怀好意的安西林先生,她的哥哥维克多·傅仙,朋友们和长舌妇们,都说安黛儿把自己的脸丢尽了,怎么能嫁给一个无所事事、不能谋生而又得不到生父同意的赖小子呢?未婚妻充满种种疑虑,开始动摇了:"维克多,当我郑重权衡的时候,我看到我们简直没有什么现实基础结为婚姻。请你能体谅我父母的处境:他们看不出什么确定的……"安黛儿的抱怨是委婉的,但是有一种市侩气。在这种情况下,维克多出于他的先天气质,摆出一副西班牙式的高傲:"我要找你父母去,我要对他们说:'再见吧,但是只有当我得到令人艳慕的地位、取得父母的同意时,你们才能见到我,否则你们将永远不会见到我了'……"接着他伤心地说明他今后会发生什么事情:他将会死去,"那时,安黛儿,你就会作为别人的妻子,从他的床上起来;那时你将把我的全部书信烧掉,为的是让我留在人间的精神不存丝毫痕迹"。安黛儿当即以一种世俗女人的固执劝他现实一点儿:"我们的爱情面临着多大的障碍啊,特别是在你想让事情如愿以偿的时候……"在另一封信中,她说:"是的,我的朋友,你要是能工作,我很满意……如果我看到你能坚持不懈地工作,我也许会更满意的。我觉得,除了难以预料的特殊情况,在没有结束你已经为之付出劳动的工作时,不应该开始新的工作。你瞧,我是多么挑剔啊!"

所有这些疑虑都激发和点燃了维克多的自尊心。1822年1月8日,他写信给安黛儿:

> 亲爱的安黛儿,请不必问我为什么如此自信我们能独立生活,因为那样一来你就会强迫我讲到一个叫"维克多·雨果"的——你不认识他,"你的维克多"也根本不想介绍你和他认识。"这个维克多·雨果"有朋友也有仇敌,家父的军人封号给了他四处活动的权利,而且可以和所有的人平起平

坐；他自己的一些经验——虽说很浅薄——应该归功于他早年无人知晓的优点和磨炼；在他很少去的那些客厅里，人们根据他那悲戚、冷漠的神情，一直以为他在构思着多么重要的东西。其实呢，他正沉浸在对一个年轻、温柔、迷人、善良的姑娘的思念中，幸而这些客厅中的人不认识她。

人们常常对我说，而且现在还在对我说（当然这有些过分大胆）：我是专为某一光辉的荣誉而被召唤来的（我原原本本地复述了这句夸大其词的话）。可我自己却认为我是为家庭幸福而被创造出来的。但是，假如为了得到这一幸福需要出名，我也只把荣誉当作手段，而非目的。虽然我像以往一样尊敬荣誉，但我不是靠荣誉而生活，正如向来对荣誉所应有的态度那样。万一它找上门来，像人们所预言的，我也要说，我不希望它，也不祝愿它，因为我把一切希望和祝愿都寄托在了你一个人身上……

也许有人要问，他们为什么不结婚？还得多久？要知道内务部已经答应了抚恤金呀！"我的朋友，很可能再过几个月，会给我提供有2000—3000千法郎薪水的职位，那时再加上文学作品的报酬，我们不是可以生活得很安逸、很和睦了吗？我们不是可以满有把握相信我们的收入将随着家业的扩大而增加了吗？"雨果将军能同意吗？"但是请你告诉我，为什么家父看到我能独立生活，要拒绝使我成为一个幸福的人呢？……我父亲是个软弱的人，然而无疑又是个善良的人。如果儿子们对他表示真诚的依恋，他们就能对他产生很大的影响……我希望父亲有了使母亲不幸的教训后，不再会让我也终生不幸。安黛儿，那一天一定会到来，那时我和你将生活在同一个屋顶下、同一间屋子里，你将睡在我的怀抱中……"

"享受床笫之欢将成为我们的义务、我们的权利……"梦幻，把这个热情澎湃的青年弄得神魂颠倒。他阅读、撰写情诗，然而他的行为却极其严肃纯洁。他想让未婚妻看一看，这也是他的一种美德：

"一个芳龄少女，应该对一个青年人的道德原则和品格气质十分了解，相信他不仅是一个聪睿通达的人，还是一个童男子（在这里，我是就这个词的最完整的含义而言的），有如她本人是一个处女一样。如果不是这样，就贸然嫁给他，这样的少女我把她当作最平庸亦即最渺小的女性……"

但是安黛儿的反应出乎意料：怎么能向一个有教养的姑娘谈这种"特殊的事情"呢？

"当然可以，"未婚夫热切地回答道，"我向你证明了你对我有多大的威力，因为只有你的形象才能压倒在我这个年龄上所固有的情欲的激浪，我对你说过，没有良知的人是污秽的、肮脏的，他要是把自己的一生和一个纯洁无瑕的少女结合，就应受到唾弃和讨伐……假使我是个女人，我的未婚夫对我说：'你是我抵抗其他所有女人的堡垒，你是我搂入怀中的第一个女人，也是我将永远拥抱的唯一的女人；我将怀着甜美的快活把你搂在我的胸前，我也将恐怖而厌恶地推开其他任何一个女人。'要是这样的话，安黛儿，我就会觉得，我作为一个女人，爱人的这种表白绝不会使我不喜欢。要不，你也许是不爱我吧……"

不，她爱他，以傅仙夫妇的真正女儿的方式爱着他，也就是说，爱得极其纯朴。

1822年3月8日，雨果在她的敦促下，终于决定请求父亲同意他们举办婚事。他把信给未婚妻看，她发现信写得非常好，特别是对她的肖像描写。维克多把她写成一个真正的安琪儿。"我不是什么天使，请你再不要这样想吧！我是大地的女儿。"啊，女人们的现实主义真是奇妙！后来她试图向他说明，对于她来说，幸福比荣誉更宝贵："你怎么可以对我说，我们的婚配应当使我引以为荣呢？是因为你父亲官衔显赫吗？你的偏见多么可怕！官衔、封号与我何干？我向你声明，你认为这些东西极重要，可对我来说却是次要的。你记着，无论我是院士的妻子还是你的妻子，在我都一样，你要清楚，我将是将军的儿媳，这对我毫无意义……"

在焦急的期待中，几天过去了。这一对情侣说好，假如父亲不同意，他们就私奔，到外国去举行婚礼。这一次，这个文静的少女从雪尔什-米蒂街升到了热情的高峰。这种孟浪毫无必要，雨果将军的答复公认为是通情达理的——他同意他们结婚，但附有明确的条件。他根本没有非难儿子钟情于安黛儿·傅仙，他认为老朋友傅仙夫妇的"社会地位"完全够格儿，他最不放心的是未婚夫妻两人都没有任何财产。唉，他要是有约瑟夫·波拿巴答应给他的那100万西班牙银币就好了！可是他一无所有。"因此在打算结婚之前你必须找到职业或获得职位。我不把文学事业当作一个人的职业，无论你在这上面的起步是多么辉煌。当你能具备这些条件时，我很乐意帮助你实现你的夙愿——那本来是我一点也不反对的……"在这封信中只有一片阴云：将军固执地讲到"他现在的夫人"。为了得到他的恩赐，就必须承认他的第二次婚姻，这，维克多·雨果也以其素有的尊严很有分寸地做到了。

夏天到了。每逢夏季，傅仙总要离开巴黎。他们在让蒂里租了一所住宅。现在维克多已经是名正言顺的东床佳婿了，因此也将受到邀请，但为不失体统，他被安置在养鸽房住。傅仙夫人正怀着第四个孩子——"夫妻爱情的最后果实"。这次怀胎十分沉重。安黛儿写信给维克多：

> 如果妈妈赏给我们一个小弟弟，我是否应该劝她亲自哺乳……妈妈的年纪已这样大，她不能一人抚育婴儿，我必须至少再在家里待两年。假如你认为我有责任在这段时间内留在家里，那我就劝妈妈不用给孩子找奶妈了……请坦白告诉我，你是怎么想的，我们都是家慈奶大的，我希望这个小东西也能这样……这件事主要取决于我。我希望你表态……

雨果是怎样回答的呢？我们不知道，大概他不反对给未来的这个小舅子找个奶妈吧。

安黛儿致维克多：

> 这么说，你要来让蒂里啦，多么幸福啊……我天天都能看到你，天天都能和你说话啦，如果我们为什么事吵了架，那争吵也定然是温柔的。每天早晨我都要到花园里去，而你就在自己的养鸽房，我们互相问好。可是我们俩在花园里散步时，不能没有妈妈。这是命令……要尊重两位老人，他们禁止……认为理应如此……

维克多·雨果在复信中表示了他的欢乐，接着他提到了他那超群出众的母亲：

> 对于我们的结合，她已经不会想到再设置那些古怪的甚至是叫人屈辱的障碍了。她会尊重我们俩，认为限制我们的自由也有损于自己的尊严。不，她会祝愿我们俩在高尚的倾心交谈中为通过结婚达到神圣的亲近作好准备……芳草地，绿荫下，远离尘嚣，只有我们俩，在那暮色苍茫的夜晚，双双漫步，该是多么甜美啊……要知道，在这样的时刻，那些为多数人所不知道的神秘的情感就会一起涌上心头……

尽管晚上必须在家里度过，感到"实在受拘束"，他在让蒂里还是尝到了荡人心魂的幸福。安黛儿偷偷地到未婚夫住的塔楼上去看他，让他疯狂地吻她、抱她。那些日子是多么安谧、醉人而又神奇啊！唉，为什么两个情人不能互相拥抱着度过一生呢？然而，正是为了巩固让蒂里的这种幸福，就必须争取更大的成就。于是维克多·雨果急急忙忙出版了他的颂歌集的单行本。诗集由慷慨的阿贝尔出钱印刷，委托给设在巴列-罗亚尔广场的别利塞书店出售，而且阿贝尔送给弟弟一件奇特的礼物——诗集的清样。诗集于6月出版，灰绿色的封面，印数1500册，每册付给作者50生丁，也就是说总共可得750法郎。第一册当然是奉献给未婚妻的："敬赠我亲爱的安黛儿，小天使，我的全部荣誉和幸福之所在——维克多。"

诗人首次出版的这本诗集题名为《颂歌与民谣集》，序言中强调了作者的政治倾向。他深信人们批评法国颂歌冷漠、单调是公正的，他把"不仅要关心诗的形式，更重要的是关心诗的意境……让人类的历史在宗教思想和宗教信仰之光的照耀下充满诗意"当作自己的使命。集子里的大多数诗的思想内容合乎政治要求，写的都是历史题材。这些诗是一个"勤勉的、颇有才华的中学生的优美习作"，颂扬的是"亨利四世雕像的再塑"，"贝里公爵的诞辰"，"哀悼了贝里公爵之死"。所有这些"遵命而作"的颂诗不值得一个在意大利和西班牙追随过拿破仑战无不胜的雄鹰，目睹了帝国的崛起和倾覆，而且在少年时代就是拯救与死亡的见证人的青年去大书特书。年轻的极端君主主义者在作品中使用的那些呼告、比拟之类的修辞手法使持有自由主义观点的读者大为愤慨，他们不愿意承认他的颂歌的那些富有诗意的优点。

他所考虑到的几家保皇派刊物对这些诗没有反响，只有很少几篇文章。当时文学批评的地位很可怜，而雨果又认为"任何一个有自尊心的人都不屑于乞求评论家们写捧场文章——这是当时文学家们的习惯看法。我把自己的书寄给报纸，只要人们认为合适，就一定会谈到它，但我不乞求他们那种施舍式的赞扬……"拉摩耐赞美了他："与你的天才——虽然我也很赏识它——相比，我更喜欢你的直爽、坦率和你的高尚情怀……我的上帝啊！那种被称为荣誉、名声的空幻的喧嚣算得了什么，还不是倏然间就熄灭在了死寂的坟墓里……"然而书的销路毕竟不错，这鼓舞了作者，因为他办喜事的日子很快就要到了。现在安黛儿也可以不必有人陪伴，独自斗胆到巴黎市内的阁楼上去探望卧病的未婚夫了。"让人们想说什么就说什么去吧，我都无所谓了……换一种情况，我是不会违抗父母的意志而不受良心的谴责的……"但是为了彼此相与，他们只等着婚礼。安黛儿致维克多：

再过3个月我就永远是你的了……只要一想到那一天，我们就绝不能做出不应该做的那件事，那本是我们在一起的时候早就可以做的，但是我们都觉得自尊自爱胜似颠鸾倒凤——不用说，我们因此会得到更大的幸福……

3个月……安黛儿勇敢地定出了期限，现在需要的只是等待补助金的批准一事了。关于这件事得到的答复是肯定的，但部里的官员们一个劲儿地拖。"他们办理我的补助金一事可真当回'事儿'，然而他们从来不想想这'事儿'关系到一个人的幸福……"多么漂亮的措词！最后，由于修道院院长德·罗汉公爵的干预，争得了贝里公爵夫人的支持，1822年7月18日他才得以给父亲写信告诉他万事俱备。批拨的补助年金总数为1200法郎，从国王的特别基金中提取。这笔经费是内务部答应他的，再加上答应给诗人的那些稿费，新婚夫妇就可以生活相当一个时期了。而且善良的双亲还建议女儿和女婿与他们住在一起。雨果将军当即写了一封正式求婚的信："维克多托我为他向你们的姑娘求婚，他希望促成她的幸福，也期待着她给予他幸福……"傅仙先生的回信十分客气，他夸奖维克多对爱情的态度规矩、严肃；并为与雨果将军重结昔日友谊之纽带而高兴；对他不能为女儿置办嫁妆表示遗憾。她得到"共值2000法郎的东西——家具、服装和钱"，年轻夫妻在没有自己的住所之前，将和他们一同住在图卢兹公寓。

现在的问题只是未婚夫人教洗礼的证据不足，岂只不足，简直没有！将军想起往事就没好气，他认定儿子未受洗礼——既然妻子一向表现了令人吃惊的伏尔泰思想，那么在父亲事先不知道的情况下，妻子肯定没有给孩子洗礼。"维克多信仰宗教，但却没有加入哪个确定的教会"，他暗示了一个办法："我相信，只要给圣修皮斯的副主教写个声明，就说你是父亲不在时由母亲操办在外国受的洗礼，但你不知道是在什么地方，那么，神父就会在由你选择的教父、教母的出席下给你做第二次洗礼……然后你立即去受第一圣餐礼，这样你在教堂结婚就再不会有任何阻碍了……"多么讨厌的欺诈！但是要笃信宗教的傅仙夫妇承认索菲·雨果放弃了"给儿子举行过每一个基督教徒都要做的圣礼仪式"显然是不可能的。听从"大名鼎鼎的朋友"德·拉摩耐先生的劝告，维克多请求父亲证明自己的儿子是在意大利受的洗礼。将军满足了他所提出的一切要求，而拉摩耐提供了有关忏悔的证据。1822年10月12日，在圣修皮斯大教堂举行了结婚仪式，修道院院长德·罗汉主持婚礼。新郎方面的证婚人是阿尔弗雷·德·维尼和费里克斯·比斯卡拉——他专程从南特赶来，为能重新见到他的两个得意门生而欣喜异常；新娘方面的证婚人是她的舅父让巴蒂斯·安西林和杜维达尔·德·蒙弗莱侯爵。雨果将军没来参加婚礼。

婚宴是在傅仙家举办的。宴席之后在军委会的大厅举行了舞会。那大厅正是当年拉戈利将军、维克多的教父被判处死刑的地方。在舞会上，年轻的麻脸班主任费里克斯·比斯卡拉发现欧仁十分暴躁激动——他好像有点失常，尽说些稀奇古怪的疯话。比斯卡拉没有惊动来宾，悄悄提醒阿贝尔，两人带走了这个不幸的人。夜间他狂暴的精神病不断发作。欧仁这个性情抑郁的青年，觉得自己是受迫害的牺牲品，他爱着安黛儿，受着由来已久的、残酷的嫉妒的折磨，不能忍受自己弟弟的这种幸福场面。

幸而这天晚上发生的悲剧新婚夫妻一点儿也不知道。他俩渴望了多少年的那件事终于实现了：两人在同一间屋子里，在彼此的怀抱里度过了一夜。在他的行为中那么圣洁、用多少热情的想象描绘出来的这新婚之夜——占有这个在他看来是美的化身的姑娘——是多么消魂啊！作为傅仙家的东床，他住在了图卢兹公寓——一年前他从窗户外看着他的新娘鲜花满头，还让别人搂着在这里跳舞呢！已故的意志坚强的母亲教导他，要让事情服从自己的意愿。在这一年里，他走过了一条怎样的道路啊！20岁时，他就已经站在了荣誉的大门口，年迈的国王读过他的诗，年轻人也读过他的诗；内务部给他批拨了补助金；诗人们尊敬他；他用顽强的斗争征服了他的意中人；他重新得到了父亲的眷顾，迫使所有的人承认了他对人生事业的选择是正确的……在经历过许多不幸之后，这一切仿佛是一场幸福的春梦，充满了仙境般的飘缈和柔情，在这幸福的迷梦中，到处是儿童幻觉中才会有的仙山琼阁、福地洞天，然而这神话般的仙境是他自己创造的。Ego Hugo! ①

他对得起这一夜的幸福。毋庸置疑，他身上激情的强大力量生机盎然，但他同样体验到了那种把肉体的快感和人类的高尚快乐合二为一的要求。"哪里是真正的婚配，哪里才有理想之光。"有一次他说，"合欢床上，朝霞划破了黑暗……这是真正的极乐世界。除此之外，再没有别的快乐。爱，感受爱——此已足矣。别的一无所求。你们在人生幽暗的密室中是永远找不到别样的明珠的……"在他后来书写这几行的时候，他的深受宠爱的娇妻已经变成了一个闷闷不乐、使人扫兴的女人——她想只做他名义上的妻子。甚至就在那叫人失望的将来，当安黛儿成了"哪一颗苹果都不能引诱她的夏娃②"的时候，雨果还是永远忘不了很久很久以前的那一天他们一起品尝过的那种几乎是超凡入仙般的幸福。安黛儿·傅仙和许多的姑娘相比，很少差别，但这正是她的真面目——天真无邪，含蓄羞涩，有一种富于诗意的情趣（她的绘画证明了这一点），敏感活泼，虽然对诗冷漠，但她能激发诗人的灵感。我们可以援引雨果的一些话，以便说明他在什么地方受惠于那些情思悠悠的

---

①拉丁文，"我是雨果"的意思。——原注

②据圣经说，夏娃是世界上的第一个女人，亚当之妻，受蛇的诱惑偷食禁果而知善恶，被上帝逐出伊甸园，并让所有女人受生育之苦。——译者

岁月：

噢，不管年老年轻，富裕贫穷，
假如你们每天晚上在消魂的拥抱中，
没有倾听过轻轻的脚步声，
白色人影从沉静的林荫道一闪而过，
像耀眼的流星划破了阴郁的夜空，
而没有使你们的心儿颤动。

假如你们单只是从情诗中才知道
恋人们的痛苦、欢乐和燃烧的激情，
没有限度没有止境的最高幸福，
无形地主宰着温柔的心灵，
爱人的黑汪汪的睫毛下的眼睛，
在你看来仿佛是灿烂的明星。

假如你们没有机会在窗户下
疲乏地等候过豪华舞会的结束，
和衣着华丽的客人们退出舞厅，
为的是在路灯下瞥一眼
泛出迷人笑靥的姣美的面容，
和那双热情、绝妙的蓝眼睛。

假如你们看着自己的娇妻，
被舞伴搂着，嘴巴靠着绯红的腮颊，
而没有体验到揪心般嫉妒的苦痛；
假如你们没有满怀恼人的激动，
踏着华尔兹的舒缓、性感的节拍，
随着旋转，芬芳的花瓣洒落纷纷……

假如你们在那寂静中睡意昏昏，

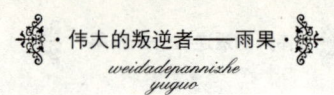

当青春狂欢和开怀享乐的兴致消退时，
没有看到过她进入梦乡——辗转呻吟，
还流着伤心的眼泪。不时地
呼唤着她从前所有的希望，
同时无力地诅咒着自己痛苦的命运。

假如女人的流盼唤醒了你们的春情，
可是没有向你打开极乐天堂的大门；
假如为了那个在宁静而轻松的时日，
只在你的悲哀中寻求消遣的可人，
你没有和死亡与苦难见过面——
那么，你就不懂得相思，不懂得爱情！[①]

　　让我们最后再回首看一眼这个额头高高、"童年时代多灾多难的"青年人吧，我们就要和他在洞房的门口告别了！这个漂亮的骑士，已经踏上了人生的道路，他对自己的力量满怀信心。他渴望着荣誉，而且毫不怀疑荣誉定将到来，纵然他才刚刚20岁就已经屡屡尝到绝望的滋味。"当有一日你像今天这样起来，"作家季洛杜[②]笔下的一个人物说，"当一切都被毁坏，一切都遭洗劫，而你仍然活着，可这时一切都已丧失，全城烈焰滚滚，无辜的人们在互相残杀，而犯罪的人们在天色大亮后垂死挣扎，这叫什么来着？"而乞丐回答说："造成这种景象都因一个极美的名字、纳尔塞的妻子——这个名字叫曙光……"

　　当情欲在熊熊燃烧，而心灵却纯洁异常的时候；当一个天才眼看就要脱颖而出，可是还没有人理解他的时候；当这个人自觉比全世界都强大，但还不能向世界证明他的力量的时候；当他在刚开始生活就有那么多悲惨的回忆，可他的心却在胸中歌唱的时候；当他是那样急不可待，时而陷入绝望，时而充满希望的时候，陪伴他的叫什么来着？与这一切相随的是一个极美的名字，维克多·雨果的妻子——这个名字叫青春。

[①]选自雨果的《啊，在你们年轻的时候》（《秋叶集》）。——原注
[②]季洛杜：1884—1944年，法国作家、戏剧家。他在当代法国文学上占有特殊地位。——译者

第三篇　胜利的时刻

> 只要生活，就能全面认识它，否则，你对生活就一无所知。
>
> ——圣佩韦

第二章 中国古代

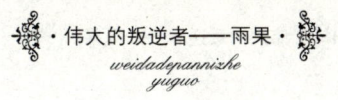

第一章　新婚之后

"新婚之后的清晨,没有惊忧,幸福的人儿彼此保持着醉人的宁静,其中还有那姗姗来迟的美梦……"①

但是,安黛儿和维克多·雨果享受不到这苏醒时分的宁静。一大早,比斯卡拉就慌慌张张地来敲他们的房门:欧仁的情况叫人害怕。维克多匆忙起身,跟着朋友就走,"他看到自己童年时代不幸的伙伴处在狂暴的错乱之中"。欧仁把他屋里的蜡烛统统点亮,仿佛在婚礼上那样,用马刀乱砍家具。整整一个月,安黛儿和维克多,保尔·傅仙和表弟特列宾莎轮番伺候他。他们只好通知父亲,将军立即从布卢瓦赶到巴黎——"幸福欢乐的时刻他不来,他只想来做一个不幸时刻的参与者"。维克多和安黛儿热情地迎接了"亲爱的爸爸",因为他们能完婚应归功于他。"好像是又升起了一个太阳,在这个卓越的人的慈善之光的照耀下,儿子痛苦的屈辱消失了……"

父亲在科西嘉和意大利看到的儿子是一个多么活泼、愉快的胖小子,在马德里看到的是一个前程多么远大的中学生啊!可现在,当他听到好儿子的狂乱的呓语后,他是何等沉痛!他决定把儿子带回布卢瓦——良心要求他这样做。在那里,欧仁的理智有一段时间好像有所恢复,他甚至写信给维克多,问候新郎新娘,祝愿他们幸福。他在信中说,父亲和"继母雨果太太"对他很好。不幸的是疯癫再次发作,这次更严重,以致不得不把病人送回巴黎艾斯季罗尔医生的医院里。需要每月交纳四百法郎的住院费,家里没有这笔钱。维克多为了能让二哥进公费医疗的圣莫利斯医院就医于鲁亚英·卡拉尔大夫,四处奔波。医生们发现病人已经不可救药。可怜的欧仁仿佛成了一具活尸体,兄弟俩很少去看望他。欧仁在1823年12月12日写信给维克多说:"我在这儿已经7个月了,可你只来过一次,而大哥阿贝尔来过两

---

①选自维·雨果的《悲惨世界》。——原注

次……要知道，你哪怕有一点点看望我的心愿——你也毕竟该有这点心愿吧——你就很容易使一个可怜的人得到满足……"这些话是多么惨痛的谴责啊！

哥哥的悲惨命运成了维克多·雨果经常不断地伤感和内疚的原因。无论在诗歌上还是爱情上压倒欧仁，将其逼到绝路上的，难道不正是他吗？他对这个不幸的人虽然没有采取任何犯罪的行动，可是兄弟即仇人这个主题仍然经常萦绕在他的心头，出现在各种形式——戏剧、诗歌、长篇小说中。有时这个该隐①被叫做撒旦；有时——在《巴黎圣母院》中——被叫做克洛德·孚罗洛，在《城堡里的伯爵》中被叫做约伯；有时他以真名出现，如在《良心》和《撒旦的末日》里；有时他被换上阿贝尔的名字，这或许是为了加强这一刻骨铭心的思想。可是维克多本人并没有做什么坏事，与其说他是该隐，不如说被嫉妒折磨的欧仁更像该隐。但维克多执拗地认定这场恶梦是一间活埋人的铁面人的牢房，多尔格马达②囚徒的坟墓；想象总是顽固地向他描绘出：低矮拱顶下，一片黑暗中，一个不幸的、痉挛的形象。"啊，天才！啊，疯狂！这真是一种可怕的结合。"

他理解这种结合。每一个幻想家（维克多·雨果爱把自己叫做幻想家）都有他自己想象中的世界，在这个世界里半是梦幻，半是疯狂。"这种梦游症是人所特有的本性。灵性中某些特性趋向于疯狂，或短暂，或局部，全然不是罕见的现象……闯入这个黑暗王国不无危险。疯子就是幻想的牺牲品。灾祸就发生在灵魂深处。这是矿井中的瓦斯爆炸……不要忘记这个法则：幻想家必须比幻想更有力量，否则他就有被毁灭的危险。每一个幻想都是一次斗争。切合实际的幻想常常带着一种隐秘的愤怒趋向现实的目标。无法实现的幻想只能损害人的大脑……"在雨果身上，幻想家向来比幻想更强大。他用诗将自己的幽思和幻觉升华，这拯救了他。他深深地扎根于现实的土壤之中，欧仁成了他的反面教员。

他心中燃烧着的阴郁的火焰没有一星半点迸发出来。凡是了解婚后头几个月的维克多·雨果的人，都注意到了他那副俨然"一个夺下敌堡的骑兵军官"般洋洋自得的神气。这说明他意识到了自己的胜利所产生的威力和占有意中人所得到的无穷快乐。加之与父亲接近后，他因父亲的军功而显得颇为骄傲。无论这有多么奇怪，

---

① 亚当和夏娃的长子，亚伯的哥哥。该隐种地，亚伯牧羊。耶和华看中了亚伯和他的供物，而看不中该隐和他的供物，他为此嫉妒，把弟弟杀死。——译者

② 多尔格马达：1420—1498年，西班牙宗教裁判所法官。——译者

但他却认为这功劳中有他的份儿。初次见到他的崇拜者,无不为他那严肃的神情而惊讶。这个充满幼稚的高傲,穿着黑呢礼服的青年,以自尊得有点儿冷酷的态度在自己的"瞭望台"上接见他们,这使他们大为惊骇。

"观察这对新婚夫妻是很有趣的,"圣瓦尔利在致莱西凯的信中说,"这是两个天使的爱,比托马斯·穆尔①的诗还有诗意……"青春焕发的雨果夫人那漆黑的头发闪闪发光,一双"安达卢西亚美女"的明眸美得出奇,在她的容貌中,宁静与激情奇妙地揉合在一起,仿佛有一种"被压抑的情感的狂飚,随时都会迸发出来"。初看她貌不出众,仔细端详则又十分迷人。安黛儿很快就怀孕了,维克多为自己早年得子而感到荣幸。如此年纪轻轻,他就已经盼望着享受天伦之乐,当家居尊了。"在他的周围不知不觉产生出一种家法制家长的气氛,既富于田园气味,又显得威严无比"。现在他得为3口之家而工作了——婚后不到9个月,即1823年7月16日,小列奥波特·雨果就呱呱坠地了。

工作,工作,工作——在雪尔什-米蒂街栗树浓荫中的阁楼里,新的颂歌写出来了,长篇小说《冰岛魔王》完成了,并交给了皮桑——这个成了出版商的侯爵按照与雨果签订的合同,再版了《颂歌集》,出版了数千册《冰岛魔王》。但是雨果从应该支付给他的稿酬中只得到500法郎,因为皮桑破产,无力付给作者稿酬,于是皮桑就诋毁起雨果来——这是常有的事。雨果开始领教了文坛时尚丑恶的一面,只好再次向父亲求援。幸而内务部给了他第二笔补助金——每年2000法郎。好心的傅仙又邀请新家庭到让蒂里去消夏,但这次维克多·雨果不必客居养鸽房,而是住在安黛儿的卧室里了。

《冰岛魔王》出了4版,灰色封面,纸张粗劣,没有作者的署名。"据云,这本很有特色的著作是已经在诗歌中取得辉煌成绩的知名青年作家的第一部散文作品。"皮桑在预告中说。维克多·雨果受英国"神秘恐怖小说"②(梅图林,刘易斯,拉德克里弗夫人)鼓舞而写的这部长篇,起初一方面是为了生计,另一方面也是为了通过小说主人公爱蒂儿和奥尔丹宁的形象来影射他和安黛儿·傅仙的爱

---

①托马斯·穆尔:1279—1825年,爱尔兰浪漫主义诗人,他的抒情诗以感情真挚出名。——译者
②"神秘恐怖小说":英国18世纪后半期出现的一种长篇小说变种,又称"哥特式"小说,专写神秘恐怖的非凡事件,是前期浪漫主义在散文中的反映。括号中列举的几个人是这一流派的代表作家。——译者

情。不应该忘记，雨果在这部充满凶杀、巨怪、断头台、刽子手和酷刑的光怪陆离的书中，犯下了蓄意模仿的错误。这是一部技巧纯熟的"怪诞派"作品。作者以其做作的博学故弄玄虚。他偶然读了一些不大有名的作品如法布里丘斯的《挪威旅行记》，马列的《丹麦王位继承人》等，就把一大堆虚假难懂的材料塞进他的故事里，譬如"奥丁①的真名是弗里格，他是弗里杜尔夫之子"。这种泥古守旧的作风给人很深刻的印象，但是雨果对他所描写的那个世界没有进行任何严肃的考查。他在序言中也以自嘲的口吻承认了这一点。他说，作者"所注意的只限于他的小说的风景描写，这是他特别关心的对象。小说中，字母K、Y、H和W频繁出现，虽然过多地运用它们会使人觉得乏味……读者还会在其中找到许多重元音单词，虽然它们以非常巧妙精细的手法不断被变换结构。最后，每一章前都有古怪而神秘的题词，以增加其奇异的趣味……"②读了这部长篇小说，你会说雨果在这里接近斯泰恩③或斯威夫特④更甚于接近华尔特·司各特或蒙克·刘易斯⑤。

但是他成功地激起了人们的恐怖和兴趣。在这点上，奇特的想象力帮了他的忙。家父和兄长同他一样，都酷嗜阴郁的幻觉形象。有如拜伦，他毫不吝惜地从他那些喝"海水和人血"的主人公身上取下颅骨四处乱扔。他声称在让蒂里仿佛就在自己的钟楼上工作——那是一个蝙蝠乱飞的地方。雨果的朋友们郑重其事地表示不欢迎这本书。1823年6月8日，拉马丁从圣普安写信给他："我们拜读了你的绝妙的诗和令人恐怖的《冰岛魔王》。我顺便说一说，依我看，这部小说太骇人了；你应该把自己的调色板弄柔和些。想象要像竖琴，应该让它发出柔和的声响。你把琴弦拨击得太狠了。我是为了你的前途才说这些话，因为你正前程远大，而我已经日暮西山了……"暴烈而机敏的安里·德·拉杜什在论文《爱报复的古典作家》中嘲笑了这位新的浪漫主义者：

没有星辰的午夜，客厅……

浪漫派作家问他的同伙：

"我请你们回答，先生，不要害羞，

---

①奥丁：斯堪的纳维亚神话中的主神。弗里格是他的妻子。——译者
②选自雨果的《〈冰岛魔王〉序》。——原注
③斯泰恩：1713—1766年，英国感伤主义作家。——译者
④斯威夫特：1667—1743年，英国作家。——译者
⑤刘易斯：1775—1818年，英国作家。——译者

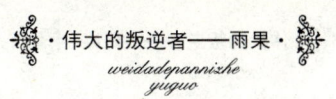

鲜血和海水是否合你们的口味?

你们吊死过同胞没有?看着那牺牲品,

在寂静中呻吟,你们曾否开怀大笑?

告诉我,当你们解下绞架上的套索时,

你们的双手是否颤抖?"

正像拉马丁所说,《冰岛魔王》实在"太骇人"了。而且为了模仿还堆砌了大量材料。但是这里包含着多大的潜力,多丰富的想象力啊!查理·诺第埃在《日报》上发表论文,对青年作者硬让自己追求生活中一切畸形、丑恶、反常的东西表示遗憾,同时毫不怀疑地认为类似的错误不是每一个作家初学写作时都会犯的。诺第埃夸奖了雨果流畅绚丽的文笔和表达某些情感的精确。出自这位名人手笔的论文使青年作家欣喜若狂。

评论家兼小说家查理·诺第埃比雨果大22岁,经历非同寻常。他的父亲是个还俗教士、演说家、贝尚松的革命头目。但是这个"无套裤"党人把儿子的教育托付给了一个"遗老"日罗·德·桑特龙。孩子胡乱读了许多书,喜欢阿米奥①、龙沙②和蒙泰涅③,还读过荷马的原著。老师随口从原文翻译歌德和莎士比亚的作品给他听。诺第埃娶了多尔城的一个"既无缺点也无钱财"的女子。他当过贝尚松图书馆管理员,后来给一个发了疯的英国爵士赫尔伯尔特·克罗芙特当秘书,最后又在伊利里亚岛的莱巴哈市当图书馆管理员。他从这些地方为自己的作品《让·斯波卡》、《斯玛拉》和《特里比或日阿加依的小妖精》收集了许多素材。

就其天性来说诺第埃是一个和善而勇敢的人,他有些让人想到霍夫曼。他还是一个植物学家、昆虫学家、画家、旅行家、考古学家,最后是一个哥特式建筑的疯狂爱好者。诺第埃无所不知。他先在《辩论报》,后在《日报》工作,始而以同人,继而以兄长的身分支持青年文学家,逐渐获得了很高的威望。雨果跑到普罗旺斯街去感谢他发表评论《冰岛魔王》的文章,可是正赶上他不在家。第二天诺第埃("他长着棱角分明的面孔,两眼灵活而倦怠,神情恍惚而深沉")去看雨果夫妇——他们曾邀请他带着妻子和女儿玛丽(一个12岁的少女,但比成熟的妇女还敏

---

① 阿米奥:1513—1593年,法国翻译家。——译者
② 龙沙:1524—1585年,法国诗人,七星诗社领袖。——译者
③ 蒙泰涅:1533—1592年,法国散文作家。——译者

感）来访——于是这就成了他们真诚友谊的开端。

阿尔弗雷·德·维尼盛赞《冰岛魔王》："我的朋友，我要告诉你——虽然我住在奥尔良，但你已是我与之说这些话的第100个人了——你创造了一部美妙的、不朽的作品……你已经成了法国的华尔特，司各特式的长篇小说的奠基人……你要再进一步：将天才的构思异国化，为此你最好选择挪威，改变名字和环境，那样我们就会比苏格兰人还要骄傲……整个小说充满强有力的、生动活泼的有趣情节，我是一口气把它读完的。我代表法兰西感谢您……"就在这封信中，维尼向雨果诉说了自己"内心的悲苦"：他爱上了德菲娜·盖，这是一次彼此倾心相与的爱情。正像她母亲索菲·盖所说，德菲娜本不是一个对"所有令人心醉的事物中最醉人的那件事"无动于衷的人。但是德·维尼伯爵夫人认为她的儿子应该娶一个有钱的女人，以光复没落的家庭，因此她就下了禁令。维尼悲痛地屈从了，德菲娜也只好听之任之。

维克多与雨果将军的关系更加亲近了。先是因为欧仁，后来是因为列奥波特。雨果想再次从军以求加官晋级，父子俩开始了书信往来。维克多对这件事很热心，甚至表示为了将军被任命为大使，愿意到夏多布里昂门下去周旋。在对父亲的回忆录一事上，他同样表现出关注的态度，而且千方百计让出版商拉沃克出版了这本书。物质利益本来有利于加强好感嘛！雨果将军的目的只有两个：得到被居高位者宠幸的儿子的支持，让孩子们承认新娶的雨果太太，正如他所说的，她是"你们每一个人的第二个母亲"。实际上，当安黛儿在难产中把第一个儿子送到人间，而"可怜的小天使"眼看就要夭亡时，雨果将军和他的续弦就把孩子同母亲一起接到了布卢瓦，并把他们安置在他在那里买下的一所宽敞的白色住宅里。"朵玛女郎"现在已经被人改称为"列奥波特的奶奶"。安黛儿还为自己的婆婆织了一顶包发帽。也难怪，自从雨果将军的发妻去世后，差不多两年的时间过去了。

10月9日，小列奥波特死了。正在波河警备队服役的维尼听到消息后写信给维克多·雨果："你体验过母亲亡故、哥哥患病的悲痛之后，不久又体验到了做父亲的悲哀；你总在为家庭的不幸所苦恼，纵然家庭是我们亲人们的天然细胞，我们也想把家庭看作一切幸福的唯一源泉……上帝啊，人生多么悲惨，我的朋友……"关于欧仁的病，阿尔弗雷·德·维尼说得很形象："我们的本能使我们受到一种可怕的精神苦难。当死亡到来之前，本能过早地突然崩溃；当灵魂已经离开肉体，而肉体仍在微笑的时候，这些赫库兰尼姆①中的幽灵该是多么令人恐怖啊……"但是雨果尽管经受了种种不幸（母亲、哥哥、儿子），却并不认为生活是悲惨的，他渴望着生活、工作和爱情。安黛儿又怀孕了。艾米尔·丹桑说："维克多不知疲倦地创造颂歌和生儿育女。"

---

① 赫库兰尼姆：意大利古城，公元70年与庞贝城一起由于维苏威火山喷发而被埋没。古城发现于1709年。——译者

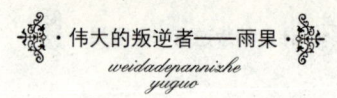

第二章 《法兰西缪斯》

> 在王朝复辟的那些美好的日子里,人们既有浪漫主义的精神,又有古典主义的修养。
>
> ——莫里斯·巴莱斯

"从1819年到1824年,在安德列·谢尼埃和拉马丁《沉思集》的双重影响下,伴随着拜伦和华尔特·司各特的杰作的回响与希腊民族痛苦的呻吟,在王朝复辟时代的宗教狂想和君主立宪幻想表现正烈的时候,新的黎明前奏曲产生了,它充满抑郁的伤感、理想的渴望、骑士的激情和常见的雕琢典雅……"这是圣佩韦的一段议论。图卢兹文学征文奖获得者是温文尔雅的苏梅和生性热烈、头发火红的基罗——他以其滔滔不绝的辩才一下子就定了调子。艾米尔·丹桑建议成立一个文社,创办一份杂志,于是《法兰西缪斯》诞生了。这份杂志团结了一群文雅得有点儿过了头的青年,按传统他们喜欢的是保皇派诗歌,"按其模糊的情感,他们又都是安分守己的基督徒"。

纲领是这样制定的:在宗教信仰上,以夏多布里昂式的基督教奇迹代替帝国时期的多神教的淫乱;在政治上,主张以大宪章为指导的君主政体;在爱情上,坚持骑士般的柏拉图精神恋爱。这是"一种温情脉脉,芬芳醉人,陶冶灵性,令人消魂的东西;献辞用的是颂歌;诗人根据某种神秘的标志就会被认出来并受到欢迎……镀金的骑士阶层,粉饰过的中世纪,住在城堡里的美夫人,有少年侍卫做她们的保镖,幽静教堂里的祈祷,苦行僧,可怜的孤儿,下贱的乞丐——有这一切就能取得巨大的成功,就是全都情节的基础,且不说还要加上无穷无尽的个人的痛苦……"这个集团的成员彼此直呼其名——阿尔弗雷、艾米尔、加斯巴尔或维克多。不少妇女也参加了这个感伤主义组织。大家把美人儿德菲娜·盖简称作德菲娜。这伙行吟诗人中坐第一把交椅、发音分不清L和R的茹尔·德·莱西凯请维克多·雨果也允许简称他的妻子为安黛儿,可是"严肃的青年诗人拒绝了他的请求",他不喜欢直呼其名。

艾米尔·丹桑建议小组成员每人拿出1000法郎作为出版《法兰西缪斯》的基金。对于雨果夫妻来说,这太多了。拉马丁认为他现在已经高居荣誉的顶峰,最好当一个富贵闲人，远离文坛的嘈杂，所以拒绝加入文社，但是建议为雨果支付会费："请你把我算作杂志的创建者，我虽然不能给杂志增光献策，但我乐意为你代付1000法郎。不过这是我们之间的事情……"雨果觉得这种圆滑世故侮辱了他，拒绝接受这笔钱，但是由于自己的诗作和自然形成的权威，他毕竟是杂志的主要人物。

可是善良的诺第埃到底还是很快成了这个团体的真正核心人物。聚会的地点就在他的府邸——起初在普罗旺斯街，后来，从1824年1月1日起，在阿尔塞纳图书馆；因为部长对他的赏识，在达尔杜亚伯爵的支持下，以新年赠礼的名义赏赐给他这一令人艳羡的职位，所以他现在成了该图书馆的馆长。玩世不恭有时是一种老奸巨猾。谁也没有得到这伙顽童般思想轻浮的人们所得到的青睐。当今世界的大人物喜欢庇护那些不修边幅的怪物，因为他们仿佛总觉得这些人需要偏袒似的。诺第埃突然得到闹市中心宫苑里的一所住宅！从窗口他可以观赏太阳怎样在巴黎圣母院后落下。图书馆长，在某种意义上无异于世俗的大主教。心地善良的诺第埃闭门不出，安分守己地享受着这姗姗来迟的清福。他的妻子是一个纯朴可爱的女性，也立刻把资产阶级的安逸带进了这"王宫"的庭馆。她那样活泼愉快，在这所景象森严的府邸的底色上，她那艳嫩的面容有如"一朵含苞欲放的鲜花"。他们的女儿玛丽长成了一个美人儿，所有的诗人都是她的朋友。

每逢星期天，阿尔塞纳沙龙灯火辉煌。大门为所有的人敞开，只要他想进来。常去那儿的有塞维林·泰洛，他生在布鲁塞尔，祖籍英国，是一个法国军官，阿尔弗雷·德·维尼的同事，政府的宠儿；索菲·盖和妩媚如春光的德菲娜·盖，她的雅号是"法兰西诗神"；常去那儿的还有苏梅——他上演的两个剧本取得了凯旋般的成功，雨果说，"这是我们时代两出最优秀的悲剧"，一句话，他总有一天会超过"我们伟大的亚历山大（指大仲马——译者）"；基罗，他的《小沙沃亚尔》受到了赞扬；阿尔弗雷·德·维尼和身穿浅蓝制服的加斯巴尔·德·邦斯；不用说，丹桑兄弟和大个子德·圣瓦尔利——《法兰西缪斯》副主编——也是那里的常客。

晚上8点到10点是闲谈。诺第埃站在壁炉旁，开始谈天说地——或者回忆青年时代，或者回忆荒诞离奇的往事。他的冷漠和萎靡跑到哪儿去了？他变得惊人地健谈。然后开始文学方面的争论。"安德列·谢尼埃走的弯路太大了，"维克多·雨果说，"他的诗顿挫太多，一行到另一行的衔接跨度太大，以致丧失了音乐性。可是诗首先必须音调铿锵。"诺第埃反驳道："谢尼埃是一个有独特风格的浪漫主义者，这很好……艺术从来没有也永远不会有固定的法则……"艾米尔·丹桑微笑着，满口好看的牙齿放着光。他撇一撇两片薄嘴唇："亲爱的维克多，你又要放弃自己的意见了吧……"10点钟，玛丽·诺第埃在钢琴旁坐下来，谈话停止了。椅子推到墙边，开始跳舞。牌迷诺第埃坐下来赌牌，脸色苍白、身材挺秀的维尼和德菲娜·盖跳着华尔兹舞。严肃一些的人们，其中包括年轻的雨果，继续在角落里小声闲谈。雨果夫人美目流盼，翩翩起舞，丈夫时时不安地瞟她一眼。

这些人既是文学界的同人，又都是好朋友。心地善良的王国代替了妙语伤人的王国——艾米尔说。参加小组的人胸怀豁达，互相吹捧。"我们伟大的亚历山大"受到的夸奖最多：

我们盼着你的诗，它们名声远扬，
法兰西将使它们万古流芳……

不过，大家都挨个儿受到了赞美，莱西凯奉承维克多·雨果：

你讴歌马伦哥①和布汶②，
它们永垂不朽全靠你的颂歌。

马莱伯，雨果和让-巴蒂斯特，
你有权和他们平起平坐。

这个互相标榜的文社激怒了刻薄的安里·德·拉杜什，他在《信使报》上攻击他们太过分了："看起来，亚历山大·苏某、亚历山大·基某、加斯巴尔·德·邦某、圣佩某、阿尔弗雷·德·维某、艾米尔·丹某、维克多·雨某诸君商量好了要彼此捧场。是啊，诗坛上的这些土皇帝们为什么不缔结这样一个联盟呢？""土皇帝们"借用维克多·雨果的笔作出了有力的回答："一个诗人的诗鼓舞了另一个诗人，因而使一些热心肠的人觉得受了侮辱，他们希望最好是让那些没有天才的人来评论有天才的人……可以想到，由于我们习惯了文人相轻，所以一旦在竞争者中间出现兄弟般的团结，我们这个互相妒恨的世界就要嘲笑诗人们这种快乐、高尚的情谊。"

---

①马伦哥：意大利一村庄名。1800年6月，拿破仑在此击败奥军，为粉碎第二次反法同盟奠定了基础。——译者
②布汶：1214年法王菲立普·奥古斯特在法国北部小镇布汶打败北方诸侯和英德联军，扩大了法国疆土。——译者

《法兰西缪斯》的大多数工作者立志于复兴诗歌，但无意于介入浪漫主义与古典主义的争论。茹尔·德·莱西凯用十分乏味的诗句表述了这种谨慎的折衷主义：

  这两个出色的流派像两姊妹，

  衣着不同，习性却完全一样。

  哪个更可爱，争论也是枉然，

  一个伟大，另一个也有希望……

问题到底在哪里，浪漫主义和古典主义这两个名词后面隐藏着怎样的实质？德·斯达尔夫人[①]在这里划了两条鲜明的分界线：

"一种文学效法的是古代经典作家，另一种文学的产生是由于受中世纪精神的鼓舞。第一种文学就其渊源而言，富于多神教的情调；第二种文学的动力和发展来源于深刻的宗教感情……"照这个定义来看，《法兰西缪斯》的诗人们更接近浪漫主义。他们都是基督教徒，抒情诗人，允许北方的精灵和吸血的僵尸占据山川水泽的仙女和复仇女神从未占领过的席位。他们读过席勒的作品，至少是知道他（因为他们中间懂德语的人不多）。另一些革新者认为浪漫主义这种形式野蛮而反动。拉马丁谈到《法兰西缪斯》时说："这是胡说八道，而不是天才的表现"。大约在1923年，司汤达写道，他害怕"德国式的那种胡言乱语，许多人把这胡说称作浪漫蒂克"。他说"浪漫蒂克主义"（照意大利的说法）也想使热爱自由的浪漫主义即热爱真理的散文作家的浪漫主义出现。他嘲笑"那些为自己选择幻想的体裁和心灵之神秘的青年人。他们靠大笔进款养得油头粉面，却不停地歌颂生之痛苦和死之快乐。"他称他们是"居心险恶的混蛋"。

沙文主义者也介入了这场论战。1805年，评论家茹夫鲁亚在《辩论报》上写道："《维特》是德国一个诗人的爱情故事。后来霍夫曼老是挖苦这位钟情于日耳曼的墨尔波墨涅[②]的上校"。自由主义者中一些反对《法兰西缪斯》的人责备它德意志味儿和英吉利味儿比法兰西的还浓；责备它妄图把神秘主义塞给一向把这种东西只当作玩笑的人民；责备它把阴郁的颂歌奉献给生来喜好一切真实的民族；指出《法兰西缪斯》在关于一切迷信的问题上与有哲学头脑的读者发生了严重的冲突。

[①]斯达尔夫人：1768—1817年，法国女作家，积极浪漫主义的前驱。——译者

[②]墨尔波墨涅：缪斯之一，主管悲剧。这句话的意思是说，霍夫曼（1760—1828年，德国作家）对崇拜歌德的法国早期浪漫主义抱嘲笑态度。——译者

一言以蔽之，18世纪的精神起来反对19世纪的精神。在总是倚老卖老反对新事物、保护古典主义和玄学的法兰西学士院中，常任秘书奥若先生在一次向学士院的听众发表讲演时抛出了反对阿尔塞纳文社的雷霆和闪电。他称他们是文学上的邪教徒："这个教派成立不久，还没有多少公开的信徒，但他们年轻、激烈，忠诚和精力弥补了他们力量和数量的不足……"他因斯达尔夫人划定了古典主义和浪漫主义的界限而非难她："根本就没有一条把整个文学割裂开来的界限。在我们的文学中划出这样一条界限，这恐怕连文学本身也从未想到过……"他指责浪漫主义作家妄图破坏诗歌和法国戏剧赖以建立的那些法则。指责浪漫主义作家仇视诗歌的娱乐性，只想在痛苦中发现诗意。奥若还说：他们的多愁善感纯粹是故作姿态，这不会使他们出色的健康受到任何损害。简而言之，浪漫主义没有真实的生活，这是一个你刚想接触就飘然消逝的幽灵。

奇怪的是这个浪漫主义的诽谤者不久就像浪漫蒂克的维特似地自杀了，虽然谁也没有想到他会自杀。奥若的发难使《法兰西缪斯》的仆人们非常难堪。"我们伟大的亚历山大"还抱着进学士院的虚荣幻想呢，而另一个亚历山大——基罗也在打着康提滨河街这处建筑的主意①。话说回来，他们自己可并不觉得自己是浪漫主义者，对这个词的意思也不甚了了。"大家给浪漫主义多次下过定义，"艾米尔·丹桑说，"这个问题使大家如坠五里雾中。我也不想用新的解释加剧这一混乱……"保护那遭到摒弃甚至蔑视的18世纪哲学的神秘性，反对帝国时代冰冷无情的诗歌，立志把自己的笔献给王座和祭坛，是这帮青年人的共同愿望。这就是浪漫主义吗？的确，"对古典主义和浪漫主义这样的名词，真不能一本正经地去思索，因为既不能以酒解醉，也不能望梅止渴……"

"如果学士院一定要在文学界分出两个阵营，"当时艾米尔·丹桑写道，"从我们这一方面来说，我们将指出，在各民族的所有作家中间，近20年来被称作浪漫主义者的有这样一些人：夏多布里昂、拜伦勋爵、德·斯达尔夫人、席勒、蒙蒂②、迈斯特③、歌德、托马斯·穆尔、华尔特·司各特、德·拉摩耐神父等，在这些伟大的名字之后，我们不应当列举更年轻的作家名字。在另一个阵营中（挑选同一时代

---

①因为法兰西学士院坐落在巴黎塞纳河边的康提滨河街，所以这样说。——译者
②蒙蒂：1754—1828年，意大利古典主义诗人。——译者
③迈斯特：1753—1821年，法国19世纪初贵族浪漫主义在理论上的代表人物。——译者

的文学家的名字时），我们将看到XXX先生——我留下这处空白打算用古典主义者填补它；我不能说得更明确。尔后的问题，让欧罗巴或随便哪个儿童去解决吧。"

雨果用他的《论拜伦爵士以纪念他的逝世》一文作出了回答：

在罗伯斯庇尔的断头台之后不会再写多拉①的情歌，在拿破仑的时代也不可能再去继承伏尔泰。我们时代的真正文学，是一种其作家遭到阿利斯第德②式的放逐的文学……也是虽然遭到无数蓄谋迫害但仍然才华横溢，在暴风雨的环境里成长的文学，犹如那仅在风吹雨打的土地上盛开的百花……这种文学绝没有那位歌颂菊布瓦③红衣主教，谄媚庞巴杜尔夫人④并凌辱贞德的诗神所具有的那种软绵绵、无廉耻的恶习……它不会在酒神节的豪筵上为屠杀唱颂歌……它的想象启迪人们的信仰。它追随时代前进，步伐坚定而从容不迫。它态度严肃，声音响亮柔和。总之，它是整个民族浩劫之后的所应有的共同情感——忧郁、自豪而对上帝充满信念。

文章中有这样一句话："我们不能倒转时代，使逝去了的再回到现在。"话说得很漂亮，可"我们伟大的亚历山大"就是不能不盯着马扎里尼宫（即学士院——译者），而且害怕那里的常任秘书。"在这种文学的独裁专制下，我们几乎都不敢呼吸。"年轻的道德家（艾米尔·丹桑）叹息道。基罗和莱西凯准备同图卢兹的获奖者团结起来掩护苏梅退却。只要其余的成员同心协力，即使这个小集团从文社中分化出去，也不会扼杀《法兰西缪斯》。但事实并非如此。论拉马丁的《新沉思集》的文章如果不是敌对的，也是很矜持的，它的目的就是要惩罚这个老同事，因为他拒绝与《法兰西缪斯》合作。他给雨果回了一封十分刻薄的信："世间万物都在做着它会做的事，百鸟欢鸣，毒蛇喑喑，大可不必为此动火……"这训诫是令人不快的。阿尔弗雷·德·维尼，拉马丁的狂热崇拜者，写信给雨果说："文学，这是多么丑恶的东西！就拿我们听到的周围的人们对拉马丁的诗的反应来说吧，对他的评论总是不能公正，时而把他吹到天上，时而又把他贬入地下。据说你已经把他革出教门。这使我不能相信……"苏梅写信给亚历山大·基罗："拉马丁是天才，

---

① 多拉：1508—1588年，法国16世纪七星派诗人。——译者
② 阿利斯第德：约公元前540—公元前460年，古希腊雅典的将军、政治家，于公元前484年被长期放逐。——译者
③ 菊布瓦：1656—1723年，奥尔良公爵统治时期的大臣，1722年曾任法国首相。——译者
④ 庞巴杜尔夫人：1721—1764年，路易十五的宠妇，当时颇有权势。——译者

而你只是文学上的黄口小儿,可你竟敢批评他。"

这又是一个分裂的因由。此外,夏多布里昂在当外交部长的时候支持过歌颂他发动西班牙战争的《法兰西缪斯》,现在他突然垮台了——1824年6月6日他被黜免。6月15日,《法兰西缪斯》就把自己的战舰沉没了。"为了高贵的秩序,"玛丽·诺第埃写道,"战船在伟大的作家离开外交部时,为纪念他而万炮齐鸣后,返回了港口……"雨果在杂志的最后一期的告别语中为夏多布里昂又打出一排礼炮:

> 你的不幸就是荣誉的顶峰,
> 当命运嘲笑你的时候,
> 你高高地俯视着命运,
> 从顶峰上落下后,你翱翔在碧空。①

7月20日,亚历山大·苏梅在法兰西学院当选。这是不是就意味着浪漫主义进入了学院呢?不,苏梅很快就退出了浪漫主义阵营。

雨果怎么样?他是古典主义者还是浪漫主义者?1824年2月,出版商拉沃克出版《新颂歌与民谣集》的时刻,维克多·雨果在诗集的序言中仍旧无法作出抉择:

> 现在在文学中就像在国家中一样,存在着两派,而且诗歌领域中的战争看来其残酷不亚于激烈的社会斗争。两个阵营好像渴望厮杀更甚于进行谈判。他们都固执地不想寻求共同语言;他们在自己的营垒里发号施令,在营垒外叫战骂阵。然而誓不两立的双方不会达成协议。有些呼吁和解的明智的调停人来到两军阵前。也许他们是第一批牺牲者,纵然这样,本书的作者还是想在他们的队伍中占据一个位置。首先,他希望赋予公正的讨论以一定的尊严,从而把这个问题(对他本人比对别人更重大的问题)弄清楚,所以他决定摒弃任何假定性的名词术语,它们被论争者们抛气球似地抛来抛去,有的是毫无意义的符号,有的是空洞无物的废话,有的是各有其解、出于嫉妒或偏见的晦涩词语,凡此种种,都成了那些空口无凭的人们的证据。作者自己知不知道什么是古典主义风格,什么是浪漫主义风格呢?在文学中和在其他所有事物中一样,只有好的和坏的,美的和丑的,真的和假的……但是莎士比亚的美如同拉辛的美,同样是经典性的(如果经典性就意味着有研究价值的话)……

---

① 选自维·雨果的《致夏多布里昂》(《颂歌与民谣集》)。——原注

雨果反对把文学革命看成是1789年政治革命的反映。年轻的雨果断言它是这一革命的结果。是反映还是结果,这是一个重大的分歧。事件的阴暗可怕的过程当然启发了天才们创作中一切崇高不朽的东西,但是合乎潮流的文学,诸如斯达尔夫人、夏多布里昂、拉摩耐这样的作家创作的作品,绝不是革命的产物,因为"他们赞美的无疑是在往日的无数残余中产生的那个社会的君主政体和宗教精神"。《新颂歌与民谣集》的形式不比他的政治观点更革命(作者肯定了这一点)。"一切与我们的韵律和语言相左的革新,都应当被认为是对美好的审美感的基本原则的蓄意破坏……"

艺术家强有力的气质(这种气质他本人并不知道)影响着他们作品的形式。雨果作为一个诗人,已经摆脱了比他在序言中所知道的更多的束缚。在一些诗篇中他大胆摒弃了代用语,抛开程式化修饰语的枷锁,对事物直呼其名。他诗中缪斯和天使虽然出现得太多,呼语也不少,如"朗朗青天啊!我看到的是什么?""……啊,苍天!那些军队要开赴何方?"等,但在诗中,仿佛违反他的意愿似的,仍然透露出童年时代的回忆,真实的景象,美好的诗行:

> 我是被流放的国王,骄傲,孤独……

难道在这里不是已经可以听到波德莱尔[①]的声音了吗?

> 就这样,你突然出现,
> 大放异彩,
> 双翼的清歌,
> 和着天籁。[②]

在这里,你们难道还听不出瓦莱里[③]的声音吗?有些人命中注定在世界上要起的那种作用,雨果也同样预感到了:

> 诗人没有宁静,
> 他要安慰奴隶,
> 和受尽忧患煎熬的人们……[④]

[①]波德莱尔:1821—1867年,法国诗人,承浪漫主义之余绪,开象征主义之先河。——译者
[②]选自维·雨果的《致特利尔伯》(《颂歌与民谣集》)。——原注
[③]瓦莱里:1871—1945年,法国象征派诗人和理论家。——译者
[④]选自维·雨果的《革命中的诗人》(《颂歌与民谣集》)。——原注

没有比用最精炼、最准确的语言写一首思想与节拍紧密结合的短诗更难的了。雨果在23岁时就轻松自如地做到了这一点。但他不知道自己是一个浪漫主义者,这还是由《辩论报》的专栏批评家、"老狐狸霍夫曼"给点破的。霍夫曼是洛林人的后裔,既粗暴又唠叨,在年轻的时候就写过模仿古典作家的自由诗。他指责诗人把抽象的思想同现实形象结合起来,"古典作家不允许给任何神灵穿上神秘的外衣",他冒冒失失地宣布说。但是和他交手的是一个比他更精通古典文学的人,因此雨果把他好一顿教训。

雨果致霍夫曼的信公开发表(基于反批评的权利)在《辩论报》上:

我不准备去证明这句话一字不差地引自《圣经》。就是《圣经》难道不是也有些浪漫主义的东西吗?但是我问你,依你之见,这句话的毛病在哪儿?"问题在于,"你说,"你给抽象的概念——神秘披上了现实的衣饰——形象。"阁下,这有何不可?你认为是浪漫主义式的那种词语的结合俯拾皆是,古代作家有,现代伟大作家也有。

……限于篇幅,我只想引证一些最有说服力的例子。你断言,从来不追求把抽象的概念和现实事物结合在一起的古典作家,不给任何神明披上神秘的外衣。但是,阁下,他们却把正义和真理作为神座的基础,于是,实体性的形象——神座,就成了两个抽象概念——正义和真理的支柱之一。第二个例子,贺拉斯在第3卷颂歌29中说:"我用英勇来装饰自己。"①让·巴提斯特。卢梭说:"世人要求人们只把优雅服装下可以宽容的恶习作为最高的功勋……"你看,阁下,贺拉斯正好是把英勇作为服装,卢梭也同样把"优雅"变成了衣着,那我们为何不能用同样的修辞方法把它运用到神秘一词、运用到有如优雅和英勇一样抽象的观念上呢……

总之,我有幸向你证明,你在其中看到了浪漫主义全部本质的那类话,起码是非常频繁地出现在古代文学和现代文学的经典作家以及我们今天的作家的作品中,而你在那类话中所看到的两个文学流派的那个界限,不用说已被破坏。由此,与你的方法相应地就应得出两种流派间没有任何真正差别的结论,你所承认的唯一差别——文体的差别——也就荡然无

---

① 原为拉丁文:Virtute meinvolvomea。——译者

存。我能得到这个结论,应该感谢你,望谅……

不能不佩服作者在这封信中所表现出来的口气之强硬,学识之渊博和态度之坚定。技巧虽然并非指令,但它却在威严地宣告着自己的作用。

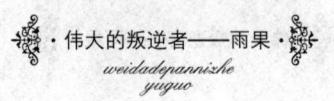

第三章　布卢瓦、兰斯、沙蒙尼克斯

优美的创作是先它而生的形式的女儿。

——保尔·瓦莱里

雨果家庭的经济状况得到了改善。为《新颂歌与民谣集》两年间的出版权，书商拉沃克付给作者2000法郎。将军每月寄给儿子一小笔款。现在可以领到两份王室补助金的维克多，请求父亲在援助他的时候，"首先要想到自己必须生活安康。"1824年，年轻伉俪能在沃吉拉尔街90号租赁一所不大的住所了，每年的租费是625法郎，下面是一个木工作坊。他们的女儿列奥波蒂娜就是于8月28日出生在那里。"我们的蒂蒂娜可爱极了，像她妈，又像她爷爷……"他们让教母给将军夫人即雨果伯爵夫人写信说。当然，这是外交手腕。

沃吉拉尔街成了许多青年作家的聚会场所。他们把雨果的家庭当作楷模。在他们那所完全用来工作的安静的住宅里，美貌的雨果夫人光艳照人。在这个"文社"看来，《颂歌与民谣集》就是这种"纯洁幽静的伉俪生活"之甜美而庄严的回音。雨果写信给阿尔弗雷·德·维尼："坐在家里，我是快乐极了，我哄着女儿，我的安琪儿——妻子和我形影不离……"他渴望着在婚姻、天伦和诗歌三方面都"独占鳌头"。朋友们都忠实于他。在奥洛隆警备队服役的维尼开头深为《法兰西缪斯》的停办而愤慨："我不理解你告诉我的消息，亲爱的朋友，但是我从这偏僻的山区感觉到我们做得很蠢。怎么，《法兰西缪斯》停办了？在它开始有了力量的时候？……你要不惜任何代价挽救它……放弃简直太丢人了……"他对亚历山大·苏梅迷恋学士院的"那把旧椅子"也极为愤慨。但是奥洛隆远离巴黎，在这位军官诗人写这封信的时候，《法兰西缪斯》已经寿终正寝了，而苏梅也成了"不朽的人"（指进了学士院——译者）。但是这丝毫不影响把雨果和维尼联结在一起的那一友情："让我们把那些渺小的弱点和孩童般的恐惧留给别人吧。你要爱我，给我写信，这就再好没有了。阿尔弗雷……"

拉马丁间或到沃吉拉尔街用餐，在那里他最年长，一脸傲慢、高贵、不可一世的神情。他被提名为法兰西学士院的候选人，可又为此而感到痛苦。

1824年11月6日，拉马丁致雨果：

  星期三我去你那儿吃饭，亲爱的雨果。你大概不会邀请苏梅吧。你不能想象，人们对我们——得到选举权的诸位候选人——鄙视到何种程度，我义愤填膺。我很清楚，苏梅先生不是他们的同谋，但他也和另一些人一样，成了他们的工具。让我们离开这些人生活吧！只要这事一结束，假如你什么时候又在学士院候选人中看见我的名字，你可以说我是个没心没肺的人……

拉马丁爱慕雨果的小家庭，在1824年12月23日的一封信中，他说："你在自己的生活中没做蠢事，可我的生活在27岁之前是错误和放荡的混纺品……把你的心放在黄金时代也当之无愧，你的贤妻是下凡的天女。在这种情况下还能在我们这黑铁时代生活……"夏天，当拉马丁住在圣普安时，两个诗人开始了通信。雨果为语法辩护，拉马丁回信给他："语法是诗歌的桎梏。语法不是为我们编写的……"实质上，分歧在于雨果非常精通语法。但这并不妨碍友谊，拉马丁发出了邀请雨果到圣普安的诗简：

  一个歌手在芸芸众生中

  苦闷憔悴，岂不哀伤？

  请到我们这儿来吧，

  这里田野辽阔，林木幽寂，

  还有那自由之鸟的婉转啼唱！

由于欧仁的病，雨果将军滞留巴黎，这使得维克多和父亲在天理伦常和内心精神方面都更接近了。踌躇满志、严峻冷酷的父亲曾使他的孩子们产生过敌意，但是退休的父亲在已经成了著名诗人的儿子身上找到了依托，暗示他们对他应当宽容和怜悯，同时要为他昔日的军功自豪。安黛儿和维克多也爱听他讲述这类故事。

  我的爸爸，请放下你那云游的手杖！在自己家里，在寂静的时候，请你讲讲你的航船遇到的激烈战斗和死亡的危险。你结束了远征，给我们留下盖世功勋，对我们来说，没有比这更宝贵的遗产！[①]

通过自己的现在十分了解并愈加热爱的父亲，儿子觉得自己与拿破仑更接近了。拿破仑在世时，在维克多·雨果的母亲看来，他是一个"暴君"，是她不共戴

[①] 选自雨果的《我的父亲》（《颂歌与民谣集》）。——原注

天的仇人。在圣赫勒拿岛的悲剧后,他成了受迫害的英雄,雨果从内心深处感觉到,作为一个法国诗人,歌颂那些在弗里德兰城下鏖战过的人们,在利沃里①倒下的英雄,比用钦定颂歌的鲜花洒满皇家那些来去匆匆的过客更光彩些。

法国人啊,让我们夺回那被窃的光荣吧!

他的功勋有权属于你们,

他足以使你们一鸣惊人!

你们歌颂他,但要以闪电般的力量。

谁要不是同你们的事业一样的伟大,

谁就不是征服整个世界的雄鹰!

在夏多布里昂任部长期间,维克多·雨果想把父亲推到"军人的荣誉的顶峰",但那时感到自己强大无比的夏多布里昂成了不可接近的显贵。1824年7月27日,维克多致雨果将军:"如果我的有名的朋友官复原职,我们就没会了。自从他失宠被黜以来,我跟他的关系亲近多了;可是在他受宠的时候,我们的交情很薄……"1824年7月29日他又写道:"我们亲爱的欧仁还是那样,不幸的人啊!没有任何好转,完全丧失了希望……"与曾被称作德·桑格诺伯爵夫人的关系改善了:"请你代我谢谢你的妻子对我的体贴关心——对我生日的衷心祝贺。我说不出我和安黛儿是多么感动。并感谢她答应给我们寄油来,这些油对我们过冬大有用处……"

雨果将军在为自己的儿子如此通情达理而高兴的同时,再三要他带着全家到布卢瓦作客。过去只是由于安黛儿的两次怀孕才不能到那里去。1825年4月,他们终于开始张罗这次旅行了。在路易十八死后,维克多·雨果仍旧受着宫廷的宠幸,他从邮政局长处弄到一辆轿式马车,于是带着家眷乘车上路了。雨果将军红光满面,笑容可掬,跑到驿站去迎接他们。能在儿子和儿媳面前炫耀自己漂亮结实的身躯和"铺瓦的宽敞白石住宅……"使他踌躇满志。使他更幸福的是在儿子来后不久,就收到"皇家艺术管理处的专员"德·拉罗什富科子爵的一封信,信中说查理十世"赏赐"了雨果先生和拉马丁先生各一枚荣誉团勋章。实际上是他们俩都为这奖章呈递过申请书。国王陛下殷勤备至地表示,自己忘了文学活动家们的处境,忘了他们有权让人们惊讶赞叹而感到难过。国王邀请青年诗人参加他的加冕礼。不难想

---

①弗里德兰和利沃里均为拿破仑指挥的两大战役发生地。——译者

象,当父亲看到自己24岁的儿子胸前的那枚他渴望已久的荣誉团勋章时,是多么幸福啊!

对善于享受崇高情感并长期以孤儿自居的雨果来说,住在父亲的家里是一件美事。过去他曾反对过父亲,可现在他体验到了一种奇妙的内心的平静,觉得自己在他面前是孩子,而且是一个受到父亲尊重的孩子。他喜欢与父亲在风景如画的布卢瓦四郊散步。讲到布卢瓦,他说:"这是一个最迷人的城市……它顺着美丽的卢瓦尔河两岸伸展开来,处处使人赏心悦目。半圆形剧场似的山地斜坡上,花园和废墟累累耸峙;另一边是坦荡如砥、一碧万顷的草地。每走一步都勾起人思古之幽情……"他爱一切与历史和传说有关的古城堡。

维克多·雨果致阿道夫·德·圣瓦尔利,1825年5月7日:

  我在沙姆波尔。你想象不到这儿的美多有特色……在这座仙女和侠客住过的令人神往的古老宫殿里,一切都是神奇的,富有诗意的,令人疯狂的。我把自己的名字刻在一座最高的钟楼顶上,我还从山岗上弄了一些小石块和苔藓,一小段窗棂,就是在那个窗户上,法兰西斯一世写下这样两行诗:

  女人啊女人,
  你们都是杨花水性!

  对于我,这两行先人的遗迹就是无价之宝。

雨果将军在离布卢瓦不到几公里远的索洛尼买下的米蒂埃庄园也使他十分喜欢。

1825年5月10日,维克多·雨果致保尔·傅仙:

  此刻我正在米蒂埃住宅附近的绿色凉亭里,四周枝枝蔓蔓的常青藤把线条分明的锯齿形阴影洒在信纸上,我把它们画下来寄给你,只要你愿意,就可以在我的信上发现一些富有诗情画意的东西。请不要笑话这些仿佛随意画在信笺背面的古怪线条。你就借助于想象力吧!只要想象一下这张由阳光和阴影勾勒出来的素描,你就会发现某些叫人陶醉的东西。疯子就是这样行事的,他们的别名叫诗人。

这些话很重要,因为这些话表明一种悠然自得的幸福心境,雨果此时此刻怀着这样的心境所画的,后来也还要常常去描写。明净的池塘,古老的房屋,空心的柳树,柳树下黑暗里飘逸的青幽幽的鬼火,这一切,对他来说,都使米蒂埃变成了

"奇妙、神秘的世外桃源"。

客居父亲家的那些日子，雨果觉得光阴似箭。每个人都希求那些他所得不到的荣誉，每个人都喜欢诅咒那些轻易到手的东西。当去兰斯参加查理十世加冕大典的日子到来的时候，已经名声远扬的青年诗人因为要跟米蒂埃、跟父亲，主要的是跟新婚不久的安黛儿分手而伤心起来。但这是已经决定了的。维克多·雨果声称他要和诺第埃一起从巴黎去兰斯，请求老丈人为他准备一套宫廷服装：短裤，长丝袜，带扣的鞋和一柄佩剑。他于5月19日启程，由于安黛儿和他告别时涕泪涟涟，他颇感满足。离开她才不过几天，他就觉得几乎有几个世纪："这种荣幸何其无聊！许多人羡慕我的这次旅行，但羡慕者不知道就因这一荣幸使我成了一个多么不幸的人……"然而他毕竟才刚23岁，他虚荣心切，为乘坐四轮马车的同路人看到他铜扣上的红飘带而无比自豪："请转告家父，一路上人们问我是不是要回我的团队，这都是由于我有红绶带！"从这句话里可以感觉到他对军事荣誉的隐秘的爱慕。他请求安黛儿拆阅可能寄给他的书信，并把内容转告他。啊，彼此没有隐私的夫妻，他们之间的信赖是多么纯朴啊！

不用说，他下榻在沃吉拉尔街他们自己的合欢床上，这更使他感到孤单。没有了安黛儿，巴黎对于他来说，也成了异国他乡："我的故乡就是你……"老丈人家的早餐是傅仙先生亲自为贤婿调制的浇汁煎虾。去找裁缝，裁缝给他看已经做好的燕尾服，时髦倒是时髦，可难看极了；他去拜访"不朽的"苏梅，这位总是那么温柔善良的院士为了迫在眉睫的加冕大典建议把自己的短裤借给他，尔后，既然雨果和诺第埃都无钱雇车，就与出版商拉沃克谈判。对方想得到查理十世的加冕颂诗，因此答应预付稿费，作为他们去兰斯的盘缠。午饭是在漂亮的艺术家茹丽·杜维达尔·德·蒙弗莲家吃的。从前维克多恨过她，现在她成了他们家的好友，他很崇拜她。"我们为你的健康干杯，我亲爱的安黛儿。我多么爱你啊……我1000次地吻你的信。多么美好的信啊！你看，悲伤和柔情使信都变得言词美妙……"

兰斯之行开始还好。查理·诺第埃，维克多·雨果和另外两个朋友，按每天100法郎的价钱租了一辆大货车似的轿车，因为再不能指望弄到四轮马车的票证了。用刮板平过的铺沙路上车水马龙，各家旅馆客栈都已客满。到处都举办了展览，雨果跑来跑去观赏历史遗迹，可诺第埃只盯着旧书摊。在兰斯，他们不得不在同一间屋子里过夜，查理·诺第埃津津有味地讲起了哥特式教堂……雨果是一个出色的旅伴，真正博学的人，他爱哥特式建筑，"这是大自然的真正产物。从整体和细节都像大自然一样无穷无尽。无论是极细微的还是最巨大的……"夏多布里昂使他懂得了哥特式建筑的奥妙，卓越的古文物鉴赏家诺第埃教会了他收集打着哥特式建筑的奠基者们典雅烙印的遗物，并借助回忆而复活哥特式要塞、城堡和修道院所见证的历史故事。"在香巴涅，到处散发着传奇故事般的气息……而兰斯则是一个中世纪怪物雕像的王国……"诺第埃讲述的传奇故事，使这些怪物死而复生。兰斯街上挤满了渴望看到查理十世驾到的好奇的人们。雨果对查理·诺第埃说："咱们最好是去观赏观赏他去加冕的那个大教堂。"诺第埃笑了："你简直被这尖顶恶魔给迷住了。""可你是艾里捷维尔①鬼魂附体。"雨果回敬道。

诺第埃和雨果双双穿着华贵的礼服，身佩宝剑，夹在一大群珠光宝气的男男女女中间参加了加冕大典。"整个教堂在5月的阳光下大放光华。大主教的金袈裟闪闪发光，祭坛上阳光斑斓……"在举行仪式期间，有一个叫艾马宁的人，杜勃省的代表，把手里的一本书赠送给查理·诺第埃。"我刚用6个苏买的。"他说。这是一卷不完备的英文版《莎士比亚文集》。晚上诺第埃从这本书中翻译了悲剧《约翰王》。这一悲剧为雨果打开了一个新的天地。"是的，这才是伟大的创作！"他大声说。拉摩耐1823年就劝他"去听关于莎士比亚的讲演"，但雨果不愿意读列杜奈的拙劣的莎士比亚译本。后来维克多·雨果也为诺第埃翻译了在路上向一个旧书商买的一本西班牙抒情诗集《罗曼采洛》。在兰斯客店维克多发现莎士比亚的那个晚上，同样是一次加冕——为伟大诗人的王国而举行的加冕。

夏多布里昂也到了兰斯，雨果急不可待地想表示自己对他的景仰，不巧正碰上他在发怒："我想加冕礼应是另一番景象。教堂的墙壁应是天然本色，国王骑在马上，两本打开的书：《大宪章》和《圣经》——宗教和自由合二为一。"看来，大人物德·夏多布里昂对戏剧性比对仪式的敬重更有感情。雨果去陪伴这位伟人，坐在他的马车里，发现自己是唯一的随从——倒台的部长原来没有阿谀逢迎的跟班。维克多·雨果也已经渴望着尽快脱身回布卢瓦了，安黛儿的来信使他焦急不安。她抱怨将军夫人在他走后对她冷淡。"我听到一些事情，很伤心，证明雨果太太很难忍受我们的到来，并且为此向父亲诉苦……你一定要写信来，就说由于一些意外之事必须返回巴黎……"她央求维克多尽快把她带走："过两天让我们一起回家吧，我要向驿站预定一个位子，我们得为此想个什么借口……"可雨果还想在父亲家再

---

①艾里捷维尔：16至17世纪荷兰著名出版家。——译者

住一个半月。第二封信来得更加坚决：情况变得已经不堪忍受。维克多·雨果深感痛苦，劝妻子镇静些："请你稳住自己。我们会把一切都调理好的。你的维克多，你的丈夫，你的保护人很快就会回来的，那时你什么不会得到呢？"可安黛儿不能坚持，她和蒂蒂娜、保姆一同回到了巴黎。在巴黎迎接她的是母亲。

她以维克多需要尽快写出《加冕颂》作为自己匆忙离去的理由。实际上，他的这一颂歌是在"大教堂的阴影下"写成的。这首即兴之作当然十分堂皇：

闪光的祭坛，辉煌的王座，

神圣的银色锦旗犹如海洋，

拱门上装饰着金花白练，

到处是花团锦簇，柔和的光芒

使彩色玻璃的图案更加灿烂辉煌……①

歌功颂德的《颂歌》投合了上层的口味，索斯坦·德·拉罗什富科付给维克多·雨果2000法郎作为旅行补贴，查理十世接见了面呈颂诗的诗人，并"以最典雅的方式"奖赏了他：国王封他父亲为中将，同时命令《颂歌》要在"皇家印刷厂用最精美的装帧出版"；此外，国王赏赐雨果夫妻一套家用礼品——雕有精致的缕金花纹的塞夫莱瓷器。礼品华美而实用。

拉马丁邀请雨果和诺第埃到圣普安去看他。"我们一定去，"诺第埃说，"而且还要带上家眷，这是不消我们破费一文钱的美事。""此话怎讲？""咱们直达阿尔卑斯山，然后把这趟旅行写出来，这样某位出版家就会为我们出旅费。"实际上，出版家尤本·卡耐尔已经向这伙旅游者预定了《勃朗峰和沙蒙尼克斯峡谷旅行诗画集》。诺第埃负责散文部分，为此他可得到2250法郎；雨果也是同样的数目，作为他的"不怎么好的4首颂歌的不算坏的报酬"——他在给父亲的信中这样写道。

他们在这次旅游时甚至把蒂蒂娜也带上了。雨果穿着用灰布做的礼服，爬起坡来矫健如飞，活像一个度假的小学生。诺第埃是一个出色的讲故事能手。他讲起话来不动声色、不紧不慢的样子与他那敏捷的才思形成一种叫人开心的对照。实际上，幽默的秘诀就在这里。心地平和的诺第埃夫人同样是个快活人，她以法国女人的讲求实际、健康的头脑说明他丈夫的那些荒诞不经的故事不值得相信。圣普安的

---

①选自雨果的《查理十世加冕颂》（《颂歌与民谣集》）。——原注

风光原来并不那么称意。"阿尔封斯先生的"（即拉马丁——译者）住宅全然不像他诗中所描绘的那样，因此雨果大失所望。既没有"锯齿形的雉堞"，也没有"常青藤的密帘"，房屋墙壁的古雅色调已经被黄油漆涂掉了。"废墟只适于写诗，不适于居住。"拉马丁平淡地解释道。他娶了一个英国女子，吃午饭时她穿上华丽的衣服，以致这几个旅游者的妻子自惭形秽。"她袒胸露臂，满身蝴蝶花结，走到饭桌前来，"安黛儿写道，"相形之下，我们简朴的丝绸高领衣裙显得十分寒伧。"雨果和拉马丁彼此很是敬重，可就是亲近不起来。

阿尔卑斯山，特别是"威严高耸、冰封雪罩的勃朗峰"，使维克多·雨果心潮澎湃。这种时而灿烂夺目，时而晦暗阴沉，碧绿与雪白相间的景象，本是它应有的壮观。在自己内心充满矛盾的时候（母与父，基督教与伏尔泰主义，世界的美与残酷，欢乐与恶梦，天使与牧神），他感到有一种通过外在的对比来响应精神底蕴的渴望。他喜爱那阳光下的皑皑白雪与无底黑暗之间的对照。"乌云就在我们的头顶裂开，透过云缝我们看到的不是天空，而是民房、草地和一些洒在云遮雾绕的高山上的影影绰绰的山羊。我从未见过如此奇异的画面。急流在我们脚下奔腾，好像是冥河，而我们的头顶仿佛是一角天堂……"他情不自禁地转向神话，把高山、悬崖、急流变幻成鬼怪、精灵和恶魔："我承认我的头脑的确有这样一种变态的性质：如果民间故事没有神奇性，那么我就觉得在这粗野、可怕的美中总有点儿不够味儿。我很想研究这些细节，因为我爱原始的迷信。迷信，这是宗教的产儿，诗歌的母亲……"

每逢晚间，当这批旅行家在客栈里欢聚的时候，回想起他们在旅途中遇到的那些惊险情节，便一起开怀大笑。雨果永远不能忘记这次"快乐的瑞士之行"。他说："在我的一生中，这次旅行是最光明的回忆之一。"

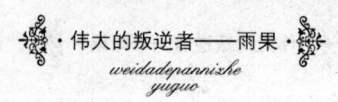

第四章 艺术技巧

> 雨果惊人的高超技巧没有妨碍他的天才。
> ——茹尔·莱那尔

从1826年到1829年,雨果做了许多工作,学了许多东西,写了许多作品。假如想通过他的著作发行日期如1826年出版《颂歌与民谣集》,1827年出版《克伦威尔》,1829年出版《东方吟》等来说明他的巨大成绩,那就错了。他写成的不少作品在抽屉里压了两三年。《东方吟》中的一些诗是在1826年写的,悲剧《克伦威尔》中美妙的《丑角之歌》是以《颂歌与民谣集》的题词形式发表的。最好还是让我们按照他探索的总路线来考察吧。

在这几年里,诗歌成了他驾轻就熟的游戏,在这一游戏中他感觉到了自己的技巧。钦定的"颂歌"使他得到了它们所能给予他的东西,现在他有了名声,出版家拉沃克为《杂诗集》付给他4000法郎。旅游,与诺第埃的切磋,对16世纪诗人的研究,引起了他对德意志和苏格兰叙事诗(叙事短诗《打定音鼓人的妻子》和《两支松明》就是这样产生的)的兴趣。从另一方面说来,他表现出对纯技巧的追求。他创作了离奇荒诞的短篇叙事诗,或者像他后来所谓的"浪漫短歌"。在他当时所写的东西中,政治和宗教的思想对他已经没有多大意义。他已经远远避开了他在1824年所表示过的那些思想,即认为任何诗歌都应该是宣扬君主制和基督教的。现在他的诗仅是令人陶醉的。

倘若你在夜间行路,
听不见一点命运的喧嚣,
你要睁大眼睛,
不要在空旷的小路上乱跑。

海洋沉下脸来,
在峡谷的浓雾中吼叫,
哪怕是一星半点火光,

都难得见到它们的闪耀……

黑暗的森林阴沉沉，
可会有强盗手持大棒突然赶到？
林仙的合唱响起来，
为的是把人们引进泥沼；
没有一个无辜的逃犯，
在这里找到生命的归宿……
精灵们在月光下，
跳着他们那古怪的舞蹈……①

引述上面这几行诗，只是因为它们的音乐性。使他称心的是那首《城堡司令的行猎》，它像回音一样有整整8页采用了八音步和单音节的交替。

老司令和老朽的行政官一共两人。
圣哥特弗里德是我们唯一的主人。②

他还写了一首三音步的最长的短歌《约翰王的骑士比武》。然而是否应该把这仅仅当作艺术技巧呢？这是一种比那动作娴熟得令人惊异、几乎是出神入化的体操技艺、武术功夫还要精湛的技能。

当时他奉告青年诗人巴维："要特别讲究韵律的丰富，这是我们的诗歌独一无二的美妙之处，但主要是永远把主题思想体现在整齐的诗行中去……"这个要求——雨果补充说——是在研究了（不管这一研究是好是坏）当代抒情诗的真髓的基础上提出的。在这方面，他与法国其他大诗人非常接近。这些大诗人近百年来谆谆教导说：形象的语言是美的要素，我们缺乏抑扬顿挫的语言要求准确的节奏和正确的押韵，总之，诗歌首先应该是音乐。

雨果创作中的这一令人惊异的进步开始于宏伟的"颂歌"之后。当《颂歌与民谣集》问世时（1826年），拉马丁从佛罗伦萨写信给他说："我想再次向你友好地提出严肃的忠告：不要热中于标新立异，你要好好想想我说的对不对，要知道这是智力赌博，你不需要这样……"《环球》——一家开明而严肃的杂志——对维克

---

①选自雨果的《丑角之歌》（《克伦威尔》）。——原注
②选自雨果的《城堡司令的行猎》（《颂歌与民谣集》）。——原注

多不很赏识。《法兰西缪斯》及其贵族式的天主教曾经激怒过这家号召国际文化交流的自由主义报刊。可是杂志主编保尔·法兰索亚·杜布亚（教授，杂志家，一个有权势好动怒的人）有一次被人们拖到沃吉拉尔街去看望"天使维克多"——正如索菲·盖所说，后来杜布亚自己也承认他被年轻的雨果夫妇迷住了："在木工作坊上面简朴的住房里，在一间小得可怜的客厅里，我见到了青年诗人和正哄着她的小女孩的年轻母亲，她正教女儿把小手照祈祷时的姿势放在拉斐尔的一幅圣母和圣子耶稣的版画前。这一天真无邪的、真诚的，虽然有些做作的场面使我深受感动，赞叹不已……"雨果向《环球》的编辑证明自己对他的好感："在你身边度过的那些有限的时刻里，我对你产生了真挚的友情……"

　　《颂歌与民谣集》问世的时候，对沃吉拉尔街的"神圣家族"保持着温情回忆的杜布亚把书送给他从前在波旁王族中学的一个同学、领导《环球》文学评论组的查理·奥古斯丁·圣佩韦，并且告诉他："这是年轻的蛮子维克多·雨果的诗，他很有才情，我与他甚熟，而且我们曾经见过面。"圣佩韦写了一篇洋洋洒洒的赞美性的评论，但在文章中他明智地警诫作者注意不要走极端："在诗歌中，和在其他文学创作中一样，再没有比过火更危险的了。如果对之不加抑制，则将招致许多弊端。由于过火，本来可以成为真正的、新颖的东西也会完全化作怪诞；鲜明的对照就会转化为装腔作势的比较；作者追求的是典雅和质朴，然而得到的却是谄媚和简陋；寻找英雄气概，遇见的却是泥脚巨人；纵使他试图刻画伟大，也避免不了幼稚可笑……"

　　这位批评家比诗人还要年轻（小2岁），但是他学识渊博，善于察微知著，是当时最有头脑、聪睿明察的人物之一。同时他具有一种天生精细的审美感，判断力惊人地准确。在他身上，宗教意识的残余同有赖于科学研究发展起来的现实主义和怀疑主义的精神在作着斗争。这个抒情诗人、实证论者，狂热地幻想着幸福和爱情，他想到自己不能引起任何女性的爱，因而痛心疾首。注重内心生活比雕章琢句占去了他更多的精力。他在自己的文章中盛赞"雨果的热情澎湃的风格，色彩鲜明的形象，形象的出人意外的过渡，以及他的诗的和谐优美"，但是最使他赞赏的是《颂歌与民谣集》中为数不多的几首诗。在这些诗中，维克多·雨果驾驶着娴熟的技巧，倾注了从心灵深处涌起的全部感情。"请你尽力想象自己正处在爱情的最纯洁的时刻，新婚燕尔时最贞洁的柔情，和在上帝注视下最神圣的心灵的交流吧！总之一句话，请你在梦幻中想象从天上偷来的千种风情、万般快意，借助祈祷的翅膀降临在我们身上，你的全部梦想于是得以实现吧！然而，诗人雨果在他用美妙的《又一次想起你》和《她的名字》题名的诗中，有比这一切更动人的东西。摘引这些诗句，只会使其纯真、精美的情感黯然失色。"的确，这些诗是诚挚的，充满了无限的柔情蜜意。

  我爱你，敬仰你，把你当作最崇高的美，
  就像曾孙女虔诚地敬重她们的曾祖，
  就像哥哥爱着与他同甘共苦的妹妹，
  又像老人爱那些依恋他的晚辈。
  我爱你爱得只要一听到你的名字，
  就止不住夺眶而出的激动的眼泪……①

  不难想象，年轻的夫妇在1827年1月2日谈到这些赞扬时是何等高兴。这些嘉言美词发表在一家向来严肃的杂志上，评论的又是他们非常珍重的诗篇。批评家某些保留意见并不使他们伤心，因为文章的基调是善意的，甚至是恭敬的。歌德读过这篇文章后，作出一个正确的判断——1月4日他对艾克曼说："维克多·雨果是一个真正的天才。德国文学对他产生了影响。可惜他的青春活力受到了诗歌中古典主义营垒的学究气的侵害。可是现在你看，连《环球》都开始支持他了——大概他胜利了。"这真是英雄识英雄啊！

  《环球》上这篇论文的作者署名只用了头一个字母C.B.。维克多·雨果给杂志编辑杜布亚先生写了两封信，第一封问这个C.B.是谁；第二封向他表示感谢。

  1827年1月4日，维克多·雨果致保尔·法兰索亚·杜布亚：

    我很珍惜您的宝贵时间，杜布亚先生，以致我拿不定主意该不该因我想表示一下自己的谢意来打扰您。但是我希望您容许我顺致谢忱。您如此友好，那为什么不把圣佩韦先生的地址告诉我呢？我是多么想向他表示一下我读了他的出色的论文后的感想啊！文章中所谈到的一切，就连那些与我的观点相左或刺伤了我的自尊心的地方，都是用一种与一个善良宽厚、正直诚实的人相称的口吻说出来的，这很使我钦佩。他那些本身就很有价值的意见，对我来说，简直成了无价之宝。

    杜布亚先生，我希望您在我能见到圣佩韦先生之前，就把这些话告

---

①选自雨果的《又一次想起你》（《颂歌与民谣集》）。——原注

诉他，并一定向他热情地转达我最真诚的谢意。请允许我这样说：您是那种在我初次见面时就引起我真心好感的为数不多的人之一，为此我深感骄傲……

杜布亚回信说："他和您住一排，就在沃吉拉尔街94号。"雨果跑去按邻居的门铃，圣佩韦不在家，但于翌日他亲自登门拜访了雨果。站在夫妻俩面前的是一个长鼻子的青年人，畏怯而柔弱，体质不佳，还有点口齿不清；火红的头发，脑袋又圆又大，与他的身架很不相称。因此很难说他漂亮。他总是自惭形秽，可是他的面容没有什么令人不快的地方，也完全可以讨人喜欢。应当说，这张脸闪耀着智慧的光彩，只要圣佩韦不感到受拘束，他就会立刻变成一个再好没有的交谈者。他常常不把话说完，仿佛"由于厌恶而把话随便抛出，不想把它们说完整似的"。但是他能把思想表述得准确而深刻。

说实在的，讲话的倒主要是雨果，圣佩韦只是听着这个"使人倾倒、光彩照人的天才"说话，同时偷眼窥视美人儿安黛儿——这次会晤她也在场。

　　她穿着晨装，年轻、新鲜、迷人，
　　一开始就使我感到很受拘束。
　　她的目光非常严峻，令人敬畏地点着头。

　　我听着这位诗人高谈阔论，
　　但是眼睛却从他的身上溜向她，
　　我担心听了半天一无所闻……

　　他说着，妻子凝神伫立听着……
　　我观察他们，完全困惑莫解，
　　柔弱的小树怎么会和喧嚣的巨浪结合……
　　但是她的思维好像已经疲倦，
　　站在我们中间只管发傻，
　　两手虽然机械地动作着，
　　思想却离开我们飞向了远方。
　　可是，他没有笑，而她想入非非，

连我们告别的话都没有听见。①

圣佩韦还来过一次。雨果关于押韵、色调、想象、韵律和自己的诗歌理论所谈的一切，在年轻的批评家令人钦佩的观点面前打开了一个全新的、闻所未闻的天地。他当时正在写16世纪诗歌概论。这些见解对他理解诗歌风格和笔法犹如倾泻下一道耀眼的光。第二次拜访后，他把自己偷偷写的一些诗读给雨果听。与雨果光华灿烂的诗相比，这些诗显得苍白无力。但是它们也自有其优点——风格自然本色，意蕴幽美。雨果对其中最出色的几首给予了恰当的赞誉："先生，请您尽快来一道，好让我感谢您信赖地把优美的诗交给我。"从这天起，圣佩韦说："我被浪漫主义者的队伍征服了，它的领袖就是雨果。"他以一个批评家的身份而来，像小学生一样而去。"雨果饱览群书，博闻强记。他有些夸夸其谈地陈述着他的见解……"但是他对人的赞扬是那么慷慨，那么老练，使得许多作家都把他当作他们的领袖。《环球》杂志说："文学正处在'雾月十八日'②前夜，但是天知道它的波拿巴是谁……"当然天知道。

维克多·雨果写《克伦威尔》一剧已有一年了。戏剧一直在吸引着他。在童年时代他就写过剧本。现在他翻阅了所有能找到的有关克伦威尔生平事迹的资料（约100多本），于1826年8月动笔。维尼的朋友泰洛根据查理十世的指令，任法兰西喜剧院的皇家监理人。他问雨果怎么不为舞台写些东西，雨果提起他的《克伦威尔》。泰洛邀请他和达尔玛③共进早餐，诗人向这位悲剧演员解释他要写的这一悲剧模仿的是莎士比亚，而不是拉辛。语言上要把各种文体——从悲壮的到滑稽的——揉合在一起，消灭空洞冗长的对白和卖弄做作的诗句。"对，对！"达尔玛赞同道，"不要那些漂亮的诗句。"

可是达尔玛就在那一年去世了，剧本太长，不适于演出。维克多·雨果决定给自己的朋友们朗读《克伦威尔》。朗读在当时很风行。听众呆若木鸡，就像莫里哀《可笑的女才子》中的客人。安西洛夫人说，被邀来的人在听一首颂歌时，会情不自禁地走到诗人面前，"拉住他的手，昂首望天"，在意味深长的停顿后，你会听

---

①选自圣佩韦的《我对安黛儿说了些什么》（《情书》）。——原注
②1799年11月9日，拿破仑发动政变，推翻督政府，夺取政权，1804年称帝，建立法兰西第一帝国。——译者
③达尔玛：1763—1826年，法国著名的悲剧演员。——译者

到"大教堂！哥特式的建筑！金字塔！"的叫声，然后就陷入深长的沉思。在达斯杜夫人家选读过《克伦威尔》后，雨果邀请"圣佩韦先生"于1827年3月12日光临雪尔什-米蒂街傅仙家，在那里他将朗诵全剧。"大家都为能见到您而荣幸，我更是。您是属于我随时准备为之朗读的那类人，因为我想听听您的意见……"

这次朗诵正如作者的任何一次朗诵一样，是成功的，不过这次成功完全是应得的。一些场景的动人力量，用词造句的新奇，4个小丑的莎士比亚式的滑稽，使《克伦威尔》成了一部值得上演的独出心裁的大作。"您的克伦威尔，"阿尔弗雷·德·维尼对作者说，"使当代所有悲剧显得老朽不堪。《克伦威尔》一旦搬上舞台，就将在戏剧界引起一场革命，问题就会得到解决。"翌日，即3月13日，圣佩韦给雨果写了一封信，表示他对剧作十分感兴趣。他钦佩这出悲喜剧的美感力量，同时附有他的批评意见：

所有这些意见归结到一点，就是在您的才情方面，我要说，还存在着缺乏分寸感、滥用力量和——原谅我——过火的夸张等缺点。您的剧作的严肃部分是值得赞赏的。无论您多么执着，不管您怎样激动，您都不要越出高尚的界线。接见大使一场和接下去的第二幕的两场，克伦威尔与罗值特·威尔逊爵士会晤后的独白，第三幕的秘密会议一场，弥尔顿[①]拜倒在克伦威尔脚下，所有这些都很好，甚至可以说很美，每一句都叫人情不自禁地拍案叫绝。要说我的指责，主要是在喜剧部分。想把喜剧成分和全面描写惊心动魄事件的基本情节发展交错揉合的意图，是您的美感力量的源泉，您把这源泉挖掘得太贪婪了。强烈的对比越是能产生效果，就越应该有分寸。可是我觉得您失去了分寸感，特别是那些"站在一边"过分频繁、冗长的尾白。我想，这些地方更多的应该是让人们去猜测——拙劣可笑的地方不必强调，应该一开口就让人明白……总之，我惋惜的只是滥用和琐碎。说真的，昨天有几分钟我对这些地方非常讨厌，但是请不要以为它们使我感到乏味，您的剧作中没有令人乏味的东西。但是它们刺激了我，使我不能忍受。正像克伦威尔心绪恶劣时向他的侍从丑角喊："别作声！够了！滚出去！"一样，我也由不得要大喊一声。我亲爱的，请原谅我如此坦率地说出我对您的意见，但是在这种情况下客套话越少，我希望越能得到您的谅

[①]弥尔顿：1608—1674年，英国资产阶级革命诗人、政论家。——译者

解……在您的剧作的美无情地折服了我的时候,我对您的批评如此无礼,就算这是我对您的一种可怜的报复吧!可是我对您的风格还要说两句。您的风格很好,特别是戏剧中的严肃的部分。而在其余部分却总是摆不脱过多的,有时是古怪的形象……您向自己提出一个双重性的目标。一方面要和高乃依比高低,另一方面又要和莫里哀争上下。您可以和高乃依相匹,但是不能和莫里哀媲美。您像列雅尔①,尤其像博马舍②,因为您的剧作的许多场面脱胎于《费加罗的婚礼》……"

在这里,表现出两种全然不同的气质。雨果那强有力的天性不能也不应该放弃险峰绝顶的风光,精致柔弱的圣佩韦却只能在"适中的高度"呼吸。他理解浪漫主义,理解世界上的一切,但是他不赞同浪漫主义的"讽刺轻松喜剧"与崇高悲剧并行不悖的思想。他本人清楚地看出并严厉批判了自身的不合情理的奇思妙想。"我是一个古典主义者,"有一次他自供道,"是这样一个古典主义者。只要我一发现文学作品中到处是狂妄、疯狂、荒诞或恶劣的趣味,这作品在我眼里就立刻死亡了,我就要把书抛开。"雨果是一个天生的诗人,他感觉到了鼓舞思想的韵律的价值,正像米开朗琪罗感觉到了那大理石向他暗示的雕像一样,而散文家圣佩韦却相信思维的逻辑关系之必要性。他的诗作永远没有达到那种被称之为诗意的狂热疯颠的程度。雨果的天性要广阔得多,他善于适应散文提出的要求。关于这一点的最好证明是《克伦威尔》的序言。

晚于剧本写的这篇序言受到了欢迎,特别是青年们,简直是空前的发狂。对于雨果,这篇序言乃是他对投入这场战斗之立场的最终抉择。遭受到古典主义者凶狠而愚妄的攻击之后,他成了叛逆者的首领。现在他已经不再像1824年那样说"浪漫主义呀,古典主义呀,这些词句的含义还不是半斤八两?"之类的话了。他创立了自己的浪漫主义,并且为它奠定了基础。他说,必须还语言以青春活力,恢复老作家们那种"广阔、勇敢的风格",抛弃戴利勒,回到玛杜林·雷尼耶③。戏剧应当是两种对立原则的斗争,因为这种冲突的本质就是现实。美与丑,喜剧和悲剧,渺小与崇高,黑暗与光明,地狱与天堂,应该互相对立而又互相融合,使之产生强烈

---

①列雅尔:1655—1710年,法国作家。——译者
②博马舍:1732—1799年,法国喜剧作家,启蒙主义者。——译者
③玛杜林·雷尼耶:1573—1613年,法国讽刺诗人。——译者

的效果。

雨果成了摩尼教①二元论的信徒。恰如处在童年期的各民族一样，他的错误在于想通过概念的抽象对立把崇高与渺小加以实体化。他老是只看见黑与白两种颜色，因此他爱描绘所有庞大的怪物。类似《冰岛魔王》的那些天真幼稚的缺点，在《克伦威尔》中也有，但是这出悲剧的诗句之豪放有力使人惊讶。而在那个年代，需要的就是这种伟大的力量。

在拿破仑帝国隆隆的战鼓声中成长起来的青年一代，怎能会对没有棱角的颂歌和伪古典主义的戏剧满意呢？一个青年上校曾对司汤达说："远征俄国之后，我觉得《伊菲热妮在奥利德》②已经不是什么优秀戏剧了。"现在的群众不再是治世的良民，而是新阶级的成员，不但不害怕暴力，"而且越来越渴望强烈的骚动了"。在1816年，还有人相信路易十八就是自由，而在1827年，无论如何不会想到查理十世就是时代精神了。维克多·雨果开始明白，他在母亲和傅仙一家的影响下的政治观点已经走进了死胡同，而在宗教问题上，神学教义又不能满足他的幻想。圣佩韦和《环球》杂志的新朋友们一致向他鼓吹反对王朝的自由主义，向他掀开历史另一面的雨果将军使他变成了一个波拿巴主义者。因此，一向赞美巨人的他，怎么能不体会到拿破仑所经历的那种富有诗意的生活呢？

1827年，奥地利使馆举行舞会，帝国元帅们也被邀请参加。其中一位元帅向看门人通报了他的名字——"塔郎托公爵"，看门人大声禀报："麦克唐纳元帅到。"另一个客人报名是"达尔马提亚公爵"，看门人宣唱为"苏尔特元帅"。特雷维兹公爵也被报为"莫蒂埃元帅"，德·列佐公爵被报为"乌迪诺元帅"。③欧罗巴想从地图上抹去法兰西的胜利；元帅们唤来自己的马车，扬长而去，为此巴黎舆论大哗。雨果将军兼伯爵的儿子有足够的理由觉得受了侮辱，当即写了一首《旺多姆圆柱颂》：

不，法兰西还活着！听到这种耻辱，

青年一代一定要勇敢地投入战斗，

---

①摩尼教，公元3世纪近东出现的一种宗教学说，这种学说认为，世界的基础建立在光明与黑暗、善与恶之永恒斗争上。——原注

②《伊菲热妮在奥利德》是拉辛的一部悲剧。——译者

③这里所提到的几个人，爵位为拿破仑所封，禀报之名为其姓氏及军衔。这种差别表明了当时封建势力对拿破仑的仇视。——译者

各党派赶快停止一切内部纷争吧！
愤怒的烈火中烧，大家要振臂而呼，
拿起武器，法兰西！——旺代人正在
　　滑铁卢①的石头上磨刀霍霍……

奥地利枉然地编织着骗人的套索！
想让两个法兰西巨人低下高傲的头颅！
历史用几个世纪建立了万神之殿，
日耳曼双头秃鹰耸立的地方伤痕累累，
查理大帝只留下一只酒杯，
　　另一只就在拿破仑的手里……

我怎能沉默，我！作为因战斗伟业，
而使自己的名字万古流芳者的后裔，
我听见鏖战中飘扬的旌旗哗哗响，
摇篮上的喇叭曾给我把英雄业绩歌唱，
父老的剑柄是我儿时的玩具，
　　那时我虽是孩子，就已经是战士！

不，弟兄们，法兰西前程辉煌！
我们从高峰被推下可悲的泥塘，
在远征中我们的意志得到培养。

让我们把祖国的荣辱记在心上，
战士的后代，祖国的赤子，要善于
　　珍惜父辈的荣光！②
　说实话，他从未当过兵。他父亲为了开心曾把他列入科西嘉团队的名册，难道

---

①拿破仑彻底失败于英普联军的地方。这一战役结束了拿破仑帝国的统治。——译者
②选自雨果的《旺多姆圆柱颂》（《颂歌与民谣集》）。——原注

那就叫入伍？然而他很乐意充当战士的角色。青年一代豁然猛醒，只拿到一半退休金的拿破仑的旧军官们拍手鼓掌，波拿巴主义者和自由主义者们得意洋洋："他现在成了我们的代言人，他的信仰就是我们的信仰。奥地利对我们的侮辱使他震怒，外国人的威胁使他恼火。站在纪念柱前，他唱起了神圣的赞歌，这歌声使我们同龄人想起了我们的军队在热马普城下的呐喊，军歌和合唱……"《克伦威尔》序言使雨果成了浪漫派的主要理论家，《旺多姆圆柱颂》为他赢得了《环球》杂志社同人的好感，自由主义集团中诺第埃摄政王的统治结束了，而在三巨头执政——拉马丁、维尼、雨果——中，维克多·雨果成了第一执政。向年轻的法兰西发号施令的使命落在了雨果将军儿子的肩上。

第五章　沃吉拉尔峡谷的《东方吟》

> 维克多·雨果代表着一种形式，这种形式寻找它的内容，而且最终找到了它。
>
> ——克洛德·鲁亚

假如说曾经有过那么一个时期，雨果是一个幸福的人，那么这个时期就是1827年和1828年。1826年他的儿子查理出生，沃吉拉尔街的住宅开始显得窄小了，因此雨果在圣母德桑街11号租了一处独家院。这是"掩隐在绿树葱茏的林荫道入口处的真正的修道院"。林荫道后面，富有浪漫情调的花园苍翠碧绿，池塘如镜，木桥点缀。庄园有两个出口，一处在后院，直通卢森堡公园。而从大门里出来，雨果可以步行走到蒙巴那斯、麦纳和沃吉拉尔城门，出了这几个城门就是一派田园风光，在苜蓿和豌豆田里，风车的风扇缓缓转动。远处，沃吉拉尔大街两旁是一排排小酒店，这些酒店设有雅座，那是拿破仑的退伍军官、工匠和轻浮女郎们会面的地方。

没有了雨果一家就惶惶不可终日的圣佩韦也迁居到他们附近的19号，他母亲跟他住在一起。拉马丁去看望过圣佩韦，他对"这个僻静的角落，诗人的老母、花园、一群群鸽子……"十分赞赏，他说："所有这一切都使我想起修道院和恬淡的乡村修道士，在童年时代我是那样喜欢他们。"雨果每天都要和圣佩韦会面，对他关于七星诗社①诗人的论著极感兴趣。龙沙、贝罗、杜贝莱引起他对古诗的注意，如今在他看来，这种形式是全新的。他特别留意的是自由体的短篇叙事诗的形式，觉得这比庄严辉煌的颂歌更适合他那精湛的技巧。

每个人都是透过他自己天性的三棱镜观察大自然的。雨果痴迷地爱着沃吉拉尔市区普通居民的生活习俗——纵情的欢歌，放肆的喊叫，不顾廉耻的接吻。文质彬彬的圣佩韦慨叹道："唉，林荫道外面的世界是多么令人沮丧，多么平庸乏味啊！"因此，当雨果为了让因工作而疲劳的两眼休息休息，每天傍晚到普列佐村散

---

①七星诗社：文艺复兴时期法国诗坛的一个流派，发扬人文主义思想，促进了法国诗歌发展。——译者

步,去观赏那里的夕阳时,常常不和圣佩韦一起去。现在诗人的周围组成了一个小小的朝廷,这里有长兄阿贝尔,妻弟保尔·傅仙,以及一帮年轻的画家和诗人。他像一块磁铁似地紧紧吸引着他们。在多种才能中,雨果还有一种奇特的才能:把青年人吸引到自己身边来。他总是及时回复每一个崇拜者给他的信件:"我不知道我是不是诗人,但我不怀疑你是诗人。"安热市的一个叫维克多·巴维的青年在自己的文章中就《颂歌与民谣集》只写了几句赞扬的话,就收到诗集作者的一封又一封的来信:"你的文章由我们最优秀的作家署名也当之无愧……我的书能为像你的《杂文集》和《安热通讯》这样杰出的文章提供资料,难道不是它的最大荣幸吗?"吹捧人还能吹多高呢?然而就是这样的夸大其词还不能使雨果满足。巴维到了巴黎,受到雨果热情备至的接待,热情得都要叫他感激涕零了。他在20年后想起那次会见,都激动得浑身打战,"真的,那真叫人发狂!"他说。

巴维介绍维克多·雨果认识了安热市一位拥护生气勃勃的现代艺术的颇有名气的雕塑家大卫[1]。诗人的小朝廷团结了一批画家和石印工,其中有德维利亚·阿雪尔和德维利亚·欧仁[2],这是两个仪表倨傲的美男子。他俩和路易·布朗热[3]在同一个画室里工作,现在和雨果一样,也住在圣母德桑街,过着古怪的生活。布朗热比雨果小4岁,和他形影不离。他的画成了雨果的长诗《玛佐巴》《迷人的环舞》的插图,他还给雨果夫妻俩画过肖像。布朗热很快就和圣佩韦交上了朋友,雨果总是把他俩称作"我的画家和我的诗人"。欧仁·德拉克鲁瓦和保尔·古埃也参加了诗人的晚间散步。这样,通过雨果就形成了他那个时代的作家和艺术家的联盟。

夏日的傍晚,这一大帮人结伴出去游逛,他们走到"穆林·德·贝尔",在那里吃过煎饼,然后坐到小酒店的白木桌上用餐,饭后唱歌、争论。有一天晚上,阿贝尔·雨果听见树下传来一种仿佛唱歌似的"嗞嗞"声,他绕到萨盖妈妈的花园里,在她的亭子里大吃一顿。原来这里是一个令人满意的厨房,用20个苏就可以吃到2个油煎鸡蛋,1只烤雏鸡,奶酪外加白酒。每逢星期日,安黛儿就和丈夫一起到这儿来:这一伙青年人都很欣赏她,尊重她。第奥多尔·巴维发现她"和蔼可亲而

---

[1] 大卫:1748—1825年,法国杰出的画家,艺术中革命古典主义创始人。——译者
[2] 德维利亚·阿雪尔:1800—1857年,法国著名素描、肖像画家,石印工。其弟德维利亚·欧仁(1805—1857年)亦是肖像画家,画了许多历史和《圣经》题材的作品。——译者
[3] 布朗热:1806—1867年,法国画家,画过许多历史和宗教题材的作品。以画雨果、巴尔扎克和维尼的肖像而著名。——译者

又心不在焉"。四周一片乱哄哄的谈话声,而她却想入非非,纵然突如其来地参与谈话,也总是文不对题。不过,她很少说话,因为她非常害怕丈夫那严厉的目光,所以常常沉默不语。她母亲傅仙夫人已于1827年10月6日去世,只比蒂蒂娜·雨果大2岁的小妹妹茹丽被送到了教会寄宿学校。

维克多·巴维在初次拜访雨果时,雨果跟他只谈绘画而不谈诗歌,使他颇为惊讶。但这是因为在这几年里,诗歌使雨果接近了绘画。当他把他的一群崇拜者引到"穆林·德·贝尔"山麓时,

在殷红的夕阳下,

当疯狂的公猫们游逛时,

诗人却眺望那太阳神怎样死亡……

这时候,晚霞迷蒙,格列涅尔花园色彩缤纷,万物轮廓分明。翌日,当大家观赏远处"燃烧的云峰"时,他就给围着他坐在草地上的学生们朗读一首诗,譬如《夕照》:

我爱黄昏,我爱夕阳西沉,

余辉突然给簇绿拥翠的

庄园镀上一层镏金,

西天的烈焰燃烧着浓云,

云团之间大海般的苍天

闪烁着蓝鳞。①

他还经常给他们朗诵《东方吟》中的诗。他怎么会想到去描写充满象征意味的东方呢?因为这在当时很时髦。希腊在为它的自由而斗争,拜伦为希腊献出了生命。全世界持自由主义观点的人们都站在希腊一边。雨果的朋友——画家和诗人们——也都属于这个阵营。德菲娜·盖,拉马丁,卡扎米尔·德拉文,他们都写诗歌颂希腊。但是这些诗都很平淡。高度敏感的雨果试图在《东方吟》中创造出一些活生生的画面。他喜欢铿锵有力的语言,每当在他的诗中语言意外地具有疯狂的乔特卡舞②的节拍时,每当用神奇的手法令人意想不到地变换着韵脚而不失元音、韵律和诗节的惊人和谐时,他都欣喜若狂。格列涅尔峡谷的落日成了他的舞台布景,

---

①选自雨果的《夕照》(《秋叶集》)。——原注
②原为西班牙文:zapateado。——译者

从这一景象中他提炼出了自己的纯金与真火。他的"东方"其实就在圣母德桑街上。

>浓重的烟雾在我身后的街巷中升起，
>我沉思地望着窗外，悠然地进入梦乡：
>在远方，在那昏暗的地平线上，
>突然出现了一座辉煌的东方城池，
>她从浓云中倏然间浮现，意想不到、
>前所未有的美丽，像灿烂的焰火。①

他有足够的素材来描写美景如画的东方：在费扬提诺街的时候他把《圣经》读了又读。东方学家艾涅斯特·富奈（有一次他在查理·诺第埃家认识了这个酷爱阿拉伯诗歌的官员）的奉告，拜伦的长诗，主要是《罗曼采洛》所歌唱的那个西班牙，他记忆中的那个西班牙。他想让《东方吟》成为西班牙似的一座美丽的古城，在那里，宏伟的哥特式教堂耸入云霄，而"在城市的另一端，在无花果和棕榈树间，东方清真寺的青铜和白铅的穹庐熠熠发光……摘自《古兰经》的阿拉伯花体诗句刻在每个门楣上，拼花图案的地板和墙壁使圣殿大放光芒。"②这是比伊斯坦布尔还要大的格拉那达③。何其傲慢！这种所谓的东方也许并不那么东方，但是它们确实令人神往。在这一诗集中，诗人轻松自如地恢复了七星诗社的诗人们那种美妙的诗歌格式：

>迷人的霞光懒洋洋
>　　笑迷迷
>趴在池塘上面的吊床上，
>一起涌来的还有那清洁的
>　　　银色的
>从山涧飘起的朝霞的芬芳。
>俯身向池水，冷冰冰，
>　　平光光，

---

① 选自雨果的《幻想》(《东方吟》)。——原注
② 选自雨果的《〈东方吟〉序》。——原注
③ 伊斯坦布尔是土耳其最大的城市，即历史上的君士坦丁堡。格拉那达是西班牙的城市，古摩尔人的都城。——译者

好像俯身一面镜子上，
少女带着暗暗的诧异：
　　　　自己的
倩影使她怡然自赏。

《东方吟》里的许多诗是肤浅的，不真实的，而且随意饰以嘲讽的色调。但是诗人在忘记了他只是为了寻开心时，会突然不由自主地屈从于狂热的幻想，冲破外来语的迟钝的外壳，勃发出一种真挚的青春性感，于是沐浴的女子查拉就会推开柔媚的版画的彩色画框，以一个让作者和读者心醉神迷的绝色美人的形象出现：

年轻的查拉走出来，
一丝不挂，
两手捂着乳房。[①]

诗中最美的，大概就数雨果抛开东方和西方，忘记时间和空间而创作的那首诗了，他给它题名为《消魂》。

一天夜里我独立旷野：
天上无云，海上无帆，
我的目光越过了万水千山。
高山和森林乃至整个大自然
仿佛随同我向灿烂的群星，
向汹涌的海洋一起扣问上苍。
金灿灿的星辰无穷无尽，
时而静寂，时而大声，在永恒的和谐中。
垂下了它那辉煌的王冠，
蓝色的海浪骄傲地掠过，
落下了多沫的波峰——它们一齐反复说：
它，全能的造物主，就是一切！[②]

在这里，已经产生了日后写出《静观集》的诗人，他能像贝多芬一样，用其奇妙无比的和音的反复变换，激发着我们对崇高的思想和感情之向往。

[①]选自雨果的《女浴者查拉》（《东方吟》）。——原注
[②]选自雨果的《消魂》（《东方吟》）。——原注

雨果用《东方吟》"促成了浪漫主义者们的团结一致"。青年作家们完全为之陶醉了："维克多总是在以不可思议的速度写着美妙无比的诗……一石激起千层浪，他像抛石块一样不断地把《东方吟》抛给我们。"维克多·巴维激动得简直要告饶了："维克多给我们读了《东方吟》，这真是闻所未闻的绝唱……次品一首也没有！他简直是在要我们的命……"艺术家和雕塑家赞美诗人，因为他的诗给他们提供了素材和色彩，因为他热烈捍卫了艺术家的创作自由。被雨果公正地视为无比可贵的同盟者圣佩韦在《环球》杂志周围团结了一帮持温和观点的浪漫主义者，他热烈赞扬道：

　　诗人啊，让我们携手共进！
　　让我们拿起竖琴，展翅凌空……
　　升起来吧，升起来吧，灿烂的星辰！

　　持自由主义观点的古典主义者们如杜布亚之流也拜倒在了这个做了许多华而不实的诗篇之后现在思想才觉醒过来的新人面前。这些情绪上抱反感的人们感谢雨果，因为这位多种奖赏和奖金的获得者，这位得到过国王褒奖的诗人，敢于宣布自己是希腊的支持者，敢于白眼傲王侯，甚至以一种奇特的好感讲到拿破仑："他奠定了一切！他无处不在！"他仿佛成了一个青年大学生，"一听到这个伟大的名字就按捺不住心口突突地跳。

　　你是天使还是魔鬼，现在还不一样？
　　全世界都得从属于你钢铁般的意志，
　　所有的目光都凝视着你这雄鹰的飞翔。
　　你像神鸟一样在太空中盘旋，
　　你的垂天巨翼到处投下阴影，
　　你的形象耸立在世纪之上。[①]

　　感到生气的只能是《法兰西缪斯》的老搭档、纯粹的君主主义者们。但当时雨果对他们有过那么多友好的表示，他们也就忍耐了。然而"善良的诺第埃"对雨果却不那么友好。自从阿尔塞纳聚会以来，诺第埃已习惯于指导文学运动，可是成了青年思想领袖的雨果之得势，就是他的失势。他以《拜伦利穆尔》为题发表了一篇敌视《东方吟》的论文，文章表示：现代法国诗人没有创造出一首哪怕是多少接近

[①]选自雨果的《他》（《东方吟》）。——原注

于这两个英国天才的好诗；他说："这些人想象，伟大的天才通过同类人之间的交往就能形成，天资及其全部才华在高雅的谈话中就会发展。他们除了争名夺利，没有丝毫求长进的意愿……"这种讽刺是冲着维克多·雨果在沃吉拉尔府邸的那个至圣的小朝廷来的。受到污辱的雨果对他的老战友、初露锋芒的见证人的背弃深感痛心。

维克多·雨果致查理·诺第埃："你原来是这样，查理！读了昨天的《日报》，我深为遗憾。要知道，当多年的深厚情谊从你的心中被连根拔起的时候，这在我的生活中是一个对我最残酷的打击……"诺第埃马上就让步了："我的整个文学生命都在你身上。假如人们将来在哪一天想起我来，那也只能在得到你的同意之后才可以……"他们多少弥合了一下友谊的残片，然而这一友谊已经不像原先那样牢固、光明、充满信任了。

老好人艾米尔·丹桑向来不懂得嫉妒，他仍旧是雨果的好朋友，圣母德桑街雨果家的常客。"我爱你，而且对你越来越钦佩了"——每次拜访后他这样写道。

艾米尔·丹桑致维克多·雨果：

亲爱的维克多，很抱歉，我离开你家时，雨伞忘带了。请让人把伞给我送来，把歉意给你留下。雨伞就在餐厅靠客厅的门边角落里立着，而遗憾却在我们见不到你的所有地方都存在。昨天我感到你的夫人在殷勤好客之时又显得那么卓越高雅。她让我们参观了你们的庭院和花园。你的住宅是第一流的，陈列室简直是奇迹。哪儿还能找到这么美的画啊！

1828年10月13日，艾米尔·丹桑致维克多·雨果：

在本礼拜六，10月18日，你一定要来维尔莱威克街10号我们家与拉马丁、阿尔弗雷一起用餐，这已决定了。我非常需要和你商谈一下我的长诗《罗德利戈》，我将朗读它。你真的原谅我了吗？我真的可以就像看到一个我最需要的朋友那样见到你吗……拉马丁没有看到过你的那篇卓越的《克伦威尔》序言，我把它给了他。现在拉马丁简直被它疯魔了，他表示在读了这篇文章之后任什么檄文他都不想再看了。夫人怎么样？请告诉我，她的身体好吗？不过我们觉得这是不言而喻的……请赐回音，哪怕是一两个字也好……

艾米尔·丹桑要求雨果夫妇把蒂蒂娜也带上：

没有蒂蒂娜，没有小天使，

没有温蒂娜①，我们觉得冷落，

菜汤像冰块，饭菜也不香……

雨果毫不掩饰地嘲弄丹桑夫妻。他们对他的无限崇拜使他们原谅了他那些残忍的诸如"走起来一拐一拐像个装着假脚的公证人"之类的俏皮话。但是任何笨拙的俏皮话都是不能让人谅解的，比如1828年12月31日，有一个人在给雨果的新年贺信中说："恭贺新禧，并祝愿您在1829年不要比1828年更有天才，没有比伉俪相得更幸福的了……"

看起来，阿尔弗雷·德·维尼依然是一个忠实的朋友。1828年2月，他在波河与一个从印度回来的英国女子丽蒂亚·宾白莉结了婚。他以为她十分富有。是凡英国女性，维尼都爱，甚至"奥西昂②笔下的金发可人"也使他心醉。"你要是知道这个民族多么富有诗意就好了！"他在把自己的婚事告诉维克多·雨果时写道，"我们结合的纽带是相亲相爱。和你们一样，我们将牢固地结为一体……我告诉妻子，你的可爱的安黛儿将会成为她的朋友……我们希望能像你们那样生活，有你们作为榜样，这是完全可以做到的……"丽蒂亚是一个比较矜持的人。如果说英国人是一个富有诗意的民族，那么宾白莉小姐看来是个例外。她冷漠、傲慢，常常闹病，因为"她好受母性不幸的偶然性支配"，而在两次小产期间，她认为阿尔弗雷·德·维尼常到德·拉特莱玛依子爵夫人、德·丽尼公爵夫人和德·玛依耶子爵夫人家走动，比到圣母德桑街好得多。

但是两个诗人毕竟是盟友，他们互相称赞——这是维持他们友谊的必不可少的营养。雨果把他的新作赠送给维尼："我需要把《东方吟》和《死囚末日记》送给你。我需要你不生我的气。我需要你不说'维克多小看我'，因为还在没有人赏识你、爱你的时候，我就赏识你、爱你了……"阿尔弗雷·德·维尼赞扬"这一切都是收集在宝箱里的东方香料"，表示希望热烈地吻维克多·雨果的两颊。"吻右颊为了东方，吻左颊为了西方，因为你的头就是整个世界……我早就征服了你、俘虏了你，亲爱的朋友，而且从来没有和你离开过。你和我整天朝夕相守，而每逢早晨我就又为你所占有。你总是萦绕在我的心头，从上到下，从下到上，从《东方吟》到《死囚末日记》，从市政厅到巴比仑钟楼，我到处能看见你，永远是你，你

---

①温蒂娜：童话中美丽的女仙，常用歌声把行人引入水底。——译者

②奥西昂：3世纪的苏格兰诗人。——译者

的色彩永远在闪烁,真实而形象地表述出来的深刻感情永远使人惊奇,到处都是诗意……"

请看,这就是友好团结的圣水。但是维尼在他的秘密日记里却指责了这位老朋友。1829年5月23日,他写道:

> 我去看维克多·雨果,圣佩韦和他在一起。此人瘦小,很丑陋,其貌不扬,驼背弯腰。他说话时一副奴颜婢膝的怪相,好像是一个巴结逢迎的老太婆……在政治方面,这个聪明的青年左右着维克多·雨果,他以自己的行动和有力的影响使雨果完全改变了自己的观点……前不久雨果向我声明:经过深思熟虑,他决定离开右派阵营……他再不是我所热爱的那个维克多了。他曾经多么狂热地信仰自己的宗教和君主主义啊!他纯洁得像个处子,同时又有些腼腆,这一切于他是多么适宜啊!我们都喜欢他是这样的人。现在他经常任性地笑闹,他变成了一个自由主义者,这于他是多么不相宜啊!但是有什么办法呢!他开始是少年老成,可现在仿佛返老还童了,在生活中追求着他所描写的东西。可是本应先有感受,后有写作……

受到维尼夸奖的《死囚末日记》是一部激动人心的中篇小说。

《东方吟》问世一个月后,雨果匿名发表了这部作品。他把这篇小说冒充为在监狱中找到的一个死囚临刑前一刻写下的一本笔记。雨果早就对死刑问题抱着一种近乎病态的兴趣。童年时期他在意大利和西班牙就看到过许多被处死的尸体,在巴黎的克列福广场上,他掉头不看那架可怕的机器。为了写这本书,他收集可靠的资料,到比谢特尔去看怎样给被判刑的人上镣铐,怎样把他们送去服苦役。奔放的想象力使他懂得了同情。雨果真诚地希望取缔死刑,认为这种刑法对社会残忍多于好处。他大概还希望把《死囚末日记》和《东方吟》放在一起。他是第一个企图在文学中提出重大的社会问题以安慰那些斥责他不顾一切地只追求艺术技巧的人。"他很会算计!"维尼鄙夷不屑地说。但是这个意见不公正,雨果的感慨多于算计。

不过从另一面说,维尼的指责是对的。正像许多年轻时都很严谨的人一样,雨果27岁时才开始"生活",他因自己的成功对幸福和享乐体验到一种不可克制的欲望。"在整个欧洲,找不到一个亲王、国王或统帅比创作了《东方吟》的诗人更值得叫人羡慕或更幸运的了……"茹尔·让南写道。他还说:"我不知道人世间还有谁在什么时候敢像维克多·雨果那样开心地笑过。《东方吟》的成功使他心花怒放……"话说回来,当时他很可能经历过一场内心的分裂,从一个阵营转到另一个阵营，不可能没有痛苦。此外，年轻的丈夫在画家及其女模特儿的包围中受到了诱惑。沃吉拉尔谷地的道德观和雪尔什-米蒂街的不一样。

安黛儿差不多总是在哺育孩子，非常劳累，根本无法理解这个"如醉如痴的葡萄收获者"的烈火般的情感。大概他不由自主地想到了其他女人。他开始向茹丽·杜维达尔·德·蒙弗莲大献殷勤，但是由于她的兄弟，一个骑兵军官的坚决干预，才制止了这场风流韵事。而就在这时候，阿贝尔·雨果向她求婚，并于1827年12月娶了这个从前的绘画女教师。雨果兄弟都很爱自己的家庭。维克多轻而易举就平息了自己的感情，而且还写了一首祝贺新婚的歌：

你应该成为我们的人，这是命中注定，

而且谁也不能改变你的这一命运。

婚礼之后不久，1828年1月28日，雨果将军突然中风——"像一颗流弹一下子要了他的命"，他当时就死在了阿贝尔家。

维克多·雨果致维克多·巴维，1828年2月29日：

我失去一个爱我胜过所有世人的人，一个高尚、善良的人。我是他引以自豪、深深爱恋的对象！

但是就在同一年的10月21日，在圣母德桑街，雨果夫妻的次子诞生了，家里又呈现出幸福的气氛。

幸福、美满、欢乐，这就是描写年近30的维克多·雨果的人们所使用的词汇。有时他也因怀疑他的新政治观和新宗教观，为背叛年轻时期的信仰而苦恼。"我们把曾在我们父辈身上寄居过的，现在正在腐烂的宗教死尸放在了心里"，但是信念战胜了怀疑。首先，他深信自己的体魄。他小时候的脆弱荡然无存了。"狼一般的牙齿，可以咬碎胡桃核的牙齿"，猛兽般的力量。1829年左右写的所有诗明显表现出先辈的情欲在他的血液中流淌。童贞的诗人，《颂歌集》的作者现在放任自己，在交谈时大言不惭。在与鼓舞人的《最初的叹息》可以媲美的《东方吟》中，"越来越漂亮的倾国佳人容光艳绝"。有力量的人总是渴望更有力量。

其次，他深信自己在生活上的成功。他租下一处有一个大花园的漂亮住宅。他用自己的劳动获得了足够的资金。波桑若出版的《东方吟》第一版就使他得到了3600法郎；从另一个出版家戈斯林那儿出版的《东方吟》、《布格·雅加尔》、《死囚末日记》和一部未完成的长篇小说《巴黎圣母院》得到了7200法郎。他在贫困中度过了自己的青春岁月，现在他把钱财看得很重，因为在他看来，只有财富才能保证作家的独立性。他对封达内说:"我希望一年挣到并花费15000法郎。"纯属巴尔扎克式的欲望,但是巴尔扎克债台高筑,雨果却最怕负债。他每天晚上都要结算他的开支,记下每个生丁,而且要求他的妻子也必须这样做,因为他认为她是一个大手大脚的人。

最后,他对自己的荣誉深信不疑。从1829年起,他在青年人的心目中就已经是一位不容争辩的巨匠。"维克多·雨果是每一个求他指示迷津者的向导,"波德莱尔说,"任何一种被狂热和感恩认可了的统治向来都是合法的、自然的,尤其是在证明反抗这种统治是不可能的时候……"他有许多敌人。成功总是要招来一些敌人。所以为了忍受别人的成功,就必须要有伟大的心灵。雨果的对头中,有的甚至是一些真诚而无私的人。司汤达和梅里美认为他乏味,这些贪淫好色的人不相信诗人是一个品行端正的模范父亲;缪塞撰写了讽刺他的作品,不过没有任何恶意。然而这一切又与他何干?他知道他是新流派的首领、自由文学的捍卫者。新一代作家聚集在圣母德桑街他的家里。他的写字台抽屉里塞满了手稿和各种提纲。

维克多早就把圣母院放在了心上,
　现在他亲自登上了圣母院的殿堂。

在一本标明"待写的戏剧"的笔记本里,写着他的戏剧创作计划,其中有一些构思他很快就完成了,另一些是他早已写好的,如《玛丽蓉·德·洛尔墨》、《孪生子》、《吕克莱斯·波基亚》。其他的是半成品,如《路易十一》、《安吉昂公爵之死》、《奈龙》。注明他今后创作题目的后一页上有一则附注:"把这些完成后,视情况再定。"这样的创造力产生出了不可思议的自信。1829年雨果写的《东方吟》的序言咄咄逼人:"艺术不愿意让人塞住嘴巴、钉上镣铐、牵着鼻子走,它高喊道'前进'!它要放你们到诗歌的大花园里,那里没有禁果……"作者知道有人"指控他自命不凡,目空一切,盛气凌人,但是他不知道自己为什么要被人描写成年轻的路易十四。当年,路易十四曾手提马刺和皮鞭、脚穿猎靴出席讨论重大事务的国会。但是作者敢断言,那些对他作如是观的人完全错了……"[①]

是的,这是正确的。在他身上,专制作风比国王还要多。正像年轻的波拿巴一样,他不是靠世袭的权利、神的权利进行统治,而是靠征服的权利、天才的权利进行统治。他肆无忌惮地欢呼:"未来,未来,未来——属于我!"可是他马上自

[①]选自雨果的《〈东方吟〉序》。——原注

己反驳道："不，先生！未来不属于任何人！"他向我们描绘着永恒的苍穹下"被猛烈的旋风折断有力的翅膀的雄鹰"。诗人很快就要摔进精神痛苦的无底深渊，但是在这痛苦中他懂得了心灵所受的那种阴郁的折磨，为了成为法兰西最伟大的诗人，他应当经受这些磨难。

要知道，浪漫主义——不管在《克伦威尔》序言中对它是怎样表述的——既不是悲惨可怖与滑稽可笑的混合物，也不是语言的翻新、诗节的随意划分，这是一种更为深刻的东西。它反映了一个世纪的精神、苦闷、不满，反映了人和世界的冲突，而这是古典主义者所不理解的。"对骇人的、难以置信的空虚生活的不满，可是又不得不做它的囚徒。可怕的骚乱的灵魂永远不知安静，时而狂欢，时而呻吟……"自暴自弃的心灵和当一个人"陶醉于自身的不幸，并把这不幸视为向命运的挑战"时，那瞬间的连自身都摆脱了的自由——这，就是卢梭之后歌德和拜伦曾经感受到的；这，就是30年代由于突然失去了荣誉而得了抑郁症的整个法国青年所追求的；这，也就是在沃吉拉尔谷地过着幸福无比的生活的雨果，《东方吟》的作者雨果还未曾体验过的。

但是只有雨果才能成就这一事业。任何一个诗人，无论是拉马丁还是维尼，在当时都不能为自己的时代提供这样的艺术、这样丰富的语言和韵律。但是他的天才臻于成熟还差一些东西，因为他还缺乏使他和那个时代接近的足够的惊恐、怀疑和忧愁。但是他绝没有想到由于痛苦，他的创作将变得更加深刻！而这痛苦竟是来自一个沉默寡言的妙龄女郎、他终生的女朋友，和一个对他的创作讲过许多精确而有益的意见、头发火红、相貌丑陋的男朋友。当他自以为平安无事并陶醉在自己辉煌的胜利中的时候，实际上一场灾难正在窥视着他。可是应当说，在那美满幸福的短暂的几年里，他还是一个威严的丈夫、田园家族的家长，一大群学生追随着的导师，观赏着这座在轻烟飘渺的山麓下沉睡的城市、在城楼上盘桓的艺术家，这位诗人：

　　当他盖世的著作到处受到推崇的时候，
　　正在喷泻着熊熊烈焰，粗犷而新鲜。

第四篇　早秋

> 一旦我们把一切都知道了，人世间就没有一个人值得怜悯。
>
> ——圣佩韦

第一章　忠实的阿夏特①

阿尔弗雷·德·维尼在他的秘密日记里不怀好意地分析了雨果和圣佩韦的关系。维尼说，圣佩韦"成了维克多·雨果的赛义德②，通过他，雨果才懂得了诗歌的真谛。但是维克多·雨果从他一来到世上，就是在不断地改换门庭中度过他的一生的，他这样做为的是沾每个人的光。他从圣佩韦那儿学到许多他本人不具备的知识。虽然他用老师的口气说话，可实际上他是圣佩韦的学生……"诚然，雨果是向圣佩韦学了不少东西，但是谁也不是傻瓜，傻到不去掌握那些引导他认识事物的美好知识。不过话说回来，影响总是相互的。尺有所短，寸有所长吗。掌握了语言的音乐美的雨果，对人的内心生活注意不够；圣佩韦就其敏感性来说是个诗人，但他用笨拙和生硬的形式亵渎了诗歌。

"问题是他的心灵那么愚昧、阴暗、软弱、受压抑，"安里·布莱蒙说，"精致细微，同时又卑贱低劣。他和文社中自己的朋友们站在一起，总是惶恐不安、手足无措，像一个没有按时赴宴的客人。在智慧和才华上他感到自己与他们是平等的，但他不近情理地为他们的豪勇气概而欣喜发狂，而且几乎没有丝毫妒意。那种鲜明、狂热的健康力量使他头晕目眩、自惭形秽……这个翩翩少年，容颜苍白多于红润，满脸皱纹，像个老头，无意识地咬着自己的指甲。这个饱读了拉克洛③浪漫小说的小学生，虽然也想体验一下那种风流韵事，但是不敢，也不会。这个天真的儿童、教堂的小役，躲在祭坛后涕泪满面。他时而是一个天使，时而是一头野兽，但绝对不是一个人……"

应该可怜这个郁郁寡欢的、特别喜欢科学和精密思维的青年。隐秘难言的残缺

---

①阿夏特：罗马诗人维吉尔的史诗《伊尼德》中的人物，是主人公伊尼德的忠实同伴。——译者
②赛义德：伊斯兰教人对穆罕默德后裔的尊称。——译者
③拉克洛：1741—1803年，法国作家，卢梭批判精神和暴露笔法的继承者。——译者

（尿道下裂）使他痛苦不堪，变得更加畏缩。他那高洁的心灵本来是为高尚的爱情而准备的，但是却不得不去找卖淫妇、野妓寻求满足。"你不知道，"他阴郁悲愤地说，"你不知道，觉得永远不会有人爱你，这是一种什么滋味，可为什么？却又不好明说……"他在雨果家所得到的，在他看来简直是奇迹。要知道他在那里得到了他所没有的一切：家庭温暖、朋友和他喜爱的孩子。

1829年10月11日，圣佩韦致维克多·雨果：

我所具有的微薄的才情由于你的榜样和忠心才得以发挥。我之所以要写作，是因为看到你在写作，因为你认为我能写作。但是我自己是如此贫乏，我的才华应该全部归功于你。今后的道路不管多么漫长，我的才能将都要汇合到你的天才中去，有如溪水汇合于江河大海那样。我只有在你身旁，从你身上和你周围的一切中，才能获得灵感。我暂时还得在你们家才能享受到天伦之乐，只有在你的沙发上和壁炉旁，我才会有幸福，才感到舒适。

这完全不像是一个被"夺去了一切"的人所说的话。

他在一本不署名出版的《约瑟夫·德洛姆的生平、思想和诗作》一书中，描写了自己和自己的苦难。约瑟夫·德洛姆幻想成为一个伟大的诗人，但是没有灵感："每当他的年轻的同时代人取得了新的辉煌成就时，他是多么痛苦啊！"约瑟夫·德罗姆没有导师，没有朋友，也没有信仰："他的心灵混沌未开，在绝望的深渊里、想象中，离奇古怪的娱乐，赤身裸体的形象，犯罪的念头，不能实现的宏伟构思，英明的预见，一连串疯狂的冲动，宗教狂热和亵渎的情欲搅作一团。""因为从未领略过爱情的滋味"，他就自认为是一个纯洁的、"病态的、受尽思想折磨的人"。

1828年末，圣佩韦把这部"卑污的作品"送给雨果，并问他发表这种"披肝沥胆的"东西是否太淫秽、太荒唐。雨果回了一封简短、热烈的信："你的严正而美丽的诗句，你的气概非凡、朴实无华、抑郁凄切的文笔和约瑟夫·德洛姆的形象深深打动了我，因为他就是你自己……这个青年人短促而严峻的一生，对他一生的分析和对他灵魂的巧妙的解剖。说真的，在我读着这一切的时候，我几乎落泪了……"可怜的圣佩韦感到很幸福，有一瞬间他把自己想象成一个伟大的诗人。1829年1月《东方吟》出版，同年3月《约瑟夫·德洛姆》出版。《东方吟》引起满城风雨，但其勤奋的作者却在深思着《约瑟夫·德洛姆》给他上的一课。从这本书，他想到可以创作一种个性深刻、隐约朦胧的诗歌。

朋友的成功当时在圣佩韦的心中引起的谦恭多于妒忌。他在自己的几篇论文中是以雨果所领导的那种浪漫主义思潮的一名斗士的姿态出现的，而且以其论调的热烈弥补了信仰的无力，因为他从来不是一个真正的浪漫主义者。约瑟夫·德洛姆是作者的化身、维特的变种，但是他挖掘得更深刻，这暴露了圣佩韦是一个对约瑟夫·德洛姆抱嘲笑态度的怀疑主义者。他所喜欢的只是理解一切，他为能有维克多·雨果那样丰富的想象力、色彩和表现力而感到不好意思。当他为自己的《16世纪法国诗歌概观》收集材料的时候，把一卷装帧华美的龙沙诗选赠送给维克多·雨果，并在上面写下了这样的题词："敬赠龙沙之后法国最伟大的抒情诗人。龙沙的谦逊的注释者——圣佩韦。"维克多和安黛儿把这本"带有徽章"的白羊皮封面的漂亮书摆在客厅的桌子上，饰以文学征文比赛时得到的金百合花。朋友们——拉马丁、维尼、古丁盖尔、大仲马等人——的亲笔题名逐渐提高了这本书的价值。圣佩韦本人还用他那纤细秀美的花体字在书上写了一首优美动人的十四行诗：

> 是的，我的朋友，你是真正伟大的天才，
> 你的思想像预言家强大的声音一样有力，
> 我们大家都被这思想深深地折服，
> 就像那暴风雨中弯着身子的芦苇。
> 你对我们是那样和善，似乎时刻
> 都在担心什么东西把我们戕害，
> 关注的目光友好地凝视着，
> 不让我们遭受任何欺侮。
>
> 恰似在战斗中，你全身披挂，威严无比，
> 看着在厮杀声中被惊呆了的婴孩，
> 你把他放进刀痕斑斑的古老头盔，
> 小心翼翼地用粗糙的手把他举起，
> 能干的奶妈都不能与你相比，
> 或者就像温柔的母亲为一切操劳一般。

是啊，这个多情的人完全被感动了，犹如微风中的白杨树叶，他的心灵一旦处在男性温暖友好的关怀、体贴中，就舒展了开来。在圣佩韦的生活中，由于和雨果夫妻接近，他第一次享受到了人间的友情。他相信现在终于摆脱了孤独，摆脱了自我解剖的折磨。

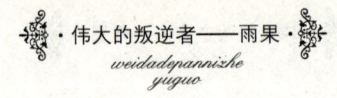

第二章 给戏剧以地位

> 我为《爱尔那尼》穿的不是红坎肩,而是玫瑰色的短上衣。这是很重要的。
>
> ——第奥菲尔·戈蒂埃

1829年,对于勤奋的维克多·雨果来说,是硕果累累的一年。他开始动笔写《巴黎圣母院》,创作了许多诗,主要是他决心要征服剧院。《克伦威尔》没有上演,但是浪漫主义小组公正地认为,现在群众要求的是别样的东西,而不是伪古典主义悲剧。高乃依,甚至拉辛,都是伟大的戏剧家,只有宗教狂们才承认这一点。他们过分地把自己的天才属从于那个法则——三一律:题材必须是古代或东方的,时间必须在一昼夜之间,地点必须是"熟悉的",语言必须是高尚的,总之一句话,这些法则到了18世纪已经没有多少强有力的东西,只能产生无聊的、单调的戏剧。"按规则应当在根本不会有人去的前厅中描写从来不去那里的人物,"维尼说,"讲一些没有多大意义的话,表现含糊不清的感情,解释模棱两可的寓言,萎靡的情感、冷漠的热情难得使人感动,而且落幕时总是优雅的死亡或虚伪的叹息。啊,毫无意义的胡说八道!人和自然的阴影!空虚的世界啊!"

观众避开这种乏味冷漠的戏剧,开始为歌剧所吸引。比克谢莱古,这个庸俗剧院的"莎士比亚",为这批观众开的处方是:男女英雄、叛徒、小丑——在《克伦威尔》序言之前很久就已经把滑稽可笑与悲惨可怖结合在一起了。伟大的达尔玛对拉马丁说:"请你再不要写悲剧了,还是写话剧吧。"他还请求大仲马:"请你趁我还受欢迎的时候赶快写吧。"

1822年,剧院经理让都生·麦尔,一个很有进取心的人,曾写信邀请英国剧团赴法演出莎士比亚的戏剧,结果遭到自由主义者的强烈反对。路易十八被公认为是亲英派,因此《麦克白》被喝倒彩就有了充分的理由。麦尔的海报出得很笨拙:"莎氏著名悲剧《奥赛罗》。演出者:大不列颠国王陛下的忠实臣民。"整个剧院里的观众高声叫喊:"外国人滚出去!打倒莎士比亚,惠灵顿的同党!"麦尔只好举手投降。直到1828年才在巴黎重新出现英国剧团。不久前形势发生了变化,而来的剧团又是第一流的：金·凯普尔和迷人的加丽叶特·斯密特逊①。演出非常成功，这使得作家们谁都想把莎士比亚的诗作译成法文。艾米尔·丹桑和维尼合译了《罗密欧与朱丽叶》，演出《奥赛罗》后维尼开始动笔写《威尼斯的摩尔人》。在翻译时，他的英国妻子无疑帮助了他。

还在1822年的时候，雨果就为他的剧本《爱米·罗布莎》从华各特·司各特的长篇小说《坎尼尔华斯》中汲取过素材。他把这个剧本锁在抽屉里，后来加以润色，但他本人不相信它有那么多优点。当1828年他终于能在奥德翁剧院上演这个剧本时，只允许用他小舅子保尔·傅仙的名字去冒险，虽然傅仙当时才只有17岁，而且对这样的把戏丝毫不感兴趣。1828年1月他写信给维克多·雨果："过不了几天人们就将把倒霉的《爱米·罗布莎》给我，我从这件事中只能得到'冒名者和傀儡'的称号。有些人总是不走运……"观众对这出戏很不客气，雨果也明智地否定了它。

1828年2月29日，雨果致巴维："你知道保尔发生了一件小小的不幸。这是一种微不足道的不幸……在这种情况下我应当搭救他，因为这不幸是我给他造成的。给《爱米·罗布莎》喝倒彩的阴谋集团认为这样做也就是给《爱尔那尼》喝倒彩。不过，不值得去理会这种可怜乏味的诡计……"是的，一般来说，最好是不要再提这件事。

雨果决定打出自己的名字，并用另一题材写了一个剧本《玛丽蓉·德·洛尔墨》（初名为《红衣主教黎塞留执政时期的一场决斗》）。剧情发生在路易十三统治时。这是一个关于上流社会中的名妓对一个纯洁、严正的青年的爱情重新恢复清白的相当平凡的故事。剧本的主人公是阴郁的美男子狄杰。对人对己他都命定是一个不祥的人物。他受到了强权的迫害，这就引起了作者对他的同情，因为在作者的心灵深处，拉戈利的悲剧打下了深深的烙印。开始写剧本时，雨果阅读了有关黎塞留时期的许多揭露文章、文学回忆录、历史文献。阿尔弗雷·德·维尼在长篇《桑-马尔斯》中把富于浪漫色彩的黎塞留的形象描绘成一个"身穿红色法衣的人"。而雨果忠实地把握住了当时上流社会的特点，很多诗句写得很美。一句话，这一悲剧优点不少，铿锵有力，精确简捷，不同凡响，很像雨果当时所写的所有作品。

泰洛男爵（1825年得到贵族头衔）请求组办一次剧本朗诵会。朗诵会于1829年

---

①这几个人当时都是英国著名浪漫主义演员。——译者

7月10日举行，在"有金百合花的房间里"，所有的朋友——维尼、大仲马、缪塞、巴尔扎克、梅里美、圣佩韦，丹桑两兄弟、维尔墨和常来这所住宅的艺术家们——都出席了这次朗诵会。"维克多·雨果亲自朗读，他读得很出色……引人注目的是他那苍白而美丽的面容，尤其是他那凝视的而又有些漫不经心的目光不时地像闪电一样炯炯放光……剧本是动人的，剧中有值得赞扬的东西，但是当时普通的赞扬被认为不过瘾，而应当狂欢，神魂颠倒地叫喊、颤抖，应当像莫里哀的菲拉曼德①那样狂喊：'啊，我简直受不了了！啊，我都被惊呆了！我快活得要死！'总之，可以听到含糊不清的叫喊、一片嘈杂的兴奋的私语。整个场面就是这样，它的具体情节也是相当令人开心的。矮小的圣佩韦围着魁梧的维克多团团转，大名鼎鼎的大仲马当时还没有成为分裂者，欣喜若狂地乱挥着他那双大手。记得朗读完后他竟至把诗人抓起来，用大力士般的劲头把他举起：'我们要把你抬到荣誉的顶峰'……至于艾米尔·丹桑，他还没有来得及听就鼓掌了。他像平常那样衣冠楚楚，不时偷偷地瞟一眼在座的女士们。端上了清凉饮料，我记得大仲马狼吞虎咽地吃着，含着满嘴蛋糕含糊不清地说：'妙！妙！'紧跟着阴郁的悲剧而来的这场闹剧直到夜间2点才结束……"

7月14日法兰西剧院没有表决就通过了剧本。3天后德·维尼也向这一伙自由主义者和大多是上流社会的人们读了他的《威尼斯的摩尔人》。"仆人们不停地通报伯爵和男爵们驾到。"杜凯奇说。在雨果那里，气氛是浪漫的，田园式的；在维尼这里，气氛是浪漫的，贵族式的。1829年7月14日维尼致圣佩韦："星期五，7月17日，晚上7点半，《威尼斯的摩尔人》将振作起来生活并当着你的面死去。我的朋友，假如你想邀请约瑟夫·德罗姆的幽灵也出席这次阴沉的宴会，我也将给他留个席位，正如为巴科留下席位一样……"人们像欢迎《玛丽蓉·德·洛尔墨》一样热烈地欢迎了这个剧本。

当时权力无边的检查机关允许上演《威尼斯的摩尔人》，但是禁止上演《玛丽蓉·德·洛尔墨》。部长德·马基亚克子爵赞成这一禁令，因为他认为剧中路易十三的形象对君主制是一个威胁。维克多·雨果认为他没有违背历史的真实，因此把部里的决定呈报国王查理十世，他马上就被招到圣克鲁城堡觐见皇上。在《巴黎评论》上，以杂志社社长路易·维龙的署名发文报道了这次接见。文章说，接见时

---

①菲拉曼德：莫里哀剧作《女博士》中一个沾染了贵族习气的妇女。——译者

国王对诗人十分崇敬，诗人坦率而又恭敬地陈述了意见。实际上这篇文章是维克多·雨果授意圣佩韦写的。他写道：国王回忆了从《费加罗的婚礼》以来发生的巨大变化。在君主专制时期被迫缄默的在野党企图用剧院宣传他们的政见，在有了大宪章的立宪制时，报刊杂志正在成为安全阀。国王答应他亲自审阅第四幕——被认为"危险"的那一幕。他真的阅读了这一幕并肯定了禁令的正确。但是既然作为作家的雨果是国王的座上客，人家就用帝王的宠幸来安抚他，重新拨给他每年2000法郎的抚恤金。雨果写了一封大义凛然的信予以拒绝。

1829年8月14日，维克多·雨果致内务部部长德·布东伯爵：

阁下，敬请转致陛下，我祈求他赠予我新的恩泽时允许我保留原来的观点。无论如何，我完全没必要再次向您证明，我这样做不是因为有什么敌意，不，从我雨果这里，国王应该得到的只是忠诚不贰、奉公守法……

就在这同时，他以其近乎奇迹般惊人的工作能力着手写另一部悲剧《爱尔那尼》。主人公的名字——爱尔那尼，取自邻国西班牙的一座小城，1811年雨果曾经路过那里。剧本的情节使人想到《玛丽蓉·德·洛尔墨》。题词很简短："三男一女"。其中的一个，年轻、热烈，正像通常应该有的那样，受到了强权的迫害——这就是爱尔那尼（类似狄杰）；另一个是残忍的老头吕意·哥梅茨·德·西尔瓦；第三个是国王卡尔洛五世。作者所用的材料都是不大为人所知的。无疑他要求助于《罗曼采洛》，高乃依和西班牙的悲剧作家。展开爱情的主题时，他大概从自己给未婚妻的信件中吸收了一些东西。《爱尔那尼》再现并美化了他本人和安黛儿共同经历过的悲剧。两个年轻恋人反抗苦难命运的斗争激起了他对往事的回忆。舅父安西林，这个资产者、专横拔扈的人，有些像卡尔洛王世，他与漂亮的外甥女的亲昵关系不止一次引起过维克多·雨果狂暴的醋意。雨果本人在年轻时就曾请求和未婚妻过上一夜如胶似漆的生活后同归于尽。雨果选择的背景使他能够表达他对西班牙的爱。人们常常把《爱尔那尼》和高乃依的《熙德》相比。对比是公正的。两出戏的程式各有不同，但英雄主义精神是一致的。诚然，雨果更富有激情，他"大量采用图腾式的象征手法"——狮子、雄鹰、老虎、鸽子。

这个剧本是用难以置信的速度写成的。它动笔于8月29日，完稿于9月25日，9月30日向朋友们朗读，10月5日提交法兰西剧院，没有表决就被通过。检查机关持反对态度，但事情得到了解决。到处传说剧院为补偿雨果因《玛丽蓉·德·洛尔墨》所受的委屈，将在《威尼斯的摩尔人》之前提前上演《爱尔那尼》。阿尔弗雷·德·维尼勃然大怒。在浪漫主义者的圈子里，人们已经说到他与雨果的争吵。但是雨果在《环球》上发表了一封信，以一种纯属不平等的宽容口气写道："我很清楚，如果剧院提前上演《奥赛罗》根本不是取决于通过这一剧本的日期的话，那么提前上演《爱尔那尼》难道能取决于通过这一剧本的日期吗？不，决不！"

到底是怎么回事？大概是法兰西剧院的演员们因维尼在排练时傲慢地鄙视他们而受了侮辱，因此一致建议先上演雨果的《爱尔那尼》吧。但雨果知道人们在盯着他，忌妒他。他写信给圣佩韦说："我的头上聚集着乌云，眼看着就要雷雨大作。这伙卑鄙无耻的文人们的仇恨是如此之大，以致于他们认为我是一个毫无功绩的人……"一点不假，"在报纸的匪巢中"，让南和拉社什已经在磨刀霍霍，要反对《奥赛罗》和《爱尔那尼》了。阿尔弗雷·德·维尼不愿意承认有这种共同的利害关系。但是维因奈院士同时抨击了"这两个年轻的疯子"，说他俩"用野蛮的理论为我们炮制着荒诞的文学"。愤怒的古典主义者维因奈引述了《威尼斯的摩尔人》中的3行诗作为例证，说明"必须坚决打倒这种危险的，破坏性的流派"：

马上……星期二早晨……或上午……
星期二晚上或星期三早晨，
请你来找我，或我去找你……

悲剧《奥赛罗》最先上演了，但是大战在《爱尔那尼》上演之前就提前开始了。

第三章　不要使我们也卷入……

> 心灵被欲望的荆棘撕得粉碎……
> ——圣佩韦

整个1829年，雨果日以继夜、夜以继日地工作着——时而写作，时而跑剧院或出版社，时而认真研究巴黎圣母院四周的古老巴黎，或者是在卢森堡公园的林荫道上踱步觅诗。其时，圣佩韦已经养成每天要去圣母德桑街的令人心醉的习惯，有时一天要跑两趟。现在他在屋里只能见到雨果夫人。她通常总是坐在花园的小木桥附近，孩子们在旁边的草地上玩耍。在两位作家初交时，安黛儿并没有起多大作用。新的家务操劳，哺育襁褓中的法兰苏亚-维克多，使得她像许多处在这种生理状态下的其他妇道人家一样——陷入一种梦幻之中。圣佩韦在很长时间里对雨果夫人抱着"游移不定的看法"，但他对她表现出一种"优雅的尊敬"态度。通过与她单独谈话，他才发现她远离自己名噪一时的丈夫后，才敢稍稍流露一下隐衷。喜欢涉足别人家庭生活的圣佩韦对充当接受忏悔的牧师这个角色有着天生的嗜好。"他生来是一个穿袈裟的人，"第奥多尔·巴维说，"我记得他有一次说过：'换一个时代，我就出家了，我很想当一个红衣主教……'但是这个神父在森严的特拉普修士团的修道院和迪列姆寺院之间动摇不定。然而没有比圣佩韦本人在长篇小说《情欲》中对他的这种心理分析得更出色的了：'我喜欢刺探别人家庭的隐秘、习惯和家务琐事。了解我所碰到的每一个新家庭的生活，对我永远是令人愉快的发现。一跨进门槛我就已经感到有一种冲动，想立刻嗅出周围环境的气氛，兴致勃勃地确定人们相互关系间最细微的特点。但是我不让自己的天赋朝笔直的道路发展，并因之提出什么目的，而是让它顺着曲折的小路前进，把它磨炼得极其敏锐，变成无聊的甚至有害的艺术。我的日日夜夜的大好时光都像小偷一样度过：偷偷地窥探人家的花园，而且试图潜入人家的闺房……'"

　　啊，悠长的夏日哟，
　　没有尽头，寂寞无聊！
　　烈日当空，灰尘滚滚，

太阳就在头顶燃烧，
我渴望夜晚的来到！
不到3点，我就身不由己去找你，
你丈夫不在家，孩子们
在草地上嬉戏雀跃；
我走到你身旁，你照常
坐在椅子里，那么妖娇。
你点头示意，让我坐下，只有我们俩。
开始了推心置腹、从容自在的谈话。
你全神贯注地听我讲述悲凉的往事，
讲述那噩梦般痛苦的青春岁月，
你用信赖报答我对你的信赖……
我们谈起你和你幸福的命运，
那本是按最高尚的意愿指定——
孩子们使你笑声满屋，
丈夫满载荣誉的桂冠，
这一切使你的生活幸福美满。
然而列数命运的恩赐时，
你丧气地结束了自己的言谈，
悲哀使美丽的黑眼睛骤然暗淡：
"唉！命运赐予我这么多幸福！
但我不隐瞒，我不知为什么，
有时突然忧伤中来。
越是在我周围洒满阳光，
越是悠然自得地活在世上，
丈夫越是温柔，孩子越是快活，
清风越是和煦，花儿越是芬芳，
汹涌的眼泪就越是焚心地撕裂着胸膛！"①

---

①选自圣佩韦的《安慰集》。——原注

她到底为什么要哭泣？因为所有的女人都爱哭，因为当你被人怜悯时老是觉得很舒畅，因为与一个天才的结合对她来说有时是一种压力，因为她那赫赫有名的丈夫像一个精力旺盛、不知厌足的情人，因为她已经生了4个孩子害怕再怀孕，因为她感到自己是一个受压迫的人。圣佩韦不让自己说出一句不谨慎的话，他千方百计夸奖雨果，同时说到自己与他这个美貌的交谈者是一致的，因为"同病相怜"使他俩变得更亲近了，并且给了她逐渐"引导他接近上帝"的权利。

后来他写信给戈丹泽·阿拉尔说："当时我对基督教神话没有多大兴趣，不久这一切都渐渐消失了。她对我有点像丽达①与天鹅——我能接近这位美人儿，可以得到她温柔的爱情了……"

1829年圣佩韦还远不是这样厚颜无耻。他与童年时代的信仰还藕断丝连，他为之钟情的这位女子的美色使他"重新面对上帝"也叫他高兴。他们谈论上帝，谈论不朽，圣佩韦还引证圣徒奥古斯丁和约瑟夫·德洛姆的话："我渴望有信仰，上帝啊，我现在也渴望，可为什么我做不到呢？"安黛儿为文社公认的这个聪明人同她这样严肃地交谈而感到骄傲。她有她的才能：她的画很有才气，写得也不坏，可是她的才情在同严酷的利己主义者的共同生活中被不公正地压灭了。圣佩韦安慰她那枯竭了的自豪感。这个贤妻良母有时几乎不自觉地要稍稍卖弄风骚。冬天，当不能再坐到花园里去的时候，她偶然也在卧室里接待她的朋友。"对物质生活淡漠的"她竟至忘了换换衣裳，仍旧穿着宽大的睡衣。有时在晚间，每逢雨果不在家，两个被遗弃的孤独的人在熄灭了的壁炉旁会一直坐到深夜。"啊，这是我那时生活中最美好、最光明的时刻。至少，在我回忆起这些往事时，我不由得要脸红……"②

而当圣佩韦在外旅行期间，他就写信给维克多·雨果，他正享受着每个恋人都很清楚的那种幸福——为能通过丈夫把自己的消息告诉他的妻子而感到满足："所有这一切都与你，亲爱的维克多，也与你们夫妻有关系——在我的意识里，她与你是密不可分的，请你转告她，我很想念她，我将从贝尚松写信给她……"

1829年10月16日，圣佩韦致安黛儿：

说真的，我怎么会荒唐地想到要毫无目的地离开你们那好客之家，失

---

①丽达：海中仙女，她丈夫忘了向爱神祭祀，爱神便报复了他，使宙斯变作一只被鹰追逐的天鹅。正在淋浴的丽达看到这种情况把天鹅抱入怀中，因而怀孕。——译者

②选自圣佩韦的《情欲》。——原注

去与维克多开怀畅谈的机会和每天两次拜访你们家的权利呢?而且其中的一次是特意为你而去的。我仍旧深感忧郁,因为我内心很空虚,我的生活没有目标,漂流不定,无所适从。人生如蓬,八面受风。我像一个孩童一样在寻求着自身以外的东西。在人世间只有一种永恒的东西,一种在我郁闷得要死,摆不脱荒诞的念头时固执地追求着的东西,那就是你,维克多,你们的家庭和你们的住所……

安黛儿写了回信,因为雨果得了眼病。但他还可以口授信的内容。他丝毫没有想到吃醋。圣佩韦是他的挚友,而且一点儿也不风流。圣佩韦自己和安黛儿都认为他们的关系完全是纯洁的。然而那一天也许真的着了魔,当时安黛儿固执地想让她的朋友在下午3点钟来家看看她是怎样梳头的:

你刚刚起床,散发如浪,
"等一等!"你小声哀求我,
秀发在纤指下自由流荡,
像雨中的犁垄,黑黝黝的头盔,
剑锋的亮光——站在我面前的
依稀是希腊诗人笔下的青春女神,
温柔的苔丝德蒙娜,或者是一位
巾帼女郎……你的美令人消魂,
我永远崇拜你,为你发狂……①

这种游戏是危险的,即使是对一个正派女人,或者正因为正派,也就更危险。"波浪是互相推动的,情感的骚乱是有感染力的。她的每一个动作,每一句话都仿佛是一种宠幸。他在想,她那随随便便拢起的头发说不定哪一天在轻轻叹息时会飘散开来,像波浪似地洒落在你的脸上,她仿佛是在芬芳馥郁的柔枝上盛开的一朵鲜花,周身散发出一缕缕沁人的幽香……"②

1830年元旦,圣佩韦来到圣母德桑街,给孩子们带来了玩具作为新年礼物。他还为自己的朋友朗读了《安慰集》的序言。序文是献给维克多·雨果和歌颂友谊的,这一友谊是在上帝面前的两个灵魂的契合,因为任何别样的友谊都是毫无价

---

①选自圣佩韦的《情书》。——原注
②选自圣佩韦的《情欲》。——原注

值、不足为信、寿命不长的。在这篇给丈夫的献词中,有许多话谈到了对妻子的纯洁、虔诚的感情。格调非常隐晦的两首诗相当美,是献给安黛儿的。轻信的人看不出其中有任何令人不安的含意,而圣佩韦却真心实意地以为:"《安慰集》是我一生中道德感最纯洁的时期的作品,在这6个月里,我在一瞬间体会到了一种天国般的幸福……"是的,这件被圣佩韦当作纯洁无邪的,使他荡气回肠的风流韵事延续了半年之久。唉,假如和他这个风华正茂的人在一起的,正像和他的朋友在一起的是一个纯净似雪的美人,那么谁也就不会看到他"每天早晨从家出来,失魂落魄、无着无落地低垂着脑袋,头也不回地在院墙附近徘徊,可耻地糟踏他那被毁灭的天才"了;谁也不会看到他每天晚上和缪塞一起去那些花天酒地的场所,徒然地去排遣情怀,企图笨拙地证明自己是个浪子(他在这方面不是行家)了。不,任什么都无法使他摆脱痛苦和抑郁的折磨!

噢,1830年,那可悲的元旦之日啊!它标志着天堂般短暂的幸福之终结。元月里,雨果夫妇的生活过得很拮据。《爱尔那尼》已经在法兰西喜剧院开排。排练,就是作者与演员的长期斗争。演员们当然清楚人们都在盼着这出戏,把它当作文化生活中的一件大事。在他们看来,年轻漂亮的剧作家当然是一位风流倜傥、"才华横溢、周身闪耀着荣光的才子"。但是剧作格调之放肆、情欲之狂暴和过多的死亡场面吓坏了所有演员。神通广大的马尔斯小姐对排练很认真,但是她每天都想竭力贬低诗人。态度冷酷、镇静、客气而严肃的雨果留心着这位女神的令人生气的举止,他克制着内心增长的愤怒。有一天他终于忍不住了,请求马尔斯小姐别再扮演唐娜·莎尔这个角色了。"夫人,"他说,"您是一个天才的女人,但是有一件事依我看您大概没想到,因此我认为有必要提醒您,那就是我也是一个很有天才的人。请您记住这一点,并以恰当的方式对待我。"年轻作家的尊严中有一种咄咄逼人、强狠有力的东西。马尔斯小姐屈服了。

维克多·雨果完全被剧院的排练吞没了,总是不在家。他给朋友写信说:"你知道我如牛负重,疲于奔命,连喘气的工夫都没有了。法兰西喜剧院,《爱尔那尼》,排练,明争暗斗,男女演员,报纸和警察局的诡计,再加上我的私事,仍旧像一团乱麻;父亲的遗产还没处理完……我们在索洛尼的沙地已经有一年半之久了,还未脱手;后母向我们要布卢瓦的房产……一句话,这一大家财产七零八落,再也集中不起来了,起码是几乎不能再收拾到一起,有的只是法院的官司和伤心痛苦。这就是我的生活!在自身尚且不得自由之时,怎么还能随时为朋友们效力呢……"

真是的，一向骄傲地把自己当作模范家长的雨果，现在却再不属于自己家庭所有了。必须不惜任何代价使《爱尔那尼》成功，因为打官司四处奔走耗尽了夫妻俩的所有积蓄。钱囊空空的安黛儿全力投入了这场性命攸关的战斗，和丈夫并肩厮杀。《爱米·罗布莎》的失败向他们证明剧院的阴谋是多么可怕，因此雨果毅然决定要让自己的大军在首次上演的晚上就完全占领法兰西喜剧院的观众席。而他的军队是足够庞大的。每一个初出茅庐的艺术家都满怀珍惜荣誉的锐气挺身捍卫法国最伟大的诗人免遭古典主义顽固派和鼓吹者们的进攻。"老朽和青春，谢顶的光头和浓密的黑发，因循守旧和朝气蓬勃，过去和未来的对立难道不是很自然的吗？"在若拉尔·德·耐瓦尔的口袋里装满托付他招募队伍的红色方纸片，上面印着神秘的题词："剑啊，醒来吧！"

现在圣佩韦每天3点钟去拜访雨果夫人，他总是发现她被一群与她同样热衷于剧场计划的不修边幅的青年人包围着。女人们都崇拜统帅，可安黛儿却喜欢厮杀，更何况她丈夫的荣誉和家庭的经济状况全系于这场决战的胜负呢！她当时才25岁，血气方刚，仿佛突然从往日的沉思中清醒了过来。不用说，这支年轻的军队殷勤地迎接了"忠实的阿夏特"——他们导师的战友。"是你啊，圣佩韦，"安黛儿说，"你好，请坐。你看我们有多狂热……"圣佩韦非常失望，因为他再不能和她单独在一起了，他因她接近这帮漂亮的青年人而大吃其醋。他对相信他会在报纸上将为这个剧本大唱赞歌的雨果暗暗恨在心，其实这个批评家从内心深处受不了这个剧本的狂妄铺张。同时他感到，他本人是创造不出像《爱尔那尼》那样热情的狂流的，也认为这是降低他的水平。不过话说回来，他也不想有这种才情。一般来说，他反对这类稀奇古怪的东西。这毫不奇怪，因为当他看到他为自己找到的这个舒适的安乐窝变成了一处如此"嘈杂不堪、垃圾遍地的场所后"，他沮丧懊恼极了。"这到底是怎么回事！再不能和心爱的人在这里厮守了！唉，这是多么悲哀，多么悲哀啊！"

怒气不能通过内心的流露排泄，于是变得越发强热，最后圣佩韦终于憋不住了。在《爱尔那尼》首次上演的前几天，他给维克多·雨果写去一封非常冷酷的信，表示他不能写关于《爱尔那尼》的论文，请求原谅：

说实话，看到近时你那里发生的种种变化，我感到难过——你的生活总是不由自己支配，你荒废光阴，仇人成倍地增加，高尚的故友都离开了你，他们正在被一伙蠢人或疯子代替。你的额头刻满了皱纹，由于劳累和用脑过度而生的忧虑的阴影使你面色阴沉。看到这一切，我只能感到痛心，只能怀念过去，抱着对你的崇拜之情向你告别，去寻找一个角落，以便把自己隐藏起来。比较而言，我爱拿破仑执政更胜于爱波拿巴皇帝。

现在我连5分钟考虑《爱尔那尼》的时间都没有，因为一想到它，种种丧气的思想就会立即使我脑袋发胀。我怎么也不能想象你会走上这条无止境的斗争道路，你会为此丧失自己抒情诗的纯洁性，你的行为会受计谋支配，你会和这群卑鄙的人打交道，不得不握他们的手……我说这些话不是为了要你离开你所选择的道路，像你这样的大人物是不可动摇的，而且也不应该动摇，因为大人物都清楚地知道自己的使命。我说这些话只是为了我自己——我想说明我沉默的原因，现在暂时还没有人曲解这一沉默。我想讲明我的无能为力……算了吧，忘掉这一切吧。但愿这封信不要在你那些可以理解的不愉快中给你再添加新的不快。我必须写信给你，因为现在已不能再和你当面交谈了，你的家仿佛成了一座废楼。

你的忠实的、悲伤的

圣佩韦

尊夫人可好？她还是一个只要人们对你的歌唱洗耳恭听，她的名字就会压倒竖琴的鸣响那样一个女性吗？现在每天是否都有亵渎的陌生的目光盯着她？她还在把戏票分发给八九十个她昨天才认识的青年人吗？纯洁的、迷人的亲昵，友谊的无价瑰宝，在这场嘈杂的交易中永远被玷污了，对忠诚的理解是枉然的，你现在把实用看得高于一切。对你来说，再没有比现实利益的算计更重要的了！

这段倒着写在信纸边上的附言从笔迹上可以看出是在激愤中写下的。这种为了"夫人"而勃发的疯狂是一个受辱的情人发起的一场争风吃醋的吵闹。奇怪的是维克多·雨果竟然忍受了。他已经不怀疑圣佩韦对安黛儿的感情的性质了。他全身心地投入了战斗，任何来自他那个小集团的争吵都会削弱他的力量。两位老战友继续并肩作战了，圣佩韦到剧院以"他忙得要命的朋友"的名义把戏票散发给他的崇拜者们。公演的那一天（1830年2月15日），在演出前8点钟，他和雨果一起来了，以便观察忠实的捧场者们怎样进入还没有点燃灯火的剧场。年轻的第奥菲尔·戈第埃，红票队的指挥，穿着他那玫瑰色坎肩、浅绿色（海浪色）裤子、黑色天鹅绒大翻领的燕尾服出场了。他想用这种奇装异服叫那些庸夫俗子浑身打战。包厢里的观众惊恐万分，互相指点着浪漫主义者们令人惊骇的长头发，而年轻的艺术家们一看见楼座里伸出来的古典主义者们的秃脑袋，就大声喊叫："打倒光头！送他们上断头台！"这些作家，这些艺术家，这些雕塑家组成的这支铁军，绝不是"一群乌合之众"。他们渗透到每一个有可能偷偷恶毒地吹"口哨"的角落。他们一心捍卫自由的艺术，他们的狂热是力量的象征。那是一个美好的时代，暴风骤雨般的时代，热情澎湃的时代。那时，君主主义者和自由主义者，浪漫主义者和古典主义者还不是在街垒中对打，而是在剧院里厮杀。

幕终于拉开了。冲突从头几句台词就爆发了。"门是暗门"，"几点钟了"，"快半夜了"，这些台词使一些人厌恶，然而受到了另一些人的赞美。要不是"雨果的歹徒们"四下里大搞恐吓，不满者们的怨声就会变成抗议的喧闹。两支军队箭拔弩张。"是的，他是国王的侍从之一。国王的侍从。"这两句对白"成了人数庞大的光头党不能容忍的喝倒彩的借口"。但是捍卫《爱尔那尼》的勇士们，只要不是表示赞赏和激奋，无论谁，哪怕是一个手势、一个动作、一点响声，他们都不允许。幕间休息时，在法兰西剧院前的广场上，出版商莫姆建议雨果以5000法郎出让剧本的版权。"可你这是未见兔子先放鹰啊。成功的希望可能不会太大"，"可成功的希望在增加。在第二幕时我只决定给你2000法郎，第三幕——4000，现在我打算给你5000……我担心五幕之后我得给你10000。"雨果动摇了。莫姆塞给他一张5000法郎的银行支票。而就在这一天，圣母德桑街的家里只剩下50法郎了。雨果拿住了支票。

当演出结束，暴风雨般的欢呼声突然爆发的时候，"所有的观众都回转身来望着女士们那如醉如痴的面孔，她们早晨还因惴惴不安而面色苍白，晚上就被激动得容光焕发了。作者的辉煌胜利在他那半个抽搐的面孔上也反映了出来。"

演出后，《环球》的编辑们聚集在杂志的印刷厂，其中还有圣佩韦和受托拟文的查理·玛尼因。他们兴奋地争论着，但有所保留——在凯旋般胜利的喜悦中夹杂着一些惊讶和担忧："《环球》该从哪一期加入这场战斗？它要不要承认剧本的成功？要知道，对剧本的思想充其量它只同意一半。这时人们动摇了。我焦虑不安。突然，最聪明的杂志编辑之一，后来成了财政部长的杜沙迪尔先生穿过大厅大声说：'干吧，玛尼因！你就喊好极了！'于是，《环球》马上发表胜利公告。

但是《国民报》已经发表了敌对言论,抱怨作者的朋友们'不知天高地厚,不懂礼貌',所以必须劝一劝忠诚的捍卫者们以后再不要凑在邻座的面颊上鼓掌了。雨果也十分关心今后演出的组织工作。反对派总要在朗诵到那几行诗的时候才跳出来。艾米尔·丹桑建议删去'老家伙是个呆瓜,他爱她'这句话。"

在饶安尼(吕意·哥梅茨的扮演者)的日记中写道:

  疯狂的倾轧。甚至上流社会的女士们都被卷了进来……苹果不知从哪儿纷纷抛到池座里,同时喧闹不已。这只会使售票处高兴……

他在1830年5月的日记中又写道:

  剧场里座无虚席,嗯哨声越来越响,这叫人不能理解:既然剧作糟透了,为什么还要来看它?可是既然这样乐于来看,为什么又要喝倒彩?

在维因奈院士的日记中我们读到:

  莫名其妙,愚蠢和荒诞的大杂烩……这就是文学界的宗派集团想用以取代《安达丽亚》①和《麦罗巴》②的货色……在泰洛男爵的秘密庇护下——科尔布埃部长曾指示他制止这种混乱——人们抱着特殊的目的想毁灭法国戏剧……

收入出人意料,戏剧使雨果夫妇摆脱了经济困难。安黛儿的抽屉里积攒了不少从前家里难得见到的1000法郎的支票。凯旋英雄雨果对崇拜习以为常。"为评论文章中的一段令人不快的批评他都要暴跳如雷。"杜凯奇说,"他仿佛认为只有他才有最高的裁决权。你可以想象,他为《日报》上一篇文章中使他不愉快的几句话怒发冲冠,他甚至威胁说要用大棍把批评家打个半死。圣佩韦一边拼命地诅咒,一边挥动着一串钥匙……"

1830年3月8日,圣佩韦致阿道夫·德·圣瓦尔利:

  亲爱的圣瓦尔利,今天是《爱尔那尼》上演的第七场。事情开始变得明朗化了——前所未有的明朗。头三场靠朋友和观众的支持很顺利,第四场不太妙,不过靠勇士们的帮助总算胜利了,第五场平平,阴谋分子们举止谨慎,观众表现冷淡,有些地方遭到了嘲笑,但最终还是受到了赞扬。收入非常好。靠朋友们的援助将会顺利度过危险的。这就是我给你的报告。处在

---

① 《安达丽亚》是拉辛的最后一部五幕诗体悲剧。——译者
② 《麦罗巴》:伏尔泰的悲剧。——译者

焦灼不安中的维克多镇静下来了，他把目光投向未来，眼下正挤时间，哪怕是一天的空闲，以便再写一个剧本——真是一个对自己的所作所为毫不反悔的凯撒，或拿破仑一流的人物！明天剧本将出版：维克多已经同出版商签订了很划算的合同——15000法郎；分3次出齐，每次2000册，按期付印。我们都被累坏了，每一次新的战斗都找不到生力军，可是必须随时准备战斗，正像在1814年的战役中那样……

圣佩韦是一个正直的战友，但是他的心中掀起了风暴。他听到雨果夫妻将于5月迁到让·古荣新街的一座独门独院去住。圣母德桑街的房东被披头散发、衣着肮脏的艺术家——《爱尔那尼》的拥护者们——吓坏了，下了逐客令。但是德·莫代马尔伯爵把他不久前建筑的一处私邸的三楼租给了雨果夫妇。经济状况现在允许他们住在爱丽舍区了。安黛儿正怀着第5个孩子，雨果也不反对带着她远远避开圣佩韦。每天叫人愉快的会面终于结束了。不过话说回来，他们现在能干什么呢？约瑟夫·德洛姆（圣佩韦所作《约瑟夫·德洛姆》的主人公，即作者的化身，见本卷第一章，此处意指圣佩韦。——译者）因为雨果激起了他一种又怀恨又赏识的可笑感情而气恼得要死。他现在明白了安黛儿不是作为一个朋友爱他，而是真正爱着他。一些人认为他当时向雨果做了忏悔，雨果也警告过妻子；另一些人认为，坦白的事后来才发生。不过看来这样的事肯定有过：圣佩韦在长篇小说《情欲》中曾采用过这一情节。从雨果在1830年5月以后创作的那些诗中可以看出，他当时的痛苦是十分真实的。但是他给那时正住在卢昂的朋友古丁盖尔家的圣佩韦写信时的语气之温和依然不亚于从前：

> 你要是知道我们在最近以来多么需要你就好了，你要是知道我们这个日常的家庭小圈子变得多么寂寞无聊就好了！甚至在孩子们中间我们都感到烦闷。没有你，搬到法兰西斯一世的这座空旷的城里来真叫人忧伤。每走一步，每时每刻都叫人觉得我们再也听不到你的忠告，得不到你的帮助和关怀了，可每天晚上我们都在和你交谈，然而却得不到你的友谊，完了！可是那美好的习惯却无法排遣。唯愿你今后不要将不吉利的祝愿抛给我们，同时狡猾地逃避义务……

但也就是在5月，雨果创作了几首十分悲观失望的诗，这些诗与兴高采烈的《东方吟》迥然不同。翻阅自己"给未婚妻的书信"时，他伤感地回想起了"希望向他歌唱，用甜蜜的谎言给他催眠"的那些时光。

啊，青春的书简，新鲜的爱之波浪！
昔日的美酒又醉了我的心房。
我看着你们，热泪盈眶……
想起那持久、宁静的幸福，我是多么欢畅，
觉得自己又年轻了，骚动不安，热情昂扬，
与这样的幸福同在，哪怕是片刻，我
也会快乐得大哭一场……

当青春在一瞬间向我们
投以快乐的微笑，啊，我们多么渴望
抓住它那黄金般的衣角……
耀眼的瞬间啊，像闪电似地一晃！
当我们清醒后眼泪涟涟，手里只留下
灿烂但破碎的希望之光！①

安黛儿常常哭泣，丈夫问她：
你为何偷偷落泪？你为何绝望悲伤？
你在凝视谁？他是何人——那个不安的灵魂？
突然笼罩心头的是怎样的一个阴影？
你为何阴郁地期待着不幸，什么样的预感
在把你折磨？
抑或又有什么幻想从你的眼前闪过？
或许这本是女人所固有的软弱？②

而这时圣佩韦正在卢昂的浪漫主义者威尔利·古丁盖尔家里，在八仙花和杜鹃花丛中，大言不惭地赤裸裸地讲述着他对安黛儿的爱。忏悔者在忏悔，而以风月场中老手蜚声于浪漫主义阵营的古丁盖尔一边听，一边赞扬他的那些犯罪思想，尽管也自称是雨果的朋友。住在古丁盖尔家对圣佩韦是有害的，因为好色有一种传染力。回到巴黎后，他又和雨果夫妻见面，但他觉得自己在他们家非常尴尬。

---

① 选自雨果的《啊，青春书简》（《秋叶集》）。——原注
② 选自雨果的《秋叶集·十七》。——原注

圣佩韦致维克多·雨果，1830年5月31日：

我之所以想给你写信，是因为昨天我们都感到很沉闷、很冷落，告别时又那么不友好，以致使我甚为痛心。回家后我痛苦了一晚上，一整夜。我对自己说：既然我不能一如既往地常去看望你们，我们就不该频繁会面，并为此付出这样的代价了。事实上，我们现在彼此有什么好说的呢？能谈些什么呢？什么也不能！因为我们再不会像从前那样一起共事了……请相信吧，纵然我再不去看望你们，我仍像从前一样爱你们——爱你和你的夫人……

1830年7月5日，圣佩韦又给维克多·雨果写信说：

唉，不要抛弃我吧，我伟大的亲爱的朋友，哪怕只是在脑海里保留对我的一点点儿真切、忠诚、不可磨灭的回忆也好——这就是我在痛苦的孤独中所斤斤计较的。仇恨、嫉妒和厌世使我产生过一些可怕的、有害的思想。我再不能哭泣了，我将以秘密的狡诈和尖刻剖析一切。当你受到我的这种解剖时，请你多多包涵，不要激动，让刺激怒气的胆汁沉到胆囊的最底部吧！千万别触动它。不要做我现在所做的这种事，即自我忏悔并向你这样的朋友忏悔。请不必给我写回信，我的朋友。请不要邀我去看你，因为我不能。转告你的夫人，请她怜悯我，并为我祈祷……

这是什么？是真心还是策略？大概二者兼而有之吧，圣佩韦太喜欢、太欣赏雨果了，他看出了诗人对他是何等宽宏大量，他也不能那么快就忘却自己对他的留恋。但他间或仇视雨果也是真的。而当为自己的仇视寻找理由时，他越爱就越挑剔。为了因他没有雨果那样强大的力量而自我宽慰，他在自己的秘密日记里把这种力量称之为"幼稚而又宏伟的力量"。他指责雨果在建筑上对古希腊的各种风格只懂得"伟大"的风格。他把雨果称作只知乱扔大石头的波吕斐摩斯①。他在自己的短评中，说雨果在《死囚末日记》里"用挑衅的口吻鼓吹仁慈"。总而言之，他认为雨果是一个笨重的、压人的、从西班牙来的有点粗野的哥特人。"雨果是野蛮人的年富力强的霸王。我在写《安慰集》时曾试着开化过他，但收效甚微"。在短评的

---

①波吕斐摩斯：希腊神话中的独眼巨人，库克罗普斯中最凶残者，他以人肉为食，因吞食奥德修斯的旅伴被奥德修斯刺瞎了独眼。——译者

结尾他大声慨叹道:"呜呼!这个库克罗普斯①!"然后他试图把敌手和自己等量齐观,他说:"雨果本质上是伟大的,可同时又是粗野的;圣佩韦本质上是纤弱的,可同时又是勇敢的。"他最好再加上一句:雨果是天才,而圣佩韦只是多才多艺。

---

①希腊神话中的独眼巨人共分四类,一类是牧人库克罗普斯,例如奥德修斯在归途中遇到的波吕斐摩斯。第二类是巨人库克罗普斯,他们是乌拉诺斯和盖亚的儿子,即提坦。第三类是铁匠库克罗普斯。第四类是瓦匠库克罗普斯,他们曾参加建造提任斯和密刻那城。——译者

第四章 颂歌应该一首接一首

> 君主制终于覆灭了,君主制的许多其他东西也将灭亡。
>
> ——夏多布里昂

1830年7月21日,瑞士青年茹斯特·奥里维,一个热情的文学爱好者,经阿尔弗雷·德·维尼和圣佩韦的介绍,前往让·古荣街9号拉响了三楼的门铃。女仆告诉他:"请进,主人在书房……"在那里他看到了大卫·安瑞斯基的镶嵌在椭圆形画框里的作品,布朗热描绘巫师、吸血鬼和格斗场面的石板画。书房的窗户面对绿树成荫的花园。远处荣军院的圆房顶历历在目。维克多·雨果终于出现了。奥里维说明他就是圣佩韦让来拜访的那个青年人。起先雨果仿佛不知道有过这么回事,继而说道:"一点都记不得了。"他们谈起了西里奥城堡,日内瓦,古老的住宅。进来一位高大漂亮的太太,一眼就可以看出她怀孕了,跟她一块进来的还有两个孩子,一男一女,诗人把女孩子叫做"我的小猫"。她像是一个迷人的洋娃娃,表情生动的小脸蛋晒得黑黝黝的。她就是列奥波蒂娜,又名蒂蒂娜·库克拉(洋娃娃的意思——译者)。来访者发现,雨果与他的画像不一样,他的头发乌黑(实际上他的头发开始变成栗色了),而且"好像湿漉漉的",有似一层奇特的波浪;前额很高,很白净,但并不宽大;棕色的眼睛炯炯有神,面部表情亲切而自然;常礼服和领带是黑色的,衬衫和袜子是白色的。这就是奥里维对他的描绘。

晚上奥里维在阿尔弗雷·德·维尼家讲述了他对诗人的拜访。他说,照他看来,雨果比肖像显得清瘦。"唔,你说什么?"圣佩韦尖酸地反驳道,"他可是发福喽!"后来他们扯到在《爱尔那尼》一剧中,演员们都是在演自己,完全按照自己的方式使一切都变样了。在卡尔洛五世的独白中,"于是恺撒和教皇平分了天国"被米什洛念成"人民和恺撒平分了世界"。这就破坏了诗的节奏。"那有什么?"观众天真地说,"这样至少含义不那么荒谬了。"于是大家哈哈大笑。圣佩韦讲到费尔麦怎样巧妙地篡改尾白,把"是的,我是国王的侍从之一……国王的侍从"说成"你的侍从",同时像疯子似地满台乱跑,最后跑到前台用"咝咝"的低语添上一句:"我将属于她。"一些段落重又被喝了倒彩,于是瓦塞——一个在法兰西剧院被招来逗凶霸道的捧场者们的头目——宣称:"如果左边再增加6个人,我就能拯救这出戏!"总而言之一句话,凡是巴黎的笑料,不论是关于导师们的还是朋友们的,都毫不留情地被提到了。它们被撕成碎片,有如凶残的野兽为了闹着玩儿磨砺它们的爪子似的。

从维尼那儿同圣佩韦一起出来后,瑞士青年陪送他,发现圣佩韦原来是个饶舌而浮躁的人。"什么样的杀人世道!"圣佩韦说,"为了忘掉它,就必须有钱,孤独,消遣。结束自己的生命又不情愿,自杀太荒谬。但是活着有什么意思!我想真不如去乡下,每逢礼拜天去做做弥撒,心安理得地斋戒节食,过复活节……""雨果先生是个信教的人吗?""唔,维克多·雨果可不受这些玩意儿的折磨。他的赏心乐事那么多,又那么纯洁、精致,而且都是他的天才给他带来的!他写的一切都那么漂亮,完美!他真是硕果累累啊!"家庭生活他也很满意。他快乐,也许快乐过头了!这真是个幸运儿啊……"我们发现,这位"幸运儿"只写歌颂幸福的诗,但诗中充满阴郁的恭顺和失望。圣佩韦再不去雨果夫妇那儿了,在他们家圣佩韦坐的那把交椅成了一把空椅子。月底,《环球》杂志的批评家又到卢昂去了。

7月25日,波林雅克①反对公民自由的疯狂敕令激怒了巴黎。"又一个政府从巴黎圣母院的钟楼上被扔下去了"——夏多布里昂说。7月27日,巷战爆发。前来看望雨果夫妻的古斯达夫·普兰什建议蒂蒂娜同他一起去巴列-罗亚尔去吃肉冻。他让姑娘坐进自己的轻便马车,但在路上他们看到那么多的人群和军队,普兰什怕孩子受惊,又把她送回了家。 7月28日,阴凉处都热到了零上32度。爱丽舍原野是一块令人丧气的平地,通常是用来种菜的,现在布满了军队。这里是远离闹市的郊外,居民们与市里断绝了联系,消息闭塞。雨果的花园里子弹呼啸。而在后半夜里,安黛儿生下了小安黛儿——一个脸蛋圆圆的壮实的小女孩。远处传来大炮的轰鸣。7月29日,林伊勒利宫上空三色旗迎风招展。要出什么事吗?共和国诞生?有可能当上共和国总统的拉菲特对责任的惧怕胜过他对声望的爱好,他把共和国的旗帜递在奥尔良公爵手里。再没有法兰西国王了,现在他被称作法国人的国王了②。这种细

---

①波林雅克:1780—1847年,法国政治家,1830政府首相。——译者
②1830年7月法国爆发资产阶级革命。波旁王朝第二次复辟后,力图恢复君主专制。1830年7月20日,国王查理十世宣布解散议会,进一步限制选举权和出版自由。7月27—29日,巴黎市民举行起义,占领王宫,查理十世逃亡国外。资产阶级夺取政权,建立了以路易·菲力普为首的"七月王朝"。

——译者

微的差别常常高过了原则。

维克多·雨果立即接受了新制度。自从《玛丽蓉·德·洛尔墨》被禁演以后，他对皇室的态度很冷淡。他认为法国建立共和国还不成熟。"为了使我们在本质上成为共和国，就必须把它叫做君主制。"他说。他是暴力的敌人。母亲曾向他讲述过一切叛乱之可怕。"我们决不诉之于外科手术，我们将求助于其他医生。"利用革命谋地位、捞肥缺的投机钻营之徒很快激怒了他。"看着这些把三色帽戴在自己瓦罐似的脑袋上的人就叫人反感。"雨果尽管写了那么多颂歌，歌颂被推翻的皇室，但他没什么好害怕的。难道不是他和在街垒下向夏多布里昂致敬的那伙青年们一道完成文学革命的吗？"革命像饿狼，但不会互相吞食净尽。"雨果向被推翻的国王献上了告别礼。"啊，让我为这死亡的家族哭泣吧——它带来过流放，现在将重新把流放带走。"雨果承认"七月王朝"，原来是为让"七月王朝"承认他。他完成了令人诧异的艺术革命——颂歌的革命，但是没有奴颜婢膝。

他的《致年轻的法兰西》就艺术性来说，比他从前的王朝正统主义的颂歌好得多，这首颂歌是真诚的象征：

弟兄们啊，你们变革的时代已经到来！
用月季和桂冠把胜利装饰起来，
同时对死去的人们要深深一拜。
英勇无畏的青春是美好的，
人们将美慕战旗已经织就，
奥斯特里茨！

骄傲吧！你们有如父兄一样豪迈！
他们在战斗中争取到的权利，
在生活的阳光下你们从坟墓中夺了回来。
为了下一代的幸福，"七月革命"赠送给你们的，
是烧毁巴士底狱的3天，那样的日子
父老们才只有过1天。①

雨果希望这些诗能在自由主义杂志《环球》上发表。从诺曼底回来的圣佩韦与

---

① 选自雨果的《写于1830年7月革命后》（《黄昏集》）。——原注

编辑做了商谈。雨果到杂志印刷厂去找他，邀请他做自己新出生的女儿的教父。圣佩韦犹豫不决，直到他确信这是安黛儿的愿望时才答应下来。圣佩韦成了使维克多·雨果的颂歌"进入得胜的自由主义的狭窄港湾"的导航员。他在《环球》上为颂歌的发表屈尊写了一则"按语"："他善于把自己的爱国激情的分寸感以最饱满的情感同对不幸的必要礼貌结合起来。"他在按语中这样评述雨果道："他仍旧是新法兰西的公民，同时对自己缅怀旧法兰西也觉得问心无愧……"话是说得不错，而花招也玩得很巧妙，因此圣佩韦颇为得意。"我号召诗人为当时已经建立的制度——为新法兰西——服务。我使他摆脱了君主主义……"

　　雨果也觉得自己出色地扮演了这一新角色。不过话说回来，自从《致旺多姆圆柱》以来他就已经开始扮演这一角色了。"赞扬一个人，说他的政治观点在40年里都不变，这是一种非常坏的赞扬……"他写道，"这与因为水是不流的，树木是干枯的而对之大加赞美完全一样……"紧接着《1819年一个南方雅各宾党人的日记》之后的是《1830年革命党人的日记》。"有时必须用强制手段争得宪章，以便使其后继有人"。他一切都进行得很顺利。他参加了国民自卫军，在第1军团4营，职务是纪律委员会的文书，这使他不必去值班和站岗。在他的剧本上演后，在新政权承认了他之后，他终于能重新从事《巴黎圣母院》的创作了。

　　工作是紧张的。根据与出版商戈斯林——《东方吟》的出版人——的协定，他曾答应在1829年就完成这部著作。雨果因戈斯林要求改写《死囚末日记》而对之态度很不好，后来戈斯林又受到雨果夫人很不友好的接待。那还是在《爱尔那尼》公演后的第二天，他去圣母德桑街希望得到剧本的版权。当时安黛儿以西班牙公主般的高傲向戈斯林投去"鹰鹞般的一瞥"，盛气凌人地向他讲了出版商莫姆和5000法郎的事。这一切自然使戈斯林怒不可遏，他要求拿到《巴黎圣母院》的手稿，并威胁说过期交稿就要按每周5000法郎的数目罚款。雨果马上开始工作，可这时又发生了"七月革命"。只好重新延期到1831年2月。但不能希望延期太久了。维克多·雨果"为自己买了一瓶墨水，用灰色粗毛线织的毛衣把自己从头到脚裹起来，将礼服锁进衣柜，决心不受晚会的引诱。他完全沉浸在自己那部像地狱般阴森的长篇小说中了"。

　　由于他一步也不离开书桌，安黛儿重又显得十分孤单。这对圣佩韦是一个不可抗拒的诱惑，他本已三番五次地向众人忏悔了自己的爱情；1830年9月17日他写信给维克多·巴维说："是的，我的朋友，为我祈祷，可怜我吧，因为我正由于可怕的内心折磨而受苦。我只能用诗歌诉说的那一切在压迫着我,我的爱情是无法排遣的。忧愁在煎熬着我,我变得残忍了。我又成了一个凶狠的人……"殊不知把自己称作凶狠的人,是相当合算的,因为这样一来就可以让自己真的做一个凶狠的人了。《环球》编辑发生了激烈的内讧。杜布亚想把彼埃尔·列鲁停职,因为对他的圣西门式的评论感到恼怒。圣佩韦对列鲁表现出令人吃惊的宽容,这本是一个怀疑主义者对预言家特有的态度。这场争执因杜布亚打了圣佩韦一个耳光而结束,后者也与他从前的老师进行了决斗。虽然没出什么事,但雨果夫人掩饰不住她的焦虑不安。圣佩韦在为小安黛儿洗礼时与她会面了,他利用这一机会,向她倾诉衷肠,其方式和办《文学保守者》报时傅仙小姐的未婚夫所采用的一样。圣佩韦要写一篇有关狄德罗与沃兰小姐通讯的文章,在这篇文章中,他从狄德罗书信中摘录了一段优美的引文,并指明这段摘录是献给他所爱的人的:

我亲爱的,为了我们的一生不被谎言所玷污,让我们就这样办吧。我越尊重你,你于我就越珍贵;我越表现得有德行,你就会越爱我……但是我的思想有时一飞到你所在的那个地方,我就什么事也心不在焉。在你的身旁,我才有知觉,能爱恋,听得见,看得着,会爱抚,我这样活着胜似一切。4年前我第一次见到你就觉得你是那么美,如今我发现你更美了,这是坚贞不移的奇迹,这是我们一切德行中最难得,最可贵的德行……我的朋友,让我们不要做任何不好的事,让爱情使我们变得更高尚吧!我们将一如既往、忠诚不渝地互敬互勉……

这是爱慕与敬重的巧妙结合。后来,1830年11月4日,在圣佩韦为《约瑟夫·德洛姆》的再版而写的另一篇文章中,以不幸的德洛姆的名义再次竭力引起别人对自己的怜悯:"他笨拙、畏怯、穷苦而高傲。他在不幸的重压下变得残忍了,而且毫无顾忌地自言自语着这种不幸。"圣佩韦预言了他的朋友——雨果和维尼——的光辉前程之后,接着说:"至于可怜的约瑟夫,他什么也得不到,他没有足够的力量经受各种考验,他被自己的眼泪泡得软弱不堪山……"简言之,像查特顿①那样自杀的德洛姆感动了读者。这种由作者安排的自杀使维克多·雨果大为震动,他一整天停写《巴黎圣母院》而给自己的朋友写了一封含情脉脉的信。

---

①查特顿:1752—1770年,英国浪漫主义诗人,因穷困自杀。维尼同名代表剧作中的主人公。

——译者

1830年11月4日，维克多·雨果致圣佩韦：

　　刚刚读完你描写自己的文章，我为它落泪了。我的朋友，看在上帝的面上，我恳求你不要绝望吧！你要想想自己的朋友们，特别是你正读着他的信的这位朋友。你应该清楚，对于他来说，你是怎样的一个人，他在过去是怎样信任你，就在将来他也永远相信你。请记住，你的生活一旦被毒害，他的生活也将会被毒害，因为他需要知道你是幸福的。不要灰心丧气，不要轻视使你变得伟大的那些东西——你的才华，你的生命，你的美德。不要忘记你是属于我们的，不要忘记有两颗心灵，对于这两颗心灵来说，你永远是值得珍重关怀的对象……请来看看我们吧……

　　圣佩韦前来感谢雨果，而雨果像亲兄弟似地跟他交谈，央求他放弃那可能毁灭他们的友谊的爱情。维克多·雨果像乔治·桑，同所有浪漫主义者一样，尊重"激情的权利"。但是，他对待圣佩韦大概就像唐·吕意·哥梅茨对待爱尔那尼一样："对我的热情好客的报答原来是这样！"然而在他看来，让别人扮演宽宏大度的英雄角色，让自己充当吃醋的丈夫角色，这是不堪设想的。他建议圣佩韦让安黛儿本人在他们两人之间做出抉择，而且他天真地相信，这样他就做到了仁至义尽。要是真能因此演出他悲剧中最美的一幕就好了。可惜尽管他的行为堪称高尚，但是在这种情势下，他的举动却是十足的蠢笨。难道圣佩韦不管多么一往情深，都会同意他的这种建议？安黛儿已有4个孩子，圣佩韦几乎只能自谋生计。在他看来，雨果的建议比宽容更残忍。敌人的高姿态迫使对手沉默了，虽然他并未背叛自己的感情。圣佩韦在小说《情欲》中描写过这场戏，他借阿莫尔之口说过如下一段话："这场戏使我如此惊愕，这个强者的温顺是那样让人感动，以致我说不出一句清清楚楚的话来。我甚至不敢抬起眼睛来，我怕看见那严肃、纯净的面孔上流露出来的为难神情。我慌慌张张地握着他的手，嘟嘟哝哝说我完全同意他的意见，然后我们就谈起别的事来……"

　　圣佩韦答应他将努力克制自己，忘掉一切，为了像从前一样友好地来往。但是他出门后觉得自己受了侮辱，于是在12月7日写了一封令人断肠的信。

圣佩韦致维克多·雨果：

　　我的朋友，我受不了这个。假如你知道我日日夜夜是怎样度过的，左右我的是多么矛盾的情感，你就会可怜我这个侮辱过你的人，你也会希望我还是死了好，而永远不会责备我，永远不再想起我……你知道，我在受着疯狂的折磨，完全陷入了绝望。我每时每刻都想消灭你，真的，我渴望杀死你。原谅我这可怕的冲动吧，但是，请你想一想，你的生活是多么充实，你的计划是多么庞大，可在我们的友谊被毁灭后，我的内心却是一片空虚！怎么，莫非它永远失去了？我真的不能再去看望你们了？我的脚再不会踏进你的家门了？这不可能！但这绝不意味着情感的冷漠……我往后不再与你们见面，这仅仅是因为我们从前的友谊现在丧失殆尽了。它要么继续存在，要么被扼杀。唔，当我理应受到你的不信任，当我们之间产生了猜忌，当你不安地盯着我，而你的夫人不看你的眼色行事就不敢望我一眼的时候，我还怎么好到你的家里去呢？不，我必须离开你们，恪守"节制"这一训诫……

翌日，雨果回信，口气非常缓和：

我们要互相宽让，我亲爱的朋友。我有我的创伤，你有你的创伤；痛心的动荡即将消散，时间将医治好一切。我们希望在将来的某一天能看到经过这场变故后，我们只有理由更加相爱。妻子读了你的信。来看看我吧，经常来吧。要常给我写信……

但是因为他故意说"来看看我"，而不说"来看看我们"，所以圣佩韦没有去。而雨果把这些叫人伤心的对话转告了妻子，他说他向圣佩韦曾提出过什么样的建议，并把圣佩韦的信给她看。这个心理专家犯了一个多么令人不解的错误啊！回响在这封信中的受委屈的悲痛语调怎能让安黛儿无动于衷呢？她怎能不可怜自己的知己、良友呢？在她看来，是她把他引向这条崇拜之路的啊！雨果怎能不想一想，她与其原谅准备抛弃她的丈夫，为什么不原谅拒绝了那个荒唐建议的圣佩韦呢？然而，所有这一切，统统不露声色地隐藏在了她那高傲而疯狂的脑袋里。

1831年元旦那一天，圣佩韦给孩子们寄去玩具，雨果让人给他送去一封短笺：

你对我的孩子是多么好啊，亲爱的朋友！我和妻子非常非常想亲自酬谢你。请于后天，星期二光临寒舍，与我们共进午餐。1830年一去不返了！你的朋友维克多。

然而，没有回音。

圣佩韦企图忘掉这一切，埋头研究起了圣西门主义的政治宗教学说。"当时我的心病了，痛苦撕碎了这颗热情洋溢的心。为了排遣，我玩起了各种智力游戏……"雨果开始重新写《巴黎圣母院》，而被遗弃的安黛儿又陷入了幻想。

第五章 命运

> 圣母院非常古老,但它似乎感觉到巴黎看见过它是怎样诞生的……
>
> ——若拉·德·奈瓦尔

1831年1月初,雨果写完了《巴黎圣母院》。他写这部长篇小说用了6个月的时间,在出版商戈斯林指定的期限眼看快到的时候拿出了手稿。实际上他需要的仅只是记录和编写而已,因为他收集、构思材料已有3年之久了。他读过许多历史著作、编年史、目录索引和文献资料,研究了路易十一时代的巴黎;考察过那个时代的古老建筑上所保留下来的遗迹;主要的是他谙熟这座大教堂及其螺旋形楼梯、神秘的石砌斗室和所有古代和现代的文物。他希望这部小说在各方面——背景、人物和语言——都能精确地合乎历史的真实。"然而在书中这还不是主要的。要说这部著作之所以优美,那就是因为它是想象、奇异和幻觉的果实……"实际上,虽然作者的渊博知识完全是合乎现实的,可是小说的人物却是非现实的。副主教克洛德·孚罗洛是一个恶魔;大脑袋的畸形侏儒卡西莫多是雨果想象中那些被扭曲了的一个怪诞形象;爱斯梅拉达与其说是一个女人,不如说是一个奇美的幻影。

但是这些人物都曾活生生地出现在世界各国和各民族人民的脑海之中,因为他们具有史诗神话般无可争辩的伟大,以及他们与作者内心世界的那种神秘联系赋予他们的深刻真实性。在因肉欲和禁欲之斗争而备受煎熬的克洛德·孚罗洛的形象中,隐藏着雨果本人的某些东西;在像安达卢西亚美女似的皮肤黝黑、长着一双黑汪汪的大眼睛的苗条秀美的吉卜赛女郎爱斯梅拉达的形象中,有一些东西是来自蓓比达和年轻时的安黛儿;在这里,对于雨果来说,最重要的是围绕着爱斯梅拉达的三角竞争(副主教、瘸腿敲钟人和卫队长弗比斯)的主题,三男一女。最后,在克洛德·孚罗洛所遭受的无可幸免的可怕劫难中,隐藏着雨果在1830年体验到的某种惶恐不安。但是其中没有任何坦率的忏悔,脐带被剪断了,然而作品还是孕育成熟了。作者一直在用血和肉哺育着它。读者隐约地觉察到了这种隐秘的联系,无形而有力,它使小说生机盎然。

但这部长篇小说主要是靠所描写的事物获得生命力的。它的真正的主人公是

"圣母院的大教堂，它那两座钟楼的黑森森的轮廓映现在星空中，石制的躯体，巨大的基座，仿佛是一尊蹲在市内打盹的双头斯芬克司①……"像在自己的素描中那样，雨果善于在他的描述中用鲜明的笔触表现自然，把奇特的黑色剪影投射到明快的背景上。"在他的想象中，时代就是光的闪烁。在屋顶上，军事建筑物上，峭壁上，平原上，水面上，万头攒动的广场上，军队密集的战场上——到处都是令人眼花缭乱的光。这儿是耀眼的白帆，那儿是斑斓的衣饰，到处是彩绘的玻璃。"雨果对无生命的东西既能爱也能恨，他能赋予某座教堂，某个城市甚至一个绞架以惊人的生命。他的这部作品对法国建筑学产生了深远的影响。在他之前，文艺复兴前的建筑被人们认为是野蛮的。他的小说出版后，它们才受到尊重，被当作是石制的《圣经》。研究历史文物的委员会成立了，雨果（他是在诺第埃学派中成熟起来的）在1831年引起了法国艺术审美的革命。

《巴黎圣母院》既不是天主教的辩护词，也不是一般的基督教义。那个因对吉卜赛女郎燃烧着性爱的欲火而被毁灭了的圣徒（指克洛德·孚罗洛——译者）的故事激怒了许多人。雨果已经摆脱了他那不久前的并不牢靠的信仰。他在小说的卷首写着：命运……这意思是劫数，而不是天命……"劫数有如暴戾的鹰鹫，它在人类的头顶翱翔，难道不是这样吗？"被仇恨追逐着的雨果在朋友们中间感到了绝望的痛苦，早就准备好了他的回答："就是这样！"残暴的力量主宰着世界。劫数，这是被蜘蛛捕住的苍蝇的悲剧，是一个没有任何过错的纯洁的少女落入教会法庭的罗网的悲剧。而最可怕的命运是主宰着人的心灵、毁灭他的精神的劫数。安黛儿和圣佩韦，这两个可怜的苍蝇，枉然地想冲破命运加在他们身上的罗网，同样逃不脱这一哲理。也许，雨果——他所属的那个时代的嘹亮回音——已经预感到了他自身周围的反对教权扩张运动，"这一个杀死那一个，印刷品杀死教会……任何文明都始于神权政治，终于民主运动……"②这是几句很有那个时代特点的格言。

拉摩耐读过这部长篇小说后，指责他的小说中缺乏天主教精神，但是夸奖它的生动和作者想象力的丰富；戈第埃盛赞他的风格是"花岗岩般的风格"，有如中世纪教堂一样不可摧毁；拉马丁写道："这是一部宏伟的创作，史前大洪水时代的

---

①斯芬克司：带翼的狮身人面女怪，缪斯传授给她各种隐谜，她让过往行人猜，猜不出的当场被她杀死。现常暗喻谜一样的可怕事物。——译者
②选自雨果的《巴黎圣母院》。——原注

巨石，这是长篇小说中的莎士比亚，中世纪的史诗……但这又是一部不道德的著作，因为可以非常清楚地感觉到对天道的背叛。在你的神殿中有讨人喜爱的一切，唯独没有丝毫宗教感……"雨果期望圣佩韦"无论如何"写一篇关于这部长篇小说的有分量的论文，认为他应该以此报答自己在1830年12月的那个举动。看在文字之交，甚至单是那不为家庭纠葛所动的友谊的情份上，他也应该这样做。他试图把圣佩韦和安黛儿的感情当作有罪但清白而无望的纯属维特式的恋爱。须知维特是尊重夏绿蒂的丈夫阿尔伯尔的声誉的。一句话，雨果无视圣佩韦3个月来的沉默，硬是想唤起他的责任感和对故人的钦佩。

但是他错了。圣佩韦在这段缄默不语的时间里发生了很大的变化。他从《安慰集》的天籁重新回到了《约瑟夫·德洛姆》的痛苦、怀疑的情调。他肆无忌惮地向自己所有的朋友，甚至向神父们譬如巴尔布和拉摩耐谈到安黛儿。古丁盖尔写信告诉他："我听到许多关于你的风流韵事的闲话。"说实在的，他们的事已经成了巴黎轰动一时的传闻之一。3月时，雨果给他写了一封信，告诉他把他介绍给了正在从事《世界评论》杂志复刊工作的法兰索亚·宾洛，并提醒曾给圣佩韦寄过一本《巴黎圣母院》。圣佩韦认为凡是不经他请求就为他效劳都是一种笨拙的做法，犹如为了指望从他那里得到恭维而预先酬报他一样。圣佩韦是不公正的。雨果与其说是为他效劳，毋宁说是为法兰索亚·宾洛效劳。可他却总是以己度人。他再次对雨果的"极端利己主义"表示吃惊，而且不予回信。雨果焦急不安，写了第二封信，建议圣佩韦为"深刻的、知心的长谈"光临，但是这类形容词只会激起天性多疑的圣佩韦的愤怒。1831年3月13日，雨果收到他一封措词辛辣的信——不是就其形式而言（在形式上是非常有礼貌的），而是就其内容而言。是留连吗？是赞美吗？是的，这一切仍旧是不可破坏的——圣佩韦断言说。"但是我要告诉你，假如说这种留连还像从前那样，假如说这种赞美仍旧活在我心中，就像对神圣家族的崇拜那样，这意味着向你撒谎，就是我说上20次，要你相信我还像从前一样崇拜你，你也决不会相信的……"出人意外的转变：原来圣佩韦是个受侮辱者！

> 不管我在你面前是怎样的罪人，或者在你看来我是一个什么样的人，我的朋友，我都认为当时你有负于我。考虑到把我们联系在一起的深情厚谊，这种有负于人的罪过才是实实在在的呢。这是有失于真诚、信任和坦白的罪过。我不想提起那些叫人伤心的往事。正是这一点使我感到痛心。你竟然突发奇想，讲到自己的那个举动，说是在世人看来，你的那些做法是无

可指责的,因为那样做是应该的、果断的、高尚的。

可我却觉得你的那种做法并不那么真诚、那么好、那么难得、那么非凡,我不认为当时把我们的生命结合起来的知心友谊能使你做出那种事情来……

每个人都奇怪别人为什么要对自己恶语相向,雨果大为惊愕。过了5天之后,他于1831年3月18日才回答圣佩韦:

我不愿意说出你的信给我留下的最初印象。这印象太叫人伤心、太叫人痛苦。我要是能像你那样不公正就好了。

我决定等几天。今天我至少冷静下来了,能好好读你的信了,不怕触动它给我留下的那个深深的创伤了。应当说,我不认为我们之间所发生的、天底下只有我们两个人知道的那些事什么时候会被忘却……你该记得,在我生活中最痛苦的时候,在我不得不在她和你之间进行选择的时候,曾经发生过些什么事。你不要忘记,我当时对你说了些什么,建议你怎样做,我许诺过什么——当然,我是打算抱着坚定不移的心愿履行这一诺言并准备像你所期待的那样去做的。请你回忆一下,并告诉我,你怎么能说在这件事上我对你不真诚、不信任、不坦白呢?而且还是在刚刚过去3个月之后,你就说出这些话来……我现在原谅你。但是,将来总会有一天,那时你自己都不会原谅自己的……

圣佩韦在这封信的边页上,与"天底下只有我们两个人知道"一句并排的地方写道(看样子是为后人写的):"胡说!这是他当着她的面自吹自擂,把我没有说过的话记在我的账上。"与"请不要忘记,我建议你怎样做"一句并排写下的是恶狠狠的反驳:"当面撒谎,两面三刀。"在信封上写道:"他耍两面派。给我写得满热情,可做的是另一套。为此我们之间顽强不断地搏斗了好几年。"

两个男子因安黛儿火拼的这种"顽强不断的搏斗"和边页上的批语,正像我们所看到的,都证明她也要负一部分责任。不可否认,1831年夏,她不再爱自己的名声赫赫的丈夫了。他本人也绝望地承认了这一点,甚至将此告诉了他的情敌。为什么她会变得冷淡了呢?和他父亲一样,雨果的性欲要求无疑是超乎寻常的强烈,安黛儿渴望休息一下,这种烈火般的情欲使她害怕,她拒绝丈夫的贪得无厌的欢媾。圣佩书在他的诗中欢呼了:

安黛儿,可怜的人!你的夜总是那么黑暗,

> 每当那时，你的雄狮兽性大发，势不可当，
> 在你睡意朦胧中就扑到你的身上，
> 把你抓住，粗鲁地占有了你的……
> 可怜的羔羊啊，你不得不
> 进行艰苦的挣扎，精疲力竭，
> 为了对他表示忠诚，你用尽一切办法
> ——把你和他联系在一起的纯粹是性欲！

况且罩着荣光圈的丈夫与妻子并不总是相敬如宾，甚至正好相反，诗人像一个把自己完全贡献给了子女的母亲一样，把自己整个地献给了创作。他变得暴躁、专横，叫人不堪忍受。安黛儿在订婚时就预料到了这一点，她发现维克多是一个暴君。她为自己的怯懦恭顺的崇拜者感到懊悔。不应怀疑她与圣佩韦曾偷偷地相会过，与他单独相见，不谨慎地把自己丈夫的一些话告诉了他。甚至不必怀疑在幽会时，由于避开了"独眼巨人库克罗普斯"，两个情人毫不留情地批评过他。

从夫妻的忠实转变为感情和理智上的背叛，是经过几个月的时间的。在4月，两个情敌的措词辛辣的书信你来我往，后来在安黛儿的压力下他们暂时和解——她为这种分裂病倒了，这使两人深受震动。圣佩韦写信给雨果："我能去向你握手问好吗？"雨果回答："请你在近日内来和我们共进午餐，一定。"必须提醒的是，在这时圣佩韦已经读完了《巴黎圣母院》，尽管总的来说他对这部小说是赞赏的，但他不大喜欢这本书，也不准备写文章评论它。雨果知道这一点，所以他邀请他到自己家是无私的。但是这种想重温旧情的企图失败了，当时双方都缺乏信任，当3个人坐在一块儿时，雨果时而盯着妻子，时而盯着朋友。只剩下他和安黛儿后，他跟她吵了起来。起先她尽力想用温柔的态度安抚他，后来失去了耐性："难道在你折磨我的时候我不爱你就有罪？"这时他扑倒在她脚下，尔后又给她写道："原谅我吧。"为了使他安静，她请求他当圣佩韦再来时，他都要在场；可能这是一种女性的狡黠，但是这只能使做丈夫的更加提心吊胆。

然而在6月底，雨果得救了。首先，安黛儿和孩子们从巴黎到德·罗什堡的伯尔坦家避暑去了。这是一处漂亮的住宅，周围是一个大花园，建在紧挨勃尔夫拉村的一座君临峡谷的绿色山岗上。从那里"可以饱览仿佛是特意为赏心悦目而创造的无限风光"。路易·法兰索亚·伯尔坦是《辩论报》的创办人，人们称他为老伯尔坦（安格尔保存着他的一幅出色的肖像）。他酷爱罗什，乐于到这里来休养。伯尔

坦的朋友们——列诺蒙家和道夫斯家——也住在附近，这儿有他们的纺织厂。住在这所住宅里的人们形成一个殷勤好客的、有教养的小集团，他们有伯尔坦的儿子、画家爱杜尔特·伯尔坦和记者阿蒙·伯尔坦，女儿路易莎——她是一个音乐爱好者，常常把取材于华尔特·司各特的歌剧搬上家庭舞台。雨果与伯尔坦在1827年就认识了。《颂歌与民谣集》的论文在《辩论报》上发表后，他找过老伯尔坦表示感谢。伯尔坦也像杜布亚一样，对诗人的"神圣家族"十分欣赏。在雨果夫妻和伯尔坦一家之间产生了感人的友谊，特别是与路易莎小姐。这是一个并不美丽的姑娘，丰满到了肥胖的地步，但她全身洋溢着的那种庄严宁静的气质叫人倾倒，真所谓是"侠骨柔肠"。"这位勃叶夫拉福地的善良女神"成了维克多·雨果的密友，他的孩子们的第二个母亲。

在罗什庄园，维克多·雨果把他那文学流派首领的权杖和浪漫主义的假面抛到一边，变成了一个极普通的人，一家之父，巴黎的资产者，从而可以自由放任他那多情善感的天性。每年一次，当看到的不是城里林荫道上落满灰尘的一排排灰白色榆树，而是绿草纷披、丘谷横翠的天然美景时，这对他来说是无上的快乐。"我要拿世界来换你的花园，用全人类来换你的家庭。"他给路易莎小姐写道，他还补充说："黑森林的全部云杉都比不上你们家院里的那株欣欣向荣的洋槐树。"在罗什，小丹丹跑来跑去地瞅那些使她感到新奇的树皮；托托和查理从父亲那儿可以得到他亲手用硬纸板为他们做的玩具马车；而绰号叫"库克拉"的老成持重的蒂蒂娜缠着路易莎小姐教她弹钢琴。维克多·雨果后来在1840年5月14日给路易莎·伯尔坦的信中写道：

> 假如逝去的岁月还能回来，我真想再过一年那样的日子，那时我们在你的钢琴旁度过的夜晚是多么美好啊！孩子们在我们周围做着游戏，而你们的父亲，那个最善良的人，为了给我们大家带来温暖和光明而忙来忙去……

回到巴黎后，孩子们或者直接给路易莎小姐写信，或者请求维克多·雨果代他们写。如果信写得不成功，他们还要骂他。"爸爸没有像我们对他说的那样写。"蒂蒂娜在附言中补充道。

1831年夏天，伯尔坦一家对骚乱暴烈的雨果产生了一种神奇的安抚作用。诗人散步在清辉如银的月色里，"重丝拂水的柳荫下"。现在他听到的只是音乐声和孩子们的欢笑声。由于完全和大自然融为一体，他忘掉了那"噩梦般的都市"。安黛儿也仿佛被这种生活陶醉了。人们风传圣佩韦答应了比利时的聘请，要到列日当教授去。如此说来，情敌终于要远去了。然而不幸的是在7月初，雨果犯了一个非常粗心的错误：他写信给圣佩韦说，一切都很好，安黛儿也重新感到很幸福。这触到了圣佩韦的痛处，他马上谢绝了列日的教授席。于是，雨果抛掉了所有的傲气，失去了理智，克制不住自己的痛苦，向圣佩韦承认了他的担忧。

1831年7月6日，维克多·雨果致圣佩韦：

亲爱的朋友，我想告诉你的事使我痛苦不堪，但我必须这样做。你要是能去列日就可以免得解释了。你无疑注意到了，我是多么渴望那件事，即无论什么时候对我来说都是一种真正的不幸的那件事——与你分手。然而你却为某种大概很充分的理由不走了，我的朋友，因此我必须向你摊牌，但愿这是最后一次——只要你还住在巴黎，我就再忍受不了那种纠缠不休的境况……现在，让我们暂时不要再见面了，但等有一天——希望这一天尽早到来——我们重新见面，而且到死都再不离开。给我随便写几个字吧。就此搁笔，请将信烧掉，为了让任何人，甚至你自己日后都不能看到它。

别了。你的朋友，你的兄弟维克多。

我把信只给那个应该在你之前过目的人看过。又及。

圣佩韦的回信满是狡猾温顺的话头。角色对换了，他神不知鬼不觉地取得了胜利，但他却要装疯卖傻。真是的，雨果干吗要委屈？难道他真的受了侮辱？他，圣佩韦，觉察出自己朋友的心情忧郁，但他把这种忧郁归咎于年龄的作用。他用他们彼此了解得太透彻，所有的话都说过了，再没有什么好说的了来为自己的沉默辩解。至于说到"那个人"，他可从未与她单独在一起待过。"我想补充的是，你的这封最后的信使我很难过，很痛心，但它一点儿也不惹我生气。我竟然同你一样，成了友谊的绊脚石，内里的脓疮，折断在伤口里的刀片，这使我遗憾之至，深感委屈。不过，这一罪过委实必须由命运来负责，因为我对得起你，没有成为折磨你那伟大的心灵的酷吏。珍重自己吧，我的朋友！我向你说这些话没有任何恶意；珍重自己吧，诗人！不要相信你那些想象中的东西，不要让疑心在炫目的幻觉下到处发展，不要怀着狂乱的心情去听从那只不过是你自己的声音的回音……"

对此，可怜的雨果回答道：

你完全是对的。你的行为是正大光明的，无可指责的。

你没有侮辱也不会侮辱任何人……这一切都是我的主观想象，我的朋友。我这可怜的、倒霉的头脑啊！我现在比以前更爱你了；我只恨我自己。我说这句话没有一点夸大，我恨我自己是因为我完全发昏了，变态了。假如在什么时候你需要我的生命，我都会为你把它献上，就是牺牲，从我这方面来说，也还是不够。问题在于，你知不知道我现在是一个不幸的人——这话我只对你一个人讲。我确信我已经为她献出全部爱情的那个人完全有可能不再爱我，而如果你在她的身边，这样的事就未必会发生。有许多次，我用你告诉我的那些话开导自己；有许多次，我说服自己：这想法本身就很疯狂，这样的毒药只需一滴就足以毁掉我的一生。是的，可怜我吧，我实实在在很不幸。我自己也不知道拿这两个人该怎么办了——这两个我爱他们胜过世间一切的人，而你就是其中的一个。可怜我、爱我、写信给我吧……

阅读这样的信，极大地满足了圣佩韦的虚荣心。

大概，在神灵的奴仆们的眼里，偶像——据他自己供认——已经威信扫地了。圣佩韦像一个赌胜了的赌棍一样，开始悠然自得地劝导别人了。

圣佩韦致维克多·雨果，1831年7月8日：

请允许我再说几句话。你是不是确信你在想象的宿命作用的影响下，没有将什么过火的东西、某种骇人的、因之使她违背你的意愿把她的心灵封闭起来的东西带进你和她的关系中去？要知道，她是那么柔弱，对你又是那么珍贵啊！你是不是以自己的狐疑使她处于这种精神状态，这种状态反过来又增强了你的疑虑，并使之变得更加叫人痛心？你太强横了，我的朋友，太有个性了，也太远离我们日常生活的准则了。你几乎到了捕风捉影的地步，以致有时特别是在情绪激动的时候，你就可能要渲染一切，按自己的主观想象去看待一切，到处去捕捉你幻觉中的那些影子。可是，我的朋友，千万不要把我们脚旁奔流的清洁溪水弄脏吧，让它像从前一样静静地流淌吧！这样你就会很快在它那透明的水流中看到自己的真实的影子。我不想对你说："做一个仁慈的人，善良的人吧！"向上帝发誓，你本来就是这样的人！但我要说："在日常生活中做一个善良、宽厚的人吧！"我一向认为，一个女子，一位天才的夫人，就像是塞墨勒①，神灵的仁慈在于不当着她的

---

① 塞墨勒：希腊神话中和宙斯生了酒神。宙斯曾许诺她可以提任何要求，但她要求看一眼宙斯，结果被宙斯的闪电击死。——译者

面闪耀他的光芒，在于尽力压低他那雷霆和闪电的鸣响；因为当宙斯大放光明的时候，即使他是在闹着玩儿，也总要有所烧毁，有所杀伤……

多么动听的说教！然而就在这时，他与安黛儿还保持着书信往来。她有时从邮局以"西蒙夫人"的名义，用"留局待领"的方法收到他的信件，有时是通过玛季娜·雨果——诗人的一个穷亲戚，他把她收留在家，换来的报答却是叛变——收到的。圣佩韦为他心爱的囚徒写诗，诗中以"你"称呼，还把这些诗写得非常隐晦。他把这些爱情的悲歌当作自己最美的创作。安黛儿回过好几封信（也是通过玛季娜姑妈），在这些信中，她称圣佩韦为"我亲爱的天使……宝贝……"可怜的安黛儿啊！傅仙家的姑娘，清白一生的小公务员的女儿，既不是为浪漫主义悲剧，也不是为爱情的喜剧而被创造的。她是一个深居简出的贤妻良母，重感情的女性。她的情感完全是宁静的。她只想和丈夫，和朋友保持纯洁的关系。"请同样爱他吧，"朋友建议并安慰她说，"在我和你的脸上只写着纯洁二字……"纯洁，对于一个习惯于把性爱和卖身混为一谈的男子说来，是无足轻重的，因为他和心上人分手后，还可以去找随便哪一个荡妇。但是安黛儿激起了他的情欲，他对维克多·雨果，也只是在安黛儿委身于他的那一天才能取得完全的胜利。

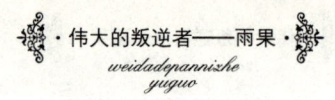

第六章 秋叶

> 应该让人们知道,一个人必须饱经忧患。
>
> ——歌德
>
> 我不喜欢人们对妇女们严加谴责,要知道她们得忍受多少痛苦啊!
>
> ——傅仙夫人

　　为了安慰维克多·雨果,转移他的注意力,圣佩韦像从前那样尽力在文学上为他效劳。8月1日,他在《世界评论》杂志上发表了诗人的传记,满篇溢美之词。雨果当时正在圣马丁门剧院忙于《玛丽蓉·德·洛尔墨》的排练。"七月王朝"批准了上演这出被查理十世禁止的悲剧。玛丽·多瓦尔扮演玛丽蓉。这个角色使她乐不可支,但她要求狄杰在闭幕时应该宽恕自己的情人。雨果是赞同不为央求所动的狄杰的,然而最终还是对她百折不挠的要求让步了。有人向他汇报,说圣佩韦讲过:"狄杰是雨果第二,这个人激情多于同情。"圣佩韦否认说过这样的话。他表示愿意为这出剧效劳。"我的朋友,我非常愿意在这件事上对你有所帮助……"但是他继续在给安黛儿写悲歌。诗中他把她描写成是"阴沉的丈夫"的囚徒,思念着"胆怯的胜利者"。他从她那里从未得到过什么,"除了她的心灵"。他在临死时,把一大捆封好的文稿委托给他《环球》的同事查理·玛尼因保管,大概其中就有他与安黛儿的通信和写给她的诗。

　　9月,他千方百计要她同意和他幽会,起先是在一个便于会面的小教堂,在那儿可以躲在圆柱后小声说话,后来干脆在他的卧室里。他是怎样引诱这个恪守道德、敬畏神明的女人迈出这丧失理智的一步的呢?是怎样使这个品行端正的女子做出那种事来的呢?其方法就是打倒她的醋罐子。他假装,或许真的试图要找别的女人去寻求安慰,于是安黛儿害怕失掉他,突然让步了,对他发了慈悲,虽然不是大慈大悲,但已足以让他自信在生活中第一次征服了这个在别人看来不可接近的女人,更何况她对他说过她爱他呢!

> 我感到比那个捷足先登的大名鼎鼎的
>
> 丈夫更有力量……

你倒在我的怀中，对我说：

"这一切我都尝到过，但你比一切都在上！"

向一个对爱情如此不中用的人这样解释爱，真叫人纳闷，要知道他自己就宣称过：

在那妙不可言的幸福时刻，

你总是那么端庄、羞涩，

而我们的爱是光明的，

既不虚荣，也不淫荡。①

这是一种特意用来安慰品行端正的女友的诡辩，因为当情人的前额紧贴在他的胸前时，诗人的心中不能不感觉到欲火中烧。至于虚荣吗，他早已得到了满足，须知"整个巴黎"关于这一胜利已经谣言四起了。圣佩韦对他的朋友封达内说："维克多·雨果是个可悲的人，你看，他出于醋意就把自己的妻子给禁闭起来了，甚至把她逼到生病的地步。"拉摩耐邀请他一起去罗马，他回答说："再没有比能去一趟罗马更快意的事了，但是由于一些不可克服的，早已有之的原因把我给拖住了。"他告诉巴尔布神父说："我终于体验到了偷香窃玉的滋味。她姗姗来迟，顽强抵抗，可这反而激起了我的种种本能要求，酿造了与甜美掺杂着的苦涩。于是义务带来了牺牲，牺牲就意味着颠鸾倒凤。但这值得让我们的自然本性付出昂贵的代价……"

可维克多·雨果怎么样呢？不能设想那些流言蜚语没有传到他的耳朵里。他曾向自己的朋友们说他打算一个人去意大利、西西里、埃及和西班牙旅游。要是他很幸福，怎么会突然想到要只身远离故国，甚至要走整整一年呢？他怎能不觉得自己不幸？他爱过，他曾用自己的生命去孤注一掷；他为了征服这个女人，斗争了3年；他满以为安黛儿对他充满虔诚的崇拜，抱着这种错觉生活了8年。在想象中，他以为他们伉俪相得，是以浪漫、多情、纯洁的爱结合起来的一对理想的伴侣。被浪漫主义的创作和战斗吞没了的，他万万没想到与他厮守的是一颗失望的心。大梦初醒是惨痛而可怖的。

单恋的人是痛苦的！啊，多么骇人的处境！看看这个女人吧，多么迷人

---

① 选自圣佩韦的《情书》。——原注

的造物!温柔、洁白的脸庞,天真无邪的目光,她是你家庭的欢乐和爱。但她不爱你,也不恨你。她不爱,这就是一切。你如果有勇气,就请探究一下这个绝望的深渊吧。请看这个女人,她不理解你。你跟她说话,她不听你。你的万缕情丝向她飞过去,她无动于衷,任随它们飘走,不加驱赶,也不予挽留。大海里的岩石也没有植根在她心中的无情冷酷、固执。你爱她吗,噢,那你就将被毁灭!我永远没有读到过比《圣经》里的这句话更叫人寒心、更令人恐怖的话了:"像爱人一样麻木不仁……"

他眼看都快发疯了,然而诗人有一种神秘的转化能力——把自己的悲痛变成诗章。1831年11月,《秋叶集》出版了。

这册诗无可比拟地超过了《颂歌与民谣集》和《东方吟》。圣佩韦虽然是个坏客人,但是一位好老师。通过这个魔法师的坩锅,约瑟夫·德洛姆的情诗获得了完美的形式而又没有丧失"那种如泣如诉的"情调。作者在诗集的序言中说:"这些诗告诉青年什么是爱情,告诉父亲什么是家庭,告诉老人什么是过去。"这本身就使它们获得了永久的生命,因为"终究会有儿童、母亲、少女、老人,总之,终究还会有人,他们将恋爱、享乐、痛苦……这里没有那类狂暴、喧嚣的诗,这是一些宁静、明朗的诗,是一些描写家庭,吟咏田园,讴歌私人生活的诗。这样的诗,大家都在写或都想写,诗是珍藏在内心世界的歌。在这里,作者把恬静的忧伤的目光投射在目前的事物、特别是过去的事物上……"

怎样感知这一切,并把所感觉到的出色地反映出来呢?这就是雨果当时所耿耿于怀的。他成功地做到了这一点。在《秋叶集》里,读者可以读到许多绝唱,有描写儿童的——以前还没有人描写过他们;有赞美仁慈的,有歌颂家庭的,其中有如《孩子诞生的时候……》,《快拿出来吧,富翁们,须知施舍是祈祷的姊妹……》等,人人都能背得出来,这多少会磨损诗的感染力的锋芒,但是正如被善男信女们的吻磨光了的圣徒塑像一样,它们被磨损只是因为受到了大家的尊崇。整个诗集中所抒发的那种恬静的忧伤使1831年的读者惊讶、亢奋。是的,这是真正秋叶,枯萎、惨黄,时刻准备随风飘落,把这些诗称作绝望的诗是十分正确的,其中有几行,那是诗人在哭泣自己:"年华流逝,有的带走了欢乐,有的带走了爱……"这是怎么回事——读者也许会想——他还不到30岁,可他的思想多颓丧啊!

今天的残阳被乌云笼罩,

明天雷雨就会来到。傍晚，长夜，
尔后又是喷薄的朝阳，
日复一日，光阴似箭。①

多少年来作为他的精神支柱的宗教信仰现在被人世沧桑动摇了。诗人登上高山，陷入沉思：

我问自己，什么是生活的意义？
我看到的道路和目标又在哪里？
还有来世的灵魂，浮生的幸福？
我想知道，为什么造物主把宇宙
熔铸得这样坚牢，剥夺了我们的安宁，
大自然永恒的赞歌和人类心灵的哀号。②

只有他女儿列奥波蒂娜的天真无邪的信仰还维系着父亲那昔日的情怀，他给这个严肃的、面孔清瘦的少女写了《为所有的人祈祷吧》一诗：

不要为我祈祷，
我温柔的小天使，要为别人祈祷！
为那些精神软弱颓丧的人们，
为那些躺在阴冷的坟墓中的人们，
他们才是无数祭坛的支柱！

不要为我祈祷，
我对受辱的人类已经没有了信心。
为所有的人祈祷吧，
虽然起初我让你以足够的热忱
为自己祈祷。

秋叶瑟瑟，秋天来得十分早。世道人心在变化。"在前进的道路上，人们迷失了方向，怀疑笼罩在心头。一切都要在路旁的荆棘丛中留下些什么：畜群留下一团团毛，而人留下了德行的残片。"对于这些诗的激动人心的美和病态的怀疑，谁也

---

① 选自雨果的《落日》（《秋叶集》）。——原注
② 选自雨果的《在山上所听到的》（《秋叶集》）。——原注

不如圣佩韦说得好：

  青年人的大胆轻信，狂热迷信，出自坚毅、虔诚的心灵的儿童的祈祷，对用肉体的帷幕神秘地包藏起来的偶像的崇拜，轻掸的眼泪，刻骨铭心的慷慨陈词，像一个清晰的倩影，像一个豪勇少年的热情的侧面——所有这一切都变成了他的生活被破坏后的痛苦而真实的自供，变成了与飞逝的青春和神奇的天才告别的难以言喻的悲哀，而青春和天才是任什么都无法补偿的。对女性的情爱如今代之以对子女的父爱。这些在他面前喧闹、游戏、乱跑的顽童给了他新的快乐，但也在他的额头上加深了操劳的阴影，给他带来了内心的苦闷。他热泪盈眶……现在已经几乎不能为自己祈祷了，也不敢去祈祷了，而且对上帝的信仰也非常淡漠了。幻想使人头昏目眩，但是只要一陷入这种梦幻，在你面前就裂开一道无底深渊。当你登上高山，大地已经暮色苍茫；精力衰弱了，你无可奈何地垂下了头，仿佛承认了你已被命运击败；要说的话很多，很多。它们你挤我攘地蹦出来，就像要从一个坐在火炉旁讲述自己一生的老人嘴里争着往外跑一样。同时这些诗在韵律和节奏的抑扬顿挫上，是那么丰富多彩，那么绚丽多姿，那么富于技巧，清晰明快，充满豪迈激昂的气势。从这些诗句中可以听到流畅的和声，犹如娴熟的手指滑过琴弦，然而这些音响并没有破坏那幽怨、深沉而严峻的基调。

  圣佩韦知道这种固执、单调的悲吟之隐衷，当他发现诗人怀着阴郁而高尚的哲学家式的宁静展现出一副幽思、怀疑的神态时，他感到惊讶，也可能是嫉妒。"这证明是一种多么奇特的精神力量啊！"他说，"在古代犹太国王的明智中才能找到这种力量。"他是对的。在这种宁静中，没有期待，没有愤怒，有的只是某种类似《传道书》①的无边愁思。但在雨果，诗才是他心平气和的根基。正像"安魂曲"的天籁使人们昂扬的精神压倒悲痛，使送葬的哭泣服从于和谐而纯洁的音乐似的，维克多·雨果也是这样。他失去了爱情的大幸福和友谊的大快乐之后，战胜了悲痛，并将其以完美而又朴素的形式倾注在诗句之中。同样令人惊奇的是圣佩韦能够克制自己的恶感，承认了这些艺术佳作之完美。在这些伤感的诗中，对死去的友谊和爱情的悲悼以其含蓄而令人为之心动。秋天的色彩比春天更绚丽，艺术与自然相仿

---

①《圣经旧约》中的一卷。——译者

佛——这种清明的意念使变幻无定化为永恒不朽。

在送给圣佩韦的一本《秋叶集》上，雨果写道："敬赠忠实而善良的朋友，尽管那些沉默的岁月像一条不可逾越的大河一样把我们分隔开来。"

第五篇　奥林匹斯山神的爱情和悲伤

我完全被憎恨的狂流淹没了……

——维多克·雨果

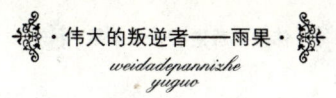

第一章　王政广场

1832年，维克多·雨果虽然只有30多岁，但是不间断的斗争和痛苦在他身上留下了痕迹。他的体态容貌开始显得发福了。18岁时他那令人着迷的天使般的风采，新婚时他那鹤立鸡群、洋洋自得的神情都跑到哪儿去了！脸色更威严了，胜似英武的将军；目光总是深沉而内向，但是欢愉的精神，乐观的魔力还经常再现于诗人身上。有一次雨果写道："我已经不再是一个完整的'我'，而变成了一个四位一体的人：奥林匹斯山神——抒情诗人，海尔曼——情人，玛丽亚——笑声，克埃罗①——战斗。"他当然热爱战斗，但他感到必须要有后援。可哪儿去找忠实的朋友呢？圣佩韦观望等待，拉马丁总是离群索居，况且从1832年到1834年他一直在东方旅行。浪漫主义圈子里的人觉得雨果超过了他们，便因此感到不是滋味。圣·瓦尔利和加斯巴尔·德·邦斯，在雨果年轻而贫寒的岁月里曾十分热情地招待过他，现在都抱怨他为新相知而牺牲了他们。被圣佩韦和雨果谑称为"谦谦君子"的阿尔弗雷·德·维尼对诗人——他从前的"亲爱的维克多"——的成功感到不好受。《世界评论》谈起雨果时写道："戏剧、长篇小说、诗歌，在今天，这一切都得仰仗这位作家。"但是这激怒了"亲爱的阿尔弗雷"，他要求修正这个论断。圣佩韦当时向雨果发誓说，在他的文章中将不再提到阿尔弗雷·德·维尼，当然他并没有遵守这一诺言，而且他不应该发这种誓。

总而言之，朋友们都离开了雨果，而他的敌人却太多了。古斯达夫·普兰什有一个时期与他交情甚笃，现在谈起他来却满怀敌意，尼扎尔和让南也合伙反对他。这可能使人感到奇怪，要知道雨果向来是一个善良正直的作家，而且乐于为同事效力的呀！然而近几年来他太红了，这是竞争者们的自尊心所不能忍受的。当时，拜伦已经去世好几年，歌德和司各特也已站在死亡的门口，而夏多布里昂和拉马丁开

---

①这些名字都是雨果诗歌、戏剧作品中的人物的名字。——译者

始沉默，雨果因他的《爱尔那尼》、《巴黎圣母院》和《秋叶集》的问世，无可争辩地成了全世界第一流的作家，这就使得其他人深为不满。"那时候，任何一首诗与他的诗相比都显得黯然失色，"保尔·布尔热写道，"他的散文语言和诗歌语言以'别开生面'和水晶石般的匀称而著称。在他之前，文学语言是平淡乏味的，他采用浮雕般的词汇，光和影的强烈对比，使文学语言有了立体感。他对这一点知道得太清楚了。他摆出一副俨然'意识到自己神圣使命'的架式来，把自己看作是一座'活教堂'。"

在《玛丽蓉·德·洛尔墨》的序言中，他嘲笑那些大谈天才的时代已经一去不复返的人们："青年们，不要听他们胡说！假如有人说在18世纪查理大帝还可能出现，那么当时所有的怀疑论者都会耸肩嘲弄他……可这又怎么样！19世纪末是帝国和帝王的时代，为什么现在就不能产生与莎士比亚并肩媲美的诗人，就像产生过与查理大帝匹敌的拿破仑一样呢？"[①]不难猜到，他在这里所想到的而且也有权利想到这样的诗人是指谁，但是同时代人却对这种狂妄大加指责。当雨果说，假如他知道超过所有的人，立意独占鳌头，于他无所谓的话，那还不如明天就让他去做公证人，这时雨果的年轻的崇拜者安东尼·封达内大为惊骇。在他青年时的笔记中写下的也正是这个思想，"我渴望成为夏多布里昂，此外别无他求。"不过他15岁时的这种思想是写在秘密日记中的，而现在是站在大庭广众之中说出来的，这些话将被马上记录下来，传播开去。

"我把这个爱妒忌的人当成了朋友，可他对我满怀妒恨，这恨来自我们昔日的亲近，可见他是一个从头武装到脚的人……"他与圣佩韦的过从十分特别。在文学方面，他仍旧是雨果的正式盟友，虽然有所保留；在生活方面，他背弃朋友，而且还把对他妻子的感情作为替自己辩解的理由。他再没有登雨果家的门，只是打听"这个可爱的家庭"生计如何，就像1832年春当小查理得了霍乱时所作的那样。这是当时人们的一致看法。实际上他经常和安黛儿偷偷相会。

圣佩韦致安黛儿·雨果：

> 我亲爱的安黛儿，那天晚上你是多么仁慈、多么美丽啊！我们在小教堂角落里度过的那半小时将永远留在我甜美的记忆里。我的朋友，我有14年没去这教堂了。14年前我曾路过那里，满怀深深的、柔情的激动，因为我当

[①] 选自雨果的《〈玛德蓉·德·洛尔墨〉序》。——原注

时是一个非常虔诚的信教者,我正好是在那一年来到巴黎的……唉,我的朋友,这14年没有虚度——我再次去了那里,几乎就坐在那同一个地方,同一根圆柱旁。我的心中依然充满柔情和信仰,但我现在却是被如此温柔地爱着……

他继续迎合安黛儿的情感,并且按自己的天性所好,用迷雾般的神秘色彩美化这种私通关系。这种私情成了他的长篇小说《情欲》的素材。为写这部小说,他还读了不少劝谕性的作品。雨果眼睁睁瞅着他的妻子,然而进攻战总是打败防御战。我们在圣佩韦的《情书》中读到这样几行诗:

让吃醋的人警戒地盯着他的猎狗吧,

提心吊胆,阴沉,凶狠;

我能忍耐,我也盼望获胜,

纵然我得成年累月地期待。

你也一样,得忍受他给你的痛苦和不幸。

圣佩韦是这一年还是第二年在自己的家里接待的安黛儿?不知道。虽然按官方的登记,他算是住在母亲的公寓里,起先在圣母街,后来在蒙巴那街。他逃避了国民自卫军的兵役,只想做一个自由人,隐居在商业胡同一所起名为"卢昂"饭店的破烂旅馆里,以别人的名义用每月23法郎租了间斗室。

夏天,雨果夫妻像往年一样去德·罗什城堡避暑。路易莎·伯尔坦小姐弹琴消遣,唱唱浪漫歌曲《从未到过这美妙的地方……》或《菲巴,该你了》。她从《巴黎圣母院》中为歌剧《爱斯梅拉达》提取素材,要求雨果为她的作品撰写几首小诗。蒂蒂娜是一个温柔、勤奋而快活的姑娘,她使双亲感到舒心,使庄园主人着迷。周围是一个明媚的天堂:"听不到城市的喧嚣,听不到人群的吵闹……"这样的宁静使诗人心情舒畅,因为他出于"对孤独的嗜好和抑郁的天性",老是逃避着人群,可安黛儿呢?"我的妻子,"雨果写道,"每天徒步走2法里,她明显发福了……"一个每天要走8公里而且还自觉很好的女人,做这样的远足一定是有其感情上的原因的。很可能,安黛儿是利用这种大有好处的散步到勃耶夫拉村的小教堂与圣佩韦相会。

在关于《浪漫秘史》的一篇文章中,圣佩韦写道:"每一个为爱情而生的女子如果初恋来得太早,就都会有第二次恋爱。第一次恋爱,一个18岁少女的恋爱,哪怕是这种感情来得非常热烈,而且是在最顺利的情境下成熟的,也永远不会持续到24岁。于是间歇期就将到来，心灵将沉溺于梦幻之中。在她做梦的期间，新的情欲就要酝酿成熟……"这是在给安黛儿上课。但是圣佩韦继续为雨果发表着一篇又一篇论文，并借口反对宣布处于战时状态的政府而与他通讯，在信的结尾他还写上"爱你的"这类署名。雨果的落款也是"你的兄弟维克多"。两个人都很明白这种友谊兑换券的真正价值。

1832年10月，夫妻俩重新换了住所。7月里他们已经在王政广场6号（1604年建筑的一所古老的私人府邸）三楼租下一处宽敞的寓所，窗户正对巴黎的这个最美丽的广场。四周一片翠绿，玫瑰色的砖房，带有顶楼和石板瓦的高屋顶。房租很贵——1500法郎，可是房间很大。一向酷爱古色古香的雨果用红色花缎裱糊了墙壁，摆上哥特式或文艺复兴时期的家具，用有裂纹的古瓷器、威尼斯枝形吊灯和他喜爱的艺术家们的绘画装点了内室，使这些房间简直都快成皇宫了。

第二年夏天，雨果夫妻搞了一次招待会，被邀请参加的有的是朋友，有的也并非是朋友（常常是一些形形色色的人）。客厅里灯火辉煌，漂亮年轻的女士们在敞开的窗户旁袒胸露臂，放声大笑，那场面叫人心迷神荡。王政广场的沙龙压倒了阿尔塞纳沙龙。安黛儿·雨果，这位高傲而给人深刻印象的美人，比诺第埃的和善的夫人更会招待客人，而且她会用光芒四射的双眸弥补酒宴的不够丰盛。客人们"照理应当期望精神的甘露而忘记裹腹的食粮"。有什么办法呢？雨果有9口人得靠他养活，他每月花费在家庭饭桌上的只能是500法郎。此外，为尽力减轻欧仁的负担，他得代为支付生活费，而他只有靠羽毛笔才能得到生活的费用。至于圣佩韦，尽管自己十分贫困，可是雨果刚刚迁到王政广场，他就在附近的"圣保尔"旅馆租赁了一间新房，安黛儿安步当车就可以走到那里。

虽然广场和住宅气派阔绰，可它们位于贫民区中心。雨果喜欢说："我们是来自圣-安东郊区的贫苦工人。"这是什么意思？故作姿态？也许。但这也是他自觉的立场。由于尝受过贫穷的滋味，所以他理解并同情那些因穷苦而受煎熬的人们。成功没有泯灭他的天良。1828年他发表了《死囚末日记》，1832年出版了短篇《克洛德·格》，主题都一样——苦刑的不义。抨击的同样是那个被富人和权势者掌握着的社会法律。他忘不了从小见过的那些被迫害的人们，他打算写一部描写"叛逆者"的长篇巨著，特别是想描写一个被法律的鹰犬追逼的罪犯，而公正地讲，这罪犯是无辜的。他当时已经在构思一个高尚的主教形象，并且做了一些关于狄涅主教、高级僧侣米奥里斯（一个圣徒）的笔记。他想在自己的作品中提出社会性的问题，做一个穷人的保护者。奇怪的是他同时千方百计地想发财，在和出版商签定合同时拼命讨价还价。然而这真的是那么奇怪吗？为了使自己的4个孩子将来生活有保障，他需要钱财。昔日的清苦教导他应该锱铢必较，况且他做什么事都非常精细。当他打扮修饰时，在场的安东尼·封达内对他刮脸的方式感到生气："你没见过吧？他莫名其妙地慢腾腾地磨着刮脸刀，尔后把它在胳肢窝里放上一刻钟，为的是温温它；然后又用花露水洗过，而且用整罐子的水浇在头上……"

当时人们认为，文学家致富的捷径是剧院。一个受欢迎能演50场的剧本，每场现金收入2000法郎，总收入就是10万法郎，作者从中可得12000，而且还能得到5000法郎的稿费（《爱尔那尼》3版就是15000）。而《巴黎圣母院》才只给雨果带来这笔总数的1/4。再说，雨果懂得剧院可以而且应该产生道德方面和政治方面的影响："剧院就是讲坛，戏剧就是演讲。"保护被迫害、通缉的人免遭压迫者的欺凌，是雨果剧作的心爱的主题。雨果童年时代的阴郁回忆不断地流露出来。把一个人摒弃于社会之外的种种原因中，雨果认为最不合理的是按一个人的出身（如狄杰，剧本《玛丽蓉·德·洛尔墨》中的主人公，是一个私生子），或因一个人身体残缺（如他在戏剧《国王取乐》中刻画的驼子特利布莱）而歧视他。这个剧本的构思是雨果在布卢瓦时产生的。特利布莱，国王法兰西斯一世的这个弄臣，就出生在离雨果将军私邸不远的一间房子里。

维克多·雨果是从父亲的屋子里找到的一本《布卢瓦志》中知道有这个弄臣的。他没有保留任何有关这个弄臣的那些离奇的冒险故事，只是在把法兰西斯一世作为戏剧的中心时创作了一部情节曲折的传奇剧。以给淫荡好色的国王拉皮条为职责的丑角特利布莱在剧中只不过是一个受到惩罚的角色，因为至高无上的浪子国王玷污了他的父爱。用许多巧合构成的剧本把种种阴谋倾轧隐藏在真正戏剧性的效果、富有激情的诗行和不时插入的绝妙滑稽之中。出席了法兰西喜剧院剧本朗诵会的圣佩韦发表过一个酸溜溜的意见，说他对歌剧采用这种形式和剧本的生活真实性程度有自己特殊的想法："不过剧作无疑将产生一定的影响，因为它表现出了巨大的才华。绝妙的诗句也很出色……"可是他在秘密笔记中却说："雨果很久以前就形成了这样一种绮靡华丽的风格，这种风格把他像气球一样带到半空。起先他只是华而不实的文风的俘虏，成了高谈阔论的牺牲品，现在咬文嚼字已经成了他不自觉的风格了。"

歌剧《国王取乐》于11月22日初演。虽然自由思想者和"青年法兰西"、第奥菲尔·戈第埃和德维里亚的所有帮手把座位都占好了，但是观众对剧本的反应还是非常冷漠。不过圣·瓦尔埃的慷慨陈词保证了第一幕的成功；在剧场里已经响起了跺脚声和歌唱声："学院死气沉沉——米拉咚——咚——咚，米拉咚……"第二幕结尾，宫廷小丑帮助御前侍从偷走他半裸的女儿勃兰什，因对科赛、蒙马兰西和其他贵族世家的攻击而被激怒了的包厢里的观众对这一淫秽的场面大喊大叫。"你们的母亲和马夫正在床上躺着，你们全是无家可归的堕落者！"特利布莱大声向他们喊道，这使上流社会很反感。当剧幕最后落下时，骚乱顿起，致使女演员丽若埃都难以到前台宣布剧作者的名字。第二天部长达尔古伯爵"考虑到许多段落有伤风化"，禁止继续上演和出版剧作。真实原因是宫廷不允许在舞台上批评君主制，哪怕是法兰西斯时代的君主制也不行。

维克多·雨果向法院提出申诉，与他签定了剧本出版合同的欧仁·兰杜艾尔热烈支持他。

维克多·雨果致欧仁·兰杜艾尔："我可敬的出版人，我认为不论对您、对我还是对著作与诉讼程序的反响，重要的是在开庭之前就要在报纸上对整个事件广泛宣传。我现在寄上7篇简讯，恳求您利用自己的一切影响，明天就把它们刊登在7家不同的政府反对派的报纸上……"在各种才能中，雨果有一种把一切不利因素变得有利于自己名声的才能。安东尼·封达内在日记中写道："《国王取乐》被政府禁演了，这倒帮了维克多的忙！我当即去看他。他把他的角色扮演得真出色：他说，人们从他口袋里夺走了2万法郎……"

商务法庭说他们无权受理此案。原告在会议上做了激烈的发言，指控路易·菲力普政府采取欺诈手段——接二连三取消了它在"七月革命"之后许诺下的那些权利。拿破仑也不尊重公民的自由，但他还不敢这样蛮横。"狮子没有狐狸的恶习，"雨果说，"在那时我们被剥夺了自由，这是事实，但是在我们面前展开的却是壮丽的景象……当时有书报审查机关，我们的戏剧从海报上被抹去，但是回答我们牢骚埋怨的却是：马伦哥！耶拿！奥斯特里茨！①"应该记住的是：原告当时与约瑟夫·波拿巴通过信，在信中对他说，如果雷克斯塔公爵②保证公民自由，他会得到维克多·雨果比任何人都忠实的支持。

---

① 拿破仑打胜仗的几个地方。——译者
② 即拿破仑之子罗马王，病死于1832年。——译者

第二章 涅格罗尼公爵夫人

> 雨果有一种类似基督教的慈悲心肠，这使他在明白了尤丽叶的身世后不能不柔肠九折……从这一意义上说，他是托尔斯泰思想的先驱者。
>
> ——比埃尔·里耶夫拉

雨果将军的儿子从不畏惧战斗。《国王取乐》的被禁不但没使他一蹶不振，反倒激起了他迅速抢占高地的冲动。他又准备好了一出三幕话剧《费拉尔的晚宴》，题材受马尔桑日《诗情画意的高卢》的启迪。剧中他借用了反映显赫的封建领主们恣意纵饮、终日盛宴的思想——这些领主在要杀害他们的敌人家里大摆筵席——描写了在上最后一道菜的时候僧侣们怎样走进来听那些宴乐者们临死前的忏悔；酒徒们的狂欢乱叫变成死亡临头的哀求，他们从豪宴的大厅夺门而出，那情景可怖之至。黑与白，这种对比吸引着他。他在自己的生活中（吃饭时逮捕拉戈利的刑警，婚宴上欧仁的发疯）不止一次听到过骑士的令人胆寒的脚步声。他按自己的方式改编了马尔桑日讲述的故事。在他的笔下，主人公换成了吕克莱斯·波基亚。描写这个女人和她的所有恶习，然后为她的母爱宽恕她，有如他用父爱拔高特利布莱的形象一样。这种立意使他十分着迷，所以剧本只用了两个星期就写成了。毋庸讳言，在作者的构思中没有什么新东西。《玛丽蓉·德·洛尔墨》、《国王取乐》、《吕克莱斯·波基亚》这三部作品是一个浪子的不同变种，一个题材的不同变调——压倒一切的伟大情感终将拯救一个被恶习毁灭的人。雨果的戏剧不像他的抒情诗，在舞台上他有自己的一套美学原则。在歌剧压倒悲剧的那个时代，《吕克莱斯·波基亚》在演过大仲马的《奈斯尔之塔》的剧院里上演是很自然的。

这座剧院叫圣马丁门剧院。在剧院经理加莱尔手下领班的是迷人的名演员乔治小姐，法兰西喜剧院的背叛者。她周身闪耀着的荣光使人想起拿破仑帝国（她是拿破仑的情妇）。她已年近50了，但还渴望扮演情人的角色，而且居然在生活中能像在舞台上一样扮演这种角色。维克多·雨果起先在乔治家里为她朗读了自己的剧本，后来在圣马丁门剧院的休息室里又为费莱德里克·列麦特朗读过。在第二次朗读时，年轻美丽的女演员尤丽叶·德鲁埃也在场。她很想演配角涅格罗尼公爵夫人。"在维克多·雨果先生的剧作中,配角是不常有的。"她给加莱尔写道。雨果与她不熟悉,只在1832年5月的一次舞会上见过一面。她"冰肌玉肤,双眸乌黑,年轻高大,姿容艳绝",满身珠光宝气,是巴黎最显赫的美人之一。当时他没敢跟她说话。

> 她那端庄的待客举止是令人狂喜的恩赐,
> 她激起你心中的热浪,叫你痴迷、陶醉,
> 她仿佛烈焰中诞生的鸟儿,自由飞翔……

> 你不敢走近她,怕被烈火灼伤!
> 但是你不由地要看她,目光情深意长。①

在朗读时,他与她的目光几次相遇,他从这目光中猜测出了好感与爱慕。当时他的内心正感孤寂忧伤,他们一见钟情。他老是谈起她,到处打听她,于是人们把一切都告诉了他。尤丽叶小姐26岁,1806年出生在福日尔。她的父亲尤里因·郭文是裁缝,1793年他突然隐去,参加了朱安党叛乱。尤丽叶(她的真名叫尤丽因娜)年纪轻轻就成了孤儿。她被托付给她的叔叔莱奈·德鲁埃——一个下级准尉,布列塔尼海防炮队的炮兵——去照料。这个好人没有强迫她上学,她在野树丛中成长,让灌木林把她的衣裙撕得粉碎。10岁时他把她安置在巴黎"永恒崇拜"教士团的黑衣教士办的一所寄宿中学,那里有他的两个亲戚。在中学,尤丽叶是修道士们的宠儿,人们溺爱她,不过给了她很好的教育。由于年轻轻率,她几乎发下青灯古佛伴红颜的誓言,多亏巴黎高级僧正德·科林,一位十分明哲的大主教的干预,她才没有这样做。有一次大主教光临修道院时发现了这个容颜娇美的少女,盘问了她,深信她不是为清心戒欲的生活而创造的,于是给了她自由。

她的美貌是惊人的,这是一种"上帝的不祥的馈赠"。因为她的体态苗条优雅,1825年,在她19岁时,不知通过什么途径,人们把她送进雕塑家詹姆士·普拉蒂埃的工作室。在尤丽叶认识他的时候,他已有36岁了。他出生于日内瓦新教徒的家庭,但是由于职业关系和先天的嗜好,他成了一个罗曼蒂克的花花公子,一对乌溜溜的眼睛目光锐利,长发披肩,衣着怪诞——短坎肩,尖皮鞋,紧身裤,剑客斗篷。在他的工作室里一些人击剑,另一些人弹琴。他为人并不恶,但好色而轻佻。

---

① 选自雨果的《致奥……》(《心声集》)。——原注

尤丽叶给他当裸体模特儿，其姿势放肆之至，于是在两次作画之间，他就使她成为了孩子的母亲；他虽然没有正式承认他们所生的女儿克列尔，但是他也从来没有否认。1827年他进入学院，由于幻想结一门有利可图的亲事，而把尤丽叶安排进了剧院。在表演艺术方面他给了她相当聪明的劝告，在为人处世方面给了她十分清醒的忠言；但是在艺术上，他仍然迷惑、左右着他的那些崇拜者。"我的这些良言相告绝不是因为强烈的爱情，所以可以把它们当作是无私的，我给你的友情永远不会在我心中熄灭，只要你能对得起它……"

尤丽叶先后在布鲁塞尔和巴黎当配角，而且取得了成功，这与其说是靠她的表演才能，不如说是靠她的美貌。她没有当演员的素养，没有经验，而且正像她写给普拉蒂埃的信中所言，她"收到的不是参加演出的请柬，而是典当自己东西的收据"。她常常哭泣，害怕混不出个美好前程。"岂有此理！"普拉蒂埃给她回信说："别再哭哭啼啼了吧……只要你把自己当作主角，你就一定会成为主角……要尽力讨人喜欢，特别是要让那些女演员喜欢你，因为她们都是天底下坏透了的恶魔……你甚至在剧院外也要像演戏似地戴上假面具。"他的署名是："你的忠诚的朋友、情人和父亲。"

巧画家彻头彻尾的厚颜无耻在把尤丽叶引向堕落的道路。她虽然让情夫们来养活自己，但是他们并没有使她对男人的看法有所改善。她的情夫中有漂亮的意大利人、53岁的巴托洛米奥·比奈里；有贫穷的舞台布景画家查理·塞尚；有昧良心的记者阿尔封斯·卡尔——他答应娶她，诈取她的钱财；最后出场的是腰缠万贯的公爵安那托里·德米道夫，这是一个美男子，任性胡闹的疯子，没有抛弃花花公子派头的无赖。1833年，尤丽叶的这位靠山为她在艾希克耶街一掷千金，安置了一套富丽堂皇的住宅。一句话，尤丽叶过着高级妓女的生活，不过她的情感依然新鲜敏锐，对梦幻依然保持着布列塔尼人所特有的嗜好，对女儿依然充满热烈的爱，水汪汪的明眸依然温柔迷人，她那高洁美好的心灵不时地穿过这双明眸闪射出来，同时她依然是那么愉快活泼、妙语惊人。

后来维克多·雨果在尤丽叶的记事簿里写道："在我们的目光第一次相遇的那一天，阳光就从你的心间射入了我的心间，仿佛投射到废墟上的黎明曙光。"说实话，在他们两人彼此还不了解的时候，就都预感到了对方是自己命运中的冤家。失去了安黛儿后，雨果感到需要新欢，感到只有新的爱情才能使他恢复自信心。尤丽叶只知欲念难禁，以一个二八佳人的幻想希望只做一个"正直男子热恋着的女

友"。当尤丽叶的淫荡的情夫阿尔封斯·卡尔想把她拖进花天酒地的生活中去的时候,她对他说:

> 我觉得比肉欲更热烈的欲望不是愈来愈少,而是成千次地搏击着我的心房……你给了我快乐,可随之而来的却是疲乏和耻辱。与此相反,我梦想着宁静、恒定的幸福。请听我说,自尊心不允许我撒谎。假如我能找到一个人,他能用他的心爱抚我的心,就像你爱抚我的身体那样,我就一定离开你,抛下你,离开这尘世,这生活……

在排练《吕克莱斯·波基亚》期间,她婀娜多姿,向雨果卖弄风骚。他很谨慎自持。他是否始终不渝地保持了做丈夫的忠诚呢?不知道。但是他所采取的立场,他的那些歌颂新婚与家庭快乐的诗歌要求他忠诚。他受不了"幕后的争吵",对女演员颇为顾忌,抱着"敬而远之"的态度。想到上演《国王取乐》时的激烈争斗,他以一种老练的统帅似的精明准备着《吕克莱斯》的首次公演。"《爱尔那尼》的那些好斗的捍卫者中的代表人物"被召集来保护朗读剧本。首次公演获得了辉煌胜利。

这一成功在很大程度上是由乔治小姐和费莱德里克·列麦特促成的,而朱丽叶·德鲁埃尽管出场不多,也使观众着了迷。"她应该念的台词只有几句话,"第奥菲尔·戈第埃说,"总共只有一次出场,但是尽管这样,她还是创造出了一个令人倾倒的形象,成了一个真正的意大利公爵夫人,面带消魂摄魄的微笑……"至于作者,他满意地倾听着观众的意见,因为他本人也赞同这些意见:"她是多么娇美,多么漂亮,多么苗条啊!双肩那么美妙,侧影那么迷人!真是一个妙不可言的女伶。她是何等高雅!情感多么生动!她的声音和仪表与多瓦尔夫人有相同之处,可又比多瓦尔自然真切得多。只要她再有一年的舞台经验,她就会臻于完美,就会成为当代最好的最有风格的演员。怎样的表情,何等的心灵啊……"

雨果的错误不在于他对这个女演员的姿色的评价上——她本来是十分迷人的——而在于对她的天才的看法上。尤丽叶·德鲁埃是一个不大高明的女演员,因为她总是"演得太过火"。但是爱情是一个坏法官,雨果又正在热恋中。每天晚上他都要去圣马丁门去欣赏小舞台上那双定睛凝视他的美丽的黑眼睛,诱惑总是可怕的。安黛儿早已固执地拒绝了他的爱怜。他把内心焦灼的痛苦深深地隐藏在青年胜利者的面具下。

> 悲伤盘踞在我的心头,

它像一个卑鄙的客人折磨着我。

　　我像一座钟楼，表面闪光，

　　内里却阴森黑暗。①

　　每天晚上他都要去尤丽叶的化装室去看她，给她忠告，醉心于她那使他神魂颠倒的美色。首次公演后4天，2月6日，他对她说："我爱你！"她多么渴望，多么想听到这句话啊！2月17日夜间，谢肉节前一周的星期六（他们一生中都以为这一天是星期二，他们也许是记错了日期，也许是记错了星期），作者和女演员本该在《吕克莱斯·波基亚》演出后去另一剧院参加舞会，但是他俩决定在尤丽叶家过夜。当时她还住在圣丹尼林荫道，那几天正等着得到在艾希克耶街给她准备的那个"安乐窝。"

　　尤丽叶·德鲁埃致维克多·雨果："维克多，今晚请到克拉夫特夫人家找我。因为对你的爱，我学会了忍耐，我在等着你。晚上见。啊，今天晚上一切都将光明灿烂。我要把整个身心献给你……"8年后他向她回忆起这一天来的时候说：

　　　　我的亲爱的，你还记得我们在第一个夜里的情景吗？那是一个狂欢之夜，是在1833年谢肉节前的星期二。那天晚上某剧院举办了一个舞会（我在这里停下笔来，为的是求得你那芳唇的一吻，然后我再继续写）。我相信任凭什么，就是死神也不会磨灭我的这一回忆。那天夜里的每时每刻都将印在我的脑海里，仿佛明星似的一个接一个地从我心灵的窗口飞过。是的，你本该去赴舞会，可你没去，你在等着我。我可怜的安琪儿！你是多么好，你心中的爱是多么深啊！巴黎的每一扇窗户后面都在欢笑、歌唱，戴假面舞具的人们高声喧哗着从街上走过，而你的卧室里却是神奇的静谧。我们避开这个普天同庆的节日，躲在温馨的夜幕里，欢度着我们自己的良宵佳节。巴黎沉醉在虚假的欢乐中，只有我们的欢乐才是真正的。我的安琪儿，请永远不要忘记改变了你一生的那个不可告人的时刻吧！1833年2月17日之夜，是在你身上所完成的伟大、庄严的变化的象征、榜样。在那天夜里，你把自己留在那里，远离街市的熙攘、喧嚣、人群、伪装的狂欢，为的是进入那个偷香窃玉、颠鸾倒凤的世界。

　　维克多·雨果醉了。曾经使他那么称心如意的安黛儿，所能给予他的只是新婚

---

①选自雨果的《尤丽叶小姐》（《黄昏集》）。——原注

之夜战战兢兢的顺从，而这时突然在他面前出现了一个柔情似水、美妙千般的可人，恍若童话一般，"明眸熠熠如钻石，前额净洁似太阳……香腮玉肩和纤手，样样都像纯洁的古希腊雕像，以其线条的完美令人折腰。她完全有资格和美丽的雅典妙龄女郎一起参加美人赛。只要她们宽衣解带，站在构思维纳斯雕像的伯拉克西特列斯面前，她定然会激起雕塑家的灵感……"而且这个尤物有两个"富于弹性的布列塔尼少女的乳房"，形体之美不亚于最美的古希腊雕像。在偷情作乐时，她那么巧于屈从人意，手段也非常之高明。在那个"神圣的夜晚"，她让30岁的诗人晓得了何为最高级的快感，而他本来天生就具有领略、品尝这种快感的奇异能力。可是当他还是一个20岁的青年就燕尔新婚之时，知道的只是夫妻间的拥抱。爱抚如同诗歌，是一门艺术，而尤丽叶于此是高明的行家。

　　与尤丽叶交谈是第二桩美事。她娓娓动听地讲着布列塔尼，赤脚的女小学生的童年，修道院，乞丐；而她也非常喜欢听他讲话。尤丽叶的经历是艰难而动乱的，作家从她的叙述中了解到许多新奇的事情。"我出身于庶民百姓。"她骄傲地说。"雨果老爷"尽管每每虚荣而天真地拼命想摆出一副贵族派头，但他非常愿意更真切地了解平民百姓的生活。此外，这位诗人常常感到需要被人理解。只要他为尤丽叶写诗，她就会以比安黛儿更热烈的快乐接受这些诗篇。看样子，雨果作品的手稿也罢，草稿也罢，统统不能引起妻子的兴趣。而尤丽叶是一个"天生的收藏家"，她虔诚地把所有的东西都保存了下来。她会使本来相当乏味的荣誉变得兴味浓烈。为此她得到不少美好的馈赠性的题词，比如在第8版的一本《东方吟》上，雨果写道："赠给你，我的美人。赠给你，我的爱情。"在一本1833年5月第4版的《冰岛魔王》上，有这样几行诗：

在你的幻想中翱翔吧，不用听也不用看，

巴黎的千家万户喧哗笑闹，通宵达旦，

请你听听我无声的叹息，我的吟哦，

在你安然而卧的时候，我在此轻轻地歌唱，

向你解说一切的是我最温柔的灵魂，

而不是大吵大闹的巴黎。

　　对于雨果来说，在他受侮辱、受折磨的一年之后，这次恋爱是一次新生。一开始他不愿意让情妇露面，害怕在她那里过夜，因为他是一个歌颂家庭神圣的诗人。后来他开始为这一关系感到自豪。他向所有的人，甚至向圣佩韦讲述自己的胜利。

圣佩韦嘲笑说："雨果在我面前把自己装扮成只有一样缺点的人：对女人过于钟情。他宣称他视荣誉如粪土。可是要知道我们每个人都有两样缺点，然而我们总是只承认一样，隐瞒另一样……"不用说，全巴黎都在议论这件风流韵事，一些笃信宗教的朋友，比如维克多·巴维，深感不安。但是雨果很乐意相信这样大的幸福不会是有罪的。

雨果致巴维：

我从未像今年这样犯下这么多罪过，但是我也从来没有比现在变得更好。真的，我变得比我纯洁无瑕的时候好多了，可你却为我过去的纯洁觉得惋惜。从前，我是一个毫无瑕疵的人，但现在我对人抱着宽容的态度。这是一大进步，真的。和我在一起的是我的善良、亲爱的女友，安琪儿；她也明白这一点，你要像尊重我一样尊重她。她体谅我，爱我……

宽恕一切的安琪儿实际上是安黛儿。说实在的，她很容易做到天使般的仁慈。她怎能不宽恕呢？当她渴望不再做他的妻子时，她能要求丈夫保持夫妻的忠诚吗？不过家庭生活还继续保持着。蒂蒂娜写信给路易莎·伯尔坦说：

可爱的路易莎，我好久没看到你了……茹丽（傅仙）姨妈从修道院来过……托托和丹丹都留起了短发……茹丽说，她不喜欢篡位者，她恨路易·菲力普。

而叛教者雨果补充道：

路易莎小姐，原谅我用库克拉留给我的这块空白给你写信……在我们倒霉的巴黎依旧很寂寞。真的，怎叫人不怀念那个发生了暴动的夏天[①]，不怀念那个出现了霍乱的夏天呢……我整天埋头于自己的故纸堆中翻呀，找呀，想用这些东西编写两本"文学杂拌"（纯粹是混杂在一起的东西）……每天晚上我和妻子沿河散步到拉贝……

一派田园风光，格列兹[②]式的圣家族！

每当盛夏安黛儿和孩子们去罗什庄园避暑时，圣佩韦也要去勃耶夫拉峡谷的四郊徘徊漫步。"你那高尚的夫君一下子就被福丽娜[③]偷走了。"他在献给安黛儿的

[①] 指1830年夏。是年，发生了巴黎"七月革命"，推翻了波旁王朝。——译者
[②] 格列兹：1725—1805年，法国画家。——译者
[③] 福丽娜：据说是古希腊雕塑家伯拉克西特列斯的女模特儿。雕塑家以她为模特儿雕塑了不朽的维纳斯像。——译者

诗中大胆地写道：

　　四周的万物都在变幻、闪亮，

　　森林和草地闪烁着新鲜的光芒，

　　橡树林荫道为了我们而枝叶繁茂，

　　只为我们！　因为你的囚笼突然明亮，

　　因为他，你那好吃醋的受辱的傲慢者。

　　他本人也终于陷入了爱情的罗网！

　　他随时准备飞到他热恋着的人儿身旁，

　　而在这时，我们俩为了捕捉那片刻的幸福，

　　正在附近的森林里迅速地飞翔……①

　　只要雨果一离开勃耶夫拉去巴黎，安黛儿就徒步到路上去和圣佩韦会面——他为消夏租了一辆轻便马车。他们尽其所能地享受着幸福。但是他们的爱情从它霞光初露时就笼罩着一片暮色。圣佩韦对雨果夫人说："这爱总是混和着暮色昏沉的色调，就像我们常去的那些教堂一样……这爱就是在最强烈的幸福时刻也习惯了屈辱。我总觉得难得有希望，我总觉得缺少些什么，觉得在一切已经决定了的事情上都存在着障碍。我老是感到就是在晴天也难得见到阳光……"

　　就在这时，维克多·雨果把尤丽叶带到了王政广场他的公寓里。第二天她写信对他说：

　　你为我打开了自己的家门，你真好！真的，这对我来说，意味着得到了比满足好奇心更多的东西。我感谢你让我看了你们生活、相爱、思想的那个地方。但是我要坦率地告诉你，我亲爱的，我的心肝，由于这次拜访，我不得不忍受悲哀和可怕的失望。现在我比从前更强烈地感到：我们应该分手了，对于你来说，我完全是一个外人。在这件事上你是没有过错的，我可怜的亲人，我也没有过错，但结局只能是这样。倾诉与我真正的不幸有关的更多的话可能是毫无意义的，但是没有这些不幸我也只能说，我亲爱的，我自认为是一个最渺小的女人。如果你能稍微可怜可怜我，就请你拯救我脱离我现在所处的这种屈辱的境况吧。帮我站起来吧！要知道下跪的女奴的姿态无论对心灵和肉体都是一种折磨。帮我挺起腰来吧，我亲爱的天使，我

---

①选自圣佩韦的《情书》。——原注

非常愿意相信你，相信未来！我求你，再一次地求你。

真诚坦率的妄自菲薄。作为高等妓女的尤丽叶，虽然通过自己的不幸在男人们身上看到的只是厚颜无耻和兽性，但她以纯朴的心灵认为，即便是向德米道夫公爵和类似他那样的人索求荣华富贵，那也是十分自然的。但她非常钟情于这位吹毛求疵的霸王——他蔑视任何背叛行为，不允许有分道扬镳的想法；他为自己的好吃醋而痛心疾首，以致他必须找到忠诚才肯罢休。他以一种"完满深厚、温柔炽热、不可穷尽的"深情爱着尤丽叶，所以他希望她应当不仅是美丽的，而且应当是纯洁的。可她为了生存，只有一个办法——寻找富有的靠山。她在戏院里工资微薄，还有女儿克列尔需要抚养，虽然她在痴迷地爱着，但她没有决心改变自己的生活方式。她刚刚搬进艾希克耶街的那所漂亮的公寓。毋庸置疑，她继续接待着用豪华包围着她的那些人——野蛮的德米道夫和他的朋友们。但是为了这件事，维克多·雨果对她的态度不比狄杰对玛丽蓉的态度更好些。他把她看作是一个堕落的女人，巴尔扎克可能会嘲笑他。雨果仿佛正经历着他自己写的一个剧本中所描写的那种生活。有时，尤丽叶受不了"侮辱人的怀疑"（完全是合乎人之常情的），试图与雨果决裂。她跑开去，可又很快回到这个严酷的法官、热恋的情人身边，央求他"用爱情的神圣力量恢复她心中一切美好、高尚的情操"。

雨果准备原谅她，只要她能与自己的过去决裂。她终于屈服了，于是一下子变成了一个穷人。1834年1月，她把"绣花的和带花边的软纱衬衣各3打，25件衣裙（其中2件是敞领的），30件绣花短裙，1打绣花贴身背心，23件罩衫，带皱边的开司米枕套，印度开司米披巾等等"，统统送进了当铺。这张细心记下的伤心账单有似死亡后编写的财产清单。这有什么奇怪的呢？涅格罗尼公爵夫人死了，而尤丽叶·德鲁埃却得为求生而挣扎。债主包围着她，他们的登门造访增加了雨果的醋意。尤丽叶不得不向他承认自己的部分贫困，这个勤俭的资产者大发雷霆，于是浪漫主义的英雄宣布：她的全部债务都由他来承担！

维克多·雨果致尤丽叶·德鲁埃：

这些钱是给你的，是我为你挣来的。我决心把不眠之夜全部献给你。人家要求于我的东西必须在今天早晨拿出来，否则就拒不接收。笔从我手中跌落了20次，但为了你，这是应该的，因此我继续工作。我不像别人那样；我永远不会忘记那些倒霉的窘迫时光。就是在你堕落的时候，我看着你，就像看着一个最豁达、最有价值的高尚生灵一样。我今后决不再和那些侮辱摧残不幸女性的人们在一起搅和了。除了我,谁也无权指责你。如果有谁胆敢指责,我一定保护你……

既然他让她和从前的所有老相识不再来往,而他又不能生活在她身边,他就让她工作。让心爱的女人给自己当秘书,这是作家们最自然不过的心愿。尤丽叶给雨果写信汇报说:

已将近晚6点了,我刚刚抄完你昨天给我的诗。吃过午饭,记流水账,然后上床睡觉,读你的报纸,随后就睡着了,梦见了你。今早8点醒来,立即起床。料理家务,然后整理自己昨天穿过的衣裳……2点半坐下来抄写,刚刚结束就给你写信。

指挥官阁下,关于要塞中的情况报告就是这样。你该满意了吧?卫队的军士十分满意。午饭后我将帮孩子补习功课,计算《秋叶集》的行数……

尤丽叶得到了美好的奖赏。雨果赠送给她一本镶金图案、黑色硬皮封面的笔记本——《舞会和晚会纪念册》。每天晚上,在与她道别回王政广场之前,他都要在这个笔记本里写上一些平庸而温情的话语:"在这新年的第一天,我要写上'我爱你',而在第二天我将写'我崇拜你'……你的爱抚使我热爱大地,你的目光使我理解了上苍……我不幸的朋友,我将用一句话来说明你的本质:地狱里的天使……美,你有;智慧,你有;心灵,你也有。假如社会像大自然一样恩赐你,你定然会扶摇直上。但是请不要难过吧,社会可能只会使你变成王后,而大自然却使你成为天仙……"但是无论雨果多么爱他的尤丽叶,他仍然是一个地道的狄杰,依然把她看作是玛丽蓉·德·洛尔墨,即堕落的天使。她本人也自轻自贱。雨果所特有的情感的严肃、庄重,使安黛儿讨厌,却使尤丽叶喜欢,更何况他总是让这种性情与大学生式的欢快活泼交替出现,这就更使她如醉如痴了。

她仍旧只有一个愿望,在舞台上出人头地。经过多次争吵,雨果答应弗里克斯·加莱尔把自己的新作《玛丽·都铎》给圣马丁门剧院。他想把两个差不多同等重要的女角分配给两个人:乔治小姐和尤丽叶。前者应扮演英国女王,后者扮演军械师的罪恶而动人的未婚妻乔诺(军械师后来原谅了她)。排练进行得非常不顺利。剧院中称王称霸的乔治小姐不能容忍所有的同性竞争者。她虽然并不爱雨果,但她不容许任何作者对一个三流女演员表示关切。这位倨傲的女伶刻薄地抱怨她的搭当演技拙劣。美男子比埃尔·鲍加受她的挑动,在排练时对尤丽叶举止粗鲁,末了他还拒绝演基尔贝特这个角色。他是大仲马的挚友,根本不想让维克多·雨果成功，但是观众违背他们的初衷，只当是这两个浪漫主义剧作家是死对头。在公演前，鲍加、圣佩韦以至加莱尔竭力把剧本说得十分糟糕。他们说剧中充满种种恐怖和罪行；剧本在利用舞台培训刽子手；尤其是尤丽叶·德鲁埃，演得丑恶不堪。

公演前夕，剧院经理告诉作者："尤丽叶小姐演不好，大仲马的情妇伊达小姐懂得并准备扮演这个角色。"但是对让步这种事，雨果是太执拗、太认真了。加莱尔大为恼怒，在最后一刻拒绝付给他预定的戏票。大仲马仗义让给"对手"一部分席位。演出在暴风雨般的气氛中开始了。头两幕还算顺利，但在第三幕，观众对尤丽叶出场的那些场面喝了倒彩。同事和观众的敌意使她惊慌失措，结果证明对她的一切担忧和恶意的批评都是有道理的。翌日，雨果在圣佩韦、妻子和昔日"《爱尔那尼》的好斗的捍卫者们"的压力下，不无悲伤、不无愤怒地同意了可怜的尤丽叶借口身体不佳（她也的确病了，躺在床上）放弃那个角色。

雨果致尤丽叶：

> 你在每一瞬间都保持住了你那美好的声音，没有丧失真诚、热情、感人的音调。有人声称，没有人听你的，也根本不听你的。让他们随便说去吧。终场你是美丽动人的，而开场你是漂亮迷人的。在你所说的每一句话里，从来没有失去精美的情彩，而这在表达强烈的情感时是很不容易的。你在终场时大义凛然地表演了与女王的斗争，而在这里坚定不移是很重要的，因为这不是两个女人——乔诺对玛丽亚一的斗争，这是羚羊反对虎豹的斗争。
>
> 总有一天你会得到公正的酬报的，那时你就会心平气和了……

观众对尤丽叶的残忍态度葬送了她，这个不幸的人仅有的一点点儿才情也丧失了。"我再不敢了，"她说，"这些人使我对自己的能力丧失了信心。我再不能参加排练了，我一蹶不振了。"这是一件悲惨而不公正的事情。

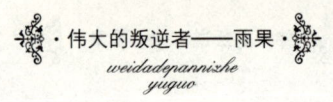

第三章 1834年

> 假如两个恋爱着的人互相争吵,那是因为他们在一起好得过分了。
>
> ——保尔·瓦莱里

圣佩韦的人札记:

几年前还是那么美好、绚丽而且生气勃勃的东西一下子全被毁灭了!拉摩耐迪不得已沉默、破产,门徒烟消云散;拉马丁在他"荒漠的东方"因女儿们的夭亡而与世隔绝;我们所有的诗人都被推倒,我们的天使全都堕落!雨果,《她的芳名》和《献给你》两首诗的作者,拜倒在尤丽叶的脚下;"爱洛亚"①成了多瓦尔夫人的俘虏和羔羊;安东尼·丹桑完全丧失了理智,艾米尔·丹桑重又成了女士们的马屁精。啊,只有我和你,我的安黛儿,心心相印地继续走着命运给我们指定的路。我们将相依为命,亲爱的安琪儿,相守到死,而且在死后也要在一起!我爱你!

圣佩韦所描绘的这幅充满失望情绪的画面并不完整,因为他在这里讴歌的爱情实际上是很不牢靠的。1834年圣佩韦和雨果夫妻的关系完全决裂。这一年对不幸的尤丽叶来说同样是多灾多难的一年。

老朋友们之所以发生争吵,倒不是因为感伤主义在作怪,而是因为文人相轻。1834年初,维克多·雨果发表了他的《米拉波研究》。为什么要写米拉波②?因为这个题目可以让他通过间接的方式向同时代人来一番自我表白。巴尔扎克在那些阴沉的年代里把雨果描写成一个"不幸的被仇恨所迫害的人"。这是正确的。人们出于种种原因不公正地恶意抨击他。圣佩韦本人用这样一种严肃的口气曲意奉承地表示惊讶:"近几个月来他的作品和他本人引起了评论家们几乎是同心协力的、真正莫名其妙的怒吼。"米拉波在他那个时代因受到同样的不公正待遇而痛苦。人们把他和巴那夫③对立起来。巴那夫虽然有米拉波一样的政治见解,但没有米拉波一样的

---

① 指长诗《爱洛亚》的作者阿尔弗雷·德·维尼。——原注
② 米拉波:1749—1791年,法国资产阶级革命时期的著名活动家。——译者
③ 巴那夫:法国大革命时"爱国派"的首领。——译者

才干。而在1798年，人们认为莫罗比波拿巴好。与此相似，1834年，一些人用损害维克多·雨果的办法来赞扬大仲马。

"但是人民不懂得妒忌，因为它伟大，"雨果写道，"人民拥护米拉波……"雨果希望，总有一天人民将帮助他战胜"那些教养良好的人们，亦即那些本不应该受到教育的人们"。恰如他曾经写下过"我们需要自己的莎士比亚"一样，现在他说："在我国伟大的革命活动家之后，我们需要有伟大的进步活动家……法兰西革命为一切社会理论打开了一本类似遗嘱的巨著。米拉波在这本书上写下了自己的话，罗伯斯庇尔也写下了自己的话。路易十八在上面做了涂改。查理十世撕掉了一页，8月7日召开的议会好不容易才把这一页粘上，但仅此而已。书放在它应该放的地方，笔也放在它应该放的地方……谁敢去写呢……"接着他悄声对自己说："你！"透过文学上取得的荣誉，他朦胧地看到的是政治舞台。

在这一年，他由兰杜艾尔以《文学与哲学杂论》为名出版了从他年轻时的作品中选编出来的论文集。这些文章他轻而易举就修改出来了。他出版这本文集意在把1819年"青年雅各宾党人"的观点同1830年"革命者"的观点加以比较，证明他的观点假如已经发生变化，那也完全是出于坦率和无私。人们很少谈论到这本论文集，只有古斯达夫·普兰什在《世界评论》杂志上发表了一则短评："为荣誉着想，雨果先生不该用他那早已被埋葬，忘却的灰烬来编纂这本书……"圣佩韦就《米拉波研究》发表了一篇论文——篇对作家雨果表示赞颂而对作为人的雨果表示敌意（正如雨果公正地指出的）的论文。维克多·雨果当即写信给圣佩韦："我在论文中发现（也许它只对我们两个人会产生这样的印象）了用堂皇的词句表达的无限赞美，但是实质上——这也是最使我伤心的——它没有丝毫善意……我宁愿要较少的赞美，较多的好感……维克多·雨果欣喜若狂，但是维克多，你的老朋友维克多却抑郁寡欢。"圣佩韦表示抗议，他说："在文学事业上，友谊归根到底是我首要的功绩，正像它是我生活中首要的、最强烈的感情一样。"但是他白白地浪费了自己曲意奉承的盛情。别人传递的敌对性言论无可挽回地破坏了两个老战友的关系，决裂突然爆发。1834年3月30日，圣佩韦写信给雨果：

好吧，让我们到此为止吧，我求你！解释得够多了，我不会像你那样说"不屑一顾的人们"，我将说"不屑一顾的议题"。你给我们写的优美的诗，我尽力写些真诚的文章评论它们就是了。请你回到自己的创作上吧，就像我要回到我的本行上那样。人们不给我建筑庙堂，我也从不鄙视人家。

你有你自己的庙堂，但是可别在那里闹出丑剧来……

1834年4月1日，维克多·雨果致圣佩韦：

冲着我来的仇恨和卑鄙的迫害这么多，使我难以承受这副重担。我很清楚，就是久经考验的友谊也无力招架，最密切的结合也将纷纷崩溃。那么，别了，我的朋友。让我们每个人各自在沉默中埋葬你身上已经死了的，而在我身上正在死去的那些东西吧，而它们是被你的信扼杀的……

分手后，当职业性事务使他们相见时，他们还继续互相握手，圣佩韦每年元旦还给自己的教女寄礼物，但是友谊已经结束了。

对于维克多·雨果和尤丽叶来说，1834年是一片混乱的一年。耸天的高峰，幽暗的深渊。在他们的共同生活中唯一牢不可破的是相互热烈的爱。尤丽叶把这爱表现得尤为动人：

假如幸福只有用生命的代价才能换取，那么我早已把它付清了……

1834年2月26日她还写道：

你好，我亲爱的心上人！你好，我伟大的诗人！你好，我的上帝！今天是一个多么安好的日子啊，阳光灿烂，爱情闪光，让人们记起你的生辰是你当之无愧的荣光……我的托托，我爱你！昨天夜里你给了我多少幸福啊！我别无所求了，在尘世上我再不希望什么了，只要这幸福能使我益寿延年……

嫉妒的人们说：尤丽叶蠢。多么不公正！可以嘲笑她的书写错误，有时写的字纯属生造，但不能嘲笑她的文笔。她在信的开头以迷人的机敏模仿"她的诗人"的浪漫主义题词，为了变换多种多样的句式说"我爱你"，她表现出了惊人的创造力。"我以一颗伟大的心灵给你写信，我像一个天堂的居民一样爱着你，可我说这些话的时候，就像一个饲养家畜的女佣人……我的心充满了爱，理智完全不属于我，那是你的……"她找到了配做葡萄牙尼姑似的声调。雨果很快看出了她的这种抒情天才，珍重地把她的信保存了下来。

然而，既不能靠爱情，也不能靠机敏生活。尤丽叶穷困潦倒，债台高筑——欠珠宝商让尼斯12000法郎，欠出售司米披肩的列普莱顿太太和瑞拉尔太太2500法郎；欠制手套工人布阿文1000法郎，香料商人维林400法郎……总共约20000法郎。起先她害怕自己的那位满腹狐疑的主人、统治者，试图与债主谈判，把衣衫送进当铺，通过一个叫让克·菲尔明·兰文的人和他的妻子（也是她的一个十分忠实的女友）借钱。秘密活动开始了，尤其丽叶不露声色地奔走，形迹可疑地忙碌。雨果醋劲大发，摆出一副"宗教裁判所大法官的架式"。这年年初他们有好几次准备决裂。维克多·雨果在他的日记中，于1834年1月13日晚11点半记下这样一句话！"今天我还是情人。可明天呢？"牺牲了一切的尤丽叶为了不失去这个情人，甘遭贫苦，公正地觉得自己受着他那铁石心肠的侮辱。"在你看来，这一切都没什么值得宽恕的。对你来说，和一年前对所有人一样，我现在仍旧是一个随时可以被穷困抛入任何富人怀抱的女人——只要他愿意花钱买她。原因，使我们分手的残酷的、无可克服的原因就在这里。我再不能忍受的也正是这一点……"

她的痛苦还有其他原因。在王政广场，维克多·雨果过着尤丽叶不能染指的豪华生活。有一次在夜里，她疲倦地等着恋人，在他的窗下徘徊，正像从前他在图卢兹公馆前徘徊那样，她看见华灯灿烂的枝形吊灯，听见欢声笑语。折磨她的还有：他信口开河地对她的过去进行种种诽谤（有的也并非是不真实的），他听信伊达·费里叶或半老徐娘乔治小姐的诬陷不实之词。她们以虚伪的关怀问雨果，有那么多女人，他为何偏偏要挑选这个"爱虚荣、好撒谎，乱七八糟的骚女人"呢？他对她在戏剧界的前程极少兴趣也使她难过。1834年他好不容易使她加入了年薪3000法郎的法兰西剧院小组，这使她付清了德米道大公爵为她在艾希克耶街35号租赁的房钱，公爵自然不想再替她付钱了。但是在剧院里人们不给她分配任何角色，她想到她的情人对她作为一个演员的评价实在不公道，就像观众在《玛丽·都铎》公演时做的那样。等着她的到底会是一个什么样的下场呢？生活贫寒而孤独，不能在剧院里给自己开辟一条道路，不能建立家庭，只给这个嫉妒多疑的人做个情妇？当债权人拿出期票，尤丽叶失去了寓所的时候，人家把她的全部财产查封造册以抵偿债务，说真的，她开始想到了自杀。

> 维克多，昨天夜里你为了彻底毁灭我，滥用了乔治的卑鄙中伤和我以前生活中的不幸。你嘲笑我爱了你15个月，为你吃尽了苦头……我恳求你不要否认真理，相信我对你的爱是热忱的、纯洁的吧。请不要像孩童们那样，看到一个龙钟的老人，但不相信他从前也曾有过青春和力量。要知道我用自己心灵的全部力量爱着你。这里是你给我的全部书信。
>
> 还有那块手帕，你把它还给我，它不是我的，是别人的……

接着她重复了她曾因扮演《玛丽·都铎》里的乔诺而说过的那句话："我再不能了。"

不过，现在这话不只是针对那个角色而说的，而是针对我的整个生活说的。现在，当诽谤中伤从各方面毁灭了我的时候；现在，当人们指责我的生活，不听我的申辩，就像不听我在演你的剧中角色所说的话的时候；现在，当我的健康和智力在毫无意义、没有廉耻的斗争中被严重损害的时候；现在，当人们把我当作一个不可救药的女人摆在社会舆论面前的时候，我再没有勇气也不想活下去了……我说的全是真话：我再没有勇气活下去了。唤醒我的欲望是可怕的、自尽的要求……

后来，由于雨果的心灵比骄矜更明智，他后悔了，又回到了尤丽叶身边。有一天他欣赏着睡梦中的情人，给她写下一张纸条：

你发现了这张折叠成四折放在你被子上的纸条后，你一定要笑话我，对吗？我希望让你那双眼泪汪汪的秀目因微笑而放光。睡吧，我的尤雨叶。让你梦见我爱你，让你梦见我拜倒在你的脚下，让你梦见你整个都是我的，让你梦见我也整个都是你的，让你梦见我活着不能没有你，我在想念你，在为你写作……而当你醒来时，你会发现你的梦没有欺骗你。吻你的纤足和大眼睛……

他带她到巴黎郊外，让她观赏自己所喜爱的勃耶夫拉峡谷。到处是一派懒散的愉悦和翠绿的景象。1834年7月3日，他俩到茹·安·若兹村的"法兰西盾牌"客寓过夜。令人难忘的夜啊！

我的爱人，我的爱，从昨天到现在我一直激动不已……昨天，1834年7月3日，夜间10点半，在"法兰西盾牌"旅馆，我，尤丽叶，成了世界上最幸福、最自豪的女性。我还要声明，在此之前，我还没有感觉到像这样爱你而又被你爱的全部完满的幸福。这封备忘录式的信是证明我的心迹的文件。今天写下的这文件到死都是有效的。在我临终的那一天，那一小时，那一秒钟，当给我拿出这份文件的时候，我一定让我上述的心情回到它今天所处的这种状态，即充满唯一的爱——对你的爱，和唯一的思念——对你的思念的状态。1834年7月4日下午3点，巴黎，尤丽叶书。我印在这封信上的成千个吻就是公证人的签名。

已经临近雨果一家到罗什城堡避暑的时候了，两个情人一起去为尤丽叶离伯尔坦庄园不远的地方物色一处住所。他们在梅特斯村的一处森林茂密的高岗上找到了这样一间住房。这是一间白色低矮的农舍，带有绿色百叶窗，野葡萄藤四面环抱。

这间房子是拉比斯埃夫妻的,他们把它以每年92法郎出让给雨果,雨果预付了这笔钱,然后他们回到了巴黎。

维克多·雨果致尤丽叶·德鲁埃,1834年7月9日:

> 我的爱人,我的天使,再没有从你口中唱出的歌曲更醉人的了,除了从你芳唇上得到的亲吻。请永远不要忘记在你的床上写下的那几行诗,当时你用摄人魂魄的声音唱着我的歌。简简单单的小曲经你一唱,竟变得那么动人心弦。我编写诗句,而你给它们加进了诗情……

7月19日,她离开了艾希克耶街,同时带走了"对那间屋子的永久回忆,在那儿我们曾经是那么幸福而又那么不幸"。她搬到天堂街4号的一所豪华的公寓里。"这条街名不虚传,我的尤丽叶!天堂定会跟着我们来到这条街上,这所住房,这间卧室,这张床上……"

可是,1834年8月,这个美满的天堂变成了地狱。一大帮债主跟踪追来,吠声猎猎,使得尤丽叶不得不向情人坦白她已经负债累累。2万法郎?年少时每天只能得到2个苏的开销的雨果将军之子无法形容的暴怒。他大喊大叫,说他将逐步亲自偿还这些债务,哪怕是需要他付出健康甚至生命的代价。但是他一会儿许诺,一会儿又无情地斥责。她有什么办法呢?良心的谴责以强大的力量使她想到罪过的严重。她写信给雨果说:

> 啊,请不要这样吧!你永远不会知道有什么爱情比我的更纯正、更真挚、更牢固,然而我仍不过是一个叫人看不起的女人。你要我怎么办呢?我怎样才能改正、弥补罪过呢?对那罪过我是无辜的,因为我不知道那是怎样发生的。在这件事上,我既不是精神上,也不是肉体上的同谋犯!你说吧,你判决吧,我俯首听命,甘受一切惩治,只要我们的爱情不死……

然后,她带着自己的小女儿跑回布列塔尼她姐姐莱奈(柯亨夫人)所住的圣莱纳村。在两个情人分别时,他们才醒悟自己不理智到了何等程度。金钱、债务怎么能和伟大的爱情相比呢?雨果为了把尤丽叶从迫在眉睫的险境中解救出来而四处活动。他竟至到了向普拉蒂埃求救的地步(雨果称他为"福斯坦堡公爵",这是按这位雕塑家住的街道而起的别号),要求他起码得承担他女儿克列尔的生活费。但是普拉蒂埃拒绝这样做。他声称,只有在维克多·雨果为他弄到凯旋门群雕的定货时,他才这样做。厚颜无耻的交易。这时尤丽叶从路上接连寄信来:"维克多,我没你会死去的……莫非你真的恨我、厌恶我、看不起我?……凡是你所要求的,我一定都做到，我都会做到的，我的上帝！你说，你还要我怎么样呢？"他渴望和她在一起，凡是能帮助她的，他都做过了：

> 今天见到了普拉蒂埃先生。我触到了他的痛处。他做了他应当做的事情，现在决定我和你女儿的父亲尽力帮你摆脱困境。如果需要，他将和我一样承担债务，但为此你必须住在巴黎，普拉蒂埃持同样意见。你必须出场，你应当把一切都拿起来，解开所有的纠结。从我这方面来说，我只应当伸出爪子，抓取成千上万的法郎。你将看到爱情会创造什么样的奇迹。我立即就去邮局。如果我能在公共驿车上弄到一个座位，星期二我就出发，星期五你就能见到我……已经一昼夜多了，我什么也没有吃，但是这都无所谓，我爱你……

安黛儿和孩子们留在罗什庄园，雨果没命地赶到布列塔尼。他在布列斯特与尤丽叶会面了，在蔚蓝色的晴空下，在蔚蓝色的大海边，乌云密布、凄风苦雨过后来到的是和风丽日。两个情人发誓再不互相折磨了。

雨果在去找他的情人的路途中安慰妻子，8月7日他从勒恩写信给她：

> 别了，亲爱的安黛儿。我爱你。很快就会再见的。请常来信，当然是长信。你是我生活的快乐和荣幸。吻你美丽的前额和眼睛……

对于现在可以自由自在地与圣佩韦在勃耶夫拉河畔一排排茂密的大树下散步的安黛儿来说，写一封客客气气的回信，回敬丈夫心平气和的宽容姿态，既不是多大的难事，也不算多大的功劳。"当你远在他乡的时候，我不愿意说什么可能使你难过的话，"她写道，"我也不能到你的身边。不过，我想，既然在这种情况下你真的还在爱着我，而又不急于回来，那就是说你是快乐的。对这二者的深信不疑使我感到幸福……"其实这种宽容的根源在于冷漠。

尤丽叶和雨果在归途中从从容容，走走停停。她在马车里把头靠在他的肩头打着盹儿。他在路上不放过任何值得一看的东西——在布列斯特看苦役犯；在卡尔那克观赏古代粗大的竖石，参观古教堂；在图尔上剧院看《吕克莱斯·波基亚》。9月2日，尤丽叶搬进梅斯特村她的房间，雨果迁居罗什庄园。他们简朴得无法比拟的生活开始了，这种生活长达一个半月之久。德鲁埃小姐住在拉比斯埃婶娘家，尤丽叶的女友安东涅特·兰文成了尤丽叶和普拉蒂埃的居间人，她常常把小克列尔带到这里来。尤丽叶亲自收拾家务，做饭，在厨房里用餐。她只有两件衣裳，一件毛织的，一件玫瑰提花白条布的。但是这种清寒——洋铁汤匙，粗布鞋，没有任何娱乐——证明了她的温顺和深情。于是，在尤丽叶按照雨果的严格要求遵守着的禁欲主义中，他的那种独断专行的古怪欲望得到了满足。他把一本中篇小说《克洛德·格》献给她，把这样的题词写在扉页上："赠给我剪短了翅膀的安琪儿，梅斯特，1834年9月2日。"雨果每天步行穿过森林去看她。安黛儿成了同谋犯，路易莎·伯尔坦成了心腹——老处女只要心地善良，都喜欢嗅一嗅爱情的芳香。大多数情况下是尤丽叶出去和情人会面，她到密林中的一棵老栗树下等他。"她亭亭玉立，乳峰高耸，面颊红润，启齿巧笑，仿佛是由腐坏的病树孕育出来的一朵挺拔于荆棘丛中的奇美的仙葩"。她远远地望见情人，就冲到小路上，在轻纱般的林霭中拥抱他，把他招进密密的丛林里。那儿青苔遍地，绿草如茵。爱情和自然奏出了绝妙的和声。"秋林中隐匿着的鸟巢里，百鸟啁啾"，与情人的喘息融成一片。他们幸福无比。喜欢谈论世界、上帝和万物的雨果发现这个悔罪美人原来是一个令人消魂的柔情脉脉的女学生。有一次他俩在林中遇上了雷雨，躲进一株老栗树的树洞里避雨（后来这件事成了他们珍贵的回忆），尤丽叶冷得发抖，他试图温暖她，雨滴从她的头发上掉进脖子里，可他却对她说："我将终生记着你那些充满温暖的关怀和智慧的话"。尤丽叶·德鲁埃是一个对男人感恩戴德的女性，只要那男子不仅赞赏她的姿色，而且赞赏她的心灵高尚就成。受到世人严厉指责并且对自己过去自责的尤丽叶渴望听到温柔爱抚的言语：

  当我的诗被世人遗弃的时候，
  我甜美地贴在你胸前，享受着宁静，
  我忧伤的心儿由你来保存，
  有如一只关切的手保护蜡烛的光明；

  当我们双双坐在开满鲜花的峡谷中，
  当你的心灵在双眸中闪耀光明，
  那心儿有如一个来自异国的流浪者，
  环顾着这大地的奇迹，天上的群星。[①]

  她喜欢听他说必须把希望寄托给上帝，她喜欢她的情人变成一个说教者。
  我的安琪儿，我们因罪孽而受难是应该的。

[①]选自雨果的《在海岸上》（《黄昏集》）。——原注

你就祈祷吧，祈祷吧！大概造物主
　　为圣徒祝福的同时，也在为罪人们祝福。
　　那么我和你的罪孽终将得到赦免！①

　　她想必非常幸福，非常自豪。在10月25日，他为她把一首献给她的诗放在那个栗树洞里——它已经成了他们的信箱，她有时一天从里面能拿到5封短笺——上面的题词是："献给你，我所尊重、热爱的人。维。"这首诗的标题是《在古老的教堂里》。这是诗人在他和尤丽叶漫步顺路走进勃耶夫拉村的小教堂并在那里逗留了很久的那天晚上写下的：

　　沉重低矮的拱顶，使人忧伤的石头……
　　我们双双走进这教堂。
　　整整300年来，是谁在这里顶礼膜拜，
　　哀哀哭泣，眼泪汪汪？

　　这里静悄悄，充满迟暮的凄凉。
　　我们双双走进这教堂，
　　空寂的祭坛像没有火焰的心房，
　　满是灰尘空荡荡……②

　　她大概在那里祈祷过，在那里她向她全心全意信仰着的上帝陈述过自己的绝望——一个孤苦伶仃，"既没有快乐的家庭，也没有天伦之乐"的女子的绝望。然而，"在这个冷酷无情的世界上她对谁都没有恶意伤害过"。在那里，只有这个可爱的朋友安慰她，对她说："在这圣徒的庙堂里只有她值得他去认真地思索和忠心地爱怜。"由于情感的真挚，色调的朴素，诗行的舒展自如，意境和节律有如自然本身一样融合无间，这首诗是雨果最优秀的诗篇之一。但是他如此和谐地表达出来的尤丽叶的幽怨，证明在他们相爱的时候，这种关系并没有给她带来幸福。

---

①选自雨果的《希望在上帝》(《黄昏集》)。——原注
②选自雨果的《在古老的教堂里》(《黄昏集》)。——原注

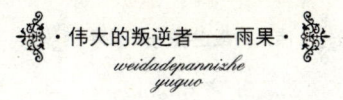

第四章 奥林匹斯山神

> 再没有比绝代佳人尤丽叶·德鲁埃给雨果的那种
> 牢不可破的温柔的爱对他更有益的了。
>
> ——保尔·克洛代尔

奇妙的生活就这样开始了。这种生活如果放在一个没有受过出家誓言约束的女性身上，是绝对不会同意的。维克多·雨果答应原谅并忘却过去，但是为此提出了明确的严格之至的条件。尤丽叶，昨天还侧身于巴黎美娇娘之列，满身珠光宝气，拖花带绣，现在却只应该为他而活着，只能和他一起出门，必须抛弃一切轻浮举止、一切排场阔气，一言以蔽之，必须过一种苦行僧的生活。她接受了这些条件，并且以一个渴望"在爱情中新生"的女罪人的奇特亢奋遵守着这些条件。她的统治者、情人每月只给她一笔数目不多，大约800法郎的钱，而她总要必恭必敬地把账记下来：

日期	法郎	苏
1日我的爱人给我的工资	400	
4日我的天神给的工资	53	
6日我的托托的饮食费	50	
10日我的情人给的工资	100	
11日我亲爱者的饮食费	55	
12日我的爱人给的工资	50	
14日我爱人的零花钱	6	4
24日我的好托托的零花钱	11	
30日我的好托托的零花钱	3	

她首先必须用这些钱还债、付房租和女儿在寄宿中学的学费。用在她生活上的所剩无几。她在自己的房子里常常不生壁炉，如果屋里很冷，她就蜷缩在床上幻想、阅读或记账——这是她的统治者每晚都要细心检查的。尤丽叶的饮食是牛奶、奶酪和鸡蛋，晚餐总是苹果。没有一件新衣裳，她只好翻旧改新。雨果一再对她说："衣着打扮对一个绝色美女的天然风韵毫无补益。"他要她说明为什么要买一

盒牙粉，从哪儿弄了一条新围裙（实际上她是用一条旧披巾改做的）。这可能会被认为是咄咄怪事，她不仅快快乐乐地，而且感恩不尽地接受了这种隐士和奴隶般的生活："我不知道我为什么这么喜欢克尽天职！我的上帝啊！须知这是可憎而卑贱的呀，你是多么宽宏大度、多么高尚，你是我的宝贝，因为你不顾我的过去爱着我……"

闲暇时她就给她的情人抄写手稿或缝补衣裳，这同样是她所乐意的。生活的沉重之处在于既然不容许她单独一人到任何地方去，她有时得像笼中之鸟一样翘首晴空，一连几天地盼他来。只要雨果有空，他就陪她去圣母街——克列尔·普拉蒂埃在那里的寄宿中学上学；或者去荣军院——尤丽叶的叔叔终生住在那里；或者与她一起跑古玩店。他很喜欢小克列尔。他写信给她说："克列尔小乖乖，你怎么一点也不想念你的老朋友托托，我可要衷心向你问好啦！好好学习，快快成长吧！将来做一个你妈妈那样高贵的好人……"如果他久久不来，这种囚禁生活对尤丽叶来说就成了酷刑。在这种生活中，她连"透透空气"的权利都没有，也就是说，她都无权到林荫道上去散步，因此她满腹幽怨：

> 我真糊涂，甘愿让人家拿我当一条看家狗：一盒稀汤，一个窝，和一条锁链——这就是我的命运！然而就是狗，主人还随身带着它！就连这样的幸运都没有我的份儿！我的锁链扣得这么紧，紧到你都不想把它解下来……

尽管碰到种种障碍，剧院仍旧是她想独立自主的唯一希望。维克多·雨果刚刚写好一部新话剧《安哲罗，巴都安的暴君》。实质上这是一都《吕克莱斯·波基亚》式的传奇剧：一个因崇高的爱情而获得新生的交际花（基枝白）；一个从死亡中被救出来的温柔的女人（卡达林娜）；完全是为追求效果而加的道具——"表记、暗门、毒药瓶和母亲的十字架"。但是剧本结构很巧妙，所以法兰西喜剧院在上演前就欣然接受了它。尤丽叶是这个剧院剧组的成员，难道她不能希望从两个角色中弄一个来演演吗？她猜度雨果害怕把自己的剧本交给一个人们对她的才情颇有争议、幕后的阴谋时窥视着她的女演员，可他又没有勇气对她说这种话。这个心地豁达的女子逐渐心灰意冷。"我们应当把我们各自在剧院里的前程区分开来。"她对他说。这句话意味着她放弃了自己的夙愿。她退出了剧组，因此她一次也没在这个法国剧院登台演出过。两个主要角色落到了两个名伶手里，一个是马尔斯小姐，一个是多瓦尔太太。

对一个女演员来说，这是最严重的自我作贱；对一个钟情的女子来说，这是真正令人害怕的意外变故。多瓦尔太太妩媚动人，倾国倾城，那是尽人皆知的。多瓦尔征服了"仪表堂堂的伟丈夫"阿尔弗雷·德·维尼，但并不忠于他。尤丽叶毫不怀疑这个骚女人将对年轻风流的诗人发起进攻，她写信给雨果："你与极有可能成为我的情敌的那个女人的关系使我醋意大发，要知道那是一个淫荡之至的骚货，可现在她天天跟你在一起，看着你，跟你说话，接触你。啊，我怎能不嫉妒她！我是多么难过，多么痛苦啊！"《安哲罗》的公演（掌声，欢呼，兴奋，令人疯狂的成功，在很大程度上有赖于两个女主角的出色演技——她俩是观众的宠儿）对尤丽叶是真正的苦刑，但是她对情人的忠诚占了上风。"你要是知道我多么真诚地为多瓦尔太太鼓掌就好了，那你就会因为我可怜的心儿在昨晚受到的屈辱而觉得惭愧。想到向观众表达你的那些崇高思想的不是我，而是另一个女人，我真有些感到快快不快。你瞧，当你知道这个女人就在你身旁时，我能不闷闷不乐、惴惴不安吗……"在对扮演者的赞扬声中，她猜测到了"女演员和作者之间的那种心有灵犀一点通"的微妙关系，因此她为不是她尤丽叶"向观众表达他的崇高思想"而深深地痛苦着。

她有权利希望得到补偿，也确实得到了补偿，这首先是优美的诗章：
啊，只要我把你满斟的酒杯举到唇上，
同时把苍白的前额贴着你的手掌，
我就常常从你半启的芳唇间，
啜饮到你的呼吸——馥郁的芳香。

就在这时，我也有幸与你一起分享，
那神秘的梦幻，和种种惆怅，
听着你的笑声，看着你的泪眼，
目光与目光相融，嘴唇贴着嘴唇。

啊，只要你的星光在我的头顶闪亮，
柔情似水，而又那么悠远忧伤！
只要洁白的蔷薇从你的花冠
突然落在我艰难的道路上——

那时我就要说:"啊,岁月如流!
光阴似箭,我都不怕!我不会衰老,不!
万紫千红总将无可挽回地凋谢,
但我心中的鲜花永不枯萎,永远新鲜!"

她永远是这样芬芳、新鲜……
她赐给我的生命之泉从不干涸。
心中洋溢着不能忘怀的爱,
胸中燃烧着永不熄灭的火。①

第二个补偿是他们次年夏天的旅行。虽然在两个家中生活十分麻烦,但是雨果认为自己能胜任这副重担,因为《安哲罗》上演了62场,每场平均收入2250法郎。出版商兰杜艾尔买下了手稿。1835年他为《颂歌与民谣集》、《东方吟》和《秋叶集》的一年半的再版权预付9000法郎,后来重新出版,加上《黄昏集》和新诗集《心声集》的出版又支付了11000法郎。3年间(1835—1838)兰杜艾尔付给维克多·雨果43000法郎。金钱像江河一样从出版社和剧院流向王政广场,像小溪一样流进天堂街。

7月末,安黛儿想去安茹参加他们的朋友维克多·巴维的婚礼。雨果接到了请束,但他知道圣佩韦也将参加婚礼,他不想跟他见面。为了和尤丽叶自由自在地旅行,他打发自己的妻子陪伴她父亲比埃尔·傅仙去出席婚礼。与其说是靠夫妻感情不如说是靠手足之情维系的丈夫和妻子,在离别之际总是用充满柔情的书信来互相欺骗。

维克多·雨果致安黛儿,1835年7月26日,自蒙特罗:"你好,我可怜的安琪儿,你好,我的安黛儿。你一路顺利吗?"8月1日,自拉弗尔:"我希望你好好快乐一番……"8月3日,自亚眠:"你怎么样?你在哪儿?你在做什么?你生活得如何?"8月6日,自列-特列巴:"大海是多么美啊,我亲爱的安黛儿。我们在将来一定要一起来观赏大海……"8月10日,自蒙吉维里埃:"我希望这次小小的旅行对你有益,使你像从前那样丰满、新鲜……"

---

①选自雨果的《啊,只要我把你满斟的酒杯举到唇上……》(《黄昏集》)。——原注

安黛儿致维克多："我很想念你，我亲爱的好维克多，我是多么希望你在我的身边啊……我不能告诉你我是多么不安，我可怜的朋友。希望你能理解并与我分担这种不安……"

8月19日："总而言之，如果你是快乐的，我并不认为你有任何过错。再说，你给我写的信那么好，那么美，我再抱怨你，也是不公道的……"

由女儿陪伴的温和厚道的比埃尔·傅仙承认夫妻俩出人意料的和睦使他有点吃惊。"在我们到了安茹后，"他写道，"安黛儿发现好几封丈夫的来信。他要去布尔和香巴涅旅行……他对我们的安黛儿非常殷勤，他写信要她开心消遣，要她想着他，爱他。信的结尾还说：'我希望巴维有一个像你一样的妻子，那时他就会感谢上帝……'"安茹的婚礼"场面盛大"。整整4天，人们都是在帆布篷下和轮船上度过的。安黛儿是名作家的妻子，又是一位美貌非凡的太太，因此赢得了所有宾客的赞赏。圣佩韦含着眼泪朗诵了一首相当长的贺婚歌，人们出于礼貌才无聊地听完朗诵。安黛儿致维克多："当你回到巴黎时，我的朋友，请你给他写上三言五语，感谢他对我的关照。"

阳光灿烂，四野美景宜人，卢瓦尔河两岸一片欢乐景象，然而安黛儿却闷闷不乐。她那满头稀疏的红头发的朋友的阿谀奉承，再不能给丈夫不在身边的她以慰藉。安黛儿致维克多："望着卢瓦尔河，我对自己说，10年前我和你一同看见过这条河。我们俩双双走遍天涯海角，将要走到什么时候呢……我老了，对一切都感到厌倦，我无缘无故地忧愁烦闷……"她讨厌圣佩韦，讨厌生活，讨厌世上的一切。嫉妒正在唤起某种类似恋爱的感情。11岁的小姑娘蒂蒂娜温和地指责父亲："妈妈有时哭泣，因为她和你不在一起……请不要忘记自己的女儿，好爸爸，请不要那么心肠冷酷，到我们身边来吧，我们非常爱你……"

可是雨果和尤丽叶这时正完全沉醉在他们富于诗意的旅行之中。尤丽叶给维克多写道："你还记得我们不论从哪里出发，我们在可以折叠的车篷下紧紧依偎的情景吗？手相握，心相交，除了爱，我们忘了一切。每到一个地方，我们就参观教堂、博物馆，任何奇妙的东西都使我们兴奋不已，因为我们是透过激动我们心灵的情感的棱镜去观赏它们的。那时有多少杰作使我惊叹啊！因为你爱它们，你的嘴善于向我描写它们为什么那样美。我征服了多少台阶才登上耸天钟楼的顶端啊，只因为有你在我面前步步高升……"在这里，回响着热烈爱情的最纯洁的声音。这趟旅行给尤丽叶造成一种宴尔新婚的错觉，对雨果来说，这次旅行充满创造性的想象。

更新和对童年时代无忧无虑的自由之回忆。他喜欢没有计划、不带行装地漫游,他喜欢攀登废墟,画素描,采集花卉,酝酿形象。善于适应各种环境的尤丽叶是这次旅游的一个理想伴旅。远离了巴黎的维克多·雨果不再装腔作势了——既没有扮演先知的角色,也没有摆出宗教裁判者的架式,他像一个度假的大学生一样快乐。在肮脏的饭馆墙壁上,他写下了诅咒:

见鬼去吧!丑恶的寓所,破烂的住房!

这里臭气冲天,乌烟瘴气,是贪婪的臭虫的天堂,

这里一整夜充满最可怕的嘈杂混乱

和一大批商品推销员的合唱!

1835年,两个情人旅行到比卡底和诺曼底。库拉明——"乏味的教堂";普罗文——"4个教堂",钟楼,城市如画般散布在两座山岗上。离苏阿松2法里,在这离开各条大路的山谷里,有一座令人陶醉的15世纪的小城堡西特蒙。"假如什么时候按10000法郎的价格出售它,我就为你买下,我可爱的安黛儿……"圣·肯坦仿佛是"一个用各种树木组成的美丽的门面,这是1598年的建筑"。"现在我在亚眠。这里有一个大教堂,它占去了我一整天的时间。简直是奇迹!"在列-特列巴:"昨天我既快乐又忧伤,亲爱的朋友;快乐的是收到了你的信,忧伤的是只有一封。在安布维尔差不多逗留了一昼夜,我希望你的信能及时送来。去邮局跑了一两趟——什么也没有……很快就会再见的,亲爱的安黛儿。不久就能吻到你了,那是多么快乐的事啊……"这是怎么回事?摆在我们面前的这些信不是一位好丈夫才能写出来的吗?但是这些欢欣的词语却是由与另一个女性——他的情妇——观赏这些景色的人写出来的。

回到巴黎后,雨果把妻子安置在罗什城堡,把尤丽叶安置在梅特斯村。幽会成了习惯。1835年9月和10月,阴雨连绵,秋风萧瑟。尤丽叶常常孤零零地待在她的屋子里,身边只有拉比斯埃婶娘。她望着窗外的狂风暴雨,不安地思念起自己的女儿来——"我们已经把她遗忘了";缝补自己的衣裳或者翻阅"亲爱的人儿"的作品——这是她乐此不疲的美事。"我对你的所有作品都熟读如流。但是我每次读它们,都比第一次阅读时还要喜欢。这正如你那美丽的容貌,因为那上面的任何微小的特征我都了如指掌。你的每一绺头发,每一根胡须,我都没有不熟悉的。不管怎么说,你的美每一次都使我惊讶,使我狂喜……"不顾秋雨潇潇,尤丽叶总要跑到那株大栗树下,然而等待她的常常是失望——在大树下,她既没有看见她的情

郎，也没有找到树洞里的情书。"只要不是大雨倾盆，我就一定要跑到我们的那株大树前，看来今年它对我是一颗果子都不结。它没有给我一封哪怕是最短的信，这是它最大的忘恩负义，要知道我对它比对其他树木更偏爱，虽然其他树木比它更美丽、更年轻。看来，忘恩负义是树木和人的本性……"不过她偶尔也会得到一张美好的信笺，这成了她的慰藉，也补偿了她失去的一切。

维克多致尤丽叶：

让我们终生记住昨天吧。怎么能忘记1835年9月24日这一天呢！雷雨那么吓人，可这雷雨又给我们带来多么大的欢乐啊！大雨如注，树叶庇护不住我们。冰冷的雨水从树上落在我们的头上。你几乎赤身裸体地畏缩在我的怀中，你把自己美丽的脸蛋藏在我的两膝间，只是为了向我微笑才抬起头来。湿透了的衬衫紧紧地贴在你那美妙的双肩上。暴雨足足下了一个半小时还没有停息，而在这期间我们一句话也不说，生怕言语不能把我们的深情表达。你真是妙不可言！我爱你，我的尤丽叶，我爱你爱到不能用任何语言表述。我们的四周是多么可怕的混乱，而我们的内心却是那么甜美、和谐！让这一天成为最宝贵的回忆，直到我们生命的最后一天吧！

尤丽叶对不合情理的赞美近似于虔诚的崇拜，这是危险的，这会使诗人对自我崇拜的嗜好膨胀。在浪漫激情蓬勃高涨的那个时代，由于幻想逃避令人痛苦的现实，浪漫主义作家们创造了许多与他们面貌相同的艺术形象，并把自己苦难的重担和沽名钓誉的志向转嫁到这些形象身上。塑造了恰尔德·哈洛尔德这个艺术形象的拜伦首先做出了榜样；维尼创造了斯岱洛，缪塞——封都尼奥和芳达西奥；乔治·桑——雷丽亚；圣佩韦——约瑟夫·德洛姆；夏多布里昂——勒内；司汤达——于连·索黑尔；歌德——威廉·麦斯特；本热明·贡斯当——阿道尔夫……雨果是奥林匹斯山神的化身，他与"这个远离人类而诞生的半人半神，傲慢、自然和爱情的统一体——奥林匹斯山神——十分相似……"

名字的选择是天才的一大发明。奥林匹斯山诸神中的这位巨神，被打倒的泰坦，永远不忘他那高贵的出身，这个超人的目光能够比人类更深邃地看到无底的深渊。神灵，同时又是上帝的牺牲品——这就是尤丽叶的崇拜使雨果习惯于在自己身上看到的两个形象。那些年月是他生活中的一个艰难时期，他明白人们在仇视他，在诋毁他。"故交几乎都抛弃了他，"亨利希·海涅谈到他的时候说，"但是说实话，人们抛弃他是由于他本人的过错。他的自私自利伤了他们的心。"由此在他心里产生了一种要求——用聊以自慰的优美言词创造与自己面貌相同的艺术形象的要求：

青年人啊，你的天才不是早已

使全世界都陶醉了吗？

你的名字不是早已名扬四海了吗？

但这都不是永恒的现象——

敌人们在非议你的人格，狂吠，疯狂，

像一群疯狗一样。

贪婪的烈焰在燃烧，四周聚集着一群

毫无价值的白痴！①

激情，就这个词的完整而又惨痛的意义来讲，正好成就了这个诗人。他当时创作的诗歌不仅远远超过《颂歌与民谣集》，而且远远超过了《秋叶集》。兰杜艾尔于10月底出版的《黄昏集》是用许多首真正杰出的诗篇组成的。诗集的标题表示光明正在逐渐减弱。一点不假，在《东方吟》光华灿烂的彩焰之后，展现在我们面前的是真正优美的创作，色调朴素，形式明朗，连最普通的启承转合都达到了史诗般的水平。《拿破仑二世》的诗句是如此之美，几乎每一句都洋溢着孝子般的热情，向拿破仑一世的幽灵发出了激动人心的呼吁：

安息吧！我们将会到你雄鹰的巢穴中去寻找你！

你是我们的偶像，但不是暴君。

我们大家热泪盈眶地谈论着你的命运。

你的三色旗对我们来说是胜利的象征。

把你从宝座上拉倒的绳索，

不会把我们的双手弄脏！

啊，我们要为你举办盛大的追悼！

假如为祖国而战的时候就要来到，

我们一定轮番去为你守灵。

占领了欧洲、印度和埃及的时候，

---

①选自雨果的《致奥林匹斯山神》（《心神集》）。——原注

我们就下令，让年轻的诗章，
　　为年轻的自由放声歌唱！①

献给路易·布（朗热）的《巨钟》一诗，按照作者的意见，应该是他的政治立场的辩护词。维克多·雨果歌颂帝王，后来又歌颂国王，怎么不可以呢！瞭望塔上的巨钟——这是"天籁在人间的回音"，在这口青铜铸就的大钟上铭刻着各种制度的徽章，"它处在万物的中央，以洪亮的回音"向全人类宣告他们的痛苦和欢乐。诗人放声歌唱自己祖国的全部荣誉和所有耻辱。每一个过路人都可以用有力的手让这口巨钟颂扬上帝的荣光——岂只是上帝的荣光！

　　在神圣的激愤中，狂飙倏然突起，
　　汹涌向前，要求诗人或巨钟："唱吧！"
　　这难道是诗人或巨钟的罪过？
　　每当此刻，诗句从激荡的胸中涌出，
　　就像烈火从黑暗的王国喷射，
　　打破了平静，炸毁了沉寂，
　　穿透被岁月烧得炽热的岩层，
　　通过断褶、灰尘和苦涩粘稠的岩浆，
　　接连不断，拼命向上飞扬！②

但是雨果在《黄昏集》中主要颂扬的是他和尤丽叶·德鲁埃的精神和肉体的结合。公开献给她的诗就有13首③。喜欢刺探别人家丑的人们，像严厉的法官而不是朋友的好奇，惊讶地发现诗集中同样有不少献给妻室儿女的诗。《给我一束百合花》一诗对安黛儿的美德大加赞美，这样做，意在廓清当时盛传的诗人家庭不和的谣言，是对往事的感念，是对现在友情的昭示：

　　你看，她带着孩子正向花园走去。
　　净洁宽广的前额，深沉温和的目光……
　　啊，你们谁能不为她祝福！

---

①选自雨果的《致钢柱》（《黄昏集》）。——原注
②选自雨果的《致路易·布……》（《黄昏集》）。——原注
③见《黄昏集》中的十四、二十一、二十二、二十三、二十四、二十六、二十七、二十八、二十九、三十、三十一和三十三（作者注）。（这里列举了12首，与正文不合，有误。——译者

把我们联起来的是一条条无形的线——

青年时代的热情区、虚荣和幻想！

我永远忠于她，直到把双目闭上。①

这首把她似乎有点神化的压卷诗使圣佩韦大为恼怒，以致到了不能自持的地步。他的那篇彻头彻尾都很不公正的评《黄昏集》的论文，是以对这首家庭诗的抨击结尾的：

可以设想，作者在卷末决心要在我们眼前洒下朵朵洁白的百合花。遗憾的是，作者认为这种方法是必要的。整个诗集因这一首诗受到了损害，集名"黄昏"并不含有双重意义。因为缺乏艺术上的均衡（色彩与力量之间的），竟使他想在一卷的结构里加进两种很不协调的颜色，点燃两炷互相抵消的香。他没有预见这将产生怎样的效果，可是人人都知道，完全沉默是对所尊敬的对象的最大的尊重和颂扬……

这种不客气的评论使安黛儿伤心。献给尤丽叶的颂歌那么多，这虽然使她委屈，但那些与妻子有关的诗句仍然使她感动。

让上帝保佑你，

你是童真的堡垒。

不要让那禁果成熟，它会使夏娃受到诱惑……②

"不要让那禁果成熟，它会使夏娃受到诱惑"，丈夫在此指派给她的角色不是她所乐意扮演的。维克多·雨果的新的爱情促使合法的妻子产生了与他接近的欲望，但她只求友情上的接近，而不是肉欲上的接近。她永远不是一个性欲旺盛的情人，现在只想成为诗人受尊敬的女友。

安黛儿致维克多·雨果：

你什么也不能丧失。至于我，我不需要娱乐，我只求安静。我太老了……我只有一个愿望——使我所爱的人幸福。对于我来说，我自己的生活之幸福已经一去不复返了。我希望在别人的快乐中得到它，无论如何这样做有许多快慰。当你说我有一种"宽容的微笑"时，你说得完全正确……我的上帝！做你想做的一切吧，只要你觉得好就行，因为那于我也是好的。

---

①选自雨果的《给我一束百合花》(《黄昏集》)——原注
②选自雨果的(《三十六》(《黄昏集》))。——原注

不要以为这是冷漠，不，这是对你的忠诚，这是对生活的逃避……我永远不会在你身上滥用婚姻给予我的权利。我想，这样你就会像一个单身汉一样自由，因为你，我可怜的朋友，在20岁时就成了家，我不希望你把自己的一生和我这样一个微不足道的女人拴在一起。至少你所给予我的，我将毫无保留、完全自由地归还给你……

《黄昏集》出版后，她逐渐从她的生活中摆脱了圣佩韦。她不仅因为那篇失礼的论文，而且为了他到处说《黄昏集》的坏话而生他的气。雨果想和自己的老朋友决斗，但是出版商兰杜艾尔立刻出面干预。"你们两个诗人决斗，这哪成呢？"他愤愤地说。圣佩韦致维克多·巴维：

　　真遗憾，我们吵了一架，吵得很凶，时间很长。至少我看不出有和解的可能了。现在使我们分裂的是那几篇文章——既不能抹掉也不能修改的文章……

令人惊叹的尤物，被诗人颂扬备至的尤丽叶看到所有评论家都认为诗集的最后一首诗《给我一束百合花》的立意是"重返家园"时，表现出比安黛儿更大的醋意。1835年12月2日，她写信给维克多·雨果："不只我一个人觉察出你近一年来在习惯和情感方面都发生了很大的变化。大概我是唯一体会到这一致命痛苦的人，但这又有什么要紧，反正你能尝到天伦之乐。你的家是幸福的……"特别叫她抱怨的是，在他看来，她变得不那么让人怜爱了："我相信你，玩笑归玩笑，我亲爱的，我的好托托，我们的行为太荒唐了。既然两个恋人在最严格的纯真中共同生活，那么任性胡闹该是结束的时候了……"她所需要的是热恋着的维克多，而不是忠诚的维克多。"除了做一个你所热爱的情人，我从未想到和你过一种别样的生活，我也不想做一个靠怀旧而生活的女人。我不要求也不希望拿着养老金退位……"她以一个情爱正浓的女子所特有的洞察力猜测到他在艺术上获得了无与伦比的艺术成就后，正在幻想着其他领域里的辉煌成就，正在渴望成为一个国务活动家、社会改革家、预言家。当她向他讲到这一点时，他表示不同意她的想法：

　　朋友！当人们反复述说荣誉时，

　　我准备大声嘲笑说：

　　人们相信荣誉，但她是个妓女。

　　她正在狡猾地说着谎话！

　　嫉妒心在荣誉的两眼中，

把那熊熊燃烧的火炬，
煽动得火燎烟腾；荣誉
是一尊坐在墓门前的偶像……

唱吧，点燃起苦难的火光！
笑吧，你的笑声光明安详！
风暴和骚动属于我们，
难道能说万事都是空忙？①

　　然而她是对的，她想到了无论是芸芸众生还是人世喧哗，对他来说并非统统都是无所谓的；也想到了在他体验过爱情和荣誉的完满幸福后，他说不定哪一天为了沽名钓誉，会把这一切统统抛弃。

---

①选自雨果的《当人们反复述说荣誉的时候……》(《光和影集》)。——原注

第六篇　愿望的实现

> 当他过了一段时间变成了一个花花公子的时候，有一次她悲伤地对他说："本热明，你沉溺于穿着打扮，就不再爱我了。"
> ——圣佩韦：《德·沙里埃夫人》

第一章　光和影

年轻时写情歌，可是成熟后左右着诗人的是另一些欲望。在1836年和1840年间，想到在社会舞台上一无成就，维克多·雨果惶惶不可终日。歌唱丛叶、太阳和尤丽叶虽然是赏心乐事，但并不能使一个渴望成为"精神领袖"的人心满意足：

当人民在呼天抢地、疲惫不堪、

一贫如洗的时候，

逃避现实的人理应受到诅咒！

无忧无虑的诗人啊，在这种时候，

假如你尽哼些陈词滥调，

偷偷溜出城门，那是你的耻辱……①

在那时的诗集《心声集》（1837年）和《光和影集》（1840年）中，诗人常常沉思大自然的奥秘。从群山的峰巅、大海的岩礁，他仰问上苍：

主啊，你的造物到底有什么好？

为什么急流飞湍，雷霆轰鸣？

为什么你要让这个可怕的地球载着

碧绿的青草、重叠的山峦、辽阔的人海……

绕着倾斜的地轴旋转？

主啊，快告诉我，它为什么要旋转？

时而陷入漫漫长夜，

时而又朝阳喷薄，霞光灿烂？②

殷勤问天天不语，思索就意味着怀疑。透过大自然宏伟壮丽的画面，诗人领悟

---

①选自雨果的《诗人的使命》（《光和影集》）。——原注
②选自雨果的《世界和世纪》（《光和影集》）。——原注

着这个以物质世界的面目出现的上帝,但是这个尚未成形的缄默不语的上帝永远不会是人,而强迫人屈从的命运却咄咄逼人地向他发问道:"心灵啊,你信仰的到底是什么?"

> 宇宙啊,你这个斯芬克司,
> 任何智慧在你前面都猜不出这个谜,
> 因为害怕恍然大悟,害怕找到答案,
> 智慧沉默着,不说是,也不说不。
> 很久很久以来,我们毫无信仰地活着——
> 漫漫长夜中没有火光,
> 大地上没有使人慰藉的语言,
> 我们的航船上没有舵手! ①

不管你信不信超自然力量的存在,反正尘世的繁忙没有任何意义。"我们这个世纪是雄壮伟大的,主宰它的是崇尚昂扬的激情"。雨果渴望在那些塑造形成各族人民的思想意识的人物中占一席位。成了雨果的楷模的夏多布里昂是法兰西贵族、大使、外交部长。这才是这个伟大世界的道路,他希望能踏上这条道路。但是在路易·菲力普时代,作家中的贵族称号只能赏赐给法兰西学院的院士。诚然,在创作《克伦威尔》和《爱尔那尼》的那几年里,雨果和他的朋友们曾狠狠嘲弄过学院那伙人。但是他对文学界的情况太了解了,他相信学院的院士们不会因为宿怨而责怪一个天才作家的。如果人们不喜欢他,怎么会对他有那么大的恨呢?从1834年开始,雨果就圈定了康提滨河街,把它作为实现他的虚荣心的第一个战役。同时他以其固有的钢铁般的毅力对这个要塞发起了围攻。"雨果突然打定主意要进学院,"圣佩韦刻薄地写道,"只要他一拿下这个阵地,他就会时时傲然地谈论它。他会拉上你从圣安东林荫道漫步到马格德林广场,漫不经心地啰嗦着的依然是它。固执的念头在雨果的脑袋里一扎下根,全部思想都将被发动起来,死死盯住这个念头不放。于是他那机警聪明的铁骑就会立刻迫近,重炮、车队和妙喻就会插进来……"

他的情人尤丽叶和女儿蒂蒂娜都不想听到有关绿色制服②的任何言谈。她们对金丝绣花服装有一种厌恶感。她们的审美趣味令人羡慕地坚定不移。尤丽叶担心雨

---

①选自雨果的《思索,怀疑》(《光和影集》)。——原注
②法兰西学院院士所穿的礼服。——译者

果被提名为学院的候选人，担心因此而必须承担的上流社会的义务将会使她失去情人。但是，当她争得准许陪伴伟大诗人出外拜访的权利后，当她蜷缩在两轮轻便马车的角落里急不可待地等着他拉门铃的时候，她就决心利用这一出现在她面前的好机会，"哪怕这是沿路洒下的残羹剩饭"也无所谓。她不无嫉妒地补充说："这样一来，我就会知道你把多少光阴消磨在院士们的妻子女儿们中间了。"后来她对此事兴致勃勃："今天是猎取万古美名的难得有的好天气，不利用这一机会是不可原谅的。"

但是在1836年2月组织的选举之后（必须补上已故的列奈子爵的名额），她得意洋洋地宣告了候选人雨果的失败："大约再过3个小时，你就不能当院士了，我可爱的托托，你应该为此而庆贺。学院的制服所授予的政治特权，我视若粪土，我向上苍所祈求的那件事也是蒂蒂娜所希求的，而且一想到没给你加任何佐料，你仍旧是我原来的你，我就提前高兴得手舞足蹈。"实际上，很快就被遗忘的轻松喜剧作家梅斯埃·杜巴吉的当选使雨果有理由痛心地说："我以为进入学院必须通过艺术之桥。唉，我错了，看来只有经过一条新桥才能到达那里。"同时，我们在上面所提到的杜巴吉以真正上流社会的殷勤，吩咐把他的附着4句诗的名片送到王政广场的这所住宅里来：

  我在您之前登上宝座，

  因为我的年岁给我开辟了道路。

  您现在已经获得了不朽，

  您要等待的那一天也屈指可数！

1836年11月，雨果重新开始拜访那些有用的人物。但是维克多·巴维在致兄弟第奥多尔的信中对他的成功表示怀疑："拉马丁伤了膝盖，恐怕未必能及时回来。基佐提名雨果为候选人以对抗梯也尔提名的米涅，但没有通过，所以他不会取得表决权。基罗正在利马酿造白葡萄酒。可以有把握地考虑的只有夏多布里昂和苏梅，而诺第埃这个老态龙钟的叛逆者早已转到了古典主义者的阵营……"拉马丁和夏多布里昂确实是两位家庭守护神，他们同意选雨果，但米涅获胜了。"假如是投票表决，雨果或许会当选，"德菲娜·盖写道，"可惜是唱名计数。"雨果年轻时的这位女友现在成了一个权势显赫的人物，因为她嫁给了无耻而粗野的艾米尔·瑞拉泰。她过去曾给过浪漫主义以慷慨的援助，现在突然转向反浪漫主义派。在斯岱洛之后转向了拉斯蒂涅。德菲娜热爱前不久创办了《快报》的丈夫，她本人在这张报上以"德·洛奈子爵"的笔名发表了几篇出色的论文。应瑞拉泰的邀请,雨果为该报创刊号写过一篇纲领性的文章,阐述了保守派政策的最基本原则,同时论述了这些原则是忠实于1789年的原则的。这样一来,他就成了报纸的合作者,而他的朋友德菲娜在《快报》上披露了"本周发生的最大丑闻",严厉斥责了学院的所有成员:"先生们,法兰西要求你们成为值得尊重的人,它敬佩这样的人;法兰西只给使它名声远扬的有才华的儿子加冕桂冠……"她完全正确,可是过分庞大的聚会似载负过重的牲畜,是不会运转灵活的。

失败是可以忍受的,但是这个转向日常事务的候选人是不会善罢甘休的。他对孩子们越来越依依不舍。娇美可爱的蒂蒂娜是一个审慎、聪明而庄重的姑娘。跟从前一样,她依然是雨果的宠儿,并且渐渐成了他的心腹。因为家庭的不和而早熟的列奥·波蒂娜具有一种成人般的严肃性格。母亲给女儿画了几张迷人的铅笔肖像画,这几幅画显示出她的真正才华。由于诗人著作的再版和剧作的恢复上演,雨果夫妻的经济状况大为改观。他们每年购买一笔数目相当可观的国库券。然而雨果仍要求他的妻子卡紧一切开支。他给了她几本用直尺画好表格的笔记本,开列的细目有:伙食费、生活费(安黛儿的)、生活费(孩子们的)、教育费、服装用品、杂项开支、佣人工资、旅费、借贷等等。甚至一些零星花销也应该记上,诸如12生丁的公共马车费,或者付给圣安东街31号理发师艾麦利的2法郎理发费。看一眼账簿,就可以知道雨果夫人在1839年找理发师理过18次发。安黛儿随着年岁的增长,并没有成为一个勤勉的主妇。王政广场的这一家尽管外表显赫,实际上生活却马马虎虎。维克多·雨果在"冷得像冰箱一样的阁楼里"工作,他的床垫是用废帽子填塞起来的,衬衫上没有钮扣,而他的外衣是从来不打补丁的。不管怎么说,有偏心的见证人尤丽叶·德鲁埃的结论是这样。

安黛儿还间或给圣佩韦写信,但是照他的看法,这场"恋爱"对于她已经成了一场春梦。他是对的。"她感到日渐年迈,健康状况使她忧心忡忡。怎知这个虔诚的女性不把割断这一爱情关系当作自己的义务呢?要知道她已经再不能用按捺不住的冲动来为这一关系辩护了呀!"因失败而懊恼的圣佩韦当时在他的日记里写下一些与维克多·雨果有关的残忍的话:"剧作家雨果是一个自命为莎士比亚的卡利班①……雨果责备我总是搞些微不足道的题材。他是不是想暗示我所选择

---

①卡利班:莎士比亚《暴风雨》中的精灵,性恶而丑陋。——译者

的题材不如他呢……雨果，这是一个哗众取宠的诡辩家。"对安黛儿，他也毫不留情："在年轻的时候，当人们为了一个女人的美色而爱她的时候，很容易容忍她没有头脑，正如当人们为了一个人的天才而崇拜他时容忍他没有清醒的判断力一样（我在雨果夫妇身上发现了这一点，她和他没有什么两样）……"这样的洞察力犹如一把锋利的钢刀，使亮出这利刃的人自己也受了伤，因此圣佩韦自己也很痛苦。

1836年整个夏天，从5月到10月，雨果夫妻和孩子们不是在罗什，而是在靠近日渐衰老的傅仙家的福尔卡（在玛尔利森林中）度过的。封达内于8月去拜访过他们，他回忆起在那里度过的一天时非常高兴："好久没有参加过这样愉快的宴会了。维克多没穿礼服，他穿着妻子的罩衫，快活得无法形容……一大堆烧肉。一位神父前来造访。傅仙先生和一大帮儿女……"父亲的到来对孩子们来说是真正的节日。当他抛下他们，带着尤丽叶出外旅行时，蒂蒂娜给他写信说："我可怜你，不幸的爸爸，怎么能设想你步行走那么多路呢，而经过这种疲惫不堪的远足后你又不得不用那肮脏的晚餐充饥。话说回来，我并不十分难过，因为我希望你会因此而盼望快点回到我们可爱的福尔卡。我们时刻在盼着你，衷心地爱你……"当他回到王政广场自己的家时，妻子就去找他，孩子们却留在福尔卡。列奥波蒂娜给母亲写道："我们8点左右起床。上教堂，吃早饭。我学会了谱写钢琴短曲，丹丹弹琴……那个天主教神父每天来，询问我的教义课，在我们这儿吃晚饭，和我们一起度过整个晚上……请问爸爸还给我买不买抒情歌曲《修道院的洗衣女工》。多么美妙的乐曲啊。如果他不买，我就自己买。不管怎样，他必须舍得花钱……"

列奥波蒂娜准备在福尔卡教区神父鲁舍尔和为她编写宗教赞美歌的外祖父的主持下行首次圣餐礼。我们有蒂蒂娜的一本"静修笔记"——92页的"为我首次圣餐礼准备的训导分析"。

维克多·雨果，罗布林和第奥菲尔·戈第埃参加了在福尔卡教堂于9月8日、星期日、圣母复活节那一天举行的仪式。列奥波蒂娜独自一人来接受首次圣餐礼。她向所有在场的人宣讲了真诚信仰课。她那纯洁的心灵，迷人的天真就连最冥顽不化的无神论者都受了感动。奥古斯特·德·沙吉侬奥把这一场面画成了一幅油画。早在8月20日，雨果夫人就把丈夫的20卷精装全集（价值40法郎）寄给了那个神父，并请求出版商兰杜艾尔从作者的稿酬中逐渐把邮费扣除。

尤丽叶·德鲁埃为了宗教坚信礼的一件白色衣裙牺牲了她那些旧日的用亚根地纱做的轻薄透明如蝉翼的连衣裙，那是可以使她想起挥金如土的豪华时光的衣服——噢，浪漫主义啊！举行过宗教仪式后，雨果就立刻出发去巴黎，这有点使应邀赴宴的客人扫兴，宴会本来是比埃尔·傅仙和女儿为周围宗教界人士举办的。安黛儿·雨果，这个胆小的管账先生，给丈夫写信说："蒂蒂娜首次圣餐礼的开支不会超过200法郎……当然这已十分破费了，但是只要沙吉依奥一画完他的画，只要他一走，我就把大门对所有的人关上……"福尔卡仍旧是秩序井然的王国。

1837年4月16日，雨果和圣佩韦一起参加了加布丽叶拉·多瓦尔的葬礼，她是玛丽·多瓦尔的长女，"绝代佳人"，一直是封达内的情人，直到21岁时夭折为止。"这真是仇人路窄！"圣佩韦在1837年4月28日写给威尔利·古丁盖尔的信中说，"我们5个人同坐一辆出租马车，其中有雨果，巴尔布埃，我，邦奈尔（他是《世界评论》杂志的人）。只差维尼！5个人中有3个——一方面是我和雨果，另一方面是邦奈尔和我——彼此不说话，都装作不认识的样子，可是3个人都面对面坐在同一辆马车里。这才真是地地道道的送葬！"他们心头的友情比年轻的加布丽叶拉的尸体还要冰冷僵硬。"雨果冷酷、淡漠，与不幸的封达内讲着闲话。不安、激动的圣佩韦一言不发，固执地望着车窗外。假如他能逃跑，他无疑会这样做的……"

有一段时间圣佩韦还指望安黛儿回心转意。1837年6月20日，他写信给古丁盖尔：

> 她门也不出，既不坐车，也不散步。我费尽心机，过好长时间才能得到她的一点消息。唉！近日来我晚间在欢乐的人群中徘徊踟蹰，在这神奇美好的天空下呻吟哭泣，犹如一头受伤的鹿……

他企图重新赢得她的爱情，在《世界评论》上发表了感人之至的中篇小说《德·鲍蒂薇夫人》。书中描写了一个因婚姻不幸而绝望、孤独，因畏怯而困惑苦恼的女子对一个叫缪尔塞、她的朋友的爱情。作者对男主人公表示了"真诚的同情"。"她的一生使人联想到那幽深、狭窄的峡谷，只有在炎日当空时，才能见到一点阳光……"后来德·鲍蒂薇夫人春情突发——尽管她"情窦初开"——整个地委身于她的朋友，但不是为了分享他的情欲，而是想让他得到完全的幸福。然而她的爱随后就好像自行熄灭了。缪尔塞到最荒僻的地方去流浪，不停地自言自语："全完了！你抛弃我吧！"可是在结尾，由于缪尔塞的温柔、坚贞，万事如愿，两个幸福的情人在晚年终于团圆。

但是人生并不像作家所希望的那样尽如人意。实际上雨果夫人被这篇明显地为

她而写的小说惹恼了。尤其明显的是前不久圣佩韦把他的一本诗集呈献给她,其中也有缪尔塞本人的痛苦呻吟:

全完了!你抛弃我吧!又一个春天……
我盼望着盛夏的烈焰;
在田地里,心灵上,种子将抽芽生长,
全完了!你抛弃我吧!

维克多·雨果也读了杂志上发表的《德·鲍蒂薇夫人》。当他得知圣佩韦到处扬言说,写这篇小说的唯一目的就是为了"安慰一个他所钟情的女性"时,他怒发冲冠。从各方面来看,夫妻俩当时就决定把这个多嘴好事的作者请到王政广场的家里来,毫不含糊地让他明白,今后休想再见他们。这一残忍的通牒可能是在1837年10月发出的。之后圣佩韦立即出发去瑞士的洛桑市,那里要他去做关于保尔·罗亚尔的讲演。国外之行来得再好没有了。圣佩韦给古丁盖尔写道:"我现在才明白我的私生活是不成功的。我只好到文学中去寻找避难所……"后来在1838年5月18日,他又写道:"10月离开巴黎时,我很凄怆。啊,十分凄怆!为了那件事我有一切理由……在王政广场我想到了与你们交谈时用两句话概括的那个思想:一方面是笨拙地设下的背叛的陷阱,与我们的库克罗普斯简直没有什么两样;另一方面是爱情都不能使她变聪明的那个女人的全部智力向我表明的闻所未闻、真正愚蠢的轻信……"圣佩韦因为被屈辱所折磨,就对不幸的安黛儿做出了令人震惊的残酷而不公正的谴责。回到巴黎后,他写下这样几句话:"又看见了安,莫非我必须相信拉罗什富科这句格言:'一旦相爱,就得分手'是真理吗?不过,看来与爱情的缘份是彻底结束了,无论如何,与这个女人的爱情是彻底结束了。"3年后,他在日记中写道:"我恨她"。但圣佩韦总是骄傲地回忆着那一次满足了他的虚荣心的奇特的胜利,同时愤怒地想起那深受凌辱的决裂。在他逝世前还继续——虽然很少——与安黛儿会面、通讯。1845年他在致乔治·桑的信中这样写道:

还是那样百无聊赖,因为我不爱人也不再被人爱,因为在经常不断的
痛苦和暗无天日的绝望中,未来的希望也再不能支持我了。我们如此不幸,
怎样才能回到过去那美好的时代呢……

至于维克多·雨果,决裂导致了他必须公平合理地让妻子和情人分享自己。尤丽叶过着热恋、郁闷而清贫的日子,时时因不满足而发作。雨果把她安置在马拉区圣安娜斯达街14号,与王政广场毗邻。她的住宅的墙上挂满了肖像画和家庭守护神

的素描。每当这对情人去逛古玩店的时候，常常不是带回一些哥特式的小雕像，就是带回古代纺织品。卧室里，在卧榻和"熊熊燃烧的木柴发出舒心的劈啪声的"壁炉之间，尤丽叶收拾出一个小角落，诗人可以在那里工作，那里还为他准备着修好的鹅毛笔，总是添满油的灯和一大叠浅蓝色的稿纸。她躺在床上，默默地端详着那个孕育着辉煌诗句的"可爱的头颅"："前几天我瞅着你，欣赏着你那高尚而美丽的、充满激情的面庞……"他们一起度过的那些时光使她所受到的一切屈辱百倍地得到了补偿：

  她说："是的，我现在很好。
  我没有权利。光阴流逝，从容不迫，
  而我目不转睛地望着你的两眼，
  在那朦胧的眼神中我看到智慧时隐时现……

  我坐在你的脚旁，四周万籁俱寂。
  你是雄狮，我是斑鸠。我默默地注视着
  一张张纸在你手下簌簌作响，
  我悄悄地拣起那支抛下的笔……"①

  应该说，这样的崇拜使雨果感到惬意。但不能把这种崇拜叫做盲目崇拜。尤丽叶有许多理由抱怨、嫉妒。因为在王政广场的住宅里有一道直通雨果书房的秘密楼梯，常常通过这条楼梯去会见她的"偶像"的尤丽叶清楚地知道其他女人也到这间书房去向他的主人出售春酒。下面这段话就是摘自尤丽叶致维克多·雨果的一封信："你是美丽的，太美丽了，甚至当你在我身旁时，我也嫉妒你。至于别的，你自己判断吧……我希望只有我一个人爱你，因为我是这样的爱你，以致于我的感情可能要强迫你忘掉其他所有女人的爱……"毫无疑问，她屡屡抱怨的情人之所以不忠实，应该到甜蜜的偷情快感中去寻找原因。她不止一次揭发他虚伪。他对她说："我得去城外串个门儿。"可是事后她发现雨果一家连城郊的别墅都没有去。到底谁是使他偷偷离去的罪魁呢？起初尤丽叶因雨果对马尔斯小姐和玛丽·多瓦尔夫人的爱慕而吃醋，现在她因来自奥贝拉的制帽女工和舞剧女演员丽春小姐的竞争而感到恐慌。女妖精们企图用各种手段勾引不想抵制诱惑的男子。渴望角色的女演员

————————
 ①选自雨果的《昏暗中说的话》（《静观集》）。——原注

们，巴黎上流社会的年轻热情的风流娘儿们，初学写作的女作家们，都可以拉响暗室的门铃。客人们和雨果坐在沙发上谈论诗歌。"假如我是女王，"尤丽叶说，"我就只把你装在铁面具里，只让我一个人知道打开这面具的秘诀。"然而她自己给自己戴上了锁链。不忠实的情人像从前一样，当他不在时也不允许她走出房间一步。"为什么要囚禁我？"尤丽叶开始诉苦了，"我爱你，我的爱比任何禁锢都牢靠……"她受不了这种虐待："快4年了，你的爱像怒潮般地冲击着我，从那时起，我就失去了活动和自由呼吸的权利。在我们关系的废墟下，我对你的信任有被毁灭的危险……"

也许，他们要是再不去旅行，她就忍受不了这种生活了。每年夏天她都可以得到一个盼望已久的喘息机会。安黛儿和孩子们去福尔卡或布隆-修-圣，在那里他们过着田园式的生活。而在这长达一个半月的时间里，两个情人成了临时夫妻，出发去福日尔——尤丽因娜·郭文的故居，或者去使雨果心醉的钟声轰鸣、钟楼和古老建筑林立的比利时。

他天天写信给安黛儿。1837年8月17日：

  亲爱的，布鲁塞尔简直使我眼花缭乱……市政厅是一颗建筑学上的真正明珠，它的美完全可以和萨尔特大教堂的尖顶比拟……请转告蒂蒂娜和丹丹，查理和托托，让他们以我的名义互相亲吻……在教堂里我想起了你，走到街上后，我感到对你们爱得更厉害了，如果这是可能的话……

1837年8月19日：

  马林教堂全部都是用真正的石制花边装饰起来的……

从安特卫普到布鲁塞尔，两个旅行者是坐火车走的：

  速度快得无法想象。铁路两旁盛开的鲜花变成了一条条红白相间的彩带。单个的形象消失了，一切都融汇成了条纹。成熟了的庄稼宛若无边的金色波浪，苜蓿草像长长的绿带……

这一页页旅途风景画洋溢着伦勃朗木炭画的优美风格。

正好从那时起，把安黛儿和圣佩韦联系在一起的那根感情的细线突然断了，她不能像从前似的对丈夫的离去满不在乎了：

  明年，你再不应该不带我去旅行了。这是我的决定。我认为我有这个权利。请你不要以为我这是说着玩儿的。假如我们觉得不能一起去旅行，我就要在这里租一间房子，和父亲、我的妹妹茹丽在一起消磨时光，我将会感到更舒畅，虽然我不会给茹丽什么好印象。你完全可以不每天去巴黎，也在农村住下来。因为现在与城里的来往已经很简单。请你照我说的去做，那么，我的朋友，你就会赏给我一年的幸福，只要你愿意。你每每对我说：这不可能。每次我都装作相信你，为的是使你不失去内心的平静，但是你的话是不能说服我的……

维克多·雨果在回信中的答复十分含糊，不过看样子他准备让步。1837年9月8日，寄自第厄普：

旅行，这是一种很快就会消散的麻醉药，幸福只有在家中才能得到……

任何轻率而不冷酷的人往往出于无奈都要言不由衷，而且会许下不能兑现的诺言。

给尤丽叶带来慰藉的另一个源泉是一本红色《周年纪念册》，她把它放在枕头底下，在每年的2月17、5月26日和其他值得纪念的日子里，都要把为这些日子写的诗抄录到这本纪念册里去。她热烈地感谢雨果："我想，假如上帝在什么时候出现在我面前，他定将预先换上你的相貌，因为只有你才是我的信仰、我的神明、我的希望。上帝照着自己的模样只创造了你一个人。因此，我把你当作他去爱，也把他当作你去崇拜……"这种顶礼膜拜在雨果身上唤起一种奥林匹斯山神式的情绪。她热切地希望和他一起去梅斯特朝圣，在那里他们曾经度过多么幸福的时光啊！1837年10月，他没有带她，只身出发到了那里，为的是单独留在那里幽思怀旧。拉马丁和缪塞通过这种追忆往事写出了杰作，雨果想和他们较量较量：

他渴望着再看看那个隐秘的池塘，
衰老的榆树，和他们一起访问过的
　　穷人的草房。
那株老榆树，隐藏在无人涉足的密林里，
是一个幽会的好地方。在那里，他们
　　心心相印，多次接吻。

他固执地寻找着那间僻静的住房。
篱笆和后面的花园——茂盛、神秘，
　　苍翠、知情的花园。

他徘徊，忧伤，心烦意乱，唉，
　　在每一株树木下，已逝的岁月的阴影
　　　　又一一展现在他面前！①

在他曾经亲身体验过彻骨柔情的那些地方，他在沉思、漫游中度过的那些时光，使他完成了叙事诗《奥林匹斯山神的悲伤》。经过了那样的幸福后为什么还会"悲伤"？因为大自然的永恒的美和人的瞬息即逝的欢乐之间的矛盾使浪漫派诗人感觉到一种近乎病态的惨痛。

　　正像一切都要被无可挽回地遗忘，
　　大自然清晰的面貌无休止地变幻。
　　它用自己轻轻的一触，
　　就把联系心灵的神秘之结一刀斩断！

　　其他人也将会来我们从前漫游过的地方，
　　轮到别人的，我们却再也轮不上。
　　我们的激动人心的梦，思想和欲望，
　　将由他们来继续，但永远不会结束……
　　好吧，把我们和这房子、花园、田野都忘掉吧，
　　让长满荒草的门槛也被人遗忘，
　　但是淙淙的泉水，欢唱的鸟儿啊，
　　你们可以忘记我，我却永远不会把你们遗忘！
　　你们是旧日的倩影，怀念中的爱情，
　　你们是我这远方来客的绿洲。
　　在这里我和她心相许，泪交流，
　　在这里我轻轻地握过她的小手……

　　一切热情都必将随着年龄而消失，
　　就像一群五光十色的演员，有的摘下假面，
　　有的握紧钢刀，安静地唱着歌离去，

---

①选自雨果的《奥林匹斯山神的忧伤》（《光和影集》）。——原注

你再不能使他们聚在一起。①

在这几行诗里，诗人向时间发出挑战。在希望有力地激发读者的想象力的同时，雨果把他的构思通过最朴实的自然风光和最率真的回忆体现出来。拉马丁的诗《湖》写得很优美，雨果的这首叙事诗也毫不逊色。尤丽叶誊抄了这首诗，同时怀着纯朴的心情把它称为"讲述我们从前的游历的诗"，而且她没有因为雨果呈献给她的这件出色的礼物而受宠若惊，这种表现好久以来还是头一次。大概她没有感觉到特殊的快乐，因为她注意到了他把在她看来是永恒的东西称作过眼云烟。尤丽叶只求他与她回到她那温馨的心河中去，因为她相信她比他更容易成功地找到那些使他们幸福的角落。女人们哟，你们那讲求实际的头脑是多么爱好准确性啊！你向她们解释永恒，可她们向你讲的是地形。

和尤丽叶一样，评论家们当时没有认识他以帝王似的慷慨投到她脚下的这篇诗作的完美性。古斯达夫·普兰什在他的那篇评论《心声集》的文章中断言，雨果的抒情诗与其说是思想的艺术表现，不如说是文字游戏。虽然他"会使用停顿和韵脚，而且使用得非常巧妙、高明"，但是作者没能表现出"人类是一群活生生的人！"他承认，在《秋叶集》中，诗人当时为了最真诚地传达感情，还没有去卖弄技巧，但是正如这位批评家所断言的，雨果后来重又回到华而不实的空谈上去了。

《奥林匹斯山神的悲伤》激怒了普兰什："我们深感遗憾，奥林匹斯山神这个名字本身就十足的荒谬。不过，不难猜测，是什么使雨果先生想到这个古怪名字的。显而易见，在他的意识里，关于他本人的概念是与奥林匹斯山的宙斯的形象联系在一起的，因为他明白，宣称'我是一个出类拔萃的人'是一种不中听的说法，所以雨果先生要拼命爬上君临天下的宝座，并且要自命为奥林匹斯山神……"接着他又说："雨果先生丧失了清醒的理智，因为他把自己看成是一位祭司和一座祭坛，他建立了一种新宗教，我建议把这种新宗教叫做自我崇拜……"简而言之，这位批评家指控雨果似乎想用形象的华美掩饰思想的贫乏，而且由于过分的虚荣心，正在把自己倨傲地关闭在孤独之中："如果研究书籍和人类都不能帮助他，用他的诗歌所缺乏的人类的温暖使自己的诗富有人情味，那么，他给自己留下的就只不过是教导同时代人怎样对待乐器的荣誉。他并没有写出用这种乐器演奏的音乐……"这真是嫉妒使人看不到美。

---

①同前。——原注

1837年3月5日，不幸的欧仁·雨果去世了。在刚患精神病的时候，他的神志有时还清醒。封达内在访问圣莫里斯疯人院的时候偶然见到过他。1832年4月3日："我去山兰顿……疯人院……维克多的哥哥。他正起床，他还能回忆起诗歌和图卢兹获得的奖金……"后来这个可怜的人终于丧失了判断力和记忆力。兄弟们也去看望他，但很少，因为从巴黎到圣莫里斯（山兰顿）比较远，又难以脱身，而医生还不让多说话。维克多站在被活活埋到石墓中的哥哥面前，总是摆不脱那种负罪感。为了同情这个令人厌烦的幽灵，他献上了一杯祭酒，创作了《献给欧仁子爵》：

上帝如若想让你遭受命定的惨痛，

上帝如若想用万能的手卡住诗人的头，

那么他就会把这头颅变成

狂乱而神圣的器皿，

注入天才的热情，并给这花瓶

打上坟墓的烙印……

他想起他们孩提时代的游戏："……你大概还记得我们的少年时代，你大概还记得苍翠的费扬提诺花园。"他们曾经幸福地在一起，一同发现美妙的世界，一同在鲜花盛开的草地上学步。然而昔日少年时代的纯洁的梦一去不返了——已经死去的那个人和继续活着的这个人的岁月啊：

从今以后你躺在那绿色的山岗上，

那山岗孤零零耸立在寒冬的天幕下，

受着风雨的吹打。

从今以后你躺在那阴冷潮湿的地下，

而我留在这荒漠的城市里，

任凭命运的摆布。

我留在这里，奋斗，受苦，厮杀，

醉心于自己显赫的名声，

为了把种种嫉妒的折磨

像斯巴达山中凶狠的狐狸似的

按捺下来，阴险地微笑着，

露出凶恶的爪牙。①

在我们悲观厌世的时候,不是都要竭力安慰亡灵吗?"不要怨恨吧!你正享受着永恒的宁静。"活着的人说,而这就给了他遗忘的权利。阿贝尔·雨果寄来了一份账单:"马车费和埋葬费17法郎60生丁,为欧仁付账165法郎,共计182法郎60生丁。"维克多应付一半——91法郎30生丁。

令人不愉快的算术。但是雨果兄弟是从严酷的生活学校中过来的,他们学会了记算每个生丁。按照西班牙贵族的习惯,比他年长的欧仁死后,维克多就成了雨果子爵。这是通向贵族封号的第一步。从今以后,安黛儿就用"雨果子爵夫人"签名了,即使信是写给最亲近的朋友也是这样签名。事变往往为了维克多·雨果夫人的宽厚而恩赐她。

---

① 选自雨果的《献给欧仁子爵》(《心声集》)。——原注

第二章　尤丽叶在学院的圆屋顶下

大多数名人靠出卖魂生活。
　　　　　　　　　　——圣佩韦：《笔记》

荣誉是一种病，你一旦梦见它，就得了这种病。
　　　　　　　　　　——保尔·瓦莱里

　　1837年，奥尔良公爵与海伦·梅克林布斯卡娅公主结婚。维克多·雨果与这位王位继承人的关系比与路易·菲力普的关系好。由于私人恩怨（《国王取乐》一剧的禁演），他指责"七月王朝"与它的门第不相称，在发生革命的时候，它庇护了反动势力。雨果日益意识到一个诗人对被侮辱者与被损害者所承担的责任。1834年他在那篇已经成了捍卫浪漫主义语言的雄辩的宣言《答起诉书》[①]上宣称：一切语言都是自由的、平等的、同样重要的；同时他摧毁了"诗韵的巴士底狱"。但是"他明白，愤怒的手在解放语言时，也解放了思想"。

　　君主制的反对者——聚集在《国民报》周围的共和主义者们，想把维克多·雨果拉过去，但他认为法兰西建立共和国还不成熟。某种社会波拿巴主义在诱惑着他。但是去哪儿找波拿巴呢？雷克斯塔公爵已经死了。"七月王朝"的制度看样子日渐巩固。职业机会主义者艾米尔·瑞拉泰把维克多·雨果当作朋友，他的报纸对政府是绝对的忠诚，而且妄图招募像雨果这样有价值的新兵。"瑞拉泰看来千方百计想抓住这个大人物，而且我想一定会抓住他的。"圣佩韦说。雨果认为国王过于谨小慎微，对他又不在意，所以他与奥尔良公爵比较接近，此人是所有自由主义政治拥护者们的希望。为一个老教授的事情，诗人有求于他，这一行动带有某种卖弄的味道（"阁下，您能接受一个无名之辈为另一个无名之辈而提出的这一申请吗？"）。请求当即被满足了，于是雨果写了一首感恩诗，这首诗使王位继承人与诗人更加亲近了。当路易·菲力普为王位继承人的婚礼在凡尔赛宫的明镜厅大张筵席的时候，雨果受到了邀请。起初他想拒绝，出席一个为1500人举办的宴会，在他眼里，是一种微不足道的荣誉。此外，国王早已对大仲马表示冷淡，没有邀请这位

[①]这篇文章后来在《观察报》上发表。——原注

浪漫主义者。雨果声称，没有大仲马他不去。奥尔良公爵出面调解此事，使大仲马重新得到恩遇受到了邀请。雨果和大仲马双双穿挂起国民自卫军的制服（因为没有宫廷礼服）。在凡尔赛他们碰见了身穿侯爵服饰的巴尔扎克。

维克多·雨果不为出席这次宴会感到遗憾了，人家把他安排在奥尔良公爵那一桌的席位上。国王对他很客气。王位继承人的妻子奥尔良公爵夫人是一个以教养良好、心地高尚而出名的女性，容貌开朗俊美。她告诉他：能见到他深感荣幸；她常常跟歌德谈起他来，他的不少诗她都能背出来，以"那是在一座拱顶低矮的荒凉教堂……"起头的那首诗尤其使她喜欢。这个年轻的德国女子说的是实话，她从16岁起就爱上了法国文学。她的理想是巴黎，她热爱的诗人就是维克多·雨果。她还对他说："我拜读过您的《巴黎圣母院》。"至尊的东道主显然想引起这位贵宾的好感，而且成功地做到了这一点。婚礼后3周，王位继承人赏给诗人一枚最高荣誉团勋章。宫廷侍从把一幅浪漫主义的绘画《伊涅莎·德·卡斯特罗》和写着"奥尔良公爵与公爵夫人赠送维克多·雨果，1837年6月27日"的木牌搬到王政广场。他成了未来的法兰西王后的宣誓诗人。没有他，玛尔桑陈列室一次也不接待客人，既不进行每星期二例行的正式接待，也不进行所谓"在壁炉旁"的私人接待。得到接见通知的人互相询问："你明天要去'壁炉旁'吗？"他们在那里总会见到正在向公爵高谈阔论的维克多·雨果。"公爵比他年轻8岁，诗人是上帝的翻译官这种思想才使他得以和亲王接近起来。"

他对未来的王后没有体会到一种脉脉的温情吗？把男子的痴情与对一个年轻美貌、将要成为王后的浪漫女子的骑士般的忠诚结合起来，不就是"癞蛤蟆想吃天鹅肉"的《吕意·布拉斯》的主题吗？然而这只是一种可敬而不可信的感情。但是有一封诗人致公爵夫人的有趣的信稿。1838年1月，雨果子爵和子爵夫人在王政广场自己的家里接待了这对至尊的夫妻。在路易莎·伯尔坦的指挥下，少女合唱团演唱了她的歌剧《爱斯梅拉达》中的片断。庆祝宴会很成功，巩固了王朝对雨果的好感。

奥尔良公爵觉得奇怪，维克多·雨果一部剧本都不上演，而剧作家回答说，他没有剧院，因为"法兰西喜剧院被死人统治着，而圣马丁门剧院被蠢人占领着"。亲王让基佐部长授予作者拥有自己的剧院的特权。这所剧院开始被叫做"文艺复兴剧院"，大仲马和雨果把剧院管理工作委托给了报社经理安迪诺尔·茹里。雨果应当为剧院的开张提供一部诗剧。

他是从哪儿发现《吕意·布拉斯》一剧的题材的呢？来源很多：拉杜什的传奇剧《西班牙王后》，列昂·德·维伊描写被安若丽卡·考夫曼抛弃的画家莱诺尔德怎样迫使她嫁给仆人的长篇小说。背景用的是达尔努亚夫人的《西班牙游记》。不过实质上这些材料的来源并没有多大意义。戏剧，这种诗意、滑稽、想象和政治的结合物，最能说明雨果的性格特征。幻想家吕意·布拉斯由于自己的才干和王后的意愿而扶摇直上，权倾一时。幻想实现了。"剧本的双重含义是，这既是一篇神奇的童话，又是一篇宣言"。吕意·布拉斯"是一个普通人，他只有未来，没有现在……在贫困中他所钟情的只是一个充满灵光的形象"——王后。

在一个月内写成的这个剧本成了雨果最优秀的创作。充满悲剧色彩的诗句不亚于"伟大时代"的古典作家的诗，明快、丰富而响亮的韵脚有如演说家抑扬顿挫的雄辩，其中有一段（第三幕的独白）最起码是诗歌和历史真实的杰作。吕意·布拉斯的扮演者是费莱德里克·列麦特。雨果知道，尤丽叶由于失去了在剧院显露头角的机会而多么痛苦，他也清楚这全怪他。假若大名鼎鼎的诗人没有把异常强烈的光辉投射到她身上，她也会像其他许多人那样继续当配角。雨果终于希望补偿她一下，建议把王后玛丽亚·涅布斯卡娅的角色给她。由于大仲马的坚持，"文艺复兴剧院"聘请了他的情妇伊达·费丽叶（1840年她成了他的妻子），雨果有权利为尤丽叶做出同样的效劳。她欣喜若狂："自从你招呼我参与你那人人赞美的剧作演出时起，我就像一个梦游患者一样活着，我仿佛喝醉了香槟酒……"但这似乎太美好了，她预感到了一种失望。"我在'文艺复兴剧院'登台演出前就会死去的。所有这些人都在帮助我轻松地走上这条通往永恒宁静的道路。"但是雨果还要建议和她一起去蒙米拉依、兰斯、瓦伦和伍寨旅行一周，可怜的尤丽叶当即幸福得容光焕发："我爱你，我的托托，我崇拜你，我亲爱的。你是我的太阳，我的生命……"

太阳很快就变得暗淡无光了。安黛儿·雨果利用丈夫不在的机会，使用十分有效、残酷、理应受到责备的手段，从布伦（她和孩子们正在那里）写信给安迪诺尔·茹里：

> 您想必奇怪我为什么要干预这些只与您和我丈夫有关的事情吧！但是，先生，只要我看到维克多的剧作上演有失败的危险，我就觉得我有一定的权利这样做，再说我这样做完全是出于自愿。要知道，这种危险是存在的，至少把王后的角色让一个因《玛丽·都铎》而闹得满城风雨的女人去扮演，使我不能不担心有这种危险……社会舆论——不管其公正与否——对

尤丽叶小姐的才能没有好评。我怀着一线希望，想让您物色一个能胜任这一角色的女演员。没什么好说的，我在这里所关注的仅只是如何对事业有利，因此我坚持我的意见。我的丈夫对这位小姐很感兴趣，支持她，因此她才进了您的剧院。好极了！可我不能稀里糊涂，因为这关系到一个最优秀的剧作演出成功与否的问题……

安黛儿着墨于她对剧本演出成功的忧虑担心，实质上表现了她的醋意；她请求安迪诺尔·茹里支持她过问这最敏感的隐私，结果破坏了她和丈夫的诚实关系。经理感到害怕，雨果一回来，他就通知雨果，说她把王后的角色给了安达尔·鲍珊——她为这次值得纪念的演出用了自己的真名：路易莎·鲍都安；她无可争辩地具有演主角的权利，因为她是费莱德里克·列麦特的情人。

雨果一点儿也不知道安黛儿写信的事，也没有提出抗议，因为他从内心对安迪诺尔·茹里谈到的担忧表示赞同。他小心翼翼地把这一使尤丽叶伤心的消息通知了她。他不说她没有担任这个角色的才能，只说这都怪倾轧和偏见。打击是沉重的。"你对我多么好啊，我的可怜的人，我的爱。你为了隐瞒我所受的侮辱或掩饰你自己的难过而忍受的全部痛苦，我都能清清楚楚地感觉到。我非常珍惜这一点，非常珍惜……"《吕意·布拉斯》的上演对尤丽叶来说，是一种难熬的苦难：

我很伤心，我可怜的朋友，我的心正在为这一美妙无比的角色服丧。对于我来说，她永远死去了。玛丽亚·涅布斯卡娅将永远不会通过我并为了我而活着。你不能想象我是多么痛苦。失去了最后的希望，这对我是一个可怕的打击。

后来这个忠实忘我的女性为初演给自己订制了新衣裙，并为演出热烈鼓掌，甚至把自己的手套都弄破。回到剧院，养活自己和小克列尔的这个最后的希望，也随同参加《吕意·布拉斯》演出希望的破灭而破灭了。雨果一旦抛弃了她，她该怎么办呢？但是他仍然让她相信她的傲气多么有害！人生给你起的名字只有一个——靠人养活的姘妇！

在这一年里，她产生了这样一个念头：假如她无力为自己确立独立的地位，也不能考虑合法的婚姻，那么对于她来说，这种"与情人讲道德的姘居生活"可能是危险的。做他精神和感情上的妻子，这就是她所渴望的。她根本不去计较这个被无数女妖精包围的牧神在肉体上是否矢忠于她。她的情人穿裤子的那种卖弄风骚的劲头和煞费苦心的发式，向她不打自招地供出了这一点，他常常不上尤丽叶在圣安娜斯达街公寓里的卧榻也证明了这一点。"我实实在在地告诉你们吧，任何一个不遵守自己诺言的男人，都被公认为是一个坏情人。他每天晚上来看看他的睡衣在床脚下放好了没有，一旦得知他明早很晚才能回家，就认为这很不好。于是如如当时就对托托说：'你的想法不对头，你让蛀虫随心所欲地腐蚀心灵的佳果，而不是从爱情之树上摘取它，像品尝伊甸园的禁果那样尽情地去享受它……'"尤丽叶希望至少能让她相信，他们的关系是牢固的。她希望能与情人形影不离，得到侧身于他和其他女人之间的不成文的权利。

1839年，雨果皱着眉头，牢骚满腹地对这些要求和心愿做了答复。他十分不满，连连的失败使他心事重重。《吕意·布拉斯》取得的成功平平常常。人们对浪漫主义的兴趣低落了。严厉的评论家古斯达夫·普兰什对《吕意·布拉斯》做出了严酷的判决：

  这是在向健全思想和高尚情趣挑战……令人恼怒的厚颜无耻……儿童玩的积木，根本不应该搬上舞台。雨果先生过早地热衷于荣誉……他自闭在要塞般的自我崇拜里……由于这种过分的高傲，只要再跨出一步就到了不近情理的地步，可是雨果先生跨出了这一步，写出了《吕意·布拉斯》……

然而假如这里存在着不近情理的话，那么这位评论家比作者更甚。可以不喜欢这个剧本的传奇性，但是怎么能否定它的美呢？可是新的一代像圣佩韦一样，痛恨"在文学语言中出现用金边修饰的红色大写字母，就像他的剧本里的宫廷仆役那样"。

但是雨果已经又在写一部新戏《孪生子》了。他说他已经精疲力尽。尤丽叶惴惴不安地问道：他疲劳的原因仅只是由于工作吗？"你好，河马，你好，国王的老虎。"她对自己威严可怕的情人说道。当她埋怨时，雨果发誓除了她，他从来没有真心爱过任何人。男人们说的安定人心的话就这么简单？她不愿意相信他，要求起誓——不是对世人，而是对上帝起誓——证实他们的爱情忠贞无比。在1839年11月17到18日的夜间，他答应这样做。他发誓说，他永远不会抛弃克列尔和尤丽叶。她也答应永远不去剧院了，这不是在做买卖，这是一种神秘的婚约，对普拉蒂埃来说，就是做义女。

尤丽叶·德鲁埃致维克多·雨果，1839年11月18日：

  为了让一切在我们签定婚约时都像应当有的那样，我体验到我们第一天温存时所体验过的那样一种激动。无法形容的幸福，天国的快乐，失眠，疯狂……这一切都发生在昨天夜间，我几乎没睡几个小时，虽然起得很晚。我可怜的人，我的爱，你几乎就是我的丈夫了（"几乎"在这里意味着还不是）。今天早晨，醒来祈祷，我觉得自己仿佛是一位新娘。是的，是的，我是你的妻子，你完全可以脸不红心不跳地把我指给世人看。可我毕竟仍然是你的情妇，这是我的乳名，我把这个名字看得高于一切，而且希望永远保留它……

可雨果呢？他的感觉如何？他为这个高尚大度的女子的慷慨善良而陶醉，为这种宽容而热烈的爱而飘然。他为使他恢复自信的这幸福的7年而感谢尤丽叶，他常常认真地为因虚伪的处境而不幸的小克列尔克尽为父的职责，但是他仍旧强迫"他的秘密夫人"过着荒唐的隐居生活，在这种生活中她不能到花园里换换空气，不能到林荫道上去散步。把炉筒当大树，把油灯当太阳，这种生活对一个热爱辽阔原野的布列塔尼女子来说，简直是一种残酷的刑罚。"托托，托托，你对我可真不客气！"的确，一点儿也不客气。而且他还让自己有各种各样的奇想、变节。法则从来不是为天才制定的。我是雨果！1840年，他们用两个月的时间漫游比利时，在科隆和美因兹奥桓逗留。当时，他见到了黑森林，那是他在小时候的想象中给阴暗茂密的古老森林起的一个名字。他们一直走到莱茵河。透过阴森森的尖顶拱门仰望惨白的天空，观赏灌木丛生的塔楼废墟。旅行期间，他又像往常一样，"出奇的温柔，善良"。在这新环境中，他们的爱情之花开得格外鲜艳。

1839年是尤丽叶充满赏心乐事的一年，正像后来1840年维克多·雨果子爵将要进学士院时的情况一样，他把闲暇赏赐给她，偷偷在两轮轻便马车里带上她周游各国。雨果仍旧渴望着进入法兰西学院，而他也有一种达到所渴望目标的习惯。自从1839年《十字军远征史》的作者米索逝世后，这把交椅一直空着。雨果被公认为是皇宫有靠山的候选人，虽然他本人否认这一点，但这毕竟是事实。自从凡尔赛宴会后，他向路易·菲力普暗送秋波。当阿尔曼·巴尔贝武装进攻附属监狱的岗楼而被判死刑的时候，当警备长官在小规模的武装冲突中被击毙的时候，雨果把这首四行诗送到了推伊里宫：

我知道复仇和凶残与您格格不入，
我请求仁慈，我们善良的君王！
您君临天下，只是为了来之不易的

灵柩和摇篮!

国王客气地而且对宪法满怀尊重地作了答复:"我比你想到的更早,就在你请求仁慈的此刻,我已经在自己的心中看到了它。我现在需要的只是实现它。路易·菲力普……"因此后来雨果在谈到这个国王时说:"路易·菲力普像路易九世一样心慈,像亨利四世一样和善……他是曾经高居王位的最好的国王之……"①

这次,维克多·雨果进学院的竞争者是安都安·贝里叶。原先对雨果抱敌对态度的国家检查机关,现在转过来支持他,反对那个王朝正统主义演说家。有一家崇拜贝里叶的报纸想刊登一张漫画,在漫画上学院被画成一个相貌宽厚的老太婆,她正把维克多·雨果、巴尔扎克和大仲马赶出马扎里尼宫的大门,画下面写着:"你们可真是又大又壮,可你们却要进残废军人院。你们为什么要夺可怜的老太太的口中食呢?……请你们工作吧,懒虫们!"检查机关没有批准发表这幅漫画。学院的选举定于12月19日。初选时贝里叶得了10票,雨果9票,鲍茹尔9票,瓦杜2票,拉摩耐0票,3张空票。7轮之后选举延期3个月。甜蜜喜剧的作者卡扎米尔·鲍茹尔得到的票数向一些人表明:"可惜不是贝里叶。"而向另一些人表明:"可惜不是雨果。"

1839年12月31日,由于巴黎大主教科林——他就是使尤丽因娜·郭文回到尘世生活的那个人——的谢世,又空出了一个位子。1840年2月20日举行了双重选举:31票中30票选莫连伯爵以顶替科林的位子,选弗鲁兰以顶替米索的位子。雨果到底落榜了。雨果最起劲的反对者之一是涅巴缪塞·列迈斯埃。大仲马恐吓他说:"列迈斯埃先生,你拒绝投维克多·雨果的票,但你的交椅迟早要让给他的。"

这事真的发生了。列迈斯埃于1840年6月7日去世。库佐对圣佩韦说:"让人们选雨果进学院吧,这件事该是结束的时候了,要不就太没意思了。"就在1841年1月7日,雨果以17票对15票压倒了三流剧作家安西洛。投票支持雨果的有:夏多布里昂、拉马丁、维尔曼·诺第埃、库佐、米涅;政治活动家梯也尔、莫连、萨尔万迪、鲁阿依·科拉也投票支持了他。雨果觉得他们是遵命行事,他们大概是被聘请来的。支持雨果的基佐因迟到没有参加表决。圣佩韦在他的笔记中对这次选举表示赞许:"是啊,是啊!这很好。应该经常强迫学院……"雨果是在拿破仑一世的遗体刚刚从圣赫勒拿岛迁回巴黎后当选的,所以在《快报》上登载了这样4句匿名诗:

---

①选自雨果的《悲惨世界》。——原注

你们俩终于达到了合理合法的目的，

顶着黑暗势力的种种阴谋诡计：

拿破仑重新光荣地回到了巴黎，

维克多·雨果也进了学院。

雨果在第5次被提名为候选人的时候，尤丽叶很伤心："啊，我既不想要学院、剧院，也不想要出版社，让人世间只有漫长的道路、马车、客栈和彼此相爱的如如和托托吧！"但在当选的那天晚上，她扑到他的怀中："恭喜你，我的托托！恭喜你，我的满载荣誉但还不满足的院士……"

在雨果入院的前一天，她为自己定购了一套华美的服装（他亲自选择了一个裁缝，并把她带去量尺寸，因为尤丽叶无权单独出门），她生怕迟到，在维持秩序的队伍开到康提滨河街之前，就早早赶到了那里。空前未有的拥挤。观众喊着瑞拉泰夫人、路易莎·科莲夫人、梯也尔夫人和许多其他女演员的名字，人们带着极大的兴趣指点着安黛儿和尤丽叶。亲王们10年来首次光临学院。学院的常任秘书维尔曼在马扎里尼宫的大门旁恭候奥尔良公爵和公爵夫人（她戴着一顶点缀着浅色玫瑰花的白帽子，显得非常好看），"我想，"他说，"这是您阁下和尊夫人第一次光临学院吧？"王位继承人说："是第一次，但我希望不是最后一次。"

雨果仪表威严地出场了。乌黑光亮的头发从高高的前额两边分开，派头十足地飘洒在绿色刺绣的领口上。一对目光深邃的小黑眼睛由于矜持的笑容闪闪发光。他的第一个微笑是献给尤丽叶的，她看见他走进来的时候，几乎失去了知觉，面色苍白，胸脯起伏。"谢谢，我的爱，谢谢你能想到我这个可怜的女人。她爱你，你在如此庄重的时刻想到了她——假如聚集在这里的人们多数不是可恶的蠢货和卑贱的坏蛋的话，完全可以说这是一个决定性的时刻……"这个女隐士看着"我的所有亲爱的孩子：美丽的蒂蒂娜，迷人的查理和我可爱的、酷似另一个苍白而仿佛有病的托托的小托托"在椅子一一落座时，是多么幸福啊！

雨果的发言震惊了所有的人。关于拿破仑，他谈了足有20分钟。他赞颂国民议会，赞颂君主制和波旁王族的幼支；赞美"向世界指出思想方向的"法兰西；赞美学院"是精神权力的主要中心之一"；用几句笼统的话赞扬自己的前辈列迈斯埃；在结尾他颂扬玛尔扎布是一个有教养的人，优秀的部长，当之无愧的公民。"为什么是玛尔扎布？"失望的听众问道。像圣佩韦这样的知情人回答道："欲盖弥彰的狡猾。"或者像查理·马尼因所说："这里的谜底是贵族的封号和部长的位子。"

圣佩韦在他的日记中写道:"雨果!你顶替了列迈斯埃,可那派头俨然是拿破仑的继承人。"梯也尔谈到执行院长职责的南奇·阿西尔·德·萨尔万迪(历史学家、政治活动家)的时候说:"他像孔雀开屏一样神气十足,毫不吝惜地射出一支支伤害新院士的传统利箭。"尤丽叶发现萨尔万迪是一个"丑陋、红脸、阴沉而傲慢的粗人"。他的发言是用讽刺的语调开始的:

> 古人为了胜利,用其先辈的发明来武装自己。拿破仑、西耶士,玛尔扎布不是你们的先辈,先生们,你们的先辈是另一些更有名望的人——让·巴蒂斯特·卢梭、克列曼·马罗、品达和圣歌的作者大卫王。在这里我们不知道还有什么更好的家谱。

雨果说,拿破仑要是任命高乃依那样的剧作家做部长,他一定会使他的时代永垂不朽。

"不,不!"萨尔万迪反驳道,"我们要是没有不朽的剧作家,那我们怎么能有信心说我们有更伟大的部长呢?我们非常感谢您,因为您勇敢地捍卫了自己,捍卫了一个诗人的使命,顶住了各种政治野心的诱惑……"

多么刻毒的言词!大家都知道萨尔万迪向他们说的那个具有政治野心的人是指谁。忠心的尤丽叶被他答辞的这种"满怀嫉妒的笨拙"激怒了,但她忘不了大会开始时那美好动人的时刻:"从你步入学院的那一瞬间,一种奇妙甜美的情感就激动着我,再没有离开过我,这是一种介乎迷醉和消魂之间的情感,我仿佛看到了天国的景象,仿佛上帝本人出现在了我面前——庄严伟大,优美绝伦,金碧辉煌,荣光灿然……"但是群众与这个多情丽人不同,他们觉得萨尔万迪先生获得了更大的成功。

维克多·雨果致萨尔万迪的一封有趣的信被保存了下来。大会后院长对这个新院士说,国王不满意,因为雨果在自己的发言中把他称作"杜穆里埃①的战友",可是要知道杜穆里埃的名声很不好。雨果回答说:"国王的心愿会实现的,亲爱的同事。生平事迹在其文献资料中才是绝对的,但我宁愿相信国王,而不相信传记。所以我今后将提'开列曼②的战友',再不提杜穆里埃的名字了。我立刻派人去基

---

① 杜穆里埃:1746—? 年,法国大革命初吉伦特派掌权时的外交大臣、将军,后叛变。——译者
② 开列曼:与杜穆里埃同时的法国将军,在瓦尔米战役中击退同盟军,巩固了法国革命的胜利。——译者

多印刷厂加以更正。我在《辩论报》上看了您的发言，我乐于告诉您，假如它在什么地方（也许是我看错了）对我作为一个人来说有所伤害的话，那么作为一个作家，我却为此而高兴。"这是一个狡猾巧妙的战术。实际上在发表的讲演稿中，那句话是"开列曼和杜穆里埃的战友。"

打着高级领带的饶舌的空谈家鲁阿依·科拉刻薄地告诉维克多·雨果："您的讲演对这么一个渺小的集会来说，真是一篇宏词高论啊。"但是《快报》根本没有上当。这席洋洋洒洒的演说宣布了几个重大的意图。"这是通向议会讲坛的第一步，候选人就是我们当代两个天才人物之一，甚至两个都是。而最大的意图是内阁的纲领……"幽默杂志《摩登》在虚构的新闻栏编辑简讯中描写了"海伦公主看到法兰西王冠戴在她头上的时刻正在日益临近时，怎样提前由下列几个人组成自己的内阁："军事部长兼内阁主席：维克多·雨果；外交部长： 第奥菲尔·戈第埃；财政部长：阿尔弗雷·德·缪塞；海军部长：德·拉马丁……"

圣佩韦说："他用意何在？这一目了然。"是的，这很明显，因为他希望引人注目。他没有隐瞒自己的意图，成为夏多布里昂，此外别无他求。雨果正在把幻想变成实际行动。他毫不掩饰地给自己未来的道路立下了路标。与王位继承人和他的妻子的亲密关系正在不断地加强着。文学界代表人物的交椅已经坐稳。收集了雨果所有颂扬拿破仑诗歌的小册子——那是为这位皇帝遗体的迁移而准备的——已经印行。王政广场举行了无数次的招待宴会，为此"瑞士"乳品店为雨果夫人提供了价值30法郎的100份冰冻，20法郎的100份面包，4法郎1碗咖啡，3法郎1碗热潘松酒。家庭财务被管理得有条不紊。雨果按10年的期限以25万法郎的价钱把他以往所有作品的再版权出让给了出版家德鲁亚（他从中一次就拿到10万法郎的现款）。这样，大宗财产得到了，贵族封号所必需的优越条件也具备了。但是雨果仍然向自己的两个家庭进行着勤俭持家的说教。资本不准动用，必须靠收入生活。然而他染上了奢侈的毛病——成了一个讲究穿戴的人。在雨果征服了尤丽叶的心的那些时候，他的衣着还相当随便，而当时在德米道夫教育下有着和德米道夫相似的审美趣味的德鲁埃小姐，还常常拿他手头拮据的窘迫开几句小玩笑，现在她对此开始发牢骚了。"我把自己搞得一贫如洗，却教会了你摆阔！然而谁能想到，你会喜欢在这种事上超过别人，这有损于你这样的人！我为我这样成功地教训别人而着实烦恼了！啊，假如我能恢复你从前那样粗糙而光荣的手、可爱的吊裤带、蓬松的美发和洁白的牙齿就好了，我真想做到这一点……"

还有一次，她大为愤怒："托托紧束腰身，像一个不正经的少女；托托烫卷头发，像一个裁缝帮工；托托酷似一个标准的洋娃娃；托托委实滑稽可笑；托托是学院的院士啦……"他对她的挖苦毫不在乎。未来的国务活动家就得仪表大方。为这种牢固的不正当关系而不安的雨果夫人试图向尤丽叶发起进攻——仿佛这是为了维护丈夫的前程。

我承认，你的未来——从物质方面而言——使我担心。要知道你的家庭应当建设得比现在更体面。必须使你能像别人接待你那样在自己家里接待客人。我明白我们简朴的生活方式于事无碍，但是当确信这样会给你今后的道路设置障碍时，那就必将影响你达到你为自己提出的那个目标……我担心你所承担的义务将迫使你拿出一部分你费了那么大的劲才积攒下的钱……我不得不把这件事告诉你，因为我害怕你的全部努力都付之东流，导致贫穷拮据的下场。你和你的亲人都不应该再受煎熬了，你们应该活得体面。我想向你提醒我已经说过的一件事：我真的将放弃你所能得到的任何财产权。我只把自己看作理应为你料理家务，监督一切使之更加有秩序的女管家，同时我把自己当作我们孩子的女教师。我之所以敢于说"我们的孩子"，乃是因为我不想否认我对他们的权利。你瞧，我的朋友，只是为了你，特别是为了你自身的利益，我才央求你一定要好好想一想！我是以一个姊妹，以你的一个朋友的身份和你说这些话的。我真不知道为让你相信我的至诚无私该说些什么。想一想吧，想一想你自己的前途！试一试你怎样才能减轻自己的物质负担……

"减轻负担"，这意味着与尤丽叶断绝关系！对此他想都不愿想。肉体方面的纽带已经不像最初那样牢固了，但是尤丽叶具备安黛儿所没有的也不想有的一切优点——她是一个勇敢的旅伴，勤奋的抄写员，真诚的崇拜者，实体化了的诗情画意。他依然在为她唱着赞歌："尤丽叶，这是一个灿烂的名字，它铭刻在我的心上，在我的诗行中吐露芬芳；你不单是我的心，而且是我的整个思想……如果说我有什么才情，那也是你在我身上把它孕育培养。"就在元旦那一天，他写道：

岁月妄想偷去我们的青春，

但我依然温柔，你也依然迷人，

心灵也依然像10年前那样年轻。

惧怕时光流逝，这不值得，亲爱的！

岁月无论怎样飞逝，可在我们临终的时候，
它永远不会使我们同爱情分手！

妻子仍旧负责社交。自从圣佩韦不再歌唱"国王的公水牛"以后，她就对丈夫的另一个朋友表现出特殊的关注。此人在《爱尔那尼》时代就来到他们家，从那时起，他就成了一个有影响的批评家，评论戏剧、文学和绘画的多面手——一句话，她与绰号叫"好第奥"的奥菲尔·戈第埃很有那么一点打情骂俏的意思。

安黛儿·雨果致第奥菲尔·戈第埃，1838年7月14日：

假如你不是不愿意常来我们这儿，我倒真想知道你为什么不来看我们。两害相权取其轻。我觉得，与其见不到你，不如天天见见你。我甚至要说，这给我带来无穷的快乐，因为你的到来，就是我的佳节。真的，我不知道你为什么不尽量多地为我创造出这样的佳节来。只要你愿意，你总会有写小品文的时间的。我真想抽时间为你的《福尔图尼奥》写些东西，我很喜欢这篇作品——你的假"我"。但是我对你的真"我"还了解得不够，这真"我"一点也不比假"我"坏。你总有一天会把"他"给我们看的，不是吗？我等着"他"，须知我是一个有些"多愁善感"的人，这是难以摆脱的事。真是无可奈何！在这方面，我简直像是一个女裁缝、时装成衣女工、侍女，甚至像个女厨娘。你不是答应过要为"这类群众"写一部长篇小说吗？而我既然按精神气质来说是这类群众中的一员，那么，我要求你完成这部小说……

1838年9月1日，自布伦：

当你爱自己的朋友们胜过他们爱你时，是很让人委屈的。我说这话是有充分理由的，而且是就自己和这些朋友两方面来说的。要知道，朋友们对无穷尽的琐事比对"友谊这个神圣的名字"更感兴趣，因此，友谊女神（友谊能算是一位女神吗？）只占有次要的地位，对你来说，尤其是这样。我写给你的这些话，一点儿也改变不了现状，因为尽管对同一件事说上100年，写上100年，不但不会因此而有所改变，而且只会惹人讨厌！我所希望的只是你能体察我的请求，来我这儿作客，哪怕是几小时，哪怕中午来待到晚上呢……请不要不捎个信就来，为的是把一切都准备得比人们所料想的更好。你千万别对我客气。我仍旧衷心地爱着你，因为你的全部品质都值得我这样去做。你的忠实的安黛儿·雨果。

1838年9月26日：

　　总之，请你为了我，在明天即星期四，来我们的朋友布朗热的工作室一趟……①请于5点钟来，我把你带到布伦，在那儿，你将和一位"伟人"共进午餐。只是找不到和你倾谈片刻的机会……

还有一封没有日期的信：

　　我非常担心你明天来。我给你写信就是为了这件事。如果你碰不上我，我会绝望的，因此我匆匆给你写这封信，以便慎重行事。或许我还得提醒你应当到布伦来，这样我们就能在一起待上几小时。谁知道呢！但是不管怎么说，我明天不在这里。我在星期三等你……至于今后，我希望从你那方面能得到一种所有权，而我自己也愿意让你在我身上使用这种权利，因为我不只是一个女人，而且是你的忠实朋友。安黛儿·雨果。

1839年1月28日：

　　你一准要来，一定要把你的书给我带来，要知道，让别人先于我们读到它，是不合情理的。当然啦，你不再爱我了！那也没什么，我本来年老色衰了嘛……我应该告诉你，你既然这样善于保守秘密，那我就把"伟人"的弱点告诉你：因为你不想对唐·赛扎尔②说几句话，他就感到委实伤心。我发现他有一个特点——对友情气量狭小……

　　我认为你比自己所承认的更有感情。不管这是否正确，反正我从内心感到你是这样，而且我坚持我的这一意见。在想象中，我创作了一部用你的形象来为我弥补其不足的篇幅不大的爱情故事，而且我要详细琢磨这个形象。女人们只会虚构杜撰，因此她们变得这样愚蠢可笑，当她们拿起笔来的时候，只会用墨水弄脏自己的手指……请相信那些伴随着各种失望而得到的生活经验吧！我丝毫不怀疑友谊，我把它供奉在祭坛上，当作最珍贵的宝藏加以珍重。很快就会见面的，对吧？安黛儿。

没有日期的信一：

　　我正在如你所希望的那样专心致志地读着你的小品文。今天想起你对

---

①画家路易·布朗热于1838年9月给安黛儿·雨果画像，这像于1839年展出。谢列斯坦·南代伊尔把它改制成铜版画。现在这幅肖像陈列在旺盖斯广场的雨果之家。——原注

②大概是指《吕意·布拉斯》，这个剧本于11月8日由"文艺复兴剧院"演出，随后就发表了。——原注

我的肖像还没有发表意见……你干吗要那么客气，说像挂得太高了，不过，也许当时应该把它挂低点！我为自己的事麻烦你而深感抱歉，可是要知道我本人倒常常很少关心"她"；但是你的意见有助于这个青年画家的事业，为了谋生，他需要取得小小的成就。

没有日期的信二：

　　我昨晚等着你来看我……你完全抛弃了我，从你那方面来说，这很不好。如果你愿意与我和解，就请明天（星期一）来罗布林用午餐，在"圣詹姆斯"饭店。尽量早些，以便去森林里散散步。请这次一定准时来。

没有日期的信三：

　　亲爱的戈第埃先生，如果在这个星期天你愿意去龙格桑浴场，它将为你这位公爵大人而开放。你和我们一起吃午饭……只要你能在你的小品文中为这个荒僻的角落说几句话，你从前住过的王政广场的人们将会感谢你。我永远再不会让你厌烦了，请你拭目以待吧！只是请你能像爱你最好的老朋友那样爱我。雨果子爵夫人。

　　安黛儿仍然相信男女之间可以保持友谊关系。她十分害怕再遭失败，但是她喜欢玩火。一个被丈夫遗弃的女人总是渴望重新振作起来。

　　从1840年5月到10月，安黛儿·雨果和她父亲、两个女儿住在蒙马拉斯森林边上圣普里的一间叫做"凉台"的宽敞的住宅里。男孩子们在位于寇杜尔-圣-卡特林街（现在叫谢维诺耶街）的饶夫拉寄宿学校上学，从那里他们又转到查理大帝皇家中学。住在寄宿学校的时候，他们时而向母亲，时而向蒂蒂娜要钱："为了还债（逼得很紧），需要4个苏和1罐果子酱………""妈妈，我爱你，"查理写道，"我非常爱你，你是我的天使，我的生命……请转告蒂蒂娜，让她给我明天送来1罐果子酱，因为吃午饭时只给1块干面包……"当他回到寄宿学校时，他哭了："我老是想着客厅窗帘上的蝴蝶、图画、床帐、小红桌……我要是有一年看不见你，我会自杀的……"浪漫主义原本有一种遗传性，用维克多·雨果的风格把自己的处境戏剧化了的查理抱怨自己是一个"伟大、幸运的父亲的无名之子"。雨果好久没有关照过儿子们了，但是在1840年前后，他开始留心观察他们的功课，特别是他们的拉丁语课，他对这门课程非常重视。当他在1840年7月31日得知他的小儿子法兰苏亚-维克多在通考比赛中得了把法语译成拉丁文的奖金时，他是多么幸福而自豪啊！他驱车赶到圣普里，为的是与全家共庆这一重大事件。一大群漂亮而聪明的孩子，把"凉台"住所变成了乐园，就像从前在德·罗什城堡那样。当丹丹帮着儿子们用树枝搭茅屋，养鸡养兔的时候，雨果用爱抚的目光注视着列奥波蒂娜，激动地回忆起那些幸福时光来，那时，无论做家长，写诗，还是在婚姻中，他都渴望"独占鳌头"。然而他的家庭生活现在出现了杂音，每走一步都叫他感到不和谐，可这已经是无可挽回的了。"我们的命运和我们的希望几乎总是演奏得不合拍"。

第三章 莱茵河

> 你知道我酷爱走走停停的长途旅行,酷爱和儿时的老朋友——维吉尔和塔西陀——在一起消磨光阴。
> ——维克多·雨果:《莱茵河》

在3次旅行中(1838,1839和1840年),除了维吉尔和塔西陀,陪伴诗人的就是尤丽叶·德鲁埃,他带着她实现了一个古迹崇拜者和幻想家的漫长而美妙的旅游。但是每天晚上他都要给安黛儿·傅仙寄出一封附有图画的日记体的书信,并嘱咐她保管好这些书简,作为他今后创作的素材。雨果"把他亲爱的忠实朋友留在巴黎,料理京都的日常事务,这些事务常常迫使他驱车前往离城有4法里远的别墅"。① 这个"朋友"就是他的妻子(有时是指画家路易·布朗热)。这个旅行家同时还写了另一本更重要的,议论政治和历史问题的日记。在1839年的那次长达3个月的漫游中,他白天游玩,夜里写作,这时候,尤丽叶看着他,等待着她的良宵——温存爱抚时刻的到来。

一条富于传奇色彩的伟大河流以其奇特的,甚至几乎是魔术般的魅力吸引着雨果。小时候,住在费扬提诺街的时候,他每天晚上凝视着那幅挂在床头的图画,画面上描绘着的阴郁残破的钟楼控制了他的想象力。那时,这条大河就在一个儿童所能虚构的童话里,在他画的许多素描中曾经反复出现。雨果不大了解德国文学,但是毕竟像他的朋友奈瓦尔和戈第埃一样,读过霍夫曼的美妙的童话。在《莱茵河》一书的序言中,他甚至承认:"德意志是他特别喜欢的国家之一(作者没有隐瞒这一点),也是使他极为赞赏的民族之一。他对这个所有思想家的高贵而神圣的故乡几乎有一种儿子般的感情。假如他不是一个法国人,他就希望成为一个德国人。"

也许,打动德国公主奥尔良公爵夫人的同情心的意愿是和理解、反映德国诗歌特征的意向结合在一起的。此外,他认为一个作家着手考察法国和德国的关系,就能给自己的国家带来好处,就能参与社会事务。这就是雨果为什么要在1841年除了把传说、特写和对往事的思索,而且把那篇政治性的后记统统收入《莱茵河》一书

---

① 选自雨果的《莱茵河·致友人书》。——原注

的原因。一年前，法国和普鲁士的冲突就已明显地不可避免了。德国诗人倍格尔写了《德意志的莱茵河》一诗，缪塞用著名的诗句"我们统治着你们的莱茵河，我们从这条河里取水……"作为对它的答复。而雨果在他的后记中，通过周密而严正的论据，郑重地提出必须用和平方法解决争端：普鲁士把莱茵河左岸归还法兰西，"与德国人相比，法国人更希望这样做"；取而代之的是让普鲁士得到汉诺威、汉堡、其他自由市和海港；它的利益是在得到自由的海港和统一的领土，那时为团结合作而建立的法兰西和德意志必将在保障世界和平的同一目标下联合起来，"莱茵河应当是两国团结的河，而不应当把它变成一条使它们分裂的河。"

这篇洋洋洒洒的特写以其历史视野的广阔、文笔的遒劲有力和提出问题、解决问题的大胆给人留下一种内容丰富、风格庄重的印象。但这是否就能看出一个人的经国之才呢？很令人怀疑。真正的调停人是不会这样绝对的。此外，作者滔滔不绝的华丽辞藻和训诫说教的对比暴露出他对人类的认识还很肤浅。法国究竟是谁希望普鲁士统一并有通向大洋的海道呢？居维里叶·弗列利在《辩论报》上愤怒地反驳道：

你断言普鲁士是一个依照维也纳会议的决议被剪裁得很糟的国家，何其不幸啊！于是你想损害法兰西来复兴普鲁士。你还要把海港、汉诺威给它，扩大它的疆土，提高它的声望！可是为什么要这样做呢？仅仅是为了使法国得到蒙-顿涅尔省！

在这里，一个思维健全的人比一个天才显得更高明。诗人企图根据对所见所闻的印象解决历史上的重大问题，"他想根据对旧诸侯的简单了解揭示过去的秘密并参透未来的秘密。他看到了莱茵河，但这莱茵河是一条可怕的、庄严的、"悲壮的"河。他从那里带回来的宏伟壮丽的速写，以其悲壮的性质，超自然的奇幻的力量使人惊讶，可是它们所表达的与其说是莱茵河的风光，毋宁说是雨果本人的气质。他大量地运用了两种修辞风格，一种如圣佩韦所说，是雨果所固有的"华美辉煌"，另一种（《见闻录》一书）其实就是出色的"新闻报道风格"。心地善良的维克多·巴维写信给大卫·安瑞斯基说：

你在莱茵河上，这次既不是坐船，也不是坐车，而是借助于维克多·雨果的著作飘然高升了吗？每上升一步，所看到的都是他，而且仅仅是他——由这条大河反映出来的一个诗人。他不断地时而用声音，时而用闪耀的星火把河水和江岸划分开来。他用令人惊骇的专横如此奇异地领悟着这个世界，它的整个如画的美景是只对画家才会展示的。这只戴着护手甲的铁手终将把你制服。一个人在读过这部作品后，一定会觉得自己已经被击溃了、窒息了，仿佛成了鹰隼爪下的猎物。

巴尔扎克向来对雨果不留情面，然而他也不得不承认《莱茵河》是一部杰作。人们曾经告诉他，维克多·雨果是一个像他的哥哥欧仁·雨果一样的疯子，应该把他送进精神病院。巴尔扎克竟然把这事写信告诉了韩斯卡夫人。《莱茵河》令人信服地推翻了这样一种谎言：自从夏多布里昂以来，法国散文还没有成为一种宏丽和谐的创作。"往昔的废墟在这样的光照下，在这样的时刻呈现在我的眼前，使我惆怅忧伤，它的壮丽使我惊奇。从树林和灌木的簇叶的几乎可以听得出来的摇曳中，我体察到一种肃然的敬畏。一点儿也听不到人的声音，或者脚步的走动。光线和阴影都穿不透的城堡的庭院，是一个神秘幽暗的王国。一切都在掩映之中，一切又都界线分明。惨淡的月光透过城墙的缺口和裂缝，直射到最黑暗的角落，而在它的幽暗的深渊中，在高耸的拱顶下和漫长的通道上，悠然地徘徊着一些苍白的幽灵。"这简直就像是夏多布里昂《墓外回忆录》中的某些章节，经过了维克多·雨果图画般的复述，在月光的影影绰绰的辉照下，呈现在了我们面前。

巴维说："仿佛成了鹰隼利爪下的猎物。"但是鹰隼自己也可能从高空摔下来。洋洋自得的雨果在"永恒的苍穹下翱翔，突然一阵飓风折断了他的翅膀"。1842年，他的朋友和靠山、王位继承人奥尔良公爵由于一次不幸事故而丧命——在他乘马车沿着当时名叫"起义路"的大街急驰的时候，几匹马突然受惊，公爵企图跳车，结果在路面上摔碎了头颅。这场惨祸使雨果着实痛苦到了极点，可他仍想亲眼看看现场。他研究了公爵跳车的方位，原来是在大街的左边，如果从马依奥门算起，正在第26与27棵树之间。他发现，公爵是"在胡乱涂抹着绿颜色的一家食品店里"，"在砖地上"最后停止垂死挣扎的。死者的脑后有一个破火炉，墙上挂着几张粗劣廉价的油画：《阿格斯菲尔》，《费叶斯奇的谋杀》，拿破仑、路易·菲力普和穿着骠骑兵大元帅制服的奥尔良公爵的肖像。他为朋友的死而悲痛。到处寻求对比法则的诗人思索着：公爵年轻、快乐、幸福，每次去涅伊城堡都要从这绿色的门板旁驰过，假如他有时瞟一眼这家食品店，那在他看来，它大概只是一间可怜的杂货铺、破草房，或者是一个什么寓。然而正是它成了他的坟墓。和尤丽叶回到巴黎后，雨果看见墙壁上到处张贴着广告，用特大的字号宣告："涅伊举行庆祝宴会。"对喜欢对比的人来说，这才是一个真正难得的发现。

奥尔良公爵，这个心地高尚的人，是自由主义的靠山。现在他们不得不反复考虑自己建设未来的整个方案。当时领导学士院的维克多·雨果被委托向国王代表全院致哀。他歌颂了死得过早的公爵："陛下，您的血就是国家的血。您的家族和法兰西是由同一心灵统一起来的。一个受到打击，另一个也必被伤害。今天的法国人民本来正深情地注视着您的家族和陛下，希望您永远健康，因为您是上帝和法国所需要的；注视着王后、国母，法兰西所有母亲的最沉重的考验落在她身上；注视着公主，就精神而言，她是一个真正的法国人，她为自己选择了我们的国家为第二故乡，她为我国增添了两个法兰西人，两位公爵，未来的双倍希望……"

这未来将是什么样的？哪个人知道？立刻建立摄政制？海伦公主实际上成了王后。或许维克多·雨果会成为国务总理？然而首先必须取得贵族封号，成为老王的亲信。

飞来横祸发生后一个月，他去拜访奥尔良公爵夫人，而且他愿意带上尤丽叶——无论这种心理多么奇怪。当他到宫廷里去的时候，她在马车里等着他。

尤丽叶·德鲁埃致维克多·雨果，1842年8月20日：

  我有一切理由感到害怕，甚至绝望，这就是对奥尔良公爵夫人的拜访。当你恩赐似地带我去的时候，由于你的拜访所选择的时间和当时的情况，这种拜访对于我来说，简直是一种苦刑：我穿着普通的日常服装，而她是一个美貌天仙，她正遭受着最大的痛苦，对你来说这痛苦只会使她显得更加妩媚动人。我承认，无论我爱得多么坚强，我对你多么信赖，但是我仍然觉得不安，我不得不进行一次斗争，而且是无以自卫的斗争……

担忧是不必要的。至尊的遗孀穿着深色丧服，想的只是自己的损失和她的孩子。但她仍然接待了诗人，并同他讨论了渺茫的未来。

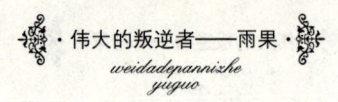

第四章 《论文学中的角斗士们》

> 雨果是个天才,天才是一种伟大的禀赋,但不是完美无缺的东西。
>
> ——茹尔·莱那尔

1840年,雨果发表了《光和影集》。这是一本《心声集》式的诗集,它引起圣佩韦的第一个冲动就是要给他的宿敌以致命的打击。青年一代中对维克多·雨果的吹捧者们和狂热崇拜者们,早就使他怒发冲冠了,他们攻击比洛斯,攻击《世界评论》杂志,甚至攻击圣佩韦本人和任何一个不对他们的领袖无原则地顶礼膜拜的人。雨果本人躲在暗处,他那严肃的神态叫圣佩韦想起"动乱时期的罗马贵族,他们把一帮匪徒监禁在山里,可是仿佛根本不知道这些人的存在,他们的脑袋里从未意识到有这些人似的"。维克多·雨果并没有公开鼓动他的"文学角斗士们",但他能"磨快他的那些鲁莽的侍从武士们的笔锋,成为鼓动他们逞凶恣虐的罪魁祸首,以致到了这种程度:就像一个英国国王一样,他无意中失口说的几句话,就可以使4名宫廷亡命徒握着匕首扑到托马斯·贝凯特身上。"

不,圣佩韦既不能原谅朋友的强大有力,也不能原谅他磅礴的创作气魄。圣佩韦知道,更正确些说,他以为自己比维克多·雨果更聪明,他具有更精致的艺术鉴赏力,但是使他不悦的是他什么都知道,都评论,而又什么都怀疑:"我非常清楚,没有伟大——无论是什么样的伟大——我就既不能爱,也不能信仰。我只有在立即把全部情况弄懂以后才能得到安慰。"他所仇恨的雨果的影子不断地追随着他:"这是一个对一切都要矫揉造作、盘算计较、深思熟虑的人,就连和人打招呼也是这样。他从15岁起就是这样。长期以来,我对这一点有疑问,但是当我用心了解过他以后,我对此深信不疑。我越来越看清了他的那些笨拙的伎俩。"他还说:"我在自己的生活中,常常和类似雨果及其他好做黄粱美梦的人发生冲突。他们粗俗不堪,招摇撞骗,虽然强狠有力,但难登大雅之堂。这就是我为什么总是对这些装作伟大的粗俗之辈厌恶之至的原因。"

安黛儿·雨果最大的过错是火上浇油。

"雨果是库克罗普斯,"圣佩韦说,"他只有一只眼。"

"对，对，"安黛儿马上附和道，"他只看见他自己。"

"我常常断言而且现在也断言他粗野、幼稚。我亦步亦趋地追随着一个人，她比我更了解他。"这个人就是安黛儿，圣佩韦无论如何摆不脱对她的迷恋，他把描写她的诗收入《情书》中匿名发表。"我在恋爱中最大的成功，真正的成功就是她——我的安黛儿。我像是那些一生中只有一次最辉煌的胜利的将军，虽然在很大程度上他们应当把这胜利归功于自己福星高照，而不是由于他们本人的功劳。从那以后，我经受了一次又一次打击，一次又一次失败，我无力投入战斗，我再没有作战，满足于在自己的小天地里悄悄地操练兵马……不过话说回来，现在是万事如愿，我又得到了我的安黛儿，得到了她的心。除了她，我不想再爱任何人了（1840年12月）……"但是圣佩韦并没有结束对她的议论。"当高坦姬娅（阿拉）读了《请你把我留下，让一切都消失》一诗的时候，她写信对我说：'这样的诗，这样的赞扬，会使任何一个女人回心转意，哪怕是她走到天涯海角。安黛儿还会叩你的屋门，你还会和她重新见面，一切都将如愿，你应当原谅她。我不断地想着这件事，而且相信将来必然是这样。必须永远原谅那些本性高尚、感情热烈的人，因为她们只理解这种感情，所以如果从这方面接近她们，就可以独占她们。其余的都不必去计较。'我回答了这封信：'你所说的都对。这也就是我为什么谅解她的原因，但只此一次。你要明白，智力的不足，敏感的不足和性感的某些部分，都不会损害高尚伟大的热情。在难得有见面机会的情况下，这种性格特点是适宜的，而我的迷人而残忍的女友也委实因难得见面而感到孤寂……'"

总之，他决心猛烈抨击这个独眼巨人的新诗集。1840年6月，他写了一篇愤怒的论文《论文学中的角斗士们》：

> 维克多·雨果先生早期的诗作具有鲜明、柔和的特点，比他后来写的诗具有更大的魅力。在他后来写的诗中，出现了怪诞的异国情调和过分的矫揉做作。我将援引《年轻的巨人》一诗为证。在这首诗里，仿佛集中了长篇小说《冰岛魔王》中以十分可怕、森严的形式表现出来的全部怪诞。《年轻的巨人》所特有的奇巧弥补了诗意美的不足，可是人们常常避而不谈这一点，或者当作开心乐事，当作精力旺盛的儿童的尽情游戏接受了这一点。《东方吟》发表前，维克多·雨果的诗即使以各种不同的角度来看，也可以在我们眼前呈现出形象一个比一个鲜明、优美的画廊。其中有写初恋的诗，这些诗也是早先写好的，有一天比一天妩媚动人、容光艳绝的美女，当时

诗人瑰丽的幻想还创作了入浴女子查拉的形象。正是在那里（以后我就不再展开这个论题了），有着许多优美的形象，表明着诗人丰富多彩、生动活泼的创作手法。然而《年轻的巨人》一诗所固有的一些特点恰恰就是在这个诗的海洋里形成的。

让·保尔在他的《泰坦》中断言："人身上都有一个粗暴盲目的库克罗普斯，在精神狂暴时他就要大喊大叫，怒不可遏地急于要把一切都毁灭。"一个野蛮可怕的恶魔在我们的心中拼命嚷叫，与镇静地说话并给予我们更理智的劝告的善神对抗。在这种时候，混迹于各位诗神之间，留在雨果创作中的正是这个年轻的独眼巨人，但起初他只是从他的洞穴里吹着凉爽的风，每天早晨，无数精灵仙女们围着山洞欢跳嬉戏。溪水絮语，瀑布喧哗，牧人波吕斐摩斯从洞中走出来，登上高坡。就是这个波吕斐摩斯，他迷上了该拉忒亚[①]，吹着悦耳的长笛，唱着值得某个费奥克利特[②]收集的歌曲。那时的他是值得爱的。曾经有过一个时候，波吕斐摩斯把芦笛吹得温柔迷人，悦耳动听，看样子在缪斯女神们欣欣向荣、硕果累累的领地上，库克罗普斯死亡了，善神们得胜了。这就是写《秋叶集》的那个时候。令人惊叹的意蕴，扣人心弦的音韵，使我们相信怪诞和恶魔永远从雨果的诗歌中消失了。表面现象很容易使人上当！巨人库克罗普斯根本没有死，他只是进入了梦乡。当然，绝代美女和妖艳的女仙们继续活着。但是许多神奇美妙的创作消失了，甚至抒情激流的浪花也消失了。

而这个想竭力深入奇幻瑰丽的事物中去的巨人接近了而且越来越频繁地触到了这些梦幻中的东西。当库克罗普斯变得更加成熟后，也就更加勇敢更加执着地追求着她们，举止行动也更加具有挑衅意味。他已经再不是一个任性胡来的青头后生了，他面颊上的汗毛已退。即使他不把他的姐妹们统统吞掉，也要不时粗暴地对待她们。《黄昏集》、《心声集》乃至最后的一个诗集《光和影集》，对于诗人来说，都是这方面的一些很不愉快的证据。

[①] 该拉忒亚是海神的女儿，波吕斐摩斯爱上了她，用石头砸死了她的情人——一个青年牧人。该拉忒亚把青年变成河流，自己则回到了大海。——译者

[②] 费奥克利特：约公元前310—公元前250年，古希腊田园诗人。——译者

……当诗人还年轻的时候，他的审美趣味上的错误，他的粗俗，还可以被理解为青年天才的疏忽，过剩精力的滥用和过分鲜明的色调。可是现在，当这个天才已经定型，他已经是一个成人的时候，在他的诗歌中却出现了越来越离奇古怪的形象。再见吧，美满幸福的成熟时光。

每一个诗人都有他固有的缺陷。随着诗歌创作的发展，这些缺陷甚至会扩大。拉马丁无止境地描写瀑布，因此他的诗意往往在闪烁的飞沫中消失了，仿佛消失在施都巴哈瀑布飞溅的水珠中似的。在雨果先生的诗中，常常可以听到大锤的打击声——那是火神或斯堪的那维亚的铁匠韦朗特的大锤，他最壮丽的诗歌中的许多东西也仿佛只是从铁砧上拣来的。轰鸣声逐渐加强，锤击声越来越响，甚至在生机勃勃的树荫覆盖下也是这样。

为了给雨果先生作个鉴定，现在，当我们读他这本新诗集的时候，我要说，这里显现出来的是一个漫步在华美堂皇的东方花园里的人所看到的景象，而引导他在花园里漫步的是一位光明天神。但是有一个畸形的侏儒在强迫他为这一享乐付出高昂的代价，并且每走一步都要用木棍打他的脚。而光明天神虽然自己法力无边，似乎竟没有发现这个侏儒在捣鬼。你受到了毒打，但是还要赞叹；你眼花缭乱，但又受到了摧残。不用说，这个侏儒仍然是那个库克罗普斯。啊，假如在美好的一天，评论能从这个库克罗普斯，亦即那个侏儒身上抠下他那只仅仅能看见自己的独眼就好了。让他把这评论看得像奥德修斯一样狡猾吧，评论本是其他神灵的伟大仆人。雨果先生的诗歌中就不乏这样的神灵，而且说不定什么时候他们又会重新展翅高飞呢！

这篇论文没有发表，但是圣佩韦有好几次暗示到它："我不分析他1835年以后出的诗集，假如我不得不为自己写点什么的话，那我也不会把这篇随笔付印。"

也许，这里安黛儿起了作用，因为她虽然不反对背地里批评他的丈夫，但她也不喜欢有人对他进行攻击，作为一个诗人，他的荣誉也使她大沾其光。《论文学中的角斗士们》的手稿保存在桑基里埃手里，直到圣佩韦死后还只是出现在回忆录中。在第一页的边上可以读到（尽管这句话已经划掉）："我死以后一定烧掉，这是我的要求。"可是在下面却又写着："我死之后请发表。圣佩韦"。

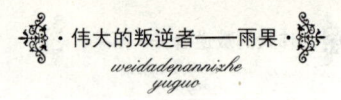

第五章　在维尔基野

> 只有爱过的人才能理解这种感情。这对没有体验
> 过爱的人是不可理解的。我同情他,但不理解他。
>
> ——拉科德

1843年1月。尤丽叶看到她的"亲爱的朋友"脸色阴沉,十分不安。他的"温柔的脸蛋"显得"暗淡无光"。莫非他有什么忧愁和痛苦瞒着她?然而新的一年充满了美好的希望。中断了5年后,雨果准备上演他的新剧《卫戍官》。他的女儿与查理·瓦凯利订了婚,在雨果家中人人都喜欢这个青年人。婚礼定在2月举行。3月,法兰西喜剧院要上演《卫戍官》,夏天尤丽叶和维克多要去西班牙旅行,全是美好的计划,不是吗?

但是"维克多·雨果好像无力摆脱许多幽灵的诱惑"。他喜欢已经成了他的亲人的瓦凯利兄弟,他们也都崇拜他。查理·瓦凯利和奥古斯特·瓦凯利一个在1816年生于南特,一个在1819年生于维尔基野,这是一个塞纳河的引航员和渔民的古老家族。他们的父亲查理·伊西道尔·瓦凯利成了勒阿弗尔的船主后,积蓄了一笔财产,在临河的维尔基野为他的家庭修建了一所白色的大住宅。继承父业的应当是长子查理。小儿子奥古斯特在卢昂中学上学期间贪婪地阅读埃斯库罗斯、莎士比亚和雨果的著作。在学业中他得到如此优异的成绩,致使巴黎查理大帝中学的校长邀请他在那里免费听课,因为这样的学生在任何考试中都可以拿来炫耀一番,中学生瓦凯利是一个热情洋溢的小伙子,疯狂的浪漫主义者。1836年他在学校要和同学们演戏,他们挑选了《爱尔那尼》,并去找作者征求他的准许。雨果不仅表示同意,而且观看了首次演出。

过了一段时间,为《玛丽蓉·德·洛尔墨》打了一场官司,雨果在法院大厅里碰见了年轻的瓦凯利。"仪表堂堂的诗人走到我面前,我把手伸给他,仿佛是伸给了国王的巨掌……"从那以后,这个诺曼底青年和他的朋友保尔·麦利斯就成了王政广场雨果府邸的自家人。他俩受托组织战斗队以保护《吕意·布拉斯》演出的成功。当年轻的奥古斯特卧病时,安黛儿照料他。小伙子对这个俯身床头、风采动人的女性一直保持着醉心的回忆。1838年,当维克多·雨果在莱茵河旅行时,安黛儿和孩子们应邀去勒阿弗尔到奥古斯特的姐姐尼科拉·列费夫拉夫人家,她是新格兰维尔的创建人。雨果的4个子女都没有见过大海,全家从勒阿弗尔出发到了维尔基野,在那里他们一直住到10月初。

奥古斯特·瓦凯利致雨果夫人,1838年10月9日:

亲爱的雨果夫人,自你走后,房舍空旷,无比凄凉。没有你,没有你可爱的孩子们,我们百无聊赖。与往日的热闹相比,现在我们这儿显得寂寥凄凉,真想快些给你写信。你走之后,日子过得漫长而又寂寞。因为我哥哥和我一直同你在一起,而且生活在你们那个圈子里是那么愉快,所以没有了你,我们十分无聊,但是无论谁都不能代替你。

雨果的孩子们很满意这样的假日,第二年他们劝父亲也去勒阿弗尔和维尔基野。奥林匹斯山神从那里出发到斯特拉斯堡,他的妻子儿女整个夏季一直留在维尔基野。列奥波蒂娜已满15岁,查理·瓦凯利22岁。他深信命运将为他安排一个光辉的前程。"他父亲为自己的船队进行近海和远海航行积攒下一笔钱财。但是尽管生活很富裕,全家仍然过着十分简朴的日子,为此人们很尊重这一家"。瓦凯利家的查理第一是一个年迈多病的人,打算退隐安居;查理第二应该是他的继承人;列奥波蒂娜是一个纯朴、端庄而聪明的姑娘,看来是一个理想的妻子。就这样,产生了给他俩缔结婚姻的计划——这个意图也是雨果夫人所赞同的。

奥古斯特·瓦凯利致雨果夫人,1839年10月17日,星期四:

我们家空荡荡的,它为你的离去而悲伤。我们常常感到住宅里缺了我们家的许多成员……家庭是按上帝的意志,用血缘纽带把我们与之联系在一起的。人们永远尊重他们自愿选择的,亦即由心灵选择的那种家庭。你早已知道我对你是多么眷恋!我直到现在才明白我多么需要你的友谊,多么需要你的家庭。尽管60法里的距离把我们分隔两地,我们的心却永远是相通的,我一刻不停地在想着你。

3个人的相继死亡使和睦的瓦凯利家愁云笼罩。1839年和1840年,列费夫拉·瓦凯利夫人失去了2个儿子——查理和保尔,2年后她丈夫也死了。她父亲查理·瓦凯利的健康突然恶化。在这种凄惨的情况下,年轻的未婚夫妻不敢再谈起成婚一事。可是维克多·雨果赞同他们结婚:"诗人们不能给自己的女儿丰厚的嫁妆,他们应该赏赐她们更贵重的财富:精巧的智慧、善良的心灵和优雅的风度。"1843年2月15日,结婚仪式终于在至亲好友的小范围内举行了,甚至连雨果的朋友们都没通知。尤丽叶出于礼节决定不出席婚礼，她没有去教堂，只是请求列奥波蒂娜给她"一件新娘现在已经不再需要的处女时代的精巧饰物"以做纪念，"因为她现在就要做夫人了"。她把这件礼物看成是爱雨果胜过任何人的两个人——他的女儿和她的情人——之间从今以后牢不可破的联合的象征。父亲向女儿转达了这一令人感动的请求。列奥波蒂娜早已知道他们家的复杂关系，她满足了尤丽叶的请求，不过赠给她的不是小巧饰物，而是一件更好的礼物——自己的祈祷书。维克多·雨果就在举行婚礼的教堂里为新娘创作了一首短诗：

这样爱你的，你也要这样爱他。再见了！
正如你曾是我们的快乐，你也要成为他的快乐！
你应当用另一个家庭来代替这一个。
你给我们留下思念，带走的却是全部幸福。

真想把你挽留，但那边的人们都在等着你。
妻子和女儿，请你履行这双重的义务吧！
把惋惜留给我，把希望赠送给他。
你走了，眼泪汪汪，但请你欢笑着走进新房！①

与自己的长女离别，使雨果非常难过，她是他的宠儿，从小就是他的挚友。"不要为你的蒂蒂娜激动不安了吧，"尤丽叶写信给他说，"她会成为一个最幸福的女人。"的确如此，也理应如此。然而雨果还是挡不住要痛苦，而且有点心神不定。列奥波蒂娜应当住在勒阿弗尔，可是在当时从巴黎到勒阿弗尔，坐公共马车或乘轮船，都得走两天。

从寄来的信件中可以嗅出幸福的气息。列奥波蒂娜·瓦凯利给雨果夫人写信说：

我在这儿生活已有一个月了，我很好，我的身边是一些可爱、温情的人。我有着幸福所给予的一切，可有时这幸福使我害怕。我觉得这样的福祉不会长久，后来我认真地想了想，开始明白我缺了些什么东西，原来我的身边没有了我亲爱的妈妈……

尤丽叶·德鲁埃致维克多·雨果：

---

① 选自雨果的《1843年2月15日》（《静观集》）。——原注

> 我的安琪儿，我希望你现在心情平静，从今以后你的被宠爱的女儿的幸福不再使你不安，使你落泪。

《卫戍官》一剧的排练使他忘记了那种古怪的预感。他对这一剧作寄予很大希望，并尽力使它具有一种史诗般的宏伟气概。在莱茵河旅行期间，当他日日夜夜浪迹飘游时，他观赏杂树丛生的古堡废墟，他的想象中出现了城堡领主们反对皇帝的波澜壮阔的斗争画面。"莱茵河的这些可怕的贵族，盘踞在他们的城堡里称王称霸，臣民们卑躬屈膝地效命于他们……这是一些性如鹰鹫的凶暴强盗。"他想以这样的主旋律写一出悲剧。后来他把城堡领主们的题材与另一个萦绕在他心间的主题——兄弟仇杀的主题——结合在一起。我们知道，他开始写诗剧《孪生兄弟》时，把它的主人公关进了名叫"铁面"的监牢里，主人公为了他的独占王位的兄弟路易十四忍受了牺牲。雨果的这个构思没有完成，但是在《卫戍官》中，福斯柯（卫戍官约伯）到底还是摆脱了他的兄弟多那托（未来的皇帝弗里德里希·巴巴罗萨），因为他们都爱着同一个姑娘乔奈芙拉。卫戍官约伯受尽了良心的折磨，因为他曾经把受了致命伤的多那托投进了古墓，为此他每天夜里都要跑到那儿去。雨果就这样从那出悲剧到这出悲剧，又回到了兄弟被活活埋葬这个压在他心头的主题。

只有当艺术作品使作者饱尝了痛苦的时候，他才能够赋予它一种美。巴莱尔说："《卫戍官》是一部开瓦格纳创作先河的离奇怪诞的作品。"这里有倨傲不驯的城堡，一连四代的盗侠，也有天命反抗劫数的斗争，然而创作并没有因此而丧失史诗般的宏丽。法兰西喜剧院欣喜地接受了它。但是情况很不顺利。在几个演剧季节里，年轻的天才演员拉仙儿使古典主义悲剧风靡一时。"新奇"很快就使观众厌倦了"社会上一切迅速陈旧的东西"。

期望在剧院里来一场像《爱尔那尼》初演时那种厮杀的维克多·雨果，派出了他的夺取胜利的新编部队——瓦凯科和麦利斯去找画家谢列斯坦·南代伊尔，求他支援300名青年，"300名敢于决一死战的斯巴达人"。南代伊尔抖抖他的长发说："先生，请告诉你们老师，现在已经没有青年了。"事实上当时的确已经没有浪漫主义的青年了。

首次公演很平静，剧场里全是朋友们。尽管剧本是用第一流的诗写成的，但是人们发现它词藻美丽、枯燥乏味。年迈的约伯对60岁的马格努斯说："静一点，小伙子！"剧场里响起一片笑声。第二次演出被喝了倒彩。第五次和后来的上演掀起了整个剧场的多次风暴。尤丽叶指控闹事者阴谋捣乱。她多次承认她准备"让她的愤怒像冰雹似地劈劈啪啪落在他们头上"。当时是法兰西喜剧院经理的比洛斯说,有一次夜间两点钟,雨果同他走过推伊里宫时大声嚷道:"假如拿破仑还在这里,《卫戍官》就会被当作法国最伟大的作品,皇帝也会去看我们的演出。"但是拿破仑一世已经不在了,而类似巴尔扎克作品中的皮罗多和卡缪佐那样的人物成了路易·菲力普时代的观众,他们对高尚的情感和滔滔的雄辩已经厌烦了。幸灾乐祸的圣佩韦写道:"剧本被喝了倒彩,可是雨果不想说这句话,他对演员们说:'观众搅坏了这出戏。'从此,在演员们中间,说'喝倒彩'时就用'搅坏了'一词代替。"第十次上演,收入跌到1666法郎,但是演出拉辛悲剧的拉仙儿当时每晚的收入是5500法郎。3月17日,一颗彗星飞过巴黎上空,于是在《嘘声报》上刊出了一首四行诗:

雨果用长柄眼镜

望着神圣的长空说:

"上帝啊,彗星都有尾巴,

为什么《卫戍官》好景不长……"

剧本失败了,虽说冤枉,但失败越来越明显。"《卫戍官》怎么样?3倍的无聊,"亨利希·海涅写道,"死板的形象……令人沮丧的木偶……冰冷的热情……"4月里,巴黎热烈欢迎了本莎尔的《卢克莱修》上演,因为这位外省的伪古典主义①者是作为雨果的对手出现的。巴尔扎克义愤填膺:"我看了《卢克莱修》!巴黎人受到这般愚弄……再没有比这更幼稚、更浅薄的东西了。这是一出最粗俗、最可笑的悲剧。再过5年,人们就会把本莎尔忘掉。说真的,上帝为雨果不高明的剧作严厉地惩罚了他,可是又通过他的对手本莎尔颂扬了他……"外表上雨果显得很镇静,但是这种妒恨,这种为昔日的成功而施行的报复,使他颤抖了。在《卫戍官》第33次上演之后,它从戏剧节目单上被取消了,雨果也不再为舞台写作了。1843年3月7日这一天,成了"浪漫主义戏剧的滑铁卢。"

尽管雨果夫人坚决反对,尤丽叶·德鲁埃在第二年夏天仍然享受了"她那一年一度的小幸福"。那一年她和雨果计划去法国西南地区和西班牙旅行。这次旅游会使诗人记忆中的童年岁月重新复活,并且使他跳出巴黎2月份以来包围着他的那团

---

①19世纪初,欧洲文学界守旧派为了反对浪漫主义和批判现实主义,维护封建特权,在创作中企图复活古典主义,因此被称作伪古典主义。——译者

浓重的愁云。列奥波蒂娜于3月里怀孕,她一直无缘无故地烦燥不安,死活不让她父亲出门。7月9日,星期二,他到了诺曼底去和女儿道别,随后写信给她:

> 我亲爱的,只要一想到你,我就变得像个孩子,你要是知道这一点就好了。我眼泪汪汪,永远希望和你在一起……在勒阿弗尔度过的那一天,对我来说,犹如一道明亮的光,使我终生难忘……

可是旅游鼓动着他的想象。巴荣纳是人世间保存在他记忆中最消魂的一个地方,在那里,"他心上最早刻下的痕迹"依然没有消失。可是他打听不到那间房子了,在那里他曾透过绣花围巾窥见过一个光洁如玉的乳房。蓓比达怎么样了?她出嫁了吗?成了寡妇还是死了?也许他会碰见她吧?可是谁知道呢?一望无际的天空啊!但是西班牙公牛拖的第一辆货车,车轮的刺耳尖叫声,猛然间使得幸福的潮水向他涌过来。童年时代珍贵的回忆突然复活了。"我觉得过去和现在之间的界线全部消失了。一切都仿佛是昨天的事,啊,多么幸福的时光,甜蜜而又光明的岁月啊,那时我还是个孩子,还没有感觉到坎坷生活的重压,可爱的妈妈就在我的身边。巨大车轮的尖叫声让人恐惧,我周围的旅伴都被吓得堵住了耳朵,可我却惊喜若狂……"

伊鲁让他扫兴,现在城市已经发展到了巴第尼奥山上。"旧日的容颜哪里去了?诗魂消失到了何方?"他对封达拉比亚仍然保持着光明的回忆。金屋顶、尖钟楼的村庄从前映着蔚蓝色的海湾呈现在他眼前,如今就在这个高原上,他看到的是一座十分简朴美丽的小镇子。兰什弗顿像他本人,有点神色黯然。然而和从前一样,西班牙以其粗犷的自然风光,柔韧而苗条的妇女和响亮的语言征服了他的想象力。"这是一个诗人和走私者的国度"。在基布斯康省分布在散·谢巴斯蒂扬附近的一个叫巴沙海斯的村庄里,他发现了一个美妙迷人的角落:高高的房舍涂着雪白、芽黄的颜色;阳台上飘拂着鲜艳的红、黄、浅蓝布料做的旗帜;海岸边的船妇全是黑眼睛的美女,她们的头发美极了。

他到了巴比洛纳,然后越过比利牛斯山脉,顺着奥什、安日、贝利山和安古列昂一线回去。9月8日,在奥列龙岛上,维克多·雨果神色悲戚,使尤丽叶大吃一惊。岛屿也显得愁云笼罩。"没有一片风帆,没有一只飞鸟。水面上升起一轮硕大浑圆的月亮,在浓雾中月色橘红,失去了金黄色的反光。思念之情冻结了我的心。在那个晚上,一切都显得那么阴沉、不祥。岛屿本身在我看来都仿佛成了一座巨大的海上坟墓,而这月亮宛若一盏照耀着这坟墓的灯笼。"

第二天他们离开小岛，出发去罗什福尔。雨果想绕道去勒阿弗尔见见年轻的瓦凯利夫妻。安黛儿和3个孩子也在附近的格兰维尔，她住在一所女婿为她租赁的别墅里。全家应当尽快在格兰维尔聚齐。一想到这，雨果就精神百倍。在苏比斯村，尤丽叶建议去咖啡馆喝杯啤酒，翻翻报纸，他们已经好几天没看报了。

尤丽叶·德鲁埃的日记，1843年9月9日：

在广场上我们看到一块招牌，上面用醒目的字母写着"欧罗巴咖啡馆"。我们走了进去。白天这个时候那里没有什么人，只有一个青年人坐在右手第一张桌子上，与开票的面对面，读报，吸烟。我们被安置在后面螺旋形楼梯旁，楼梯栏杆包着红布。服务员拿来酒杯就走了。旁边餐桌上放着几张报纸。托托随便拣起其中一张，我拿了一张《嘘声报》。我还没来得及读标题，我可怜的朋友突然俯身向我，噎得说不出话来，只是呻吟着，同时指着报纸让我看：《如此惨祸！》。我望了他一眼，到死我都记着当时他那高贵的面庞上的那种无可言状的绝望。刚才我看到的快乐幸福的神色，在一刹那间就被不幸给抹去了，他的面目完全变了样。他双唇发白，美丽的眼睛直勾勾的，面颊和发梢都被泪水浸湿了。他用手捂着胸口，仿佛怕心脏蹦出来似的。我接过这张可怕的报纸读了起来……

在《世纪报》上，报道了9月4日星期一维尔基野发生的骇人事件。星期六列奥波蒂娜和她的丈夫从勒阿弗尔去维尔基野过礼拜。在维尔基野，他们遇见了叔叔比埃尔·瓦凯利（他从前是船长）和他的儿子阿杜斯，一个11岁的小孩子。"星期天，一艘快艇靠了岸，那是查理吩咐从勒阿弗尔开来的。他叔叔突发奇想，快艇也是按照他的设计，由海上造船厂制造的。查理乘这艘快艇参加过在高弗列尔举办的船赛，而且得了第一名。快艇是用巨大的双帆装备起来的，仗着这双帆它可以在海风中飞速前进。但是它的桅杆对塞纳河口的一般航行来说，也显得太单薄了。比埃尔·瓦凯利决定翌日早晨试试这只船，驾着它到柯德贝克去看等着他的一个公证人……"

第二天早晨天气很好，风尘不动，碧水如镜，晨雾似纱。前一天约好，列奥波蒂娜同丈夫、叔叔和堂弟一起走。但是她的婆婆担心快艇太轻，劝媳妇不要去旅行。两个男人和孩子没带她就出发了。可是马上又返了回来，船在水上跳动摇晃，他们为了稳定船身，在上面放了两块扁平的大石头。这下列奥波蒂娜受了诱惑，请求等等她，随后她很快换了一件红方格凡尔纱连衣裙，上了快艇。不久就到了柯德贝克，没有发生任何意外。

必须把公证人巴季尔在天亮之前就送到维尔基野。他想坐马车走，因为乘坐不稳当的快艇旅行，他觉得不是好玩的。为了安慰他，查理和比埃尔用柯德贝克岸上的大块砂石加重了船的负荷。公证人提心吊胆地上了快艇，可是船晃得更厉害了，他请求让他到巴伊瓦小教堂附近停船上岸。他说他要步行。"他们继续航行，风鼓满了帆，没过几分钟，猛烈的飓风撞击着船舷。为镇船而放的石头滚动起来，使快艇倾斜得更厉害了。船只和暴虐的大自然一起险恶地压在这几个人头上，刚刚开始的幸福的旅游以悲惨的场面而告结束。乘客中只有查理·瓦凯利是一个出色的水手，但他也在翻转的快艇四周的海浪中挣扎着，试图救出他的妻子。她死命地抓着船舷。他白白消耗着自己的精力。当他看到自己是在枉费心机后，哪怕是一刻也不愿意把她单独留下，于是决定同她一起沉没……"奥古斯特·瓦凯利在后半夜把这一惨祸通知了雨果夫人。他强迫她星期二"带着3个孩子回到了巴黎，为的是不让她待在维尔基野参加可怕的葬礼。"

罗曼蒂克的安葬符合年轻夫妇罗曼蒂克式的死亡：他俩被装进一个棺材里，送葬的人们用肩膀把他们扛了出去，安葬在小教堂旁的一个不大的公墓里。

维克多·雨果致路易莎·伯尔坦，自索缪尔，1843年9月10日：

我很难表达我是多么喜欢我那可怜的姑娘。你记得她是多么迷人吧，这是一个最可爱、最光辉的女性。全能的上帝啊，我在你面前有什么过失？

因为雨果习惯于总结，"无论是对事关宇宙运行的秘密还是日常开支的细目"，所以他给自己提出一个问题："莫非这是至高无上的主对一个抛弃家庭的情人的报复？"这就是为什么有一段时间他要厌恶尤丽叶而"巴结妻子"的缘故。他从苏比斯那个倒霉的"欧罗巴咖啡馆"写信给妻子：

不要哭泣，我亲爱的夫人。我们要顺从命运的安排。她是一个安琪儿，我们把她还给了上帝。啊，她是太幸福了，可我多么痛苦啊！我要把这痛苦的眼泪和你一起流洒，我要和我们宠爱的可怜的孩子们一道哭泣。亲爱的丹丹，你要拿起勇气挺住。我很快就会回去。我们将在一起悲悼，我的爱。

再见。很快就会相会的，我亲爱的安黛儿。让这可怕的打击至少使我们相爱的心更加贴近吧！

在回巴黎途中的马车里，他在自己的拍纸簿上写下这样几行断句：

>……我仿佛觉得我是一个高傲的思想家、诗人……
>
>但是遇到了不幸,唉,我只是一个
>
>普普通通的人……
>
>……你欣赏塞纳河,美丽而平静的塞纳河,
>
>可是谁也没说:"你将在这里找到永恒的宁静……"

这时候的安黛儿·雨果想把勒阿弗尔德略大街上的那间"哥特式房舍"里的陈设永远保存在记忆中,因为蒂蒂娜和查理在那里一同生活过7个月。她把自己的朋友、画家路易·布朗热打发到了那里。

奥古斯特致雨果夫人,1843年10月19日:

>为使你放心,我这就给你写回信。布朗热已经完成了他们寝室的素描。画得维妙维肖,哪怕是没有见过这间住房的人也会明白它的模样。总而言之,都画好了。我去巴黎时一定把画带给你……我将在星期日见到你。这一周我要把你们的开销全部算出来。一切都很顺利……至于那个园丁,他又回来了,要求得到104法郎,他不明白我为什么要辞退他……我想知道,你带走那只黑皮箱没有,和手提箱放在一起的?那是我姐姐借给你用的,大概这是她所要的唯一的东西……

安黛儿是一个勇敢而有信仰的人。"我的灵魂飞走了,"1843年11月4日她给维克多·巴维写信说,"如果可以这样讲的话。它抛下了我,为的是和她的灵魂在一起。"王政广场的住宅有好久笼罩在哀悼的气氛中。母亲整天把女儿的头发拿住不放;雨果默默地坐着,小丹丹坐在他的腿上。老头子傅仙一下子老了20岁。墙上、桌子上到处都可以看见已故夫妇的画像。在一个手提包上绣着几个字:"我女儿亡故时的衣裙。神圣的遗物。"维克多·巴维劝圣佩韦与雨果一家和解,做他们亲密的朋友,"以缅怀这一骇人的悲剧",但是被圣佩韦拒绝了。自从那命定的1837年以后,有人向他3次建议这样做,他也3次试着和解,可是为了和解,他说,接踵而来的就是新的凌辱和决裂。"就是在这次可怕的不幸变故之后,我也只能在这种条件下才能回心转意,那就是她本人能态度明朗地说她希望和解。那么,她的话才能成为给我的命令。她没有这样做,现在一切都完了,永远完了。想到这些是可怕的,但事实就是这样……"可是阿尔弗雷·德·维尼写道:"面对这一灾祸,任何语言都是微不足道的,或者说是残忍的。"

女儿的死给维克多·雨果的打击是可怕的,他总是恢复不过来。12月,完全被

学院入选事务缠住了的巴尔扎克拜访了雨果，回到家里后，他给韩斯卡夫人写信说：

> 啊，我亲爱的朋友，维克多·雨果老了整整10岁，人们说他悟到了女儿的死是对他的惩罚，因为他跟尤丽叶搞出4个私生子。顺便说说，他毫无保留地支持我，并答应为我当选投一票。他恨圣佩韦和维尼。你看，我亲爱的，这对我们来说是有教益的一课，这就是在18岁时根据爱情缔结婚姻的后果。维克多·雨果和他的妻子就是活证据……

如此看来，流言蜚语就连人们最沉重的苦难也不放过。

尤丽叶央求雨果丢开他的悲痛，哪怕是稍微散散心也好。他仍然不能工作，请求她整理他在比利牛斯山区旅行时最后几天的笔记，以便完成那本以光明灿烂的回忆开头，以出人意料的灾难结尾的著作。他常常到维尔基野去给女儿上坟，坟头种了许多蔷薇花。他在岸边徘徊，寻找那个"可怕的出事地点"。他完全被绝望的悲痛淹没了……"回忆吧，山岗的景象目不忍睹。"有许多年，每到9月4日这一天，他都要用悲痛纯朴的风格写一首柔肠欲断的诗。

> 1844年
> 她满10岁的时候，我正好30
> 那时候我把她当作整个世界，
> 有一次在大树的阴影下，
> 青草散发着一缕缕沁人的芳香……
> 我心地纯真的安琪儿啊，
> 那一天你是多么快乐……
> 可这一切都永远过去了，
> 像一阵清风，像夜的暗光！①

> 1846年
> 春天！朝霞！记忆啊，
> 带着悲戚而温煦的微光！
> ——当她还是个孩子的时候，

---

① 选自雨果的《在我们还活着的时候……》（《静观集》）。——原注

就已经是一个可爱的姑娘……

在那座把蒙林昂和圣辽
联接起来的山岗上,
你们可知道有一道倾斜的堤岸,
——在天幕和森林之间?

我们在那儿住过。只要停下来想想。
心灵啊,就把我们带回可爱的往昔!
于是我就听到,每天早晨,
她仿佛就在窗下静静地游戏。①

1847年
只要有一天空闲,我定将踏着朝霞
上路去找你——我知道你在等着我……
我将穿过山岗,走上林间小道。
自从生离死别后,我没有生活过一天……

我一次也没了望那日落的西方,
远方的白帆和泡沫飞溅的海浪……
这次我一定去。我要把圣诞树枝
和帚石南亲手栽到埋你的坟上。②

深切的悲痛总是夹杂着良心的谴责,因为在那惨祸发生的时刻,他远离家人,还在和情人一起旅行呢!雨果深为自责——他的灵魂再也不能平静了。

---

① 选自雨果的《春天!朝霞……》(《静观集》)。——原注
② 选自雨果的《只要有一天空闲……》。——原注

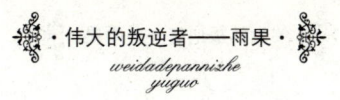

第六章　轻薄放荡和水彩壁画

今天黄昏时分，请你我到御花园。
——雨果：《抒情诗集·六》

　　情欲是一种狂暴的东西。一个内心极度不安的人总要寻求各种各样强烈的感官刺激，这是不足为奇的。1843年，沉沦在巨大悲痛中的维克多·雨果当然要放纵他那热烈的情欲。向尤丽叶？不，尤丽叶已经不再称他的意了。这个过了10年隐居生活的薄命红颜，已经年老色衰了。她在30多岁时就已头发斑白，只有她那美妙无双的眼睛、清秀高雅的容颜依然如故，但也再不是"美貌天仙的再世"了，再不是从前那个浑身珠光宝气、光彩照人的绝代佳人了——那是扮演涅格罗尼公爵夫人时代的尤丽叶。跟她在一起，他有时觉得无聊。她聪明，讲起话来很风趣，然而他还是觉得跟她无话可谈。她与世隔绝，闭门不出，一年中只有一个月——在他们一起旅行的时候，才可以打破这种生活方式。她长歌当哭，写下无数信笺，赞叹和牢骚兼而有之。"好像一个隐士，他登上石塔，仰望苍天，无休止地喃喃私语着的总是同一首圣歌，"路易·盖姆波说，"人们欢欣若狂，因为他不断地诉说着他的痴情崇拜。但是在人们看来，他只不过是一个白痴。人们不明白，上帝怎么对这种单调乏味的祈祷不厌烦……"可是雨果现在还看不看她的这些信呢？尤丽叶有时也怀疑这一点："我无用之至，我哪能使你幸福！已经两年半了，你仿佛对我只为爱你同时被你爱才活着这件事毫不在乎。你为我做了一个最高尚、最慷慨的忠诚之士所能做的一切。但这并不就是爱。这只意味着你是一个忠实的良友，而又不标榜你的高尚。我决不自己欺骗自己，况且我爱你爱得那么厉害，竟至变成了一个明察秋毫的人。我看得很清楚，你不爱我已有两年多了，虽然你对我的言谈举止似乎表明你的爱情还没有熄灭，但这只证明你是一个教养良好的人。如此而已，岂有他哉！对于一颗充满爱意的心灵来说，狂暴的争吵比抑扬顿挫的天才演说更雄辩、更有说服力。一个响亮的耳光有时比一个印在嘴唇或额头上的冷漠的亲吻表示着更多的热情和爱怜。这两年来，通过我自身的痛苦经验，我对此深信不疑。"

　　唉，可惜她是对的。维克多·雨果珍视她那无私的牺牲精神。他十分清楚，为了她的无私服务，他理应对她感激不尽。可是她的吸引力没有了，他对她只剩下了冷漠。他用种种理由做借口以免破坏她的贞洁，然而她根本无意于他人。她有权利只和他一起欢度三大节日：元旦，2月17日（缅怀他们初欢之夜），5月19日——圣徒尤利亚的节日。1844年，他都忘了在5月19日这一天去看望她。当迈着纤纤细步走路的傅仙先生卧病时，维克多回答被遗弃的尤丽叶的抱怨时说，他得服侍老丈人，因为"他的一切都应归功于这位卓越的老人"。可实情是如今另一些女人迷住了她的情人，尤丽叶对此相当清楚。踏上王政广场那所住宅的秘密楼梯的，有许多女演员，或者仅仅是一些年轻的崇拜者。1843年1月17日，尤丽叶写信给维克多·雨果：

> 我相信，与那些钟情于你而且纵容你那男子汉和诗人的虚荣心的女人们结交、亲近，使你感到新鲜、愉快，这我不想干涉你。但是我知道，只要你一背叛，我就会死，完全是这样。这就是我想告诉你的一切……

1844年初，一个头发淡黄、目光慵懒的青年女子成了他的意中人。她常常"像只受惊的小鸽子"似的，两眼看着自己的下半身；可是闪烁在她面容上的狡黠的浅笑立刻就打消了给人留下的这种印象。她名叫列奥妮·道内，出生在一个不大富裕但很古老的贵族之家，受过一个上流社会的小姐应受的教育。可是在18岁时，她从家里跑出来，开始与画家法兰苏亚·奥古斯特·比阿尔同居，住在旺多姆广场他的画室里。

比阿尔是一个才气平平、相当粗俗的画家。他的成功仅仅是因为国王路易·菲力普希望为凡尔赛宫的陈列室弄一幅豪华的"巨作"——巨幅历史画卷。正好奥古斯特·比阿尔就能涂抹成套的这类作品。他到过挪威和拉普兰，这使他带上了浪漫色彩的光圈，或许正是这种荣光诱惑了列奥妮·道内。1839年，她同他到斯匹次卑尔根旅行，当时她摆出一副英勇而机灵的架式，归途中他们住在蒙哈姆城堡，为的是在这个与作品相符合的环境中反复阅读维克多·雨果的《冰岛魔王》。

1840年画家与他的女友结婚，因为她已怀孕6个月了。他们买下了塞纳河畔沙姆亚附近的"一所住宅、一座花园、车库、池塘和一只小船"。从1842年起，他们开始在自己家里接待艺术家们。当比阿尔夫人从大北方回来后，穿着时髦，俨然是"到过斯匹次卑尔根的第一个法国女性"，纪念册上也满是当代名人的题诗。哈姆琳太太，执政内阁时有名的"讲究衣着"的一个67岁的老妪，把许多诗人带到比阿尔家里。这位老妪像约瑟芬·博格尔耐一样，是一个混血儿。她以言谈机敏、心肠歹毒而出名，与夏多布里昂和维克多·雨果颇有交情。和乔治小姐及其他女人一样，她曾是拿破仑来去匆匆的宠幸，可拿破仑却永远是她的"神明"。雨果因对拿破仑甚有好评，所以征服了这个至死不悔的波拿巴主义者。除此之外，他喜欢听她回忆那已成为历史陈迹的5种政体：君主制、内阁执政、元首执政、帝国、王朝复辟。

哈姆琳太太每年夏天都要租赁离普拉特莱尔即比阿尔的庄园不远的一间猎人小屋（名叫马格德林隐居所）。年轻女子和老太太做了好朋友。许多年迈的寡妇，在过去曾经既美貌又轻佻，一进晚年就要作孽，变成皮条匠。芳居耐·哈姆琳把诗人介绍给了画家的夫人。他俩彼此很投合，开始交往起来。但是在1843年，《卫戍官》的上演，比利牛斯山区的旅行，以及随后发生的列奥波蒂娜的死挽救了尤丽叶，避免了情人的背叛。1844年，满怀悲伤的雨果拼命想摆脱那痛不欲生的思念。他想埋头于创作，致力于学院委员会的工作，拜访宫廷，当然他也醉心于新的诱惑。比阿尔夫人的家庭生活是不幸的，画家待她很不好。对女性的怜悯使雨果更加热烈地迷上了她。两个绝望的人一拍即合。她现在成了雨果夜间漫步的新侣伴。雨果把"自己的巴黎"指给她看——从巴黎圣母院到格莱奈尔大街。他写了许多诗，但赞美的已经不再是尤丽叶，而是新交安琪儿：

4月初的那个晚上，
　　你和我
各自把对方印在心上，
　　我的爱！

当夜色用她宁静的暮霭笼罩着
　　都城的时候，
我和你有时漫步在
　　都城的大街上……

在古老而幽僻的府邸里，
　　迎接我们的
是两座耸立在圣母院上的
　　幽灵般的钟楼。

纵然烟雾像乌云一样在塞纳河上
　　　翻滚汹涌，
桥下的波涛却像明镜般地
　　　闪闪发光……

你说："我爱，也为我的爱
　　　而骄傲！"
那时节，我被幸福的灿烂霞光
　　　所辉照。

甜蜜的时光流逝难返……
　　　我的爱，
你能否像我一样永记四月里的
　　　那个夜晚？①

1844年6月25日：
　　你记得那一天吗？那个幸福的星期日？
　　在6月9日……奇妙的花纹顺着洁白的薄纱
　　从窗玻璃上映照出来，仿佛轻烟一般。
　　他把你称作自己的心肝，
　　把你抱在怀里……啊，消魂的瞬间。你在哪儿？
　　心儿在和谐地搏动，精神的结合暖人身心。
　　这光明灿烂的一天取笑心灵的和谐，
　　甚至天国都在羡慕你们！
　　你们彼此只用意会，不必言传，
　　你的明眸不时神秘地一闪一闪，
　　那时，他从你的眼中默诵着羞和爱——

---

①选自雨果的《4月里的一个夜晚》（《诗歌拾零》）。——原注

那正是池塘明镜中浮游着的蓝天和白云。
　　你的脸蛋时而苍白，时而绯红，
　　在倦怠的迷醉中，你不时轻轻地
　　用赤足碰碰他——
　　啊，温馨的幸福，梦幻般的香甜！①
而那首著名的献给情人的短诗写于1844年9月30日：
　　夫人，你本是一个绝代佳人，
　　你身上的一切——撩人的目光，
　　帽子的式样，迷人的谈吐，柔软的身姿，
　　智慧的闪光，处处叫人心魂荡漾。

　　你的神奇的酒杯有着奇异的威力，
　　配得上喀耳刻②，比得过亚米德③，
　　这酒力把热乎乎的勇气注入胆怯者的胸膛，
　　可是却使鲁莽者现出可笑的形状。

　　子夜时分，当我仰望夜空的时候，
　　我看见群星，心中就梦见你的形象，
　　白天里，当我端详着你的时候，
　　遥远的星光就在我的心间流淌。④

诚然，诗人用同样的词语表述过同样的情感，但那是献给另一个女人的。看到这不免使人有点难堪。森林和洞穴又成了幽会的同谋犯，可是娇小迷人的赤足成了倾吐爱情的对象，这个女人又被形容为安琪儿的化身。列奥妮收到几封洋溢着炽热爱情的书信：
　　你是一个小天使，我要吻你的纤脚，吻你的泪珠。收到你的令人神往

---

①选自雨果的《百弦齐奏·XLVIII》。——原注
②喀耳刻：希腊神话中的女仙，精通巫术，行人受她诱惑，就会变成牲畜或猛兽。——译者
③亚米德：童大利诗人塔索长诗《耶路撒冷的得救》中的女主人公，美丽的女巫。——译者
④选自雨果的《诗歌拾余·一百二十二》。——原注

的信。好不容易才挤出些时间来给你写上几行。我像一个苦役犯，日夜工作，但是我的心一刻不停地想着你。我太爱你了，你是我的眼中之光，心中之神……我爱你，你看得出来吧，无论是用语言、眼神还是用亲吻……都不能表达我无限的爱。最热烈、最温柔的爱抚都不能和我对你的爱相比，这爱充满我的整个心灵……

星期三，凌晨3点。离别时你隔着面纱赠给我的一吻，有似保持距离的爱情……我充满温柔、忧伤但毕竟是醉人的回忆。尽管我们之间阻隔重重，但我们能互相理解，休戚相关……你现在不能和我在一起，但我仍然占有你，看见你。你正在把你那夺人心魄的目光射入我的眼中；我正在与你交谈，我问："你爱我吗？"然后我听到你十分激动地轻轻回答："我爱"。这是梦境，可又是现实.你确确实实就在这里，是我的心命令你到这里来的，是我的爱强迫你那温柔迷人的幻影在我的四周徘徊……可你毕竟不能到这里来，我不能长久地欺哄自己……当我刚刚渴望着要吻你，那可爱的幻影就立刻消失。只有在梦中它才接近我……你瞧，我是多么乐意想念你，但是我更乐意能感觉到你，和你说话，把你抱在膝上，搂在怀中，用爱抚燃烧你，感到你的激动，看着你的脸蛋先是怎样羞红，随后又怎样变白，在我吻你时，感觉到你在我怀中怎样颤抖……这才是生活，完美的、纯粹的、真正的生活。这是太阳之光，这是天国之光……

唉，可叹的是他把这类信件也曾寄给尤丽叶。是啊，男人并没有改换，他还是原来那个人；情人的角色也永远是一样的，他只不过是要让更年轻、更适于这一目的的女喜剧演员来扮演这个角色罢了。只是女演员的天才和她的性格在决定着扮演这种角色的不同方式。列奥妮·比阿尔不像尤丽叶·德鲁埃那样热烈而疯狂。虽然她看上去同样是一个不幸的、脆弱的人（因此她才迷恋雨果骑士般的多情），但是她的好逗眉眼，她的笑容，与其说使人想起德拉克洛瓦[①]，不如说使人更容易想起华多[②]的作品。可是文学风尚帮助她取得了成功。这是戈第埃、缪塞、奈瓦尔厌倦了中世纪，恢复了对18世纪优雅风尚崇拜的时代。几年来，雨果已经向尤丽叶呈上过不少欢快的情歌、抒情诗和赞美诗。优秀的叙事诗《泰勒兹家的宴会》是为谁而作

[①]德拉克洛瓦：1798—1863年，法国浪漫主义画家。——译者
[②]华多：1684—1721年，法国现实主义画家。——译者

的呢——是为尤丽叶述是列奥妮？这大概是一个永远争论不清的问题，重要的是它的技巧——雨果在再现这个"风流多情的喜庆节日"的主题时所表现出来的技巧。他的这首叙事诗不是让人想起狂欢节或者萨莫瓦公园的化装舞会吗？然而最容易使人想到的还是朗克莱①的油画。

1845年，雨果的敌人们似乎以为他不动笔墨了。然而他们无疑是错了，他创作了献给已故女儿的优美诗章，为列奥妮写了许多短歌。他开始创作长篇小说《悲惨世界》。但是他生活上表面的轻薄放荡引起了他的一些恶劣的愿望。3个家庭的重担压在他的肩上，3个女人都埋怨他。尤丽叶诉诸他的誓言，他回答她说："我对你说什么好呢……多少年来你一直是我的快乐，现在你是我的慰藉……你会要多幸福就有多幸福的。请你从自己漂亮的前额和伟大的心灵中把那些琐碎的苦恼驱走吧，你会得到天国的光明……"但是她想品尝的是比天堂的幸福更大的尘世的快乐。他经常不是待在尤丽叶那里，而是在瑞拉泰夫人或哈姆琳夫人②那里，因为在那里他可以见到比阿尔夫人。幸好过着与世隔绝的生活的尤丽叶无法认识这位比阿尔夫人。她恨芳居耐·哈姆琳。1844年12月4日，她写信给他：

> 我一直以为你把校样和通讯的工作只委托给我一个人……哪知别人也在享受着和你交往的快乐。难怪昨天夜里我梦见我把你的那个混血儿狠狠地揍了一顿。我恨不得什么时候能天天施行这种惩罚！

在学院，他脸色庄重高傲，目光严峻，突出的下颏使他显得十分威严神气。有时他也争论、发怒，但总是严守着自尊的仪表。可实际上他对他的同事们的谈话暗中做了讽刺性的幽默的记录。把他们偷偷写进他的作品之中。关于那些进入康提滨河街学院的新入选者，雨果是这样说的："几个老院士把重新被精选出来的、充满创造力的几个新院士紧紧围起来，就像炼狱中的阴魂团团围住埃涅阿斯和生人但丁一样，真人的形象使他们感到恐惧、震惊。"于他本人，他热烈盼望能把巴尔扎克、大仲马、维尼选进学院。这说明他既是一个头脑健全的人，也是一个豁达大度的人，须知这几个人都得罪过他。

当他提名圣佩韦作做的候选人时，他表现得更加宽宏大量，圣佩韦断言他是

---

①朗克莱：1690—1749年，法国古典主义画家。——译者
②哈姆琳夫人：1776—1851年，按丈夫的姓名叫芳居耐·洛米埃·拉格拉夫，她生在圣多明各。——原注

故意这样做，他在存心培植自己的虚荣心。"我把自己变成了疫苗，"他说，"我不是在天花盛行的时候这样做，而是在人们怕得病的关头才这样做。"无论怎么说，他毕竟希望成为院士，而由于雨果的当选，使法国的浪漫主义进入学院有了保障。当然，如果阿尔弗雷·德·维尼和他同时被提名为候选人，圣佩韦就可能会落选，而这全靠雨果来决定了。可他在对待这两个有权抱怨的作家时，却表现了惊人的高尚，他给了他们忠告，在王政广场自己的家里接待了圣佩韦，"俨然是一个忘却了宿怨的帝王"；他开导维尼要有耐性。那时候他还不知道有《情书》一书。1844年3月14日，圣佩韦终于当选了。那天晚上他的母亲去教堂，给圣处女玛丽亚敬献鲜花。当圣佩韦的前任卡兹米尔·德拉文去世以后，雨果担任了学院主席，而且他应当主持入院仪式。他没有推卸这一责任，乐于用自己的高尚气概摄服他的敌人。巴黎的群众涌进大厅，等侯观赏这次新奇之至的会议，但是代替嘲弄的是观众不得不热烈鼓掌。维克多·雨果盛赞了当选者的功绩：

> 作为一个诗人，您善于在黑暗中开辟出一条只属于您自己的崎岖小道……您的几乎总是悲凄而深沉的诗正在寻找着接近一切受苦受难者的道路……为了达到这一目的，您给自己的思想蒙上一层外衣，因为您不愿意与遮盖他们的阴影同流合污……充满激情而又韬光养晦的诗意正是由此而生，这诗意谨慎地触动着人们隐秘的心弦……由于博学和想象的结合，寄居于您身上的诗神从未被批评家完全扼杀，而您作为一个批评家，也从来没有中断诗歌创作。由于这些特点，您使学士院想起它的成员中一个最可贵的、一个令人深为惋惜的人来，那就是善良而风流的诺第埃，他是一位如此伟大的作家，如此温顺的人……①

对于长篇小说《情歌》和短篇小说《德·鲍蒂薇夫人》，他不乏狡猾的话头，他说：圣佩韦作为一个长篇小说家，"研究过可能会有的生活中不为人所知的一些方面"。他用"可能会有的"这个词巧妙地暗示，这种生活是不会成为现实的。谈到《保尔·罗亚尔修道院史》一文，雨果对冉森教②的信仰发表了一通雄辩的颂扬。简而言之，听众不由地深表赞赏，圣佩韦更是对他感激之至。

雨果写信给圣佩韦说："您的信使我感动、兴奋。对您的褒奖我深为感

---

①选自雨果的《在1845年2月27日法兰西学士院会议上的讲话》。——原注
②冉森教：17—18世纪天主教内部以冉森为首的一个改革教派。——译者

谢……"雨果请求把他们两人的讲话订成一册，加上如下的题词献给安黛儿："给我的妻子。双倍的尊崇。以温柔的忠诚，因为她迷人；并以衷心的敬重，因为她善良。"他还把圣佩韦的信附在扉页前，只有在法兰西学院才会发生这种怪事。

沽名钓誉之徒是一些不幸的人，因为他们贪得无厌。自从维克多·雨果穿上院士的绿色礼服的那一刻起，他就一心想着法兰西王朝贵族的金光闪闪的朝服。尤丽叶不希望他求取政治功名"当上院士，还想当法国贵族、部长吗？这就是仰仗上帝的恩典成了伟大诗人的托托所追求的一切吗？"可是比阿尔夫人相反，她赞成并鼓励这种志向。雨果现在向国王大献殷勤，而路易·菲力普跟他说话也表现出对他很信任，很友好。诗人为国王勾勒了一幅画像，由他记录下来的国王的言论简直抵得上莱兹①或圣西门②的著作。在这里，国王被描绘成一个仁慈、机敏、通情达理而又满怀悲苦的人："雨果先生，人们对我的评价很不好……人们说我老奸巨猾，说我投机钻营。这就是说我是一个叛徒，这使我很难过。我是一个正派人。我有许多善良愿望，我不喜欢歪门邪道。与我接近的人都知道我是一个襟怀坦荡的人。"国王不拘礼节地与之打招呼的维克多·雨果有时竟相信这些话。

但是他做得很老练。奥尔良公爵夫人为他在至尊的公公面前周旋；而诗人在法兰西学院做了几次堂皇的讲演。正像圣佩韦所说："整个炮队都开动了。"这一战术取得了胜利。1845年4月13日，国王敕令：把雨果子爵（维克多·玛丽）擢升为贵族。共和派的报纸对这件事冷嘲热讽。阿尔曼·马尔拉斯在《国民报》上描写了在卢森堡宫召见诗人的场面：

> 耀眼的阳光透过彩绘玻璃，使光线仿佛也染上了颜色，淡黄色大厅的墙壁发出了红色的反光。巴斯蒂耶先生头戴官帽，宣读了授予维克多·雨果子爵以法国贵族称号的敕令……"我们差点笑破肚皮……我们真不知道，他原来是子爵！一种富有诗意的兴奋刺激了我们，这个封号真叫我们神往……维克多·雨果已死，向雨果子爵、法兰西抒情诗的贵族致敬！被他侮辱过的民主现在可以嘲笑他了——他理应受到这种报复。

而查理·莫利斯在《剧院信使》上写道："维克多·雨果已荣升为法国贵族。国王正在寻开心……"整个巴黎都在议论雨果想做驻西班牙外交大使。"真情是他

---

①莱兹：1613—1679年，红衣主教，散文著作有《回忆录》。——译者
②圣西门：1675—1755年，法国空想社会主义者，贵族出身，著有《一个日内瓦居民给当代人的信》、《人类科学概论》、《论实业制度》等。——译者

立意当部长。"第奥多尔·巴维断言说。至于尤丽叶,她在同一天写的第二封信中向雨果提出这样一个问题:

> 为什么万能的上帝只想着让你成为院士和法国贵族,而只让我做你的情妇?为什么他如此慷慨地赐给你那个古老的封号根本不需要的华美黑发和青春活力,可是却让我满头银丝?

当比埃尔·傅仙的女儿做了贵族夫人的时候,这个老人还活着。这个谦恭的老人是在1845年5月去世的。死神宽恕了他,使他在一出丑剧爆发之前就谢世了,否则这出丑剧对这个温顺的家长、虔诚的老人无疑是一个残酷的打击。7月5日晨,根据奥古斯特·比阿尔的呈报,旺多姆区警察局的一名委员以法律的名义命令打开他在圣罗克商场的一所秘密公寓的门,在那里人们发现维克多·雨果和他的情妇正在"进行犯罪性的谈话"。私通当时就受到了严惩,丈夫心如铁石。"根据比阿尔夫人的丈夫的意见",列奥妮·道内被捕,关进了圣拉扎尔监狱。维克多·雨果援引了贵族不受侵犯的法律,警察委员犹豫了片刻,放了他。当时比阿尔向国务大臣巴斯蒂耶提出起诉,第二天《祖国报》、《国民报》和《日报》用伊索寓言式的措词报道了这一可悲的丑闻和贵族院必须履行的那种不愉快的使命——为通奸一事审判自己的成员之一。事情闹到了国王也亲自出马干预这桩丑事的地步,他强迫画家比阿尔到圣克鲁撤回诉状。当时人们说,向画家定购的凡尔赛宫的水彩壁画迫使他不得不忘掉自己夫人的艳遇。

无论朋友还是敌人,都久久地讥笑议论着这出丑剧。一些人私下里挖苦,一些人公开搬弄。拉马丁对这件事的反应既感人又残忍。他写信给西尔库伯爵说:"我对此事非常生气,但是这种事很快就会被人遗忘。法兰西是一个应变自如的国家,以致于人们灵活到随时都会从沙发上迅速蹦起来。"而在致达尔古的信中,他写道:"我那可怜的朋友雨果的风流艳事使我伤心⋯⋯对于他来说,最痛苦的想必是那位女子还在监牢里,而他却是自由的。"国王劝雨果暂时离开巴黎,但是他更乐意藏在尤丽叶那里,以便创作——用圣佩韦的话说——"一部最好能把圣罗克商场的奇遇一笔勾销的作品。"尤丽叶对这出闹剧一无所知。她正为布列塔尼的姐姐、路易莎·柯亨夫人的来信感到不安,信中问道:"《国民报》和《祖国报》上的文章与消息意味着什么?"她真诚地批驳了这些报道。至于雨果夫人,她在消息披露后的一天早晨,倾听了罪犯的自供,对他十分宽容,甚至亲自去监狱探望了正在那里哭泣的比阿尔夫人。

第七章　伟大与不幸

> 铲平荣誉的高峰是极其困难的。
> ——维克多·雨果

圣罗克商场事件对维克多·雨果的前程没有发生多大影响。列奥妮·比阿尔成了唯一的牺牲品，她落在了圣拉扎尔监狱的一群妓女和犯私通罪的女人中间。这时哈姆琳太太开始劝说她丈夫，萨莫瓦庄园的这位女邻居希望他同意释放妻子，或者把她转到沙克莱-凯尔修道院，只有他有这样的权利。"亲爱的邻居，"她开玩笑地对他说，"只有国王和戴绿帽子的人才有权赦免偷汉子的人。您可要利用这一难得的机会呀！"比阿尔哈哈大笑，他暂时还不想动用这一权力。事后，风骚的列奥妮迁到了涅夫·德·贝利街奥古斯丁僧团女尼修道院蹲了几个月。自从与诗人分手后，他不断地给她寄去令人断肠的诗篇。而她在幽禁中思念着他，并引诱女尼——强迫她们读维克多·雨果的诗。1845年8月14日，这对夫妻离婚了。

从修道院出来后，这位美人儿并不怎么懊悔，她住在了祖母家。起初上流社会不承认她，但是哈姆琳太太的庇护帮了她的忙，而且雨果夫人本人也同意做列奥妮·道内的保护人。她成了王政广场沙龙的真正装饰品。安黛儿是想以此来显示她的精神之伟大呢，还是想讨好现在只不过是她的朋友的丈夫呢？这是一个有过失的妻子希望赎罪的战术需要呢，还是想在这种情况下表明她健全的理智呢？抑或是渴望报复尤丽叶·德鲁埃呢？不管怎么说，她友好地接待了列奥妮·道内，而道内也教育了安黛儿，成了她在衣着打扮和室内布置方面的参谋。拉马丁是对的：在法国一切都会自行消失的。但是需要安排这个离婚女人的生活。她写了些东西，发表了几篇文章，后来还出过几本书；雨果对她很慷慨，虽然可能并不使她尽如人意，但他总还是尽力而为了："为了你，我甚至准备从自己身上把所有的血都抽出来，可是要知道，血不是钱呀！"

应该承认，当时他的收入很微薄，因为他什么也没有发表。丑剧发生后，他尽力不引起人们对自己的注意。不能说雨果没工作，他回到了从前构思的一部长篇小说《悲惨世界》上，这是曾经与兰杜艾尔和戈斯林签订过合同的。这是一部社会性的长篇，类似欧仁·苏的长篇小说，由四部分组成：一个圣徒的故事，一个苦役犯的历史，一个女人的一生，一个小姑娘的经历。

"读过这部史诗的头几章"的奥古斯特·瓦凯利"兴奋得抓耳挠腮"，这很容易理解。维克多·雨果在这部著作中反映了他对被社会抛弃的人们的深切同情和他自己对社会制度的痛恨。表面上看来，他同这个社会制度和解了，实质上他从内心反对它。誊抄《让·特莱让》（小说的初名）的尤丽叶被深深震动了。1845年9月23日，她请求雨果：

请再给我几章抄写。我想尽快知道那个豁达高尚的狄涅主教的命运……

1848年2月3日：

他们就在我的眼前，仿佛我是他们中间的一员。我能体会到不幸的让·特莱让①所受的沉重苦难。当我想象这个不幸的殉难者的遭遇时，眼泪夺眶而出。我不知道还有比可怜的芳汀更令人断肠的人生，比高马第更凄苦的命运。我体会着所有这些人物的遭遇，分享着他们的不幸，好像他们曾经都是一些活着的人——因为你把他们描写得那样逼真。我不知道该怎样向你解释，但是这本书深深地震撼了我的想象、我的思想和我的心灵。你把它定名为《悲惨世界》非常正确。

她的情夫、主人的光临使尤丽叶感到一种从未有过的快乐；列奥妮·比阿尔的坐牢（她不知道这件事）给她带来了好处，可是后来她仍旧过着孤苦的日子。1846年，发生了一件非常悲惨的事，一件如同维尔基野的惨剧一样可怕的事，使得尤丽叶与雨果又格外亲近起来。她的女儿克列尔·普拉蒂埃（父亲禁止她用这个姓，因为他现在有了"合法的"儿女）实际上成了雨果的养女。他给她生活费，教她功课，送她许多礼物，对她确实是依依不舍。她长成了一个多愁善感的少女，因为她知道了自己不公道的伤心身世，绝望之下，向死神发出了呼吁。

克列尔致维克多·雨果："永别了，托托先生，请你爱护我亲爱的妈妈，我善良可爱的好妈妈。你知道你的克列尔永远会为此而感激你的。"就这样，这个年轻的姑娘大概在有过自尽的举动后，得了重病。普拉蒂埃强行把她弄到了奥迪伊，"一间店铺老板的小得可怕的陋室里"。维克多·雨果多次抛下工作，坐车去看望

---

①即后来定稿中的冉阿让。——译者

她。虽然这种忠诚是很正常的，但尤丽叶以一种无限感激的心情理解他的探望，仿佛这是一位天神俯就临终的凡人似的。她宠爱自己的女儿，然而即使在女儿忍受着临终前的折磨的那些日子里，她也要每天给雨果写一封便笺：

  我完全被绝望压倒了，但我爱你。主啊，只要他愿意，就可以为使自己满足而撕碎我的灵魂，但是我的心儿的最后呼声一定是对你的爱之呼唤，我的爱人……

当克列尔·普拉蒂埃被运到圣蒙代公墓时，维克多·雨果子爵、法国的贵族和她的父亲一起走在送殡的行列里。普拉蒂埃在女儿临终前几天对她变得比较温存了。不久前的丑剧之后所形成的局势，对雨果来说，抛头露面不无危险。但他勇敢地前来送葬，希望以此表达他对死者和她母亲的绵绵情意。作为一个在生活中一帆风顺的作家，他也有着"幸运儿"所固有的一切弱点，但他保持了足够的、拯救自己灵魂的人道精神。为了安慰悲伤的尤丽叶，为了纪念夭折的克列尔，他写了许多诗：

  又是一次……同一扇门打开了——
  跟着我的女儿，你女儿也走了。
  万物都在重复，现在在她的身上
  落下了冰冷的墓石和送葬的钟声……

  她走向了所有人的归宿——蔚蓝的天空，
  光明洁净的太阳升起的地方。
  她安静地睡在上帝的怀中，
  酣梦封住了她的双唇……[①]

克列尔死后，诗人与普拉蒂埃的关系变得更亲热了。请看维克多·雨果向尤丽叶·德鲁埃口授的一篇论雕塑家技巧的文章：

  在雕塑家中，有一个人，他的许多优美的创作比其他人显得无比的高超，这个人就是普拉蒂埃先生……普拉蒂埃先生是真正的巨匠。无人能与他抗争……天才总是年轻而又成熟，普拉蒂埃先生有一只雕塑家们从未有过的令人惊异的妙手……

[①]选自雨果的《克列尔》（《静观集》）。——原注

竟然发生了维克多·雨果和阿尔封斯·卡尔在普拉蒂埃家共进午餐的事,这就是说,尤丽叶·德鲁埃的3个情夫聚到了一张饭桌上。1845年,当雨果得到列奥妮·比阿尔的时候,普拉蒂埃也碰上自己的妻子正在同一个轻薄之徒进行"犯罪性的谈话",他把她逐出家门后,就和女模特儿们到麦顿森林游玩去了。这时的尤丽叶仍旧闭门不出,受着痛苦的煎熬:"假如你不爱我,我连两个钟头也不活。"这位母亲对永远失去的女儿的思念比她活着的时候更厉害了,因为克列尔活了20岁,几乎没有在母亲的家里呆过。起初普拉蒂埃把她托付给奶妈,尔后又把她送到寄宿学校,在那里她是女教员的助手。隐隐的良心谴责使尤丽叶陷入了深深的绝望之中。

1845年6月,同列奥妮·比阿尔的事发生后,雨果子爵感到自己在贵族院处于一种被敌视的气氛中,他的最初几次演讲极其谨慎。当人们像议论一个安定的破坏者似地议论你时,那你最好做一个不引人注目的人。他第一次演讲的题目是商标与绘画,这次发言起到了缓和气氛的作用。在另一次演讲时,他参加了关于波兰问题的辩论,他的发言没有得到支持。那些高傲的老头子们,似乎因为他"玷污了他们的清白名声"而对他满怀怨恨。实际上在这些贵族中,不乏不忠实的丈夫,不过他们没有被抓住罢了。要害就在这里。雨果带着嘲讽的神色望着这些颐指气使的大亨们,像谈到他在学院的同事们一样在自己的笔记中也用幽默的口吻谈到了他们。关于法夫埃将军,他写道:"我以为站在我面前的是一头雄狮,却原来是一个老朽的懦夫。"关于布阿西侯爵:"他是一个刚愎自用、冷酷无情的人。他喜好啰嗦。一个出色的演说家应有的他都有,但他只缺一种品格——才赋。"《见闻录》一书的毁灭性的出色讽刺堪与司汤达的天才媲美,把它同雨果建立在对比法与雄辩术之上的参议院演说加以对照,特别使人惊讶。作为玛丽亚①的雨果有时在拿作为吕意·布拉斯的雨果开玩笑。

然而,有一次他的演说获得了成功。那是一次关于批准热罗姆·波拿巴②一家进入法国国境的演说。在发言中他对这一申请表示支持。雨果借口说是他的父亲、"一个皇帝的老兵"命令他"起来讲话"的。他滔滔不绝地讲述了拿破仑的盖世功勋,然后发问道:他的子孙后代永远被剥夺了在法国居住权的那个人,究竟犯了什

---

① 见第五篇第一章注。——译者
② 热罗姆·波拿巴是拿破仑一世的弟弟。——译者

么罪?"请看,这就是他所犯下的一切罪行:复兴宗教、五法法典,光复扩大法国疆土,马伦哥、耶拿、瓦格拉姆、奥斯特兰茨,这是一个伟大的人物为一个伟大的民族光荣强盛之事业所做出的最辉煌的贡献。"站在讲坛旁边的一个议院警官、从前的营指挥官哭了,芳居耐·哈姆琳和列奥妮·道内这两个狂热的波拿巴分子欢呼了起来。

可是雨果呢?他实际上是个什么人呢?是帝王荣誉的崇敬者?是资产阶级君主制的拥护者?还是贫苦无告者们的朋友?一个人在没有做出能确定其效用的发自内心的决定之前,谁知道他是什么人!不管雨果对"七月王朝"的制度满意与否,反正他成了它的子爵、院士、法国贵族,是一个"营养良好、红光满面的人"。他去部长、大使家赴宴,在这些地方,他总是坐在桌子最边上。他见到了诗人阿尔弗雷·德·维尼——他头发淡黄,侧影像一只鸟,已被提名为学士院的候选人,所以非常尊敬雨果;瘦小、秃顶的圣佩韦;长发披肩的普拉蒂埃——虽然他已经快50了,可看上去只有40岁;画家安格尔——"饭桌齐到他下巴,以致使他的绶带看上去好像是桌布的延长部分"。他出席推伊里宫的演出。在那里,对拿破仑帝国比对观众更矢忠的剧院大厅仍旧保持原来的陈设:七弦琴、狮身鹰头像、棕榈叶和希腊图案。观众中几乎没有几个美丽的女性。最美的要数"西班牙女子"安黛儿了,虽说她已是半老徐娘。有一次乔治小姐走到雨果面前(她从前名声赫赫,可现在衰老抑郁):"我还哪能演出?我老成这样。再说剧作家在哪儿?剧本在哪儿?角色在哪儿?可怜的多瓦尔在无名剧院里为挣一小块面包而演戏,有时在图卢兹,有时在卡尔巴特拉。像我一样,她已经到了必须在一个摇晃的临时搭的破棚子里,借助4根荤油蜡烛的照明去演出的地步了。可是要知道我们俩的老骨头都已有了病痛,脑袋上的头发也脱光了。"公爵们对雨果很随便,但是他们的友好态度已经不能使他满足。荣誉和死亡保证了他在作家中间的首席地位。在文学上有谁能超过他呢?1847年夏多布里昂已经成了个瘫老头,每天3点钟人们用椅子把他抬到瞎眼的莱卡姆耶太太的沙龙里。从前在上演《爱尔那尼》时,马尔斯小姐挖苦过诗人,因为她虽然是一个"精神高尚的女演员,但也是一个愚蠢的女人"。在为她送葬时,雨果遇见在人群中寻找诗人们的一伙穿短衫的巴黎人。"这个民族需要荣誉。如果没有马伦哥,没有奥斯特里茨,它就渴望看到并热爱大仲马和拉马丁这样的人物"。而雨果就是这样的人物。

总而言之,生活是充实的。10年来,从《秋叶集》到《光和影集》,他出了4本法国最优秀的诗集。看起来,《悲惨世界》不亚于《巴黎圣母院》,他也有可能当上部长。他不得不经历一段恐慌不安的时光,但他挺住了,他的荣誉没有暗淡。然而他并不幸福。从埋葬克列尔姑娘的公墓回来后,他用诗描绘了尘世的空幻和上流社会生活的虚伪:

  用演说来刺激沉闷的集会,
  把崇高的理想与得到的成就相比,
  就能明白理想之伟大,现实之渺小。
  只不过是人海中的浪花,大洋中的亡灵,
  体验过生活中的一切——欢乐与惆怅,
  愤怒的斗争,热爱坚实的大地……
  到头来,归宿还不是沉默和死亡![1]

  走出举行过豪奢华宴的大厅,来到夜空中的花园,夏日的微风徐徐吹来,簇叶在路灯耀眼神奇的光照下轻轻闪烁;他看见围墙外的人群,他们用凶恶阴郁的眼光盯着珠光宝气的太太女士,衣冠楚楚、挂满勋章的衮衮诸公。这位法兰西的贵族,这位功勋一个劲儿地在国家公文中被大书特书的资产者,试图安慰自己的良心。豪奢难道就不能给社会带来利益?挥金如土的富翁、工厂主难道就不能给工人多发些工资?然而雨果很清楚,一个不幸的人从窗户里望着幸福的人们在翩翩起舞时是何等心情,他同样知道,人民要求的不单是面包,还有平等。"当贫苦的人们凝视着富人的时候,激起他们的不单是沉思——而是未来事变的先兆。"可是有什么办法呢?一个人一旦身居"显赫的地位",结构精巧的社会机器就会用它的齿轮把他咬住,从轧钢机的一个轮轴硬拖到另一个轮轴,日渐把他的天良磨碎,将他从一个庆祝大会抛到另一个庆祝大会,从一个宴会拉到另一个宴会。他身边有20个人——女人、儿童和一些在眼下这种社会中需要他帮助其生活的人。为了冲出这生活的浊流,要么得有刚毅的决心,要么发生革命。维克多·雨果在创作《悲惨世界》时,对这两个问题都想到了。他觉得自己是个罪人,立意为自己赎罪,哪怕需要付出被残酷流放的代价也在所不惜!他渴望受苦受难,也渴望名声远扬,他想把苦行和功名结合起来。

  丧失了脚下坚实的土地,他希求排遣情怀。由此产生了《向深渊呼吁》一诗。

---

[1] 选自雨果的《生活在晴朗或阴沉的天穹下》(《静观集》)。——原注

女演员，交际花，女招待，猎奇女郎，高级妓女……在1847到1850年间，仿佛有一股不能遏止的情欲在煎熬着他，这个浪漫的情人对卖弄风情的、瓦尔蒙①式的谈吐有领悟。例如，他给文学界的交际花爱斯菲尔·海蒙、他的朋友艾米尔·德·瑞拉泰的情妇写了这样一张轻薄的便条："到底何时才能去那极乐世界？你希望在星期一？星期二？还是星期三？你不会害怕星期五吧？我只怕你来得太晚！维.雨。"在第奥菲尔·戈第埃那里，在画家沙塞尔奥和他自己的儿子查理·雨果那里，他成功地赢得了巴黎最端丽的女子阿丽莎·奥姬的爱。

这是一个美貌轻浮的女人，与1847年已满21岁的查理相好。她渴望用伟大诗人的亲笔题词来装点她的纪念册。当雨果去看她时，他看到一张镶嵌着古老的塞佛尔瓷雕的花梨木卧榻，于是阿丽莎得到了一首应许过她的四行诗：

当落日逐渐昏暗的时刻，
金色的雾霭笼罩着大地；
柏拉图等着浪花中的维纳斯，
而我正等着旭日般的阿丽莎入眠。

这位维纳斯装作不满诗句之放肆，显然是为了使惊恐不安的小查理满意。可是另外写的一首四行诗表示已经得到了她的原谅：

有时幻想者也会委屈自己的幻想……
但是我今天要惊奇地询问：
怎么能为了柏拉图，
让维纳斯的希望受委屈？

应该发生的事终于发生了，父亲战胜了儿子。胖查理深为痛苦，但是他还保持着对他的"统治者"（雨果的儿子们相互间对父亲的称呼）的尊重。他既然像父亲一样，也是个诗人，就随即用诗揭露了这个心肠残忍的美人：

啊，我多么爱你，可我既爱又恨！
我时而看到你心中的情欲，时而看到万事皆空。

"你是善还是恶？"——我痛苦而又屈辱，
我从一个极端被抛到另一个极端，

---

①瓦尔蒙：法国作家拉克洛的小说《危险的关系》中的主人公，善于勾引女人。——译者

有时火一般地爱，有时发疯似地恨，

但是我要杀死你，为了所有的情人……

可是天才战胜了青春，青春只好屈从了。查理·雨果致阿丽莎·奥姬：

你为什么要给我父亲写信？这一边，儿子有着纯洁的心灵、深沉的爱情、无限的忠诚；那一边，父亲满载荣誉的光晕。你选择了父亲和光荣。我不指摘你，每一个女人都这样；我只是请你理解我：我不能用这种方式享受你的爱给我准备下的苦难。

像了解一切悲剧一样了解这场悲剧的安黛儿安慰了她的儿子，只知道查理因失恋而痛苦的尤丽叶劝他到维尔基野去找奥古斯特·瓦凯利。在雨果的家史上，罪孽又"替父亲给儿子记了一笔账"。

所有这些不能用情欲来辩解的风流罪，后来都结下了苦果。"麻醉自己并不就是充分享受生之快乐。"雨果渴望摆脱诱惑，甚至不惜为此付出痛苦的代价。

经历了维尔基野的悲剧、列奥波蒂娜和克列尔的惨死之后，雨果产生了一种相信他总有一天会见到亡灵的欲望。"温柔的天使啊，难道不能掀起墓石，和你倾心交谈一会儿吗？"他沉思着阴间的生活。他千方百计要为自己创造一种宗教哲学，他研究通灵者们的理论，他们说，甚至在阳间也可以和亡灵交往。这些念头也说明了当时雨果虽然还是一个年轻、有力而且显然很自傲的人，但是已经有了迷惘而飘缈的思想。1848年2月19日，当他坐在自己的贵族席上，陷入朦胧的沉思之中时，他在一张小纸上写道："贫穷导致人民革命，而革命又将使人民更加贫穷。"起初他以为斗争是可能的，但随后他明白他太孤立，于是就抛开了这一念头。"不起义比孤军奋起更好，"他对达里伯爵说，"我爱冒险，但不想落到可笑的境地。"于是他继续忍痛扮演着他的角色。

第七篇　决定性的时刻

收割庄稼时损失的，收获葡萄时会补回来。

——维克多·雨果

第一章　要么是财富，要么是良心

　　1848年2月，法兰西对已满18年的"七月王朝"现政权开始表示不满。自由主义者和共和主义者在他们的宴会上要求改革选举，王朝正统主义者和波拿巴分子四处奔走，有人甚至谈到革命。国王路易·菲力普只是冷冷一笑。"我无所畏惧。"他对从前的国王热罗姆·波拿巴说，停了一会儿，他又补充道："他们非我不行。"维克多·雨果以一个艺术家的平静注视着这骚动不安的海洋。选举改革丝毫不使他感兴趣，他对社会问题比对议会辩论要热心得多。年迈的国王对他十分客气，乐于把他当作一个君主制的拥护者与拉马丁加以对比。作为诗人，拉马丁表示愿意以自己的威望为维护改革服务。但是雨果不愿效劳，他怕什么呢？内阁会垮台吗？国王要退位吗？这样一来，他那亲爱的公爵夫人海伦就将成为摄政女王，而他本人也会成为权倾一时的谋臣。至于建立共和国，当时在他看来，既不希望，也不可能。

　　2月23日，他去议院打听消息，在街上碰见许多士兵和群众，他们高呼："军队万岁！打倒基佐！"士兵们动荡、喧闹。在大厅里等候的时候，他看到人们三五成群地聚在一起，激动不安，十分恐慌。他对他们说："政府应当承担严重的罪过。政府已经把事情搞到了危险的地步……暴动将巩固内阁，但革命将颠覆王朝。"那天，在他的脑海里，总是出现富有象征意味的大海的景象。他在自己的笔记里指出，暴动的时刻，人民有似载着政府这只大船的海洋。假如船是一只破船，这意味着暴动将演变成革命。

　　随后他到了协和广场，想混进人群。他是一个勇敢的人，凡事总好亲临其境，只相信亲眼看到的东西。士兵们开了枪，有人受伤。在"穿短褂的人们"（指工人——译者）中间，他发现一个戴着绿色天鹅绒帽的可爱之至的美人，她稍稍提起裙子，露出了美妙的纤足。天狼星的牧神啊！在卡鲁塞尔桥附近，他碰见了茹尔·桑多，这个"光脑袋上只有几根乱发的人"问他："您有何高见？"

　　"暴动将被镇压，"雨果回答说，"然而革命将得势。"

伟大的事件不会妨碍寻找小小的娱乐。就在当天夜里，当暴乱发生的时候，雨果在回到家庭的怀抱之前，先去天仙般的阿丽莎·奥姬那儿吃晚饭。前不久她成了画家沙塞尔奥的情妇，他百般宠爱她，她却千方百计折磨他。"她的脖子上挂着珍珠项链，红色的开司米披肩美不可言"，当着情夫的面，她把腰带解开一半，为的是让雨果看看她那"叫人心醉神迷的乳房，那诗人赞美、银行家抢购的赏心悦目的乳房"。后来她把一只脚后跟抵到桌子上，把裙子掀开，露出了穿着透明丝袜的大腿，直到可以看见系吊袜带的那个最迷人的部位。沙塞尔奥差点没气晕了。维克多·雨果在《见闻录》一书中以《写生》为题描写了这个火辣辣的场面，其中沙塞尔奥被改名为塞尔奥，阿丽莎·奥姬被改名为朱比莉。那天晚上，卡布茨诺林荫道上枪弹横飞，暴乱变成了革命。

在雨果深夜回家的时候，王政广场四周房舍的拱廊下埋伏着整整一营军队。黑暗中刺刀发出隐约的闪光。翌日晨，即2月24日，他从阳台上注视着包围市政厅大楼的人群。区长艾涅斯特·莫罗把他邀请到家，向他讲述了卡布茨诺林荫道上的激战。到处都建起了街垒。早晨8点半，一阵好似打鼓的声音过后，区长宣布基佐内阁倒台了，支持改革的奥迪隆·巴罗①掌握了政权。王政广场上响起了"改革万岁！"的欢呼声。但是在巴士底广场，当莫罗重复他的通知时，一颗子弹打穿了他的帽子。勇敢的"游泳家"雨果和区长一起冲进人海，挤到波旁王宫。在那里，梯也尔以辛辣的讽刺告诉他，议院被解散了，国王退位了，奥尔良公爵夫人宣布摄政。"啊，浪涛总算掀起来啦，掀起来啦，掀起来啦。"矮小的梯也尔强忍着高兴重复道，因为基佐的垮台使他从各方面得到了补偿。他热切地劝说雨果应当和第8区的区长到内务部找奥迪隆·巴罗，应当同他达成协议："你们那一区（圣安东郊区）在这种关头可能有决定性的意义。"

事变的发生完全不出雨果所料。奥迪隆·巴罗言谈举止仍然是他惯常的那一副萎靡不振的模样。他站着也要模仿拿破仑，把一只手插到常礼服的翻领下，他犹豫不决。是摄政体制吗？"是的，当然，"巴罗说，"但议会能不能批准呢？需要的是奥尔良公爵夫人把巴黎的伯爵们带到下议院。"

"议院已被解散了，"雨果说，"假如公爵夫人应当去什么地方，那也该是市

---

① 奥迪隆·巴罗：1791—1873年，法国资产阶级政治活动家，1848至1849年主持保皇派内阁。

——译者

政厅。"

抱着这一目的,雨果和区长急忙跑到推伊里宫,以便说服海伦·奥尔良夫人。但是,很遗憾,她已经去议院大楼了。

他俩迅速返回王政广场,为了到那里宣布建立摄政机构。正是雨果从市政厅的阳台上向群众宣布了国王已经退位(暴风雨般的掌声),奥尔良公爵夫人摄政(低沉的埋怨声)。"现在我应当去巴士底广场,"雨果说,"向那里的群众宣布这一消息。"区长垂头丧气:"你没有看出这毫无用处吗?摄政体制不受欢迎……在巴士底广场你会碰上革命劲头最高的郊区人民的,大概他们会把你当作敌人的。"雨果说,他答应过巴罗,应该遵守自己的诺言。在两个国民自卫军军官的帮助下,他登上了一座围着"七月圆柱"的露天戏台。正如区长所预料的,他的宣告遭到了反对。"不,不!不要任何摄政制度,打倒波旁家族!"一个工人用枪瞄准他,大声嚷道:"打倒这个法国贵族!"雨果的答辩相当有力,但他失策了——他说君主立宪制与自由的原则是吻合的,"例如,英国的维多利亚女王就是这样……"

"我们是法国人,"人们向他喊道,"我们不要什么摄政女王!"

他仍然不甘心,然而这场赌博显然输了,因为现在把巴黎抓到手的不是维克多·雨果,而是拉马丁——由于《吉伦特党史》一书,他名声大振,而且他"用他那银色的月光照亮了断头台"。当人们建议拉马丁对拥护或反对摄政表态时,他略一思索,竟然说出了对共和国有利的意见。在他之后,赖德律·罗兰[①]、卡尔诺耶·巴若斯[②]、克莱姆耶[③]、马利[④]及杜邦·德·赖尔[⑤]签署的宣言确立了未来国家的性质。人民的命运被决定了,大势已定。雨果很不满意,"惊恐万状的老头子杜邦"取代了鼠目寸光且又没有教养、没有头脑的路易·菲力普。这一战役在他看来是失败了。他想起了母亲讲的故事,担心共和国将变成无政府状态。不过当时的政府里还有拉马丁和阿拉戈[⑥],他很尊重这两个人,因此在第二天,即2月25日晨,他在一种不可克制的欲望的驱使下跑到市政厅,重又投入汹涌激荡的人民海洋。一大

[①]赖德律·罗兰:1807—1874年,法国小资产阶级民主主义者。——译者
[②]卡尔诺耶·巴若斯:1806—1880年,法国新闻记者,无原则的政客。——译者
[③]克莱姆耶:1796—1880年,法国律师,资产阶级政治活动家。——译者
[④]马利:1795—1870年,法国律师和政治活动家。——译者
[⑤]杜邦·德·赖尔:1767—1855年,法政治活动家,自由派,1848临时政府首脑。——译者
[⑥]阿拉戈:1812—1896年,共和主义者,律师。——译者

早他带着他的小儿子法兰苏亚-维克多赶到那里。作为一个居高临下的旁观者，他喜爱那滚滚人群的轰然巨响，这使他想起惊涛拍岸的海啸。在他看来，城市这才有了欢腾的景象。欢动的人群中旗帜飘扬，鼓声大作，《马赛曲》和《我们要为祖国而死》的歌声四处高唱。

在市政厅的广场上，喧闹的人群挡住了他。在这个广场上维持秩序的国民自卫军指挥官原来是珠宝商费罗曼·麦利斯，雨果年轻的学生保尔·麦利斯的兄弟。"给维克多·雨果让道！"他高声喊道。于是公民雨果才得以会见公民拉马丁。拉马丁身穿常礼服，衣冠齐楚，三色绶带十字披挂。他张开两臂欢迎了雨果："啊，您来了，维克多·雨果！这对共和国是最大的帮助。"

维克多·雨果十分犹豫，他说他原则上是一个共和主义者，但他是国王任命的法国贵族，这使他有义务慎之又慎，况且他认为成立共和国为时尚早，他真心拥护摄政，如果建立摄政制度是可能的话。拉马丁告诉他，临时政府任命维克多·雨果为他所在的那个区的区长，如果他希望的不是区长，而是内阁的话，那么……"维克多·雨果要是共和国的人民教育部部长，那该有多好！"雨果反诘道。他看不出有任何必要取代奉公守法的八区区长艾涅斯特·莫罗。可他还是把委任状装进了口袋。这时，广场上开了火，子弹打碎了玻璃。"嗨，我的朋友，"拉马丁说，"执掌革命政权真难呢！"他指着广场说，那里的人群不停地涌来涌去："请看，这就是海洋。"这一天，对天才本是同根生的模糊意识使这两个非常不同的人变得亲近起来了。[①]

翌日，雨果徘徊在巴黎街头，赞美着这场骤然而起的变革。60年来，上帝在这宏伟的舞台上第一次迅猛异常地完成了这一变革。

千万别再开这样的玩笑了吧——

独裁的丑角让一群小丑去当部长！

胜利广场上的路易十四纪念像的红色尖顶帽[②]显得格外耀眼。醉心于游逛的雨

[①]以上所描述的历史背景是法国1848年"二月革命"。1848年，"七月王朝"的统治引起工人、农民、小资产阶级和工业资产阶级的不满。2月22日至24日，巴黎人民举行示威游行和武装起义，迫使国王退位，成立资产阶级共和领导的临时政府，宣布成立共和国。但共和国政府力图维护资产阶级利益，反对工人阶级的政治经济要求，激起群众强烈不满。于是巴黎无产阶级在"民主与社会共和国"的口号下，发动了"六月起义"。——译者

[②]红色尖顶帽：被认为是自由的象征，法国大革命时雅各宾党人所戴。——译者

果吟诵道：

　　突然一声高呼："打倒基佐和波林雅克！"
　　城郊的流浪儿起义了，而且正在鏖战！
　　历史的包袱对他来说无足轻重，
　　流浪儿攻打巴黎，就像他从前占领罗马。
　　屏障被拆除了，让鲜血与痛楚一起来，
　　他胜利了！虽然还是个孩子，但他做了国王。
　　他拿下了卢佛尔宫，里面的大厅和王座
　　呈现在他眼前；他冲进了推伊里宫，
　　俨然像个大亨，在国王们的塑像旁，
　　顺着大理石阳台，他和马尔拉斯①踱来踱去。②

阿尔曼·马尔拉斯，《国民报》的主编，未来的国民议会的主席，在雨果眼里，是一个殷实的资产者。他伪装革命，从1830年以来就摆出一副叫雨果厌恶的架式。"上帝创造了2月24日，可是何必为此弄出个马尔拉斯？"雨果没有很好地研究使他的希望破灭的整个事件。他收到几封匿名信，信中指责他"趋炎附势，目中无人，一副贵族派头"。这使人感到有一种1793年的味道。有时雨果想到未来，十分绝望：

　　我做了我所能做的：劳动，供职，
　　可是有时我觉得痛苦并且纳闷：
　　心灵的创伤为什么会招引来
　　生活在忧患中的人们的嘲弄？
　　但是无休止的争吵我忍受不了，
　　而与嫉妒作战又已经全然徒劳……
　　至尊的上帝啊，请打开你深渊的大门——
　　然而迎接我的却是无边的黑夜！③

---

①马尔拉斯：1801—1852年，法国政论家、政治活动家、共和派领袖、巴黎市长。——译者
②选自雨果的《1848年2月革命札记》。——原注
③选自雨果的《Veni, Vidi, Vixi》（《静观集》）。——原注
"Veni, Vidi, Vixi"意即"我到了，见了，胜了"，这是罗马恺撒向国人报告自己迅速取得胜利的话。——译者

这时他的朋友艾米尔·瑞拉泰——昨天他还是摄政的拥护者，但从本性上说他是一个机会主义者——立刻投靠了临时政府，而且把《快报》的12万读者给了共和国。这是时代的特征。雨果在对新制度抱着慎重态度的同时，仍然希望在未来的事变中能扮演某种角色，而且他试图猜测会不会进行普选（哪怕是在广泛公开的情况下），依法核准君主政体。在4月的选举中，他没有提自己的候选人，而是把自尊心和虚荣心巧妙地结合起来，提出一份《致选民书》：

先生们！我属于我的国家，她可以随意支配我。我对选举自由满怀敬意，甚至可以说太尊重了，可是请允许我不要以此为理由提名自己……倘若我的自由而自主的同胞们认为以他们的代表的资格派遣我参加把法国和欧洲的命运掌握在自己手中的国民会议是适宜的话，我将虔诚地接受这一重要委托。①

他落选了，但他在4月23日得了6万票。这样来回答雨果的呼吁，是巴黎选民的光荣之举。可是这一局部的胜利却使他在5月的补选中得到了布阿蒂耶街委员会亦即保守党人的支持。诚然，支持并不那么热心。"这个诗人可靠吗？"——这才是"有财产的人们"所感兴趣的。雨果根据自己的信念看出有产生两个共和国的可能：

一个将高举红旗以取代三色旗；用金属铸造自由神像；推倒拿破仑的雕像，树起马拉的雕像；毁坏法兰西学院和综合技术学校，取消荣誉军团；把自由、平等、博爱这一伟大口号和凶险的"要么死亡"结合起来……另一个共和国将坚持民主原则；把现在的全体法国人和未来的各民族结成神圣的联盟；奠定没有篡夺和暴力的自由；允许每个人自由发展的平等，不是修道院僧侣的而是自由人民的博爱……这两种共和国，一个叫恐怖的共和国，另一个叫文明的共和国。我准备为建立第二种共和国、制止第一种共和国而献出自己的一生。②

思想是明确的，但原则是含糊的。他不喜欢"布阿蒂耶街的那帮卫戍官"，他们好像屈尊似地庇护他，但又不相信自己的候选人。他认为拉马丁比他们好，但是他周围的人们劝他不要站到共和国一边。然而局势的转折来得更快。

---

①选自雨果的《致选民书》。——原注
②选自雨果的《1848年5月26日致选民》（《事业与言论》、《流亡之前》）。——原注

尤丽叶·德鲁埃致维克多·雨果，1848年5月4日：

　　再没有比这些使你那么高兴参与的暴乱更叫我恼火的了。为了不再搞什么革命、进步以及什么骗局，我一定要投现政府一票，然后让你来吻我，更经常地跑进我的议院里来开会。你是我唯一的代表，我请求你不停地动作，而且要珍惜我对你的信赖。你看，我处的地位是多么高，那些初出茅庐的共和主义者什么也教不会我。只要我愿意，我就能把这些未来的共和主义者统统纳入我的腰带，但我不想这样做。我只想让你发疯地吻我。这就是一切……

1848年6月6日：

　　我对巴黎眼下发生的事想得越多，我亲爱的朋友，就越不想让你在目前的选举中成功。让人民的满腔怒气从一开始就平息下来吧，因为他们自己也不知道他们想要什么，因为他们不能区别真正的理想和虚假的理想……我深信我的心脏的跳动是和法兰西的利益和谐合拍的。

　　维克多·雨果当选了。属于哪个党派呢？他只知道应该"支持穷人，反对富人"，支持秩序，反对混乱。但是他自己对这种不清不白的立场也不满意。温和派的代表们召开的会议感到"国家工场"①是最大的隐患，是国家财政崩溃的根源，是叛乱分子的策源地。雨果想对这一复杂问题发表意见，可是他的发言显得杂乱无章，因为发言的论点没有得到清晰的表述：

　　　　国家工场是有害的企业……我们已经知道富人的游手好闲，可你们却要使穷人也游手好闲，这正像对穷人本身危险百倍一样，对别人也危险百倍。君主政体繁殖出许多寄生虫，而共和国将要培养许多懒汉。这就是我们所听到的议论。我不赞成这种说法，这太尖刻也太侮辱人了。我不想把话扯得太远。不，7月和2月的英雄的人民永远不会堕落……我们的工人是高尚的、聪明的、通情达理的，他们善于判断也善于倾听。在和平时期，他们无论谁都没有变成流浪汉；在战争时期，也永远不会变成大头兵。②

---

①"国家工场"是在1848年2月25日，资产阶级临时政府为预防要求工作的失业工人起义而创办的。鉴于政府想把国家工场变成反革命堡垒这一反革命计划的失败，部分国家工场被关闭，结果推动了1848年6月起义的爆发。——原注

②选自雨果的《国家工场——1848年6月20日的发言》。——原注

发言是不成功的,因为人们认为雨果现在所反驳的正是他本人曾经说过的。哪个集团的会议他都不参加,他在那里没有威信。他讲到思想、道德,可是他的大多数听众只想着他们个人的事情。他断言根本问题在于事实上的民主,而不在于口头上的共和。雨果当时借口赤贫和失业谈到了住在阴暗的贫民窟中的人们,赤脚的儿童,卖身的青年姑娘,还谈到了无家可归的老人:

  问题就在这里……你们怎么能想象我们看到这些苦难会无动于衷呢,莫非你们以为他们不激起我们最真诚的尊敬、最深沉的爱、最热烈、最深切的同情吗?啊,你们何其荒谬!

  他向人民呼吁时,只劝他们不要加速事态发展。然而看来极端分子们的高谈阔论压倒了这种雄辩而大度的号召。拉马丁对阿尔封斯·卡尔说:"再过3天我就要辞职,如果我不这样做,第4天他们就会把我赶走。"1848年5月24日,维克多·雨果写信给拉克莱代尔说:"拉马丁铸成了大错,他本人就多次谈到过这一点!但他摘下了红旗,废除了死刑,15天来,他在阴郁的革命中是一个光明正大的人。现在我们正从这些光明磊落之士转向热情勃发之辈,从拉马丁转向赖德律·罗兰,希望由奥古斯特·布朗基①取代赖德律·罗兰。让上帝帮助我们吧!"人们在那里用投针戏②赌钱的国家工场引起了这位伟大的劳动者的不安,因为他热爱人民,蔑视那些用荒唐的宣传画腐蚀人民、教他们学懒的人。"高尚伟大的人民啊,人们正在腐蚀、欺骗他们……就在你们制止用红色共和国麻醉人民的同时,却又用精神的烈酒灌他们……多么奇特的景象!我宁愿要2月24日,而不要这种景象……我有时痛哭流涕……"

  可是人群涌进王政广场,唱着《卡尔曼纽拉》③,传来"打倒拉马丁!"的口号声。

  6月24日,起义爆发了。这是由于赤贫、困苦和种种灾难引起的。"起义突然采取了空前骇人的方式",这是一场黑暗而残酷的国内战争。绝望的人民站在一边,同样绝望的社会站在另一边。维克多·雨果站在社会一边,不过并不特别热心。镇压起义,这不是一件轻而易举的事情。雨果成了自己同事的坚决反对者,他们以一

---

  ①布朗基:1805—1881年,法国革命家,空想社会主义者,多次秘密起义的组织者。——译者
  ②投针戏:在地上放一环,用大头针投入其中并使之插在土里的一种游戏。——译者
  ③《卡尔曼纽拉》:法国人民在大革命时编的歌曲。——译者

种恬不知耻的满足，利用机会，想把起义淹在血泊中。但是，他认为无知庶民的起义是反人民的，"群众的毫无意义的起义是违反他们自身必要的生活原则的"，所以应该镇压。"正直之士都应该这样去做，而且正是出于对这些群众的爱，才应当和他们斗争。但是要同情他们，可是还要抵抗他们！"[1]

雨果是少数不怕去街垒的代表之一。他向武装起义者宣读法令，他劝告秩序的维护者们说："该收场了，朋友们！这是屠杀人的战争。在人们敢于面对危险的时候，也总是最少牺牲的时候。前进！"他赤手空拳出现在起义者中间，呼吁他们放下武器。他虽然热切希望社会和平，为确立和平而斗争，但他既不喜欢"立意在用自己的小手掩盖革命雷霆的小人"梯也尔，也不喜欢"高鼻蓬发"的将军卡劳雅克[2]——一个正直而残忍的人。

上午11点，他到过街垒后，回到会议大厅。他刚坐在自己的位子上，和他并排坐着的左派共和党人的代表贝连就告诉他：

"雨果先生，王政广场起了火，您的房子也给点着了。武装起义者从盖梅内巷穿过小门深入到了那里。"

"我的家眷现在哪儿？"

"平安无事。"

"您是从哪儿得到这一消息的？"

"我刚从那里回来，他们没认出我来，我能通过街垒。您的家属起初躲在市政厅大楼，我和他们一起待在那里。我看到危险在增加，就说服雨果夫人去找别的避难所。她和孩子们被安排在扫烟筒工人马丁奥尼家，他和您住一排，就在大街拐角处连着拱廊的那间房子里。"

雨果心慌意乱，脸色苍白，奔跑着去找拉马丁，问他"会不会出什么事"，"我们注定要完蛋啦！"拉马丁说。但是他错了，政治家赌输了，战略家决心赢回来。卡劳雅克将军握有全权，他把军队从巴黎东城工人区调集到西城区。资产阶级的国民自卫军顽强作战，"私有者的狂热和无产者的愤慨势均力敌"。卡劳雅克全面获胜，但他因要求严酷镇压而玷污了这一胜利。成千上万的起义者不经审判就被

---

[1] 选自雨果的《悲惨世界》。——原注
[2] 卡劳雅克：1802—1857年，法国将军和政治活动家，温和的资产阶级共和党人，1848年极端残酷镇压巴黎"六月起义"。——译者

流放，一条血的鸿沟横在工人与资产者之间。

给"二月革命"缝制殖尸布需要整整4个月的时间。国民议会通过了一项决议，以表彰卡劳雅克对祖国的"丰功伟绩"——在这里"祖国"的概念原是被严格限定的①。所有的人都相信，卡劳雅克将军将任总统，因为所有的人——除拉马丁以外——都天真地认为，只要举行普选，人们一定会选他当总统。可是在雨果的一生中，却出现了一个充满不安思索的痛苦时期。由于他是借助布阿蒂耶街的支持当上代表的，他就得投他曾坚决谴责过的卡劳雅克一票。"现在统治着、甚至过分严酷地统治着国家的将军先生们贪求功名，不惜付出扼杀自由的代价。"雨果指出，"他们要是能在与奥地利人的斗争中表现得更热心些就好了……我不相信特别戒严。特别戒严，这是国家革命的开始。"

尽管谣言纷传，雨果的住宅已经从大火中被救了出来，但是他的被起义吓坏了的家室不想再住在王政广场（"二月革命"后改名为沃盖兹广场）。他不得不到马格德林区季斯利街5号院租赁一所住宅。安黛儿抱怨她"会死于那无法忍受的吵闹和烟雾中的"。芳居耐·哈姆琳和列奥妮·道内住在阳光明媚的蒙马特尔高地的斜坡上，她们激动地讲述着她们那条街一片宁静，花园里绿草茂盛，鲜花盛开。她们为雨果在都尔-道威诺街找到一处极好的独家院。10月13日，诗人全家迁到了那里。那天是星期五，搬家后当他们从壁炉上摘下镜子时，发现墙上有用炭块写下的一个数字——13。一个不祥之兆！

后来的事件证实了这个不祥的预兆，事事不顺心。议会制定了一部荒谬的宪法。"未来的国家只能叫人作如是想：只由会议来管理国家，将是一个只由台风主宰的海洋……每天都要选举，时间将在无穷无尽的会议中流逝"。卡劳雅克当了政府首脑，他口头上是共和主义者，实际上是一个残忍的暴君、愚蠢的打手。怎么办？出路何在？作为吃利息的一家之长的雨果进退维谷。他是一个诗人，穷苦百姓的朋友，就应当保护有产者的私人利益，他被大腹便便的土皇帝们包围着，但他蔑视他们，嘲笑他们所取得的危机四伏的胜利：

把着克洛·吴若酒杯海阔天空地闲聊，

---

① 以上所描述的情况发生在"六月起义"的日子里。1848年6月23—26日，由于资产阶级临时政府反对工人阶级加深革命的要求，并颁布封闭"国家工场"的挑衅性法令，激起巴黎工人起义，经过4天的浴血奋战，最后被镇压。马克思称这次起义是"现代社会中两大对立阶级间的第一次大交锋"。——译

谈暴动，期票，阿尔伯①和毕若②，
一边扯谈，一边嘲笑……

他们考虑着2月以来的每个穷人，
该把这贫穷转嫁到什么地方？
可他们仍旧贫苦，又遭压迫，
不知为什么还得喂养老母亲。

在抗议政府意在扼杀出版自由的措施时，明显地表现了他的不满。首相卡劳雅克禁封了11家定期刊物，下令捕逮了艾米尔·瑞拉泰。将军满怀敌意地理解雨果在议会上的发言，他们的关系一下子恶化了。不过在这之前，就连布阿蒂耶街的代表们看来，他们的"救星"也是个不堪忍受的人物。假如平民称他为"肉贩子卡劳雅克"，那么贵族们也会把他看成是有产阶级利益的敌人。"卡劳雅克吗？"蒙塔郎贝尔③说，"这是一段木头，不，是一块糟木板。"巴尔扎克说："至于说到卡劳雅克，他简直是个傻瓜，'丘八'，如此而已。"

雨果在众议院质问将军："请允许我，一个思想家，告诉您，权力的代表……"整个议院一片哗然。他们每个人都想当思想家。议会的成员们都是一些气量狭小的人，无论向他们怎么讲，要不激怒他们是很难的。雨果没有这种才能。

他当然意识到了自己立场的无力，所以在1848年7月，他希望利用其他方法影响社会舆论。他创办了一份《时事报》，他想把这份报纸也变成"思想器官"。创刊号头版文章强调了社会思想的决定意义，同时贬低了客观事实的作用。这意味着要忘记那个对思想家最雄辩的东西——无情的事实。每一期上的题词都是"对无政府主义要强烈地恨，对人民大众要深情地爱"。对自己的新战友不抱丝毫敌意的瑞拉泰切实给这份新报纸帮了大忙。银行家查理·马列尔，特别是珠宝商弗罗曼·麦利斯为创办人提供了资金。维克多·雨果在一封专函中祝愿报纸成功，但他又否认给报纸写过文章，甚至否认对报上的文章有过影响，然而谁也不相信这一点。他的家庭成员和朋友都进了编辑部：雨果的儿子查理和法兰苏亚-维克多——查理是

---

①阿尔伯：1815—1895年，法国工人，社会主义者。——译者
②毕若：1784—1849年，法国元帅，写过许多军事著作。——译者
③蒙塔郎贝尔：1810—1870年，法国政治活动家，政论家，天主教党的首领。——译者

个胖子，性格异常温和；法兰苏亚是个花花公子，喜欢大吃大喝——以及诗人的学生保尔·麦利斯和奥古斯特·瓦凯利。瓦凯利刚刚在奥德翁剧院上演了他的诗剧《特拉哈尔达巴斯》，巴尔扎克说，"这是一个用雨果的滑稽风格写的恐怖剧"。剧作被喝了倒彩。巴尔扎克写信给韩斯卡夫人说："我没见过生活中有比弗莱德里克·列麦特在闹哄哄的演出后对观众的致词更可笑的了：'诸位女士们，诸位先生们（样子十分文雅），我们有幸向你们演出的这个剧，是公民奥古斯特·瓦凯利写的。'更可笑的是雨果的愤怒——他对作者的朋友们大发脾气；他们攻击吹口哨的人，骂他们是驴子……"巴尔扎克使雨果想起了《爱尔那尼》之战。

在《时事报》上发表了雨果夫人的回忆录和她女儿的两篇童话。圣佩韦在"他的安黛儿"写的论查理·诺第埃的内容丰富的论文（现在还保存在档案馆）下面，用小字批注道："我加了着重点的地方不是她写的。"实际上，这些段落是用雨果的笔法写的。时装和社交新闻两栏由列奥妮·道内负责，她的签名是泰莱查·德·布拉柳。在她的《社交书简》中，传授了怎样布置住宅，怎样培植花卉，怎样打扮孩子，其中有些句子时时让人感觉到是被狮子的利爪抓过的（意即经雨果加工修改过的——译者）。如果看到尤丽叶·德鲁埃写的剧评，请读者不要惊讶。不过整个戏剧专栏是委托给奥古斯特·瓦凯利的，而且他把这一栏搞得不无光彩。巴尔扎克被邀为该报的撰稿人。1848年7月11日，他写信给韩斯卡夫人：

> 受雨果的委托，创办报纸的两个高贵的青年人来找我。好啊，现在雨果在我们这儿是满天飞：政策方针——雨果，党派——雨果，等等。我得接着《人间喜剧》的体系写几篇有4个印张的短篇小说，报酬不是2800法郎，而是400法郎。整个"二月革命"就为了这！

结论下得太匆忙了。

《时事报》的读者深信头版文章是雨果本人写的，虽然他否认自己参与过报纸的工作。实际上，风格很像，但这还没有得到证明。他的书信的文笔是富于感染力的，可是因为瓦凯利和查理·雨果整天在他们的导师身边工作，自然要不由自主地模仿他。然而，无可怀疑，"报纸的方针"——在那种关头，就是对卡劳雅克的敌对立场——却是由雨果制定的；而贯穿其基本纲领的意图就是调解秩序与正义，有产者的利益和对无产者的怜悯、财富与良心之间的矛盾。

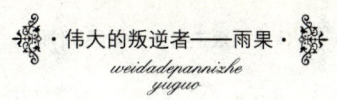

第二章　错觉与决裂

<blockquote>
随大众吗？昧着良心服从命令吗？不，决不！
　　　　　　　　　　——维克多·雨果
</blockquote>

　　1848年6月补选时，路易·拿破仑·波拿巴亲王与维克多·雨果同是议会代表。在高坦姬娅·博格尔耐①和一位可能是荷兰海军将官的这个儿子的血管里，没有波拿巴的一滴血，可他有一个有魔力的名字，所以林荫道上的人群都在高唱："巴——列——翁！巴——列——翁！他将属于我们！"矢忠于他的一个小集团提名要这个奇特的候选人任新共和国的总统。在议会上，人们一开始就嘲笑他。他很少上讲台，而每当这时候，他那睡眼惺忪的样子，德国人的口音，语无伦次的演讲，使听众大扫其兴。"蠢才！"——这是小个子梯也尔尖着嗓子对他的评价。但是梯也尔认为，这个"蠢才"很容易得到拥护，而且由于对共和主义者卡劳雅克的仇恨，右派代表对这个目光迟钝的假波拿巴特别偏心。

　　哈姆琳太太，这个淫荡的波拿巴分子，对他十分欣赏："所有的人都将团结在他的周围。"她说。她事先争得了列奥妮·道内的支持，竭力想把维克多·雨果拉入她的阵营。她还劝路易·拿破仑去拜访诗人。亲王来到都尔-道威诺街，态度狡猾得可敬："我很想和您谈谈，"他说，"人们在诽谤我。难道我在您的印象中是个糊涂虫！人们说，我想步拿破仑的后尘！是有那么两个在沽名钓誉的时候可以引为榜样的人——拿破仑和华盛顿。他们一个是天才，一个是美德……拿破仑更伟大，但华盛顿比他更卓越。倘若必须在有罪的英雄和正直的公民之间选择，那我定然选择正直的公民。这就是我的野心。"②

　　雨果发现亲王是一个颓丧的人，相貌相当丑陋，还有点神不守舍，仿佛是个梦游病患者。但是他为人和气，严肃，教育良好，举止稳重。皇后高坦姬娅劝儿子

---

　　①高坦姬娅是约瑟芬皇后与前夫博格尔耐的女儿，后嫁拿破仑之弟路易·波拿巴。据说路易·拿破仑·波拿巴亲王（即拿破仑第三）的生父并非路易·波拿巴，而是一个荷兰海军将官。——译者
　　②选自雨果的《一个罪行的始末》。——原注

在计谋未成之前永远不要暴露天机的苦心没有白费。他态度庄重地强调说："我是一个热爱自由的人，民主主义者。"这句话对雨果产生了魔术般的效力。只用白色和黑色两种概念思维的诗人，被这个"好幻想且贪婪的冒险家"的奸诈的灰色烟雾弄迷糊了。他很清楚，亲王曾被指控为烧炭党①人，他写过一本《论消灭贫困》的小册子。这都使雨果肃然起敬。"刹那间，在他的脑海里出现了《爱尔那尼》第四幕的情景——他，一个思想家，应当以这位自由主义帝王的智囊身份扮演浪漫主义英雄的角色，这是诗人早已有之的梦想。况且另一个拿破仑——拿破仑一世——曾经激发他写过许多优美的诗篇。越过这个目光痴呆的长鼻子客人，他又看到了凯旋门，看到了残废军人院的圆屋顶，和一行行未来的诗章。

没过几天，《时事报》就跟在《快报》后头，被套在了拿破仑的马车上。在10月的会晤之前，雨果的"家报"还对路易·拿破仑态度谨慎，只承认这个属于叔父辈而不属于子侄辈的名字的威望②。10月28日，立场突然转变，《时事报》的一篇重要文章要把法国的命运托付给这位亲王，并且要把昔日的皇帝的荣誉记在他的账上。在众议院，诗人展开了精力充沛的活动，以便克服阻碍亲王当选总统的障碍。他投票赞成用普选的办法产生总统。这是一个错误，拉马丁也附和了这一错误，他以为这样就可以为自己打开一条道路。他投票反对要求总统宣誓，最后又投票反对宪法草案，因为这是违反一院制原则的。

议院中的右派即保皇党人对路易·拿破仑相当尊敬，认为他们很快就会和他算清账的。要知道不能在第二轮改选总统的决议已经通过。他们以为这只不过是一种类似小插曲似的东西。"我们将为他提供女人，"梯也尔轻蔑地说，"我们自会把他攥在手心里。"至于法兰西，她对这场冒险早有准备。被六月起义吓坏了的农民和资产者把"一个和拿破仑面貌相似的人"③看成他们的"救星"。工人们在国家工场被关闭后，生了自由主义的气，而且在他们许多人的心中，拿破仑主义的根须还未枯死。《时事报》热心支持亲王："我们讲过卡劳雅克使我们担心的是什么，我们讲过拉马丁使我们赏识的是什么，我们还要讲讲我们期待于波拿巴的是什么。"

---

①烧炭党：法国秘密革命组织，活动于19世纪20—30年代，旨在推翻复辟的波旁王朝。——译者
②路易·波拿巴是拿破仑的侄子。——译者
③这里并不是说真正长得一样，而是比喻姓名相同。波拿巴"雾月十八日政变"所以得逞，正是因为他利用了群众对拿破仑一世的怀念和崇拜。——译者

选举前夕,《时事报》出了一整页的副刊,路易·拿破仑·波拿巴的名字在上面被重复了100多次,表现了超级的热忱。当汇总选票数时便见底了:亲王得550万票,卡劳雅克150万票,赖德律·罗兰37万票,拉马丁1784票。听到最后这个数字时,保皇派哈哈大笑。

《时事报》得意洋洋:"拿破仑没有死!"建立伟业的"时候到了"。雨果在用浪漫的帝国主义格调写的宣言中草拟了一个庞大的纲领,这是他的政治性的《克伦威尔序言》。在外交政策方面,他计划:裁减军备,建立民族同盟——这应当是解决一切有争议的国际问题的最高权力机关,他建议挖通苏伊士运河和巴拿马运河,提出使中国文明化、使阿尔及利亚殖民化的任务。在内政方面,进行反贫困的斗争,采取促进工业发展的措施,繁荣艺术、文化和科学。幻想是美好的,甚至纲领也是美好的,但雨果只能讴歌它,而不能实施它。他的无数仇敌在散布谣言,说他得到了部长职位。他呼吁总统要提拔"有声望的新人",这便成了他遭受攻击的口实。然而他所追求的是比部长更重要的角色。"我们不想通过做哪个人的亲信去攀龙附凤!这太高超了,也太低级了。"不,雨果渴望的是成为亲王的秘密谋士。他不怀疑与他打交道的这个人,对于此人来说,只有一件事是重要的:要用一切手段保住命运女神把他推上的那个显赫地位。

12月23日,亲王总统在爱丽舍宫举行了首次宴会。雨果受到邀请,他迟到了几分钟。总统站起身向他迎去,"我临时安排了这个宴会,"他说,"只邀请了几个至亲好友。我想您不会否认您也是其中之一吧。您来了,我十分感激。"维克多·雨果是一个真正的新闻记者,那一套白色的瓷器是不会从他锐利的目光下滑过的,餐具是最普通的,银器也相当粗糙破旧,与那些平庸的资产阶级家庭中的一样——看来新制度要在贫穷中行施自己的职权了。宴会后总统把雨果拉到一边,问他对当前的时局有何高见。雨果谨慎地回答说,应当稳住资产阶级,为人民大众提供工作机会,有着3个世纪光荣传统的法兰西不希望落到渺小的地步。简而言之,必须建立和平。"况且法兰西是一个征服者的国家,她一旦不能用武力夺取胜利,就希望用智力得到它。请理解这一点,请行动吧。假如您把它忘记,那您就要灭亡……"这个预言家说话居高临下,总统沉思着离开了他。毋庸争辩,他在想:"一个思想家!甩开他!"回家后,雨果反复思量着这次"在宫廷里的短时间的逗留,这种试探性的仪式,这个资产阶级、共和主义和封建王朝的混合物……"

周末那一天(1848年12月30日),他去找只在星期六接待客人的拉马丁。他发现拉马丁苍白佝偻，忧虑哀伤，10个月就老了10岁，可是他泰然自若地忍受了自己的失败。瑞拉泰批评总统，因为他和由于学拿破仑的风度好把手放在常礼服翻领下而出名的奥迪隆·巴罗拼凑了一个软弱的内阁。"不，应该组织一个有威望的内阁：梯也尔、摩莱①、毕若、贝利耶、雨果、拉马丁……"拉马丁回答说。他也许会同意入阁，雨果一言不发。

过了一天，1849年元旦，他反复思量着去年所发生的那些暴风雨般的变化：路易·菲力普在伦敦，奥尔良公爵夫人在艾姆斯，教皇庇护九世在海代。天主教会失去了罗马，资产阶级失去了巴黎。阿丽莎·奥姬在圣马丁门剧院一丝不挂地扮演夏娃。1848年7月，夏多布里昂谢世，雨果抱怨葬礼太寒碜："我真想给夏多布里昂举行国葬：巴黎圣母院，法兰西贵族的长袍，学院的礼服，流亡贵族的佩剑，金羊毛勋章，所有团体的代表，半城荷枪的卫队，挽着黑纱的鼓，每5分钟1声礼炮……要不干脆是一口穷人的棺材，乡村教堂的安魂弥撒……"他对夏多布里昂葬礼的尖锐批评，和夏多布里昂对查理十世的加冕礼的尖锐批评完全一样。

利息5%的股票跌到了74法郎，马铃薯的价格涨到了8个苏；路易·波拿巴举行华宴招待曾经下令逮捕他的梯也尔和曾经给他判刑的摩莱伯爵。威斯特伐利亚的前国王热罗姆·波拿巴亲王做了荣军院院长，虽然他的相貌倒很像是一个帝王。他称自己的当了总统的侄子为"博格尔耐先生"。有一次雨果走进国民议会的大厅，惊讶地听到门岗通报："阴谋家的敌人到！"——这个门岗就是国民自卫军的士兵茹尔·桑多。"不，"雨果回答道，"阴谋家的朋友。"在学士院讨论诗歌创作奖的会议上，拉马丁对他说："雨果，我要是参加有奖比赛，他们不会给我评奖的。""可我呢，拉马丁？我的作品他们连看都不看。"他们俩说的都对。

1849年2月17日，雨果夫妻应邀参加了新总统的舞会。安黛儿·雨果在给从前是敌人，现在成了他们全家的朋友的茹尔·让南的信中讲到了这个晚会：

> 我在那里遇见的几乎全是出席过路易·菲力普的招待会的那些人。只增加了二三个山岳党人和几个王朝正统主义者，诸如德·基什公爵一家，德·格拉蒙和贝利耶，他们是前国王的反对者。但是我没有看见一个画家，一个哲学家，一个作家。总是这样动荡的政权竟把这个唯一不朽的势力给扔到了脑后，这使我震惊不已。这种疏漏使我感到委屈，更何况我对拿破

---

① 摩莱：1781—1855年，法国国务活动家，奥尔良党人，曾任首相。——译者

仑的英名怀有好感,我不是说我丈夫——他被邀请是另有用意的……

在《时事报》上,泰莱查·德·布拉柳(列奥妮·道内)用戈第埃-缪塞式的笔法描写了这次舞会,对之大加赞美。然而路易·波拿巴声誉日下,他有几个情妇身价太高,而议会拨给他的经费又太少。他和阿细尔·劳尔德合伙搞起了股票投机。地平线上已经升起了亨利五世的星光[1]。当时毕若元帅准备好了一本小册子——《街垒战》。他写道:"其中论述到了形式上类似防治霍乱的各种切实可行的建议。"每个人——一些带着不安,另一些抱着希望——都暗自寻思:"到底要发生什么事?"

圣佩韦是个明智的人,他跑到列日去躲避这段阴郁的时光。曾经偷偷和他会面的安黛儿写信给他。她责备他对她太谨慎小心,小心到了对她、对自己的朋友漠不关心的程度。圣佩韦辩解道:

> 我的身体垮了,神志昏乱,整个机体都受着病痛的折磨。你对我说:"不要抛弃、破坏我全身心地献给你的东西吧……"怎么?就因为我写了一封使你不太高兴的信,你就从中看出了我们的友谊有破裂的危险?较之热烈的、但不稳定的、专横的、某种所谓确定关系的情欲,我更需要牢不可破的友谊。假如我一个劲地说我老了,那就意味着我要放弃的仅只是我们关系的这种形式。

多么奇怪的信!它只证明,可怜的安黛儿一败涂地,把所有的赌注都输光了。

5月进行了新的选举。雨果当选,票数占巴黎市的第2位——117069票。这一次是反动派把他推进了议院。布阿蒂耶街的权贵们现在在他们的队伍中找到450名代表,但大多数是不起决定作用的保皇派,因为波旁王朝的长系和幼系[2]处在分裂状态。雨果是按构成大多数的右派名单被挑中的。他的地位变得更虚伪了。布阿蒂耶街的代表们给他下了指令,可雨果是力求只听从良心的吩咐。良心允许他在选举时与这个党派联合。再说他还甚有偏见:他相信民主的君主政体是可能的,他仍然是一个"秩序的维护者"。但是如果说在他身上还保留着某些国民自卫军士兵的东西的话,那也只是"国民自卫军在它英雄时代"的遗风。在他的戏剧中,理想主义的

---

[1] 亨利五世即波旁王朝长系的最后代表,查理十世之孙,"七月革命"后遇亡国外的尚博尔(1820—1883年)。——译者

[2] 长系从路易十三直到路易十八,幼系指奥尔良一支。——译者

主人公们的慷慨陈词，反映了他的真实感情。他所厌恶的是恬不知耻。使他愤怒的与其说是从讲坛上听到的下流演说，不如说是从委员会和会外听到的无耻议论。当他明白了法卢和蒙塔郎贝尔对工人问题的真正意图后，他对他们感到"恐惧"，于是拂袖而去。

正直的、被政界的朋友们称作疯子的阿尔曼·德·麦仑在1848年"六月起义"后竭力要建立一个较大的议院委员会，以调查人民的道德生活和物质生活状况。这个提案的审查被一再拖延，大多数代表也认为它早已被断送，可是当麦仑感到土皇帝们的可怕时，突然亲自把他的提案提了出来。立即开始了巧妙的迂回战术。直接否决这个提案被认为是笨拙的——应该善于阉割它的内容。"这些先生们"把维克多·雨果当作一个幼稚的、任人摆布的走卒，当着他的面说话毫不忌讳。他听到他们声称"在无政府时期，最好的办法是使用暴力"，麦仑的提案是社会主义的混淆视听的纲领，应当用一个体面方式把它埋葬，以及诸如此类的漂亮话。

雨果不顾布阿蒂耶街的代表们的支持，依然是"苦难的人们。的代言人。由于只相信亲眼看到的事情，他到过圣安东郊区，查访里尔市的贫民窟，亲眼见了赤贫是何景象。他不仅希望讲出这种景象，而且希望能驳倒他所听到的那些惨无人道的议论。当时愤怒的哀号声直达云霄！怎么？一个秩序党[①]的成员竟敢坚定地宣布："我要说出那些认为应当消灭赤贫和无权现象的人们的意见！"岂止如此，他还宣扬了人们私下里的交谈。

> 讲坛上发表的讲演是用来对付群众的，而幕后的勾结是用来捞取选票的。至于我，当事情关系到我的人民的未来和我的祖国的法律的时候，我不想搞幕后的勾结。我要从讲坛上公开人们在私下里表示的意见，我要揭露玩弄权术的阴谋。这是我的天职。[②]

大厅里喧闹、骚动起来。众所周知，作家在某种程度上是社会的危险人物。可是雨果不是已经被列为圣徒中的圣哲了吗？他怎么竟敢使家丑外扬呢！

必须利用无政府主义的狂热所造成的沉默机会大声疾呼，以便捍卫人民的利益！（大厅里骚动起来……）必须利用革命情绪的消失，以便振兴进

[①]秩序党是1848年成立的保守的大资产阶级的政党，法国两个保皇派即正统派（波旁王朝的拥护者）和奥尔良派（奥尔良王朝的拥护者）的联合。——编者

[②]选自雨果的《赤贫——1849年7月9日在立法会议上的发言》。——原注

步精神！必须利用安定的局面，以便恢复和平，不仅是街道上的，而且是真正的、彻底的和平，意识中的和心灵中的和平！一句话，必须使恶意煽动的失败变成人民的胜利。①

1849年8月，在议院休会期间，巴黎召开了国际和平代表大会。欧洲主要国家都派代表出席了这次大会。维克多·雨果被选为大会主席。有一段时间，他对只要在两条战线上作战——既反对残酷无情的人们，又反对无套裤汉们——政府就会支持他满怀期望。《时事报》表示希望建立一个以总统为首的中间性质的蓝党，而不是白党或红党。但是雨果在议院中的威信从未像当时那样一落千丈。保守派时时用尖厉的叫声和恶毒的起哄打断他的发言；左派也不支持他，他孤军奋战。他的热情洋溢的演讲没有起任何作用。在议会上，有意义的不是说什么，而是为什么要这样说。维克多·雨果根本不懂议院斗争策略的这条规则。加之他总是把自己的发言背得烂熟，而不是即席演说，所以不能根据听众的反应对症下药。如果估计到在什么地方听众可能要打断他的话，到时他就等着；而一旦到了那个地方没有发生所料的情况，他就失去了平衡，心慌意乱。路易·拿破仑不是那种能同意与失势者长期合作的人，决裂已势不可免，而且来得很猛烈。

为了讨好大多数天主教徒，总统组织了一次远征，以帮助教皇反对马志尼②的罗马共和国。乌迪诺③将军占领了罗马，恢复了教皇的世俗势力。路易·拿破仑明白了权贵们好战的教权主义不孚众望，便写信给他的侍卫官埃德加尔·奈④，信被公布了。他表示希望在意大利恢复自由，向意大利人民宣布全国大赦。"法兰西的旗帜，"《时事报》写道，"将保证自由在意大利的昌盛。"庇护九世并不尊重他的这位保护人，他颁布了教皇训谕《Motu Proprio》⑤，以此确立教皇权力的专制统治。梯也尔建议与这个训谕和解，他得到了以蒙塔郎贝尔为首的天主教派大多数人的支持。投票反对梯也尔的建议的雨果在10月16日（或17日）参加了爱丽舍宫的宴

---

①同前。——原注
②马志尼：1805—1872年，意大利民族解放运动首领。——译者
③乌迪诺：1791—1863年，法国将军。——译者
④埃德加尔·奈：1812—1882年，法国军官，波拿巴的侍卫官。——译者
⑤拉丁文"出乎真意"的意思。这是一种不经红衣主教同意、只谈教皇国内部事务的特别教皇文书的开头语。这里是指1849年9月12日教皇庇护九世发表的文告。——译者

会。事情已经商量妥了：亲王将用一封致总理奥迪隆·巴罗的书函以代替用过于盛气凌人的口吻写给埃德加尔·奈的那封与宪法相矛盾的信。巴罗将在国民议会上宣读这封书函，然后让雨果发言支持他。亲王喜欢的是实干家而不是讲原则的人，推崇的是政治家而不是思想家，然而那一天他也顾不得挑剔了。任何一个天主教派的演说家都不会同意接受这一危险的使命。不幸的是——但对雨果也许是不幸中之万幸——总统在国民议会复会的前几天就已经同巴罗和托克维尔①关于妥协一事达成了协议，让巴罗不要宣读书函，而是置真理与事实于不顾，让他说明总统的信和教皇的训谕《Motu Proprio》，实质上表达的是同样的意思。其实，两者是直接抵触的。然而昧良心的搪塞是没有尺度的，只要有利，怎么说都可以。

  这样一来，跟卫戍官们的决裂已经是无可挽回的了。与爱丽舍宫的决裂也很快发生了。路易·拿破仑在崇尚两面手法的情况下，是不会赞成光明正大的。在最后关头，他决定"采取中庸之道"，可是维克多·雨果以其桀骜不驯破坏了他的计划。一个野心勃勃，另一个信念坚定。人们说，诗人和总统打起了激烈的笔墨官司。《时事报》写道："右派在爱丽舍宫玩弄的阴谋，在两天内就以成功而告结束……"另一些人断言，雨果在争部长的位子，因为没到手，才转到反对派的立场上。"对此我只有一句话奉告：无论是在我与路易·波拿巴的交谈中，还是在与代表他说话的人的交谈中，我都没有提到这样的问题。让随便哪个人试着拿出证据，哪怕是捕风捉影的证据，来证明我的话不真实吧……"然而谁也没有这样做。

  1849年12月25日，《时事报》上刊登了这样一则简讯："从星期一——总统设宴的那天，亦即议会辩论前3天——以来，维克多·雨果再也没有到过爱丽舍宫，也没有与共和国总统谈过一次话……"从此以后，这张报纸经常不断地谴责总统："难道路易·拿破仑没有注意到他的那些谋士都很糟糕？没有注意到他们千方百计想扑灭他所有高尚的激情吗？"从这种方针的改变上，人们看不出有什么可指摘的。仍矢忠于一个背信弃义的统治者，仍支持他，而他却一再辜负人家对他的信任，这只能表明是自己背叛自己。

---

①托克维尔：1805—1859年，法国历史学家，政治活动家，第二共和国时曾任外交部长。——译者

第三章 政治斗争与感情纠葛（1850—1851）

> 雨果是一个罕见的人，这种人渴求自由永远就像渴求一切幸福的源泉一样。
>
> ——阿兰

1850年至1851年，对雨果来说，是政治搏斗非常激烈、内心世界极为不安的两年。与爱丽舍宫决裂后，他毅然决然地摆脱了国民议会里的那帮政治活动家。左派为他拍手叫好，因为他用自己出色的演讲捍卫了自由的原则。可是左派还是不承认他是他们的真正战友；右派议员反对他，像蔑视叛徒似地蔑视他，而且对他进行耸人听闻的诽谤。像拉马丁一样，痛苦的经验使他相信，荣誉和声望在这个世界上是不会长久的。

1850年1月：5年前我接近于成了国王的宠臣，如今我又差点儿成了人民的爱子。正像从前没有得到国王的青睐一样，现在也不会得到人民的欢心，因为一当我不顾情面地表现我的独立不羁和忠实于自己的信念的时刻到来，我就会激怒街头群众，就像从前招致官廷的不满那样。

路易·拿破仑老谋深算，冷静地实现着他的计谋。他的目标——夺取政权，他的战术——做军队的最高统帅和警察的头子，也就是说，用完全矢忠于他的马木留克①取代卫戍官们。在实现这一阴谋时，他为了稳住议会里的大多数人，装出支持他们的纲领的样子。"必须在国内进行一次罗马式的远征。"他对蒙塔郎贝尔说。换言之，应当把共和派教员从学校驱逐出去，在罗马就是这样做的。路易·拿破仑把这根骨头扔给卫戍部队，让他们恣意去啃。要知道，法卢的法律实质上已经否决了教育的自由权，而确立了教权主义者在学校教育事业中的专利权。一言以蔽之，宗教团体和可贵的中间党派结成了联盟。维克多·雨果在一次出色的讲演中反对了这一法律。他提出了一个明确的方案：各年级实行免费教育，一年级实行义务教育，"沟通人民的感情与法兰西的思想"，为了双方的利益使政教分离。

---

①马木留克：原义为非黑人奴隶。奥斯曼帝国时代常训练马木留克作为苏丹卫队，许多马木留克由于参加军事、行政工作而成为统治者，埃及"奴隶王朝"就是一例。——译者

雨果不希望取消宗教教育，恰恰相反，他提出"必须消灭人间的贫穷，必须唤醒所有的人仰望苍穹"。他承认的只是宗教，而不是教权：

> 噢，我决不把你们——教权派和教会——等量齐观，正如我决不会把寄生植物与橡树混为一谈一样。你们是教会的寄生物，你们是教会的痈疽……你们不是宗教的信徒，而是宗教的异端。你们不懂宗教．你们是宗教剧的导演。不要把教会纳入你们的事业、你们的诡计、你们的阴谋、你们的教义、你们的野心吧！不要把教会称作你们的母亲，实际上却把她变成你们的女仆吧！不要借口让教会参与政治而虐待她吧！特别是不要把她和你们自己混为一谈吧，这样搞，你们会损害她的……①

1850年4月，爱丽舍宫的马木留克们提出了关于流放政治犯并按流放地囚禁他们的法律草案。这一草案预告了日后政治犯名单的出笼。"二月革命"取缔了政治犯的死刑，现在却代之以慢性自杀。

"有一个人，站在你们面前，受到了特别法庭的审判，"雨果发言说，"这个人，这个被判罪的人，在一些人看来是罪犯，在另一些人看来却是英雄，因为我们时代的不幸……"（从右边响起嗡嗡的抱怨声）

"当法庭做出判决后，"国民议会的主席老杜班大声说，"罪犯就是公认的罪犯，把他称作英雄的人肯定是他的同谋犯。"（右派高声赞同）

"有一件事我认为有必要提醒杜班先生注意：法庭也曾宣布过奈元帅是罪犯，他是在1815年被判罪的。可是在我看来他是个英雄，然而我不是他的同谋犯……"②（左派长时间地鼓掌）

反击起了作用，主席哑口无言。在那一天，雨果成了人类良心的愤怒化身。

> 我知道，先生们，当我们把重大的含义赋予"良心"一词的时候，我们总是看到，真不幸，每一次都要引起所有大政治家的微笑。起初这些伟大的政治家们还不认为我们不可救药，我们引起他们的怜悯，他们同意治疗那种损坏我们健康的病痛——良心，而且他们肉麻地把它和国家需要加以对比。可是如果我们固执己见，啊，那时他们就会怒发冲冠，那时他们就要说我们不明事理，没有政治嗅觉，是些不严肃的人，是……让我怎么说呢……

---

①选自雨果的《教育自由——1850年1月15日在立法议会上的发言》。——原注
②选自雨果的《流放——1850年4月5日在立法议会上的发言》。——原注

但是，我还是要说！他们把所能找到的最脏的话抛到我们的脸上——他们把我们叫做想入非非、感情用事的人……①

1848年，法兰西共和国确定了普选权，卫戍官们留连从前的那一套有限选举制，于是亲王总统把选举法作为献礼向他们呈上。按照这部选举法，用种种资格的限制，其中包括居住期的资格限制，一下子就把选民缩减了400万人——这是对工人和知识分子代表利益的损害，可是这种篡改的责任被非常巧妙地推卸给了由17名卫戍官组成的委员会。雨果当然要发言捍卫普选权，他认为普选权是"调节人民的自发势力"的特殊机器，是建立合法政权的唯一方法，是抵制混乱的堡垒、狂风大浪中的中流砥柱。他嘲讽总统是努玛·巴比利，为他献策的不是1个，而是17个女妖艾吉丽②。"好吧，"他对右派议员们说，"你们躲得了400万选票，但是你们选不脱前进着的时代，逃不脱你们末日的到来，逃不脱地球的旋转……好啊，你们把人民当作牺牲品！不管你们高兴与否，过去毕竟是过去。你们试着去修复它损坏了的中轴、腐烂了的车轮吧！你们要是愿意，就把那17个经国之士套在这辆破车上吧！你们把它拖到这里，让它在光天化日之下见见阳光吧。那又怎么样？能说明什么呢？过去仍旧是过去！这只能叫人更清楚地看出它的腐败，如此而已！"③

议会的大多数拿出了两个护身法宝来反抗雨果的抨击，一是讥笑他，一是翻他的老账。蒙塔郎贝尔说，雨果支持过所有的党派，尔后又一一否定它们。他批驳了这一指控，并进行了出色的自我辩护。但是他的生命受到了威胁。议会中传出了令人骇然的谣言。议会的多数议员希望挑起暴乱，哪怕是假警察之手也在所不惜，为的是把他淹没在血泊之中。一声冷枪就可以打倒任何一个碍手碍脚的人。夏拉斯上校（自由主义者）告诉雨果："千万小心。"他回答道："有这等事！让他们来吧——在我的斗室里他们只能找到诗篇，在我的桌子上只能找到残句。我对他们嗤之以鼻。"有人好心地劝说他，不要为选举法一事去讲话。"决不！我一定要讲，想怎样就怎样吧！恐吓芸芸众生的大刀，发生在1850年的'九三年事件'④，兴妖作怪的梯也尔，这才好玩呢……"他发现他的仇雠们可笑之至，他错了。他们是可

---

①同上。——原注。
②艾吉丽是为罗马王努玛出谋划策的宫中美女。——译者
③选自雨果的《普选权——1850年5月21日在立法议会上的发言》。——原注
④"九三年事件"：1793年是法国资产阶级革命进入高潮时期，革命民主派雅各宾党人专政，颁布了"雅各宾宪法"，废除封建制，镇压旺代叛乱，推动了法国革命。——译者

笑的，但也是凶残的。

假若他的私生活不是那么混乱不堪理应受谴责的话，他在社会上也许会觉得自己更理直气壮些。天职、感恩、爱情、欲望，把他变成了昔日恋情和瞬间诱惑的奴隶。3个女人，几乎就是3个妻子——安黛儿、尤丽叶和列奥妮，都住在蒙马特尔斜坡上，彼此离得不远。她们3个人围成紧紧的圆圈，其中每个他都得分出些时间，挨个儿去看望。每当他挽着尤丽叶的胳膊走路时，总是提心吊胆怕碰见他的妻子和列奥妮——在对最危险的情敌尤丽叶的共同仇视的基础上，她们俩交上了朋友。

在罗德埃区的僻静处，一条阴暗的死胡同里，尤丽叶过着"无比孤独寂寞"的日子。她一面暗中窥视着她的主人的行踪，一面"温顺地把她那伟大的爱埋在心里"。陪着她的朋友上议院或学院听他演说，或者偶尔在自己的家里接待他，这种福气难得有她的份儿。每天早晨，她都要去遥望他书房的那两扇窗户（从1845年开始，雨果终于允许她单独上街散步了）。她还不知道列奥妮·道内在他的生活中扮演了什么样的角色，而只是对其他女人怀有戒心，因为他在那些渴望和他亲近的女人面前老是站不稳脚跟。这些女人有咖啡馆的歌女约瑟芬·法维尔，上流社会的罗热·德·热内特夫人，因偷盗被判罪的爱伦·果圣，女诗人路易莎·柯莲，轻薄的陌生女子娜达丽·莱努，猎奇女郎劳拉·丹普莱，"法兰西喜剧院"的女演员西瓦妮·普列西，一个自称杜·瓦伦子爵太太的女人（维耶尔·卡斯泰尔说"她嫁出3个美貌的女儿，就像做了一笔好买卖一样"），交际花爱斯菲尔·海蒙，可能还有拉仙儿。青年时代崇尚美德的雨果曾经赋予童贞以极大的意义，如今他对爱情流露出一种雪莱式的观点：

爱情啊……是谁安排下两个人要相爱？

请问湍急的流水，和煦的轻风，

被蜡烛烧伤的灯蛾，

金灿灿的阳光，绿盈盈的葡萄，

4月里躁动不安的鸟巢，

寂静中期待、歌唱、絮语的万物……

可是心儿却在高叫："我不知道！"①

---

①选自雨果的《爱情》（《静观集》）。——原注

1851年4月29日，当芳居耐·哈姆琳死于中风时，许多人沉痛哀悼放声大哭。这个女人的死，对雨果来说是一件悲哀的事，他失去了一个忠实的朋友；对列奥妮来说，是一场灾难。列奥妮和丈夫离婚后，找到了这个聪明的女人作为心腹之交，差不多每个晚上都是和她在一起度过的——有时是在家里，有时是在剧院里。失去了这个熟谙世故、阅历颇深的上流社会的美人帮助，她，从前的比阿尔夫人，对自己的命运深思熟虑之后，决心为了维克多·雨果毁灭自己的一生。因此，他也应该把他今后的大半生献给她，至少应该为她牺牲尤丽叶。她多少次试图实现这一目的：让她的情人与尤丽叶决裂，然而每次都要碰个硬钉子。

还在1849年的时候，她就开始威胁雨果，说要把一切都向尤丽叶公开，他粗暴地制止了她。

昨天你很不客气地告诉我，假如我那样做，这种恶劣的行动将使我失去你的尊重。但我有权利这样做，因为我受了那么多苦，耐心地等了4年。可是，无论你的话多么不公正，无论你对那个女人的爱是多么深，我毕竟没有走这一步，因为你的威胁对我来说比死亡还可怕。好吧，我不再按我所渴望的那样去做了。我将以超人的努力去珍重那个女人的幸福和幻想。她，是我在人间最恨的女人，我要是能掐死她，总会快乐得发疯的，哪怕我因此而不得不在上帝面前接受审判呢！她，是一个把我终生的幸福当作她的供品的女人……

列奥妮无穷尽的追问使雨果大伤脑筋：

只要尤丽叶不享有情妇的权利，她就不会打听到多少消息。假如她有这种权利，那么我除了采取既定行动，没有别的办法。既然你不希望让她知道一切，那就是说你把属于我的那种权利给了她。我要放弃一切。与其和她一起分享你的爱，不如死了。我准备好了永远让她做你的朋友，可你要有勇气对我说：我使你感到"讨厌"。只要我一采取行动，就会使大家各归其位！好吧，我放弃我的打算，不再谈这件事了……4年多来，我处在一种耻辱的境地，因为她自信是你所爱的唯一的女人……让你称心如意去吧，上帝会审判你的！我将在绝望中苦度时光，然而至少我不受良心的谴责，没有失掉人格。我收齐了你的全部信件，你可以派人来取。

两年后，列奥妮·道内的心情起了变化，她并没有放弃她的打算，而是给了他狠狠的一击。1851年6月29日，罗德埃街20号收到一个纸包，用布带捆着，打着维克多·雨果的印章，有他亲笔画的纹章和签名：Ego Hugo①。在极度慌乱中，尤丽叶打开了纸包。全是爱人的手迹。她读完全部书信，怵目惊心。她明白了从1844年起，她的情人就爱上了另一个女人，给她写了许多情书，这些信笺同样是那么动人，和18年来成了她唯一的幸福与荣耀的那些信一模一样："你是我的安琪儿，我吻你的小脚，你的眼睛……你是我的眼中光，心中命……"词句都和给她的信中的一样。列奥妮本人在邮包中附了一个短笺，说他们的爱情关系现在还保持着，"无论是在维克多·雨果的家中，还是在社会上，他们都同样受尊敬。因此，德鲁埃夫人，请放聪明些，假如你能首先斩断诗人已不想继续保持的友谊的纽结，那是明智的……"在一个女人的生活中——她奉献出了自己的全部爱情——难道能想象有比这更可怕的吗？这是隐瞒了7年之久的一贯性背叛行为的铁证啊！尤丽叶泪人儿般地冲出屋门，几近疯狂，在巴黎街头飘荡了一整天，直到傍晚才精疲力竭地回到家。她盼望维克多能来，她决定向他做必要的解释后，就去布列斯特她姐姐那里去。

　　雨果什么也不否认，他央求尤丽叶原谅他，答应抛弃她的情敌。然而就在这种时候，他还赞美道内女士的姿色和教养，并暗示他的妻室儿女对她多么尊重。这只能使尤丽叶更加痛苦。接受这样的爱情是她的自尊心所无法忍受的，因为这爱情对她来说是一种牺牲。

　　1851年7月28日，尤丽叶·德鲁埃致维克多·雨果：

　　　　为了一切对你最神圣的东西，为了我深深的悲伤，我的朋友，请不要因为想免除我的痛苦，就显出虚伪的宽宏大量，不要让你自己的心灵留下创伤吧。你的牺牲无论多么真诚，都不会使我长久地执迷不悟，我也永远不会因为屈从于幻想和牺牲你的幸福而原谅自己……天哪！假如你认为我只要赎清那身不由己地犯下的罪行就够了，就可以抛头露面了，那就请你可怜我吧，可怜我吧！上帝啊，不要让我咽下那最后几滴辛酸之泪，不要让我看见他因为我的罪过而受苦吧，他是世界上我最爱的人，他之于我，比我的幸福，甚至比天国的幸福还珍贵；宁肯让他和另一个女人得到幸福，也不要因和我在一起而不幸。上帝啊，你是慈悲的，我向你祈祷，让他自由决定该怎么办吧！在他的心中放入真正的宽宏、真正的责任感，赐给他真正的幸福

---

①意即：我雨果。——编者

吧！我也要为我的命运而祝福，听天由命，毫无怨言。

争夺战以宽宏大量的方式开始了。尤丽叶经过惨痛的深思后，讲到了决裂。雨果像所有在这种情势下的男人一样，请求怜悯他。他用失眠，喉咙疼，被政府迫害的儿子们的命运使他心焦等等来支吾搪塞。列奥妮，这个在劫难逃的女人，长着一副孩童似的面孔，在这场自我牺牲的竞赛中像幽灵似地降临在他的头上。尤丽叶致维克多·雨果，1851年7月30日：

> 我感谢这个女人，感谢她如此无情地证明了你的变节。她用一把匕首齐根捅到我的心上，这证明7年来你对她是多么宠幸。从她那方面来说，这是厚颜无耻、残酷无情，但同时又是真诚坦白的。这个女人成功地扮演了我的刽子手这个角色。每一个打击都出色的准确……

这两个钟情于同一个男子的女人，互相仇恨，可同时又为对方爱情之狂热而互相尊重。

因为诗人和尤丽叶过去是、现在仍然是浪漫主义者，因为他大声宣布过激情的权利，能非常巧妙地使他的偷香窃玉带上一层神秘色彩，也因为他善于——只要他愿意——做一个"愉快、轻松、温柔而又风流倜傥的人"，所以重又痴迷起来的尤丽叶同意让他们3人一起经受这段"考验期"，尔后让雨果再作明确的抉择。为此，拿出4个月的时间（从那命中注定的6月29日算起），好让这出悲剧的主人公有一个满意的回旋余地。在这段时间里，他可以和两个女人自由来往。列奥妮提出她的权利，尤丽叶"认为只有爱情才有意义"。尤丽叶致雨果，1851年9月9日：

> 亲爱的，我比昨天给你写信的那个女人更幸福，因为我没有对你提出任何权利。我把自己献给你的19年的生活，都抵不住你的安宁、幸福和敬重的一个原子。

1851年9月22日：

> 直到今天我都不理解（真是个谜），你怎么能抛弃一个你认为迷人、年轻、精力充沛、情操高尚的女性，一个她的爱情、忠贞使你深信不疑的女性？你怎么能为一个从哪方面都无法和她相比的、毫无价值的我而抛弃她？……为了我这个微不足道的人，你，一个公正的、心地善良豁达的人，一个绝顶聪明的人，竟想抛弃一个青春美貌、爱你爱得"要命"的女子！而且7年来她赢得了和你亲密相处的权利——她现在有这种权利，将来仍然有这样权利——难道你忍心抛弃这一切？你这样做，莫非真的是为了我这个

不幸的人吗？她苦泪横流，想到自己过去的遭遇就痛不欲生，现在和将来都痛不欲生。

和雨果这样对话，必得有极大的精神力量。对于雨果来说，"考验"在于他应当"带着这两个女人走过爱情的吊桥，以证明它是不是坚固"，这是一种甜美的忏悔。每天早晨，他在自己的书房里工作，而这时，尤丽叶在她的屋里誊抄《冉阿让》，然后她和雨果到拉莱特圣母教堂门前的台阶上会面；他去办事时，她陪着他。在家里和全家人一起用过午餐，和列奥妮消磨晚上的时光，第二天再眉飞色舞地向尤丽叶讲述。可这对尤丽叶无异是一种凌辱呀！考验应当是4个月，但命运之神却另有安排，它迫使雨果提前做出了抉择。一条曲折的道路对他起了作用，非正义的局势使他不得不屈从。

对雨果来说，在他的社会活动中，一个异常困难的时刻到来了。从1851年2月，他在议会里不仅发言反对政府，而且反对路易·拿破仑本人。"投票赞成拿破仑的时候，我们不是冲着拿破仑昔日的光荣。我们投票赞成的是一个成熟的政治家，他蹲过牢，为保护贫苦阶级写过几本卓越的书……我们寄希望于他，可是我们满怀希望上了当。"①

他承认他好久下不了决心拥护共和国。后来当他看到共和国"被背信弃义地抓起、捆上、锁住、塞上嘴巴"的时候，他"才投到它的面前"。人们对他说："当心您也落个它那样的下场。"他回答说："岂止如此！共和主义者们，请你们让开些，我要加入你们的行列。"难道这只是一句空话？难道是为故意刺激敌人才这样说？在某种程度上也可能是这样，然而在那种形势下，这首先是对"有产阶级"的厌恶，是对危险的蔑视，是神圣的愤怒。在波旁王宫的大门口，部队的刺刀已经铿锵作响。国民议会准备好了要自尽，它强忍着马木留克们组成的内阁，把所有行政管理的杠杆拱手交给了亲王总统。议会知道，这个冒险家是失势后又被选上的，眼看就要发生国家政变了，但它却准许了他剥夺尚加尔涅②的兵权——当时只有尚加尔涅能保护议会。"朱庇特想毁灭谁，必先使之丧失理智……"国民议会早已近乎疯狂了。

---

①选自雨果的《1851年2月6日的发言》（《事业与言论》、《流放之前》）。——原注
②尚加尔涅：1793—1877年，法国将军，政治活动家，保皇派。——译者

总统周围的人，他的一帮头目，想搞武装政变。路易·拿破仑赞同这一阴谋，但他担心这有点冒险，没有绝对成功的把握。他需要的是安插亲信，让莫帕①当警察局长，圣阿尔诺当国防部长，任命马尼扬为巴黎市长。他等待时机，只要他的命令一被执行，他就趁机发动政变，并试图用法律的形式解决一大难题：设法修改宪法，保证他执政10年，为他法定一笔相当于皇帝的宫廷费用。须知，他的叔叔（拿破仑一世——译者）走的就是这条路。众所周知，是他使国家变成了帝国。但是为了修改宪法，阴谋家们在国民议会中就需得到2/3的选票。许多保皇派都把希望寄托在1852年。路易·拿破仑向议会提出了几百万法郎和延长任职年限的要求。梯也尔回答道："一个苏也没有，一天也不延长。"决裂已经在所难免了。

7月17日，维克多·雨果毅然发言，反对修改宪法。在他发言的时候，右派挖苦侮辱他。喧闹，大笑，为了打断演讲，反对伟大的作家，他们无所不用其极。毫无疑义，他当时不仅谴责了继承"正统的"君主政体的原则，而且谴责了"光荣的君主政体"——这是波拿巴主义者对帝国的称呼。

你们说，这是"光荣的君主政体"。原来如此！可你们有何光荣？指给我们看看！真新鲜！对这种政府，有何光荣可谈！只因为有过一个人，他曾在马伦哥打过胜仗，后来登上了王位，你们只在萨托利打了胜仗，就也想当皇帝……怎么？奥古斯特之后就必须来个奥古斯杜尔！怎么？只因为我们有大拿破仑，就必须有个小拿破仑？②

第一个在国民议会上这样发言的人是勇敢的。这种从本质上说合乎情理的愤怒抗议使无耻的阴谋家们羞愧难言。要知道，像蒙塔郎贝尔这样的君主主义者们已经偷偷投靠了帝国。左派鼓掌，右派叫嚷。有如《箴言报》报道时所言：喧哗纷扰，"无以言状"。右派的一个代表走到讲坛旁宣布：

"我们不想再听这种指责了。恶劣的文学会造成恶劣的政治。我们要以法兰西语言和法国讲坛的名义表示抗议。维克多·雨果先生，请您上圣马丁门剧院演讲去吧。"

"您知道我的名字，我可不知道您的大名。您叫什么名字？"

"布尔布松。"

---

①莫帕：1818—1888年，波拿巴主义者，巴黎警察局长。——译者
②选自雨果的《修改宪法——1851年7月17日在立法议会上的发言》。——原注

"比我预料的更糟糕。"（笑声）①

修改宪法的提案被否决了。由于合法政变的道路已被堵死，拿破仑的效仿者搞暴力政变的心思更强了。假如他搞成了，那么，如马莱将军曾经说过的，叫议会内讧弄得疲惫不堪的整个法国都会支持他。站在注定要灭亡的共和国一边的雨果不怕给自己招来灾祸。《时事报》的编辑们当即遭到殉私枉法的司法部门的迫害。法兰苏亚-维克多·雨果和保尔·麦利斯被判9个月监禁，奥古斯特·瓦凯利被判了6个月（查理·雨果这时已在狱中）。《时事报》被封，可是一份新报——《民权报》——开始出版。维克多·雨果每天去探望被关在康斯埃日利监狱里的儿子和朋友们。他和他们一起喝从监狱小铺买的红葡萄酒，无疑很快就要轮到他了。往前走，是"一条立着十字架的道路，有着殉难者的晕光圈"。在这个形象中，他发现有一种苦涩的慰藉。一方面这可以使他从"因厌恶地忍受这个奴隶制而引起的良心折磨中"解脱出来；另一方面，"关于流放的思想早已支配了他的想象"。流亡的主题不止一次——时而阴郁时而庄严地——成了他生命的主旋律：拉戈利——流亡者，爱尔尼——流亡者，狄杰——流亡者，大拿破仑——流亡者。"啊，一个人也不要流放吧，流放是一种凌辱。"对于凡夫俗子来说，这是真理，但对一个诗人、幻想家来说，流亡不正是一种解放、出走吗？不正是一个解决难题的、宏伟浪漫的方法吗？

私生活中的一切也该结束了。感情考验的结果对尤丽叶有利。由于自己的行为而名誉扫地的列奥妮·道内失去了信任。尤丽叶的爱情是非常悲壮动人的。前往夭亡者的陵墓吊谒，为了两个守护天使（列奥波蒂娜和克列尔）发下永世忠诚的誓言；去都尔-道威诺街与尤丽叶幽会；几乎是当着夫人的面的亲吻和爱抚……尤丽叶说："我丝毫没有对不起你的地方，我对你满怀着爱。假如我的形象在你的脑海中暗淡了，这不是我所希望的。你的身影充满了我的整个心房……"10月的深秋，从20日到24日，两个人又到枫丹白露森林旅行了一趟。"我的心头覆盖着一层幻觉般的落叶。但我觉得生活的汁液正在我的血管中奔流，它在对你的期待中振奋昂扬，期待着你娇美的花容月貌灿然重开。"维克多献给尤丽叶的那几行华美的诗就是在这次旅行之后写下的：

愿黑夜的妹妹——朝霞，

---

①布尔布松在法语中与污秽、烂泥（bourbe）一词谐音，所以雨果这样说。——译者

悲哀的姐姐——爱情，
一起降临到你的身上，
驱散那辛酸岁月的阴影；
愿光明冲破黑暗，透过莹莹的泪花，
换来甜蜜的微笑——善良美好之光……

最后是一封可以和朱丽·德·列斯比那斯的风格媲美的信——1851年11月12日，尤丽叶·德鲁埃致维克多·雨果：

我满怀着真诚的爱，因此我的心中没有丝毫自私的念头。我收集了全部幸福，一点一滴地，不论是从哪儿找到的：在每一条街道的角落里，在每一个沟渠里，日日夜夜，我将它珍藏，并以一种令人断肠的坚贞精神为它大声向上帝祈祷；我向你伸出一只手，我的心儿期待着你仁慈的施舍，哪怕是一丁点儿；我为你没有托故拒绝把它给我而感激不尽。我的尊严和骄傲就在于我爱你胜过世界上的一切人。我可以毫不吹嘘地说，我在这一点上成绩辉煌。我的虚荣心只表现在我渴望为你而死上……

列奥妮·道内没有这种热忱。伟大的爱情胜利地经受住了考验。命运加快了事情的结局。

第四章 英雄的人们

> 一个只有靠某个英雄才能得救的国家，即使借助于这个英雄的铁腕，也不会长治久安；要是它有负于人们的援救，那就更完了。
>
> ——本杰明·孔斯旦[①]

到1851年12月，政变已经不可避免。路易·拿破仑想夺权，同谋奸党决定支持他。主人和帮凶为自己提出一个奇特的目标：花天酒地，而且要尽可能日久天长，但这并不是为了庆贺什么思想或见解的胜利。议会仍然拒绝给他补贴，拒绝延长总统任职期限。只有一个办法了——诉诸武力。而武力他们有。军队是服从命令的，议会又以它愚蠢的决议使巴黎卫戍部队的指挥官受制于总统。那该让谁来捍卫自由呢？保皇党吗？即将来临的1852年的选举引起了他们的恐惧；人民吗？"六月起义"已经使他们与自由资产阶级分道扬镳。自从1851年秋起，阴谋家们就可以不受制裁地进行政变了。但是国防部长圣阿尔诺建议等一等，以便让国民议会的所有议员齐集巴黎，那时就可以在夜里把他们从床上拉下来，逮捕他们。况且12月2日是奥斯特里茨的周年纪，又是拿破仑加冕纪念日——对波拿巴主义者来说，这是一个特别隆重的日子。他们选择的正是这一天。

雨果明白他要大难临头了。他的儿子们在狱中。赤胆忠心的尤丽叶留心捕捉着种种谣传，不放过那"政变的时刻"，而且她完全沉浸在了怎样救她的心上人的思索之中。12月2日，雨果早晨8点醒来，正躺在床上写诗，仆人神色惊恐地走了进来。

"人民代表来了……想和您谈谈。"

"谁？"

"维尔西尼先生。"

"请。"

维尔西尼是一个仪表堂堂、头脑敏锐的人。他走进来讲了如下几句话：波旁王

[①] 孔斯旦：1767—1830年，法国政论家，作家。——译者

宫夜里被包围；总务大臣们被捕；议会主席杜班原来是个胆小鬼，各个角落里都张贴着暗示政变的传单；决定抵抗的代表们要到布兰什街70号科本男爵夫人家集合。

这时雨果匆忙穿好衣服。他接济过的失业木匠瑞拉尔来了，好几条街他都去过。雨果问他："人民说什么？"人民什么也没有说。人们读过布告，就都去上班了。围在每张告示下的先生们说："大多数反对派都被驱散了。"过路的人们惊异不止。雨果说："斗争即将开始。"随后他走进妻子的卧室，她正躺在床上看报。雨果说明要发生什么事。

"你准备怎么办？"她问。

"履行自己的职责。"

她吻了吻他说："去吧！"

她的举止气概不凡，要知道她的两个儿子还在狱中，而政变也不会轻饶女人啊！但安黛儿向来是一个以勇敢著称的人。

在布兰什街70号住宅里，雨果碰见了米歇尔·德·布尔热和其他代表，博丹和埃德加·基奈也在其中。客厅里很快就挤满了人。雨果首先发言，他建议立即开始巷战，针锋相对。德·布尔热表示反对。"现在不是1830年，"他说，"那时挺身而起的代表有221人，而且都是真正的人民代表。现在国民议会没有威信。"为了让人民有所准备，必须给他们时间。像往常一样，雨果只相信自己的眼睛。他跑到林荫道上。在圣马丁门的岗哨周围，聚集了一大群人。一队步兵鼓手打头，开上林荫道。一个工人认识雨果，问他该怎么办。

"撕毁宣告政变的反叛传单，高呼'宪法万岁'！"

"要是向我们开枪呢？"

"你们也拿起武器……"

于是响起了轰鸣的口号声："宪法万岁！"陪同雨果的一个朋友劝他要明智一些，不要给路易·拿破仑的士兵制造枪杀群众的口实。

他返回布兰什街，把见到的情况告诉他的同伙，建议散发一份简明扼要的传单——只用10行字。他口授道：

告人民书：路易·拿破仑·波拿巴是叛徒。他破坏了宪法，他是一个背弃誓约的人。他不受法律保护……让人民履行自己的职责吧。共和派的代

表们要站在人民的前列……①

这所住宅受到了警察的监视。代表们转移到日马普街2号拉封家。选出一个左派委员会,由卡尔诺、弗洛特、茹尔·法夫尔、马第耶·德·蒙索、米歇尔·德·布尔热和雨果组成。有人建议叫"起义委员会"……"不,"雨果说,"叫抗暴委员会,暴徒就是路易·拿破仑。"不久,蒲鲁东②就把雨果叫到街上,对他说:"作为朋友,我应当警告你,你真糊涂!人民站在斗争之外,他们毫无动静。"雨果坚持自己的立场。他希望斗争明天就开始。已经是午夜时分了,去哪儿呢?一个叫洛尔利的青年建议雨果到他家过夜。洛尔利夫人已经睡了,可她起身招待了他。"这是一个脸色白净、金发披散的美人。她身穿睡衣,风流,新鲜,事变虽使她激动不安,但仍旧非常殷勤好客。"事情只要一有女人插足,他就是在危险中也能发现某种罗曼蒂克。给他在一张十分狭窄的沙发上准备了一个床铺,可他几乎一夜没合眼,一大早他就回家了。他的仆人伊兹多尔大声说:

"啊,是您呀,雨果先生!昨天夜里他们来过,想逮捕您哪!"

12月3日发生了巷战。博丹死于巷战。临死时他留下一句名言:"你们马上就会看到,人们在怎样为25个法郎送命。"还有人身自由的代表们通过一项决议,认为他为祖国立了大功,将来应该把他安葬在先贤祠。必须指出,这些代表这样做是冒着掉脑袋的危险的。当时雨果正在巴士底广场上慷慨激昂地劝说一群军官和警察,这些天来一直没有离开他的尤丽叶走到他的身边。她握住他的一只手说:

"你这不是有意叫人家枪杀你吗!"

12月4日,是决定性的一天,是开始大屠杀的一天。自由资产阶级的抵抗遭到了残酷镇压。在巴黎,死亡不下400人。雨果断言有1200人被杀,维耶尔·卡斯泰尔说有2000。对惩戒机关③来说,事情就很简单了——他们对前一天被镇压的起义者做了虚假的报道。正像在"白色恐怖"时期常有的那样,"极端分子"要求总统"不要心慈手软,必须像一尊青铜雕像似地刚劲挺拔",必须"手持惩罚的利剑"

---

①选自雨果的《一个罪行的始末》。——原注
②蒲鲁东:1809—1865年,法国小资产阶级经济学家和社会学家,无政府主义创始人之一。——译者
③当时对破坏内部秩序的议员施行惩戒的机关。——译者

走过这个世纪。①在这场血腥的混乱中,尤丽叶一直跟着雨果。在这个女人身上,有一种悲壮高尚的气概。她虽已鬓白色衰,但依然美貌动人。她形影不离地追随着她的爱人,以便在必要的时候扑上去,用胸膛挡住射向他的子弹。冒着危险,她失落了他,再重新找到他。"德鲁埃女士为我做了一切,牺牲了一切,"维克多·雨果写道,"全仗她那感人至深的忠贞,我才在1851年12月的日子里保全了性命。我能活下来,应该归功于她。"8年后,1860年,雨果在他赠给尤丽叶的《历代传说》的校样上写下这样一段话作为题词:

> 如果说我没有被抓起来,后来也没有被枪杀,如果说我迄今还活着,这都应该归功于尤丽叶·德鲁埃,是她冒着失去生命和自由的风险,从追缉、险境中救了我,不断地保护我。她总是善于为我找到安全的避难所,而且在援救我的时候,表现了超凡卓越的智慧、热忱和英雄气概。上帝知晓这一切,上帝将会褒奖她!她昼夜无眠,在苍茫暮色中跑遍巴黎,瞒过岗哨,甩掉暗探的盯梢,冒着枪林弹雨,英勇无畏地穿过林荫大道,不断地猜测我在哪儿。一旦听说我有危险,她就一定要找到我……虽然她不愿意听人们说起这些,但是必须让这些事实使人人都知道。

12月6日,尤丽叶把雨果带到那瓦林街2号,她在梅茨认识的夏拉佐·德·蒙弗莱夫人家。蒙弗莱夫妻俩虽然是极右分子,但他们把这个叛逆者在自己家里隐藏了5天。为他找到这个安全的避难所后,尤丽叶又给他带来丰盛的晚餐和所有必要的生活用品。

维克多·雨果致尤丽叶·德鲁埃,1851年12月31日:

> 亲爱的尤丽叶,在那骚乱阴郁的日子里,你是多么美啊!只要我渴望慰藉……你就用爱情的光辉把我照耀。让上帝为你祝福吧!在那些善良的人们为我提供避难所的危难的日子里,度过了焦灼的夜晚,我听见钥匙轻轻地一响,你打开我的屋门,那时我觉得危险已经过去,黑暗已经消逝,光明充满我的房间。啊,我们永远不会忘记那可怕而又美妙的时刻——在厮杀的间隙,你就在我的身边。我终生都将记着那间半明不暗的小屋:古老的壁

---

① 以上所述是波拿巴"雾月十八日政变"的过程。1848年革命的果实被资产阶级窃取,路易·波拿巴利用革命群众的不满和幻想当选为总统。由于各党派争权夺利,两败俱伤,使波拿巴独揽大权,利用军队发动了政变。颁布了一系列镇压人民的法令,建立了法国历史上的第二帝国。——译者

毯,并排放着的两把椅子,墙角桌子上的晚饭(你拿来的两只冷雏鸡);倾心的交谈,以及你的爱抚,你的激动和你的忠心。当时你为我的安详平静而吃惊。你可知道,是谁使我这样安详平静吗?那就是你啊……

但是必须离开这个国家。尤丽叶的忠实朋友雅克·菲尔曼·兰文找警察局长弄到一张去比利时的护照,他装作要到那里的吕泰罗印刷厂工作。护照上写着:"兰文(雅克·菲尔曼),印刷厂排字工,现住日内尔街,48岁,身高170厘米。头发:花白。眉毛:黑色。眼睛:棕色。胡须:花白。下巴:圆形。脸庞:椭圆形。"雨果就拿着这张护照于12月11日星期四从北站离开巴黎。一个头戴工人鸭舌帽,身穿黑色旅行衣的乘客,怎么能知道他是谁呢?知道了又怎么样?有谁会说呢?肯定无疑的只有一点:暴乱时人家打算过逮捕他。小安黛儿(他的小女儿)在给父亲的信中谈到过"人们来抓你的那个可怕的夜晚"。但是对于政府来说,让他逃走比迫害他总是危险小一些。

雨果夫人卧病在床,不能参加斗争。她和自己的女儿随时都准备着警察的光顾,她精心地保护着留给她照料的一切,而且不断地与"她那亲爱的囚徒们"——查理·法兰苏亚-维克多和奥古斯特·瓦凯利——保持着联系。这是令人难以置信的:就在斗争最激烈的时候,瓦凯利也能通过康斯埃日利监狱的传信人把信寄给她:

> 我们满怀希望,而且自觉很好。请把您的情况告诉我们。已经2点了,我们仍然得不到您的消息。请不要到外面去,搬到我那儿或别的地方去住吧。信中不要直接提到您丈夫的名字,假如需要知道他的情况,就请这样写:"我们一切顺利。"须知我们不知道我们的信会落到谁的手里。我们也读报,可是因为只有政府出的报,所以我们难辨真假。请把您的情况经常告知我们。唯一使我们忧虑的是您的处境。不要挂念我们。永远是您的……

> 4点……枪声越响越近,我们周围的空地上正在战斗。人民抢占了越来越多的地方。在监狱的四堵厚墙间,我们是安全的,我希望您也同样没有危险。运到我们这儿有50名伤员和被捕的人。他们被安置在从办公室到我们房间之间的一条宽大的走廊里,千万别到街上去!我最担心的是您的安全。要设法通过送信人把您的情况告诉我们,好让我们知道您有什么事。您的奥。

这样看来,当局的康斯埃日利监狱并不十分森严。

12月12日,维克多·雨果给妻子寄来一封信,并把地址通知了她:布鲁塞尔,兰文收,留局待领。投寄地址是:巴黎,都尔-道威诺街37号,丽维叶太太。这是一个欲盖弥彰的诡计。1851年12月13日,安黛儿给丈夫回信说:

> 亲爱的朋友,让我们高唱赞美歌吧!承蒙至高无上的主,我收到了来信,使我欣喜若狂!……我们家没有受到搜查。只搜查到拉菲利耶街,结果使我们可怜的小老太婆十分不安。我一定准确地完成你的所有嘱托,你不必担心,只要我活着,你屋子里的一切都会保存完好的……

"可怜的小老太婆"是列奥妮·道内的代号。总之,安黛儿对她还是十分关心的,然而和流亡者一同去布鲁塞尔的是出色地经受了战火考验的尤丽叶。

维克多·雨果致妻子,1851年12月31日:

> 过去的一年,我们都经受了伟大的考验:我们的两个儿子在狱中,我被流放!这是残酷的,但也没有什么不好。薄寒不会损害成熟的庄稼。至于我,我感谢上帝。明天就是新年了,我不能和你们在一起了,我不能拥抱你们——我的可亲可爱的人们了。但是我会想念你们的,我们的心是相通的……我周围还是巴黎的那伙人。今天早晨我们从前的代表和部长们都在我这儿会聚。我不幸的、亲爱的朋友,温柔地吻你和我亲爱的孩子们。寄上我忠诚的爱。请在随信寄去的空信封上写上这个地址:波尔多,留局待领,奥奈夫人收。然后把它投入邮筒即可。

以诚相见的信几乎总是叫人欣喜非常。"因为欢乐本是苦难这棵大树的果实"。从流亡的最初几天起,他就深信终究会胜利的。法兰西的新统治者那时表面上似乎不可一世,然而诗人当时就郑重宣告,他的得意不会长久的:

> 一切都要结束。恰如恶梦一场……
>
> 人民稍事喘息,就将大声说:
>
> "今后决不会这样!"

第八篇　流亡，思索，写作

越年迈，人们就越疯狂、越聪明。

——拉罗什富科

一个人需要发育成长好久，才能进入青春时代。

——毕加索

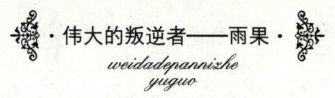

第一章 从大广场到"海滨阳台"

"没有比成功更不牢靠的东西了"。流亡震动了诗人,也给了他力量。维克多·雨果,这个穿着绣金朝服的法国贵族,怀疑论者老国王的亲信,狂热的女崇拜者们的牺牲品,差点儿陷入功名利禄的泥潭,在他的女儿夭亡之后,他冲出了泥淖,深沉纯洁的悲痛拯救了他,使他摆脱了妄自尊大。1848年革命为他提供了成为人民大众的诗人、领袖的机会。经验证明,他不适于从事政务活动,他不会在党派斗争中看风使舵。"对于超群卓绝的人,对于天才,高傲的孤独是必要的。"①流放为他提供了这样一种孤独。为了得到内心的平静,他必须真实地描绘他所经历过的那些事情。突然发生的事件对此颇有好处。他成了伟大的流亡者,复仇者,幻想家。"在我们所经历的这个时代……当许多人把享乐提高为合乎道德的原则,沉溺在瞬息即逝、丑恶不堪的物质享受之中的时候,每一个避开这个世界的人,在我们的眼里都是值得尊敬的。"②总算到了他满意自己的时候了。1851年12月19日,他写信给奥古斯特·瓦凯利:

> 我刚刚参加过战斗,在某种程度上我证明了诗人能做一个什么样的人。这些资产者终于明白了物质的仆人有多么胆怯,智慧的仆人就有多么英勇……

为了把角色演得更出色,流亡者就应该过一种孤芳自赏的清贫生活。1851年12月12日,当这位"菲尔曼·兰文"从车厢里走下来的时候,迎接他的是尤丽叶的女友劳拉·吕泰罗。她把他带到一家叫"林堡"——后来改名"绿门"——的下等客店里。这家客店坐落在威奥列特街31号。雨果写信给妻子说:"我过着清教徒式的生活。我的房间里只有一张狭窄的床,两把麦秸椅,没有壁炉。我每天的开支总共

---

① 选自雨果的《威廉·莎士比亚论》。——原注
② 选自雨果的《悲惨世界》。——原注

3 法郎 5 个苏……"写到这里,他得到一种满足。多么可爱的恭顺啊!"现在我坐在一个最鄙微的位子上,谁也不会想把我从这个位子上拉下来。"12 月 14 日,尤丽叶来了,雨果在海关的阳棚下等着她。她带来了他的手稿。

尤丽叶意识到,从今以后,英雄般忠诚的光圈将会罩着她。现在终于摆脱对她抱着敌对情绪的雨果夫人了。看来苦尽甘来、受之无愧的一天终于到来了:"问题是我确实很幸运,祝福已经降临在我身上,我有了在爱情和忠诚的灿烂阳光下生活的权利……"

不,她错了。流亡者也有流亡者的规矩;"伟大的流亡者"不应当和情妇住在一起,倒霉的尤丽叶应该独身搬到她的女友吕泰罗家住。她毫无怨恨地忍受了这一残忍的屈辱。尤丽叶给雨果写道:

> 如果牺牲会使你难过或痛苦,就不必为我有什么牺牲。我的生死完全是属于你的……我向你保证,我的至亲至爱的人,你永远不会听到我的痛苦的非难。

她发誓,一定使他们的关系不越出她心上人为她划定的界限,无论这界限多么严格:"我渴望做你忠实的朋友,温存、忠贞,像一个男子汉似的英勇,像一个母亲似的体贴、无私,像一个不食人间烟火的人似的无所希求。"任何一个妻子都永远不会有这样崇高的自我牺牲精神。

从最初几天起,尤丽叶就开始了"抄写工作"。雨果的思想完全被神圣的愤怒,"描写所发生事件的不可克制的欲望"吞没了。必须让它们涌流喷射……他决心发泄自己的愤怒,让它像"青铜制作的琴弦"一样轰然鸣响,使之成为被激怒的法兰西良心的化身,做一个"忠于职守"的人。首先必须写一篇关于 12 月 2 日的特写(后来起名为《一个罪行的始末》)。在到比科时的第二天他就开始了这本书的写作。流亡者们陆续来到了比利时,他们每个人都向他讲述了自己的见闻。在公寓里,他的邻居就是和他一起反对政变的代表维尔西尼。12 月 19 日,安黛儿为得到丈夫的指示来到布鲁塞尔。他委托她用伪造的地址和姓名从巴黎给他寄小册子和文献资料。为逃避债主跑到布鲁塞尔来的大仲马承担了转达书信的任务。雨果对他的家眷做了必须勤俭持家的说教。他把自己当作一个已经破了产的人,对此津津乐道。比利时总理罗泽埃送给他几件衬衫,他也收下了。毋庸置疑,已经把他列入正式流放者名册的"波拿巴先生"可能会投收他的财产——动产和不动产。可是没有发生这样的事儿。安黛儿轻易就从文学家协会得到了她丈夫的稿酬以及他的院士津贴

（每年1000法郎）。政府不想为迫害一个伟大的诗人而把自己摆在让人唾骂的位子上。他的妻子毫不费力地就把30万法郎的公债转给了他。作为一个勤勉的家长，谨慎的资本家，他立即把这些公债变成了比利时皇家银行的股票。当时几乎每天都要去拜访雨果的布鲁塞尔市长查理·德·勃鲁盖尔通知他，说这笔存款是新到的，他倒是对自己的朋友很信赖，他说："雨果并不像他装的那么穷……不储备面包干，他是不会出海的。我很清楚，他的钱罐里有些玩意儿。"

可是雨果给自己的妻子却写道："我们很穷，需要走的路可能很短，也可能很长。我现在只穿旧皮鞋和旧衣裳，在这种事上我们没必要特殊。你忍饥挨饿，受苦受难，甚至常常一贫如洗，这很不容易，因为你是一个女人，一个母亲，但你这样做了，沉着而高尚……"许多人嘲笑这种站在金银堆里的贫穷，嘲笑这个与儿女们讨价还价，只给他们零花钱的守财奴（法兰苏亚-维克多每月只能得到25法郎），嘲笑这个股票大王只睡"破烂的小床"。诗人的这种行为可以用三个原因来解释：第一，雨果念念不忘他从前的贫困。他，一个大名鼎鼎的作家，对青年时代的岁月，德拉古街上的阁楼耿耿于怀。他想恢复年轻时期的那种环境，取消自己从心底不喜欢的豪华。12月末，他从公寓搬到大广场的16号住宅。他在那儿租了一间几乎没有家具的房间——里面只有1张沙发，1张桌子，1面镜子，1个铁火炉，和6张凳子。他每月只需交100法郎的房租，每天只吃1顿饭。尤丽叶（她的生活费是每月150法郎）发现他瘦了，于是强迫她的女仆秀贞娜每天早晨给他送1杯巧克力茶……第二，他想只靠收入生活，不想动用银行的存款，为的是在他死后使妻子儿女的生活有保障，因为他们不能挣钱维生（但答应只要能卖出手稿，会更大方一些的）。第三，他想在同比利时和英国出版商签订合同时向他们表明，他无求于他们，他每年有1200百法郎就能生活。但是，尽管有这种种客观情况，我们仍然应该清楚：他对省吃俭用，对使他的财政预算收入高于支出并积蓄一笔保证生计的款项，有一种本能的嗜好。这些特点雨果无疑是有的，不应该否定它们，但也不能因此而谴责他。

在巴黎，安黛儿的行止无愧于一个流亡者的贤妻。她对丈夫的政治活动比对他的诗人声誉更感骄傲。忠实的朋友们去探望她，对雨果上街反对政变的豪勇精神深表同情和赞赏。

安黛儿致维克多·雨果：

共和主义者们惊异不止。他们说："雨果先生无疑是一个进步人士，卓越的辩才,伟大的思想家,可是能期待他在关键时刻有所作为吗?"一些人对这一点表示怀疑。现在,经过严峻的考验后,他们钦佩你,同时为他们曾抱怀疑表示追悔。

和雨果一样,她在自己的高尚举动中找到了慰藉:"为了你的流亡,为了身陷囹圄的儿子和朋友,我的生活凄惨暗淡,我的心痛苦异常,但我决不气馁。使我忧伤的很快就会过去,而使我真正幸福的却是永远属于我的。"留在巴黎,她对自己的夫君有益,她可以告诉他事态的进展情况,而且因此也就对这个威严的人取得了某种优势。

实际上她向他报道的消息是自相矛盾、混乱不清的。时而她说现政权的垮台指日可待了,时而又说路易·拿破仑准备进军比利时,逮捕流亡者。"在法国,将不会有谁提出抗议,不会有谁为你奔走"。她劝丈夫去伦敦。法兰苏亚·雨果持同样的意见,他从狱中写信说:"去英国吧,在那里你将受到欢迎……况且你认识科布顿与和平大会的其他英国代表,如果需要,他们会成为你进入社交界的向导。"在伦敦流亡的有路易·勃朗①和比埃尔·列鲁②,他们劝他一起办报,可他不想与他们合作。"这将使我丧失独立活动的可能……这到一定程度将改变我的直接目标"。加之他不懂英语,认为最好是迁居到英吉利-诺曼底之间的那些海岛上,那里的人们起码讲的是法语。

安黛儿知道尤丽叶在布鲁塞尔,自然怒不可遏。可是当时雨果毫不动摇:"阿贝尔向麦利斯说的那件事荒谬之至。他提到的那个女人是在这儿,可她救过我的命,这你们后来也知道。要不是她,我在那些险恶可怕的日子里早就被抓去枪毙了。20年来,她表现了最伟大的忠诚,这是谁都不能否认的。况且她总是充满自我牺牲精神和无私气概。在上帝面前,我向你发誓,没有她,我不是丧命就是当即被流放了……"

安黛儿不再责难他了,可她不让可怜的尤丽叶安静。但是她庇护温柔的列奥妮·道内。维克多·雨果写信给妻子说:"十分感谢你所做的一切。请你为奥女士(指列奥妮——译者)做你所能做的一切吧。我有负于她,也很想还清这笔债。你

---

①路易·勃朗:1811—1882年,法国小资产阶级社会主义者,历史学家。——译者
②比埃尔·列鲁:1797—1871年,法国空想社会主义者,基督教社会主义代表人物之一,工人出身。他对乔治·桑有过很大的影响。1851—1852年侨居英国。——译者

说到这事时的那种善良和高尚使我深为感动……"顺便说一说，维克多·雨果自己也与从前的比阿尔夫人有书信往来，她需要资助。雨果写信给她：现在我有一笔十分可靠的进款——出版商阿塞特的3张期票，总金额为7000法郎。我要把它们转到你的名下，贴现很容易。至于你想得到的超过这个数额的那1000法郎，将由我直接给你。我们再不要提'债务'这话了吧！我把钱给你，并感谢你收下了它们。收到钱后请告知我……"看起来，勤俭节约的说教不是对这个眼神懒散、头发淡黄的女子讲的喽！而且她一个人的所得比他的3个子女还要多。关心家务的父亲对自己的资金处置很聪明，但是对自己收入的分配却很古怪。

成了丈夫的心腹的安黛儿认为自己有责任避开外人不顾体面的好奇心，遮掩"某些涉及诗人私生活的书信和各种笔迹"。在雨果的床头柜里积存了许多"不能公开的信件，抽屉又很难关严"。对证明丈夫不忠实的大量证据抱着无所谓态度的安黛儿，埋怨的仅仅是抽屉不能上锁。"你真该挨骂，"他给丈夫写信说，"仆人会看这些信的，甚至会偷走一些，只要他们愿意！我希望没有发生过这种事，因为抽屉很不容易发现。"

最使她牵挂的是孩子们。对于丹丹（安黛儿的小女儿），这个待嫁的少女（她已经22岁）来说，雨果一家突然被逐出上流社会是极其可怕的。依照惯例，上流社会总是趋炎附势、排斥异端。她把自己关闭在音乐和梦幻的天地里。维克多·雨果写信给妻子说："请转告我的小安黛儿，我不希望她消瘦憔悴。让她镇静一点。未来总是美好的。"小安黛儿当时写起了日记。倘若父亲想看看这些日记的话，他就会在里面读到这样的记载："圣佩韦又开始来看望我们，谈了很久。'我鄙视政治，'他说，'更确切些说，我对它不相信。'他要给我们寄一篇萨尔万迪的关于泽西岛的文章来。"

1852年1月出狱的胖子查理到布鲁塞尔找他的父亲。父子俩在大广场16号占了两间房。在他们的窗外展现的是一派醉人的景象：古老的住宅鳞次栉比，尖耸的屋顶，镏金溢彩的屋脊雕像，雕梁画栋的门面（"每一家的门面都那么美，那是一行行的诗章，一页页的历史"）；市政厅简直就是"建筑家幻想中的一部光彩夺目、富于诗意的杰作"。查理·雨果有点继承了母亲的萎靡不振，他睡得多，做得少，生活费用每月要花掉父亲的100法郎，使得这位流亡者经常发火。次子法兰苏亚－维克多由于拿破仑亲王（人们叫他普隆普隆）出面向总统说情，也很快被释放了。"这是未经恳求而主动出面的说情。"安黛儿强调说。拿破仑家族的这一支对雨果始终抱有好感。从前的国王热罗姆现在是参议院的议长，他常邀请安黛儿到他家作客。"不值得生这个可怜人的气。他喜欢我们，他想由我居间跟你们和好。他很走运，希望大家和睦相处，也希望同他一起挥霍他的百万家产。"

雨果夫人还告诉丈夫，她不能抛下朋友们听任命运摆布。"善良、敏感而有礼貌的"维尔迈表示愿意在学士院效劳，并提供经济上的援助。

安黛儿致维克多·雨果，1852年1月18日：

维尔迈还说："雨果很伟大，很英勇，而且矢忠于自己的理想，我羡慕他，佩服他。但是您要记住，我不止一次拉着他的手说：'您相信人民的决定性的作用是错误的。'不过话说回来，这是一种高尚的错误。"我回答他说，未来是属于人民的，不应该因不久前的事责备人民，因为那时表现出来的是一种惊慌失措，疲劳和对"六月起义"的痛苦怀念。临走之前，维尔迈突然向我提出一个意想不到的建议："我是您的老朋友，希望我的建议不致于侮辱您。您丈夫曾被出其不意地抓住过，后来突然跑了，没有来得及处理他的事务。您的儿子被投入监牢，致使家庭经济拮据。我不愿意看着您这样一个女人生活在愁苦忧虑之中，更不必说饱尝捉襟见肘的滋味了，所以我给您带来3500法郎。请您把它当作还债一样收下吧——仅仅当作偿还债务，太太。您收下这钱，就是帮了我的大忙，因为归根到底这笔钱在您的手里，在雨果的手里比在我的手里保险。"

雨果夫人断然拒绝。"我有一种自尊心，一旦触犯了它，我就一点儿也不给情面。我担心我当时的回答很不礼貌。"常来看望她的还有贝朗瑞①和阿贝尔。欧仁死后，名声显赫的弟弟完全把他给忘了，可是阿贝尔毫无怨言——"他的性格非常好"。安黛儿母女俩住一间房，壁炉里烧的是焦炭，而不是木柴，"为的是在开支上不超过你给我们划下的杠杠……我们饭桌上只有最廉价的葡萄酒……"但是大街上的许多素不相识的人对雨果夫人很尊重。对她来说，这是最好的奖赏。

雨果在布鲁塞尔发奋工作，他的工作很顺利。这在生性热烈的人处于灵感活跃的时期，是常有的现象。4月里，谣传四起，说雨果已获准回国。他发表声明说："维克多·雨果从未得到回波拿巴先生的法国之许可。就雨果自己来说，也无意于

---

①贝朗瑞：1780—1857年，法国歌谣诗人，他的政治歌谣在革命中起到了战斗号角的作用。——译者

向波拿巴请求这一许可。"他放弃了在5月写完《12月2日事件》的念头,因为缺乏许多资料。他就是能拿出这本不完备的著作,也没有一个出版商敢买他的手稿。比利时当局也不会允许发表它,因为怕强大的邻国报复。他决定撰写并迅速出版一本简略的抨击性的小册子——《小拿破仑》。这是一本震撼人心的即兴之作,是一篇具有罗马古典作家风格的檄文:西塞罗的挥洒自如,塔西陀的寓意深邃,朱文纳尔的辛辣讽刺。在诗人的这篇有韵律的散文中,盛怒的激情和深刻的智慧跌宕起伏,磅礴全文,形成一种诗意的美。作品的风格使人时而想起预言家的愤怒揭发,时而想起斯威夫特①的无情嘲讽:

> 波拿巴先生,你首先应该了解天理良心是什么,哪怕是稍微了解一下也好。世界上有两样东西,名曰善和恶。你觉得这新鲜吗?那就只好向你解释一下:撒谎——不好,背叛——丑恶,屠杀——更加下流。这样做虽然有利,然而天理难容。是的,大人,天理难容!谁敢反对?谁不允许?谁能禁止?波拿巴先生,你可以称王称霸,可以得到800万选票来支持你犯罪,可以得到1200万法郎来花天酒地,可以摆布参议院并把西布尔②安插在里面,可以有军队、大炮、要塞和在你面前匍伏膜拜的特罗隆③之流和巴罗什④之辈,你可以做暴君,当太上皇——但是,冥冥之中有一个无形的陌生过客将站在你面前大喝一声:"你不能这样做!"⑤

为了每天不辍地工作,雨果拒绝出席为安抚流亡者举办的各种"宴会和家庭纪念会"。这个流亡者听任命运的摆布,出于先天的志趣,觉得自己都差不多是一个很幸福的人了。"我从来没有这样轻松愉快过,我也从来没有这样满足过。"他知道他所遭受的厄运将在法国人的心目中提高他的威望。茹尔·让南写信给他说:"你是我们的领袖,我们的神明……你体现了'复活'和'生命'。只要你稍微离得远一点,稍微尝受一些不幸,人们就会把你看得越发伟大卓绝。就在3天之前,圣·马尔克·日拉登在索尔蓬纳⑥他的课堂上列举演说术的例子时,曾直接提到你

---

①斯威夫特:1667—1745年,英国作家,代表作《格列佛游记》。——译者
②西布尔:1792—1857年,法国教士,红衣主教。——译者
③特罗隆:1795—1879年,政治活动家,1848年制宪议会议员。——译者
④巴罗什:1802—1870年,政治活动家,制宪议会和立法议会议员。——译者
⑤选自雨果的《小拿破仑》。——原注
⑥巴黎最古老的著名学府,现包括文学、理学两院及一系列研究所。——译者

的大名,当时就立刻响起了友好的掌声,人们以此来纪念这个有口皆碑的、伟大的名字。"雨果给一个通讯人写信说:"不是我在受迫害,而是自由在受迫害;不是我在流亡,而是法兰西在流亡。"他经常同塞尔塞勒、瑞拉泰和夏拉斯上校——一个渊博的军事科学家、高尚的人——会面。他与出版商艾特策尔拟定了一个计划:"建立一座文学堡垒,让作家和出版家从这里向波拿巴猛烈开火。"茹尔·艾特策尔是巴尔扎克和乔治·桑著作的出版人,这也是一个流亡者,好斗的共和党人,忠实的朋友,优秀的作家。让他对这一事业给以技术指导,是一个很合适的人选。能不能在比利时创办这类事业呢?这不是没有危险的。帝国警察对比利时高级官员施加了压力。雨果说:"如果不能在布鲁塞尔,那就该把它建立在泽西岛。"

可怜的尤丽叶与她的维克多会面的次数更少了,比在巴黎时还少。她打发秀贞娜到大广场给雨果送去"一些可口的食物",继续写她的《札记》,记载下对她有重大意义的一些周年纪念日。可她仍然在思量:"为什么非要坚持这种传统习惯呢?在他对我已经没有爱情,只有义务、怜悯和合乎人情的尊重时,我干吗非要纪念初欢的那一天呢?"放弃"这种与我的满头白发不相称的孩子做法"不是更好吗?"鲜花、色彩和华装,对年老色衰的女人是不相宜的"。尤丽叶很显老,46岁就臃肿发胖了。她意识到了这种衰微,令人感动地努力放弃她原来的角色,把它贡献给了流亡者必须遵守的礼节。每当雨果招待形形色色好奇的、冷漠的或游手好闲的人们时,他总是决不容情地禁止她去找他。"你没有注意到你对我的轻蔑是多么残忍,多么不公正吗?对你来说,你觉得你的名誉比我痛苦的心更重要。"在布鲁塞尔,雨果和她更疏远了,而且他在那里的2个月期间表现出一种异乎寻常的自制。不过这种自制力"是他所固有的,早就已经有了,已经整整8年了"尤丽叶抱怨道。他对其他女人是否也这样呢?她有充分的证据对此表示怀疑。"鼓起勇气吧,彻底坦白你在性生活方面和道德方面的变化无常吧……"她对他说,"我记得你只爱我一个人的时候,但也记得你借口身体不佳第一次把我孤身抛下的那一天。原因很简单:你迷上了另一个……"尤丽叶在等候他的时候,有时像他的女仆似地抄写《小拿破仑》,有时给她"亲爱的人"缝补袜子,有时呆望着天上白云飘飞。

不过雨果毕竟可怜她。当列奥妮·道内在1852年1月突发奇想要到布鲁塞尔看他的时候,他马上发出警告,要求妻子——他的盟友——协助。维克多致安黛儿·雨果:

> 她打算24日起程。请你立即去找她,尽力开导她。在这种时刻,任何

轻举妄动都可能引出很不愉快的事。现在人们都在看着我。我的生活十分劳累、清苦，生活在众目睽睽之下。我受到普遍的尊敬，甚至在大街上也是这样……在这种情况下，不需要有任何变化……请你把这些情况都告诉她。对她要温和，小心别触及那些使她痛苦的往事。她很轻率……不要给她看这封信，请即刻把它烧掉。转告她，我将照她给我的地址给她写信。请你制止她的莽撞胡来。

安黛儿为她的作用突然重要起来而自豪，她马上回复丈夫说：

请放宽心吧。我刚从道内女士那儿回来，我保证她不会走了。我给乌塞写了信，让他约定个时间好商谈《游记》一事。戈第埃、乌塞和另外两个编辑是《评论报》的主要人物。我正激发道内女士对艺术的兴趣。我希望这一诱人而高尚的事业能完全吸引住她。从你那一方面，应该在纵然不使她的感情满足，也会使她的自尊心满足的书信中给她鼓鼓劲儿。让她做你精神上的姊妹吧！我知道你很少有空闲时间，可仍然要常常写信给她，哪怕是只写几行——也许这会安慰她。我的亲爱的朋友，我在关照她，请你不要焦急，安心工作吧！

征服这个年轻女子的心并不特别困难，困难的是让她明白没有她也行。

列奥妮纠缠不休。1852年1月24日，维克多·雨果致妻子：

今天早晨我又收到道内女士的一封信。她坚决要来这儿，哪怕住几天也成，并威胁说她一定要这样做，决不告诉你。不，不，我的朋友，你必须见见她，阻止她。鲁莽永远不会有好下场。看到她这样孟浪，我也不想再给她写信了。为了安慰她，她所希望做的，我似乎都做了，一切方法都用过了。但是她现在还希望收到我的信——"寄给她本人的信"。她这种怪癖甚是危险（因为她会把一切统统讲给任何人听的）。在巴黎，人们不论谈什么都很无情，而在布鲁塞尔，我在众目睽睽下生活，将巴黎肆无忌惮的闲话张扬到这里，是叫人很不愉快的……请你去见见道内女士，关照关照她。她竟然不顾查理也在这儿，固执地要来。要暗示她——这是不可思议的。须知我不得不很快离开布鲁塞尔了……一定要阻止她动身！真的，这是真正的疯狂！

雨果夫人终于使丈夫相信危险已经过去，于是他夸奖了他的调停人：

首先我想说，你是一个高尚可爱的女性。当我读你的信的时候，我热泪盈眶——这些书信充满尊严、意志、豪迈、明智、镇定、温柔……你对政治了解得很透彻，对事件领悟得很正确，论断很精辟；而当你谈起事务或家务时，每一句话都使人感到你那高尚善良的灵魂……

丈夫倒霉有时往往是妻子的幸运，厄运方显出安黛儿的本色。从1852年1月到4月，她丈夫的生活没有什么变化。工作，不断地工作。午餐是定的旅馆的份饭，他经常是和大仲马、诺埃尔·巴尔弗、查理·雨果一起吃，有时也和埃德加·奈一起吃。瑞拉泰，这个思想动摇的流亡者，叫大家很不安。有时他的波拿巴主义情绪一上来，就嘲讽维克多·雨果："我的妻子和你一样，也是个红色党徒，她也说：'他（指波拿巴——译者）是强盗。'"换言之，瑞拉泰已经准备再次反复，适应新体制了。看风使舵常常是秉性使然。

奥尔良公爵夫人的医生诺埃尔·古埃奈·德·缪西来到布鲁塞尔，他告诉雨果，公爵夫人想起他很难过："怎么，莫非他不再是我们的朋友了？"雨果回答说，他对奥尔良公爵夫人怀着"深深的好感和敬意"，但是他补充道：他"永远属于共和国，在他和奥尔良公爵家族之间，现在没有、将来也不会有共同利益"。对于过去有过共同利益，却一字不提。

显而易见，《小拿破仑》一旦付印，对雨果一家将会有直接危险，对他在法国的财产也同样有危险。政府公布了反对"滥用书报"法。根据这一法令，犯有这种罪的法国人，即使他们在国外，也要被罚款或没收财产。因此雨果决定只要能得到比利时政府的批准，就把全家搬到布鲁塞尔，或干脆搬到泽西岛。因为比利时如果一旦颁布禁止对友邦首脑进行侮辱性攻击的法令（勃鲁盖尔曾向他透露过此事），那么，他无疑有被驱逐出境的危险。

起初他决定先把全部家具从巴黎运到泽西。他所珍爱的是那些从古董商们手里得到的爱不释手的古玩：威尼斯的玻璃制品，青铜坛子，彩釉瓷盘。安黛儿认为这是毫无意义的举动，干吗要在异国他乡长居久住呢？"我们必须随时准备搬家。已经有过两次被逐出家门的事件了，还可能发生第三次……如果把家具运到泽西岛，就得花许多钱来包装、托运。请记住，为了搬迁，我们曾动用过18辆带篷大车。从那以后，我们的财产大概更多了。"安黛儿建议把都尔-道威诺街的住宅卖给什么人，"拍卖豪华的哥特式家具"、"所有陈旧无用的东西"（这些东西使她十分害怕）和全部图书，其中包括龙沙作品的原版。在这次仓促的大拍卖中，安黛儿对一切东西，就连那些勾起她对往事的痛苦回忆的圣佩韦送的礼物也毫不可惜。

雨果夫人暂时成了一家之主，她受托筹办拍卖，编制清单，在报上登广告，细心翻查阁楼上的所有橱柜和桌子，因为这些家具的抽屉里也塞满了"不可告人的信件"。她一面履行这些职责，完成这次拍卖，收款，一面还得同托托和丹丹（查理已经和父亲在一起）在那个阴谋家没有扔出炸弹前，及时隐藏到一个安全的地方。雨果焦急地等候着这个幸福时刻的到来。雨果知道，抨击性的小册子《小拿破仑》将使他大得其手。布鲁塞尔的流亡者们，像拉摩利斯埃将军这等人，每天都要跑到他这儿来听上几页，充分地享受享受这篇檄文的语言力量。"文章中迸发四射的憎恨给了他们无可言喻的快乐"。

拍卖全部家产也许会引起它的主人的剧痛吧？然而对于雨果，这次有目共睹的牺牲使拍卖反倒变得圣洁可敬了。安黛儿想到她可以因此酬报丈夫并责备他收集了这么些坑坑疤疤、一文不值的盘子和有毛病的瓷器，也很快乐。"你糊涂之至，搜寻这些破玩意儿，买旧布，买有裂缝的陶瓷……买任何古董都是风中撒钱——乱挥霍。"她洋洋自得，证明对古旧文物的迷恋是多么破费。应当说，她妒恨所有这些"倘来之物"——在尤丽叶参与下到德·拉普街古玩店买来的东西。拍卖总共只得到15000法郎。但是朋友们出高价买下了诗人办公桌上的东西。学院的辞典卖了26法郎，裁纸刀——24法郎，龙沙作品的原版编在清单的26号，从格拉蒙街书店来的老板勃莱佐太太用120法郎得到了它，转手又以150法郎卖给了国民教育部长查理·日罗。

茹尔·让南在《辩论报》上发表了一篇大胆的小品文，他写道：

为什么一个酷爱艺术形式和艺术色彩的诗人非得要卖这些财富？为什么？只因为它们已被列入出售清单吗？只因为拍卖台主大声唱出了它们的价格吗？心爱的家具，摆设呀……完啦！拍卖广告已经贴到了墙上，清单已经在好事者中间传开。这所陈列馆已向南来北往的每一个人敞开，你想买什么都成。朋友，迷恋漂亮的古玩，这值当吗？欣赏赞美它们，这值得吗？你瞧，现在人们对待你，就像对待一个败家子，对待一个绝子断孙的垂死者一样。

《快报》和第奥非尔·戈第埃也深表同情。雨果感谢戈第埃："亲爱的诗人，你以自己的文章使之不朽的不幸变得再不是真不幸了。"

就在开始拍卖的那一天（1852年6月9日，星期三），英勇的茹尔·让南在深夜

1点钟来到都尔-道威诺街。茹尔·让南致维克多·雨果：

你的住宅四周万籁俱寂。明星，你的那颗可爱的明星，好像是为了你而把它那清幽的光洒在小花园里——每当晚上，你常常到那里徘徊漫步的小花园……一个窗户打开了，从里面映出一个伫立不动的人影——一个女人身穿白衣，宁静、关切、默默无言地望着这个城市，明天她就要离开它了！此时此刻，站在那里沉思默想的想必是你的女儿吧？在另一扇关着的窗户后面，你的妻子正和儿子在轻轻交谈，谈得那么安静、忧伤。虽然一句话也听不见，然而不难猜出他们在谈什么。他们就要告别这被父亲的荣誉之光辉照过的亲爱的家园、可爱的故居了。啊，有谁还会想起那些伟大战斗中的伟大岁月呢！那时安黛儿·雨果俨然一位皇后，到处受到人们欢迎，那时她的丈夫威仪万方，有似君王。可是啊，谁想到我们就要和她离别，她就要踏上流亡的旅途呢？

总之，事情已经决定。7月25日，雨果在信中催促妻子，要她直抵圣海里尔（泽西岛的主要城市）。他本人在费得尔法公布之前（按照这一法令，他应被驱逐出境），不想因自己的居留成为比利时的危险负担，在他以主席身份主持了一次流亡者盛宴之后，就要和查理于8月1日乘轮船出发了。为了同他道别，让南来到布鲁塞尔。

……打开坐落在广场上的一个阴暗店铺的小门，踏上通向一间斗室的楼梯——有一个法国贵族、政论家、金羊毛奖章的获得者、天生的金羊毛骑士、西班牙亲王、《爱尔那尼》和《吕意·布拉斯》的作者，就蛰居在这间斗室里。门不上锁，人们像从前拜访诗人一样，可以随时来找这个流亡者。他伸开两臂躺在地毯上，睡得很死，竟至没有听见我的脚步声。我可以毫无顾忌地欣赏他，欣赏他那强壮的体格，宽厚的胸膛——那是蕴藏着生命和呼吸的广阔天地，欣赏他那宽宽的前额和那理应执掌牧神的神奇牧杖的两只大手。一句话，我审视着他的全身……他像儿童似地酣然而眠，他的呼吸那么均匀，那么轻柔。

良心平静的人，他的梦也是甜美的。

第二章 "海滨阳台"

> 泽西岛在畏怯的波涛上昏欲睡,披着蔚蓝的斗篷,穿着青翠的绿衣,竟使人想起西西里。
>
> ——维克多·雨果

1852年8月,骄阳似火。3个行人——雨果夫人,她的忠心耿耿的骑士奥古斯特·瓦凯利和女儿小安黛儿——登上了泽西岛。他们乘车经过南安普敦,在那里第一次品尝了不堪入口的煎牛里脊。他们觉得,圣海里尔骄阳似火的四郊酷似圣赫勒拿岛。两天后,维克多·雨果和查理也来到她们住的"金苹果"旅馆。住在这个城市里的许多流亡者虽然不像布鲁塞尔的那些有身份,但也都到码头上混杂在本地居民中热烈欢迎了诗人。雨果夫人发现她的丈夫和儿子都明显胖了。维克多·雨果衣着故意随随便便,有点认不出来了。一个精心梳洗、文质彬彬的上流社会中人,变成了一个粗野的工人。在他那热烈专注的目光和疲惫苍老的面容上,有一种古怪的神色,间或流露出有些痴呆的样子。然而,从前的乐观精神和健全的思维很快又回到了他的身上。

一旦流亡者们了解了这个岛屿,就很快喜欢上了它。维克多·雨果致布鲁塞尔的夏拉斯上校:

> 如果说世界上还有一些让人着迷的流放地,那么泽西岛就该是其中之一。这里的一切都显得既粗野又明媚,四周环海,面积总共只有8平方英里。岛上树木葱茏。我搬到海边的一间白色农舍里。从窗口瞭望法兰西,朝阳正从那面升起。这是一个吉祥的预兆,人们说,我的那本小册子正在渗入法国,而且正一滴接一滴地打在波拿巴身上。滴水穿石,也许最终会在他身上穿个大窟窿的。我很荣幸,自从我来到这里,海关职员、警察和暗探在圣马洛就增加了2倍。这个蠢才,为了阻止一本书上岸,竟命令用刺刀排成一座森林……

小岛是一座翠绿的花园,点缀着许多净洁的白房,下面海浪滚滚。雨果的家里不久就出现了意见分歧——他们为迁居到哪里发生了争论。维克多·雨果想住在海滨,女儿想留在圣海里尔,查理迷上了风景粗犷严峻的丘陵地带。最后还是家父的愿望占了上风：他在海边租了一处僻静的住所——"海滨阳台"。正如雨果后来所说，这是一个"沉重的白色立方体，很像是一座陵墓"。可实际上这是一个很漂亮的院落，更确切点说，是高级别墅。它有阳台、花园和菜园。屋里光线充足。尤丽叶·德鲁埃是乘另一艘邮船来的（一方面是出于礼节，另一方面也是雨果夫人的要求）。她一开始住在一家旅馆，后来搬到一个名字很堂皇的独家小院——"纳尔逊大厅"。1852年8月10日，尤丽叶致维克多·雨果：

让我们走着瞧吧，看看海洋是否比布鲁塞尔大广场更容易激发你的灵感，看看我的独家小院是否有幸会比圣尤贝尔街的公寓更经常受到你的光顾。

维克多·雨果致夏拉斯上校，1853年1月24日于"海滨阳台"：

在我鏖战正激的时候，没有比你那威严感人的呼吁"冲啊！"更令人高兴的了。我不由想起那个美好的时刻，当时在国民议会的大厅里，你就坐在我的身后……我常常回忆在布鲁塞尔度过的那些就是在流亡中也还是那么快乐的时光，为我们的友情、晚会、幻想和闲谈，一切都还是法兰西式的，它为我们排遣了流亡的苦难。唉，在这里面目全非！我住在农村，暴雨和烟雾隔断了与城市的联系。对面是轰鸣的大海，抬头是微笑的上苍。不过话说回来，此已足矣。

这个小世界的生存全仗着一支笔和一个大脑，必须出书！出什么呢？雨果已经准备好了《静观集》——爱情和悲痛的诗篇；尤丽叶和列奥波蒂娜……可是在政治风浪如此猛烈的时刻怎能设想出版抒情诗呢？艾特策尔不主张这样做，然而作者不管这些。在狂怒的岁月里，哪能摆脱《小拿破仑》中洋溢着的那种情绪呢！《小拿破仑》是以笔记本的形式被带到法国的：印在薄纸上，藏在双层皮箱里，有时甚至藏在拿破仑三世的空心雕像里。人们为它发了狂。大仲马在都灵朗读了它。"人人都被迷住了，人人都赞不绝……"英文版的《小拿破仑》印数达7万册，西班牙文的《小拿破仑》也出版了。雨果的一本政论作品被世界各国成百万份地印刷，这象征着理性战胜了暴力。假如人们害怕斗争，他们是很容易止步不前，规避那些挥舞着暴力、胆大包天的人们的。可见，对这件事还值得说一说，但必须用诗的形式来说。"这个恶棍该从另一面给烤烤，我在煎锅上把他翻了个个儿"。你瞧，暴怒的诗人有时在海岸上、罗泽尔峭壁下徘徊，有时登上沙丘——在那里，你无论白天黑夜，都可以看到他，整个秋天他怒火中烧，酝酿出许多卓越不凡的诗行。这期间他不但创作了《土伦》、《夜》、《赎罪》，而且创作了像《良心》、《基督首次面对陵墓》这样的叙事诗。他把从1852年1月以来和在巴黎反对"富人们"时写的诗收集起来，有1600行之多。他想一共要有3000行——讽刺的诗和诅咒的诗。每一个失去活动能力的流亡者，都要丧失分寸感，所以他常常是一个糟糕的政治家，却又往往是一个伟大的诗人。但丁就是明证。也正如但丁一样，雨果发泄了他的愤怒，用艺术的形式表达了这种愤怒。

这本谴责国家罪行的诗集该叫什么名字呢？他犹豫不决。《复仇之歌》？《复仇者》？还是《复仇吟》？最后决定叫《惩罚集》。"我鼓满风帆，以便尽快完成这本诗集。必须抓紧时间，因为我似乎觉得，波拿巴已经腐烂发臭，他称王称霸的日子不会太久了。帝国把他捧上了天，与蒙蒂吟①的结婚将使他完蛋……因此，我们应该赶快……"流亡者的梦想有时迷茫失误，有时机警准确。1853年春，他写了两首长诗——《物质的力量》与《皇袍》。后来，当把这些诗往一块儿收集时，他按照只是在工作结束时才产生的计划，把它们整理得非常匀称优美。诗集的特点是格调惊人的多样化。全书充溢着一种统一而有力的愤怒情感，因此使人想到道比尼②的《悲愤诗》，梅尼贝③的《讽刺诗》，还有塔西陀，特别是朱文纳尔的作品。而由于揭露的力量，韵律的创新，富有诗意的语言，深刻的讽刺和史诗般的气魄，雨果远远高出于这些诗人。他的这部讽刺作品炸毁、破坏着权力的基础，扫荡着权力这堆垃圾。《惩罚集》一书把目光转向昔日的光荣，揭露现在的耻辱，讴歌光明的希望。艾特策尔埋怨整个诗集太狂暴了，雨果解释说：

要想刺激人们的大脑，用大头针是不行的。也许我将引起资产阶级的恐惧，只要我能唤醒人民，狂暴又有何妨？但塔西陀、耶利米④、大卫、以赛亚⑤，不也都很狂暴吗……一旦我们成了胜利者，我们才会变得比较沉着……

叙事诗的题材不那么丰富多彩，我们发现其中有叔父和侄儿、英雄和匪徒的对比，受到当局青睐的人们的卑鄙下流、背弃誓约、疯狂的迫害，对妇女和儿童的屠

---

①路易·波拿巴的妻子。——译者
②道比尼：1552—1630年，法国新教徒诗人。——译者
③梅尼贝：公元前古希腊诗人。——译者
④耶利米：《圣经·旧的》中的四大先知之一。——译者
⑤以赛亚：《圣经·旧约》中的四大先知之一。——译者

杀，对惩罚的预言，最后是判处皇帝及其党羽服苦役的诗人。简而言之，是对报仇雪恨的幻想。他在诅咒马尼扬、莫尔尼和莫帕的同时，把诅咒变成优美的诗行，以惊人的技巧拿他们的名字押韵，这就永远把他们纳入了音响的囚犯行列，罚作韵律的苦役犯，从而增强了这部抨击性创作对读者的影响。

"只有雨果才能取得这样的成就——使语言的威力锐不可当"。他能把一切都表达出来。悲悼12月4日夜里被惨杀的婴儿的哭泣声；蕴藏在流行歌曲中的仇恨鄙视（《加冕礼》就是以歌谣《犬尾猴整装待发》的旋律为基调，歌词的开头是"不幸的巴黎在颤抖"）；送葬的钟声（诗中说："今天圣母院在敲丧钟，明天必将警钟轰鸣"）。这里还有辛辣的讽刺之作（《保守分子谈捣乱者》）；对英雄时代的回忆（"瓦格拉姆的雄鹰！伏尔泰的故土！自由，权利，战斗誓言的荣誉！"）；有以凄凉的结局收场的军事远征的诗行（《赎罪》），也有在《皇袍》一诗中向皇袍上绣的蜜蜂发出的响亮号召：

你们为谁辛苦，为谁歌唱？
为谁迷恋着这花园的芬芳？
还有那山涧的清香？
你们躲过12月的风暴，
收集着百花的汁液，
为人们酿造出甜美的蜜浆。

你们饱饮晶莹的露珠，
百合花把贡品向你们呈上，
仿佛是呈献给年轻的新娘。
金色的蜜蜂啊，光明的女儿，
明媚夏天的朋友，
请你们离开皇袍飞翔！

然后抓住这个骗子、凶手，
燃烧起情感的火光，
让烈火把他的双眼烧伤！
要不停地追击他，

在恐惧统治人们的时候,

让这个罪人逃离你们的蜂房! ①

流亡中的人,必须是一个刚毅坚决的人:

我英勇地接受了流亡生活,

哪怕它无边无涯;

恶势力一旦征服了大地,

恐惧就会潜入无畏的心房。

那时我就做一名共和国的战士!

在千百个战士中间,我毫不动摇!

有十个勇士,我就站在这十个中间,

只剩下一个了,我发誓,那就是我! ②

  1852—1853年冬出版的这本诗集就是这样。手稿的每一页都是用不同的笔法写成的。站在峭壁上,向海洋,向深渊,向无极呼唤。一生中从未像这样工作过。把自己的愤怒用诗的形式表达出来,这一切使维克多·雨果觉得岁月过得快极了。其他的流亡者没有那么多灵感。雨果夫人自从跟她的巴黎分别以来,毫无乐趣地操持起了家务。她决定写一本《雨果夫人见证录》。从安黛儿给未婚夫写信那时起,由于她与许多作家的交往,在文学上有所长进,再说她要写的这个人也完全可以帮助她。她手头有父亲的回忆录手稿和雨果将军未出版的文学回忆录。她书中的某些章节就是从这些资料中逐字逐句抄录下来的,其余章节也只是稍加润色而已。开始她写得很艰难。"我正写我的丈夫,非常慢。须知我不是作家。做做记录还没什么,但是正如人们常说的,当需要加工成章时,我就不得不含辛茹苦了。"

  在离开巴黎之前,她写信给列奥妮·道内:"总之,你一定要有勇气,好好工作! 美德,力量,我甚至要说,幸福——都在劳动中……"她到泽西岛后继续关注着自己的女友,随时把"我们亲爱的流亡者"的消息告诉她。

  查理·雨果和奥古斯特·瓦凯利两人都爱说,嗓门大,在留居西岛的法国人面前大出风头。这两个人还酷爱照相,他们给雨果拍摄了许多相片;当时他的形象是

---

① 选自雨果的《皇袍》(《惩罚集》)。——原注
② 选自雨果的《Ultima verba》(《惩罚集》)。——原注

这样：仪表威严，板着面孔，面目稍稍有些浮肿。"外表感人而阴郁，"克洛代尔说，"但是透过这外貌可以感觉到一个伟大而痛苦的灵魂。我明白了，一下就明白了我的心和他是相通的，尽管他样子阴沉可怕……"丹丹这姑娘愁眉紧锁，有些心不在焉，一双眼睛无精打采。她把痛苦深深地藏在心里。她学习音乐，梦想飘渺的爱情，艰难地忍受着这种与世隔绝的生活。

法兰苏亚-维克多还滞留在巴黎——对"杂技"剧院的女演员、漂亮的阿娜莎·丽叶文的狂热迷恋把他给留住了。在这一浪漫史中破产的不是情夫，而是情妇，因为他没有钱。他的父母焦急不安。让南写信给他们说，法兰苏亚-维克多使一个伟大人物的声誉蒙受了耻辱。小仲马责骂年轻人："哪有什么钟情的交际花？这只在罗曼蒂克的戏剧中才会有！"这种看法出自《茶花女》的作者之口，倒也不错。雨果夫人跑到巴黎，想把儿子从这个淫荡的姑娘怀中夺过来。她的到来成了朋友们的隆重节日。可是让南写信给查理·拉克莱泰尔说："我觉得雨果夫人过于豪爽、过于自信了。她的乐观劲儿让人感到一种逞强好胜……"美丽的阿娜莎尾随她的情人跑到泽西岛，维克多·雨果只好和她谈判，为她偿还债务，好让她离开。幸亏他善于和女人谈话。他把流亡生活描绘得十分灰暗，结果吓坏了这个美人儿，她起身到华沙去了。法兰苏亚-维克多为她哭泣，然后自我安慰，开始像"海滨阳台"的居民们一样，搞起了写作，他选择的题目是《泽西岛史》。这所住宅成了真正的造书厂。

至于苦命人尤丽叶，与这个"神圣家族"为邻，使她更加不幸了。她从窗户里就可以看见她的诗人，但当他和妻子同行时，他禁止她和他说话。再说她也没有勇气开口——"一种无法克制的耻辱感"把她给控制住了。她是多么痛苦啊！当雨果夫人挽着丈夫的手臂悠然漫步的时候，她觉得安黛儿漂亮的丝绸衣服与她那"乞丐般的破衣烂衫"相比，简直太华美了！她痛彻心脾。这位布列塔尼女子喜欢泽西岛，大海像童年时代那样展现在她的眼前，然而她所渴望的不是永远这样形影相吊，不是只在"便笺"中寻找安慰。"不要没完没了地摆姿势照相吧，你最好带我去散散步，要知道你能做到这一点……"她写信给维克多·雨果说。她因诗人把许多时光给了流亡者们而大吃其醋："唔，你的那些可怕的蛊惑家们怎么能想出在这样美好的天气组办什么集会？"当太阳和春光传情递目的时候，干吗要枯坐在令人窒息的屋子里呢？再说竟是和那样一些人——"大胡子的、鹰鼻子的、蓬头垢面的、披头散发的、驼背弯腰的、呆头呆脑的"东西——坐在一起！但是雨果自认为有责任关心爱护这些流亡者,因为他们过去是他的同胞,现在是他的老师。他们的日子过得很苦,而且还不能和睦相处———一些人是1848年流亡的,另一些是1852年流亡的,他们互相看不起。其中最可怕的是比埃尔·列鲁,一个不知悔悟的空谈家、预言家、伪装的天才,他有好长时间毒害了乔治·桑的生活,雨果叫他"渴血家"①。圣佩韦谈到这个人时说:"列鲁还是一个优秀的人的时候,我认得他。但从那以后他就堕落了。我再没见他,正确些说,我们绝交了。他成神了,可我只是一个普通的图书馆管理员。我们走的不是一条道……"

雨果千方百计想把流亡者们团结起来。他在葬礼上发表演说,帮助贫困的人,组建互助储金会。1852年12月2日,法国政府批准那些"不再反对国家当选者"的人回国,并许诺不惩办他们。有的人挺不住,回去了。"让他们走吧",雨果说,"走吧,让他们签名声明他们是听信谗言误入歧途的,我宽恕他们,可怜他们。"乔治·桑劝说她的朋友、出版商艾特策尔回国:"有的人认为只要回国稍微活动一下,就降低了自己的人格。在他们看来,忍辱负重地抛弃天伦之乐或私人义务,将是一大功勋……"但雨果一家仍然坚定不移。查理·雨果偷偷乘车到岗城买照相器材,那里的警察局的委员立即走到他面前搜查了他的全部行装。就是在泽西岛的流亡者中间都有"波拿巴先生"的奸细。暗探简直是无孔不入。

几个月过去了,诗人为"新惩罚集"谱写诗篇,他的家眷们弹弄乐器消遣,写作,苦苦地怀念。法国的新政权在穷奢极侈和欢天喜地的气氛中开幕了,然而雨果仍旧认定它绝没有好下场。

　　瞧这尊执政官的石像,它叫庞培②。
　　这尊目空一切的巨像身佩宝剑,高大笔直,
　　他在古罗马元老院阴森的圆柱旁等待着,
　　以为自己陷入了深沉的冥想。
　　他在等谁?啊,布鲁图!自由的烈火不会熄灭!

　　恺撒早已战胜了庞培,

---

①外文原文的"渴血家"与"哲学家"谐音,显然雨果是以此讽刺列鲁。——译者
②庞培:公元前106—公元前48年,古罗马统帅,与恺撒、克拉苏结成三头联盟,对抗元老院。后反对恺撒被杀。——译者

人民欢迎这位凯旋的统帅。
可是庞培一个劲儿地等候着敌手,
就在阴森的聚议场,万劫不复的大限面前,
这尊偶像注定了要和死神照面。

第三章　亡灵出现，桌子能言

> 我的岁月啊，你们比惨淡的阴影还要忧郁。敛尸布般的无极覆盖着幽灵般的岁月。
>
> ——维克多·雨果

1853年9月，德菲娜·德·瑞拉泰从巴黎来雨果家客居了10天，也给"海滨阳台"居民们的生活增添了一些新气象。他是诗人的故友，还是在查理·诺第埃的沙龙里的时候，他就见过她。那时她还是一个头发浅淡、年轻乐观的姑娘。她不会像她丈夫那样苟且偷安，从雨果流亡之后，她就一直和他通信，支持他反对波拿巴，她干脆把波拿巴叫做"布斯特拉巴"。

1853年3月6日，德菲娜·德·瑞拉泰写信给维克多·雨果：

你还记得迷人的欧也妮吗？在我的沙龙里你和她用西班牙语谈得多么轻松愉快啊！现在她已经是布斯特拉巴的老婆了……一个如此迷人的女子本该配一个更好的丈夫。使我惊奇的只是在她向总统说"是"的时候，她已经读过你的《小拿破仑》了呀，虽然是偷偷摸摸地读的，但毕竟是读了呀！要是我，读了这本书，只能使我对那个未婚夫产生冷淡……

看到瑞拉泰夫人，雨果很高兴；看到她变化那么大，又使他很伤感。她最亲近的人刚刚去世，而她本人也已经得了癌症，再过两年她也要进坟墓了。她穿着一身黑色丧服，脸色惨白，说的都是"一些阴郁的事儿"。看来，她明白了"死之诱惑"。她向流亡者们讲述了在巴黎和整个欧洲风靡一时的那些试验——招魂术，桌子自转，呼神唤鬼。

开始雨果还不相信，但他从本性上说是最先倾向于相信这种神秘启示的人。他在自己的生活中就有好几次看见过飘缈的幻影，这造成了他的错觉。中篇小说《死囚末日记》所描写的主人公的幻觉，实际就是他本人的幻觉。他认为所有的哲学家在冥冥长夜里都遇见过"一些莫名其妙的现象"，听见过各种扣击房间的声音。他认为，可以很有把握地谈论预感，因为他就亲身有过这种经历：在奥列龙岛时，就在列奥波蒂娜死亡的那一天，一种刻骨的悲伤突然控制了他，虽然他当时并不知道那场飞来横祸。克洛代尔证实：常常有一种"恐怖感，一种惊恐不安的静思"左右着雨果。简而言之，在他看来，超自然就是自然。使他感兴趣的学说也助长了他的这种观点。他相信灵魂不死，它们在不停地游动；相信它们能不断地从非生物界上升到上帝那里，从物质上升到理想。干吗就不能设想空中飘浮的非物质的东西渴望和我们交往呢？这种心境也是由周遭环境促成的：流亡引起的精神震荡，不断出现的列奥波蒂娜的幻影，当地的迷信传说……人们纷纷谣传幽灵们正造访"海滨阳台"，譬如说，"白衣女士"就是这样的幽灵。在席卷天地的风暴中传来了大海的威严的怒吼……

……当黑暗浓缩加深的时候，
狂风掠过树梢神秘地呼啸，
花岗岩雕像在烟雾中举起双手，
做着恶梦，一声声叹息着飞翔——
莫洛亨[①]站起身，在淡月下像个幽灵。[②]

就在德菲娜·德·瑞拉泰到来的第一天，吃饭时她问道："你们这儿相信桌子显灵的事儿吗？"接着她建议试验，雨果拒绝参加。德菲娜说，四条腿的桌子不说话，得有一张不大的圆桌，用三角底座和一条腿支起来。第二天，她在圣海里尔市场上搞到一张这样的桌子。但这张桌子也还是不说话，在5天的时间里，她一次也没有搞成功。人们开始嘲笑她。德菲娜生气地说："神灵又不是拉车的马，等着人们去用它。他们自由自在，想来才来……"况且主人又不愿意参加试验。为了不使客人伤心，雨果终于同意了。很快，桌子就"嚓嚓"地响起来，颤动着运动开了。

"有人吗？"瑞拉泰夫人问道。

接着听到敲打声，随后回答道："有。"

"谁？"

"列奥波蒂娜。"桌子回答说。

悲哀摄住了每一个人，安黛儿失声痛哭。维克多·雨果非常激动，整个夜晚都是在和可爱的亡灵的交谈中度过的。"后来她跟我们道别，"瓦凯利写道，"桌子也再没有动。"茫然若失的雨果"呆若木鸡，目光直楞楞地望着远方"，试图探查冥冥之中的那个莫名其妙的东西。

[①]古代腓尼基等国以活烧儿童为祭的太阳神。——译者
[②]选自雨果的《泽西岛》（《精神的四种风向》）。——原注

>我们捕捉着飘缈虚空中的每一个声音，
>我们仿佛听见：精灵在神秘的地方游动，
>黑暗在微微颤抖；
>有时在夜幕下，在凄惨无边的烟霭中，
>我们似乎看见：凶恶的火光烈焰腾腾，
>照亮了向永恒微启的大门。①

那天以后的一年多，"海滨阳台"的居民从未间断过与幽灵的交往。雨果夫人轻易就相信了这些幽灵，她坦率地承认："很久以来我就一直在和亡灵交谈着，自行转动的小桌向我证实我并不是神志不清。"每天晚上都要招一次魂，除了家里的人，其他流亡者——列·弗洛将军、驼子埃奈·德·凯斯列尔、匈牙利人泰列基——也都参加了。回答问题的有许多亡灵：莫里哀、莎士比亚、阿那克里翁②、但丁、拉辛、马拉、夏洛特·科黛③、拉蒂德④、穆罕默德、耶稣基督、柏拉图、以赛亚。在他们之后还有动物：安德罗克斯⑤的狮子，诺亚方舟上的鸽子⑥，巴兰的驴子⑦……还有许多无名的幽灵：古墓中的死鬼，白衣女士……虚无飘缈的形象：故事，戏剧，评论，思想，以及作家们的阴魂。其中许多魂灵用诗说话，而且奇怪的是这些诗好像是维克多·雨果写的。"海滨阳台"的超自然现象变得越来越甚了。有一次"白衣女士"答应夜间3点将在房前显灵。大家都不敢出去，而在3点钟真的传来了门铃声。除了鬼魂，还有谁会来拉门铃呢？有一天，查理和法兰苏亚-维克多夜间归来，在大厅里发现一片亮光，可是大厅里空无一人，又没有任何光源。人们听见过凄厉尖啸的哀泣。现在雨果也亲口询问魂灵了。查理和母亲坐在降灵桌旁，丹丹做记录。"你知道，你是在跟被神秘的世界所引导的人们说话吗？"

---

①雨果的《在无极的门槛上》（《静观集》）。——原注
②阿那克里翁：前560—前478年，古希腊抒情诗人。——译者
③科黛：1768—1793年，法国大革命时刺杀马拉的女子。——译者
④拉蒂德：1725—1805年，法国冒险家，被囚巴士底狱35年。——译者
⑤安德罗克斯：罗马奴隶，善养狮子。——译者
⑥据《圣经》说，大洪水后，诺亚放出一只鸽子，探知地上水退了，诺亚全家和各类动物出方舟重新繁殖。——译者
⑦典出《圣经》，巴兰奉命骑驴去诅咒以色列人，上帝派天使阻拦他，他3次打驴，上帝让驴子开口说了话。——译者

雨果严肃地对埃斯库罗斯①的亡灵说。埃斯库罗斯解释了雨果本人的壮美的诗作。雨果问莫里哀：

　　你是不是把命运跟君王给对换了？

　　你是不是在太阳王②那儿得到了仆从？

　　法兰西斯③是不是给特利布莱④当了弄臣？

　　而克洛伊索斯⑤给伊索当了佣人？

但是回答的人不是莫里哀，而是一个古墓里的幽灵：

　　法兰西斯不会给特利布莱当弄臣，

　　天主不赞成这种严酷的行径；

　　地狱里不怪罪酒鬼们的假面舞会，

　　在那里受罚的是戏院的服装师。

这样一来，魂灵也具有了才赋，有时甚至有了智慧，然而又总是维克多·雨果的才赋和智慧。这一切该怎么解释呢？显然查理是一个出色的降灵家，他传达了父亲和奥古斯特·瓦凯利的思想——诗人和即兴诗人的思想。风格的相同也没什么奇怪的，因为瓦凯利无意识地模仿着他的导师雨果。安德列·谢尼埃和爱尔那尼一样，说的全是雨果的话，而"评论亡灵"作出的论断也是雨果自己的论断。使人惊讶的倒是诗人没有注意到这一切全都脱胎于他。他在举办这些降灵会时作的诗，一首也没有被他收入自己的诗集。他甚至没有注意到只要年轻的英国军官埃贝特·比逊在降灵会上一出现，就能叫拜伦用英语讲话；他同样没有注意到，只要有比逊中尉参加，沉闷的丹丹就立刻活跃起来。

尤丽叶·德鲁埃远离这个传染上了呼神唤鬼病的家庭，避免了这种人人卷入的狂乱。她痛恨这一套装神弄鬼的把戏："在我看来，一旦真的迷上了这种消磨光阴的游戏，必然要损害智力。而假如其中再掺和上哪怕是最小的一点欺骗，那我认为就是一种亵渎。"她讥笑招魂者们说；"请你们躺下睡觉吧，让我安静吧！况且我也没有逢迎讨好的小桌子，好叫它把准备好的作品情节一章接一章地暗示给我。请

---

　　①埃斯库罗斯：前525—前456年，希腊悲剧之父。——译者

　　②太阳王即法国历史上的路易十四。——译者

　　③法兰西斯：1494—1547年，法国瓦罗亚王朝国王。——译者

　　④特利布莱：法兰西斯的弄臣。——译者

　　⑤克洛伊索斯：公元前6世纪吕底亚末代国王，据说当年伊索经常出入他的宫廷。——译者

相信，我有我的但丁，我的伊索和我的莎士比亚。你们简直是在捞死鱼，它们的鬼魂从阴间钩住了你们。这套把戏在你们的跳舞的桌子之前很久，地中海的人们就都知道。今后，我得好好给你们听诊一下，看看你们是否正常……"

维克多·雨果十分认真地接受了桌子的启谕。而不考虑这些话是怎么来的。他抱着诚惶诚恐的激动，深信魂灵用他的本族语所说的话和对他的哲学的赞同。"海滨阳台"举办招魂会对雨果起了很大的作用，他认为无实体的灵魂为了租他交谈而选择泽西岛的小桌子是十分自然的，认为他的哲学现在已被天国郑重地恩准了。正是在他一生的这个时期，瓦凯利给他拍了一张照片，他那姿态，那半闭的眼睛，说明着他神魂颠倒的精神状态。在相片上，他用遒劲的笔迹写下："关注着上帝的维克多·雨果"。

应当为维克多·雨果的神志担心了，然而有两种情况救了他：首先是勤奋的创作（一个被固执的思想所左右的艺术家，一定会把这思想纳入他的作品中的），此外是雨果惊人均衡的体魄。他把会使别人疯狂的酒神般的体力发泄到感官的满足上，发泄到徒步旅行和骑马游逛上，他在大海里游泳，整夜整夜地在海边徘徊。无论他的精神还是肉体，都不晓得什么叫休息。"他的过人精力表现在充沛的智力活动上，而不是表现在喜怒无常上"。形而上学的狂想从未扑灭他健康的思维。在夜里与幽灵交谈过后，他拿起笔来："告诉艾米尔·丹桑，说邻家的鹅把他菜园里的豆子一扫而光"；或者写信给出版商，以惊人的清晰、精确，说明合同的条款。

雨果并没有丧失理智，他相信自己的头脑，也深信他具有神奇的力量，他被选出来就是为了引导人类前进。他早就在梦想着这个角色了，现在在"通灵桌子"的影响下，他陷入了"司空见惯的预言"境界之中。古墓幽灵劝他要让人类逐渐了解他本人的哲学思想。这决定了他的作品的性质，出版他所创作的一部关于宇宙起源的长篇史诗一事被搁置了下来。

招魂试验在"海滨阳台"持续了两年之久。后来，在1855年，当其中的一个参与者茹尔·阿里克斯突然发疯时，招魂者们开始恐慌起来。雨果夫人想起了可怜的欧仁，十分担心自己的家庭和沉默寡言的女儿，以及自己的丈夫——他与敲打墙壁、在夜间显形的鬼魂谈话的次数太多了。"你向来就有这种倾向。"安黛儿懊悔地说。她使他对自己松懈意志、放任自流感到羞愧，于是鬼魂继续被关进了炼狱，降灵用的小桌子也终于沉默不语了。

第四章 啊，黑暗的王国

> 泛神论叫人神往，但是为了战胜它，必须理解它。
>
> ——维克多·雨果

劳动的时光是幸福的时光。失宠被黜，远离上流社会，诗人开始归真反璞了。雨果还从来没有这样轻松、这样自由、这样热烈地写作过。再不必参加学院的会议，议院辩论已成过去，消耗他时间和精力的女人们也都烟消云散了。他以异乎寻常的轻松愉快写完了《静观集》第2卷。诗集里有献给女儿（《Pauca Meae》）和尤丽叶的优秀叙事诗，也有哲理诗。子夜时分在法尔杜埃石冢旁的沉思，海涛惊天动地的呼啸，使那种他自认为是其预言家的宗教性质变得充实、明确起来了。

在他的诗中，清晰、现实的形象与迷惘的梦幻，形形色色的幽灵总是交替出现。他用词造句也与这种富有诗意的骚乱很吻合："一大群巨怪……万头攒动的毒蛇、人群、野兽……"他最爱用来描绘他的宇宙的形容词是骇人的、郁闷的、凶险的、苍白的、阴森的、模糊的、离奇的、死寂的、迷惘的、昏暗的、虚幻的、虚幻的……透过世世代代朦胧的幻影，他看到了倾覆的古城墙垣，被击败的大军溃散，远古时代的景象也在他眼前出现了：史前巨怪，原始森林，洪水之后潮湿的大地，大地上空从混沌中最先升起的几颗星辰，明灭闪烁的太阳，上帝……

很久以来，他就已经思索过生死问题，他相信灵魂的不死。为什么？因为死后如果什么也没留下，那么我们一生中的所作所为都毫无意义。拿破仑三世是什么人？维克多·雨果何许人？这统统将消融在伟大的"子虚乌有"之中。恶人在阳间不为自己赎罪，就意味他死后也得为自己赎罪。因此为了受惩罚，死后应该留下点什么。灵魂的自由就意味着不死，证据就是梦。一个人做了一个梦，后来又做了一个，他醒后依然故我。生活不也是这样吗？我们的一生全是一场梦，死后留下的"我"无论在生前生后，无疑都是存在的。死了的人在不死的理性中将重新找到自己。

他从1814年起就表述过类似的思想，但当时他试图为这一理论寻找依据，把这些关于生和死的概念引进这一理论。通灵术，特别是古怪而幼稚的亚历山大·维依尔起先在巴黎，后来在布鲁塞尔告诉他的卡巴拉哲学①可能为他提供了依据。已经查明，《左格尔》②中的箴言与雨果的哲学观是相吻合的，它的中心思想是对恶的解释。假如上帝不是别的，而是无限之中的"我"，假如上帝无处不在，无所不能，无所不知，那他为什么要创造出这样一个有限的、不完美的世界呢？在阐述雨果信念的《黑暗之口说了些什么》（《静观集》）一诗中，雨果做了与《左格尔》相同的回答：上帝不可能创造一个完美的世界，因为假如世界和上帝没有区别，那么世界就不成其为世界。

　　……上帝创造了心灵变幻莫测的人类，

　　又赋予自己的造物以迷人的微笑，

　　天赋的才情和无比的智慧。

　　但他不想让人们尽善尽美，

　　因为否则人就会像天神一样伟大，

　　使人和神显得没有什么差别。

　　造物和造物主彼此雷同，

　　人在上帝身上将获得他的终极……③

恶就是物质。在每一个生灵身上，都可以发现上帝和物质——上帝和恶。甚至善也是由恶而生，因为把造物与其造物主分离开的不完善正在授予我们自由。由于那恶是得到上帝的首肯而被创造的，所以惩罚决不是永恒的（"因为假面具的后面就是真面目"）。撒旦④也是上帝。从石头到树木，从动物到人，从天使到上帝，走的是一条无尽的阶梯。"这种自下而上的升级起始于神秘的世界"。在深邃的地狱里，在最底层的黑暗中，可以看见"恐怖之至的黑色太阳，黑暗之光正是从那里升起"。阶梯从锁着恶魔的无底深渊上升，直达有翼的生灵，"在空间的最深处，与上帝融为一体"。物质渴求着理想，可它却又把灵魂拖向肉体，把天使拖向萨提罗斯⑤。这就是为什么情欲具有两重性的原因：在人身上，性感是肉欲的基始，但它同样产生着理想之爱。神圣的狂欢啊！

---

①卡巴拉哲学：中世纪犹太神秘哲学。——译者
②《左格尔》：8世纪西班牙犹太人雷翁写的一部哲学著作。——译者
③选自雨果的《黑暗之口说了些什么》（《静观集》）。——原注
④《圣经》中的魔鬼，原为天使，后因犯罪被谪。——译者
⑤萨提罗斯：森林之神，半人半山羊怪物，性好淫乐。转义为性欲无度的男子。——译者

总之，有灵性的生物的阶梯是无极的，但数量是不均衡的；动物、植物，甚至石头，都有感觉，都在受苦难。在它们身上，犯罪的灵性已被封闭了。这就是惩罚。假若我们向物质让步，堕落必将发生，每个人都将按自己犯罪的程度堕落，而每个有罪的人又都在变化。"提贝留①将变成峭壁，谢亚努斯②变成蛇……内姆罗德③呻吟受苦，被禁在高山上。癞蛤蟆将从已死的福丽娜的墓中爬出"。

万物——野兽，悬崖，草木——都是无谓的黑暗，

只有人，才是智慧的器官……④

人处在阶梯的中段。堕落的天使变成人，获救的动物也超升为人。人，是"受罚的半人半神和被恕的恶魔的结合"。因此才产生了一个奥秘。有时从人的口中可以听到猛兽的吼叫，有时"他的身体又会被天使的双翼护罩"。所以万物——人、动物、石头——都有权得到怜悯。"怜悯囚徒吧，也要怜悯囚牢"，"哭泣那吓人的蛤蟆吧！哭泣那目光温柔的不幸怪物吧！哭泣那可憎的蜘蛛和爬虫吧！"万物都在赎罪，万物也都将得到赦免。

期待吧，可怜的人们，期待吧！

烟雾不会永久笼罩，罪恶并非不可战胜，

悲痛不是没有尽头，苦难也不会永存……⑤

雨果的宗教思想的本质特点是在宇宙间寻求一种戏剧性的解脱。被诅咒的突然会得救，受欺压的一下子会挺身而起。难道他本人的生活不就是一个戏剧性变化的例证吗？他曾是一个穷困潦倒的青年，荣誉却把他推到了万人之上。因为他的工作能力是无限的，他便觉得一切都是可能的。他的乐观主义即源于此。他知道篡位者定然失败，善定然凯旋，上帝定然胜利。我是雨果！

1853—1856年间，他仿佛插上了灵感的翅膀，不仅创作了宗教性的诗集《静观集》，而且写出了两部神学叙事诗《撒旦的末日》和《上帝》的大部分章节。这两部长诗就其气魄之宏大来说，堪与但丁和弥尔顿媲美。他的想象力囊括了种种不同体系的宗教，灾难的画面，帝国的历史，时间和空间。在《撒旦的末日》中，他勾画了天使长怎样堕落到万劫不复的长夜中，以磅礴的诗句描绘了基督受难。在名曰

---

①提贝留：公元前42—公元37年，奥古斯都继子，罗马的第二个皇帝，暴君。——译者
②谢亚努斯：提贝留的近卫军长官，以叛国罪被提贝留处死。——译者
③内姆罗德：传说中巴比伦的一个国王。——译者
④⑤选自雨果的《黑暗之口说了些什么》（《静观集》）。——原注

《上帝》一诗中，他刻画了精灵穿过群星、穿过世纪和宗教而如何飘游，六个幻影是对那个"令人目眩的单音节词——上帝"提出的各种问题可能作出的不同回答的现身说法。这六个精灵是无神论（上帝不存在），摩尼教①（上帝是二位一体），摩西戒律②（上帝只有一体），基督教（上帝三位一体），唯理论（人即上帝），最后一个精灵是诗人的上帝，这个上帝很难下定义：

  他巡视着——如此而已。造物主不屑一顾，

  就足以使这个世界从烟雾腾腾的空间生出；

  他无所不见，给万物以原始的基因，

  而他从开天辟地以来就是他自身。③

  任何人都不能理解这个上帝，用任何智慧都不能去思索，"甚至成串的钥匙都打不开这道门"。假如有人想看到他，假如为这个人微微拉开一下帘幕，此人马上就会丧命。不过，雨果不需要信仰，不追求看见上帝并思索他的本质。黑暗中他们常常相遇……"眼睛可以从希望比从数学看到更美的东西"。

  但是这个伟大的信教者同时也是一个伟大的怀疑论者。上帝给人自由，同时也把怀疑注入了他的心中。因为"怀疑在使他变成自由的人，而自由将使他变得更高尚"。如果人们什么也不怀疑，他们就不再是人了。当然，人类的智慧允许对某些显而易见的现象有一个正确的概念。雨果的学识过于渊博，思想非常实际，对科学甚为尊重（他得到过当时的物理学博识奖不是无缘故的），所以他不否认智力的作用。他只是相信理智不能理解无限。"思维应当有逻辑，但逻辑之于思维的表述，不会比几何之于绘画的表述意义更大"。波德莱尔说："雨果极其准确地再现着一切，他的文笔清晰而干净，但他对那些包藏着神秘的现象，朦胧地意识到的现象，用紊乱模糊的形式去描绘也是不可避免的。"

  1855年前，创作两部长篇神学叙事诗的工作有力地向前推进着。但是在古墓幽灵的唆使下，雨果使它们的问世拖延了下来。也正好在这一年，发生了迫使他离开泽西岛并中断工作的一桩重大事件。

---

①摩尼教：3世纪在近东出现的含有祆教成分的一种宗教。——译者
②摩西戒律：摩西是传说中犹太人的领袖，受上帝之命向犹太人传授上帝律法。——译者
③选自雨果的《黑暗之口说了些什么》（《静观集》）。——原注

第五章 《静观集》

> 静观默察只有在一个人痛定思痛、内心复归平静的时候才能做到。
>
> ——阿兰

政治流亡犯的命运是沉重的。人们容忍他，但都不把他当自己人看。如果他避难的那个国家的政策需要和流亡者的祖国亲近，他就成了牺牲品。泽西岛当局并不那么赏识这帮多嘴的法兰西人，也不赏识这个周旋于妻子和情人之间的诗人和他那些寄自"海滨阳台"的给帕麦斯顿勋爵的煞有介事的规劝信。一向反对死刑的维克多·雨果义愤填膺地抗议对盖纳西岛的一个死刑犯的凌迟折磨，当笨手笨脚的刽子手把死囚吊起来的时候，使之受了极大的苦刑。雨果是对的，然而一个外国人不应当是对的。他用辛辣的讽刺笔调给帕麦斯顿写道：

> 部长阁下，你们吊死了那个人，很好。请接受我的祝贺。几年前，有一次我和阁下共进午餐，您想必已经忘了，可我记得清清楚楚。当时我奇怪您的领带何以系得那么巧。人们告诉我，您是一个因善于结扣而出名的人，现在我才相信您的确善于在别人的脖子上结扣……对于英国人来说，我是一个讨厌的、古怪的、有失体面的人。我系领带很马虎，我好叫第一个遇见的理发师给我理发，这种巴利亚多里德①式的作法在17世纪或许还可以使我得到一副西班牙大贵族的尊容，然而在19世纪的英国，这只能使我得到一副工人（英国工人，其职业最受人歧视）的面孔；我侮辱英国人的迂腐，谴责死刑（这是大不敬）。我把一位勋爵叫"先生"（这是不尊重），我不是天主教徒，不是英国国教徒，不是新教徒，不是卡尔文教徒，不是犹太教徒，不是卫斯理教徒，不是美以美教徒，所以我是一个无神论者，况且是个法国人——这本身就卑贱；是个共和党人——这叫人讨厌；是个流放犯——这很卑劣；是个失败者——这活该受蔑视。除此之外，还是个诗人。因此，人们都竭力克制着对我表示爱……

---

① 巴利亚多里德：西班牙西部一省城，文艺复兴以后一直很繁华。——译者

罗伯特·比尔爵士1854年在下议院就已经愤慨地谈到过维克多·雨果："这个家伙对法国人民选为君王的那个崇高人物的仇恨纯属私人恩怨……"1855年，冲突尖锐起来。法国皇帝和英国女皇在反对俄国的战争中结成了同盟，交上了朋友。"凶险的克里木战争"以拿破仑三世对维多利亚女皇的正式访问而告结束。如果不考虑皇帝在多维尔市的任何一面墙上都能看到的雨果的那封信的话，欢迎仪式搞得还算比较体面。

维克多·雨果致路易·波拿巴：

您来这儿干吗？您想怎么样？您想侮辱谁？当着英国人民的面侮辱英吉利还是当着法国流亡者的面侮辱法兰西……请您让自由安静吧，请您让流亡者安静吧！

当维多利亚女皇回访皇帝时，流亡伦敦的共和党人费利克斯·比阿发表文章对女皇进行了污秽的抨击。他粗鲁地嘲笑了女皇的这次出访，说她"奖给康罗贝尔①一枚巴尼勋章，喝香槟酒，吻热罗姆"。比阿的这封致女皇的公开信发表在泽西岛的流亡者办的《人报》上。文章说："您（指英国女皇——译者）把一切都出卖了，女皇的威严，女性的端庄，贵族的骄傲，英国女人的情感，头衔，民族的尊严，女性的德行，总之是一切，直至贞洁。这都是为了向盟友献殷勤……"根据英国政府的决定，《人报》的主编查理·利贝罗尔，报社社长比昂奇尼上校和一个叫托马的推销员都被驱逐出岛。

维克多·雨果与这封致女皇的信没有关系。他认为这是十分拙劣的攻讦，但他保护了遭受迫害的人们，签名愤怒抗议把他们驱逐出境。10月27日，御马监圣克列梅客气地通知维克多·雨果和他的两个儿子，"遵照陛下的旨意，禁止他们留居岛上"。给他们的期限是到11月4日，好让他们用一周的时间准备启程。"御马监先生，"维克多·雨果给他回信说，"现在您可以走了。您可以向您的顶头上司——总督大人——禀报命令已经执行，而他将向他的顶头上司——英国政府——呈报，政府将向它的顶头上司——波拿巴先生——呈报了。"②显而易见，他想起了从前写米拉波的特写那一天。

尽管英国的自由主义者们在许多次集会上表示了对驱逐雨果的愤慨，但是他

---

①康罗贝尔：1809—1895年，路易·波拿巴的侍从副官。——译者
②选自雨果的《关于被逐出泽西岛的声明》（《事业与言论》、《在流亡的岁月里》）。——原注

和他的家眷、朋友们还是不得不离开泽西岛，迁到格恩济岛。迁徙是分批进行的。10月31日，雨果和法兰苏亚-维克多、尤丽叶·德鲁埃一同起身，陪伴尤丽叶的是一个豁达大度的女子、她的女仆秀贞娜。两天后查理·雨果与父亲会合。数天后母亲、女儿和奥古斯特·瓦凯利（驱逐令虽然没有牵涉到他，但他决定负责这次迁徙的组织工作）也来了。他们随身带了35只皮箱，在装运时起了暴风雨，有只沉重的皮箱险些被撞落到快艇外的水中。这只皮箱里装有《静观集》、《悲惨世界》、《撒旦的末日》、《上帝》和《街头与林间之歌》的手稿。还从来没有数量如此之多的不朽著作遭受到这样致命的危险，可是维克多·雨果在1856年11月13日的笔记中却写道："付搬运装手稿箱的工人2法郎。"

格恩济岛比泽西岛小，海岸又高又陡——"悬崖峭壁笔立海中"。雨果喜欢这种峻峭。诺曼底人瓦凯利十分逼真地描绘了盖纳西岛的风光。

我们住在小岛的主要城市圣彼得港。哥特式的教堂，古老的街道又挤又窄，曲折离奇、滑稽可笑，被上上下下的台阶拦腰切断，房舍鳞次栉比，使得每个人都能望见大海。下面是一个小小的港口。海港里船只拥挤，纵帆船的横桁都快戳到沿岸住家的窗户了，这些巨大的纵帆船就停泊在窗户下面……几只船从我们眼前驶过……渔民的平底货船、舢舨、双桅船和三桅船、轮船，在我们面前往来行驶，使人仿佛置身于维尔基野、在这里，生气勃勃有似塞纳河，宏伟壮观有似英吉利海峡，这是江河大海，这是海上的大街……

那时雨果有一笔不太大的财源，他不愿意动用比利时的存款。他得不到《小拿破仑》和《惩罚集》的稿酬，这两本战斗性的著作是秘密出售的，进款是不会跑进货主的口袋里的。雨果在"欧罗巴旅馆"住了几天后，便在高城街20号租了一处住宅，因为他担心会被"波拿巴先生"再次驱逐。景色是壮美的，"从我们的窗口望去，英吉利海峡的所有岛屿历历在目，我们脚下的整个港口尽收眼底。夜晚，在月光下，这幅画面有如仙境，美妙异常"。雨果立即开始工作。一个作家，只要有一张桌子和一叠白纸，就再不需要什么了。雨果向全家人做了必须最严格地勤俭持家的说教，只好艰难度日了。

当时发生了一件与《静观集》有关的怪事儿。雨果把近11000行诗放在箱子或许是抽屉里——其中一些描写的是往日的幸福，一些叙述的是现在的悲凉，总之是回忆与沉思。艾特策尔，"亲爱的流亡同人"，想筹备出版这本诗集。雨果渴望发出强有力的一击——用他的这些杰作的狂流粉碎仇雠的头颅，把两卷本的诗一下子全抛出去。但是检查机关能允许这本书在法国传播吗？可是居然发生了这样的事：书报检查机关隶属于暗探局，而暗探局的局长当时是比埃尔-海克托尔·科连-麦格莱，此人从前是《时事报》的编辑，当该报不再支持亲王总统的时候，他非常狡猾地转到了总统一边。保尔·麦利斯直接去找这个敌人，因为他知道此人喜欢文学，而且是维克多·雨果的崇拜者。科连-麦格莱张开双臂迎接了他："我能为您效劳些什么吗？"麦利斯说，有一位法兰西最伟大的作家，从1845年以来什么也没有发表，他有一本书，会不会在法国受到禁止呢？"原则上不禁止，"科连-麦格莱回答说，"可是需要知道这是一本什么样的书。"麦利斯声明说那是一本纯粹的诗集，他补充说，诗人无论如何也不同意让他的书事先受审查。科连-麦格莱以当时罕见的爽快对麦利斯的真诚坦率感到满意："您敢肯定《静观集》中没有一首反对现制度的诗吗？您敢起誓吗？""是的，我起誓。""好，去印《静观集》吧。"

第二帝国自信强大，开始变得不那么生硬了。

在校对的时候，保尔·麦利斯感到很吃力。雨果，作为一个真正的艺术家，认为最小的细节都有意义。"一个把学院的大辞典背得烂熟的顶呱呱的"校对员，把"lys"校改成了"lis"①，雨果暴跳如雷："我不管什么学院的大辞典。我就是先知，就是说，我瞧不起伊西斯！②"什么他都要仔细推敲：封面应当是浅蓝色的，有光泽的；不要任何装饰图案，但须有精致的金色条纹；附有内容提要的封二上，"长诗《上帝》"的篇名要大写，"维克多·雨果"要小写。朋友之间只涉及纯技术问题的这些来往书函，全然失去了当时书信所应具有的那种讲究辞令的特点。这位名诗人没有丧失健全的思维。透过奥林匹斯山神的外貌，可以看到玛丽亚的形象。这种二重人格是可以理解的。凡是明白自己正处在众目睽睽之下的人，都不难猜测到，人们把他看作是一个什么样的人，他也试图按自己的本来面目表演。任何英雄都有一些演员的特点。可是当戏演完后，演员还要恢复他的本来面目。

麦利斯细心地准备着报刊方面的事务：把"清样"交托给有交情的报纸，把"样本"交给可以信赖的评论家。1856年4月8日，维克多·雨果写信给保尔·麦利斯：

---

① 在法文中这两个词同义异体。——译者
② 伊西斯：古埃及神话中守护死者的女神。——译者

出书的那一天就要组织推销,尽可能同一天就要在友好杂志如《巴黎时事》和别的杂志(有这类"别的"杂志吗?)上发表评论文章。同时要在所有书店出售诗集,在所有报纸上刊登其中的片断或摘录(自然是在友好的和同意这样做的报纸上)。请你提前一天把样本送给以下几个人:茹尔·让南、欧仁·别尔当、第奥菲尔·戈第埃、马达莱尔、茹尔当、涅夫策尔、瑞拉泰、沙西、埃杜亚特·伯尔坦(和路易莎·伯尔坦小姐)、洛兰·比夏、马克西姆·杜·坎、路易·威尔巴哈、路易莎·科莲夫人、道内女士、拉马丁、米舍莱、巴威尔、保尔·德·圣维克多、保林、里玛依拉克、保尔·傅仙、贝朗瑞、大仲马——这张名单要不是在开船的舵轮轰鸣声中编写的,他本该是第一个提到的人;同样要送给路易·布朗热、茹尔·洛莱和其他一些人——他们的名字我一时想不起来了,你应当把他们的名字告诉我,因为显然我把许多人,而且是非常好的人给忘了。你瞧,这前6页就是为以你为首的一些朋友而写的,劳驾你把这几页加在给他们的样本中。我以后再给你寄几本去。

《静观集》的成功之巨大出乎意外,谁也没想到第二帝国的法兰西会这样接待这位不到场的造反诗人——第一版当即被一抢而空。可是诗集在评论家们那里却失败了。拉马丁保持沉默。圣佩韦也不予置评,可是当人们以他怕引起推伊里宫的不满来解释他的沉默时,他回答说,分析维克多·雨果的创作在他是一件"不可能的"事。倘若他做出批判性的评论,就会有辱于这个苦难重重的伟大天才,而如果放弃严肃的批评,他的分析就只能变成宽恕之举。"可是我不打算这样做,因为对于我来说,首要的是公正。至于说到推伊里宫和其他类似的地方,你们可以查访查访,先生们——你们也许会对这一点感到惊奇——我从来没有去过那里。无论是在什么样的制度下,当然包括现制度在内。到目前为止,我从未见过一眼国家元首,也永远没有那种跟他攀谈的荣幸……"

所有诗歌爱好者们都在这本诗集里找到了法国历代诗作中最优美的篇章。雨果希望搞一个历年诗选,他慎密、精细而匀称地把它分为两卷:1831—1843年的,题曰《当年》;1843—1856年的,题曰《如今》。女儿之死是划分两卷集的分界线,《当年》的柔和、蔚蓝的色调在名为《如今》的一卷中变得悲切、阴郁。为了达到预期的效果,他不得不改变在泽西岛写的一些诗的日期。如果以为在流亡中他总是闷闷不乐、心神专注,那就错了。为了摆脱那些显灵的幻影,他必须如醉如痴,幸福地回忆，分散注意力。他大胆地把所有光明灿烂的形象，所有雷雨大作的苍穹中蔚蓝耀眼的闪光移入第一卷。生活不是艺术作品。

诗集的特色是内容丰富、旋律多样。其中有令人陶醉的田园风光，有的天真烂漫（《丽兹》，《歌》），有的富于性感（《她不穿鞋，云鬟半偏……》）。许多诗是献给尤丽叶的（《快来吧！》，《无形的长笛》，《难道你不冷吗》）。有自白体诗（《戴勒兹家的宴会》），有布瓦罗①体的讽刺诗（《答辩》，《关于贺拉斯》）。接着是诉诸列奥波蒂娜阴灵的宏伟壮丽的《维尔基野》和《晨光熹微……》。也有关于赤贫和怜悯的长诗《凄凉》，末了是描写为大海风光所陶醉的诗人"心灵历程"的哲理诗，先此构思的那些长篇叙事哲理诗当时还没有发表（《黑暗之口说了些什么》，《巫师》）。最后的一系列玄妙的叙事诗勾起人们的思乡之情，也激怒了帝国时代巴黎的那些正统而又浅薄的批评家。他们讥笑他："'世界上只有你和我，'雨果对上帝说，'可是你已老态龙钟。'"然而就连维伊奥都承认这些长诗有似《维尔基野》一样技巧高妙。应当毫不犹豫地承认，法兰西语言还从来没有像在这些诗中似的，如此自然嘹亮，如此和谐动听。巴莱尔说，雨果成功地"体会到了散文所固有的那种挥洒自如的风格"——"借助扑朔迷离的词汇，把目光所见或记忆所存的那些事物用一种朦胧而奇特的气氛包围起来"，同时他创造了节拍严整的诗歌，清晰而完美。难道还能想象有比在耶稣受难十字架下谱写的这首四行诗更朴素、更高雅的歌吗？

呻吟着的人，到他面前来吧！

——呻吟就会平息，

恸哭着的人，到他面前来吧！

——和他一起哭泣。

受苦难的人，到他面前来吧！

——他是最好的医生，

亡灵们，请都到他面前来吧！

——只有他是不死的人。②

难道在波德莱尔的诗中能找到比下面这首诗更清脆的音节吗？

---

①布瓦罗：1636—1711年，法国古典主义理论家，《诗的艺术》的作者。——译者
②选自雨果的《写在耶稣受难十字架下》（《静观集》）。——原注

痴情啊，你像篝火般地熊熊燃烧，
　　你用欲望的狂涛，把年轻的心儿给醉了，
　　你把双眼烧得欲火直冒！
　　子夜时分，当悲伤像夜幕一样笼罩，
　　回忆的反光微微一闪，
　　痴情啊，你难道要像篝火似的熄掉？①

下面这首诗，难道不就是纯粹瓦莱里式的吗？不就是《海之墓》的前奏吗？

　　啊，记忆！你是黑暗中的微光！
　　旧日思想中飘缈的远方！
　　依稀可闻的逝去的喧嚣！
　　沉埋地下的岁月的宝藏！②

　　1856年《静观集》出版后，激发了桑斯的一个年轻中学生司蒂芬·马拉美③的想象力。他的父亲当时写信给青年人的祖父、祖母说："你们看到了吧，你们的孙子梦想着诗歌，迷上了远不是经典作家的维克多·雨果。这种可悲的状况对他的教育不会有帮助的。"

　　《静观集》在物质利益方面的成功与文学上的成功同样巨大。雨果用艾特策尔根据合同寄来的2万法郎于5月10日买了一处住宅——"高城别墅"，《静观集》的稿酬足够支付这笔开支了。雨果立意要成为格恩济岛上的私有者，因为他只要为英国皇冠上的这块"珠玉"纳税，他就不会再被从岛上驱逐了。这是一项地方法，再说他当时对很快回法国不抱多大希望，法国人对自由哪会比对事务更感兴趣呢！其实他真想离开格恩济吗？他在这里工作很有成效，自我感觉也非常良好呀！

　　这种"扎根"孤岛的生活使雨果夫人，特别是她的女儿无限悲伤。流亡变成了被认可的事实。安黛儿明白，只要帝国存在，自尊心就不允许她丈夫回法兰西。但是难道就不能为一个流亡者找一个不那么野蛮的地方，找一座城市，在那儿可以和人们建立友好关系，最后为丹丹物色一个丈夫吗？女儿的沉默沮丧使母亲焦灼不安。她不敢向雨果谈起这事，因为每当谈及此事，他总要找出许多堂皇而确凿的论

---

① 选自雨果的《流沙》(《静观集》)。——原注
② 选自雨果的《有一晚我仰望天空……》(《静观集》)。——原注
③ 司蒂芬·马拉美：1842—1898年，法国诗人，他的诗对法国现代诗有深远影响。——译者

据，使他可怜的妻子不知如何答对。可是就像在她年轻时做未婚妻那样，用书信她就敢反驳他了：

> 我们姑娘咬住牙过的这种悲惨生活，可能还要延续一段时间，但是这种流亡生活如果再拖下去，她就将无法忍受了。我请你好好想一想这件事。我一直注视着女儿，发现她的健康又恶化了。我做着职责命令我做的一切，只想保住她的健康……你们父子3个都生活得很充实，只有她在白白地消耗着生命。她孤立无援，衰弱不堪，我有责任帮助她。伺弄小花园，学缝纫，这对一个26岁的姑娘来说，并不是全部生活啊！

雨果感到受了委屈，他责备女儿自私。安黛儿致维克多·雨果：

> 今天早晨吃饭时，你说你的女儿只爱自己，我当时不愿意当着孩子们的面反驳你……但是你不要忘记，丹丹毫无怨言地为你献出了她的青春，没有因此而期待报答，你怎么能认为她自私呢……是的，她被禁锢起来，给人一种性情古板的印象，但是我们有什么权利苛求她呢？她被剥夺了内心的快乐，只觉得她的生活不和谐，不充实，我们能要求她像其他姑娘那样吗？有谁知道她尝受过多少悲苦？就是现在，她也在为未来正从她身边溜走而痛苦着。岁月如流，明天怎能保证有如今天？你对我说："那到底该怎么办？难道我能改变自己的处境？"我所说的不是指流亡生活，而是应该考虑考虑流亡的地点……你有你的荣誉，你的使命，你独特的个性，你可以选择任何一个峭壁，在自己的诗境中去体味吟咏，这我容许；你的家庭虽然不具备你所具有的那些东西，但是它有责任为你的声誉和你本人承担牺牲，正如它现在所做的一样，这我也理解；我所做的，是我义不容辞的，须知我是你的妻子，在这种条件下，流亡生活对我们的两个儿子也可能是沉重的，但流亡对他们产生了很好的作用，甚至我觉得是有益的作用；然而对安黛儿，这一切统统是有害的，所以我觉得应该为自己赎罪，把自己毫无保留地献给我可怜的姑娘。通过我的口发言的与其说是母爱，毋宁说是正义……为了自己的女儿，难道就不能像某些人为情妇所做的那样去做吗？

她确实很正确，可是维克多·雨果完全沉溺在了创作中，不能体谅自己亲人们的痛苦。他经常对他们说："难道我也去发牢骚？"1856年底，他为自己建筑了一处院落，而且在这一工作中找到了快乐。这一工程拖延了很长时间。格恩济的工人慢慢腾腾，"像一群给性急的鸟儿筑窝的乌龟"——雨果在给艾特策尔的信中说。

"高城别墅"是一座英国风格的大型建筑：正面14个窗户，不用说，都是落地式的。二楼住女眷，三楼是诗人和他的儿子们。四楼上盖了一个濒临大海的瞭望楼，在晴朗的天气，从那里可以望见法兰西的海岸。这个"令人惊叹的细木工"把他的住宅和全部陈设都搞得跟他本人一模一样，阴森森的走廊仿佛脱胎于伦勃朗的版画。这所房舍的每一个细部或者具有一种象征的味道，或者带有一种怀念的痕迹。

在用提花地毯、古旧陶器和哥特式雕塑装饰起来的餐厅里，放着一把达戈贝尔王朝时代的古色古香的萨克逊安乐椅，椅子的扶手用一条链子锁着——这是供奉先祖用的，上面刻着一句箴言：缺席者总会到场的。题款是以乔治·雨果——一个被雨果家族推测为先祖的人——和约瑟夫·列奥波特-西吉斯伯《雨果将军》的名义写的，注册日期是1828年。这一切给人一种教堂祭典和对亡灵礼拜的感觉。在肖像陈列室里，悬挂着布朗热画的列奥波蒂娜的肖像和维克多·雨果的许多素描。到处是拉丁文箴言：

吃饭，行走，祈祷。

要爱，要信。

在一个像骨磨制的头颅上写着：

夜，死，光。

这些把中世纪和远东风情揉合起来的摆设，一部分是从巴黎运来的，一部分是从格恩济的古董商那里弄到的。尤丽叶，她的"好友"和查理·雨果"十分成功地袭击"了这些古董商的店铺。还有些东西是雨果本人或本地匠人在他的指导下做的。用法语写的另一些箴言是：

人生就是流亡。

早起早睡，长命百岁。

一句话，细木工雨果有一种酷爱箴言的特点。红色的客厅饰以威尼斯制作的木雕华盖，用五色木雕刻的6个全身与真人一般大的非洲黑奴撑着沉重的帷幔。此外还有水晶石制品、彩釉玻璃、绣金屏风、座右铭、徽章，气象宏丽，镏金溢彩，比雨果本人还浪漫，比东方还东方。镶金嵌银，辉煌灿烂，光怪陆离，每个细小节目上都打着主人的印记。

在他工作的圆环形瞭望楼里——这里不仅是住宅的最高点，而且是全岛的制高点——穹庐和墙壁都是用玻璃做的，这间透明的单人工作室叫人觉得不知是暖房还是摄影棚。从这里可以"仰视苍穹，环顾无极"。雨果就在这里写作，站在斜面高桌后；旁边是一面镜子，装饰着一张他亲手描绘的花瓣离奇的花卉画；紧挨工作室有两间卧室，其中一间放着一张狭窄的床，这是他睡觉的地方，而一个木制长圆靠枕就是他的枕头。

诗句常常诞生在他的睡梦中。他睡意朦胧地把梦中的诗句记下来，早晨再去采集夜间的收获，在邻近的炮台发射的炮弹唤醒朝霞的时候，他就起床了。在灼人的骄阳下工作到11点，脱光身子用冰冷的水冲洗后，再用毛制手套擦身子。知道这位伟人的怪癖的往来行人，当他露面的时候，都要停下来开开眼。中午吃饭时，查理和父亲讨论各种问题，雨果夫人赞美"她的男子汉们"的天资，然后随心所欲，各干各的。雨果夫人致茹尔·让南：

> 我的丈夫散步去了。托托——穿着打扮——这真是一个不可救药的城里人。小安黛儿弹奏乐器消遣，或者学习英语。查理瘫在一个旧沙发上，抽烟，幻想。而我在吻过我的已经长大成人的孩子们后，正尽力设法把午饭搞得不要太难咽了……奥古斯特锁在自己的屋子里工作……

事实是奥古斯特·瓦凯利在流亡中一直住在雨果家，与他曾经爱过的这个卓越的女人朝夕相处。雨果夫人（比他大13岁）唤醒了他从青年时代就开始了的虚幻的柏拉图式的爱情①，这爱变成了一种奇特的忠诚。

尤丽叶被带着走过了"1000步"。为她找到一处紧挨着"高城别墅"的非常可爱的小别墅"法柳"，使她能望见她的偶像在阳台上怎样梳洗打扮。每天早晨她都要守候他醒来，以便看看自己的爱人。雨果从远处让尤丽叶看他刚才在门口发现的她的"便笺"和两个煮老了的鸡蛋，并且吻吻她的信；然后脱下红色的睡衣，像往常一群用冷水浇身，走进他的瞭望楼里开始工作。饭后他去找尤丽叶，常常让她默默无言地陪着他散步，可她根本不喜欢这样："你不要老沉溺于灵感，让我跟你谈谈话吧。"她有多少话要对他讲啊，她要责备他向女佣人暗送秋波；她要伤心地怪怨他禁止她去"高城别墅"——要知道，这样做会使她在格恩济居民的眼里变成一个形迹可疑的人啊！她想向他要几张素描，好美化一下"法柳"的墙壁："我需要你画的那些被绞死的人、城堡、月夜、眩目的太阳和给人深刻印象的烟雨图。"每当月下漫步，雨果指着一弯淡月和一颗星星对她说："啊，那就是逝去的灵魂乘坐的一叶扁舟，和扁舟下的舢舨。"这时候，她就会被深深地感动，"幸福得神魂颠

---

① 即通常所谓的精神恋爱。——译者

倒"。

她还有一样快乐：从1859年5月，查理和法兰苏亚-维克多开始常去看她。两人对她很尊重，很温和。可口的食物，与新人的交往，以及父亲在这里显得比在家快活，这一切都使他们满意。"高城别墅"是阴郁的。他们的母亲陷入了绝望之中。她认为维克多·雨果已经不会离开这个富丽堂皇的住所，和这些提花地毯、镀金家具和木质雕刻了。"我们现在冲不出这里……我们耗费了许多钱财，"雨果夫人写道，"而且我丈夫爱上了这个小岛，他久久地林浴在海水里……他变年轻了，看上去仪表堂堂……"

安黛儿机警地盯着那个与其说是厨娘，不如说是个舞台调度的女仆奥丽维娅。她在誊抄查理写下的东西时说："我抛下我自己的创作，变成了一个可悲的后备演员，岂止如此，我都快神志不清了。难道我还得往下落吗？再不要有大不幸了，再不要从高处往下跌了吧！为我周围的聪明人效劳，这是给我的最好的工作……"当她说起要带女儿去一趟巴黎或伦敦的时候，虽然马上补充说只走很短一段时间，叫人受不了的谴责也会像冰雹般地落在她的头上：

"你们厌倦流亡生活啦！"伟大的流亡者鄙夷不屑地说。

"请你不要想得那么不堪吧，"她回答丈夫说，"我分享过你的幸福和胜利。我准备好了和你一起经受严峻岁月的考验，这也使我感到很幸福……"不幸的安黛儿啊！她心地善良，襟怀坦荡，努力做一个贤妻良母，为了把住宅搞得更排场，她动用了自己的私人积蓄。她希望她的子女们幸福，想邀请自己的小妹妹茹丽·傅仙到格恩济来作客（她在圣丹尼荣誉军校毕业后留校当了教员）。但是雨果每月只给夫人450法郎，因此尽管她煞费苦心，仍然屡屡负债。安黛儿·雨果致茹丽·傅仙：

> 我不敢向他要补贴，因为我没带一点嫁妆，他的开销很大。再说，我的亲爱的，在这种事上我对我丈夫一向很客气……
> 我是一个极其安分守己的人，这种严整端庄是我唯一的品格……

现在她和从前的那个18岁的高傲少女的相距是多么远啊！那时候她目光炯炯如西班牙女郎，连一个天才的青年都得战战兢兢地拜倒在她脚下！

第六章 《历代传说》

《静观集》的成功引起了巴黎朋友们的巨大反响。欢乐的狂流向格恩济岛汹涌而来。米舍莱、仲马、路易莎·科莲、拉封登、乔治·桑都分别表示了自己对诗集的赞赏。早先给雨果著作画插图的路易·布朗热感谢寄书给他,同时通知说:他已和一个年轻姑娘结婚,虽然他当时已经年过半百了。雨果对这一婚姻表示赞成,他为青年时代的朋友还能恋爱而高兴:"我记得我们相识的时候正是《东方吟》大放光明的时候。那时我们俩都还年轻,一起去观赏过荣军院后面的落日。我们是两个天性相同的人,你是我的《玛采芭》的出色画家,我是一个沉迷于未知和无极的幻想家……"他请乔治·桑光临"寒舍",看看他还没有竣工的所谓"自由之家":

格恩济的几个有声望的工人猜测我很富有,把稍微敲诈一下我这个派头十足的法国老爷当作他们的一种称心快意的责任,因此他们拖拖拉拉。这使他们很快活,也是他们的"正经工作"。然而我依旧希望我的房子有一天会建成。你大概会乐于随时来参观它吧!为了你曾在它的某一个角落里盘桓过,为了你留下的回忆,它将会千古流芳……

后来路易莎·伯尔坦还使他回忆起了昔日在罗什庄园度过的那些日子。他在给她的信中温情脉脉地谈到了当年的那些场面:"鲜花,音乐,你的父亲,我们的子女,你的青春……"

《静观集》发表后,艾特策尔央求雨果不要出版哲理诗《上帝》和《撒旦的末日》。诗人的仇敌们正等候着某种类似《新启示录》的东西,好把"他这个缺心眼的人发配到巴特芒斯[①]"。但是《小史诗》——13至14世纪的几幅历史彩画——的构思却使艾特策尔很感兴趣。看来不需怀疑,由于令人倾倒的想象力和宏伟高尚的形象,雨果的诗人天赋确是史诗式的。在他的厚纸夹里已经夹进了好几部叙事长

[①] 巴特芒斯:爱琴海中斯波拉德群岛上的一个小岛。——译者

诗的手稿：《艾梅里昂》、《罗兰的婚礼》，等等。必须充实这一组创作，以它们为基础形成一部完整的集子。"这一组作品将是什么样的呢？必须用一套首尾呼应的史诗刻画出人类的道路，按照时间顺序，在各种背景中循序渐进地给予描绘，历史、传说、哲学、宗教，融合成一个向光明境界推进的宏伟整体，而且只要自然的终结——死亡——不在作者顺利地完成他所撰就的计划之前打断这件尘世的劳作（这是十分可能的），那就一定要像光洁的和朦胧的镜子似地反映这个伟大无比的形象——单一而多样，幽暗而光明，不祥而神圣的形象——人。正是出于这样的设想，或者如果你愿意这样说的话，正是出于这样的动机，《历代传说》诞生了。"①这就是他从草拟的标题《人的传说》、《人类传说》中最后选出的一个绝妙的标题。在1856—1859年不可遏止的创作冲动中，他没有局限于这幅宏丽的彩色画卷，他驾驭着一辆四套马车——与《历代传说》并驾齐驱，他写了《街头与林间之歌》、剧本《多尔格马达》，还忙于布置他那宏伟的住所。

《历代传说》的第一部整个都是在1856—1859年间创作的。这就是为什么它通篇具有昂扬激越之特点的原因。在这一部长诗中反映了波澜壮阔的历史题材，但是雨果的想象力是如此恢宏，他的目光竟至穿透了"历代的坚壁"。可以说，这是透过时空凝视着世界的宇宙造物主才会有的神眼。形象的纷纭混沌充塞了他的脑海，竟然终于使他自己也好像与人类传说的每个情节融为一体了。他把自己化作昔日曾出现过的各种形象，甚至化作上帝。艾特策尔希望《小史诗》中不要有那么多玄奥，其实雨果写过这样的长诗，比如《沉睡的沃兹》、《良心》、《公主的蔷薇》、《贫苦的人们》。但是"本书的伟大神秘的主线"是人向光明境界的飞升，是来自物质的精神。长诗的关键篇章是《萨提罗斯》。这是一篇令人惊诧的放肆之作，其中的那个谜一样的牧神——巨大奇特、机敏过人、胆大包天的色鬼，向端坐在奥林匹斯山上的众神诉说着全部真理。萨提罗斯就是雨果自己，同时又是带与生俱来的原罪、欲望和弱点的全人类。然而他比宙斯更有力，他能在美好的一天，使大自然臣服于己。

  啊，世界！众神集会是你最残暴的敌人：
  这集会在把欢乐的光辉变成黑暗。
  为什么要在"生存"之上让鬼魂出现？

---

①选自雨果的《历代传说·序言》。——原注

太空和光明是万物的主宰，不属于谁人。
要自由！让流水和空气、沙粒和星球，
和永恒的力量永远沸腾！
要自由！为了天宇，为了大地！
要自由！最终是为世界精神！
神灵就是罪恶，恺撒就是战争，
自由、信仰、生命，将使歪理化为灰尘！
世界将被灵感和光明辉照，
爱的和声将到处凯旋得胜，
豺狼的嚎叫也将永远听不到。
自由就是一切！我是潘①！宙斯也得拜倒在我的面前！②

《历代传说》是这样的富于美感，以致使得敌视诗人的文学家都被它那无可比拟的伟丽折服了。"谁是唯一的预言家？雨果！其余的人只会嘟囔，"茹尔·莱那尔说，"你可以用高山、海洋和一切合乎你心愿的东西来形容他，只是别拿形容其他人的那些东西去形容他。"而福楼拜说："不到一定的时候，雨果不愿意让自己负担太重。可能是想力求写得更多一些，他过去曾经把一个看门人——一个闻所未闻的得意洋洋、令人厌烦、高谈阔论而又非常像他的看门人——推给群众来作他的替身，结果大家都落入了他的圈套……但是在国家政变之后，这个看门人只好留在巴黎看守自己的门房。现在维克多·雨果要直接发言了，于是《历代传说》出现了……"

小城生活的细流在这座史诗作坊下静静地流逝着。星期一，查理·利贝罗尔来吃午饭；星期二，是驼背埃奈·德·凯斯莱尔；星期三，男人们去尤丽叶·德鲁埃那儿用餐；星期四，在杜维德埃夫人家吃茶；星期五，在阿丽克斯小姐家；星期六，在雨果夫人的客厅里"喝葡萄酒，举办大型时装展览"；星期日，死一般的寂静就降临到了"高城别墅"。康斯丹采娅（即奥丽维娅，一个士兵的遗孀，她被解雇了）离开了这所住宅；奥古斯特·瓦凯利的公狗苏尼亚款待它的"情妇"，一群母鸡咯咯乱叫；小安黛儿缝补衣裳或给妹妹茹丽·赛奈写上几页地道的寄宿中学女

---

①潘：希腊神话中的山林、畜牧神，半人半羊形，爱音乐，经常带领山林女神舞蹈嬉戏。——译者
②选自雨果的《萨提罗斯》（《历代传说》）。——原注

学生式的信，动情而天真，信中常常用上一些意想不到的词语。年过半百的雨果夫人依然是安黛儿·傅仙，对于她来说，从塞纳河右岸搬到丹尔纳的舅舅安西林先生的境况才是大事。这一下他就成了圣日耳曼郊区的常住居民了！"如果我有一天回去，一切都完了，我对巴黎完全陌生了，我就到丹尔纳区找我舅舅去！谁能想到呢！"

  胖子查理吃力地写了一篇关于世界之魂的荒诞不经的童话，女主人公是一滴水。题材是够险的。查理·雨果满30岁了，他身上有一种祖父的气质——是个热血青年，过分富于性感。他抱怨生活单调、没钱、格恩济的少女太次。法兰苏亚-维克多着手翻译莎士比亚全集，而且很好地完成了这一艰巨任务。他东西南北地搜遍了整个小岛，仍然一无所获，因此他厌倦了这种娱乐。"跟斯普林勋爵和南斯达基亚夫人散步太难堪了……唉唉！我们在走下坡路，亲爱的朋友！尽管我们有的是勇气，可还是变成了乡巴佬。冬天到了，浓雾弥漫。我们得做整整6个月水天相连的海囚了……"雨果可不怕考验，他的脑海里又产生了成百种未来杰作的构思。不管什么天气，他都要去散步，不戴帽子，穿一件雨衣，拄着手杖。格恩济岛的生活只对他的3个子女才是不能忍受的，他们无聊得要死。1856年，丹丹得了严重的神经性头疼，医生连音乐都不许她搞。至于瓦凯利，他嚷着要回法国，为了留住他，主人免收这位朋友的50法郎——这是瓦凯利每月要付给他的生活费。

  雨果爱自己的家庭，但他只"关心它的福利"，这种爱没有温暖，只会使家人感到压抑。1858年是反叛的一年。1月16日，安黛儿母女俩去了巴黎，得到住2个月的许可，可是她们一住就是4个月。为了得到钱和准许，雨果夫人态度强硬——自然是在信中：

    我爱你，我属于你，我亲爱的朋友。我不想让你伤心，我们好好谈谈吧。你选择了泽西岛作为避难所，我和你一起去。当在泽西岛不能住下去的时候，你迁到格恩济，也不问我一声"你想不想去那个地方？"我也毫无怨言地跟着你。你最后决定在格恩济定居，为自己买下了房，对于这笔买卖你没有和我商量，我跟着你搬进了那所住房。我事事都顺从你，可我毕竟不能是你的奴隶啊！

  维克多·雨果把这封信的意思用亚历山大诗体简要地记载到了他的笔记本里："是的，这所住宅是你的。你将孤零零地住在这里。"雨果夫人挣到一小笔钱——她把自己未来的著作和笔记卖给了艾特策尔。她毅然决定把这笔钱用在陷入无限绝望的可怜的丹丹身上,带她出去旅行一趟。

维克多·雨果的笔记,1858年1月16日:"我妻子和女儿早9点20分去巴黎。她们要路经南安普顿和勒阿弗尔。思念……"查理也请求宽恕。安黛儿致维克多·雨果:

> 亲爱的朋友,查理前天对我说:"我很爱爸爸,我最怕伤他的心,但是我真希望他明白我多么需要换换环境。我工作了一冬天,为的就是使自己喘喘气。我有钱,能付得起旅费,但是如果我得到了满足,留给父亲的是不快,我会很难过的……"

尤丽叶有时也诉苦。雨果不让她买复活节戴的新帽子。那时,照传统习俗,格恩济的全体女居民都要在复活节那一天炫耀一下她们那"雄纠纠、气昂昂的首饰"。她指责她的统治者吝啬,因为他拒绝给她装订一本保存了25年、散成一堆的纪念册。事后她又温顺地请求原谅她这些"荒唐的欲望":"以后我再不拿无理要求打搅你。我答应完全信赖你,哪怕是在问题涉及对我非常重要的事情,像上次我想装订我心爱的、珍贵的纪念册的情况下……"应该坦率地说,只因为雨果的个人生活是卓有成效的、紧张热烈的,所以他才认为其他人在他的荣誉之光的照耀下也不应该不快乐。

5月,安黛儿母女回来了,而且回来得很及时,因为在6月里,维克多·雨果有生以来第一次身患重病。在几个星期中,由于痈疽,他性命垂危。查理·雨果致艾特策尔,1858年7月22日:

> 3个星期来,脓疮使父亲疼痛难忍。病痛把他钉在床上已有10天了,因此他不能给你回信。痛苦是折磨人的,可是只有在现在,他才变得更好了。硬结化成了两个脓包,只好做手术,以免溃烂。伤口很大,都在背上,所以他不能动弹,就是现在还不能动……

病人的背上开了一个大口子,所以他总是趴着。尽管受着高烧的折磨,他还在写诗:"夜里我都听见两耳中血管在跳。"可怜的尤丽叶由于"高城别墅"的道德法规的约束,不敢去看望他。挨过了3个可怕的星期。她打发人给他送去所能想到的一切东西:鲜鸡蛋、便函、棉纱、鲜花、葡萄、自己的秀贞娜、3颗在花园的小畦里为他留着的草莓。"我可怜的、心爱的人,我多么想立刻给你当仆人,为你做一切事情而不使你的家人讨厌啊……噢,为什么你的妻子,那个神圣不可侵犯的女人,不能瞥一眼我良心和情感的深处呢?那时她就不会为我的效劳而生气了,她就会大受感动，并且感激不尽了……"他终于出现在阳台上了，尤丽叶看见了他："我不幸爱人，从远处都可以看出你受尽了折磨，你那俊美、高贵的面庞消瘦了，我觉得是那么苍白，都苍白得使我害怕。你还没有失去那个意念吗？所以你走到阳台上来啦，我希望你不要因为走出来，在你这鸽子窝上站得太久而受到伤害。我可怜的人，快点康复吧！"

1858年末，愁思和疲劳越发控制了流亡者们。时间是这样的漫长，生活是这样的沮丧。法兰苏亚-维克多·雨果致友人："你想象不到在'高城别墅'是多么叫人忧愁……我担心流亡者的这个亲密的小家庭这次要分裂了。无论如何，我们在经历着流亡中最阴暗的岁月，我看不见道路的尽头……"瓦凯利挺不住，回维尔基野去了，只把他的一只母猫咪丢下过流亡生活。维克多·雨果在致路易莎·伯尔坦的信中说：

> 我很想叫我的家属们回去，把我一个人留在这里。履行义务，牺牲自己，这就足够了，但是他们不想抛下我。我的孩子们不愿意和我分离，正如我不愿意和自由分离一样。查洛①、托托和丹丹的精神变得顽强了，成了灵魂高傲的人．他们接受了孤独和流亡，保持着从容镇定的气概。

这真是大艺术家的荒谬！无论是查洛还是托托、丹丹，都不是没有怨言、温顺恭让的。他们不想抛下父亲，但是渴望好好休息一下。1859年5月8日，雨果夫人带着女儿去英国，查理陪送她们，后来法兰苏亚-维克多也与他们会合了。在伦敦，红颜已凋的小安黛儿终于可以过上流社会的生活了，可以出入剧院、参加舞会、参观博物馆了。她当然又见到了比逊中尉。自从离开泽西岛以后，她一直没有忘怀他。这期间尤丽叶在格恩济正不遗余力地想使在她家用饭的父子关系亲近起来。查洛和托托对"善良的朋友德鲁埃女士"颇有好感，而且很喜欢她收藏的、与雨果的名字有关的那些珍贵纪念物。在她的生活中同样过绝望的时候，每当这时，她被他的背叛所折磨，就以要去布列塔尼来威胁。

但是对于雨果来说，爱的抱怨也罢，快乐也罢，家庭的争吵也罢，都没有多大意义，都是要烟消云散的——"仿佛一片阴影，一股清风"。他从来不觉得遗憾，不去分析自己的情感。他是那种越走越远的"赶路的人"。对于他来说，只有

---

①查洛是查理的昵称，正像托托是法兰苏亚-维克多的昵称，丹丹是小安黛儿的昵称一样。——译者

在巴黎发行的、使冥顽的仇人们都兴奋若狂的《历代传说》才是有意义的。"雨果不愧是一个老手!"福楼拜给埃奈斯特·斐多写信说,"真见鬼,这是一个怎样的诗人啊!我一口气吞下了2大卷。没有你我遗憾,没有布伊埃[①]我也遗憾,没有知音我更遗憾。我真想高声吟哦3000句!世界上还从未见过这样的诗句……雨果老人使我头晕目眩。唔,什么样的大手笔啊!"雨果的顽强抵抗同样有意义。1859年帝国宣布大赦,流亡者都接受了赦免,雨果拒绝了。1859年8月18日,他写下这样一段话:"我矢忠于良心交付给我的职责。我要与遭受流亡的自由同甘苦、共患难、坚持到底。只有在自由回国时,我才同她重返家园。"这一举动激怒了已经成了帝国议员的几个作家,如圣佩韦和梅里美。但是这一举动也引起了法国人民的无声的喜悦。雨果的那些热情的尝试——探讨比我们今天更完美的世界到底该是个什么样子——也是有意义的。他根据自己和亲人们的经历,明白我们都是可悲的生物,受尽折磨,争风吃醋,触尽霉头;但他同样明白,这些可悲的、不幸的生物,在灵魂昂扬、亢奋的时刻,将看到朦胧、壮美的幻影,将目睹地平线上明丽的霞光。"孤独为了某种崇高的疯狂把人解放,"他写道,"孤独是万世不灭的轻烟[②]。"这一声响彻旷野的呼喊,唤醒了法兰西对自由的尊重,而且在第二帝国轻薄肤浅的宫廷文学时代,唤醒了对伟大思想和伟大形象的热爱。法兰西人民懂得这一点,当时只有维克多·雨果才在历代传说中坚守在自己的岗位上。

[①]布伊埃:福楼拜一生中的文友。——译若
[②]原文直译是:"燃烧的荆棘的烟",成语"燃烧的荆棘"出自《圣经》。——译者

第九篇　流亡的果实

> 权力和财富在你们的生活中对你们来说常常是一种障碍。剥夺你们的一切，实际上是给了你们一切。
>
> ——维克多·雨果

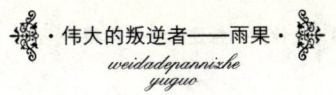

第一章 "假如只剩下一个人……"

在《悲惨世界》中有对"伟大的极端利己主义者"的绝妙议论。这些利己主义者们沉溺在对天国的思索之中，与世人隔绝，不理解那些仰望湛湛青天时认为人类的苦难具有重大意义的人。"在他们中间，"雨果说，"有一帮思想家，渺小的和伟大的。其中有贺拉斯、有歌德……"可是他本人不知道，常常也有他雨果。虽然他也像其他人一样，醉心于人类苦难问题的思索，但他的怜悯与其说是博爱的，毋宁说是抽象的，他的仁慈不涉及他本人的家庭。1860—1870年期间，他完全被气势宏大的创作给吸引住了，叙事诗、史诗、长篇小说，特写和《悲惨世界》——这是一部把所有这些体裁熔于一炉的巨著。他在这一著作中找到了特殊的幸福，饱满的创作激情与忍受孤独的力量。他觉得，"孤独在作家的一生中与他的荣誉和声望形影相随，在这一点上有两个遁世者彼此很相像：伏尔泰在菲尔内，雨果在泽西……"伏尔泰保护过卡拉①，雨果徒然地呼吁拯救约翰·布朗②。他不再思念巴黎了："巴黎是什么？我不需要它。巴黎就是利沃尔大街，可我恨利沃尔大街。"现在就连他的相貌和仪表都不像城里人，更不必说首都的居民了。在他患过持久不愈的喉头炎（他认为是喉头结核）之后，他刮掉了花白的胡子。写作《惩罚集》期间，他面部那种惯常的愤世嫉俗的紧张表情明显地变得柔和了。就在那时，他换了一副普通的精神矍铄的长者尊容，这副相貌在他身后将留在史册中，软帽、敞开的衣领、短衫——仿佛是个老工人。他觉得自己现在独立不羁，强大无比，充满灵感。

---

①1762年，反动教会制造的卡拉事件。新教徒卡拉之子因负债自杀，教会诬陷卡拉为阻止其子信奉天主教而把他杀死，判卡拉车裂的极刑。伏尔泰收容了卡拉一家，并为之奔走呼吁，终于使这一冤案昭雪。——译者

②约翰·布朗：1800—1859年，1859年弗吉尼亚奴隶暴动的领袖。起义被华盛顿政府镇压。布朗唤起了美国各地起义，2年后爆发了南北战争。雨果曾热烈呼吁，反对处死布朗。——译者

他精力旺盛，没有注意到他的亲人们在流亡的环境中正在被窒息。雨果夫人越来越远离格恩济岛生活着，她是不幸的，她需要娱乐，经常以她丈夫声誉的代表身份出面活动——时而在英吉利，时而在法兰西。丈夫的流亡会使一个女人对未来的孀居预感到一种宁静的快乐。在巴黎她又见到了自己亲爱的、无限忠诚的奥古斯特·瓦凯利；她拜访了亲戚们（傅仙家的和安西林家的）；有时还偷偷踏上蒙巴那斯街圣佩韦住宅的楼梯，他很显老，膀胱炎使他不得安宁。但圣佩韦具有一种猫一般曲意逢迎的本领，善于进行引人入胜的交谈。在他的谈吐中"高雅、嘲弄和温柔的咪咪声"混杂在一起，"可是锋利的爪子常常会突然从毛茸茸的掌中伸出来，狠狠地抓你一下"。作风纯粹是女人式的。在与盛气凌人的格恩济岛的统治者交谈之后，这样的谈话简直是一种享受。1861年，安黛儿·雨果离开"高城别墅"，好几个月（从3月到12月）一直不在家，1862年和1863年她离家的时间几乎同样长。母亲尽可能想把孩子们带在身边，她战战兢兢地保护着他们免受因暂时出走而激怒的"老家长"的责骂——雨果不能理解，为什么他的生活越充实、越丰富，别人的生活就越空虚、越贫乏。

雨果夫人致维克多·雨果：

现在我亟需去一趟巴黎：有一神圣的使命——照顾妹妹——要求我这样做……况且能在一年里最艰难的月份让小安黛儿换换环境，也使我高兴。为什么这样的决定会惹你发火呢？我对你的忠诚绝不因此而改变……你是父亲，应该和我一样，理解换换环境对小安黛儿是多么必要的。我们过的这种修道院式的生活使小安黛儿与世隔绝。她好沉思，可是她那没有受过客观事实有效检验的虚假思想是荒诞的。我知道旅行不会给一个人带来多大变化，但是她的习惯——我把它叫做老处女的怪癖——在一定的时候将会消失……

实际上母亲自己也并不怎么理解她的女儿。这个可怜的姑娘怪诞、暴躁、抑郁，常常陷入阴沉的遐想。只有音乐才能吹散她脑海中的阴云。维克多·雨果在1859年12月的笔记中写道："小安黛儿给我弹奏她自己谱写的练习曲，这是一曲美妙的乐章……"1861年4月写道："为了女儿学音乐，买了一架钢琴，用去114法郎。"从跟着小安黛儿在泽西岛见到比逊中尉以来（那时正热衷于桌子自转），她就产生了嫁给这个英国青年的固执念头。

追求她的人很多，但都被她一一拒绝了。1861年12月，她把自己订婚的事告诉了父亲。维克多·雨果,就其信仰来说是一个欧洲人,但是就其天性来说,他是一个法国人、爱国主义者,所以他对女儿要嫁给一个外国人这件事怎么也想不通,因此起先他怒发冲冠。妻子让他明白——把小安黛儿逼到绝境是很危险的。1861年圣诞节,埃贝特·比逊应邀来到"高城别墅"。他和年轻的姑娘发生了什么事?她那怪脾气把他吓住了吗?不管怎样,反正他离开了她。相思害得她坐立不安,她大概想去找他,想重新激起他的爱情,可是在她偷偷收拾行装的时候,兄弟们及时发现了她。

1663年7月18日,她趁母亲不在,跑到了英国。她从南安普顿写信给大为惊骇的父亲,说她要去马耳他岛。她已是33岁的人了,可能要自行其是。当时雨果夫人正在巴黎过着舒心日子,她为反对选皇帝进法兰西学院进行着斗争(波拿巴被贵族集团提名为候选人)。她冒失大胆地宣称,是她丈夫让她"为选举路易·波拿巴和流放他服苦役的事发言的"。她经常和艾米尔·丹桑会面——这位诗人也老了,但仍然红光满面、生气勃勃,仍然爱向每个人讲一些令人高兴的话。他写信给她说:

> 我的心永远属于那最美好的时光,那时我欣喜若狂地为我们伟大的维克多的第一部诗集拍手叫好;那时我和安格拉娅①结识了你——年轻迷人的诗人荣誉之友,我们一下子就喜欢上了你。唉!直到上帝把我不幸的安格拉娅召去的前一天,我们都在不断地谈到你们一家,回忆着那些最小的细节,那是多么动人的情谊啊!为了寻找慰藉,我去孚日山游览,在康特莱克斯维尔矿泉盘桓。当时安东妮听到你们可爱迷人的安黛儿准备编一本乐曲集,她想起我来,要我为《农家歌谣》写歌词,并附带寄来她的《巨怪》的乐谱。一回来我就开始工作,月底安东妮把我的献礼(我不敢说有诗意)寄到了格恩济。

艾米尔·丹桑没有收到回信,焦急不安,以为寄出的歌词给弄丢了,建议给年轻的女作曲家把副本寄去。雨果夫人在巴黎翻新了一件成衣——白色的凡尔纱裙,用她的话说,穿着这件衣裳,她显得"十分年轻"。查理和她形影不离,为她能"轻松地消遣一下"组办了一些集会。他们一起朝拜了王政广场,为的是看一看他们全家流亡前住过的住宅的拱廊和高大的窗户。

那时维克多·雨果在格恩济创作了一部又一部的杰作,和细木工莫热一起结

---

①安格拉娅:公证人之女,1817年艾米尔·丹桑与她结婚。她死于1855年。——原注

束了"高城别墅"的建筑（莫热按照定货合同在2个圆柱上刻了"欢乐即悲伤"，在门楣上刻了"奋勇向前"）。他仍旧离不开仆人的照料，她们就睡在他的卧室隔壁（"谢丽娜因昨夜没咳嗽得到20法郎"）。他给尤丽叶的新居"高城仙阁"也摆上了家具，他还是不大关心家里的事，但是小安黛儿的失踪使他心焦。

维克多·雨果致雨果夫人，1863年6月23日：

你可能收到维克多的信了吧，也许小安黛儿的信也收到了吧？我们觉得她不给你写信难以叫人相信。我们甚至想，她一定会比给我们更快地给你去信，并把地址告诉你。在这种情况下，你想必要去找她，以便把她带回家吧。她痴心要嫁这个无意于她的人，简直叫人不能容忍。在这种"不可能的事情"中真的没有今后将会暴露的某些不可告人的东西吗？要不然，何以解释小安黛儿这种奇特的举动呢？我们不是已经表示同意并完全赞成了吗？他本人不是拒绝了吗，小安黛儿怎么会干作到这种地步，跑去追他呢……必须尽快得到确切而详尽的消息……比逊先生有家室吗？有情妇吗？谁知道呢，也许他还有孩子呢！写信给我们，要尽量详细。要向我提供小安黛儿写信告诉你的全部消息……

7月2日，雨果夫人回格恩济，8月15日去巴黎。小安黛儿7月14日从纽约发出的一封信，在母亲走后才送到"高城别墅"。几天后私奔女通知双亲：她在新苏格兰，在比逊驻军所在地哈利法克斯，而且已经举行了婚礼。

雨果夫人致维克多·雨果：

小安黛儿是自由的。她没有做什么不道德的事，她嫁给了一个她所爱的人。也许，她应该对我们表示更大的信任。但是假如我们为此而责备她，那她同样也会责备我们。难道她的生活没有因残酷无情的政治需要而被牺牲？难道这种残酷无情没有因为所选择的流亡地点而加重？你尽了你的责任，但是我们尽过我们对女儿的责任吗？难道她没有为这悲惨的生活哭泣过？

父亲让步了，而且为了洗刷自己女儿的私奔名声，他在10月份的报纸上刊登了雨果小姐和比逊中尉成婚及新婚夫妇启程到加拿大的消息。

维克多·雨果致艾特策尔，1863年10月10日：

你大概从报上知道我为什么这么晚才回信了吧。我的女儿已经成了英国人。啊，流亡，这就是你给我的打击！她的丈夫是克里木战争的英雄之

一、年轻的英国人、军官、贵族、一个生性严谨的人、上层绅士。我们要有一个新家庭了。在这个家里，老丈人憧憬未来，新女婿却迷恋过去。我的女儿喜欢上了这个青年人，这个旧时代的化身，所以她选择了他。在这种情况下，我得照着一个父亲所应当做的那样，心甘情愿地去巩固这一结合。

新婚夫妻现在正在去哈利法克斯的途中。现在在女婿和我之间有了把法国人和英国人分隔开来的精神上的距离，还有把我们与美洲分隔开来的纯物质上的距离。但是却存在着一种幸福的权利，我的女儿正享受着这一权利，我不能因此而谴责她……

维克多·雨果致艾米尔·丹桑，1863年10月16日：

你大概已经知道，我女儿成了一个英国人。这都是流亡造成的……

唉，婚礼只不过是小安黛儿一时糊涂举行的，比逊从来没有要与她结婚的意思。当不幸的姑娘猝不及防地跑到加拿大，出现在他面前的时候，他已经娶妻成婚，甚至快当父亲了。雨果家的英国通法兰苏亚-维克多进行了详细的调查。他从妹妹曾住过的一家旅馆女主人的口中打听到，她"过着隐居生活，几乎和谁也不说话、不来往"。亲眼见过她的人们说，她每天去军营门前等着"她的军官"，目不转睛地盯着他，然后默默无言地陪他回家。当小安黛儿不得不承认她还没有嫁人的时候，她接着补充说：比逊"背叛"了她，"凌辱"了她，"抛弃"了她。

维克多·雨果致夫人，1863年12月1日：

这个人是恶棍，最下流的骗子。长达十年之久的欺骗！他用高傲冷酷的拒绝给这种欺骗戴了一顶桂冠。黑心肝的禽兽！不管怎样，我们要祝贺小安黛儿没有嫁给这种人是大幸……让她摆脱这个幽灵、这种可怕的幻想、这场恶梦吧！要知道这根本不是爱情，而是疯狂。亲爱的朋友，你有伟大的心灵、高贵的理性，你要开导她。让小安黛儿快点回来吧！我们要说，没有法国外交人员参加的婚礼在法国不生效；我们要说，这个人不配我们，我们也曾努力设法解除过婚约。我和维克多已经开始在这里这样造舆论了。再过6个月，小安黛儿将返回"高城"。现在要让人们不再叫她小姐，而叫她小安黛儿女士，这就完了。她岁数已经这么大了，可以是女士，而不是小姐了。我们无需为此做什么解释……只要能让她摆脱那个卑鄙的人，让她回来，其他问题由我解决。她会忘掉一切的，会恢复健康的。可怜的孩子，她还不明白活着就是幸福。现在，该是让她明白的时候了。为了对她表示祝贺，我将在"高城别墅"大开宴席庆祝。我将邀请知名人士参加庆祝宴会。我将把自己的著作献给小安黛儿。我将使她的流亡扬名四海，我将使她失去的一切都得到补偿。既然那个无赖有办法败坏别人的声誉，我维克多·雨果也有办法叫人名扬天下！尔后，当她康复快乐的时候，我们就把她嫁给一个当之无愧的人。我们也将忘掉那"丘八"……

"丘八"开始为自己辩护了，他声称他"从来没有破坏过荣誉的原则，从来没有勾引过雨果小姐使她产生不能实现的希望，从来没有向她求过婚"，而且在哈利法克斯还拒绝同她见面。他有两次通过第三者央求她回家。为了使她不抱任何幻想，他甚至和比逊夫人一起乘车经过这个女隐士的窗前。但是小安黛儿拒绝离开哈利法克斯，于是事情才以使她相信自己主观想象中的出嫁、日日夜夜等待着丈夫的到来而告结束。

因为她只有随身携带的一些珠宝首饰，雨果决定给她寄去一笔不大的生活费用——每月150法郎。有好几年，小安黛儿认真地把得到的钱登记上账。她不希望有人去找她，几乎一个子儿也不花，她"喜欢这种清静生活"。她相信，她的梦想实现了。她的与众不同的疯狂把她禁闭在了这种梦幻之中。她三次通知说要归宁，可是后来又把行期推迟到"时间不定"。在家中的亲人们看来，她已经变成了一个可怕的、飘忽的幽灵。这个幽灵的隐秘使他们想到别的一些家庭悲剧。

查理·雨果很像他祖父雨果将军，是一个爱生活、性欲强的人。他再不能忍受格恩济的生活了，在这里轻易征服一个女人是罕见的事情；在这里，"一家之长"把所有的猎场都已据为己有了。从1862年起，他声明"自己要离开此地"。这一年，给他预定的休假期是到10月，但他没有回格恩济，而是事先不通知父亲就迁居到了巴黎。

维克多·雨果写信给妻子说："查理用不着违反我的意志做事，他变成了一个（正如你所说）投石党人[①]。"雨果夫人回答说："亲爱的朋友，前天查理对我说：'我很爱父亲，我怕他难过，但我希望他理解我，因为我必须换换环境……'"查理已经快满36岁了，他责难父亲"对儿子们几乎是搞警察侦探活动"。这个"起诉人"竟敢把他的鸣冤状寄给"被告"。

[①]17世纪法国贵族和资产阶级反对专制制度而发起所谓投石党运动。此处投石党人意即不满而反抗的人。——译者

维克多·雨果致查理·雨果，1862年2月26日：

  密件。我亲爱的儿子，你的鸣冤状我们收到了，我们把它读给全家人听——母亲，维克多和我，可我们一点儿也不明白。我亲爱的孩子，请扔掉那些有损于你我的侦探之类的荒唐幻觉吧。你历数的所有罪状，使你牢骚满腹，可这完全是对我的突然袭击……我非常希望你驱逐那个"家长警察局"的滑稽而荒诞的怪影（据说这怪影还在包围着你）。我全心全意地爱你，无微不至地关怀你，我的生命属于你……我是这么忙，忙得我连1分钟的空闲都没有。我中断自己的工作，只为给你匆匆写上几句。妈妈不久要去找你，还要和你住1个月。我真羡慕她……

  1864年末，查理离开了巴黎，定居布鲁塞尔。1865年10月17日，他在圣杰斯丹-脑特与茹尔·西蒙的教女阿丽莎·莲昂——一个漂亮的、温顺的18岁少女结婚。她是一个父母双亡的孤儿，是由她舅舅维克多·布阿（一个有名的工程师和铁路建筑师）抚养大的。

  法兰苏亚-维克多孜孜不倦地翻译着莎士比亚全集。他不像别人那样感到寂寞，假如不是一场飞来横祸迫使他匆匆离开英吉利-诺曼底之间的这个小岛的话，他本来是可以和父亲待在一起的。他早就与一个出生在格恩济的少女艾米尔·布特隆订了婚。她是为维克多·雨果工作的一个建筑师的女儿，雨果也赞同这一门亲事。不幸的是艾米尔得了肺结核，就在行将举行婚礼时，她的眼神已散，病情恶化。雨果去探望病人，她微笑着说："我不想死……"但是在1865年1月14日，她去世了。法兰苏亚-维克多悲痛欲绝，被吓坏了的父亲强迫他在葬礼之前离开这个海岛，在安葬时他致了一篇感人至深的悼词。在维克多·雨果的笔记中可以看到：

  布特隆家希望把我的部分悼词刻在艾米尔小姐的墓碑上，我告诉她家，我已经托人把这悼词用镂金字母刻在了格恩济产的一块花岗岩上。

  雨果夫人和儿子一起去了布鲁塞尔。这一次她一走就是整整两年，从1865年1月到1867年1月，她没有在"高城别墅"再露过一面。老法师现在几乎只剩下一个人孤零零地站在他那悬崖绝壁上。为了料理家务，他的小姨子来了。茹丽·傅仙嫁给了版画雕刻师保尔·赛奈，但是他们相处得不融洽。唯有尤丽叶一个人忠于自己的职守。家庭成员越是遗弃这个家长，他就越是属于他这个忠诚不贰的情人。"假如我有勇气，"尤丽叶说，"我就祈祷上苍，延长我们留居此地的时间，直到我们生命的最后一天。"在他们那些神圣的爱情纪念日里，他不时地写上一些诗篇，这诗的使命就是把这爱永远铭刻心间。

再没有比生活在你身边更幸福的了，
被人爱，爱人，老了还在相爱。
啊，我为我们的结合感激上苍！
它退去炎热，仍旧那么光辉明亮。
爱情啊，你把两颗心合成一个，
往事到如今还都历历在目，
我们怎能活着而没有对方？
尤丽叶，朋友，你的生命和我的合着生长！
我们的结合赐给我们终生的快乐：
相爱如昔日，不只有友谊，更在友谊之上！①

1863年，雨果夫人写了很久的《雨果夫人见证录》一书问世了。在这部"见证录"中，维克多·雨果本人掺进了哪些成分呢？对这个问题法兰苏亚-维克多的笔记作了回答：

雨果夫人在吃早饭的时候（无论是在"海滨阳台"还是在"高城别墅"，通常是在上午11点左右吃早饭）详细询问丈夫，维克多·雨果极其详尽地讲述了她渴望了解的一切。他们常常一直谈到早餐结束。饭后雨果夫人上楼回到自己的房间，把所听到的草草记下。第二天她一早起身，吩咐拉开自己寝室的沉重的窗帘，捡起她安放在床上的托书架，含上一块巧克力，坐在床上整理笔记，进行后来被发表的那些故事的定稿工作。

尤丽叶也得到一本见证录，作为她恭顺的一生的最高奖赏，而且书中还附有作者的亲笔题词："赠德鲁埃女士。写于流亡中，赠于流亡中。安黛儿·雨果，于'高城别墅'，1863年。"从那时候起，作为一个享有"雨果夫人"这样受人尊敬的称号的女性，她再没有和自己"亲爱的伟大朋友"一起生活，她多年来对那个也年已60的姘妇的残酷无情缓和了几分。

1864年圣诞节，雨果夫人在格恩济短暂停留期间，像往年那样为岛上穷人的孩子们筹办了一个圣诞树游艺会，并且首次邀请尤丽叶·德鲁埃光临"高城别墅"：

---

① 选自雨果的《1854年9月22日》（《百弦齐奏》）。——原注

夫人，今天我们要庆祝圣诞节。圣诞节是孩子们的节日，所以也是我们的孩子们的节日。倘若您同意参加这一会使您衷心快乐的小小节日，那就太好了……

尤丽叶十分委婉而又高傲地谢绝了这一邀请：

您的邀请本身就是我的节日。您的信像一只慷慨的手，给了我安慰，使我的内心充满甜美的情感。您知道我习惯了孤独的生活，而且我想如果您的信使我今天心花怒放，您不会怪怨的。这已经是一种不小的福气了。请允许我告诉您，我就是留在阴影中，当你们为自己的善举而忙碌的时候，我也将祝福你们每一个人……

她也没有接受维克多·雨果本人的邀请。那是1865年9月5日的事情，当时他的妻子不在，他邀她去看看他的住宅，尤丽叶说："请允许我放弃这份福气和荣幸，也请允许我不要破坏我30年来对你的住宅和对我本人的住宅所持的谨慎、礼貌和尊敬的习惯。假如将来哪一天（不过我想这不可能）我接受了你的邀请，那么，这样做就应该不是出于偶然，而应当经过慎重考虑，求得全家人的同意——只有这样，我才会在你的家里露面。请允许我不要破坏我一生所奉行的道德信条，保持我爱情的尊严和圣洁吧！"涅格罗妮公主对自己一生最后所扮演的角色研究得太清楚了。

第二章 《悲惨世界》

> 雨果要比卞福汝主教①坏得多。我对这一点深信不疑。然而他的激情一旦沸腾,这个大地之子就能创造出一个神圣的、耸立于整个人类之上的形象。
>
> ——阿兰

30年来,维克多·雨果一直在构思、创作着一部大型社会小说。赏罚不明、赦免罪人、赤贫如洗的情景,一个真正的圣人对一个罪犯的影响——这些主题在他写中篇《死囚末日记》、《克洛德·格》和《为了穷苦的人们》这类叙事诗时,就已经在他的脑海里萦回不已了。他收集了许多素材:苦役监禁,狄涅市的主教米奥里斯,苦役犯比埃尔·莫莱,蒙莱修-麦尔玻璃厂,把一团雪塞进可怜的妓女脖子里的纨绔子弟,等等。1840年前,他就草拟了这部长篇小说的大纲:"《不幸的人们》:一个圣徒的故事。一个男子的故事。一个女人的故事。一个小姑娘的故事……"这是当时的风气,乔治·桑、欧仁·苏,甚至大仲马和弗莱德里克·苏尔埃都写过同情人民的长篇小说。《巴黎的秘密》的成功大概影响了《悲惨世界》的内容,但是指导作者的是他本人的真诚动机。

对苦难人们的爱活在我的心中,
情同手足,我和他们心心相印。
可是啊,怎样捍卫穷人的权利?
怎样帮助彷徨飘泊的人们?
用什么语言安慰他们,使人平静?
痛苦,贫穷,还有繁重的劳动——
这一切问题使我永远忧心如焚。②

这首诗表现了他的感情之坚贞和力量。从1845年到1848年,几乎完全投身于长篇小说《悲惨世界》的写作,当时他给这部小说起名为《让·特莱让》。

---

①卞福汝主教:雨果的《悲惨世界》中的主人公,即狄涅主教米里哀。——译者
②选自雨果的《致路墨·布……》(《百弦齐鸣》)。——原注

这一工作"由于革命"中断了。《惩罚集》的急流把诗人给整个卷进去了,后来他又被难以遏制的神秘主义的狂想和《小史诗》所吞没。1860年4月26日是他决定不再离开他那峭壁嶙峋的海岛的日子,他打开了保存着《悲惨世界》的札记和手稿的铁柜。流亡期间和在海上旅行时,这只铁柜有好几次险些沉入海底。"为了从整体上理解呈现在我想象中的这部作品,为了统一12年前所写的各章和我预定要描写的主题,我用了整整7个月的时间。而且,一切都应当搞得坚实严整,应当'把目标预先研究清楚'。今天我重新开始了(我希望它不要再被中断)1848年2月21日中断的笔耕。"

众所周知,现实生活中的真人真事是《悲惨世界》的无可争议的创作依据。用米里哀的名字描写的米奥里斯主教实有其人,而且实际上也和小说中所叙述的一样。这个圣洁的主教之清贫、禁欲、慈善和谈吐的纯朴伟大,使狄涅的所有居民极为钦佩。有一个叫安若林的神甫是米奥里斯的秘书,他讲述了刑满释放苦役犯比埃尔·莫莱的故事:一家旅馆不收留他,因为他让人家看了他的"黑籍身份证"。这个人去找主教,像冉阿让一样,他被盛情款待,住在了主教家,不过比埃尔·莫莱没有像冉阿让一样去偷银烛台。主教引他去见自己的兄弟米奥里斯将军,将军很乐意让过去的苦役犯当他的勤务员。现实生活为我们提供的是模棱两可的形象,艺术家根据自己的观察配上光和影,使他们有了立体感。

其次,小说家利用的是个人的生活经验。在《悲惨世界》中出现了修道院院长罗汉、出版商莱奥尔、萨盖妈妈、费扬提诺修道院的花园,青少年时代的维克多·雨果——他更名为马吕斯,和雨果将军——他更名为彭眉胥。马吕斯和珂赛特一起散步,这正像当年维克多和安黛儿那样。马吕斯有3天对珂赛特板着脸,只因为在卢森堡公园风把她神圣的衣裙吹得露出了膝盖。马吕斯的政治观点起了变化,也正如小说的作者一样。在1860年的笔记中有这样一段话:"完成了马吕斯形象的转变,让他判断拿破仑的功过。三个时期:一、君主主义者。二、波拿巴主义者。三、共和主义者。"尤丽叶为描写修道院中珂赛特的生活提供了有价值的素材。她保存着一本名为《从前一个圣马格德林修道院女寄宿生之手稿》的笔记。其中一部分原封不动被意味深长地剪贴在《悲惨世界》的草稿中。雨果在格恩济给这部小说增补了许多章节:大学生们与风流女郎,关于滑铁卢的特写——他的朋友夏拉斯上校的一本相当出色的书帮助他完成了这一段历史的描写,在战后旷野上的死人堆里行窃的德纳第,小比克布斯女修道院,用棺材来逃亡,1817年,"穷朋友协会"①，路易·菲力普，等等。

在整个漫长的创作过程中，尤丽叶帮助了他。她非常喜欢这本书，怀着一种满足的快感誊抄它。阔别12年后，她又与自己的故友珂赛特见面了。"我又急不可耐地望着这个可怜的小姑娘，打听她那个美丽的洋娃娃的命运。我因想尽快知道沙威这个恶魔跟踪不幸而高尚的苦役犯市长先生的线索是否断了而心急如焚。"1861年5月，尤丽叶得到一份特殊的荣幸：她被带到蒙马让山，下榻"圆柱旅馆"，整整待了2个月。维克多·雨果想在当年鏖战的地方写几章滑铁卢战役，她形影不离地跟着他，采摘矢车菊、雏菊花和罂粟花，而且因为她是一个沙文主义者，所以就用这些野花做了一个三色帽徽。有时雨果为了和家人会面，就把她单独留下，自己去布鲁塞尔。这时她就"抄写他的手稿，这一剂灵丹妙药会使我忘却种种烦恼……除了你，这是我今世最喜爱、最称心的工作"。在雨果返回来后，他们一起继续观察那座令人惊骇的花园，那里的每一株苹果树不是被子弹就是被霰弹打得遍体鳞伤。"英国近卫军被歼灭，莱伊尔军团的40个营中有20个营的官兵全被刀砍，在这所只剩下一堆断壁残垣的乌戈蒙城堡里，3000人有的被剁碎，有的身首异处，有的被扼死，有的被枪杀，有的被烧死——所有这一切，仅仅是为了今天的一个农民可以对游人说：'先生，给我3法郎，只要您愿意，我就给您讲讲滑铁卢激战是怎么回事。'"②

这部小说终于完成了。维克多·雨果致奥古斯特·瓦凯利：

> 今天，1861年6月30日，早晨8点半，旭日临窗，我写完了《悲惨世界》。我知道这部新作对你会有一些价值，而且我想让你从我本人手里直接了解它。我认为用这一短笺把这事通知你是我的义务。你会喜欢这一作品的，你在你的杰作《侧影与丑态》中也定会评论到它的。总之，你将会知道，这个新生命一定会觉得自己很好。我是用最后的几滴墨水给你写这几行的，因为墨水都被我用来写了书了。

维克多·雨果意识到他写了一部杰作，将会有无数读者争相阅读，所以他想得到一笔可以使他的家庭生活永远有保障的稿酬。可小说该交给哪个出版商呢？他

---

①在《悲惨世界》中，叫做"ABC的朋友们"，法语中ABC与abaissé发音相同，即"受屈辱的人们"之意。——译者

②选自雨果的《悲惨世界》。——原注

喜欢自己的朋友艾特策尔，但不认为他是一个好商人。年轻的比利时出版商阿尔贝尔·拉克鲁亚"短小精悍，热爱文学，甚有教养，精力过人。他长着一副表情生动的面孔，满脸浓重的落腮红胡子，一双狡黠的眼睛从夹鼻眼镜后望着人，并不断地把眼镜往他那鹰勾长鼻上托托"。他表示愿意效劳，而且接受了作者的条件——付30万法郎买12年的版权。雨果第一次得到这样一笔巨款；在这之前，拉马丁、斯克里勃，大仲马、欧仁·苏都曾捞到了比他更多的稿酬。拉克鲁亚很有胆量，但没有钱，银行家奥本海默给他提供了20万法郎的贷款。许多报纸争先恐后想在"小品文栏"转载长篇小说，雨果一一拒绝了他们，他只愿意把全部好处送给出版商。况且他认为，一部艺术作品不应该被割裂得支离破碎。拉克鲁亚建议删去有哲学议论的几章，这也遭到了拒绝："一部迅速展开情节的轻松喜剧成功的寿命只有12个月，而一部思想深刻的戏剧的寿命却是12年。"

忠实的朋友保尔·麦利斯一如既往，站在指挥席上，准备在巴黎大造舆论。雨果夫人、奥古斯特·瓦凯利和查理·雨果为他摇旗呐喊。保尔·麦利斯致维克多·雨果，1862年7月6日：

  已经6天了，巴黎发狂地阅读着《悲惨世界》。一开始的口头议论和报纸简讯就预示着巨大的成功，这是很容易料到的。人们赞赏、着迷，再也听不到喊喊喳喳的非议和支支吾吾的搪塞了。这部完整的创作以其伟大恢宏和高尚仁爱的正义思想使人们震惊不已。它超过了所有创作，势不可当地征服着许多读者。

真是凯歌高奏！为小说付出30万法郎的拉克鲁亚却在1862—1868年靠小说的出版发行得到了517000法郎的纯收入，在布鲁塞尔为庆贺《悲惨世界》大开华宴。

评论家们对这部长篇小说可没有那么狂热。强烈的政治倾向给评论的性质打上了烙印。居维尼埃·弗列利大骂雨果是"法兰西的头号蛊惑家"。巴尔贝·道莱维伊谈到"令人厌烦的诡辩术"，称雨果是"百无聊赖，畸形丑恶的保尔·德·科克[①]"。这是可以预料的，这也正如作家中的朋友们——茹尔·让南、保尔·德·圣-维克多、涅夫策尔、路易·威尔巴哈、舍莱尔、茹尔·克拉莱蒂——对小说必然特别热情一样。拉马丁表现得十分谨慎，他写信给维克多·雨果说：

  我亲爱的、大名鼎鼎的朋友，我对你的天才变得比大自然本身更加伟

[①]科克：1794—1871年，法国小说家。——译者

大惊叹不已。这使我很想对你和你的书写几句话,可是随即我又犹豫起来——这乃是因为我们的观点不同,但绝不是因为我们的心性不同。严厉谴责平均财产的社会主义这种反自然法则的产物吧,我怕有辱于你,因此我就决定什么也不说了。但我要告诉你,只要你不明确对我说:"抛开个人感情,我准备让拉马丁粉碎我的体系。"我就不打算在我的《文学座谈》中论述到你。我不要求你的什么彬彬有礼的回答……我只请你考虑考虑自己……

雨果给了他充分自由,于是拉马丁写了一篇非常刻薄的文章。他对文学家雨果大加赞赏,而对哲学家雨果进行了粗暴的攻击。"这是一本危险的书……它会在广大读者心中播下最凶暴、最残忍的种子——奢求一种无法实现的幻想"。受了伤害的雨果指出:"这个天鹅星想吃人了。"波德莱尔在《林荫道》上发表了一篇关于这部长篇小说的虚伪的论文,他称它是"一部足资垂训的,亦即有益的小说",可是他转身向他的母亲坦白,他赞扬这本"卑劣荒唐的书"是假话,"雨果一家和他的门徒叫我恐惧之至"。"进步的宗教"激怒了波德莱尔,他赞赏诗人雨果,但当他收到雨果的一封信,信中说"前进!进步的本质就在这里,这也同样是艺术的口号。这一口号中也包括着诗歌的全部本质"时,这种老生常谈"时而引他冷笑,时而引他烦恼——这要看他当时的心绪如何了"。

今天,时间已经作出了判决:全世界都公认《悲惨世界》是人类智慧的伟大创造之一。冉阿让、米里哀主教、沙威、芳汀、德纳第太太、马吕斯、珂赛特这些形象,在世界长篇小说屈指可数的主人公群中,与葛朗台、包法利夫人、奥列佛·退斯特、娜达莎·罗斯托娃、卡拉马佐夫兄弟、斯万[①]和卡留斯等并肩媲美,占据着自己的席位。小说被搬上了银幕,于是雨果的主人公已经几乎举世皆知。为什么会发生这种事呢?难道这本书就没有缺点?难道福楼拜和波德莱尔的话——"这里没有人性的本质"——说错了?

诚然,在这部小说中,呈现在我们面前的是一些天性奇特的人物形象,有的以其慈悲或仁爱而高于普通人性,有的以其残忍或卑贱而低于普通人性。然而在艺

[①] 葛朗台是巴尔扎克《欧也妮·葛朗台》中的主人公,包法利夫人是福楼拜同名小说中的主人公,奥列佛·退斯特是狄更斯同名小说中人,娜达莎是托尔斯泰《战争与和平》中人,卡拉马佐夫出自陀思妥耶夫斯基同名小说,斯万是普鲁斯特长篇巨著《追忆逝水年华》中的主人公。——译者

术中畸形具有顽强的生命力，只要它们是美的畸形。雨果对奇特的、戏剧性的、巨人般的东西有一种先天的嗜好。为了创造一部杰作，只有这一点还不够。但是他的夸张手法被证明是正确的，他把主人公分成情感高尚的和卑鄙的两类。雨果真诚地赞颂米里哀，真诚地热爱冉阿让。沙威使他恐惧，但他又十分真诚地尊重沙威。作者的真挚诚恳，形象的规模宏大，被浪漫主义艺术卓越地结合起来了。《悲惨世界》有着足够的生活真实，使得这部小说必然显得合情合理。小说不仅有着丰富的现实生活的内容，而且历史材料在其中起着重要作用。维克多·雨果经历过帝国时代、复辟王朝、1830年的革命。他以一个现实主义者的敏锐目光，发现了主宰人世沧桑的隐秘动机。请读读描写1817年或1830年革命——"几页历史"——的有关章节吧，在那里，思想和风格是价值相当的。雨果说得很公正，复辟王朝"自以为它很强大，因为帝国在它眼前像舞台上的一块布景似地给搬走了，可是它却没有想到，它自己也正像布景似地是给搬上来的。它没有看到，它是被捏在推翻拿破仑的同一只手心里的"。①被描写成不偏不倚，甚至很有同情心的路易·菲力普的肖像非常出色，有似莱兹或圣西门②的散文。

现代的批评家们正如出版家们所预见的，责备作者在小说中离开情节的插话太多。"大量的哲学议论拖延了故事情节的发展。"他们说。抱有敌意的巴尔贝·道莱维伊虽然承认他不由自主要赞美对滑铁卢厮杀场面的描写："充满抒情色彩，这是热情澎湃的诗人雨果先生的固有特点。炮弹横飞，号角呜咽，迂回包抄的运动，闪闪发亮的军装——我承认，这场鏖战会激起人们生动活跃的兴致"。但是他认为这是特写，譬如对比克布斯修道院和金钱一章的赘述，与整个小说毫不相干。我们要顺便指出，人们对巴尔扎克和托尔斯泰也有过类似的非难，只有对梅里美没有这类指责。但是巴尔扎克和托尔斯泰是比梅里美更伟大的作家。在《贝娅特丽丝》③的开头对盖拉德的描述不也很冗长吗？是有些冗长，然而长篇巨著没有这些冗长的描写只怕难得丰满。延宕、暗示、停顿、时间，有时这些都是必要的。《悲惨世界》的富于哲理性的序言开首第一句话就是："这是一本宗教性的著

---

① 选自雨果的《悲惨世界》。——原注
② 莱兹：1613—1679年，法国散文作家，著有《回忆录》；圣西门：1675—1755年，法国散文作家，其作品《回忆录》与莱兹的一样，有重要的史料价值。——译者
③《贝娅特丽丝》：巴尔扎克的作品，写于1839年。——译者

作。"秘密就在这里。具有足够的鉴赏力的圣佩韦为了不去透彻地阐述这部杰作，躲躲闪闪闪不写一篇文章，但他在自己的秘密笔记中指出：当时他那一辈的所有代表人物都变成了老头，好像坐在荣军院的长凳上晒太阳的风湿病患者，只有维克多·雨果仍然是青春焕发的榜样。

在马尼饭店的餐桌上，丹纳[①]说：

"雨果吗？雨果一点儿也不诚实。"

圣佩韦愤慨激昂地反驳道："怎么？丹纳，你认为缪塞在雨果之上！但是要知道雨果……是在握有生杀予夺之权的政府鼻子底下搞创作，他却取得了我们时代最大的成功……他已渗透到了每一个角落……妇女，人民，人人都在读他的作品。他的任何一本书都要被人们赞美上4个钟点——从8点到中午……在年轻的时候，我刚刚读完《颂歌与民谣集》就立刻把我自己所有的诗都拿给他看……《环球报》的那些人称他为野蛮人。就算是这样，可是我要把我所完成的一切都归功于他，而《环球报》的人用10年的时间也不会教给我些什么……"

"对不起，"丹纳反驳道，"雨果是当代的庞然大物，但是……"

"丹纳，"圣佩韦打断了他，"请你不要谈雨果了吧……你不了解他。这里只有两个人了解他——戈第埃和我……雨果的创作无比伟大！"

[①]丹纳：1828—1893年，法国文艺理论家、史学家。——译者

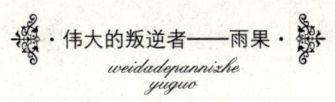

第三章 火山

天才是不受局限的。

——波德莱尔

第奥菲尔·戈第埃谈到《悲惨世界》时说:"这是一部很难说好坏的著作,这不是人工所能创造的。这样说吧,它是自然力的产物。"这一评价更适用于流亡期间的其他著作,其中包括《莎士比亚论》——"一部气魄宏大的史诗般的评论专著"。这是火山爆发时喷射出的一股岩浆,从这里产生出好些在烈火反照下还没有暗淡下去的伟大形象。促使雨果注意莎士比亚有三个原因:1864年将是莎士比亚诞辰300周年,因此这一论题具有现实意义;法兰苏亚-维克多要他为自己的译著写一篇序言;而主要的是他感到有必要用一篇总结性的评论来取代40年前写的《克伦威尔》序言。这篇评论应当是19世纪和浪漫主义的文学遗嘱。

雨果对莎士比亚的了解完全是间接的。我们还记得,他第一次接触莎士比亚是1825年5月在兰斯。当时诺第埃给他即兴翻译了《约翰王》,打动了青年诗人的心弦。就因为这样,他才不想读列杜奈翻译的这出悲剧。但是诺第埃和维尼使他熟悉了莎士比亚的其他戏剧。在泽西岛的时候,法兰苏亚-维克多问父亲:"你在流亡期间打算做什么?"父亲说:"我要观察海洋。你呢?""我准备翻译莎士比亚。"儿子回答说。雨果郑重其事地指出:"有些人物本身就如同海洋啊!"这是一场戏剧性的对话,但是令人敬佩的是生性懒惰的法兰苏亚-维克多紧接着说,他有勇气担负起这一艰巨的工作。"翻译出这36部剧作,12万行诗"。这一工作只是由于格恩济岛寂寞单调的生活和一个年轻姑娘艾米尔·布特隆的帮助才得以完成。雨果尽自己的英语知识程度关注着儿子的工作,可他的英语知识并不高明。但是这一工作引起了他对天才、诗人的作用和艺术的思索。只要谈谈莎士比亚,他也就有机会谈到他自己了。灵感赋予了这篇专著异乎寻常的鲜明色彩,序言变成了一部完整的创作。这篇论著谈的是莎士比亚吗?只可以在一定程度上这么说。真正的议题是天才，确切些讲，是许多天才。他把荷马、约伯①、埃斯库罗斯、以赛亚、以西结②、卢克莱修③、朱文纳尔、塔西陀、圣约翰④、但丁、拉伯雷⑤、塞万提斯⑥等都列入了他论莎士比亚的范围。其中只有一个法国人和一个希腊人。矮小的红胡子比利时出版商拉克鲁亚对这些天才中没有日耳曼的代表很不满，他建议加上歌德。"歌德仅只是一个多才多艺的人，"雨果反驳说，"歌德是一个有局限性的作家，而天才是不受局限的，他们具有囊括无限的特点。这决定了他们的伟大……他们本身就是不可知。欧里庇得斯⑦、柏拉图、维吉尔、拉·封丹、伏尔泰等人不夸张，不惊恐，也不耸人听闻。那么他们到底有何不足呢？缺点就是不受局限！"

这就是对那些非难雨果的人们的回答。那些人非难他，就因为他不受局限。全书都是为自己而做的辩护词，甚至他的缺点也是优点，天才是不能超越的。"艺术当它是艺术时，既不求前进，也不求后退……金字塔和《伊利亚特》始终雄居首位。一切杰作的水准都是同样的——那便是绝对……诗人们的信念便由此而生。他们满怀崇高的信心，把希望奉献给未来"。同时他们审视过去，带着一种血缘感情寻找与自己相同的人物。雨果把自己看作与最伟大的诗人平起平坐的诗人。现代人对这种狂妄自大暗暗窃笑，可是我们却认为他有充分理由这样做。"一个法国诗人对一个英国诗人的评论"——作者本人为该书内容提要写的这句话也表明了这一点。

在伟大人物中，有一些人是些神秘的天才，他们都具备三种品格：洞察力、想象力、直觉力。他们不但与人类和自然有着直接联系，而且和超自然力也有直接联系。"在莎士比亚的创作中，高耸着一座梦幻中的神殿，这和其他伟大诗人完全一样……" Promontorium Somnii⑧，这是为《莎士比亚论》中的一章写的标题。但是这

---

①约伯：《圣经》中的人物，极有忍耐精神。——译者
②以西结：希伯来先知。——译者
③卢克莱修：公元前99—公元前55年，罗马哲学家、诗人。——译者
④圣约翰：耶稣十二门徒之一。——译者
⑤拉伯雷：1494—1553年，法国文艺复兴时期作家。——译者
⑥塞万提斯：1547—1616年，西班牙文艺复兴代表作家。——译者
⑦欧里庇得斯：公元前480—公元前406年，古希腊三大悲剧作家之一，写悲剧90余部。——译者
⑧拉丁文"梦境中最高的海岬"之意。实指思想、创作中的一种境界，直译令人费解，故译为"梦幻中的神殿"。——译者

一章很长时间没有公开发表，可它正是理解雨果的一把钥匙。"每一个幻想家的脑海里都有这样一个虚构的世界……精神平衡之暂时或部分地被破坏，无论对个人还是整个民族，都不是一种特殊的现象"。梦幻中的神殿，无论就其思想还是风格来说，都是论述的主要对象。但是由于完全可以想到的原因，雨果不想把赞美疯狂的这一章拿去付印。

《莎士比亚论》刚一写完，就卖给了拉克鲁亚，并签订了合同。后者供认，为了这次纪念活动，他已经向拉马丁约了一本论莎士比亚的著作。"我希望，"他写道，"这一情况不要使您为难。"这使雨果怒不可遏，他回答说：

> 这决不是对我的难为，而是对我的侮辱。既是对我的声名赫赫的朋友拉马丁的侮辱，也是对我的侮辱。您是想搞一次跳跃障碍赛，把我和拉马丁置于参加拟题有奖征文赛的中学生地位。您想对我说："我希望您的书所享有的成功带动拉马丁的书也能畅销。"您不想想，我能把拉马丁这样的大诗人牵到我的拖船上吗？您也不想想，假如有谁能把他拖到自己的拖船上，拉马丁会不会高兴……

还有一件与莎士比亚300年祭有关的小插曲。法国作家成立了一个莎士比亚委员会，维克多·雨果被推选为主席。因为他不能出席隆重的宴会，委员会决定把他的席位空着，这样就可以在设宴时向巴黎表示这个著名的流亡者缺席。宴会后拟议庆祝活动将从"贵族饭店"迁到圣马丁门剧院，在那里上演保尔·麦利斯翻译的《哈姆莱特》。乔治·桑写的贺词将要在宴会上宣读。这篇贺词"简短而平庸，意在把伏尔泰与莎士比亚调和折中起来。"然而很明显，由于政府害怕借机闹事，必定要禁止宴会。可是麦利斯对奥古斯特·瓦凯利说，这种禁止本身就是对雨果的《莎士比亚论》的最好宣传。

宴会被禁止了，但书还是问世了。马拉美说："有些章节仿佛是雕刻家刻出来的，但这是一些非常令人恐怖的东西。"报刊杂志态度谨慎。人们指责诗人，说他想充当批评家的角色。雨果回答道："禁止诗人从事批评，何其荒唐！最了解矿井坑道的难道不是矿工？"阿梅岱·罗兰以嘲弄的口吻在《巴黎评论报》上写道：

> 这本书最恶劣的潜在思想应当这样来概括：荷马是伟大的希腊人，埃斯库罗斯是伟大的希腊人，以赛亚是伟大的犹太人，朱文纳尔是伟大的罗马人，莎士比亚是伟大的英国人，贝多芬是伟大的德国人，谁是伟大的法国人呢？怎么？能说没有这样一个伟人吗？拉伯雷吗？不！莫里哀吗？不！

真叫人难猜。孟德斯鸠吗？不，不是他！伏尔泰吗？呸！到底是谁呢？……只能是雨果！……那么，您对莎士比亚有何高见呢？我对他要说的和维克多·雨果本人所说的完全一样：莎士比亚的名字在这里只不过是一个幌子……

就在这时候，这个奇特的老人正在布鲁塞尔整理自己的手稿："我给'高城二世'①寄出一只不大不小的新箱子，上着暗锁和挂锁，里面有尚未出版的手稿《历代传说》的续篇。在另一只箱子里装的是《撒旦的末日》、《1000法郎奖金》、剧本《侵犯》和喜剧《祖母》，许多夹着刚开了头的作品的纸夹，我的笔记，1840—1848年的日记，此外是已经发表了的作品底稿《悲惨世界》、《莎士比亚论》、《历代传说》、《街头与林间之歌》。里面还有几乎已经完稿但尚未出版的诗集《哈夫罗什之歌》和《让·普鲁维尔吟》，以及《流亡中的言行》（为《维克多·雨果在流亡中》一书准备的材料）。秀贞娜应当好好保存这只箱子……"无论发生了什么事，这个游子是永远不会不带行装就踏上那漫漫征途的。

---

①这里是指"高城仙阁"，即尤丽叶所住的房子。——原注

第四章 《街头与林间之歌》

《莎士比亚论》发表于1864年，而在1865年，《街头与林间之歌》使那些把雨果当作一个默示录式的诗人和威力无穷的批评家的人们大吃一惊，他们突然发现雨果是个重感情、很快活的人。他一生都崇拜爱情，而且甜蜜地讴歌爱情。从少年时代起，他的想象力就描绘着一幅幅春宫画：透过树枝窥视冰肌玉肤的仙女的牧神，从阁楼的缝隙中偷看进入梦乡的女郎的轻薄中学生，女浴者令人消魂的纤足，披巾微启露出来的迷人的酥胸，直掀到看得见玫瑰色吊袜带的女衣裙，与年轻的陌生女郎的相遇：

　　她一个人坐在岸上——秀足如玉，
　　栗色长发有如波浪飘逸。
　　我突发奇想：她可是水中仙女？
　　我轻轻地招呼她："走吧，咱们一起！"

　　轻风徐徐，阳光明媚，
　　透明的流水与芦苇喃喃细语。
　　面颊绯红，活泼可爱的少女，
　　咯咯地笑着倒在了我的怀里。①

在他的纸夹里集存了许多这样的诗。在1847年他就已经想出一本《街头诗集》，后来他想起这样一个诗集题名——《街头与林间之歌》。完成《历代传说》后他感到需要松一口气，就为这一诗集又写了几首新歌，1865年这一工作大功告成。《街头与林间之歌》和在此之前所写的东西之鲜明对比是有其目的的，那就是

---

①选自雨果的《曙光女神》（《静观集》）。——原注

刺激读者的想象力。诗人把"珀伽索斯①放在草地上",而这头飞马觉得自由了,于是就狂奔起来。亚历山大体的长浪变成了八音步的跳荡的涟漪。整个诗集由第奥菲尔·戈第埃和亨利希·海涅最爱用的八音步、四行体组成。看来雨果打赌要试试任何困难他是不是都能克服。这种不由要让人想起年轻时代的缪塞式的大胆放肆肯定要激怒满口仁义道德的评论家们,但也会引起其他评论家的狂喜。路易·维伊奥洋洋自得:"雨果先生出生于1802年,这就是说,他差不多已经到了两个老头围着苏珊娜死乞白赖地纠缠的那个年纪②……假如追求苏珊娜的两老头要唱歌的话,他们总会唱《街头与林间之歌》的,结果这些歌暴露了他们的灵魂。这真是丑恶不堪……"

另一个仇敌巴尔贝·道莱维伊也发言了:"维克多·雨果这个雄赳赳的号手,生就是吹冲锋号和进军号的,但他一心想当文坛上的蒂尔西斯,一心想用颤音歌唱、演奏,一心想用芦笛吹奏温情脉脉的田园牧歌。然而人人都知道,他气壮如牛,他那将弯曲笨重的铜管号都能吹炸的蛮劲,一旦憋足胸膛和嘴唇上的气力,都不愁把空气给吹得爆炸了。"

波拿巴的报刊把这本诗歌中青春时代的嬉戏笑闹看作是一个老色鬼的铁证。它们把雨果描写成"一个年老力衰的好色之徒,虽然他已经连一根头发也没有了"。实际上,他壮实得像山岩峭壁一般,仍然没有丧失寻欢作乐的兴致,他认为性生活是健康的。这是一种罪孽吗?"难道不能把年迈老人的语言与遥远的青春之歌和谐地结合吗……不能让我来做青年人的遗著的出版人吗?难道一个老头子就无权回忆自己的青春时代?作者思考过这些问题。这本诗集就是因此而来……"

其实根本没必要辩解。诗集以其炉火纯青的惊人技巧受到了所有人的赞赏,甚至连他的敌人也承认这一点。巴尔贝·道莱维伊称赞他是一个"善于完美地运用自己乐器的乐师……这样的诗篇在法语中,就是在雨果本人以往的语言中也是决然

---

①希腊神话中的双翼神马,后升天为宙斯的坐骑,它的蹄子踏过之处便有泉水,诗人可从中获得灵感。——译者

②典出希伯来传说《苏珊娜的历史》,巴比伦犹太美女苏珊娜拒绝两个充当法官的长老被判死刑,最后由于但以伦仗义执言而平反昭雪。——译者

看不到的。"他还说，诗人的飘逸风骨和诗作的前无古人的艺术技巧使读者大为倾倒，"只要这个天才击节歌唱，就会产生一种奇特的、梦幻般的印象，这是一种类似同样一个天才画家所绘制的阿拉伯装饰图案对我们所产生的印象。雨果先生是一个诗歌方面的阿拉伯绘画天才。他能用他的诗句随心所欲地变幻出一切来。阿尔列金①能把自己的草帽变成小船、匕首和灯，雨果先生也能用他的诗变出各种各样的玩意儿来！他摆弄它们就像我有一天看到一个吉卜赛女郎摆弄扑克牌一样，那一天直到如今都使我觉得是一个美丽的梦。"

严厉可怕的维伊奥的赞扬压倒所有这些精采的称誉："没有任何虚饰，没有丝毫败笔。这是最有活力、最有弹性的肌肉，它抖动、玩弄着坚韧的筋腱，它摆动、灼烤着热血。我敢说，这本诗集是法语中最美的抒情诗之典范。"在这里，这个敌人是公正的。我们也要像他一样赞美这无数诗行的清丽、健美的艺术力量。八音步的诗不允许滥用词藻，为了避免形象单调，它要求想象丰富和一种突然托出思想与形象的奇思妙想。

  爱情成了捕捉心儿的陷阱，
  它来了又去，来去不定。
  我们的牧羊女剪着羊毛，
  但不是向绵羊，而是向银行股东。

  该是你们清醒的时候了，男人们！
  我们当今的世界就是这样：
  让人着迷的福丽娜们，
  都是精打细算的高利贷者。

  老练的赌博汉来寻欢作乐，
  阿弗洛狄忒②是个冷酷的会计师，

---

①意大利喜剧中的丑角。——译者
②阿弗洛狄忒：古希腊神话中的爱情之神。——译者

>热烈的达佛尼斯吻着赫洛亚①，
>
>而赫洛亚却拿出了账单。②

每一行都是那么绝妙，每一个舞女都在按着作者的心愿轻盈跳跃。诗集无疑不具备思想丰富的特点，赞美森林、春光、陋室、亲吻、可爱的姑娘、玫瑰色的纤足，固执地相信人的天性到处都一样："斗篷或曰衣裳，还不是一个样？而你，玛尔戈，和戴着小睡帽的格丽凯莉也一模一样……"难道就不可以在一瞬间撇开那些高深的问题？

>我的朋友，我知道你在生气。
>
>可是怎么办呢？到处是满目苍翠，
>
>我宣布的幕间休息并不遥遥无期——
>
>那芳草地等我已经等得心急。

总之，妙不可言的舞姿，舒展自如的韵律，配合着最美的语言；每一支舞曲从华多的风格到谢尼埃③，再到费奥克利特。在这里，田园风光在才华横溢的诗行中呈现了出来；在这里，山林水泽的仙女们紧跟着洗衣女工们蜂拥出场。琴声叮咚，这个天才的芭蕾舞曲家刻意要向读者证明，就是在紧锣密鼓的节奏中，他仍能毫不费力地从田园诗过渡到史诗。由于这种才华，才产生了这样一些令人陶醉的篇章：《播种的季节》、《晚会》、《60年的战争》，以及《往年战事之回忆》。所以当时运用同样乐器而没有达到如此高超技艺的第奥菲尔·戈第埃、第奥多尔·德·巴威尔和都德④对他赞不绝口是完全可以理解的。这种精湛技巧的奇观使那些语言艺术的庸才们大开眼界，正如巴尔贝所言，使他们得到了一种真正的"天乐般的享受"。第二帝国上流社会的读者促进了诗集的商业性的成

---

①《达佛尼斯和赫洛亚》，古希腊朗戈斯的一部小说，描写一对恋人历尽艰辛终成眷属的故事。——译者

②选自雨果的《老的与小的》（《街头与林间之歌》）。——原注

③谢尼埃：法国18世纪作家中有两个谢尼埃。安德列·谢尼埃（1762—1794），大部分诗歌是田园诗、悲剧、牧歌等。约瑟夫·谢尼埃（1764—1811），安德列之弟，作品主要反映大革命时期的政治斗争，这里难以确定是指哪一个谢尼埃。——译者

④都德：1840—1897年，法国小说家。——译者

功,优雅轻佻的主题完全符合当时的风尚。而熟读、赞成《惩罚集》的广大读者对这种过分讲究艺术技巧的诗歌是不感兴趣的。乔治·桑在《民族的未来》上发表了一篇论《街头与林间之歌》的出色文章,她收到一封表示感谢的相当奇怪的回信:"这篇文章是对我的书的奖赏……上帝的存在证明我们在人世间找到了天才,您也是这样一个天才……"新形式就是上帝存在的明证。

第五章 《海上劳工》

关于维克多·雨果在1866年和1869年间的生活,有一部出自保尔·斯达普弗尔之手的冗长的回忆录,既辛辣又真实。此人是一位年轻的法国教师,在格恩济中学讲授文学,经常去诗人家作客。雨果当时靠妻妹茹丽·赛奈照料生活。驼背流亡者凯斯列尔常到他家吃饭。格恩济人是不会关照这个外籍作家的,他的共和主义思想,他对维多利亚女皇的大不敬,使他们愤慨,只有法官的女儿盖丽小姐很赏识他的诗,认为他是一个伟大的人。雨果那高贵而轻盈的步态使斯达普弗尔惊讶。他健壮而敏捷,高大而端庄,头戴宽边软帽,天气不好就肩披斗篷,两手总是插在衣袋里,即使穿着流浪者的褴褛衣衫,也会给人留下感人至深的印象。

这个仪表雍雅、老派古板的人,文质彬彬地对年轻的斯达普弗尔说:"光临敝舍,甚感荣幸。"在面对面交谈时,他妙语连珠,言词朴素而自然。听众越多,他就越是口若悬河,现实生活中的人就变成了艺术作品中的主人公。当时他抛出霹雳和闪电,来反对庸俗唯物主义。他愤怒地援引了丹纳的一句格言:"'恶习和美德是一种犹如白糖和白矾似的东西……'要知道,这是对善与恶的区别之否定……我真想去巴黎,是的,是的,我真想回学院,为的是和奥尔良大主教一同投票反对这个老学究当选!"另一个叫他妒恨的人是拉辛。"他使用起自己的手法来犹豫不定,"雨果说,"有时写得很糟糕,比如:你要珍重自己的血统,我求求你,不要让我听到你整天哭泣!"

接着他以一个文学鉴赏家的迷醉神情赞美了布瓦罗的《诵经台》、莫里哀的《冒失鬼》、高乃依的喜剧。饭后他又变得"高深莫测"起来。年轻的斯达普弗尔不无狡黠地指出:正是在那时候,许多最复杂的问题诸如灵魂不死、上帝之本质、祈祷之必要、泛神论和实证论之荒谬、两个无限等等,被他提了出来,并被他一一解决了。"啊,无神论何其狭隘!何其浅薄!何其荒谬?"雨果说,"上帝是存在的。我相信他存在胜过相信我自身的存在……至于我,我不祈祷连4个小时都熬不过来……我夜里只要一醒来，就马上开始祈祷。我所求于上帝的是什么呢？求他给我力量。我很清楚什么是好、什么是坏，但我没有力量去做我所认识到的好事……我们都是通过上帝才存在的，他是万物的创造者。但是要想证明他已经创造了世界，那是骗人，因为他正在不停地创造着世界。他，就是无限之我。他就是……安黛儿，你睡着啦？"

雨果夫人那天晚上也在格恩济，她待的时间很短。她现在已经是一个64岁的体貌威严的太太，云鬓高耸，衣着华美，那富丽堂皇的式样使她显得鹤立鸡群。叫斯达普弗尔吃惊的是她讲到显而易见的事情时那种煞有介事的神情："您是从巴黎来的吗，先生？……啊，巴黎！那是世界上最伟大的城市！"她不时地纠正她妹妹说话时的错误："嗨，茹丽，你怎么能说'您不想要些蜜陀克吗'？应该说蜜陀克葡萄酒。"

维克多·雨果开诚布公地评价了当代作家。他奇怪有一个批评家竟想剖析"缪塞诗歌的伟大意义"，他说："我认为人们曾经给缪塞下的那个定义，'小姐式的拜伦'既正确又出色……他在许多方面不如拉马丁……在我们这个时代，只有一个经典作家，唯一的一个，你明白吗？这就是我，我比任何人都精通法语。在我之后是圣佩韦和梅里美……但梅里美是个才气不足的作家，用大家的话说，他太冷静。但这已经实在是对这个作家的溢美了。梯也尔是一个两眼只盯着贵族读者的宫廷作家……库里埃[①]是一个讨嫌的黄口小儿。夏多布里昂有许多极好的篇章，但是此人对人类缺乏爱，生性卑污。人们指责我骄傲，是的，这是对的，我的骄傲正是我的力量之所在。"

也就在1867年，发生了一件在尤丽叶看来十分重大的事——雨果夫人拜访了"高城仙阁"，亦即拜访了德鲁埃女士。离家两年后，心地善良的安黛儿·雨果希望对这个高高兴兴地完成了她的代理人职责的女人表示谢意。尤丽叶感到悲伤的是安黛儿一回来，她就"灶破锅翻"了，再不用她做"厨娘"了。但是夫人对她的关怀使她受宠若惊，就像国家首脑之间的国事访问一般，她立即回访了"高城别墅"。尤丽叶·德鲁埃致维克多·雨果："我匆匆履行礼尚往来的义务，因为我对尊夫人深感敬重。"

从此，"染指天伦之乐成了她的一种快乐的习惯"。稍后，她陪自己的心上

[①]库里埃：法国作家。——译者

人到布鲁塞尔住了3个月，并被接到了街垒广场的住宅里。她甚至接受邀请，同查理、他的妻子及其4个月的小男孩乔治一起在桑芳丹林间别墅住了几个星期。在那里，她给视力已经很差的雨果夫人读书消遣。尤丽叶致维克多·雨果，1867年9月12日：

> 我的心儿都不知该听你们家哪个人的吩咐了。我陶醉，感动，惊喜，幸福，有似一个可怜的老妇人一下子享了艳福。近两个星期以来，我真是福星高照：太阳、鲜花、可爱的小娃娃，天伦之乐和爱的氤氲！我拥抱你，为你们全家祝福。

经过无情的忏悔，在61岁时，她终于能够"享受到礼遇的快乐，普遍而又心照不宣的谅解之快乐"了。甚至在格恩济岛的时候，对这种不合法的、但已被时间净化了的同居生活的成见就已经消失了。雨果夫人在外期间，允许尤丽叶在"高城别墅"住了一个月！时间虽短，其乐无穷啊！尤丽叶·德鲁埃写信对维克多·雨果说："我享受着仁慈的上帝和仁慈的你赐给我的每一瞬间和一切机会。这是一种完满的享受，为此我感谢你们俩。"

这时有一个巡回剧团来格恩济演出《爱尔那尼》。尤丽叶有点担心"60人团"（岛上60家望族的人组成）的偏见，但是叫她非常吃惊的是演出取得了成功。在格恩济，现在可以出售维克多·雨果在孩子们中间的那张照片了，亦即在圣诞树下拍的那一张。甚至面包师本人都希望买到"高城家长"的肖像。姗姗来迟的地方荣誉终归还是来了。从此，开始了新的生活。雨果夫人大部分时间住在巴黎，查理一家时常请她到那里作客。法兰苏亚-维克多、查理和阿丽莎照看着布鲁塞尔街垒广场的住宅，茹丽·赛奈和尤丽叶在格恩济岛守着伟大的流亡者。夏天，雨果一家打算都到布鲁塞尔去。1865年，波德莱尔对安塞尔说，诗人最终是要迁居比利时的，"看来，他与海洋闹翻啦！我看他没有那么大的力量忍受海洋，或者是他厌倦了海洋。须知，要给自己在悬崖峭壁上建筑一座宫殿，得付出雨果多少心血啊！"但是波德莱尔错了。雨果仍旧相信格恩济将赋予他极大的创造力，他也很喜欢他的这座"宫殿"。

但是他毕竟发现养活4个家庭——巴黎的、布鲁塞尔的、格恩济岛的和他那住在大洋彼岸的女儿小安黛儿——这副担子很不轻松。他每月要寄给小安黛儿150法郎的生活费。此外，遵照母亲的坚决要求，每年还得寄两次衣服费，每次300法郎。家庭开支包括房租和饮食，总共得花去他3万法郎左右。他每年进款（比利时银行和英国的存款利息）是48500法郎，如果算上他出售《悲惨世界》的版权得到的每卷4万法郎（长篇小说那时通常由4卷组成）和发表论文与无数次的转载再版的稿酬，那么可以肯定他是一个百万富翁。因此，他的那种与家人讨价还价的老习惯就有点叫人瞠目结舌了。

人们认为雨果吝啬，说他在晚年的那种每年都要把一部分进款存入银行的怪癖更厉害了。为了对此做出公正的评价，必须考虑到两种情况。首先，除家庭和尤丽叶·德鲁埃的费用外，他还破费了许多钱财，实际上他根本没必要这样做。譬如，好多年里，他一直在资助老是不根据家底过日子的流亡者埃奈·凯斯列尔，直到雨果把他长期养活在"高城别墅"为止；每个星期他都要让格恩济岛40个儿童饱餐一顿；在他的日记中我们发现多次提到周济穷人的事实："1865年3月9日，给玛丽·格林和她生病的孩子送去羹汤、肉和面包……3月15日，给奥斯瓦尔德夫人送去包布，她刚分娩……3月28日，送煤给奥吉恩家……4月8日，给维多利亚·埃达斯送去被褥，她生孩子没有布……"一般来说，家务开支总数的1/3几乎都用来帮助了穷人。这是行善积德者的吝啬！

其次，应当注意的是另一种情况：他认为积蓄资金是他的责任，以便使他的家人在他死后生活有保障。他的儿子们挣钱不多，安黛儿没有什么进项。1867年3月31日，查理添了一个儿子乔治。1868年4月14日孩子就夭亡了，但是在1868年8月16日就又生了第二个乔治，他活下来了，妹妹冉娜也跟着他出世了。维克多·雨果致儿子查理："我绞尽脑汁也想不出乔治和冉娜将来的生活保障是什么，因为我决不想搞财政赤字。你看到了吧，老头子的脑袋里还能闪出理智的微光。"他不得不号召他的亲人们精打细算，因为他们都有挥霍浪费的习惯。他写信给查理和法兰苏亚："现在让我们来谈谈家务。买酒你们要尽量避免买太贵的。3月末我付清了寄到布鲁塞尔的酒钱，共334法郎，从10月起总共是978法郎。总之，只酒钱1年就得开支2000多法郎。因此请你们自己做结论吧……"除了他给妻子儿女们钱，他还要扣他们欠他的债。不过有时他也宣布免除他们的债务。

但这没有影响雨果夫人为周济她的亲人们而求救于这个封建领主。她对妹夫、缺德少才的画家保尔·赛奈百般迁就，她也想使远离故土的可怜的丹丹高兴起来。她自己身患重病，在泽西岛的时候，她就已经引起了亲人们的不安：因为视网膜炎，她有一只眼睛时常失明；她常常心跳、头晕，感到自己有中风的危险。她通知妹妹茹丽说："你还不知道我已写下遗嘱了吧！必须活着，可又总是想到死，与死神往来亲密,我要把蒂蒂娜的婚礼祈祷书遗交给我的舅妈安西琳。"维克多·雨果相信他的妻子的病没危险,"你们千万要记住,妈妈要紧的是必须吃鲜牛排、喝上等葡萄酒。"他给儿子们写信说。这真是高血压的治本良药!

他在格恩济岛时就想亲自动手给她治疗。他给对她关心备至的奥古斯特·瓦凯利写信说:"亲爱的奥古斯特,请转告我热爱着的、多灾多难的人儿,如果她不怕出海一趟,格恩济热烈欢迎她来。她的桑芳丹的女朗读人将给她读书解闷,她想听多少就给她读多少;茹丽将在她的口授下替她写东西;而我尽一切可能让她消遣开心。有春天帮忙,她将恢复健康……"他满怀善良愿望:"我的亲人们,你们都爱我吧,因为我是为你们而活着,你们是我唯一的精神寄托。你们是我的生命,我虽然远离你们,但永远和你们息息相通。我的爱妻,你的信多么温柔。真的,它们散发着温馨的芬芳。对于我来说,你的信就是明媚春日的鲜花。是啊,我们大家需要团圆。紧紧地拥抱你们……"

这时雨果正在发奋写作。1866年,他发表了气势磅礴的长篇《海上劳工》。他爱宏伟的建筑,他也希望这部著作成为他雄伟建筑——命运——中的主体建筑之一。《巴黎圣母院》是教理之命运,《悲惨世界》是法律之命运,《海上劳工》是自然之命运。这部作品的特点是气魄恢宏。维克多·雨果把他渊博的学识融进了这一著作中,这些知识是在群岛生活期间积累的,有关于海洋的、舟船的、海员的、浓雾的、海中巨怪的、悬崖和暴雨的。格恩济岛的风土人情,地方民间创作,"闹鬼"的住宅,英吉利-诺曼底一带特殊的法语——这一切都使这部小说带上了强烈而新奇的色彩。

1859年夏季,他是在塞克岛度过的。在那里他和尤丽叶·查理一起观察过海员们怎样攀登陡立的绝壁,探访了悬崖上走私贩子们的岩洞,留意过章鱼——这种凶残的怪物在他的小说中起着一种戏剧性的作用。在他的笔记里,对于暴风雨的描写为这本初名为《海员吉利亚特》的小说提供了素材。吉利亚特在小说结尾时的自杀,笔记里早有记述:"塞克港,6月10日,上午11点。一个人滑进岩石之间。他被卡在悬崖上最窄的一个岩缝里,不能挣脱出来,万般无奈,留在里面,直到常常淹没这个岩缝的海潮上来。可怕的死亡。"在岛上逗留期间,他记录了海洋制造的种种惨祸。

在小说中,波涛、悬崖和海怪,都得到了一个大艺术家画笔的写生般的勾勒,可是人物形象却并不那么成功。有些形象依稀脱胎于大仲马或欧仁·苏的小说,其中有滑稽可笑的走私贩、多情善感的凶手。至于主人公吉利亚特和德玉西特,则是作者本人奇特想象的产物。德玉西特,年轻的未婚妻,是一个理想的姑娘,她不知不觉做着残忍的事;她是背叛之前的安黛儿,是还没有成为具体的安黛儿之前的抽象的安黛儿;她是一个执拗地支配着他的想象力的天真纯洁的梦。吉利亚特天性高尚,受到了厄运的打击,也是雨果的一个幻影。从德拉古街顶楼生活时代起,他就不断地酝酿出好些受侮辱、被压抑的人物形象。一言以蔽之,由于天才和纯贞的结合,这本书显得新奇、动人,所以必然会取得成功。

雨果没有急于出版它,他想立即着手写另一部长篇小说:"我活不成几年了,可我应该再写几部或者说完成几部巨著……"

但是靠《悲惨世界》发了财的拉克鲁亚虎视眈眈,他的百折不挠的精神胜利了。常常有那么一股巧言令色、吹捧逢迎、央求哀告的不可阻挡的湍流,在它的冲击下,没有一个作家能顶得住。雨果让步了,把完稿的两本书——《街头与林间之歌》和《海上劳工》——卖给了拉克鲁亚,得到120万法郎。立即就有两家报纸的发行人米洛(《小日报》和《太阳报》)与维尔梅桑(《时事报》)要求允许连载。米洛愿意出50万法郎,而且他还乞灵于情感的作用:"让人出10生丁买1张报纸,就能读1章您的小说,您将大大造福于人民。您的书将被普及,每个人都能读到它。家庭主妇、城市工人和乡下农民,既不必从他们孩子口中克扣1块面包,也不会使年迈的双亲失去1抱劈柴,通过阅读您的大作,就能给他们带来光明、安慰和休息……"

雨果拒绝道:"我把一个文学家的良心看作我行为的准则。正是良心责令我耻于接受这50万法郎,我对此毫无遗憾。不,《海上劳工》只应该出单行本……"

长篇小说的单行本出版了。法兰苏亚-维克多写信给父亲说:

> 你取得了巨大而广泛的成功。我从未见过这样异口同声交相称道的情景。成功甚至超过了《悲惨世界》,这一次智慧的主宰者找到了他当之无愧的读者。总之一句话,人们理解你,这就说明了一切。因为理解这部作品,就意味着群情昂扬。你的名字出现在所有的报纸上,墙壁上,橱窗里……真是有口皆碑……

由于雨果,章鱼也成了时髦。学者们在答记者问时,认为章鱼不是有危险的动物。这场争论促进了小说的成功。摩登女郎都戴上了新式"章鱼"帽,意在做一名"海上女劳工",换言之,冒充去第厄普和特鲁维尔洗海水浴的风流女士。饭店都认为应该做"章鱼买卖"。潜水员们把活章鱼装进多梅特鱼缸摆在爱丽舍大街上。雨果夫人从巴黎写信给她的妹妹茹丽·赛奈说："这儿的人好像都成了章鱼。唉，我丈夫为什么给我的心只留下格恩济的章鱼呢？"

虽然小说已经整本发行，但是由于连载，《太阳报》的发行量从28000份猛增到80000份。各家报刊杂志都大胆地表示了它们对小说的赞赏。它没有引起政治纷争。小说中的人只和大自然斗争。年轻的批评家艾米尔·左拉写道："在这里诗人给了他的想象和情感以充分的自由。他再没有说教，再没有争辩……我们也身临其境地进入了人与无极相抗衡的大思想家之宏廊的梦境。但是无极的自然只要微启玫瑰色的双唇，吐纳之间就足以把一个人毁灭……"左拉明确指出吸引作者的是什么思想："'我渴望歌颂劳动，'雨果写道，'歌颂人的意志、忠诚、使人变得伟大的那种精神。我想证明，人心比大海还要冷酷无情，而且纵使他能逃避大海的戕害，也逃避不了女性的戕害。'"

雨果夫人用夸张的词语，不逊于尤丽叶之文笔的辞藻，给丈夫写了一封信，为此她获得了丈夫的嘉奖："美妙的信笺……你有高贵的智慧和高尚的心灵。亲爱的，我作为一个作家使你如此喜欢，这使我甚是荣幸。"

小安黛儿经常说到近在咫尺的死神，而且抱着镇定的精神想到它的临近。"使我难过的只是我这么晚才懂得了怎样评价这些伟大的作品，"她坦率地说，"当全部神志变得清醒起来的时候去死，真叫人伤心。"

现在她为民主主义思想所吸引，鄙夷地说起"旧日的愚妄偏见"。噢，傅仙先生的幽灵啊！

第六章　捍卫《爱尔那尼》的最后一战

<blockquote>
天主教神父对戴斯特夫人说："你丈夫的面孔总是没完没了地变换。"

——保尔·瓦莱里
</blockquote>

　　从国家政变以来，拿破仑第三的敌人维克多·雨果的戏剧再没有在巴黎上演。1867年是万国博览会在巴黎举办的一年，大家都渴望把最美的东西拿出来向全世界显示，只要能在巴黎展出就成。拉克鲁亚发表了附有维克多·雨果序言的《巴黎导游图》。法兰西喜剧院在这样的时刻能无视自己的一个最伟大的剧作家吗？人们建议重新上演《爱尔那尼》。维克多·雨果有些担心，要是警察局突然安排一个陷阱呢？雨果在巴黎的代理人瓦凯利和麦利斯叫他放心。保尔·麦利斯是女演员朱茵·爱司莲的情夫，他认为最好是在奥德翁剧院上演《吕意·布拉斯》，因为这样他的女朋友就可以扮演女皇。但是人们还是选择了《爱尔那尼》。

　　为了完全解除"喝倒彩者们"的武装，他们决定修改从前曾经引起过嘲笑的那些诗句。雨果亲自写信给瓦凯利："把'是啊，国王！我紧跟着你前进！'换成'是啊，是啊，你是对的！我一定去那里。'"他认为最好让演员丹洛奈有勇气说："老头子，蠢才！他爱她！"可是丹洛奈决定不说这句话。"好吧，让我们用一句没有危险的蠢话'啊，苍天，出了什么事？他爱她'替换那一句吧。"毫无意义的谨慎。1867年的观众所不高兴的正是这些原文中被改动的地方。捧场的观众早已把这个剧本背得烂熟了，他们都能起身纠正演员的错误。雨果从格恩济岛寄来他亲自签署的准演证，并请求瓦凯利在上面印上那个有名的题词："剑"。成功是巨大的，这是一次诗的凯旋，政治的示威，最高记录的收获（7000金法郎）。

　　雨果夫人决定在演出时也到场。她丈夫和儿子们知道任何激动对她都有危险，不想让她出席首次公演——那时什么冲突都有可能发生。可她不听劝阻："我活着去看《爱尔那尼》的重新上演，利用这一机会回忆我幸福的青春时代，这样的日子所剩无几了。我岂能错过这样的节日？不，上帝！首先，《爱尔那尼》不会被喝倒彩；不过话说回来，任何难堪我都能顶住。我现在也不抱怨我的眼睛，就算我完全失明吧，那我也要去看《爱尔那尼》，哪怕是我不得不亲自去套车！幸亏人们还不至于这样对待一个老太婆……"

如此谦恭的态度真叫人感动，正像她渴望重新经历一次"捍卫《爱尔那尼》的战斗"而叫人感动一样，这会使她生命的幸福的最后一年增光。全巴黎通过剧院看到了她。她光彩照人，青春焕发。哪一场彩排她都不放过，陪同她的是奥古斯特·瓦凯利，他不顾自己的痛风病，每一次都拖着身子去剧院。一个瞎，一个瘫。各家报纸都报道了雨果夫人在巴黎的消息，这使她很高兴："我有着多大的名声啊！"大学生像从前一样，要求得到入场证，并表示愿意效力。有一个大学生对保尔·麦利斯说："维克多·雨果就是我们的信仰。"

成功是"无法描述的"——这个形容词是安黛儿想出来的，但她还是描述了首次公演的盛况："这是一次狂欢，人们甚至在剧院前的广场上互相拥抱。青年们的陶醉比1830年还要热烈，他们证明自己豪迈、勇敢，准备好了去对付一切。我非常幸福，如登天堂！"坐在大厅里的有仲马、戈第埃、巴威尔、瑞拉泰、茹尔·西蒙、保尔·麦利斯、阿道夫·克莱梅和奥古斯特·瓦凯利。坐在楼上的是中学生。戈第埃在他的小品文专栏里写道：

> 唉，浪漫主义的旧部只剩下很少几个战士了，但是现在还健在的都到场了，有的坐在捧场席上，有的坐在包厢里。我带着抑郁的快慰认出了他们，同时怀念着其他已经一去不返的好朋友们。不过，《爱尔那尼》已经不需要它的老部下了，现在再没有人攻击它了。那句有名的诗"啊，你怎么不脸红，我高贵的雄狮！"在复辟时代惹火了观众，在今天得到的却是雷鸣般的掌声。茹尔·让南说："任什么都不能同这一再次到来的佳节相比，我们本来已经对它重新归来不抱什么希望了。"

圣佩韦致雨果夫人，1867年6月21日：

> 亲爱的雨果夫人，我不想在您收到的所有贺信中没有我的信。《爱尔那尼》的重新上演，光辉地证明了我们青年时代的狂热和爱情。每一个天才都有他的光明时刻，但是这个天才却在任何时候都能闪光。在他的岁月中，不止一次艳阳当空。我被钉在椅子上，不能参加这一盛大节日、这一诗的纪念日。我都不能哪怕是坐在剧院休息室，听听大厅里传来的勾起我们心中多少往事的友好掌声，以示我真不甘心失去我在《爱尔那尼》的宿将中的地位。这使我多么痛苦，多么遗憾啊！

圣佩韦也自知死期已近，再不像从前那样凶狠了。1866年1月5日，他曾写信给在比利时经常与雨果一家见面的查理·波德莱尔说：

  雨果有时是你的邻居，他成了布道者和家长，结果使人道主义者们都觉得他琐碎无聊。你若是以你的名义常和雨果夫人聊聊我，那会是很愉快的，她是我在这个世界上唯一忠实的朋友。别人永远不原谅我在那种时刻离开了他们。孩子们（雨果的）大概只会戴着有色眼镜看我。世界上我最反感的是浪漫主义的余孽。在我看来，他们生来只是为了给这一日暮途穷的流派抹黑，使它带上永远揩不掉的滑稽色彩。雨果翱翔在所有这些人的上空，这使他显得超然自在（风神端坐在高山之巅）。我深信，只要我和他亲自见面，我们很可能旧情复萌，内心深处最隐秘的情愫都要颤抖起来，因为我们无论什么时候相见，不用几秒钟就都又彼此理解了，一切有如昔日。

  前面说过，阿丽莎·雨果的头生于1868年4月死于脑膜炎，而她本人又怀着5个月的身孕，查理把妻子带回巴黎，由他的弟弟负责料理丧事。查理在1868年4月16日写信给法兰苏亚-维克多说：

  可怜的孩子走了，他将会感觉到我们陪伴着他，因为你就是我，就是阿丽莎。要知道，他现在就和我们在一起——灵魂还没有跟着肉体离去，他的很快就要出世的弟弟将把这灵魂带给我们……请立刻告诉父亲，他必须变更给我规定下的钱数，并多给巴黎寄些来，因为妈妈的资产有限，她应付不了这么多新的开支。

  雨果夫人不会再活多久了。查理写信给弟弟说："妈妈周身不适。阿克塞弗特医生警告我，她的病很重，视力严重损坏，医疗已无济于事了。她自己感觉还不坏，在这种状态下，这怎么可能呢！我们伺候她，尽可能给她消遣解闷。"

  查理想在巴黎创办一份报纸，但这是否合时宜呢？他与父亲商量，父亲说，对这种事他一个子儿也不破费。实情是雨果整整一个月不写一封信，他正埋头写一部新的长篇小说《奉国王之命》。麦利斯主动效劳，从《爱尔那尼》演出的收入中给他的妻子和儿子们支付每月的生活费。

  雨果夫人致维克多·雨果，1868年5月3日：

  我亲爱的、伟大的朋友，你当然知道查理和他的妻子想起一个很不错的主意——住在我这里。我很高兴收留他们，也就是说，他们不必再去租公寓了。既然我们是三口之家了，我的开支就势必要增加：他们的饮食和一些别的花销。因此需要给巴黎多寄些钱来（这大概维克多也写信告诉你了）；而寄到布鲁塞尔的就少得多了，因为那里只剩下了两个人——维克多和侍女（厨娘暂时辞退了）。维克多想必写信还告诉你，由于这种新情况，你应该增加我的财预算……既然如此，你认为让麦利斯继续做我的银行老板合适吗？须知他有权支配的只是不固定的收入啊。或许你想亲自做我的银行老板，像在布鲁塞尔安家之前那样？你肯定知道麦利斯名下存有多少钱，那么，假如继续让他做我们的银行老板，你就一定要给他下命令，而且要问问他《爱尔那尼》的进款是否已经都用完。我的账目一清二楚，遵照你的要求，我可以把它寄给你。在我们的孩子到来之前，我的开支没有超过你所知道的界限。总之，你现在对我们物质生活方面的情况全然清楚，离使你苦恼的地步很远，而离我们所理解的那种不幸却很近了……

查理·雨果又及：再见，最亲爱的父亲。请代我感谢德鲁埃女士，她流了眼泪，她那么爱我们的乔治！拥抱她和你……

查理试图劝说他的弟弟到巴黎与他一起生活，在巴黎生活是很舒适的。1868年5月10日，查理写信给弟弟说：

我们几乎每天都设宴招待客人……昨天道内女士和她可爱的女儿在我们这儿吃午饭。如果你愿意来这儿，那该多好啊！我们大家异口同声说到这件事。你真叫人不理解，你的那种犟劲儿和爱讲良心的做法使所有的人吃惊。我们在巴黎要是能有一个最大最引人的沙龙就好了，请你考虑这件事。在巴黎，开销不会比布鲁塞尔大，我们在这里可以过一种完全合算的、非常舒适的生活。此外，我们将形成一个中心，短期内就能奠定我们在文学界的地位。我对此深信不疑。至于说到父亲，我觉得，既然他的家定居在这里，只要他与巴黎经常保持联系，他就会赢得社会舆论和某些人的好评。我们的沙龙将是他的阅兵台。但是当你一再重复"只剩下一个了，我发誓，那就是我"的时候，这一切都是不可能的。

你想让我告诉你关于波拿巴的消息吗？我在爱丽舍大街和布隆森林看见过他几次。他老态龙钟，死人般苍白的面孔上布满了皱纹，目光还像从前那样——毫无生气，胡须斑白。可是看上去他的身体仍然不坏。唉，这个恶棍显然很健康。他经常坐在马车里，人们难得欢迎他。没有一声激动的叫喊，但他总是一手遮天。

巴黎美极了。新的住宅区宏伟壮丽。眼下正建筑着好些各种风格的真正第一流的住房。街心花坛、公园、林荫道、喷泉与日俱增。空前豪华满京都！马车、骏马和美女应接不暇，赏心悦目。

但是法兰苏亚-维克多想做一个忠实的流亡者，于是查理以一种淡淡的嘲讽口吻叹息道："到现在你还是'那样'，真拿你没办法！"他在1868年6月16日的信中埋怨父亲："从父亲那儿依然一无所获。他自从我们到这儿来后连1个苏也不给我们寄，我们只能靠麦利斯的存款生活……妈妈要你为小安黛儿寄100法郎，我把这些钱随信附上……"1868年6月26日："妈妈想知道父亲在4月里给小安黛儿准备夏装的300法郎寄出去没有。如果没有，请他把这事办一下。一定！妈妈为此很不安……告诉我们近况如何……"夏天临近了，全家要和他一起在布鲁塞尔团聚。与丈夫相聚使雨果夫人满心喜悦！"至于我，只要一见到你，我就紧紧抓住你，不管你允许不允许。我将会变得那么温柔，那么可爱，以致使你都不忍心再离开我。最后，我渴望死在你的怀抱中。"在死亡的门口，她紧紧抓住了这个曾经使她恐惧的强者。

她的愿望实现了。1868年8月24日，她和丈夫乘车出去游览了一趟，他对她温存体贴，她很快活。第二天，下午3点左右，她得了脑溢血，咻咻气喘。半个身子痉挛、麻痹。在维克多·雨果的1868年8月27日的日记中写道："今天早晨，6点30分，她去世了。我合上了她的眼睛。啊，上帝将接受这温柔高贵的灵魂！我把她还给了他。她将受到主的祝福！遵照她的遗愿，我们将把灵柩运往维尔基野，把她安葬在我们可爱的女儿身边。我陪送她直到国境线……"瓦凯利和麦利斯在同一天从巴黎赶来参加入殓。医生艾米尔·阿里克斯给她开了脸[①]。

"我拿鲜花把她的头围起来，四周又放上了白野菊花编的花环，这样她的面庞就被衬托出来了。接着我把鲜花洒在她的身上和棺材里。最后我吻吻她的前额，轻轻地对她说：'上帝保佑！'随即跪在她的旁边。查理走上前来，接着是维克多。他们哭着吻过她，站起身退到我身后。保尔·麦利斯、瓦凯利和阿里克斯也哭了……他们一一俯身吻了她。5点钟，焊好了铅制棺材，钉上橡木棺盖。在放棺盖之前，我用一把口袋里装的小钥匙在她头前的铅板上刻了两个字母：V. H.[②]。在

[①]西方一种宗教仪式，举行葬礼时在死者额上放上绘有宗教画和文字的绦带，头周围放上花环。——译者

[②]维克多·雨果名字的前两个法文字母。——译者

封棺时，我吻了吻它……起灵前我穿上了黑色的丧服，今后我将永远穿这黑色的服装……"

维克多·雨果陪灵一直到法国边境。瓦凯利、麦利斯和阿里克斯医生前往维尔基野。诗人和他的儿子们在坎夫雷过的夜。1868年8月29日："我的房间里放着一本带插图的《悲惨世界》，我在书上写下了我的名字和日期……赠给我的房东以志纪念。今天早晨9点半我们乘车去布鲁塞尔，中午到达……"

8月30日："拉克鲁亚对我未完成的作品提出建议。有什么办法！必须重新投入工作……"

雨果夫人弥留卧榻时留下一张遗像，周围是死者的一些凄惨的摆设，这是她的最后一张也是唯一被放大的肖像。维克多·雨果在肖像上写道："亲爱的亡人，我宽恕了你……"

9月1日，他得到了安葬消息。保尔·麦利斯在维尔基野做了一篇出色的墓前演说。雨果吩咐在墓碑上刻上："安黛儿，维克多·雨果之妻。"

遗书打开了。

维克多·雨果致奥古斯特·瓦凯利，1868年12月23日：

亲爱的奥古斯特，我妻子在遗嘱附本中说："我把我的油漆托书架和我书桌上的所有东西都赠送给奥古斯特。此外，我赠送他那个用于散发施舍的古式钱袋，那是我从多瓦尔夫人手里得到的，挂在我画的蒂蒂娜像的上方。我遗嘱把奥古斯特给我的、我常戴的那只银手镯交给麦利斯夫人。"附本口授于1862年2月21日，之后我的妻子就离开了格恩济，她桌子上的东西（1862年的）都已散失了。托书架和钱袋都保存在我这里，你随时都可以来取。她的银手镯带到了巴黎，在那儿人们后来常常偷她的东西。我们寻找过这只手镯，目前还没有下落……

手镯不会找到了，因为小安黛儿离开格恩济的时候，把它和其他一些属于她的首饰一起带走了。

"安黛儿，维克多·雨果之妻"……这句话是什么意思？是自豪吗？是渴望哪怕是在死后也要重新占有那个在活着的时候曾经避开他的女人吗？抑或是对她那忠实的友情表示尊重吧？尤丽叶正是从后一种含义上理解这句话的。她不仅没有强迫这个老鳏夫和自己结婚，而且支持他对已故的安黛儿的崇拜。尤丽叶·德鲁埃致维克多·雨果，1868年10月10日，于格恩济岛：

自从我又住在这里之后，我仿佛觉得自己心胸加倍地开阔了，我觉得我不仅在以自己的全部感情爱着你，而且在以你亲爱的亡妻的全部感情爱着你。我请求她——你在这个世界上值得称赞的生平见证人——在天国里做我的保护人，并在上帝面前为我作证，我请求她允许我生生世世爱你，我请求她恩赐我一点点儿她分享到的神的馈赠，只因这馈赠才使你成了一个幸福的人；我还希望她满足我的祈祷，因为她正在详察着我的心灵深处……

安黛儿真的使丈夫幸福了吗？他出名之后，她没有给他尝受过新的苦恼，把他置于尴尬的境地吗？天才的妻子总是与这个天才的一生保持着一种既近又远的距离，"因为他的存在本身对他所有的至亲好友就仿佛是一种摧残"。

在"高城别墅"，他立即开始了紧张而有节奏的生活。每星期一，周济40个穷孩子1顿午饭。每天晚上，在"高城二世"家进餐。"后来，遵照上帝的旨意，天天如此"。从黎明一直工作到傍晚。他继续"把彼利翁山移到奥萨山上①"。他已年近古稀，可还准备写许多长篇小说：《笑面人》（或曰《1688年后的英国》），《1789年前的法国》（书名还没有想好），《九三年》。贵族社会，君主制度，民主政体。正像以往那样，他从格恩济和布鲁塞尔的旧书商手里偶然得到的几本书里，为《笑面人》找到了素材。他甚至编汇了英国宫廷贵族的完备的花名册，绘制了旧伦敦和上议院的平面图。令人惊异的是他借助这些偶然得来的杂乱无章的材料，创造出了相当严整的画面。雨果感兴趣的是大量光怪陆离的和似乎毫无必要的细节，但他感觉到了主要的东西。

他久久地寻找着书名。他向未来的出版人拉克鲁亚声明，他将给这部长篇小说题名为《奉国王之命》。后来听从朋友们的忠告，才定名为《笑面人》。这是一部历史小说吗？"既是戏剧又是历史，"他解释道，"读者将在这里看到意想不到的英国。时代是从1688年到1705年那段惊心动魄的历史，这是我们法国18世纪的预演；这是安娜女皇②的时代，关于她议论甚多，所知甚少。我认为，书中的一切都是公开的，对英国也一样，是公开的。麦考莱③总的来说是一个浅薄的历史学家。

---

① 希腊神话中的两座大山。——译者
② 安娜女皇：1665—1714年，英国1702—1714年间的女皇。——译者
③ 麦考莱：1800—1859年，英国历史学家、诗人，主要著作是《英国史》。——译者

我试图深入底蕴……"雨果对历史小说的理解不同于华尔特·司各特或大仲马。历史上的大人物应当从远处、从画面的深处、从横断面上显现出来，引起作者兴趣的只应该是虚构的人物。把他和这本书联系起来的是一条血淋淋的纽带。场面是恐怖的——夜里耸立在孩子们眼前的绞刑架，与从孩提时代就使雨果心神不安的那些骇人景象一模一样。小说的主人公关伯伦（后来叫克朗查理勋爵），像特利布莱、狄杰、卡西莫多、爱尔那尼和冉阿让一样，是社会的牺牲品。这个一出生就被毁了容貌的人历尽苦难，他的面孔一笑就被扭曲了，吓得人目不忍睹。恢复了他的权利后，他仍旧忠实于自己的患难之交，不顾嘘声、嘲笑和辱骂，在上议院发表了酷似维克多·雨果在1850年国民会议上所做的演说。

小说的另一个特点是人情味——关伯伦的童贞与肉欲诱惑之抗争，因此这本书在许多方面显得怪诞、奇特。维克多·雨果从少时代就既贞洁，又好色；既顶不住女人肉体的诱惑，又感到恐惧害怕；"既撩人欲火，又毁人灵魂"。窥视熟睡的约瑟安娜的关伯伦打着寒颤，"裸体单纯得很。执拗、神秘的生之召唤引逗人不顾廉耻地去注意人身上所有隐秘的地方。夏娃比魔鬼更可怕……叫人心惊肉跳的消魂滋味挑动本能粗暴地战胜了职责……"[①] "这种胜利的味道，他太熟悉了，'人的职责'使他对这胜利十分恐惧"。

《笑面人》的成功比不上雨果的前几部小说，其原因部分地要怪拉克鲁亚——他使自己的出版事业太商业化了。但是现实主义流派和自然主义流派的长篇小说家使群众养成了在日常现象中寻找动人心弦的描写的习惯，也是一个原因。"毋庸置疑，"雨果写道，"在我的同时代人和我之间存在着裂痕。倘若一个作家只为自己的时代写作，我就应该折断、扔掉我的笔。"他依然写诗，这些诗值得他的那个时代赞赏，也值得以后的世代赞赏，但他把它们藏在箱子里，不想过多地发表。可是，难道他还有同时代人吗？拉马丁刚刚谢世。1869年3月1日，雨果在笔记中记载道："拉马丁死了。这是不排除拉辛本人在内的拉辛式的人物中最伟大的一个人。"维尼死于1863年。"穷困潦倒的波德莱尔"虽然年轻得多，也早逝于1867年。大仲马衰弱不堪。梅里美死于心脏病。圣佩韦死于他那积年不愈的痼疾。只有雨果还是那么体魄健壮、硕果累累、强大无比。1869年1月7日，他写信给奥古斯特·瓦凯利：

---

① 选自雨果的《笑面人》。——原注

我很清楚我不老，相反，我还在壮大着，也正因为这一点，我感觉到了死亡的逼近。这正是灵魂健在的证明！身体在衰老，思想却在成长。我的高龄正潜藏着旺盛的活力……

他是泰坦巨神吗？"不，他是火神，是强大的地精，"米舍莱①对龚古尔兄弟②说，"他正在地心深处巨大的铸铁场锻造着钢铁。"

列奥妮·道内收到一本《笑面人》，上面的题词很有分寸："此致敬意。维·雨。"

---

①米舍莱：1798—1874年，法国历史学家。——译者
②龚古尔兄弟：爱德蒙·龚古尔（1022—1896年），于勒·龚古尔（1830—1870年），两人均为法国自然主义作家。——译者

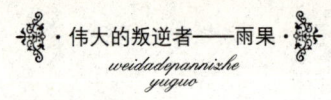

第七章 流亡结束

1869年，第二帝国摇摇欲坠，处处预示着它的末日已到。军队在墨西哥的崩溃，外交政策在欧洲的失败，使法国人民感到愤慨、屈辱。路易·波拿巴身心交瘁，病魔缠身，放弃了自己的政见，并且说到了"黑云笼罩着大地"。局势已经无力支持，可他还想卷土重来。年轻的新闻记者安里·罗什弗尔（按出身是德·罗什弗尔·吕塞侯爵）与他的帮派脱离了关系，以提高自己的威信。他创办了《路灯》周刊———一份尖锐泼辣的讽刺性杂志。他在创刊号上刊登了一句名言："法国3600万臣民有许多理由不满。"这份杂志每星期四销售10万份。《时事报》的旧编辑们（维克多·雨果的两个儿子、保尔·麦利斯、奥古斯特·瓦凯利）受到了这一榜样的鼓舞，决定趁机创办一份报纸，以摧垮第二帝国。他们招揽了两个出色的辩才——安里·罗什弗尔本人和名演员的儿子埃杜尔特·洛克鲁亚——组成编辑部。他们开始琢磨报纸的名称。维克多·雨果建议叫《唤起人民报》，但是《呼声报》这一名称更受欢迎，于是被一致通过。报纸于1869年5月8日问世，订数一下子就达到了5万份。

这份富于趣味性和战斗性的报纸获得了成功。维克多·雨果从格恩济岛写信鼓舞士气。1869年5月14日，他写信给法兰苏亚-维克多说："亲爱的维克多，祝贺你和查理，为你们欢呼。你的第一篇文章无论是思想的有力、崇高，还是语言的犀利，都是非常好的……不过，你和查理不要以为我是一个慈善的好爸爸，就准备夸奖你们的所有文章。但我提前为你们值得鼓掌的文章而鼓掌……"报纸及其编辑们自然受到了迫害：罚款、搜查、受审判。1869年12月10日维克多·雨果在笔记中写下："今天查理受审。他把那些恶棍逼得发疯狂叫是一大荣幸。这很好……"雨果本人则结束了《笑面人》，重又开始写剧本，创作《多尔格马达》。1869年夏，雨果照例要到布鲁塞尔。他于1869年7月23日通知查理和法兰苏亚-维克多："我亲爱的孩子们，你们在布鲁塞尔我很高兴。我将于7月31日或8月5日动身，现在正抓紧结束一篇东西，然后想散散心。我在布鲁塞尔期间，你们要供我早餐（咖啡和肉饼）。午餐由我操办，亦即每天邀请你们4个人（其中有乔治，他已经长出了6个牙）到"岗楼饭店"赴宴。这将简化我们的日常生活。你们不要忘记，必须有一个女用人睡在我的隔壁（套房里面的那一间），因为夜里我的气喘病常发作……"他是事事留心。在维克多·雨果的日记中，1869年8月8日有这样一段记载："一个新雇的叫泰莱莎的侍女来到街垒广场。她被安排到我的隔壁，长得不漂亮。佛拉芒人，淡黄头发。她都不知道自己的岁数，她想自己大概有33了吧。我问她：'结婚没有？'她带着真正巴黎女子的神态回答说：'饶了我吧，先生！'"

9月，他同意去洛桑参加和平代表大会。人民群众在沿途各站高呼口号欢迎他："维克多·雨果万岁！共和国万岁！"他向"欧洲合众国的公民们"发表了演说。他本想通过这一演说阐明和平思想，可实质上却成了好战宣传："我们渴望什么？和平……但是我们渴望什么样的和平呢？我们是否想不惜任何代价去实现和平？不！我们不希望专制桎梏下的和平……和平的首要条件是解放。为了解放无疑需要革命，彻底的革命，或许是——真遗憾——战争，最后的战争。"[①]这是"最后的"战争之第一战。

在皇帝自命为自由主义者之前的一个月，重又提议大赦。雨果回答道："在《克伦威尔》中有这样两句诗：'好吧，我饶恕你。''但是你有什么权利饶恕我，暴君？'"

在归途中，他想和尤丽叶一起在瑞士观光。他又成了一个幸福的人，像30年前一样，他在沙夫豪森观赏了莱茵河瀑布。我们在维克多·雨果1869年9月27日的日记中看到："宏丽壮观的水晶宫殿。当上帝创造无数喷泉的时候，他的这些喷泉正像路易十四的那样，没有干涸，也没有立即喷完。它们的清流撞击了亿万年……我从深潭的边缘上摘下一片小小的绿叶，送给Ж.[②]，然后登上悬崖上开凿的石阶，发现了两朵野花……"10月1日："我来到（布鲁塞尔）的时候，阿丽莎已经生了个孩子。一个非常好看的怀了8个月的女孩……"10月10日："今天早晨，小冉娜吃奶时，把我的一根手指抓在她的小手里，紧紧地攥着。"

11月他回到格恩济岛，又成了"自己工作室里的思想家"。1870年4月6日，他

[①]选自雨果的《在洛桑和平代表大会上——1869年9月14日和平代表大会上的开幕词》。——原注
[②]在雨果的日记中这通常是指尤丽叶。——原注

所喜欢的那个驼背流亡者埃索·德·凯斯列尔去世。孤独的圈子越来越小。6月里，他的孙子们来看他，尤丽叶成了《我们可爱的乔治》一诗的获奖诗人，她用《卡尔曼纽拉》的曲子编写了几段歌词：

　　小乔治前来看我们，

　　到格恩济来看他的友人，

　　我们现在是

　　每小时都要把他吻一吻。

这没有多少诗意，但却是发自内心。爷爷吩咐把蓄水池和阳台围起来，把一只盛满面包心的木碗放在孩子们的露台上，他在碗上写了一首诗：

　　一群孩子般的小鸟，

　　每天飞到乔治的身边。

　　家雀、山雀飞呀飞，

　　一齐飞来啄大麦，

　　还想沾些面包的光。

他一如既往地按照不可动摇的日程安排着工作，但他觉察到这已经是动身回国之前的最后几天了，他就要与他的这个旧天地分手了，必须抓紧结束眼前的工作。每个人都模模糊糊地意识到，很快就要发生什么事变。"当大厦的根基被摧毁的时候，自由的事业即将胜利完成"。1870年5月进行公民投票。赞成改革的750万票似乎确认了自由主义体制的帝国，但是正如雨果所说，"这成千上万的雪片，正酝酿着一场悲惨的雪崩……"

　　一旦丽日高照的日子到来，

　　这大雪——白色的尸布，

　　茫茫一片白被单似的原野，

　　还会留下些什么呢？①

俾斯麦②找到了在欧洲发动战争的借口。在维克多·雨果1870年7月17日的日记中写道："3天前，即7月14日，当我正在'高城别墅'的花园里栽种欧洲合众国的

---

①选自雨果的《序幕·750万个"是"》（《凶年集》）。——原注

②俾斯麦：1815—1898年，普鲁士王国首相和德意志帝国宰相，推行铁血政策，发动普法战争。——译者

橡树时,战争在欧洲爆发了,罗马教皇绝对无误的法则彻底破灭了。过100年就再不会有战争,不会有教皇,而这株橡树将参天而立。"这3个预言只实现了1个——只有橡树参天而立。

战争给雨果的良心提出了一个难题:如果帝国胜利了,这意味着进一步巩固那个篡权者在12月2日抢到手的政权;如果帝国失败了,这将使法国蒙受耻辱。他是否应该把帝国置诸脑后而参加国民自卫军去为国捐躯呢?靠尤丽叶的帮助,他收拾包扎好了自己的行李箱。无论如何必须去布鲁塞尔。8月9日,局势已经很明朗,战争正在酿成一场大难——3次战役,法国连遭惨败。维克多·雨果在1870年8月9日日记本中的记载是:"我把自己的手稿收在3只皮箱里,随时准备根据自己的职责和事态的发展去行动。"

8月15日,他和尤丽叶、查理、阿丽莎、孩子们、冉娜的乳母与3个女用人(秀贞娜、玛赖达、弗洛梅娜)一同上了轮船。乔治不是叫他维克多·雨果爷爷、祖父,而是叫"老爸爸"。8月18日全家已经到了街垒广场:"我又要过我所习惯的生活了。洗冷水浴,早饭前工作……查理在饭桌旁坐好后,我把一包1000法郎的金币放在他的盘子里,纸包上写着:'好查理,请允许我为小冉娜此行付上这笔款。老爸爸,1870年8月18日。'"

8月19日,他去法国大使馆申请回国护照。他对大使秘书安东尼·德·拉布莱说,他回法国为的是履行自己的公民职责,但他不承认帝国政府:"在法国我只想再做一名国民自卫军的战士。"1870年8月19日,维克多·雨果在日记中写道:"他很客气,对我说:'首先让我对本世纪最伟大的诗人表示欢迎。'他请我等到傍晚,答应把护照派人送到我的住所……"

尤丽叶·德鲁埃的侄子路易·柯亨先回巴黎,他们商量好让他和麦利斯、瓦凯利和其他朋友先碰碰头,如果需要维克多·雨果回去,他就电告侍女弗洛梅娜:"请把孩子带来。"布鲁塞尔的报纸已经在宣传雨果想参加国民自卫军,而且称他是"父辈新兵"。

维克多·雨果致法兰苏亚-维克多,1870年8月26日:

亲爱的维克多,你不在我身边而我又不能和你在一起,我很悲伤。一切都又变得非常复杂了……我们关注着事态发层,准备好出发,但是有一个前提——不要使这一切给人们产生我们要去保卫帝国的错觉。根本目的是拯救法兰西,拯救巴黎,消灭帝国。当然,为此我准备献出自己的生命……人们现在对我说,只要我一去巴黎,就会被逮捕。我不相信这一点,反正任什么都不会阻止我回巴黎,它正处在生死存亡关头,它正受到某种滑铁卢的下场似的威胁。我要自豪地与巴黎同归于尽,我要分担它的命运。但愿结局能有如此悲壮,可我担心所有这一切丑恶的溃败将导致耻辱的灭亡。我真不愿意为巴黎分担这种命运。倘若普鲁士侵占我们国家,签订丧权辱国的和约,瓜分领土,总之,与波拿巴或与奥尔良家族达成某种协议,这将是极其可怕的。我所忧惧的正是这一点。如果发生了这种事而人民又不发言,我就重新流亡。

9月3日,皇帝投降;4日,共和国宣告成立。从巴黎拍来电报:"速带孩子来。"9月5日,维克多·雨果在布鲁塞尔售票处的小窗口,用激动得颤抖的声音说:"来一张去巴黎的票。"他戴一顶软毡帽,肩挎皮包。他瞥了一眼手表——这是他结束流亡生活的时刻——接着脸色苍白地对陪送他的一个青年作家查理·克拉莱齐说:"我等这一刻整整等了19年。"他的包厢里还坐着查理和阿丽莎、安托奈·普鲁斯特①、茹尔·克拉莱齐和尤丽叶·德鲁埃。在朗德列西,他们生平第一次看见溃败的法国士兵抱着枪支,疲惫不堪、垂头丧气地撤退下来。士兵们穿着蓝大衣、红裤子。雨果热泪盈眶,向他们高声喊道:"法兰西万岁!法兰西军队万岁!"士兵们勉勉强强地用一种麻木不仁的神情瞥了这个痛哭失声的白胡子老头一眼。"啊,又看见他们了,可这是在什么情况下看见的呀!"他说,"我一定要看见祖国的胜利凯旋的士兵!"

雨果将军的儿子记得那个一听见"法兰西"这个亲爱的名字就使外国人战栗的时代。他有一种朦胧的期望:他会再一次做史诗般群情昂扬的见证人的,他甚至都能叫出这一壮观景象的名称来。难道他没有预言过这一切吗?难道他不曾是自由的最后一个堡垒吗?谁能比一个十几年没犯过错误的长者把年轻的共和国领导得更好呢?月光如银,从车窗里可以望见法兰西的原野,雨果哭了。火车9点35分进站。黑压压的人群在等着他,欢迎场面是无法描述的。

第奥菲尔·戈第埃的女儿柔蒂特·戈第埃也来迎接他。雨果挽着美丽的姑娘走进车站对过的小咖啡馆,在那里她伸出一只脚,把"欢跃的人群"拒之门外。雨果用"令人陶醉的殷勤口吻"与她讲话。后来保尔·麦利斯来了,说雨果应该向人民

---

① 安托奈·普鲁斯特:法国学者,小说家马歇尔·普鲁斯特(1871—1922)的父亲。——原注

发表演说。窗户打开了。这个流亡者不得不做了4次讲演——起先站在二楼的阳台上,后来又站在马车上。响起了口号声:"维克多·雨果万岁!"有人朗诵了《惩罚集》中的诗。人群想把他带到市政厅。他大声说:"不,公民们!我不是为动摇共和国的临时政府而来,我是为支持它而来。"人们又高喊:"小乔治万岁!"好不容易到了弗罗索大街保尔·麦利斯家门前,雨果停住脚步,对人群说:"这1个小时足以补偿我20年的流亡了!"夜里下起了最凶猛的暴雨,雷声隆隆,电光闪闪。苍天也参加了欢迎仪式。

第十篇　死亡的显灵①

> 从前我被剥夺了做一个法国人的资格，现在我又是法国人了，啊，我的法兰西！你伟大光荣，历尽沧桑，满目疮痍，我要把爱情献给你，而且只献给你！
>
> ——维克多·雨果

①原意为主显圣容节,是基督教的一个节日。据《新约全书》载,耶稣带领彼得、雅各和约翰到高山祈祷时变了相貌,"脸面明亮如日头,衣裳洁白如光……"——译者

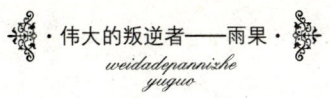

第一章 《凶年集》

在漫长的流亡之后，回到自己的祖国，这是一件既可怕又高兴的事。之所以高兴，是因为重又见到了在漫长岁月中梦魂萦绕的那些人、那些地方。"法兰西的土地啊，你是多么明媚，你是多么叫人怦然心动！"——在格恩济岛的时候，雨果曾喃喃地说。看见故土了，看见热爱着的巴黎了，是的，这是一大幸福，但这又是一种痛苦，因为你发现一切都变了（我在旁边烤火的那个小壁炉哪里去了？）；因为你发现从前认识的那些人中死去的比活着的更多；因为你十分伤痛地感觉到自己在许多生疏的人群中格格不入；尤其是因为必须从流亡的奥林匹斯山下来——在那里你居高临下，满怀高超的思想，而现在却必须混杂在街头骚乱的人流中、熙熙攘攘的广场上。

20年来，雨果一直是共和国的预言家，从遥远的地方满怀激情地反对帝国制度。在1870年9月，他无疑希望——尽管他否认这一点——为了与敌人斗争，一致宣布他任各党派联合政府的首脑。可是要知道这戏已经演过了：茹尔·法夫尔①和他的朋友们惊人机敏地占据了市政大楼，以此来阻挠巴黎公社的成立。他们推选反波拿巴的教权派分子特罗胥②将军为临时政府的总统。此人是一个坚信君主立宪制的人，由于他在人们的眼里是公认的军队领袖，所以缺了他就不行。想成立公社的人们如弗路朗斯③、布朗基和赖德律-罗兰不赞成这个人，不承认新政权。他们要是站在雨果一边，利用他的威望就好了。但是他明智地袖手旁观。"我几乎没有勇气与谁结盟。"他说。他把共和国诗人的角色看得比总统或总统竞选人的角色还要

---

① 茹尔·法夫尔：1809—1880年，法国律师，政治活动家，镇压巴黎公社的刽子手。——译者

② 特罗胥：1815—1896年，法国将军和政治活动家。巴黎公社时期是巴黎武装力量总司令。——译者

③ 弗路朗斯：1838—1871年，法国革命家和自然科学家，巴黎公社领导人之一。公社失败后被杀害。——译者

高。不过，他毕竟感到有些委屈。"我是一个海洋上的野人，老流浪汉。"在自己的悬崖绝壁上，他是一个海神，可是在巴黎的屋子里，他只不过是一个普通人罢了。

他住在弗罗索大街保尔·麦利斯的寓所里，许多人都来看望他：身材矮小的路易·勃朗，作家茹尔·克拉莱齐给他带来一件礼物——从皇袍上弄下来的金蜂。将军们来强行给他指挥权，官员们来请求他就任高职，他回答说："我不是那个料。"这意思翻译成一句恭而敬之的话就是："我什么也不干。"又见到了温和、热忱的第奥菲尔·戈第埃，他十分窘迫，因为他接受过"帝国的津贴"，做过《箴言报》的评论家和玛蒂尔德公主的图书管理员。"我拥抱了他，"雨果写道，"他有点儿诚惶诚恐。我邀他共进午餐。"要是对戈第埃冷酷无情也未免太忘恩负义了：1867年当《爱尔那尼》重新上演时，他曾像从前穿桃红坎肩那个时代一样，证明自己是一个非常英勇忠诚的朋友。《箴言报》提出要对戈第埃热情赞扬演出的文章删改，但是评论家声明，如果那样做，他就辞职。现在他全完了："我本想进学院、议会……在垂暮之年有个归宿。可是来了个共和国，统统见鬼去吧！"

爱德蒙·龚古尔拜访了"大海老人"，而且把他的见闻都写进了日记——这成了他的嗜好。麦利斯的寓所胜友如云，躺满沙发，大胖子查理·雨果穿着国民自卫军制服，在同小乔治游戏。朦胧昏暗的屋子里，雨果的被灯光照亮的头颅显得特别引人注目。在他的头发中"有几绺桀骜不驯的银丝，仿佛是米开朗琪罗雕刻的先知头上的白发。而在他的面庞上有一种奇特的平和的神色，这是一种近乎幸灾乐祸的平和，是的，是幸灾乐祸。但他那黑沉沉的眼神不时地闪动着机警的、明灭不定的光芒……"龚古尔问他在巴黎感觉怎么样。"眼下的巴黎很合我的意，"雨果回答说，"我真不爱看车水马龙的布隆森林。只有当它坎坷不平，变成一堆废墟时，像现在似的，我才喜欢它……这才美丽! 这才壮观！"

这次拜访，维克多·雨果显得"客气，朴实，宽厚，没有像女巫似地预言什么。他只用稍稍的暗示让人体察其微言大义，譬如当说到巴黎的市容时，他提了提巴黎圣母院。他的那种冷冰冰的上流社会式的彬彬有礼会使你对他甚为感激。在我们这个粗俗放肆的时代，碰到这种礼遇是非常令人愉快的……"[①]他成了一个民主主义者后，仍然保持着20岁时年轻诗人的那种使人惊讶的自尊自爱。是的，他是朴

[①]选自爱·龚古尔的《日记》第4册。——原注

实的，但并非不拘小节。

抱有怀疑主义情绪的龚古尔垂头丧气，已经甘认失败了。维克多·雨果的炽热的战斗精神使他惊异。"我们还得一鼓作气，"这位老战士说，"我们不能沉沦。"当一队队士兵高唱《马赛曲》和《进行曲》从大街上开过的时候，满怀爱国激情的雨果哭了。"我听见了那个有力的号召：'每一个法兰西人都应该为祖国而生。'每一个人也应该为祖国而死……我听着听着，哭了。前进！英雄的军队！我将踏着你们的足迹奋勇向前……"①他给特罗胥将军递交申请书，要求服役。朋友们劝他，说他活着比死了对国家更有益。

回国后，他写了《向德国人民的呼吁》：

> 德国人民，对你们讲话的是一位朋友……这一凶险的争端因何而起？两个民族缔造了欧洲。这两个民族就是法国人和德国人……今天德国想毁灭欧洲。这可能吗……莫非我们是这次战争的罪魁祸首？不是！是帝国希望战争，是帝国发动了战争。帝国已经灭亡，这很好。我们与这具僵尸毫无共同之处……德国人民，假如你们现在一意孤行，那也没有什么，但是我们要事先警告你们。你们进攻吧，来吧，碰碰巴黎的城墙试试看！巴黎定将冒着你们的炮火保卫自己。而我，一个老头，也将手无寸铁地挺身而起。我甘愿同人民一起殉难，可是我为你们要与普鲁士国王一起来杀人而深感遗憾……②

他希望人们会听他的呼吁，希望只要他维克多·雨果往两军阵前一站，战争就立即结束。"战争将为他而结束。"有一个恶毒的爱开玩笑的人这样说。当这位老人看到对巴黎的军事包围圈越缩越紧的时候，他变得凶狠起来：

> 显而易见，普鲁士人已经拿定主意要把法兰西变成日耳曼，把日耳曼变成普鲁士了；要把我，一个说法语的洛林人也变成德国人了；拿定主意要让红日高照的中午不再是中午，而是黑夜；让埃布罗河③、尼罗河、台伯河④和塞纳河统统流入斯普里河⑤；让一个已经照耀了全球400年的城市不再有

---

① 选自雨果的《1870—1871年日记摘抄》。——原注
② 选自雨果的《向德国人民的呼吁》。——原注
③ 西班牙东北部的河流。——译者
④ 意大利河流。——译者。
⑤ 德国境内流经柏林的一条河。——译者

存在的权利,以为世界上只有一个柏林足矣……太阳有没有必要存在还没有被证明;不问青红皂白,我们是最坏的榜样;我们是蛾摩拉人①,而他们普鲁士人是天火;消灭我们的时候已经到来,从今以后人类将是二等货色,如此等等……巴黎要自卫,请你们不必怀疑这一点……巴黎一定要进行胜利的自卫。全民参战……啊,巴黎!你用鲜花装饰了象征着斯特拉斯堡的雕像,而历史将用繁星把你装点!②

当时,这个被包围的城市已经面目全非。帽商大肆兜售士兵们带进城里来的普鲁士尖顶头盔,雨果拿了一顶给他的觉得新奇的孙子们看。肉铺里上市的是马肉和驴架子。城周围的森林火光冲天,就像雨果当年写作《东方吟》,沿城郊散步,观赏夕照街时那样,现在他跑到郊外去观望那腾空而起的熊熊烈焰,或者是仰望那悬浮在半空的气球。每次出去时,尤丽叶总是伴着他。他们沿着环城铁路绕巴黎走了一圈,奥斯曼③男爵建筑的高大的新楼房使他们叹为现止。尤丽叶发现普拉蒂埃雕塑的斯特拉斯堡像下有一堆鲜花,她曾经给这尊雕像做过模特儿。许多剧院举办了音乐会,会上人们朗诵《惩罚集》的诗篇,捐来的款则用以为巴黎卫戍部队铸造大炮。成绩是可观的,委员会用这些钱铸造了3门大炮,取名"夏托登"④、"惩罚"和"维克多·雨果"。演员们在弗罗索大街进行了慰问演出。维克多·雨果接见了费莱德里克·列麦特、里阿·费里克斯和玛丽·洛兰⑤。重新沉浸在如此动人、如此陶醉的戏剧气氛中,使他十分幸福。这种气氛,凡是曾经嗅到过它的气息的人,是终生不会忘记的。

在街上经常可以看见操练的步兵、义勇军和游击队员。游击队员们常常挎着在敌人的炮火下搞到的一篮子蔬菜。商店里空空如也。穿着工作服、戴着鸭舌帽的工人们高喊:"公社万岁!"人们在街上敲着集合鼓。10月31日,公社(布朗基,弗路朗斯)试图推翻临时政府。维克多·雨果在日记中写道:"昨天半夜里来了好

---

①蛾摩拉:传说中约旦河谷地的古城。由于居民作恶、淫乱,被上帝毁灭。——译者
②选自雨果的《告巴黎人民书》,全集15卷,502页。——原注
③奥斯曼:1809—1891年,法国政治活动家,曾领导改建巴黎的工作。——译者
④夏托登:法国卢瓦尔省的一个城市,1870年法军在此抗击普鲁士入侵。——译者
⑤以上数人都是当时法国的演员。——译者

些国民自卫军,用他们的话说,是想让我去市政厅给新政府'当主席'。我告诉他们,我谴责这一尝试,拒绝从命。夜间3点,弗路朗斯和布朗基离开了市政厅,特罗胥占领了它……"几家报纸赞扬了雨果的这一举动。

他和所有巴黎人一样,生活十分艰苦。雨果诙谐地说:"眼下人们都在准备鼠肉馅饼,据说很香。"植物园给他送来熊肉、鹿肉或羚羊肉。在过新年时,他赠送给自己的孙子乔治和冉娜一篮子玩具。路易·柯亨也给他姑母尤丽叶·德鲁埃带来两棵白菜和两只活沙鸡。简直是国王般的赏赐!

爷爷不但轻松愉快地忍受着匮乏,还经常写诗。他给不能应邀吃午饭的迷人的柔蒂特·戈第埃写了一首打油诗:

啊,倘若你肯屈尊光临,
你就将是筵席上的女皇。
我要把烤好的宙斯坐骑端上,
缴你两只肥美的翅膀。

甚至连"遗嘱"他都是用四行体诗写的:

我遗交给祖国的不是残骸,
而是牛排,啊,令人垂涎的美食!
它的鲜嫩使我永远难忘——
嫩得汁液直冒,不信请你尝一尝!

轰炸摧毁了巴黎,雨果少年时代的摇篮费扬提诺修道院一带遭了殃,炮弹打中了圣修尔皮斯大教堂的圣母玛利亚礼拜堂——雨果就是在那里举行婚礼的。公社的拥护者们一再劝说诗人帮助他们推翻政府。现在他十分蔑视多次谈到"出击"但一次也没有出击的特罗胥。雨果给他起了个绰号叫"马后炮",同时写了几行诗讽刺他:

……这个装腔作势、渺小狂信的大兵……
他射出了一发炮弹,却打伤了自己人……

但是他认为对一个国家来说,支持武装暴动反对假想中的敌对政权,比支持这个软弱无能的政府——尽管"它是一个妄想给法兰西巨人生一个孩子的侏儒"——更危险。巴黎一开始对包围抱着一种嘻嘻哈哈的豪放态度,后来这出英雄喜剧变成了悲剧。饥馑降临了,炮弹伴着哀嚎,远处圣克鲁的大火映红了夜空。

军队在香巴涅和蒙特莱的出击①连遭失败，巴黎人民确信这是由于"指挥官们的无能"。记者安里，巴威尔给特罗胥起了个外号叫"马牙子"。6月29日，签订了停战协定，下了一场大雪——这就像"赎罪"中描写的一样。冷酷的俾斯麦说："这下野兽都给冻死了。"巴黎出现了母鸡和肉，可是戴着尖顶头盔的普鲁士军队也出现了。

为签订和约，就必须选出国民议会的代表到波尔多召开会议。雨果自然是赛纳区的候选人，不用怀疑，他一定会当选，因此也得去波尔多。当一名国民议会的议员，却是去确认失败，这叫他好生不快，但他又不能逃避。在他的笔记中指出："我抱着殉难的愿望回到了巴黎，而我去波尔多是想从此再次流亡。"1871年2月13日，他到了波尔多。刚刚产生的国民议会不赞同维克多·雨果的共和主义和爱国主义热忱。这个手足无措的国家再不能容忍失败的罪人波拿巴主义者了，但它又不希望投票赞成共和主义者。它支持了君主主义者，赞成和平。下层贵族，顽固的正统主义者，从1830年革命以来就再没有爬出过他们的庄园，如今在波尔多的杜尔尼林荫道上会面了。他们激怒了诗人。维克多·雨果于1871年2月18日写信给保尔·麦利斯说：

我要秘密地告诉你，时局岌岌可危。国民议会真是一个"无双议院"②。选派代表的比例是这样：我们50人，而他们是700人……除了所有左派义正辞严地辞职，我们大概再找不出别的方法来反对多数派对我们咄咄逼人的卑鄙攻击了。这将损伤议会，而且可能是致命伤……

在代表们像潮水般涌入的这个城市里，住宿问题是很难解决的，特别是雨果，他出门总要拖家带口。查理在圣摩尔街13号事先为全家租了一所不大的住宅。阿丽莎发现13这个数字老是跟着她，13日起程，13名乘客坐一节车厢。维克多·雨果很迷信，把这看成是不祥之兆。但是他在巴黎刚一出现，全城立刻欢腾起来。国民自卫军挥舞着军帽，人群大声呼叫着欢迎他，以致使这个老人躲在附近的一个咖啡馆里感动得热泪盈眶。2月16日，公布了巴黎区的选举结果。路易·勃朗得216000

---

① 普法战争中，法国军队在色当一役中惨败，第二帝国倒台，共和国成立。但是掌握了政府权力的资产阶级害怕武装起义的工人，在帝国将军特罗胥的策划下，故意用无意义的出击来削弱革命力量。——译者

② 无双议院：1815—1816年（复辟时期初期）由极端反动分子组成的法国众议院。——译者

票，维克多·雨果——214000票，加里波第[1]——200000票。议会右翼多数派当即选举矮小的梯也尔为行政首脑。甘必大[2]、路易·勃朗、布里松、洛克鲁亚、克雷蒙梭[3]簇拥着雨果，把他推举到议会左翼领袖席上。他的时间表被排得满满当当：国民议会，左派会议、写作。有空他就和孩子们——乔治和冉娜——出去蹓跶。"我的名字是维克多·雨果，人民代表和孩子保姆。"2月26日他满60岁。28日梯也尔向议会提交了一份"愚妄的"和平条约以求核准：法国割让阿尔萨斯和洛林。雨果在委员会里声明，他不赞成这一提案。

"巴黎与其可耻地牺牲法国，不如殉难。值得注意的是巴黎委托我们不仅要大声疾呼保卫祖国，而且要保卫欧洲。巴黎正在发挥着它的大陆首都的作用。"当时他还说，即使法国签订了条约，德国也不能统治这两个省：

占领并不就是统治……占领只是掠夺，如此而已。就算这已成事实，但权利并非就是来自事实。阿尔萨斯和洛林希望仍然是法国的领土。它们将一如既往，永远是法国的，因为法兰西是共和与文明的化身；法兰西从自己这方面也永远不会放弃它对阿尔萨斯和洛林的责任，对自身的责任，对世界的责任。先生们，在斯特拉斯堡，在被普鲁士的大炮毁灭了的光荣的斯特拉斯堡，还耸立着两座纪念像——古登堡[4]的和克莱贝尔[5]的。就是这样，当我们听从良心的呼声时，我们要向古登堡起誓：决不允许扼杀文明；我们要向克莱贝尔起誓：决不允许扼杀共和国……

他宣称，惩罚的时刻一定会到来：

惩罚的时钟定将鸣响。它已经临近，这是最可怕的报仇雪恨。今天我们已经听到了威严的历史的脚步声——我们无往而不胜的未来在前进。是的，明天一切都将结束，明天的法兰西将只有一个意念：恢复神志，获得精神的平衡，摆脱绝望的恶梦，养精蓄锐；在儿童的心间播下神圣的愤怒的

---

[1] 加里波第：1807—1882年，意大利民族解放英雄。曾支持巴黎公社，并缺席当选为国民自卫军中央委员。——译者
[2] 甘必大：1838—1882年，法国共和派左翼领袖，1870年任"国防政府"内政部长，后为众议院议长。——译者
[3] 克雷孟梭：1841—1929年，法国左翼共和派。——译者
[4] 古登堡：约1400—1468年，德国活字印刷术发明人。——译者
[5] 克莱贝尔：1753—1800年，法国著名革命将领。——译者

种子——他们很快就要长大成人；铸造大炮，培育公民；建立与人民血肉相连的军队；倡导科学援助军事；就像罗马人研究迦太基人的战术那样研究普鲁士人的战术；巩固，强大，复兴，再做一个1792年那样的法兰西，伟大的法兰西，用思想武装起来的法兰西，用利剑武装起来的法兰西……在一个美好的日子，它将突然挺身而起！是的，这一威武的景象一定会出现！人人都要看到，它将一举收复洛林，收复亚阿尔萨斯！这就是一切吗？不！不！让我告诉你们，它还要占领特利尔、美因兹、科隆、科布隆茨，总之是莱茵河左岸的所有地方……那时人人都将听到法兰西雷鸣般的声音："这下可轮到我了！我就在这里，日耳曼！然而难道我是你的敌人？不！我是你的姊妹。夺回了我的，也将归还你的，但有一个条件——我们从今以后要成为一个统一的民族，统一的家庭，统一的共和国……"①

在议会大厅的出口处，他听见一个右派代表对身边的人说："路易·勃朗是温混蛋，可这位更坏。"诗人想叫所有左派同阿尔萨斯和洛林的代表一起退出会场，但他没有说服他们。当被巴黎的局势吓坏了的议会决定迁到凡尔赛的时候，他表示反对："先生们，我们不能遗害巴黎，不应当逃避普鲁士人。普鲁士人在蹂躏法兰西，我们不能使它没有首领。"人们不听他的。

3月18日，议会讨论了加里波第的问题。有人提议取消在阿尔及利亚当选的这个伟大的意大利人的代表资格，虽然他曾在法国处于危难关头时奋起保卫过它。在暴风雨般的混乱中，雨果面对着会场上大多数人难以平息的叫喊，反驳道："怎么？这样一个前来为法国而战的唯一的外国人，这样一个在这次战争的所有将军中唯一的常胜将军，你们也想开除他！"每一句话都要打断他的德·罗热里尔子爵称加里波第是一个"轻松喜剧中跑龙套的小丑"，末了还宣称议会应该剥夺维克多·雨果的发言权，因为他"讲的不是法语"。议长在可怕的喧闹声中高喊："按次序来！"然后请雨果继续解释。"我会使你们满意的，先生们，"雨果说，"我将比你们所要求的走得更远。3个星期前，你们拒绝听加里波第发言……今天你们拒绝听我的。这对我就足够了，我要辞职……"②

---

①选自雨果的《为了当前的战争，为了未来的和平——1871年3月1日在国民议会上的发言》。——原注

②选自雨果的《1871年3月8日在国民议会上的发言》(《事业与言论》、《流亡岁月》)。——原注

议长徒然地以议会的名义表示遗憾；路易·勃朗徒然地谈到让一个天才被迫退出法兰西国民议会将使许多法国人感到痛心……"他自己愿意。"一个右派叫道。"各取其便吗！"德·马梅埃公爵附和道。左派集体来到诗人的住所。3月11日他开始准备去阿卡松。他心绪很好，高高兴兴地"啪"的一声打开他所蔑视的议会的大门，拂袖而去。但是他惋惜他没能解决一系列任务。他在自己的笔记中写道："废除死刑。废除法庭判定的屈辱可怕的刑罚。改革审判制度。准备组建欧洲合众国。免费义务教育。妇女权利……"这真是百年大计。

他写模拟性的作品讽刺国民议会，描写高乃依在议会里怎样试图发言："你们想想看，他1个人能斗得过3个人吗？"于是戏就这样开始了，雨果写道：

高乃依：怎么？

达里瓦尔：坏蛋！

贝卡斯迪尔：赤色宣传！

右派异口同声：危险！（长时间大笑）

鲁尔·杜瓦尔（对高乃依）：请你尊重法律！

高乃依：你们……

安尼逊·德·贝隆：唔！唔！（全场大笑）

高乃依：你们捆住……

巴拜-塞维兹：捆住？是啊，是啊，捆住疯子！

普拉-巴里（向高乃依）：就像你这样的疯子……

让夫尔神父（向高乃依）：你的发言与议会不相称。

德·罗热里尔子爵：议长先生，请你剥夺比埃尔·高乃依的发言权，他讲的不是法语。

（高乃依试图讲下去）

右派异口同声：够了！够了！

（高乃依想说的话便沉没在喧嚣声中）

在这篇模拟作中，对不起！没有丝毫夸张。

有几天雨果睡得不好。他思量着13这个数字在追踪着他。你瞧，离开波尔多的临时住宅甚至都是13日。不祥之兆。他倾听着夜里的响动，觉得仿佛有人在用小铁锤敲打木板。13日一整天他都在波尔多参观，在加尔昂宫盘桓。他要和阿丽莎、查理和3个朋友去兰特饭店吃饭。阿丽莎和应邀的人已到齐，他们等着查理。突然进来一个传信的人通知维克多·雨果，说外面有人求见。来人是波尔特先生，圣摩尔街13号的主人。

"雨果先生，"他说，"对不起！您的儿子……查理……唉，他死了……"

雨果扶着墙支撑住自己。

"是的，"波尔特继续说，"他坐着出租马车……当走到波尔多咖啡馆的时候，车夫打开车门，发现他拉的是一个死人。您的儿子七窍出血，由于脑充血瘁然死亡。"

雨果告诉阿丽莎，他要马上回去，说完就沿着圣摩尔街拼命地跑起来。人们把查理的尸体抬来了。孩子们都在睡梦中，维克多·雨果在1871年3月14日的日记中写道："我安慰阿丽莎，和她一起痛哭。我第一次称她为'你'。为昨天在兰特饭店付饭钱——就是我们等候查理的那顿午饭——27法郎75生丁。"

雨果决定把儿子安葬在巴黎拉雪兹公墓雨果将军的墓中。他3月17日晚6时半离开波尔多，神色沮丧，但气度英武。

  命运的残酷打击。意外的痛苦重担。
  但他坚毅顽强地承受着这一苦难。①

---

①选自雨果的《三月·五》（《凶年集》）。——原注

第二章　谁之罪

> 船舶沉入海底，我与人们一起下沉。我的心宁要他们的痛苦，不要你们的喜庆。
>
> ——维克多·雨果

灵车开进了巴黎，巴黎的起义正处在紧张时刻，公社掌握了政权。对和约条件与国民议会满腔义愤的革命者和爱国者联合起来了。谣传纷起，在蒙马特尔发生了武装冲突，两个将军被枪杀。一大群人在奥尔良车站等候迎接维克多·雨果和他儿子的灵柩。父亲穿着丧服，在站长的办公室里接见了他的朋友们。他对龚古尔说："您遭受过不幸，我也同样……但是我所遭受的与其他人不一样——一生中受到了两次可怕的打击。"送葬队伍开始行进。五光十色的人群，几个作家，法兰苏亚-维克多和父亲并排而行，全副武装的人民。"跟在灵车后面的雨果满头银发，戴着风帽，在这杂然纷呈的人海中高出一头，使人想起同盟时代威风凛凛的君王的头颅……"从巴士底广场开始，自动形成了一支仪仗队，他们恭敬地垂枪致哀。在到拉雪兹公墓的整个路途上，几营国民自卫军担任了警卫，并举旗致敬，鼓手和号手齐奏哀乐。由于城里筑起了街垒，队伍只好绕道而行。

瓦凯利作了安葬演说。棺材上洒下了鲜花。因为棺材从墓门进不去，必须拆去石头，这就拖了好长时间。雨果沉思地望着自从流亡后再没有见过的他父亲的墓穴，望着儿子的棺木和他也很快就要占据的那个位置，一行行的诗句在他的脑海里浮现出来：

　　鼓声响，旌旗垂，
　　人民荷枪道旁立，
　　满街哀思无限悲。
　　从巴士底广场起灵，
　　直到松柏森森的墓地——
　　先辈们在此沉睡。

父亲和亡子通过送葬的人群，

> 一个昨天还英姿飒爽,
>
> 另一个——老头,哀恸使他心欲碎,
>
> 军队默默地向他们敬礼。①

在把棺材放进墓穴之前,雨果跪下去吻了吻它。他一向遵守着这一宗教仪式。他离开时,人们围住了他。许多素不相识的人和他握手。"人民多么爱我,我也多么爱人民啊!"

他立即与尤丽叶、阿丽莎和孩子们去布鲁塞尔,查理婚后一直住在那里——需要料理遗留下的累累债务。有些人指责雨果,说他纯粹是想利用这一便当的借口,来逃避选择一个明确的政治立场。可实际上他当时的确需要去布鲁塞尔。阿丽莎和查理过去喜欢去斯巴疗养区,在那里沉溺于赌博,结果输了个精光,欠下一大笔债。雨果在1871年4月8日的日记中写下:"阿丽莎和孩子们吃过了早饭……后来我和维克多一起去找公证人文特·哈尔丁,他把全家欠债的总数通知了我们。在布鲁塞尔欠下的债是30000多法郎……外加《呼声报》的41125法郎和艾米尔·阿里克斯收据上的8000法郎。此外还有巴黎的安葬费和给布鲁塞尔公证人的报酬。"1871年4月9日:"我告诉维克多,阿丽莎应当退回那块尚未付款的披巾(带压金棕榈叶、价值1000法郎的),不管怎样,我不会为她付款的,我不希望因这笔钱使两个孩子受剥夺……"

雨果热切地关注着巴黎的事态发展。事态令人失望,法国人当着敌人的面自相残杀起来。假如雨果看出他可以做些什么有益的事,那他是会不顾家事返回巴黎的。"毫无疑问,什么都挡不住我。但是我感到我只会使局势恶化。我的弱点是永远说真话,只说真话,除了真话,没什么好说的。还有什么比这更叫人不愉快的呢……议会不欢迎我,公社不了解我。当然,这是我的错……"事态恶化了。公社在激战时杀人放火。凡尔赛人枪毙巴黎人:"简而言之,国民议会多残忍,公社就多疯狂。双方都丧失了理智。但是法兰西、巴黎和共和国定将摆脱困难……"他补充道:他相信一个文明古国的智慧定然要获胜。8月20日,他听到了老朋友艾米尔·丹桑的死讯——他是在80高龄时历尽了骇人的苦难后死去的。在街垒广场的绿树间,月光下,他听见夜莺在歌唱,于是他想:"这夜莺会不会就是哪个至亲好友的灵魂的化身呢?"冉娜梦中喊"爸爸",她的父亲死了。现在爷爷教乔治阅读。

---

① 选自雨果的《葬礼》(《凶年集》)。——原注

他为《呼声报》写诗,这些诗题名为《恸哭》——呼吁厮杀着的人们停止骇人的屠戮:

> 战士们!血战将导致什么?
> 你们像烧毁庄稼的野火,
> 正在毁灭着荣誉、理智和希望!
> 怎么,法兰西对法兰西?
> 该是清醒的时候了,你们的战功
> 不会使谁光彩,只会使大家屈辱
> 因为每一颗炮弹飞出——可耻啊,惨痛!
> 都要摧毁法兰西,玷污法兰西……①

他不赞成公社的过火行为,但他劝凡尔赛政府不要以残暴对暴力。抛掉报复吧:

> 我对这些神圣的字眼坚信不够:
> 荣誉、理智、良心、义务、职责和权利。
> 谁要追求真理,谁就不应该撒谎,
> 为共和国效力,需要的是正义;
> 在它面前,激情要受义务支配。
> 没有怜悯心的人未必公正……
> 20年的流亡生活教会我:
> 愤怒是软弱,坚贞才有威力;
> 我从心底讨厌盲目的愤怒。
> 当我看到我的敌人正在受苦,
> 或者我最凶狠的仇人锒铛入狱,
> 只因他成了一个受迫害的人,
> 我就觉得他又变得那么珍贵。
> 现在不公道的法庭在迫害他,
> 我就给他一个避难之地,
> 并且要首先为他出庭辩护。

---

① 选自雨果的《恸哭》(《凶年集》)。——原注

> 假如我是基督，我就拯救犹大。①

但是仇恨左右了巴黎和凡尔赛。每天雨果都听到自己的友人遇难或被捕的消息。弗路朗斯被杀，肖代被公社枪毙，洛克鲁亚被凡尔赛抓起。后来凡尔赛人开进巴黎。5月21日，罗什弗尔和安里·巴威尔被投进监狱，红色姑娘路易莎·米歇尔②——她那"伟大的侧隐之心"使维克多·雨果极其钦佩——有被判处死刑之虞。公社枪杀了64个人质，国民议会枪杀了6000俘虏，100比1。"这些人断言：一切为了法律，一切要以法律的名义，"维克多·雨果写道，"你们搞的是什么鬼名堂！是大规模的杀戮，是不经审判就处死无辜，是搞战地法庭……"失败了的公社社员在比利时也遭到了枪杀。雨果宣布，他将在自己家（街垒街4号）为流亡者提供避难所。"我要为逃亡者敞开我的大门，只要他是无辜的或确实是无意识犯罪的……"

他为争避难权写的抗议书在《比利时独立报》上发表了，他收到许多贺信。可是一天夜里，他被"处死维克多·雨果！处死暴徒！吊在灯柱上！"的叫喊声惊醒。大石头砸碎了他的窗户和吊灯。小乔治吓得喃喃地说："这是普鲁士人！"一帮无赖想弄破护窗板，但是没有成功。50名"金色青年"③包围了住宅。事情实际上并不严重，但是比利时政府下了逐客令："维克多·雨果先生，文学家，64岁，特令其立即离开本王国，再不返回。"④

应当说，比利时自有其可敬佩的地方：驱逐令引起了议会代表和举国上下的强烈抗议。雨果给比利时人写了一封格调崇高的公开信：

> 对任何遭到失败的事业都应该分析研究，我觉得应当这样。让我们先调查，后审判，特别是后定罪、后处决吧！我认为这是一个无可争辩的原则。然而事实证明，在哪儿都喜欢把人一下子就整死……也许，在我的一生中不得不经受流亡的考验是一件好事。不过，我仍然不愿把比利时人民和比利时政府混为一谈。同时我又把比利时政府给我的长期优待当作是自己

---

①选自雨果的《打倒镇压》（《凶年集》）。——原注
②路易莎·米歇尔：1830—1905年，巴黎女教师、作家、公社女战士。在凡尔赛军事法庭上表现出英雄气概，后被流放，有"蒙马特尔的红色姑娘"之称。——译者
③法国大革命后形成的中等资产阶级的反动青年团体，这些人衣着华丽，行为放荡。——译者
④选自雨果的《比利时事件》。——原注

的荣幸,所以我将原谅政府,感谢人民……①

在这种时候回法国,意味着自己甘受残酷而无谓的凌辱。他决定去卢森堡。夏季旅行的时候他和尤丽叶有4次在小城维昂丁逗留过,他喜欢这个小城有两个原因:这个国家的居民听说是他,就在他窗前弹奏晨光曲,以他最喜爱的风格耸立在山谷上的古老城堡的废墟也很合他的口味。他终于得到了安静。卢森堡为他组织了盛大的欢迎仪式。在车站月台上,人们经过他的身边时高呼:"共和国万岁!"许多风流女士向他投去温情脉脉的目光。

在维昂丁他租了两幢房子,一处给自己,古色古香,雕梁画栋,下临乌尔河;另一处给家人。②他立刻拿起笔来,为能继续写他的长篇小说和诗而十分高兴,可是不断从巴黎传来的消息使他很不安。麦利斯被捕,瓦凯利惶惶不可终日;罗什弗尔看来有被流放的危险;路易莎·米歇尔,这个"狂野可爱的幻想家",在军事法庭上出声说:"假如你们不是胆小鬼,就枪毙我吧!"雨果写了一首优美的诗③来纪念她,坚决反对这种残酷的镇压。比他受到更大危险的路易·勃朗和维克多·舍耳歇④都明智地与他划清了界限。在维克多·雨果1871年6月13日的日记中写道:"我将这样回答他们:人心换人心。我痛恨红党的罪行,也仇视白党的罪行。你们沉默了,可我要说话。我抗议这个口号:让失败者倒霉去吧。"

因为到处都在谈论他热心接待逃难的人,所以18岁的少女玛丽·梅赛给他写了一封信,请求为她提供一个避难的地方。她是钳工莫里斯·卡罗的女朋友,公社时期,他成了马佐斯监狱的典狱长。虽然他明显没做任何残忍的事,但不经审问就把他枪决了,于是他的恋人像从前的索菲·雨果一样,踏着血迹,跟在拉死尸的大篷车后面,一直把情人送到贝尔西公墓。玛丽·梅赛,"卡罗的遗孀",请求给她个工作。雨果征得儿媳的同意,让她雇下玛丽做侍女,后来他成了她的情人。这个圆脸黑发、面颊绯红、小嘴圆润的少女十分叫人怜爱。她向他讲述了公社的许多事迹。"那真是血流成河啊!"她说。

身穿重孝的玛丽犹豫不决,她不愿意向这一诱惑屈服,但是奥林匹斯山神百

---

①选自雨果的《致比利时5名人民代表书》。——原注
②现在第一所房子成了展览馆,另一处做了"维克多·雨果旅馆"。——作者
③这里是指诗作《比男子更英勇》。——原注
④舍耳歇:1804—1893年,法国政治活动家和政论家,左派共和党人。——译者

折不挠。"唯有他才那么善于使一个女人神魂颠倒。"30年后玛丽自供道。她看不出这有什么不好。她还完全是一个孩子,"18岁时就那么孤苦伶仃,眼神就那么哀楚动人,珍珠似的泪珠儿顺着黑色面纱下玫瑰色的面颊成串地掉下来"。"他也崇拜我和丈夫信仰的自由、正义与共和国……"他就像从前对尤丽叶那样,对她谈到上帝、不死、鲜花、树木、无穷和爱情。"她爱抚他,钦佩他,热恋着他,渴望能和他生个孩子"。她听他的话,在乌尔河中洗澡,当着自己年迈但又永远年轻的情人的面,赤条条地走进河水里。和她一样,他是那么活泼爱动,带她长时间地游逛,拉她攀登附近的高山。在经过这风流多情的登山之后,他回到自己的小屋里,关起门来,站在斜面写字台旁,写他的《凶年集》、《九三年》,为新编的一册《历代传说》写诗。其中他假借谈穆罕德来谈自己:

  他观察过好些绝美的裸体处女,

  尔后仰面望着苍天,喃喃自语:

  让光明属于天庭,让爱情属于大地……①

  玛丽·梅赛的悲惨回忆启发他写了几篇阴郁而高尚的优美长诗。在这些诗篇中,年轻的姑娘唱着歌,带着高傲的轻蔑去为国赴难。他不倦地重复说,那些被杀害的人都是他的弟兄;他保护被打倒的人们,但是在他们强大的时候他与他们斗争过;解决生死搏斗的问题要靠爱,而不能靠武器:

  啊,流亡者又在颤抖,

  恶梦还没有结束:

  深邃的沟壑,寂静中的口令。

  一群不幸的人紧贴墙壁。

  一排枪声响了——可为什么要杀死他们?

  不分青红皂白,一批又一批……

  来吧,来吧,他们倒下了,快快射击——

  向匪徒,残废者,儿童和母亲!

  管他们脸上的热泪还有没有冷去,

  要用石灰把他们统统掩埋、烧毁!②

---

①选自雨果的《伊斯兰教》(《历代传说》)。——原注
②选自雨果的《在维昂丁》(《历代传说》)。——原注

在对国家利益的思考、妓女般的谄媚和仁慈之间,他为自己作了抉择。在这种所谓的"利益"中,难道有哪怕是一丁点儿真正的利益吗?它真的是国家利益吗?为了嘲笑这种利益,他用《惩罚集》的格调,给予无情的讽刺:

博爱啊,你是梦幻中生出的鬼怪!

美国不是欧洲的榜样……

幻想光明和理智的王国,

比沙上筑塔还要愚妄!①

那两个月真是硕果累累。对少女的胜利刺激了他的诗兴,另一些艳遇也纷纷降落在他的路上,于是他顺手采撷着一个个亲吻。他在这个天堂里流连忘返的最后几天,去提昂维尔参观了他父亲曾经保卫过并使之名声远扬的这个城市;然后他又到阿尔特维住了一些时候,在那里他会见了玛丽·梅赛。由于他的帮助,她找到了工作,当了时装成衣匠。雨果的日记中屡屡提到这一辉煌的胜利。9月3日:"玛丽……看来十分钟情。"9月11日:"我想让她给我生个孩子。"9月12日:"现在心事每天、每小时都在玛丽身上。"9月22日:"她整个都是我的。"

用西班牙文写这些日记,想必是想对醋劲很大的尤丽叶保守这次恋爱秘密。

10月1日,他去巴黎。巴黎将会怎样接待他呢?克沙维埃·德·蒙太本要求把他作为杀人犯集团的保护人从剧作家协会开除出去。克沙维埃·德·蒙太本是连载小说和传奇剧的作者,有一句名言——"良心的自由是一个毫无意义的概念"——就是他说的。在维克多·雨果1871年9月5日的日记中指出:"一年前我回巴黎,那时的欢迎是多么热烈,现在对我的态度竟是这样,可我怎么啦?只不过是履行了自己的职责……"1871年9月16日:"接到麦利斯的电报。他为我们租了一套公寓,为期一年,在拉罗什富科街66号……"

这次回国相当凄惶。他和尤丽叶一起乘马车转悠了一趟,看到推伊里宫和市政厅已被破坏。人们请求他保护罗什弗尔,他对为此事去求见梯也尔不抱多大希望:"现在我什么也不是。"他乘火车去凡尔赛。车厢里一个戴时髦黄手套的男子认出雨果后,向他投去愤怒的目光。他被领进区长的蒙着红缎的客厅,梯也尔进来了。接待出乎雨果意料的热情。"我们之间存在着观点上的分歧,"雨果说,"这一点你我都知道,但是在良心问题上我们可以取得一致。"条件是:罗什弗尔不被流

---

①选自雨果的《六月·二》(《凶年集》)。——原注

放；不受阻碍地让他和孩子们见面，允许他写作。雨果坚决主张大赦，要求再不可受人盲目牵制了。梯也尔承认自己无能为力："我是一个穿着黑色礼服的十分渺小的独裁者……我和您一样，是个戴着胜利面具的失败者，诅咒的冰雹劈头盖脸地落在我的身上，也正如落在过您的身上那样……"归途中，车厢里的一个年轻妇女一面指着报上的一条简讯让丈夫看，一面说：

"维克多·雨果是英雄。"

"静一些，"丈夫嘘了一声，"他就在这儿。"

她从坐椅上拣起了诗人的帽子，用双唇吻吻孝带，然后说道：

"您吃了许多苦，先生！请您继续保护失败的人们吧。"

他吻了吻她的手。

翌日，他去探望罗什弗尔。"没有您，我早就完了。"囚徒说道。后来几天，雨果想看看"自己的"巴黎。他从前住过的房屋几乎都被毁坏了。他在终于取消了禁令的《呼声报》的第一期上发表了《告编辑书》：

在我们正经历着的这一严重关头，有一件事必须完成——只有一件事。什么事呢？复兴法兰西。为什么要复兴法兰西呢？为法兰西自身吗？不，为了全人类。谁都不会为了油灯自身而去重新点燃一盏熄灭了的灯……人们点灯是为了那些把它扑灭的人，也是为了照亮点灯的人。法兰西需要复兴，这也是为了日耳曼。是的，为了日耳曼。因为日耳曼是一个奴隶，而法兰西要恢复它的自由……

这一期报纸免费出售。雨果珍惜忠于他的读者们的关注，但是显贵们因他的政治观点而仇视他。保皇派的沙龙和波拿巴派的沙龙异口同声抹杀他的天才。有一次，在玛蒂尔德公主（因为她，流亡生活延长了2年）的沙龙里，只有第奥菲尔·戈第埃一个人为他辩护："噢，无论你们怎么说，雨果，这个浓雾、乌云和大海的诗人，这个不可捉摸的诗人，照旧伟大！"但是描写浓雾的诗人犯了罪，因为他同时还是一个苦难者们的诗人。

1872年是他最阴暗的一年。元月在选举中他遭到了失败。他对公社社员的同情吓坏了所有的人。2月，他不幸的女儿回到了巴黎。有一个时期，全家人都不知道小安黛儿在哪里。后来比逊调到拉-巴尔巴特岛的当驻防军，她尾随着他，但是没有把她的地址告诉任何人。只身一人，毫无分文，神志失常，人们只好把她送进医院。当人们认出她来以后，一个叫赛丽娜·阿尔瓦莱·巴阿的黑人（这个移民区的一个皮肤黝黑、精力充沛的女居民）把她带到了法国。维克多·雨果在3月6日的日记中写道："我去找阿里克斯医生，为的是把钱交给从利物浦来的，17日要去特立尼达岛的巴阿太太：

1. 酬劳费　　　　　　500法郎
2. 到特立尼达的路费　800法郎
3. 从利物浦的路费　　100法郎
4. 补偿各项杂费　　　100法郎

　　共计　1500法郎

巴阿太太把安黛儿的首饰交给我。都被损坏或抢走了，我发现我妻子的一个戒指。我赠送给巴阿太太两个金手镯、一枚胸针和几个耳环，也是金的。作为她对安黛儿的纪念。"3月10日写道："她星期二（12日）要走。我交给她1500法郎纸币和一套相当好的衣服。冉娜和我一起去的，她注意地打量着黑皮肤的巴阿太太……"

　　小安黛儿被安置在圣蒙代。维克多·雨果死后，她才离开那里，转到休莱城堡（原先是沃丹蒙公爵夫人的庄园）的一个豪华的精神病院。在那里她占了一个单间厢房。她于1915年死在那里，享年85岁。她是一个不幸的人，可是她常常胡说八道。她仍旧是一个出色的音乐爱好者、孜孜不倦的钢琴家，她自称是许多最有名的歌剧的作者。为了让她散心，人们带她逛动物园和"拜·马尔斯"商店。对拉-巴尔巴特岛上所经历过的沉痛岁月的回忆，使她产生了一种"骇人的饥饿恐惧症"，她像狗一样把给她的所有东西都藏起来。也正像在哥哥欧仁发疯的时候那样，使人终生抑郁的那种隐秘的心灵创伤折磨着雨果。"我可怜的小安黛儿，我可怜的女儿，比死人还要死……我多么希望这样的磨难不要在心上留下痕迹啊！昨天我去看望可怜的女儿……上帝啊，多么可怕！"

　　只有创作和感官享受才能使他摆脱这些幻影的纠缠，女人在他的生活中依然起着巨大的作用。他当时已经70岁。《吕意·布拉斯》在"奥德翁"剧院重新上演又使他和女演员们接近起来。尤丽叶出席了为未来的演出者们举办的剧本朗诵会。"尤丽叶也在场，"元月2日雨果记述道，"噢，这是怎样的回忆啊！"从前雨果夫人曾经强行取消尤丽叶小姐扮演的皇后的角色，现在由萨拉·碧尔娜扮演。这是一个年轻姑娘，苗条灵敏，大眼睛，有一副柔媚的好嗓子。起初她的举止让人不能忍受，仿佛是一个不听话的孩子，拒绝按雨果的台词去表演。她轻蔑地称他是"被赦的"公社社员。对这种执拗任性的人，他不是强迫让她顺从，而是循循诱导她。与这个"巨魔"结识后，她发疯地迷恋上了他。"他是一个令人神往的巨魔，那么机敏，那么典雅，那么有才华，而且他那多情的殷勤像是一种对人的尊敬，很容易被人接受，一点儿也不使人感到受辱。对普通人是那样和蔼，而且总是那么愉快。当然，不能说他就是优雅的典范，但他举止庄重，说话的方式叫人舒坦，一句话，他使人感觉到是一个法兰西的老派贵族……遇到他想斥责一个演员时，就用诗来讲话。有一次彩排，我坐在桌子上，摇晃着两只脚。他看出我不耐烦，就从池座的第一排站起来大声说：

西班牙女皇真不像话，

忘掉她的宝座，坐在桌子上！

首次公演的那天，作者和女演员成了最要好的朋友。维克多·雨果在1872年2月20日的日记中说："大厅里人山人海。我见到了萨拉·碧尔娜，向她道喜。'吻了吻她的嘴巴'。"1872年3月28日："我去'奥德翁'，在萨拉·碧尔娜的化装室里见到了她，她正在穿衣服……"在布莱巴饭店为纪念百次演出的晚宴上，雨果被美丽迷人的女士们团团围住。萨拉·碧尔娜对他说："喂，你倒是亲我们呀——亲我们女人！请先从我开始……"当他吻遍了所有的美人儿后，她又说："以我结束。"1875年11月2日，雨果就她来看望他做了记述，同时写下一句话："孩子是再也弄不出来了。"难道和德·里尼亲王有私情，而且已经跟他有了一个小儿子的萨拉·碧尔娜，也像玛丽·梅赛似的，表示过同样的愿望？难道雨果的诗那么使她欲火中烧？"至于英国之行，以后再说吧，"就在1875年，她给自己的医生拉姆贝尔写信说，"真实原因是维克多·雨果叫我担心会搞出什么让我不愉快的事来。我身体不太好，十分烦躁……人们愚蠢的利己主义使我愤慨！明天我要采取最后的手段。萨拉。"

正是这个萨拉·碧尔娜，在1872年把"奥德翁"剧院经理查理·德·希里死亡的消息通知了"自己亲爱的巨魔"。在葬礼上，雨果见到80岁的泰洛男爵。在诗社时期和结识维尼时期，他是雨果的初交之一，两人有25年没有见面了。"这期间，他是参议员，可我是流亡者"。

当时他置身于无数女崇拜者、女演员、女作家和上流社会的女士太太们中间，她们都愿意把柔情献给他，她们的照片贴满了他的秘密笔记本。这些照片被用心地粘在纸页的背面，还饰以枯萎的花瓣。白天的皇后是倾国倾城的黑发姑娘柔蒂特·戈第埃:"她的面庞像一朵含苞欲放的蔷薇,大眼睛的长睫毛一闪一闪,赋予这个沉思如睡的尤物一种无法描述、神秘莫测的女斯芬克司般的神奇魅力。"在柔蒂特·戈第埃和自己的丈夫卡杜尔。梅丹斯逗留布鲁塞尔期间,雨果就认识了她,并向她承欢讨好。1872年她常常跟雨果会面,与他谈论自己的父亲。"善良的第奥"当时正受着严重的心脏病折磨,但他为了使自己的生活有保障,从未像当时那样勤奋工作过。雨果友好地建议带他去格恩济岛,但由于辗转颠沛对病人可能有危险,他就转而为戈第埃千方百计地争取养老金。7月12日,他给柔蒂特写了一首十四行诗《你好,女神,一个走向死亡的人向你致敬》:

> 死神与美有许多共同的东西:
> 黑暗与光明都与它们有血缘关系,
> 它们用同一个谜使自己着迷,
> 它们因同一个秘密使自己恐惧。
>
> 我已经临近那永恒的静谧,
> 我今天爱着你们女人,一如既往,
> 只要我的眼睛还没有闭上,
> 你们的眼神、步态和笑容就会使我的岁月更美。
>
> 于第福审视我们的面庞,
> 猜测我们俩的命运何以这么亲密?
> 你的美目闪烁着非人间的光彩,
> 而我向太空敞开自己的心扉;
> 我们一起稍稍触动了一下阴间——
> 你用你的美色,我用我的年纪。①

虽然他已满72岁,她才只有22岁,但是她整个地委身于他了。她俏皮而巧妙地引用《吕意·布拉斯》中的诗句表示她同意这样做:

> "我的君王,
> 黑暗中有一个人,在你的脚边

---

① 选自雨果的《百弦齐奏》。——原注

等待着……"

我一切都想过了，决定了。谢谢。

柔蒂特·M.

这是一次令人消魂的胜利。他想叫柔蒂特去"高城别墅"，他想避开所有的人在那里躲起来作乐。《吕意·布拉斯》的成功使各家剧院的经理希望把维克多·雨果的其他剧作也重新搬上舞台。"但是上演一个剧本妨碍我写另一个剧本，"他抱怨说，"而因为我只剩有四五年的创作时间了，所以我渴望把我近来构思好的东西都写出来……对，我必须离开这里。"这个为强烈的好奇心所控制的人，这个终生勾引妇女的人，沉溺于政治，听任柔媚的女听众包围，但他在写作时却渴望有一个安静的环境，渴望大量阅读。他在1870年所经历的巴黎蜜月结束了，而在1872年——用拜伦的话说——蜂蜜变成了糖浆。优美的《凶年集》得到了承认，但并不那么热烈。几家报纸指控他保护路易莎·米歇尔，保护安里·罗什弗尔，保护所有失败的公社社员，还指控他同情社会主义。"走下拉罗什富科街住宅的楼梯，"龚古尔写道，"我依然摆不脱这个伟人的富于诱惑力的影响。但是，对像米舍莱和雨果这样的人用华丽词藻陈述的空洞而响亮的神秘主义黑话，我毕竟觉得好笑。他们都想叫周围的人们把他们看作直接与上帝往来的先知……"归根结底，拂袖而去成了他求之不得的事了。尤丽叶抛出了一个好吃醋的女人和一个忠实的情人的种种誓言，敦促他去"我们可爱美丽的格恩济岛"。雨果用诗回答了这一呼吁：

我在这个城市里格格不入，是个怪人……

我已经不需要征服别的东西，

因为我已经征服了我爱人的心……

在两个阵营的狂信者中间找不到自己的位置，他现在又渴望回到受人尊敬的赎罪的流亡生活中去。他感到自己无以言喻的幸福，于1872年8月7日出发去格恩济岛，途中在泽西岛稍事停留，最后终于登上了他的"悬崖"。

第三章　晚年艳遇

> 小顽童丘比特[①]伴着嘹亮的军号声，在我的暮年突然间回到了我的身边……
>
> ——维克多·雨果

"高城别墅"。重新见到了玻璃制的充满阳光的圆形瞭望楼和波涛汹涌的大海，这是何等快乐啊！尤丽叶容光焕发："这里有一切，火光和烈焰，太阳和爱情——人间的和天上的，我心中和灵魂里的。我爱你……"每天早晨，她又能凝视他的手语，又能赞赏她的主人装饰的这所住宅的"光怪陆离的美"，又能望着她的爱人在凉爽的早晨怎样洗冷水澡了……看到"她的亲爱的人儿"的工作突飞猛进，她重新成了一个幸福的人。在几个月的时间里，他为"自由剧院"草创了好几部作品，为新编丛书《历代传说》写了几首长诗，还写完了他最优秀的长篇小说之一《九三年》。

最初，阿丽莎和孩子们给这所住宅带来了生气。但是年轻的寡妇根本不喜欢在她公公的老情妇的监视下住在这个孤岛上。阿丽莎·雨果是一个正派的好女子。怎么能因她感到寂寞而怪罪她呢？尤丽叶一说起她来，就要动火。1872年9月8日，她给维克多·雨果写信说："除了我们俩，谁也体会不到在这个美妙的小岛上安静亲密地漫步该是多么迷人……"总共只住了1个月，阿丽莎就决定带着孩子们回巴黎。尤丽叶致维克多·雨果，1872年9月27日："想到你会因和他们离别而痛苦，我的心就不由得一紧……我爱你，但我很清楚，现在只有这是不够的——你仍旧是父辈中间最不幸的人……"

10月1日，法兰苏亚-维克多（他患结核病）、阿丽莎、乔治和冉娜动身回法国。雨果在日记中说："他们都上了马车……我吻冉娜，她很吃惊，对我说：'老爸爸，跟我们一起坐车呀！'我关上车门，马车启动了。我跟着直到大街口，一切都消失了。心头十分沉重。"10月15日："我得不到我孩子们的消息，与他们分别

[①]丘比特：在希腊神话中称作厄洛斯，罗马神话称作丘比特，是一个身带双翼、手持弓箭的小孩。——译者

将缩短我的寿命，然而这还不是最大的不幸……"11月3日："阿丽莎来信。维克多病重。思念压迫着我……"

保尔·麦利斯和埃杜尔特·洛克鲁亚敦促他回巴黎从事政治活动。但他相信只有格恩济才是他的希望："在这里我一个星期所做的工作比在巴黎一个月所做的还要多。"而且质量也不亚于数量。当"善良的第奥"死后，维克多·雨果在他的《爱挽歌》中写下了几行法国所有诗篇中最美的诗句：

诗友啊，你辞别了我们黑暗的人间，
抛却红尘，去求光辉的永生……
我向着墓门给你深深地鞠躬……

我也将步你后尘，请不要关上墓门。
这是大自然的要求，谁也不能逃生，
人人都要死亡——这是不可抗拒的法则！
我们这个伟大的时代及其巨人，
都将在墓穴中汇合，面色苍白，步履匆匆。
你听！全世界响彻轰隆的巨鸣：
那是在砍伐橡树，为赫拉克勒斯①的安葬，
用树干堆起的篝火，有如不断增高的山峰。②

它的无与伦比的高超技巧就是这样。柔蒂特·戈第埃致维克维·雨果：

谢谢，亲爱的老师。从父亲离开我们以来，我第一次这样快乐……他要是能看到这几行诗，看到上帝赏赐给一个学生的这份尊崇，那该是多么幸福啊。可惜这些诗不是您的手泽，那是我所珍贵的。您不能把手稿寄给我吗？

维克多·雨果致柔蒂特·戈第埃：

夫人，我已把手稿给你寄出……我们大家都珍爱的、敏感的诗人，亦即你的父亲，将重新在你身上复活。他在理想的追求中创造了你，你作为一

---

① 赫拉克勒斯：希腊神话中的大英雄，一生中有许多伟业，最有名的是十二项英雄业绩，死后成神。——译者
② 选自雨果的《献给第奥菲尔·戈第埃》（《百弦齐奏》）。——原注

个大智大慧的女性，是完美的化身。吻你的两只"小翅膀"……

最后一句话，把隐语也搬进书信中来了。

任何时候，对任何一部小说，他都没有像写《九三年》那样迷醉过。1872年11月21日，他写道："今天开始写《九三年》（第一章）。在我的'玻璃房里'，眼前挂着查理、乔治和冉娜的肖像。我把在巴黎买的新水晶玻璃墨斗也带来了，打开一瓶墨水，灌满墨汁，拿来一叠为写这本书特意买的'亚麻'白纸，操起一支得心应手的旧笔，开始写第一页……"12月16日："现在我开始写作，我将一直站着，整天不休息。既然这是上帝的意愿……"

站着写——写《巴黎圣母院》的时候是这样，当时他30岁；在近80高龄时他仍然没有丧失创造力，没有丧失灵感。《九三年》的基调是青年时代就使他感兴趣的冲突——白军和蓝军的冲突。但这绝非出自虚构，像《悲惨世界》中的马吕斯那样，而是来自现实生活。背景是他非常熟悉的朱安党人出没的那个地方。福德日、道尔，长着空心大树的森林、波卡斯的原野和麦田、四郊的庄园和养畜场——所有这些地方他和尤丽叶都去采访过。那是她的故乡啊！关于这次旅行，她为他还写了回忆录。从前在反对旺代人的战争中，雨果少校表现了仁慈心肠。儿子有充分的权利采用这一题材并加以发挥，像一个铁面无私的法官那样，通过两个营垒——保皇派与共和派——来表现与残暴并存的伟大。蓝军的代表，年轻的郭文（雨果把尤丽叶·德鲁埃的娘家的姓给了他），是一个宽容大度的真正的英雄，但是朗德纳克侯爵，贵族，朱安党徒，同样为救3个孩子牺牲了自己。小说中的对话带有一种戏剧性，可是法国革命本来就十分崇高而悲壮，它的主人公们至死都保持着高傲的气度。与雨果创作的缺点相联系的激情帮助他塑造了这些半人半神的形象。尤丽叶激动地誊抄着这部著作："我欣喜若狂，因为我正坐在你的杰作不断加高的这张桌子旁不停地抄写着它。"

1873年元旦，她反复唱着他从前为她定下的这段祷词："上帝啊，让我们永远生活在一起吧！请你从我的口中听听他的祈祷，从他的口中听听我的祈祷吧！让他今生今世，一天也不要、一瞬间也不要和我分离。让我永远在今世和来世做一个有用的和被爱的人——对意中人有用、为他所爱的人吧！救救我们，改造我们，结合我们吧……"在他们相爱的周年纪念日，她第40次提醒他不要忘记1833年2月的那个早晨，当时她站在窗前，向他不断地抛着飞吻，他也频频回身报以同样的动作。"如今一切都变了，我穿上了老年人的服装。但是我的心和我的灵魂依然年轻，我依然像第一天——我成了你的人的那一天——似的热烈地爱着你……"

唉，为了有勇气活下去，她是多么需要这些仪式和这些回忆啊！要知道她的"天神般的导师"（这是她亵渎神明的表现）依然不可救药。1872年11月20日，当玛丽·梅赛，"乌尔河透明流水中的"美人鱼，来到格恩济岛的时候，她的夏季情人倒没有热情接待她。维克多·雨果的日记里写着："我打发她去伦敦，再从那儿去布鲁塞尔。路费由我出……"问题是尤丽叶犯了一个不谨慎的错误：1872年3月，她把一个美貌非凡的22岁的女裁缝布兰丝带到了自己的住宅里。新来的人是一个相当有教养的姑娘，她在正字法和书法上可以成功地与茹丽·赛奈抗衡。她能背诵许多诗，特别是雨果的诗。德鲁埃夫人由于秘书的职务使她十分疲劳，所以想叫布兰丝给雨果誊抄手稿。布兰丝天真纯朴。国家发生政变时①，尤丽叶在证明矢忠于雨果的老朋友兰文家认识了这个聪颖的姑娘，并劝她辞去成衣作坊的工作。她可没有想到，这将使她本人的幸福遭受威胁。

兰文一家抚育大的布兰丝一直以为自己是他们的女儿或孙女，而他们也不否认这种虚构的血缘关系。实际上布兰丝·玛丽·贞丽亚出生于1849年11月14日，父母是两个不知名姓的人。在这样的情况下，法国法律规定给孩子起3个名字，其中1个允许作为他的姓。皮肤黝黑、眼神忧伤、亭亭玉立的布兰丝，凭她那袅娜的身段，妩媚轻盈而又举止懒散的风姿，就肯定会叫维克多·雨果骨软三分。兰文一家对尤丽叶极为忠诚，但是对弥诺陶洛斯②却不抱任何幻想，他们教导自己的养女行为要理智。可是在巴黎，她并没有受到应该予以反抗的进攻。柔蒂特·戈第埃、萨拉·碧尔娜、朱茵·爱司莲、朱妮·基诺、贞丽·罗蓓、阿尔碧蒂娜·赛兰和许多其他女子，就已足够满足这位名诗人贪得无厌的欲望了。

布兰丝无意间出现在"高城别墅"，在与这个大海老人单独相处的情况下。立即就感觉到了他那无法抗拒的魅力。荣誉、才华、智慧、创造力——被他一部又一部杰作惊呆了的她，怎么能站稳脚跟呢？要知道，对一个人的钦佩同样会产生爱情呀！况且大卫王已经受到了罪恶的诱惑③。有一段时间，他真诚地试图与自己的情欲作斗争。日记证明了这一点。1873年1月27日，他写道："阿尔芭，危险。要小

---

①这里是指1870年，而不是1852年的"雾月政变"。——译者
②弥诺陶洛斯：希腊神话中半人半牛的怪物，被养在克里特迷宫里，每年吃7对童男女。——译者
③据《圣经》载，以色列国王大卫看见乌利亚妻美，派人接她与之同房。怀孕后杀乌利亚。——译者

心。无论是对她,还是对我那心上人,我都不希望做出什么坏事……"当他开始欲火难禁的时候,不幸的布兰丝显出的十分可怜的样子,都使得这个食人生番开始怜悯起她来了:"她什么也不同意……她喃喃地说:'先生。'我说:'小姐……'我暂时只看到了她的胳肢窝……"

> 我们沿着幽径走下山坡,
> 当时在那里,像在很久很久以前,
> 那条隐匿着的罪恶的蛇,把我们引诱进伊甸园[①],
> 表面上是进了天堂,实际上是进了地狱。
> 春天,她和我,两人穿过僻静的橡树林。
> 她的面色由玫瑰红变成深红,
> 我像喝醉了酒一样兴奋消魂,
> 我们俩梦想着的——肯定是同一件事情……[②]

他给她起了个新名字,叫"阿尔芭"[③],并且把为她写的诗送给她。她着了魔,败下阵来,可是仍然英勇地反抗着。然而经过几个月的抗争,可怜的姑娘让步了,就在她显得十分迷人的时刻,把从前尤丽叶献出过的那种幸福赠送给了诗人。他用叫人惊诧的诗章,像对其他人一样,也对她描写了这种幸福。这个惯会勾引妇女的老头子还从未写过如此火辣辣的诗篇。胜利使他意气昂扬,在他身上产生了新的创造力量。他的新的爱情与田园生活十分和谐合拍。同布兰丝在原野上散步的时候,大自然的美景——爬满绿篱的盛开的鲜花,正在成熟的庄稼——令人心旷神怡。

真不幸,明察祸福的尤丽叶回到了"高城别墅"。她马上就猜测到了"高城别墅"出了什么事。但是在5月20日,雨果仍然没有忘记一如既往地编写他的祷词:"我希望在这祝福你的纪念日的一天,让我们的灵魂融为一体,就像朝霞的柔光一样。我将吻你的双脚……我的灵魂在你的灵魂上印满了亲吻。"然而这个灵魂原来并不可靠。尤丽叶强迫布兰丝忏悔。姑娘哭了,哀求宽恕,叫人相信她有未婚夫。

[①]据《圣经》传说,人类的始祖亚当和夏娃在伊甸园时,因受蛇的诱惑摘食知善恶树上的果实,被上帝逐出乐园。——译者
[②]选自雨果的《森林》(《百弦齐奏》)。——原注
[③]阿尔芭是黎明曲的意思。——译者

最后事情以征得兰文一家的同意,让她悄悄离开格恩济才算了结。

1873年7月1日,维克多·雨果在日记中写道:"布兰丝被Ж.逼走。根丽叶(莫尔瓦)将代替她,于7月15日到……布兰丝今天早晨去巴黎,要路过泽西岛。秀贞娜送布兰丝上船。明天,星期三,没有去格兰维尔的邮船。布兰丝应该乘去圣马洛的船……"尤丽叶·德鲁埃致维克多·雨果,1878年7月1日:

> 我帮助可怜的布兰丝准备动身不能不激动,虽然我有许多理由(或者说我觉得有,这无关紧要)对她的走不应该惋惜。话说回来,她本人现在也想走,她的脸上放出快乐的光彩。我真诚地、衷心地祝愿她在巴黎找到自己的幸福。假如我能在那里给她什么帮助,我一定很乐意这样做,当然我以不损害自己的幸福为限……

也许,迷人的阿尔芭向尤丽叶保证"她回巴黎是为了在那里出嫁"是真诚的;也许,雨果发誓再不见她也是真诚的,但是爱情的诱惑比任何誓言都有力。《九三年》的写作已经结束,传来法兰苏亚-维克多健康不佳的令人不安的消息,格恩济岛没有了阿尔芭使雨果怅惘忧伤。1873年7月31日,他带着尤丽叶回到了法国。当时,接替梯也尔上台的是麦克·马洪①,戴肩章的人(指军人——译者)欢庆胜利。可能要再次发动政变。不管怎么说,迫害变得更疯狂了。梯也尔恪守自己的诺言,没有把罗什弗尔流放;现在他要被关进罪犯的铁笼子里,送到奴美阿服苦役了。一项巨大的工作摆在这位要求大赦的伟大的宣传家面前。当他谈到国民议会或麦克·马洪的时候,"脸上显出冷酷无情的严峻神色,眼睛里燃烧着愤怒的光"。

在巴黎他住在西柯莫尔大街一所叫"奥德依"的房子里——由查理·雨果的遗孀精心照料的他那命在旦夕的儿子家。龚古尔到那里看望过他们。法兰苏亚-维克多半躺在椅子里,"面色蜡黄,全身蜷缩,仿佛正在发疟疾";父亲站在他身旁,"笔直挺拔,俨然是什么歌剧中的一位年迈的新教徒"。吃饭的时候,雨果一边喝着苏雷斯原汁葡萄酒,一边回忆着从前他的长兄阿贝尔在萨盖妈妈那里举办的宴席,牛奶大蛋饼和烤鸡。龚古尔还说,"在那里我们开怀畅饮许多这种美酒。看着这种酒的绝美的颜色,就像看到了火红的罂粟花……"健壮结实的老人和旁边冷得发青、命在旦夕的儿子的这种鲜明对照,给龚古尔留下一种沉重的印象。

---

① 麦克·马洪:1808—1893年,普法战争时,与拿破仑三世一起在色当投降。1871年任凡尔赛总司令,残酷镇压巴黎公社。总统任内反对第三共和国,失败退职。——译者

尽管向尤丽叶许过诺言，雨果还是马上会见了布兰丝。他为她在图尔内勒滨河街租了一套住宅。几乎每天早饭后他都要爬到"巴提尼奥——植物园"的公共马车的高层顶座上去玩赏她。

有时，他们到植物园去蹓跶。她随身带上一个针线篮，"默默无言、神色严肃地"做些女红，或者突然高兴了，就"大声唱起童年时代的歌谣"。那是一首绝妙的田园牧歌，是关于菲力蒙和阿玛丽里斯的。如果在归途中他们碰上了乞丐，雨果就给他些施舍，好像是想在众神面前赎罪，而且要在笔记中认真地把娱乐和施舍的花销记下。为了评论他，巴莱斯说："必须弄清这种肉欲的爱对他的才情给予了多大的影响，刺激了他的创作冲动。"当女人的吸引力和诗人的吸引力融为一体时，是很难抵抗这种创作冲动的。但有时雨果也躬身自责。在垂死的法兰苏亚-维克多面前，和阿丽莎及其孩子们在一起的时候，他突然会羞愧难当。这种两重性的生活几乎使他受到了良心的谴责，这种生活好像成了一种道德的堕落。他的心灵和理智所渴望的是更加贞洁的热情，可肉欲却把他引向图尔内勒滨河街的那尊活生生的玉色雕像。

　　啊，我们的意志多么薄弱！谁都要受肉欲掌握！
　　你抵不住卑鄙情欲的诱惑，
　　徒然地苦恼，毫无意义地挣扎。
　　堕落的天使啊！玷污了白鹅的翅膀！
　　威力无比的欲火烧毁着一切。
　　因为拔示巴，大卫才犯了罪[①]，
　　阿斯巴齐[②]使苏格拉底受窘，
　　而所罗门只因为那个消魂的书拉密女子，
　　才注定要死在亲生兄弟的手上[③]……

引经据典地罗列这些年事虽高、情欲仍旺的事例，并不会使尤丽叶得到安慰。9月里，她让一名私人侦探跟踪他，并揭发了（如她所说）"他的可耻行径"。在

[①] 拔示巴是大卫王名将乌利亚的妻子。大卫在屋顶上看见她沐浴，就抢她为妻，杀乌利亚。——译者

[②] 阿斯巴齐：古希腊雅典政治家伯利克里斯的妻子，著名美女。——译者

[③] 关于所罗门热恋牧羊女书拉密的故事，见《圣经》中的《雅歌》。——译者

雨果的日记中，1873年9月19日7点半写下："一场灾难。尤丽叶（Ж.）的信。令人断肠，令人不安。可怕的夜……"她给他留下一封请求原谅的信，像她年轻时做的那样，偷跑了。雨果被震动了，在可怕的绝望中开始寻找她，到处拍电报。1873年9月22—24日的日记："3天来焦急不安，不堪忍受的痛苦。必须绝对保守秘密：我应当沉默，不露声色。我保持着镇静。可我的心已碎了……"最后他听说有人在布鲁塞尔看见过她，"希望的闪光"。当人们找到她以后，她同意回去。1873年9月26日的日记："我不能参加《玛丽·都铎》的彩排了……为的是不误9点5分到的火车。提前1点1刻赶到，什么也没吃。花1个苏买了1块面包，吃了半个。火车准时进站。我们又见面了。幸福和绝望各半……"要知道他是那样深情地爱着她。"我魂飞魄散。"当一想到会永远失去她的时候，他这样说，但是老牧神不想善罢甘休，而尤丽叶又不能承认这一事实：她的具有无比生命力的情人仍然年轻力壮，而她已年老色衰了。她强迫他以"垂死的儿子的脑袋"发誓：永远与布兰丝断绝关系。可他不能信守自己的诺言。危机过后，紧跟着的是新的堕落，日记中又充满了幽会的记载。

尤丽叶·德鲁埃致维克多·雨果，1873年10月18日：

是的，我已经无力忍受在我的可怜的充满爱的心中不断生出的痛苦了，我也无力与这群年轻的女妖精抗衡了。也许你并没有故意去追求她们，不过，这还没有得到证实……

1873年11月18日，她又写道：

亲爱的、热爱的人儿，我不想妨碍你去寻欢作乐，但我又不能不想。我怀着往日的深情，却成为如此可怜虫落在这样一群羽毛鲜亮、嘴巴尖尖的母鸡中间。她们呼唤着你，不停地呱呱呜叫："咯蛋咕，咯蛋咕，咯蛋咕。"而你，我可怜的鸽子，也使出最后一点气力咕咕作答："布——嘟，布——嘟，布——嘟。"[①]这种稀奇古怪的狩猎延续了这么久，可你仍然不知厌足，仍然锐气不懈……不，够了，我把胸前的钥匙放在门下，信步踟蹰，管它什么地方……

法兰苏亚-维克多死于1873年12月26日。我们在维克多·雨果的日记中看到："又一个打击，一生中最可怕的打击。现在我只剩下乔治和冉娜了……"葬礼和查

[①]这里是暗示特写《莱茵河》中的一则传说——《美丽的别柯班和美丽的芭尔都》。——作者

理一样，是按世俗形式举行的。"那么多人，"福楼拜在致乔治·桑的信中说，"可是非常肃静，一点儿也不乱！不幸的老头雨果！我想上去拥抱他，可是怎么也挤不到他跟前。他受到了极大的震动，但他勇敢地支持着。"有一家报纸指责他带着软帽参加儿子的葬礼。矮小的路易·勃朗发表了很有感情的演讲：

> 维克多·雨果的两个儿子中最小的一个去见年长的那一个了。3年前他们还充满活力。那时死亡把他们分开，如今死亡又使他们相会了。他们的父亲曾经写下：

> 我的一家人只给我留下一男一女。啊，上帝！在忧伤的宁静中我走进茫茫暗夜。

从他那饱经忧患的心中发出了绝望的呼喊："啊，你们两个亲人到底还是把我撇下了！"他预见到了大自然的不可抗拒吗？他预见到了他的一家将变成一个"没有子女的家"吗？命运仿佛是想把痛苦与荣誉平分给他——把他卷进如同他的天才一样汪洋恣肆的深渊。

1874年元旦，他半夜2点左右醒来，记下他脑海里闪现出的一行诗："我为什么还要活着？是为了死吗？"但他知道这是不对的。尽管接二连三遭到了命运的打击，老橡树始终傲然屹立；尽管悲痛，他依然入迷地工作着。他孜孜不倦地继续"使自己的艺术臻于完美、高尚……这是多么美妙的诗章，"保尔·瓦莱里说，"这样的诗，就其气魄，就其内在结构、音调铿锵和丰满充实来说，任何诗作都不能与之媲美——这好像不是他在垂暮之年写的……"莫里斯·巴莱斯盛赞"雨果晚期诗歌感人的音响效果有似惊涛拍岸的海浪"。"这个身怀无穷瑰宝的老人是那样有气势，他迫不及待地要把自己的那些来不及雕琢的浑金璞玉拿给人们看，因为他知道大限已到"——这使巴莱斯赞誉不已。

雨果本人也意识到了他的这种异乎寻常的精力和技巧。雨果在1874年1月请乌塞吃饭时对他说："我像是一座森林，人们多少次来砍伐它，然而新绿的幼芽却变得越来越茁壮有力、生机勃勃……已经半个世纪了，我用诗歌和散文来表达我的思想，但是我觉得我所表达的连我所具有的千分之一都没有……"年轻诗人们对他还没有占领的那些高峰更是景仰不止。他们在雨果成功地耕耘劳作的那块土地上还没有什么收获，就想创造什么别的东西，于是产生了象征主义。但是哪一个象征派诗人能写出比《阶梯》更美、更神秘、更朦胧的诗来呢？难道马拉美的《神奇的走廊》一诗其用意不就是想达到维克多·雨果《大衣柜》一诗的效果吗？马拉美很清楚这一点，对于老魔术师的《宏伟的废墟》一诗，谁也没有他说得好！马拉美好像是一个精巧的杂技演员，美滋滋地证明了雨果也写过各种新流派的诗。"可你知道我觉得他哪首诗最美吗？"他说道，"《今晚太阳躲在'云'后》。"

　　雨果已经和他同时代的人没有什么联系了。他的所有挚友都已离开了人间；学院他也不去；从前他喜欢去听辞典编写讨论会，对词源学和动词虚拟式的奥秘很感兴趣，现在政治使他和同行们分道扬镳了。自1851年12月以来，为了参加选举院士会议，他才第一次于1874年1月29日出现在康提滨河大街。他当时想给老朋友大仲马的儿子投一票。25年来的缺席，使学院的听众都认不出他来了，一个守门人对他说："外人禁止入内！"而另一个说："得啦，他是维克多·雨果先生。"院长宣布名单时，竟然忘了他的姓。学院只有5名院士走上前来和他握手。但是当他走过庭院的时候，好奇的人们聚在那里，都向他脱帽致敬。

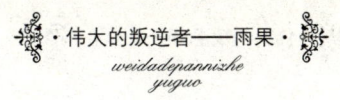

第四章 克利希街21号

1874年4月29日,雨果和他的亲人们迁到克利希街21号。他租了两层楼:一层给自己、阿丽莎和孩子们,一层是德鲁埃夫人的豪华的内室和客厅。尤丽叶在没有升到设有卧室的那层楼上时一直不满。当时阿丽莎发牢骚,说她一间房不够用,并以带走乔治和冉娜来要挟。这是一张威逼祖父的王牌,于是他们请求尤丽叶到楼下住。她十分悲痛地忍受了这种不友好的做法。1874年5月7日,她写道:

我最亲爱的、热爱的人,我所担心的不幸的分居已经成了一种现实!我的心中充满阴郁的预感。我们被分隔在两层楼里,犹如我们心上的一座桥被折断。从今晚起,我们之间的任何亲近都被取消了……我努力用这个想法——即我虽然失去了幸福,但你可爱的孙子们能和你在一起——来鼓舞自己……

不用说,她认为"查理·雨果的寡妻的冷酷自私的要求"得为她的全部不幸负责。在上一年,尤丽叶·德鲁埃离开格恩济岛回巴黎,住在皮加尔街的时候,她就呼吁过:"让我们共同祈祷吧,为了和平、统一与幸福重新降临于你们一家,为了大家再不要离开它……"她向维克多·雨果写信说:他总是"做他家人的忘恩负义的牺牲品……查理寡妇周围都是一帮坏人,他们给她出坏主意,可她却不晓得自己正处在你的敌人的坏影响下……"但是雨果对阿丽莎,这个年轻和善的女性却满怀好感。

住所占的是四楼和五楼。雨果爬起楼梯来气不喘心不跳。他的视力在这几年里还和年轻人的一样好,可是当他平生第一次牙痛时,他很惊异:"这叫什么事儿?"每天晚上他都要招待12至14个客人(对13这个数字他仍旧有一种不可克制的恐惧感)。他喜欢让那些赏心悦目的女人们围着自己,吻她们的小手,对她们百般关照体贴。他站着迎接客人,白色或黑色的丝绸领带在大尖翻领下打成"拉瓦来"的式样。入席后,德鲁埃夫人坐在他的右手边,面如纸色,但是衣着打扮"矫揉造作,古色古香",黑色的天鹅绒衣裙被古式凸形花边衬托得格外分明。菜肴几乎老是那几样:沙司鱼或鳌虾、烧肉、鹅肝酥皮大馅饼、冰淇淋。因为雨果不喜欢变换口味。主人照旧吃得津津有味,胃口好得叫人羡慕。饭后大家步入红色客厅。德鲁埃夫人偷偷打着盹,"满头美丽的银发像鸽子的两翼一般,衬托着她那清秀的面庞,而丝绒宽腰带上的花结随着这个入睡的老太婆无声柔和的呼吸轻轻地一起一落……"

苦命人尤丽叶依然捍卫着她那经过长期考验的爱情,但是地狱的环舞仍在继续着。1874年1月13日,她写信给维克多·雨果说:"我目送你直到大街的拐角处,像往常那样;可是你啊你,却一次也没回头,没有给我一个温柔的手势,像从前似的。这说明什么?不必像回答玩具公鸡似地回答3遍吧!撇开我和我们的关系不说,我认为,你应该逐渐避开那些专讨男人和他们钱袋喜欢的女人,避开那些围着你团团转,活像一群贪婪的母狗似的荡妇……"她在一封信中,还引用了伏尔泰的一句话作为题词:"忘掉年龄点燃爱情之火的人,必将饱尝情欲的全部灾难……"

然而她的情人仍然每天乘坐"巴提尼奥——植物园"的公共马车,表面上是说他想"体味一下人群中的孤独滋味",实际上是去见布兰丝。但是尤丽叶当时嫉妒的是他对柔蒂特·戈第埃的爱。如果说雨果现在是说话不算数,那么至少他还是坦白的,他把献给冰雕玉琢般的"柔夫人"的诗《冰雕玉琢,但不凉》拿给她看。多么残酷的真诚!可是尤丽叶宁愿要一个大名鼎鼎的美人、诗人的女儿、诗人的妻子做情敌,而不要无名小卒布兰丝。她对维克多·雨果说,她不想束缚他的自由,也不反对诗人"与能唤起他灵感的美女发生关系"。他发誓说,他的迷恋纯粹是柏拉图式的。可是这种精神恋爱实际上早已不那么干净了。再说,尤丽叶回答了雨果:肉欲是精神上不忠的必然结果。为了安慰尤丽叶,他送给她一首十分优美的诗——这些诗也送给过柔蒂特,他把给尤丽叶的这份献礼称作《致不朽的女性》:

我的万古不灭的明灯,这是真的吗?
瞬息即逝的萤火虫就使你着急啦?
难道超绝凡尘的仙女会怕人间的美色?
啊,不!人世间的无穷造物——
都是昙花一现,有如春天的百花!
它们娇美、芬芳,但不真实、不久长。

明媚的春光使它们盎然怒放，
它们使人悦目，使碧绿的草地生光，
但是用不了几天，它们就全部消亡。
你是天仙，你是女皇！啊不！多可笑的思想！
你不该对它们怀有嫉妒心肠！

只有你是我的爱，只有你是我的光！
愿你心平气和。没有道理惊慌。
你胜利地统治着蔚蓝的天空，
你是永远主宰我的感情的太阳，
纵使偶有触动你的流光，
那也不会对你有什么损伤。
你是天国的明星，难道还怕玫瑰开放？

尤丽叶"直到心灵的最深处都感到既惊喜，又感动"，但她补充说："她仍旧痛苦，犹如利箭穿心。"要是她的老朋友的风流韵事能使他幸福也还罢了，可事实上并非如此。请看她写给她的维克多的这封信：

你爱富于罗曼蒂克的女性，不管她们是什么样的人，就连萍水相逢的也喜欢。可到头来这将给你的生活带来厌恶、反感，也将把我的心撕碎……无论你把自己的和我的多少幸福倾注到这个无底洞里①，永远都不会把它灌满，满到可以使你畅饮到哪怕是一点一滴你所渴望的快乐。我可怜的、我热爱的人，你是不幸的，可是我比你更不幸。好色是致命的溃疡，你将因之而受尽折磨，而且这溃疡越来越严重，因为你没有勇气根治它；我之所以受折磨，仅只是因为我爱你。我和你两个人都因不可治愈的病痛在受着折磨。唉！

一点不假，这无论对他还是对她，都是感情和意志上的一大痼疾。

然而色情狂并没有占去他用于工作的晨光。天刚破晓，邻居们就看见雨果走进他的"熊窝"，身穿红短上衣，披一件灰色外罩，站在斜面高书桌前开始写作了。

---

①原文为"达那伊得斯姐妹的水桶"。典出希腊神话，阿尔戈斯国王达那俄斯的50个女儿在新婚之夜都杀死了丈夫，死后被罚在地狱中不停地往一个无底的桶中注水。——译者

晚上，在朋友们的圈子里，像福楼拜所言，他是"十分迷人的"。爱德蒙·德·龚古尔1875年12月27日到克利希街赴宴时，记得雨果当时身穿丝绒大领礼服，潇洒地系一条富丽亚白绸领带；他还讲述了诗人怎样仰在沙发上，说他今后想当一个和事佬。午饭像是"乡下牧师为他的主教张办的"宴席。同桌的有巴威尔夫妇、圣-维克多、达洛兹、尤丽叶·德鲁埃、阿丽莎·雨果——"她十分可爱，面带微笑，穿一身绉折黑花边衣裙，她的女儿是个淘气包，温顺的小儿子长着一双柔和的大眼睛。"煤气灯在餐厅的低矮的天花板下散发着使宾客们的"脑袋都快熔化了的炎热"。阿丽莎因闷热而气恼，发泄着不满；但雨果仍然镇静地喝着香槟酒，聊天，神采飞扬，口若悬河，对别人有何感觉无动于衷。饭后他给客人们朗读自己的诗。龚古尔回忆说：

　　我们在餐厅里看着雨果独自站在桌子前，准备朗读他的诗，那种架式，不知为什么要让人联想到魔术师在演出前，躲在一个角落里试练他的戏法。但这是在雨果的客厅里，他就站在这里，靠着壁炉，他的手里拿着一大张纸——在海岛时写成的长诗片断，他遗嘱交给图书馆手稿的一小部分。他说过，诗人把诗写在亚麻制的纸上，是为了永久保存。

　　诗人不急于戴眼镜（长期以来，他为了自己的仪表，很不愿意戴眼镜），他慢条斯理，若有所思地擦擦从他那青筋突起的高额头上浸出来的汗珠。在开始朗诵之前，他先抛出一句开场白，仿佛是在宣布，他的脑海里装着整个宇宙："先生们，我74岁，我的文学生涯才刚刚开始。"他给我们读了长诗《父辈的耻辱》——《历代传说》的续篇。其中有好些优美的、出类拔萃的篇章。看雨果朗诵是很有趣的！为了朗诵，壁炉里火光熊熊，就像在剧院里那样。燃起14支蜡烛，每支都被镜子映照出来。诗人身上一片光华灿烂，在这辉煌的背景中，他的面庞显得轮廓分明，如他自己所说，梦幻般的圣容——光晕环绕，金光四射，剪短的银发、白色的衣领熠熠生光，连萨提罗斯的两只尖耳朵都染上了玫瑰色的光泽……

1875年，阿丽莎带着孩子们去了意大利。爷爷总是及时写信给这几个旅行者。1875年9月5日的信中说：

　　亲爱的阿丽莎，告诉你们一个消息：万事如意。但是……8月16日，当我从马车上下来时——乔治，你听着，冉娜，你也听着——一个坏小子冲我的头上栽下来。这件事发生的很突然，以致我被惊呆了。但是因为只折断了我的几根肋骨，打掉了几颗牙齿，伤了一只眼睛，我活着爬起来，没说一句话跑回家里，为的是不让宗教界的报纸幸灾乐祸地报道我已经一命呜呼了……你们的老爸爸。

啊，我忘了，鹦鹉的配偶死了。我给了那个可怜的鳏夫一个新食槽，为此花去我20法郎（食槽的售价）。我为给打光棍的鹦鹉送礼花了钱，我也要赠给你，亲爱的阿丽莎，20法郎。

算账决不会损害友情吗！

常到克利希街来的朋友们除了文学家，还有政治活动家路易·勃朗、茹尔·西蒙、甘必大和克雷蒙梭。时光逐渐使思想冷静了下来，出现了宽恕公社的倾向。在这种情况下，雨果作为仁政的捍卫者，仿佛真的成了预言家。希求他享有威望的尤丽叶想让他重返政治舞台。1876年1月，根据克雷蒙梭的提议，他被提名为参议员的候选人。在第二轮选举中，雨果当选了。尤丽叶·德鲁埃于1876年1月19日写信给他："我觉得，只要你一出现，在这荒谬、卑鄙的浊流翻滚的混沌中，就一定会大放光芒，就像上帝说过'要有光'，于是就有了光①那样……"但是雨果立刻看到，他的影响是无足轻重的。在两院中，厚颜无耻胜过理想，第三共和国的首届参议院一点儿也不像共和国的议会。

雨果坚决主张大赦，并把一个可耻的对照揭示给人们看：一方面是对3月18日事件的人们（即公社社员）的残酷镇压，另一方面是对12月2日事件②的参与者们的姑息迁就。"该是制止这种使天理良心为之震惊的行径的时候了！该是从范围和程度两方面结束这种可耻的两面派政策的时候了！我要求全面彻底地赦免所有与3月18日事件③有关的人和事……"④雨果提议投票表决。只有10票支持这个提案，其余议员都投了反对票。但是成群的巴黎人民比议员们更友好地欢迎了他，抛给他无数

---

①据《圣经》上说，上帝创造天地时，世界一片混沌，周围全是黑暗。上帝说："要有光！"于是出现了光。上帝还把光和暗分开，光为昼，暗为夜。——译者

②12月2日事件：1851年12月2日，路易·波拿巴仿效他的伯父举行政变，建立军事独裁；1852年12月2日，进而废除共和，改行帝制，号称拿破仑第三。——译者

③3月18日事件：1870年，普法战争失败后，法国社会矛盾尖锐。3月18日，巴黎工人起义，夺取了政权，建立了世界史上第一个无产阶级政权——巴黎公社。公社失败后，革命者遭到反动派惨无人道的杀戮，迫害。——译者

④选自雨果的《1876年5月22日在参议院关于大赦的发言》。——原注

鲜花。尤丽叶·德鲁埃于1876年5月23日写信给他："倘若群众有权投票，马上就会宣布大赦；为了你能这样慷慨、这样出色地争取过大赦，他们会把你像凯旋归来的将军似地抛起来。但是不管这帮残暴的坏蛋愿意不愿意，将来也得宣布大赦。"

因这一失败而灰心丧气的尤丽叶怀念起了流亡岁月和幸福的格恩济小岛。

鸟儿穿飞，互相追逐，它们显然觉察出了春天就要到了。对我们青春爱情的回忆使我亢奋，我的衰老的心一想到你就猛烈地跳动。在格恩济，当我的小花园百花盛开，组成了你名字的第一个字母的花环，当大海在我的窗下静静地荡漾的时候，彼此相爱该是多么美啊，要是我能用我的"高城别墅"的陋室、我们在"高城别墅"议会上的真诚坦率的吵闹，来代替这凡尔赛和它的宫殿、它的议院和它所有无心肝、无头脑的空谈家，那该是多么快乐啊……

1877年是政治大会战的一年。部长会议的主席茹尔·西蒙是雨果家的常客，这是一个具有罗马红衣大主教脾性的犹太人。他徒然地想和不能容忍甘必大的反教权主义思想的麦克·马洪达成协议。"我们再不能和他一道走了，"总统对茹尔·西蒙说，"我认为与其受甘必大先生的支使，不如让人们把我推翻。"在这位元帅看来，这是一个官位级别的问题。他宣称，他要利用宪法授予他的权力，征得参议院的同意，解散众议院。雨果把左派议员的领袖召集到他的家里，想阻止这一阴谋的实现。1877年9月19日，他在自己的日记中写道："麦克·马洪的宣言。这个人在向全法国挑衅……"

前几天，他在克利希街自己家里于上午9点整，接待了巴西皇帝唐·倍德罗。皇帝对他平等相待，这正是从前雨果竭力想从法国皇帝那里得到的。皇帝走进门后，大声嚷道：

"请您给我些勇气吧，我有些胆怯。"然后又说，"我有一个虚荣的欲望——请您把我介绍给冉娜小姐吧。"

雨果对姑娘说："冉娜，让我来给你介绍巴西皇帝。"

她有点失望地嘟哝道："可他的衣裳为什么不是那样？"

当诗人说"让我来给您介绍我的小孙女，陛下"的时候，皇帝说：

"这里只有一个陛下——维克多·雨果。"

唐·倍德罗以一个普通游人的身份接受了星期二来诗人家赴宴的邀请。到那一天，他与雨果家的其他常客平等地出席了便宴。

议院像一个乱哄哄、嗡嗡响的蜂箱。维克多·雨果——麦克·马洪的政敌们的首领——在委员会上提出一个本质性的问题："如果麦克·马洪一定要解散众议院，他最后也被打倒了，那他会屈从民意吗？"出席会议的部长不敢回答。6月21日，维克多·雨果发表了出色的长篇演说，反对解散议会：

> 我很愿意相信效忠的宣誓，但我清楚地记得，从前我们也相信过这套玩意。我想起这些来，不是我的过错；我看到这些同样的把戏，使我十分不安。我之所以不安，不是为我自己，因为在活着的时候，我已经没有什么可损失的了，而在死后，我将赢得一切。我之所以不安，是为了我的祖国。先生们，请你们听听一个满头白发的老人的话吧，他已经看到了你们也许在将来才能看到的东西。这个老人，他在尘世上除了你们，已经没有别的利益；他要把赤诚的忠言告诉你们大家，不管是朋友还是敌人，因为他离那个永恒的真理——死，已经很近了，所以他既不会记仇，也不会撒谎了。你们都爱冒险，那么就听听冒过险的那个人的话吧；你们都将和未知直面，那么就听听那个对你们说"我了解这个未知"的人的话吧，你们要登上一只即将扬帆远航、前程辉煌的船，那么就听听那个对你们说"停一下！我已经历过沉船危险"的人的话吧……①

左派热烈给他鼓掌。翌日，8岁的冉娜走进他的房间，问他："怎么样，议院里好吗？"在议院里过得很好，但演讲只说服了那些从前就相信这位演说家有理的人。

解散众议院的提案以微弱的多数——149票对130票——通过了。在新的选举中，共和主义者成了绝对多数：326对200。麦克·马洪现在保不住他的阵地了。"要么是屈从，要么是走开。"甘必大对他说。他先是屈从，继而走开——辞职了。维克多·雨果在左派的胜利中起的作用受到了他年事已高和远离政务的限制，但那作用仍然是不容置疑的。现在"他在第三共和国，成了族长和导师的化身"。

在这位族长家，不是只有一个路得②。每天早饭后，他便离开"自己那个地狱般森严的府邸"——在那里，阿丽莎热恋着的洛克鲁亚摆出一副很难叫人满意的

---

① 选自雨果的《5月16日》（《事业与言论》、《流亡之后》）。——原注
② 路得：《圣经》中人物，摩押女人，拿俄米的儿媳，丈夫死后随婆母一同回到迦南。在伯利恒嫁与波阿斯，生俄备得，也就是大卫的祖父。——译者

架式，而心情阴郁的尤丽叶则经常搜寻雨果的衣袋、秘密抽屉和私人笔记。他有时去找布兰丝，有时去看望女浴者玛丽·梅赛。因为这个维昂丁的温蒂娜"生活不顺心"，所以她在给雨果的信中重又求他资助。她住在克雷姆街，离皮特-索蒙公园和日耳曼大街不远，坐"蒙托隆明星广场——御座广场"的电车就可以到，雨果在1875—1878年的日记中有几个单词：克雷姆、索蒙，日耳曼和Star-Month[①]，实际上就是玛丽·梅赛的代号。从日记中可以看出，他带梅赛去过皮特-索蒙的"蜜糖饼干商场"和皮尔-拉雪兹公墓。"我经常乘坐从明星广场到御座广场的电车和'巴提尼奥-植物园'的公共马车，"维克多·雨果在1878年新年时给公共马车总公司经理的信中写道，"请允许我通过您把这500法郎直接交给这两条路线上的乘务员和马车夫……"

就在这时候，道内女士提醒维克多·雨果不要忘了她。她住在利沃尔街182号，也向他要钱。"我给了她2000法郎，"他写道，"及时汇去了。"谁破碎过别人的心，谁就要为此付出代价。

---

①英文"明星-蒙托隆"的意思。——原注

第五章 《做祖父的艺术》

1877年，雨果发表了诗集《做祖父的艺术》。他一向热爱儿童，理解他们，真诚地赞美他们那种自强不息、浑然天成、富有诗意的品格。悲惨地失去了儿女的他，对自己的孙子们依依情深，怀着赤诚的爱。乔治是个俊美、严肃的孩子，冉娜是个快乐的淘气鬼。爷爷跟他们游戏，给他们画像，如同冉阿让保存珂赛特的童鞋那样保存着他们的小鞋。他常把他们所说的话记录下来。

冉娜说："在老爸爸身边，我简直聪明可爱极了，我一句话也不说。"雨果在1873年10月31日的日记中写道："乔治违犯了母亲的禁令，动了果酱瓶，然后对我说：'老爸爸，是你允许我今天早晨吃果酱的吧？'"10月29日："昨晚我在自己的床上发现一个洋娃娃，冉娜把它放在枕头上，想让它和老爸爸'待一会儿'（睡一会儿）。"这类发现使他欣喜异常。他允许孙子们在他的手稿上放玩具。1873年11月12日他的记载是："早饭后，她（Ж.）、我和小冉娜去圣蒙代。我的可怜的女儿被安排得非常好，她很安静，自我感觉不错。冉娜吻了自己的姑妈，回来的路上老是说到她……"他们在归途中停下来，逛了一趟糖果点心店。1873年2月14日，乔治4岁半，看了重新上演的《玛丽蓉·德·洛尔墨》后，第二天他从早到晚反复说："看，刽子手都穿红衣裳！"在巴黎圣母院附近，乔治自豪地说："爷爷的钟楼。"雨果在赠给孙子们的书上郑重其事地签名题词。在一本给乔治的《凶年集》上，他写道："赠乔治——再过15年"：

我平静地走向生命的终点，

我注定要去了，而你在成长……

在给冉娜的一本上写的是：

在多灾多难的一生中你是我的天使，

将来就是长大成人了，但仍然是我的冉娜！

他要求儿媳让他的乔治和冉娜出席所有的宴席。保姆在夜间11点才能服侍他们上床休息。但有时——乔治写道——"我们干脆就趴在饭桌上呼呼大睡。爱德蒙·德·龚古尔对我讲,有一次冉娜手里拿着一个鸡腿,面颊贴着菜盘就睡着了……"

在盛大的节日里,孩子们为爷爷的健康干杯。"我,最小,我来为最大的干杯。"2月26日冉娜说。这句话或许是麦利斯或瓦凯利的杜撰。冉娜在她的命名日曾怯生生地请求:"为我致祝酒词吧。"要是爷爷责骂她,她就羞他:"为什么人家爱你,你还要骂人家?"当3岁的马尔达·弗瓦尔淘气的时候,6岁的冉娜就严厉地说:"马尔达!维克多·雨果在盯着你呢。"爷爷给他们讲《一个坏孩子和一条好狗》、《愚蠢的国王和聪明的跳蚤》的故事。他在硬纸片上用鹅毛笔给孙子画了好些表示什么是好行为、什么是坏行为的图画,他们在在吃饭时就可以看到自己桌布下的这些画。"有时,画面上是一个长着安琪儿脸蛋、戴着用星星做的桂冠的卷发小孩,"乔治·雨果回忆道,"有时是一只在百花枝头张大嘴歌唱的稀奇古怪的鸟……"

诗集《做祖父的艺术》一部分是用"被热爱、被赞美的"爷爷的日记本中的一些记载创作的,这本集子中的另一些诗(《月亮》,《人们把冉娜关在小凉房》)是儿童语言的诗化。另一些诗则是爷爷表述他自己的感情——因为敢与皇帝斗争的他竟然"败在孩子们的手下",他为此惊异不已。但是他认为诗人应当永远从常人对世界的看法出发,进而渗透其奥秘。在动物园里,他就是既用童稚的目光,又用哲人的慧眼去观察那些凶禽猛兽的。孩童们觉得可怕,但有时又觉得很可笑,老人却在想:

> 我想,上帝做事太匆忙,
> 当然,怪罪造物主不应当。
> 他事事留神,日理万机,
> 他得让扁桃开花,
> 叫大海架起飞虹,
> 把蜂鸟和剑齿象放在一起……
> 说真的,这老头口味不好,
> 时而把水蟋藏在水沟,时而把蛆虫放进坑穴,
> 把米开朗琪罗的神武和狂暴,
> 与拉伯雷的滑稽相对照。

这就是上帝。我认定他就是这样。

在这里，他既为上帝辩护，也为诗人雨果说情；既庇护了大自然的对照，也庇护了诗歌的对比法。孩子们在虎笼前说："你看，好大的猫！"寂寞的猛兽张开血盆大口打着呵欠，这使诗人心潮起伏。他入迷地望着，"一方面是恐惧，一方面又是怜爱"。由于作诗的技巧愈益完美纯熟，他毫不费力地为自己的集子增补了许多诗，这些诗都是用一些"无所谓的素材"创作的，有的远离纷繁的现实生活，如《晚间的情怀》；有的是印象主义的作品，如描写格恩济岛清晨的喧嚣一诗：

声音……声音……光明射入眼中……
彼得大教堂颤抖的钟声飘荡在大街小巷。
快乐的浴者呼喊："在这儿"，"别愣着，快来呀！"

鸟儿啁啾，我的冉娜叽叽喳喳。
乔治呼唤。院里雄鸡高唱。在屋顶上
青草在鸣响。马蹄声——时近，时远。

镰声霍霍。人们在我的窗下割草。
轰隆轰隆。沉重的脚步走过铁皮，响声如雷。
码头上嘈杂一片。蒸气机嘶嘶，起重机轰鸣。
团队的军乐。猛地一击。透过军乐可以
听见士兵清晰的脚步声声。两个法国人。
勇敢的男低音：
"多好的一天！"我显然睡死了。现在几点？

我的脖子涨得通红。传来了远处铁匠坊
两个铁锤的打铁声，一替一下。
流水哗哗。轮船喘息着前进，好像是在
与无垠的波涛、大海强劲的呼吸争论。[1]

诗集取得了巨大的成功。人们欢迎这种朴素而甜美的激情。对祖父这个角色满

---

[1] 选自雨果的《敞开的窗户》（《做祖父的艺术》）。——原注

怀爱意、当仁不让的那个老人的形象将永远为人民所喜爱。而且犹如许多诗人视情人为神明那样,他也把儿童视为神明。这个立意是那么新颖。"只有他——《历代传说》的作者——才会产生这种欲望,"第奥菲尔·德·巴威尔写道,"认为在艺术和诗歌中,儿童的主题正是从他开始、只是因他的创作才充满活力,这意见是完全正确的……"诗集的初版在几天内就被一抢而空,随后接连数次再版。乔治和冉娜成了传奇中的儿童,整个巴黎都为他们而陶醉,正像整个伦敦在为它继位的亲王而陶醉一样。

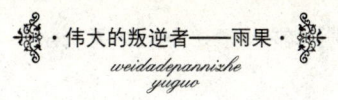

第六章 恶魔及其嗜好

临终之前物质就已在离弃着我们

——维克多·雨果

带着乔治和冉娜的令人感动的散步,可爱的爷爷温馨完美的诗章,不应该将此当作雨果晚年生活的真实形象,对童心的崇拜并没有结束这个老头子的风流韵事。1877年1月11日,阿丽莎向公公声明,孀居6年的她要出嫁,意中人就是埃杜尔特·洛克鲁亚——罗纳河省议员,莱南[①]的前任秘书,机敏刻薄的新闻记者。在草拟婚礼请帖时,她表示希望请帖名单上有她大名鼎鼎的公公,换句话说,她请求雨果本人届时宣布:他的儿子查理的遗孀将停止使用雨果的"大名"了。为了维持和睦之家的假象,诗人只好同意。1877年3月27日,他写信给阿丽莎:

亲爱的阿丽莎,你知道,我向来不下请帖……但是为了你,我准备打破惯例,因为我不想拒绝你表达得那样温柔可爱、文雅妩媚的请求。你既然如此心切,那么就请在你的请帖中列入我的姓氏吧。至于路易·勃朗和瓦凯利[②],这是你做出的极好选择。

但是这个阿丽莎发现雨果有一首诗似乎在暗示对亡夫不守贞节的寡妇,因此很伤感。雨果心中惦念着她的悲伤,写信安慰她:"可亲可爱的好阿丽莎,我的女儿,我的孩子,请你放心吧。这首诗是我一年前写的,我可以给你看底稿。我和你一样,明白你把自己的命运托付给了一个善良豪爽的人。我一心一意在为你祝福。"

在儿媳再嫁之后,雨果行动更自由了。他滥用了这种自由,虽然他已经是75岁的人了,但是他很清楚,等待着一个春心再发的老头子的只能是种种不幸。难怪他想到要写一部喜剧《荒淫无度的菲力蒙》。在这一部还只是一个草稿的剧作中,他无情地嘲笑了自己。温柔的巴芙基达的哀伤根本拦不住菲力蒙拜倒在年轻柔媚的安

[①] 莱南:1823—1892年,法国作家,历史学家。——译者
[②] 这两个人是1877年4月3日阿丽莎再婚时的证婚人。——作者

格拉娅脚下：

  代替老太婆的是一个青春妙龄的处女！
  享受到的再不是腌牛肉，而是鲜鲤鱼。
  扔掉干面包吧，尝尝这白凌凌的小面包！
  啊，处于的潮晕使人醉！
  全完了，老东西，滚一边去！
  噢，主啊，我真是个混账东西！

  淫逸放荡之后，菲力蒙回到家中，发现巴芙基达死于贫寒与悲痛。绝望中，他企图到自己的情妇那儿寻找避难所，然而安格拉娅残酷无情地讪笑老头子是老色鬼，只会在一阵猛烈的咳嗽后嘟嘟哝哝地说"我爱你"。剧本的结尾写道："黑沉沉的夜幕在老人的头上降下。这是一个恶魔，诱惑人的恶魔，它化作安格拉娅的形象，用爱情把他灌醉。巴芙基达才是他的天使（这一主题思想要在死后的青空下，在闭幕时表现出来）……"

  从这一严峻的结尾可以看出来，菲力蒙谴责了自己。灵魂不宽恕"卑鄙的淫乐"。纵然具有雨果般的慓悍体魄，这种淫乐也还是要把人掏空的。"首次警告，惊恐之至"——他在自己的日记中写道。而在1875年6月30日．他又写下："我有一种倏然间丧失记忆的怪现象。这种现象长达2小时之久……"

  文学活动和社会活动也使他疲惫不堪：出版《一个罪行的始末》——他认为这件事更有现实意义；支持茹尔·格莱维竞选；为纪念伏尔泰逝世100周年发表雄辩的赞美性演说；担任世界文学代表大会主席。纵然是巨人泰坦，这一切也未免太过量了。1878年6月从27日晚到28日晨，整整一夜酷热难当，在丰盛的筵席上，为纪念伏尔泰和卢梭一事与路易·勃朗暴烈地争吵后，发生了轻微的脑溢血。他言语困难，举止失当。但是他的神志恢复得很快，第二天，不顾全家人的劝阻，他就想去图尔内勒滨河街看望阿尔芭。"我的亲人，我的爱，"6月28日，星期五，晚7点，尤丽叶写信给他，"我觉得你已心力交瘁……"两个医生——阿里克斯和塞焦虑不安地观察了他一整天，提醒他往后应该弃绝一切口腹之乐。"但是，先生们，"他天真无邪地说，"你们得承认，天然本性会抢在前头的呀！"正扮演着巴芙基达角色的尤丽叶哀求他尽快去格恩济，他终于屈服了。7月4日，他们一同出发。

  在这座海岛上，他很快就恢复了健康。但是贪情的仙女们继续通过保尔·麦利斯给他投书下笺。这次住在"高城别墅"的尤丽叶发现雨果在收到邮件后把信分别

装在不同的衣袋里。她在自己每日必书的"便笺"中总要恳求他保持自己的尊严。1878年8月20日,她写信给他:

> 我对你引以自豪的衷心崇拜是对一个神圣的人之崇拜,决不是对一个只知肉欲和淫荡的粗俗偶像的崇拜。你不能是这样的一个偶像,你的普照全球的荣光也正在把你的私生活照亮。你一生的朝霞既然是纯净的,其暮霭也理应神圣而可敬。我不惜以我余生的代价来保护你杜绝那些与你的天才和年纪不相称的错误……

他生气了,回答很尖刻,他送了她一个外号——"跟班太太"。他责问道:她怎么能把"一些神神道道的疯女人"的来信当真呢?"我觉得我们的心一向是紧密相连的。"他写信对她说。然而受辱的尤丽叶被惹火了,变得残忍起来,当时表现得"十分凶狠"。"事事都成了她挑起纷争的理由,"维克多·雨果秘书的妻子茹阿娜·列斯克里德说,"甚至在格恩济岛,这个渴望为他去死的女人都带着一种满足的快乐尖利地刺激他……结果这种无止境的争吵使有病的诗人处在一种神经质的、暴躁的状态中,而且总是找与他亲近的人发泄……一天早晨,为了他们从前一个侍女的来信大吵大闹。德鲁埃夫人拆了信,追着他泪流满面,牙咬得咯咯响……这件事好不容易平息下来,又为书房密室中发现的一个'小钱袋'掀起了新的风暴——德鲁埃夫人常常闯入那里,把一切翻个底朝天……"

在标着姓名的头两个字母"B.J."的"小钱袋"里,装着5000金法郎。当时提出的责问相当粗鲁:"这5000法郎是打算酬谢什么样的殷勤效劳的?"还有一次,为了在一个角落里找到的一本5年前的笔记本而大吵大闹,因为里面有几个女人的名字。随之而来的又是眼泪、责备和争吵……"有一次,雨果为散散心,晚间在科涅托夫街上蹓跶——格恩济的街妓就在这里拉客。"于是德鲁埃夫人向自己的朋友挑起了怒不可遏的争吵,向这个死不悔改的罪人宣布,她决心与他一刀两断,而且她的决心是不可挽回的。"她说她要去耶拿,在她侄子及其3个侄孙的身边以度残年。10月里,她一直犹豫不决,是与雨果回巴黎呢?还是建议他留守"高城别墅"的妻妹茹丽·赛奈与她孤苦相伴呢?然而在11月9日,这一对年迈的情侣还是乘坐"狄安娜"号海轮双双起程回巴黎了。

麦利斯为他俩在埃洛大街租下了130号院——德·吕金扬公爵夫人的私邸。洛克鲁亚夫妇和乔治、冉娜就住在隔壁——132号院。人们认为尤丽叶出于礼节,应该住二楼,但是她很快就搬到了三楼与维克多·雨果的卧室相邻的一间屋子里。雨果卧室的墙壁用深红色的花缎蒙起来，摆上路易十三时代的螺旋脚柱式的卧榻，小衣柜上面饰以象征共和国的半身塑像，可以让雨果站着写作的斜面高桌。可是，说实话，自从得病以来，他再没有创作。然而仗着他的学生们的关照，他每年都要出漂亮的诗集：1879年——《至高的怜悯》，1880年——《信神的宗教与不信神的宗教》和《驴颂》，1881年——《精神的四种风向》，1882年——《多尔格马达》，1883年——最后一集《历代传说》。半怒半喜的文学界为其暮年的累累硕果而惊愕不已。实际上这些诗都是早年写的。

　　自从失去阿丽莎以后，德鲁埃夫人虽然身患重病，可还是扮演着总管的角色。对一个老态龙钟的女人来说，这是一个艰难的角色。门铃不断，来客络绎不绝，筵席接二连三，还有那"像冰雹般纷纷落下的对爱情的解释"。所有寄到埃洛街的信件雨果都责成尤丽叶和利莎尔·列斯克里德拆封。他这样做是为了逃避整理邮件的烦人义务，也是为了希望得到心绪不安的女友的信任。但是秘密信件都由保尔·麦利斯转交他。

　　靠着有时使"伟大的老人"气得发抖的洛克鲁亚的支持，尤丽叶千方百计要使雨果与布兰丝彻底决裂。他们恫吓这个女子说，维克多·雨果说不定会突然死在她的怀抱中。他们要布兰丝相信，她如果不跟他断绝关系，就无异于杀害他。尤丽叶以雨果的名义给了她一笔够开一个小书店的钱，劝她嫁人，并答应尽力设法为她求得兰文夫人的谅解——自从格恩济丑闻以来，她一直不想见这个女罪人。

　　有一个叫艾米尔·罗塞莱的职员垂涎布兰丝的姿色，把好些秘密告诉了她，他希望把自己的姓加在姑娘的名字后面。他相貌漂亮，有一种罗曼蒂克的知识分子风度。他认识布兰丝是在她从格恩济岛回来以后。她向他讲述了自己的不幸遭遇，他建议按世俗和宗教两种形式与她结婚。这个被遗弃的女人心灰意冷，悲观失望，表示同意。

　　1879年12月2日，他们举行了婚礼——在第20区区政府和施洗约翰教堂。新娘方面的证婚人是理发师比埃尔·莫罗和灌肠商人巴兹尔·莫罗；新郎方面是他的同宗康斯坦·罗塞莱和同事安德良·波尔奈。兰文家谁也没有出席这双重仪式的婚礼。罗塞莱的寡妻拉尔塞夫人同意儿子与布兰丝结合。

　　维克多·雨果在日记中有一段记载，注明日期是1879年12月17日："布（兰丝）嫁人了。婚礼是12月2日在贝尔维里举行的。我从请帖上得知这一消息……"夫妇同床，使阿尔芭生下了女儿爱弥儿，后来又生了两个男孩乔治和路易。与罗塞莱结合没有使布兰丝得到幸福。"她极为沮丧,既抛弃了她的家务,也扔下她的买卖不管"。

布兰丝被支开了,但是新的代替者很快就占据了她的位子。78岁的雨果与让娜·爱司莲、少女安代尔·海伦和列奥妮·德·维特拉克偷偷地书信往来。"维特拉克是列扎斯的遗孀,她渴望接我的班,除了餐桌和床第,她别无所求,"尤丽叶讽刺地写道,"她是诗人,崇拜你,诸如此类……我希望,我可爱的伟人,你别再引诱这位太太了……热牛奶烫了嘴,喝凉水也要吹一吹——破碎过的心怕的是新创伤。我心头的旧伤还在鲜血淋漓,所以不会对这件事泰然置之的。但是无论这个女人怎样诱惑你,我都祈求你给我安静,而这给我带来的却是惶恐……"

这个灵魂高尚的恋人终归还是交了好运,而且有几次她得到了大满足。1879年9月,她陪伴着她的爱人去维尔基野。使她十分荣幸的是瓦凯利一家对她的接待。但是她没有和维克多·雨果去上坟。诚然,他没有邀请她去,不过看来尤丽叶本人也满怀忧伤的温顺,认为与他一起去给安黛儿上坟有失观瞻。完全有理由这样猜想,而且在她给维克多·雨果的日札中也倾诉过这一衷肠。尤丽叶·德鲁埃致维克多·雨果,1879年9月13日于维尔基野:

> 我不敢要求你带我去进谒亡人,但我为你亲爱的亡灵们安息九泉向上帝做了祈祷,弥补了因可恨的礼节给我带来的损失。倘若你允许,在离开维尔基野之前我将去一次坟茔,我要在那里的朗朗青天下祈祷,双膝跪在神圣的陵墓之前,以示我对你的亲人们的最深沉的追悼和永恒的祝福。只有征得你的同意,我才去凭吊,因为我决不想破坏严正的法则,那是由我对你的已故亲人们所怀的崇高情感所确立的。

而雨果当时在自己的日记中则写下了这样一段话:

> 早饭后去女儿的坟上。陵墓紧挨着教堂。列奥波蒂娜的坟就在家茔围墙的中央。周围是几座孤单的坟包。她的丈夫和她同穴而眠。墓碑上的题词表明了他们成亲与死亡的日期,下面刻着:"我在九泉之下将你呼唤。"前面是我妻的坟,墓碑上写道:安黛儿,维克多·雨果之妻。四周是瓦凯利一家的坟墓。祈祷。爱情。我在那里盘桓到晚6点。去教堂。维尔基野的教堂建于15世纪。简朴,但极美。保护完好。

1879年9月18日:

> 去坟地。祈祷。他们听着我,我也听着他们……

1881年，维克多·雨果已达80高龄。他的诞辰是被当作民族节日纪念的。埃洛大街搭起一座凯旋门。2月26日，巴黎人民隆重列队经过诗人窗下。外省的民众派了大批代表送来无数鲜花。纪念日前夜，茹尔·费里总理亲自到雨果家代表政府祝贺他。所有中小学都取消对犯错误学生的处罚。雨果仿佛没有注意到2月春寒，和他的孙子乔治、冉娜一整天站在敞开的窗户前，观看他的60万景仰者的游行队伍怎样从街上走过。马路上鲜花如山。雨果庄重地向走过去的人们鞠躬行礼，表示感谢。

　　查理·德·波麦洛尔不知为什么对诗人说，他很羡慕他。当时这个满头银发的老人站在窗前，热泪盈眶，把两个小孙子搂在怀中。雨果看着乔治和冉娜，文不对题地回答说："是的，他们很可爱，都是出色的小共和党人！"在下星期，当他走进卢森堡宫的大厅时，参议院全场起立鼓掌欢迎他。当时担任主席的列昂·塞简短地说："天才光临会场，参议院鼓掌欢迎。"场面是空前的。这个在成年时热衷功名、穿一身笔挺的法国贵族绣金制服的人，现在好像是一个"细木工、泥瓦匠"，但是整个法兰西尊敬这位穿着黑色驼毛上衣，结实得像岩石，在漫长的岁月里抵挡过狂风巨浪冲击的老人。7月，埃洛大街更名为维克多·雨果大街，现在他的朋友们寄信的地址可以写"雨果先生收，街道同本名"了。7月14日，又举行了一次有管弦乐队和合唱队的游行，成百遍地高奏着他最喜欢的《马赛曲》。他的命名日——7月21日——是在一个小范围内庆祝的。

　　每一次，当人群涌进雨果大街的凯旋门时，无以慰藉的布兰丝都要加入到这个游行队伍中来。她一次又一次地走过去，巴望着哪怕是瞥一眼自己那失去但不能忘怀的老朋友。她现在很不幸，因为她看出把自己的命运与一个恶棍结合在了一起。他"滥用妻子的信誉，糟踏她的钱财"，还威胁洛克鲁亚，说要公开布兰丝所收到的那个大名鼎鼎的勾引者的情书和情诗。这很可能会给正处在一片颂扬声中的雨果招来比1845年的私通还要轰动的丑闻。诗人在绝望中大声疾呼："漫长而光明磊落的一生啊，整整80年，忠心耿耿地为人们效劳，为了妇女，通过她们、与她们一起做好事……招来的却是卑劣、鄙俗、丑恶的诽谤和污秽……"讹诈者高价卖给洛克鲁亚几份有损诗人声誉的手稿原本。这笔交易的谈判给心地纯洁的阿尔芭带了极大的痛苦。

　　列斯克里德夫人说："布兰丝竭力与诗人的朋友们接近。我们常常在卢佛尔宫副本复制馆看见她。她去那里是为了向列斯克里德打听'有关先生的消息的'。她贪婪地听着人们谈到有关他的一切情况，痴呆的脸色倏然生动起来；过后又陷入沮丧，热泪滚滚。她的悲痛是真诚的。"在维克多·雨果大街上，"布兰丝久久伫立于人行道，每一分钟都翘首企望，等诗人出来好见他一面。每当她在房子附近踯躅徘徊时，只要保尔·麦利斯碰上她，对这个不幸的、幽怨无穷的女子态度总是非常温和……一天，德鲁埃夫人得知她从前的这个侍女的情况后，大发雷霆，与文坛的导师几乎闹翻了天。"啊，嫉妒，你这杯洋溢在心间的苦酒哟！

从1882年8月21日到9月15日，尤丽叶·德鲁埃和雨果双双去维尔-列-罗兹街保尔·麦利斯家作客。她现在虽然只是雨果挂名儿的，但终归是得到了"公认"的情妇。使她舒心称意的是她被允许踏进这一家的门坎了——从前麦利斯夫人一直不愿意在自己家接待她。不幸的是回家后她病倒了——得了肠癌。这个由于癌症日渐枯萎的女人，面色苍老、消瘦，昔日的美色荡然无存，那美色在1830年曾使她光彩照人，只有那双温柔的眼睛依然脉脉传情，线条分明的双唇依然美妙迷人。当她坐在卧室窗下的椅子里浑身打颤时，她只能望着街对面的那座死寂的修道院，"为了不想心事"，观察着"智慧社"的女尼，追忆自己在"永恒崇拜"修道院度过的那些童年岁月了。

尤丽叶意识到大限已到，请求最后解决"合葬"的问题——她指的是把她和女儿克列尔葬在一起，这是她所渴望的。可是雨果一直没有为这事采取必要的步骤。1881年10月19日，尤丽叶写信给他："如果这使你有所不快，那就让我自己来操办。近日里我每天早晨都在办这件事，丝毫没有破坏你的习惯和家规。你不能不让我这样做，我请求马上就把这一切做好，因为时不我待……"过了一年（1882年11月1日），病人又要求诗人说："让我们一同在你从前献给我的那些最美的诗中寻找几行，作为我们死后的墓志铭吧……"

1882年6月21日，这对衰老的情人最后一次去圣蒙代。尤丽叶去给女儿上坟，雨果去看望他的女儿——她被关在疯人院。就在那天早晨8点，他收到一封令人感动的短笺：

> 亲爱的，我的爱，谢谢你今天要带我去圣蒙代去做一次悲伤而动人的会面。我依稀觉得，在我孩子的坟旁，我想到面临着的死亡，就不会那么痛苦了……我希望你将看到自己亲爱的女儿身体安康，那么我和你在这样的凭吊回来后，如果得不到这个世界上不可能再有的慰藉，至少也可以顺从主的意志了……

在这个世界的大舞台上,他们想起了1832年11月22日雨果的《国王取乐》一剧首场演出被禁后,再没有演第二场。为了纪念该剧演出50周年,法兰西剧院经理艾米尔·倍林重新上演了这出剧,而且争得了1882年11月22日的首场。奄奄一息的尤丽叶与维克多·雨果一起去观看了(这是最大的荣幸!)这次演出,和他并肩坐在经理的包厢里。共和国总统茹尔·格莱维占了舞台前部的政府包厢。经历过这次最大荣誉后,留给尤丽叶的就只有一件事——被活活饿死了。

第七章　啊，黑暗……

> "我一旦自由，脱去这易朽的皮囊，我的朋友，请不要为我的蜕变而悲伤！"她仰望天穹，喃喃祈祷，"否则就是在天上，我也将痛苦无量。"
>
> ——维克多·雨果

尤丽叶知道死期已近，但她尽力不去谈这件事，因为维克多·雨果（这有如歌德）要求每一个出现在他面前的人都先要"洗掉面上的晦气，抖落身上的悲哀"。在他高朋满座的家筵上，消瘦得已经被人认不出来了的尤丽叶竭尽全力拿姿作态，"她不愿意在席间让人们关照她。当维克多·雨果为她的健康干杯，宣称他'有幸在50年前遇见她'的时候，她也举起空酒杯来。当诗人问：'你什么也不想吃吗？德鲁埃夫人？'她就回答：'我不能，先生。'"

"但是每当夜里只要雨果咳嗽起来，她还能起身为他准备好汤药。"1883年元旦，她写下了她的最后一封信：

> 我的亲爱的，你是我最宠爱的人，我不知道明年的此时此刻我在哪儿，但是我给自己过去的生活写下的证词是"我爱你"，这使我感到幸福、自豪。尤丽叶。

而雨果在给尤丽叶的最后一封新年贺信中写道：

> 当我对你说"你将受到祝福"时，这是指在天堂；当我对你说"祝你安息"时，这是指地上；当我对你说"我爱你"时，这指的只是我。

她已经一点儿饭也不能吃了。每天晚上，维克多·雨果都要在她的床前陪上1小时，而这个命在旦夕的人"毕恭毕敬地听他的话，他千方百计让她相信，她没有病"。她试图微笑。她在他面前，至死都保持着刚毅宁静的英雄气概。

尤丽叶死于1883年5月11日，享年77岁。维克多·雨果把她安葬在圣蒙代公墓、克列尔·普拉蒂埃的身边、尤丽叶亲自选择的石板棺盖之下。维克多·雨果悲痛欲绝，以致都不能出门陪送亡人。奥古斯特·瓦凯利遵照雨果的意愿，主持了葬礼，并在公墓里发表了演说。他说："我们为之挥泪哀悼的这个女性是一个勇敢的人……她有权利赢得自己的一份光荣，因为她迎接了许多考验……"

这同样也是维克多·雨果的情感。1883年2月,是他和尤丽叶的"金婚"纪念日,他把自己亲笔题词的照片赠送给她:"相爱50年,这就是最美满的伉俪"——这是给予这个女性的最公正的荣耀。这个女性在经历了暴风雨般的一生后,成了用毫无保留的、富于牺牲精神的爱赎免了所有罪过的榜样。可是雨果是否对得起她的牺牲呢?如果说性欲的诱惑已经熄灭,眷恋之情却从未减弱。他让尤丽叶参与了自己的创作活动的同时,为她创造了一种无可比拟的生活。许多人谈到过"可怕怪诞的雨果主义",但是为了激发这样的爱,除了天才,还必须具备人的美德。"无论怎么说,没有比这个灵魂高尚的女子对他的这种坚如磐石的爱更有益的了。"雨果明白这一点。

　　庇荫着我灵枢的是伟大的爱……

　　她起初是尘世间的罪人,

　　但她用高风亮节使我胜利走过一生……

尤丽叶留下了遗书。有一段时间,她的手上曾有过一笔财产。雨果用她的名字存放下70张比利时国家银行的股票(1881年这些股票已值12万法郎)。当时他以为自己可能会先女友而逝,希望她的生活有个保障。当他知道她得的是不治之症后(尤其是柯亨一家对尤丽叶的影响明显增强的时候),他请求她把股票过手给他。尤丽叶证实:"今天,1883年9月8日,维克多·雨果提出要全权支配70张比利时银行的股票,其中35张持票支付,另外35张记名支付,2份他曾在某时都赠送了我。把这份慷慨的赠礼按照我的意愿转交给他的证书,就在今天由国家银行发给他。尤·德"。为了抵偿归还的赠礼,为了奖赏尤丽叶的伟大的无私精神,维克多·雨果决定给她2万法郎的终生年金,假如她出乎意外地活得比他更久的话。

自命为尤丽叶·德鲁埃的尤丽叶·郭文,除有好些珍贵的文献资料外,身后还留下一些珠宝、艺术品和无价的手稿。她去世后,放在"高城仙阁"和巴黎公寓的家具、银器、珠宝、文稿、书信、肖像等,显然都转到了她侄子路易·柯亨的手里了。

尤丽叶的遗嘱第三条:

　　只要维克多·雨果先生愿意买下我在前两条中所提到的于他有纪念意义的任何东西,我希望我的继承人一定要尊重维克多·雨果先生的愿望……把这些东西卖给他……

第五条:

至于我的现金，银币、金币或钞票，其数量可能相当可观。我声明：它们全部归维克多·雨果先生。这是他为管理好他个人财产交我保管的，因此全部现款现在悉交维克多·雨果先生，作为他的私人财产……

雨果什么也没有买。倘若他能翻一翻尤丽叶积存的文件，他就会在那些纪念物中找到一包他给比阿尔夫人的情书，这是残忍的列奥妮从前转寄给她的情敌的。然而无论列奥妮多么迷人，却永远没有像诗人的这位心胸高尚的情人一样，在他的一生中占有如此重要的地位。德鲁埃夫人谢世的那一天，维克多·雨果的整个身心沉浸在了万分悲痛之中：

再也看不到她了，叫我怎么活？
往后的岁月是一副沉重的担子，
主啊，我求你，一天也别让我等了吧，
请你快快召唤，快快把我召去吧！

第八章 "日落常似庄严闭幕"

> 从心中拔除对上帝的信仰,并不是那么容易的。
>
> ——维克多·雨果

在维克多·雨果大街,他一如既往,殷勤待客,吻女士们的小手,如果她们戴着手套,就吻一下手腕。忠心耿耿的秘书利沙尔·列斯克里德代他撰写书信。每个星期天,都有传统性的招待会,大群客人慕名而来。雨果似乎与所有的人都有隔膜。曾赴过雨果家筵的卡米尔·圣桑斯是这样描写诗人的:

> 大师坐在桌子的紧边儿上,很少说话。由于他体魄魁梧,声音洪亮,心胸宽厚坦荡,所以他给人的印象不是一个老头,而更像是一个没有年龄的生灵,永恒的生灵。对这样一个生灵,时间也奈何不得他。唉!时间的长河将卷走一切,这个光焰万丈的智者也已经在回光返照了……

尤丽叶死后,布兰丝·罗塞莱试图见他。与伟大诗人的短期欢情在她破碎的生活中成了唯一鲜明的回忆。德鲁埃夫人的位置现在正空着,于是阿尔芭"期望维克多·雨果能从他一生中的这副沉重的枷锁下挣脱出来,回到她的身边"。但是80岁的老人们虽然忘不掉自己最遥远的往事,在对前不久发生的事情上,记忆却会背叛他们。在雨果失去尤丽叶之前,就已有5年之久没见过布兰丝了,也许他已经忘了她。她徒然地想和他通信联系。她的全部"愤怒与哀求、暴躁与温柔交替发作"的信件都被截获了。雨果的朋友们现在把她看成是一个死乞白赖的人。"布兰丝刚才来过,"1884年列斯克里德写道,"她,这个不幸的人,所有东西都被拍卖还债了。她现在住在圣路易岛上的一间阁楼斗室里……"

雨果现在不想纪念他的生日。"难道这是可以纪念的吗?朋友们,请抛弃这个念头吧。在我的一生中,有多少令人悲痛的损失啊!至于节日,却再不会有了……"他健壮的机体终于开始衰竭了。他已经再不能跟着公共马车跑,而且还要追上它跳到顶座上了。但是他还能出门,诗人常常出席学院的会议。只要学院哪个院士死了,有了空缺,雨果总要投票推选列孔特·德·利勒[①],因为他讨厌从那些被提名的候选人中选举院士。常任秘书卡米尔·杜塞对他说:"可这是不符合规章的呀!投票选一个人是可以的,但只有当这个人被书面提名为候选人时才行。""我知道,我知道,"雨果说,"但我觉得这样更合适。"在玛尼亚的宴会上,人们引用了他的一句笑话:"该是由我给世界减去一个居民的时候了。"而在梦中,他却吟诵出这样一句诗:"我很快就不再遮挡地平线了。"

当雨果挺身捍卫犹太人使他们免遭屠杀的时候,捍卫起义者使他们免遭镇压的时候,他的声音常常传遍全世界。罗曼·罗兰在青少年时代保存下一份《唐·吉诃德报》,上面一张彩色插图画着一个年老的俄耳甫斯,他白发苍苍,头顶光圈,弹着竖琴,想用自己的歌声拯救被压迫的生灵。这有点像法兰西的托尔斯泰。"他以担当这个滚滚人群的牧人角色为己任"。他的语言是华美的,然而年老颤抖的声音根本吓不住刽子手。但是,"我们,亿万人民,在虔诚、自豪地倾听着他那遥远的回声"。曾经有过那么一个人,他捍卫过正义,这是美好的,这是必要的。"雨果老人的名字与共和国这个词是紧密结合在一起的。文学艺术界所有光荣的创造者们中,只有他的英名在法国人民心中将万古常青"。

1883年8月,年轻的罗曼·罗兰第一次见到了维克多·雨果。那是在瑞士,阿丽莎·洛克鲁亚带着诗人去那里休养。从莱芒湖岸涌来一大群崇拜者,挤满了"拜伦"饭店的花园。阳台上三色旗迎风招展。雨果老人和两个孙子走了出来。"他是那么苍老,须发皆白,满脸皱纹,双眉紧锁,两眼深陷。我觉得,他好像是从遥远的古代走到我们面前来的。人们高呼:'雨果万岁!'他举起一只手,那样子好像是想生气地制止我们,他自己高呼:'共和国万岁!'"罗曼·罗兰补充道:"人们贪婪地望着他。站在我旁边的一个工人对自己的妻子说:'他可真丑……可是身体挺好……'"

在巴黎,甚至在下雪的时候,人们也会在街上碰见他不穿大衣,只穿一件常礼服。"在年轻的时候,我不穿大衣习惯了。"他说。他和阿丽莎·洛克鲁亚去参观巴尔托尔迪[②]的工作室,为的是看一看雕塑家正在创作的自由之神的雕像。他还常常挽着青年女诗人托莲·多丽昂去散步,她是雪莱作品的翻译家,从前俄国女皇

---

① 利勒:1818—1894年,法国诗人。他被称为帕尔纳斯派的大师。——译者
② 巴尔托尔迪:1834—1904年,法国雕塑家。——译者

的朗诵者,她的生母是梅赛斯卡娅公爵夫人。有一次,他和她走过耶拿桥,他收住脚步,望着喷薄西天的落日,对自己的女伴说:"多么壮丽!我的孩子。你往后还有许多日子观赏这种景象,但是还有一种更其壮丽的景象将很快向我展开。我老了,快死了。那时我将去见上帝。见上帝!和他说话!多么重大的事情啊!我要向他说些什么呢?我经常想这件事。我正在准备着这件事……"

他一直坚信灵魂不死。他的一个交谈者有一次断言——当我们与生命告别时,灵魂也整个地完结了。他回答那人说:"对于你的灵魂可能是这样,但我的灵魂将永垂不朽。这一点,我很清楚……"当他的秘书抱怨天气寒冷时,他说:"天气不由我们掌握。"尤丽叶死后,他很快就去找神父唐·鲍斯柯,同他讨论不朽的问题和其他事情。"是的,是的,我接见了他,"后来神父说,"我们交谈过。他本人对这些问题倒是十分看重。可他所处的是什么样的环境啊!唉,这是环境使然!"当他为自己、为亡故的亲人们祈祷的时候,包围着他的无神论者们或许为他的"这种弱点"而脸红过,并且千方百计用雨衣把这个"执迷不悟地相信阴间生活"的老诺亚①的光身子遮掩起来。在年轻时曾热心去埃洛街参加星期日接见的安那托尔·法朗士写道:"毕竟应该承认,他的言谈中语言多于思想。揭穿他本人自认为他那一大堆陈腐而混杂的梦幻就是最高的哲学,这是令人难堪的……"但是把这一观点与哲学家莱努维埃②的意见加以对照不是多余的:"雨果的思想是真正的哲学,在当时就是诗的哲学。"阿兰也说:"理性是这个老练的演说家的力量。但是预言谁也不能指望、谁也不愿意有的事情,这得有超越理性的力量。由于这一特点,诗人遭到了仇恨者们公开恶毒的嘲弄,然而也正是由于这一特点,才使我们诗人的荣誉延续至今。"

这个"大海老人"早就清楚而确切地知道他相信什么。他相信有一种全能的力量创造了世界,维持着世界并审判着我们;他相信灵魂比肉体活得更久,我们要对自己的行为负责。在1860年,他就写下了自己的信条:

  我相信上帝。我相信人有灵魂。我把自己托付给宇宙的创造者。既然现在所有宗教都比他们应对人类和上帝所负的职责低下,那么我希望,在

---

①诺亚:《圣经》中的人物,上帝决定用洪水消灭人类,只命义人诺亚乘方舟带领世间生物逃难。——译者

②莱努维埃:法国近代哲学家。——译者

安葬我的时候不要有任何教士。我要把自己的心留给我的亲近的、我所热爱的人。维·雨。

1881年8月31日，他用刚劲的笔迹写下了遗嘱：

上帝，灵魂，责任。这3个概念对人足够了，对我来说也足够了。宗教的本质就在其中。我抱着这个信念生活过，我也要抱着这个信念去死。真理、光明、正义、良心，这就是上帝。上帝如同白昼。

我留下4万法郎给贫苦的人们。我希望把我放在穷人们所用的那种灵车上运到公墓。

茹尔·格莱维、列昂·塞、列昂·甘必大3位先生是我的遗嘱执行人，他们将招呼那些愿意效劳的人来做这些事。我把自己的全部文稿和一切手迹，只要是将来能找到的，都转交巴黎国家图书馆，它将来总有一天会变成欧洲合众国图书馆。

我身后留下一个有病的女儿和两个年幼的孙子。让我的祝福永远庇荫他们吧。

除我的女儿生活所需的必要资金（每年共8000法郎）外，属于我的全部财产都留给我的两个孙子。我现在就指明，应当拨出总数为12000法郎的终生年金给他们的母亲阿丽莎；每年拨同样数目的养老金给那个英勇的女人①，她在国家政变时期曾冒着生命危险救过我，后来又抢救下了我的手稿箱。

我的凡眼很快就要闭上了，但是我的精神的明眸将一如既往地灿若朝霞。我拒绝任何教会为我的葬礼服务。我请求每一个有信仰的灵魂为我祈祷。维克多·雨果。

在1883年8月2日他信托给奥古斯特·瓦凯利的一个遗嘱的简短附录中，表示了同样的意愿。这份附录的文笔更缺乏连贯性，也更符合雨果的特点：

我给穷人留下5万法郎。我希望用穷人的灵车把我运到公墓。我拒绝任何教会为我的葬礼服务。我请求所有的灵魂为我祈祷。我信仰上帝。维克多·雨果。

现在，雨果知道大限已到。1884年9月9日，他在日记中写下这样几行诗：

---

①这是指尤丽叶，1881年立遗嘱时她还活着。——译者

人间的萧条叫人凄凉，

听力在减弱，

视力在昏暗——

主啊，请迎接我的灵魂吧。

临终前几天，他还出席了文协委员会在金狮饭店举办的宴会。因为席间雨果没说一句话，人们还以为他在打瞌睡，实际上他一切都听得清清楚楚，而且对给他的祝酒词所做的答谢词之漂亮令人震惊。有时他那阴郁而威严的目光直刺人们的心底，可是他对自己的孙子说："爱……要追求爱……献出你的快乐并亲自去追求快乐，当你被人爱的时候就大胆去爱吧。"

甚至在最后几天，那个勾引林中水仙的牧神还活在他身上。"临终之前，他身上的贪得无厌的男性精力还没有消失……他在从1885年元旦开始写起的日记里还记下了8次幽会，最后一次是在1885年4月5日……"但他知道，在他这个年龄上，无论欢情还是荣誉，都不再是逃避死亡的避难所了。

一旦你名声远扬，青云直上，

人就要猛地把你抓住流放。

往哪儿藏？你的逼命的债主就在身旁，

你徒然挣扎，把门拴插上，

想不让他进来，想负隅顽抗……

不，双脚终究还得迈出门框。

死神有许多办法把你赶向死亡。

伤风感冒，落马受伤，

急性病，肾结石——病魔还少吗？

这时候来敲门的就是牧师，而不是姑娘。①

使他突然一命归天的是5月15日得的肺炎。他预感到这就是终极了，于是用西班牙语对保尔·麦利斯说："我要对死神说：'敬请光临！'"他在弥留之际还创造了一句绝美的诗："在日光与夜色中间进击。"这一佳句描述了他的一生，也描述了人类的一生。

5月21日，巴黎大主教、红衣主教基贝尔写信给洛克鲁亚夫人，说他"为患病

---

① 选自雨果的《XLI》(《精神的四种风向》)。——原注

的名诗人带来了热忱的祈祷",如果维克多·雨果愿意见他,那么他,红衣主教基贝尔,就会"给雨果以帮助和安慰,那是每一个处在惨痛考验时刻的人都求之不得的",还说他把这视为自己"甘美的职责"。埃杜尔特·洛克鲁亚给主教回信,谢绝了他的好意。红衣主教收到这封信后说:"雨果看来是要去见上帝,而不想让上帝来见他。"其实,人们不能再向雨果本人问起这些事了,因为他已经开始咽气了。5月22日,与乔治和冉娜诀别后,他溘然长逝。"我看见漆黑的光。"他临死前说,这是他的最后一句话。这句话与他的一句最美的诗遥相呼应:"可怕的漆黑的太阳,那是黑暗洒下的光芒。"他临终时的嘶哑声让人想起"大海里滚来滚去的鹅卵石的摩擦声"。罗曼·罗兰说:"就在这个年老的天神与生命告别的那个时间,巴黎雷雨大作,雷鸣电闪,冰雹倾盆而下。"

  参议院和众议院得到他逝世的消息后,全体代表为之休会,以示国哀。迁往先贤祠的决议被通过了,这本是立宪会议曾经为他做出的决定。恢复了山墙上的题词:"伟大的人物——祖国的谢忱"。雨果将被安葬在这一巨大的公墓中,遗体告别将在凯旋门下举行。

  这一仪式是在5月31日夜里举行的,全巴黎为守灵彻夜不眠。"真是盛况空前,"巴莱斯写道,"灵柩被高高抬起,黑夜里惨绿的灯光照着这座帝国建筑的廊柱。骑兵的胸甲闪闪发亮,他们高擎火炬,站在阻挡人群的岗哨上。人群的海洋从协和广场排山倒海地压过来,形成一个个巨大的漩涡。人海的波涛涌向从台基到灵柩200米内站立的惊恐的军马跟前,喧嚣轰鸣的'嗡嗡'声充满整个夜空。人们在为自己创造着神明……"

  12个法国青年诗人组成了仪仗队。凯旋门周围,街道上,住宅里,到处都有成千上万的人放声朗诵他的诗篇,一行行,一节节,一句句,汇成了秋叶似的"簌簌"声。"主要的是语言,语言,语言!因为在语言中有他的荣誉,他的力量,"巴莱斯还说,"因为雨果复兴了法兰西语言。"是的,他,雨果,是精通法语的高手、名家,但他还有另一个更加辉煌的称号——人类情感的行家。他比别人更出色地歌唱过人们所体验过的那些感情:祖国哀悼自己阵亡子女的悲痛,年轻父亲的快乐,童年的美妙,初恋的甜美,每个人对穷人要尽的义务,对失败的恐惧,伟大的怜悯……

  全民族都在齐声为长眠的诗人唱着摇篮曲。

  罗曼·罗兰说,这是一个狂欢之夜。"协和广场的法兰西城邦雕像上蒙着服丧的黑纱……但是在明星广场上和凯旋门的周围——诗人正长眠在那拱顶下面——他在自己的伟大对手拿破仑的荣誉的疆场上获得了胜利。人们谈论的不是眼泪和世俗的膜拜……那里进行着集市式的娱乐，就像约旦河的洗礼节一样①……"从集议场②下来的和从苏布尔涌来的人流在这位帝王的遗体周围混杂起来。后来，拂晓时分，"在这喜气洋洋、富丽堂皇的场面中，在这扈从和兵士的队列中，在这鲜花和花圈的山丘中，在这武士盔甲的闪烁中"——突然，空地上推出"几辆寒酸的平板车和一辆只有两个白玫瑰小花环的未加装饰的黑色灵车。人们乘车跟在死者后面。最后一次鲜明的对照……"就在这时，在都尔的卡尔美里特③修女院的黑沉沉的拱顶下，雨果将军的侄女、女尼玛丽亚由其他修女簇拥着，双膝跪地，在为亡灵的长眠祈祷。

　　隆重壮观的送葬队伍把维克多·雨果从明星广场送到先贤祠。200万的人流跟在灵车后面。在人流滚过的大街两旁悬挂着横标：《悲惨世界》、《秋叶集》、《静观集》、《九三年》等。白昼还亮着的街灯蒙着黑纱，摇曳着惨白的光。在人类历史上，一个民族首次授予诗人这样光荣的仪式，这向来是国家元首和统帅才能享受到的。看来，法兰西在这哀悼的光荣日子里，希望重述维克多·雨果在50年前对拿破仑的遗体说过的那些话：

　　　　啊，我们要为你举办盛大的追悼！
　　　　假如为祖国而战的时刻就要来到，
　　　　我们一定轮番去为你守灵。
　　　　占领了欧洲、印度和埃及的时候，
　　　　我们就下令，让年轻的诗章
　　　　为年轻的自由放声歌唱！④

　　这次举国哀悼的隆重场面使人想到"东方国家的豪华葬礼"。但是人群终将云散，部长们终将离去。"就像拿破仑的元帅们在枫丹白露跟他告别之后一样"，年轻年老的作家们走出先贤祠的时候，如释重负地齐声叹道："嘿！"马拉美可没有叹息，但他为雨果今后必须躺在先贤祠，躺在一群习惯于议院和学院的圆屋顶的政

---

①旧时某些宗教节日在江湖边举行洗礼仪式。约旦一词据传来自耶稣受洗礼的约旦河。——译者
②集议场：古罗马城市举行人民集会的场所。——译者
③卡尔美里特是成立于12世纪的天主教僧团。——译者
④选自雨果的《致铜柱》(《黄昏集》)。——原注

治活动家和学者们中间而惋惜，为人们把他放在墓穴里而惋惜。其实要是让他安息在卢森堡公园的"树荫下或宽敞的林中草地上"就好了。

人们会对一切都厌倦的，甚至对赞美也会厌倦。近半个世纪来，雨果的英名历尽沧桑。新诗人们如波德莱尔、马拉美和瓦莱里的诗显得更入时，更合乎新口味，每一行也更精巧了。但是没有雨果也永远不会有这些诗人，他们自己也承认这一点。"只要想一想在他出现之前法国诗歌是何景象，"波德莱尔说，"自从他一出现又是何景象；只要想一想如果没有他，法国诗歌是何等贫乏……就不能不承认他是那些稀世罕见、天意注定的大智慧者之一，这些大智慧者给文坛带来了起死回生的灵丹妙药……"而保尔·瓦莱里则说："这个人是伟大力量的化身……要想测度他的力量，就得充分研究在他周围出现的所有诗人的创作。他们不得不有所发明，才能在他旁边求得生存！"

几十年过去了。从大地上抹去山峦丘陵的时间老人却爱惜高山。在吞没了19世纪无数创作的健忘海洋上，雨果的创作却像群岛一般依然高傲地峰峦耸峙，鲜明的形象屹立在峰巅之上。

作为法国生活的那个时代和伟大事件之象征的几座历史建筑，仍然与他的诗紧密相连。从巴黎圣母院的钟楼到残废军人院的圆穹，处处有旌旗迎风招展，处处有他的气息散香流芳；从凯旋门到旺多姆圆柱，整个巴黎展现在我们面前，仿佛是献给维克多·雨果的一首颂歌，一首用巨石谱写的史诗，它的每一节都是我们历史上的一个高峰。

在先贤祠举行的雨果诞辰150周年祭上，洋溢着一种缅怀先辈的景仰感激之情。把一个国家和一个诗人的创作如此紧密地联系在一起的现象还从未有过。半个多世纪里，他是我们斗争的证人，是我们幽怨的回声，是我们历史的歌手。这种光荣的、称得上经典文化的血肉关系，激励我们在每一个节日里警钟齐鸣地来颂扬他，同时郑重地向他报告我们的灾难，追悼我们的故人。"他的诗篇，他的激愤的呼号，他的热情，他的微笑，就是在今天，不论是通过静穆的图书馆还是石棺上的题词，对我们仍在起作用……"1952年6月10日，我们看到大教堂里挤满凝神静气的群众；从高高的拱顶落到地面的三色旗在探照灯下显得色彩斑斓，仿佛一团团跳跃的火焰；从大教堂半启的高阔大门里可以看见巴黎古老的市区，在那里，正像从前在凯旋门周围一样，巨大的人海的漩涡缓缓动荡，潮水般地涌向圣日涅维耶娃教堂前的台阶旁。

"啊，坟头荒草何萋萋！"官方祭奠后过了几天，我们突然想起应该去凭吊两个女人的坟陵，人们理应吸收她们参加这一追悼活动。德鲁埃夫人葬在圣蒙代旧公墓她的女儿克列尔旁边，这片荒野现在被郊区的住房围了起来。尤丽叶曾请求把维克多·雨果的这几行诗刻在她的墓碑上：

> 当黑暗合上我疲倦的双眼，
> 当我心中不再有火光时，
> 我的朋友，在那悲伤宁静的时刻，
> 请我对你说："人们啊，他想念你们，
> 但他爱的是我！"

但是乔治、冉娜和尤丽叶的侄子路易·柯亨都没有尽心去完成被遗忘了的死者的这一心愿。很长时间，光溜溜的墓碑上既没有名字，也没有日期。只是在尤丽叶死后找到的以路易·伊卡尔夫妇为代表的朋友们才成全了她的心愿。如今尤丽叶·德鲁埃友人协会认为自己有义务保护她的坟墓，因此大理石棺盖才得以在青苔覆盖的断碑残塚中闪出洁白的光亮。

在维尔基野，一座小小的公墓突起在乱石岗上，紧挨教堂，一道围墙掩映在茂密的灌木丛中。这里是埋葬往来于塞纳河上的水手和领航员的地方。公墓大门附近是由19座坟墓占据着的地盘——雨果和瓦凯利两家人就埋在这里。在每一座墓门前都有一簇蔷薇久久地开着花。那还是在1914年，基约姆·阿波里奈尔①和安德列·比尔亚一起到此凭吊时，他摘了列奥波蒂娜坟上的一朵白蔷薇，把它带给了艾列米尔·布尔热②。墓碑上的题词是："查理·瓦凯利，26岁；列奥波蒂娜·瓦凯利，父姓雨果。1843年2月15日成婚，9月4日死。我在九泉之下将你呼唤，天主！"

1847年的某一天，雨果曾把"一束槲寄生的绿枝和帚石南花"放在了这座坟上。啊，请看，这里的墓碑上有一行题词："安黛儿，维克多·雨果之妻"。在她左边，是另一个安黛儿的坟墓。这个可怜的人，患着躁狂性精神病，于世无害地从1830年一直活到1915年。在雨果夫人的右边，有一块空地，为她的丈夫保留了很长时间，虽然人们不知道他自己是不是更愿意长眠在拉雪兹公墓他的儿子和父亲雨果将军身边。"知功必谢的祖国"自己解决了这个问题，把他迎进了先贤祠。当奥古

---

① 基约姆·阿波里奈尔：1800—1918年，法国诗人，比尔亚是他的妻子。——译者
② 布尔热是法国作家彼埃尔·布尔热的女儿。——译者

斯特·瓦凯利为自己占得了这块空地后,他希望人们把他安葬在这个诺曼底村庄的公墓里——他的双亲的近旁,紧挨他终生一往情深地爱着的那个女人。他亲手为自己撰写了墓志铭:

我渴望在这个墓穴里找到安宁!

和她友好地在一起,我觉得死也轻松。

像早年那样,我可以安身了,

现在,永远,又能和她并排而眠。

在这里他指的是自己的母亲,她安眠在落水而死的孩子们身边。可是当他吟写自己一生中的最后这几行诗时,脑海里有没有闪过他的意中人呢?关于这件事,我们还得问他自己。我们从公墓俯瞰铅灰色的塞纳河,大驳船溯流而上。浓重的乌云笼罩着地平线。一团团纷乱的烟云游动着,渐渐把我们包围起来。突然暴雨倾盆,闪电乱舞,雷霆轰鸣,坟丘之间急流汹涌。乱窜的电火像箭一般地把我们牢牢钉在那里。想到雨果,不由使我们心中生出一些神秘的思想。我们似乎觉得,这个年老的天神,烟云的主宰,正在用这骇人凶猛的霹雳轰击着苍穹,试图最后一次向我们表明:他的遗骸虽然不在他这家族的坟墓里,但是在这里,仍旧有着他作为统治者的法力无边、威严可怕的灵魂。